収穫

秋卷

A LITERARY BIMONTHLY HARVEST

二〇二四

长篇小说

上海文艺出版社

# 目录 二〇二四 秋卷

**2 ■ 一世机密** 石钟山
  136 另类的谍战叙事 徐刚

**142 ■ 世界尽头** 易小荷
  229 《世界尽头》后记 易小荷
  235 为女性立传,为无名者树碑 子方

**242 ■ 两间** 孙颙
  359 荷戟独彷徨:评长篇小说《两间》 李壮

**370 ■ 血与蜜之地** 刘子超
  450 后记:何处为家 刘子超

# 一世机密

石钟山

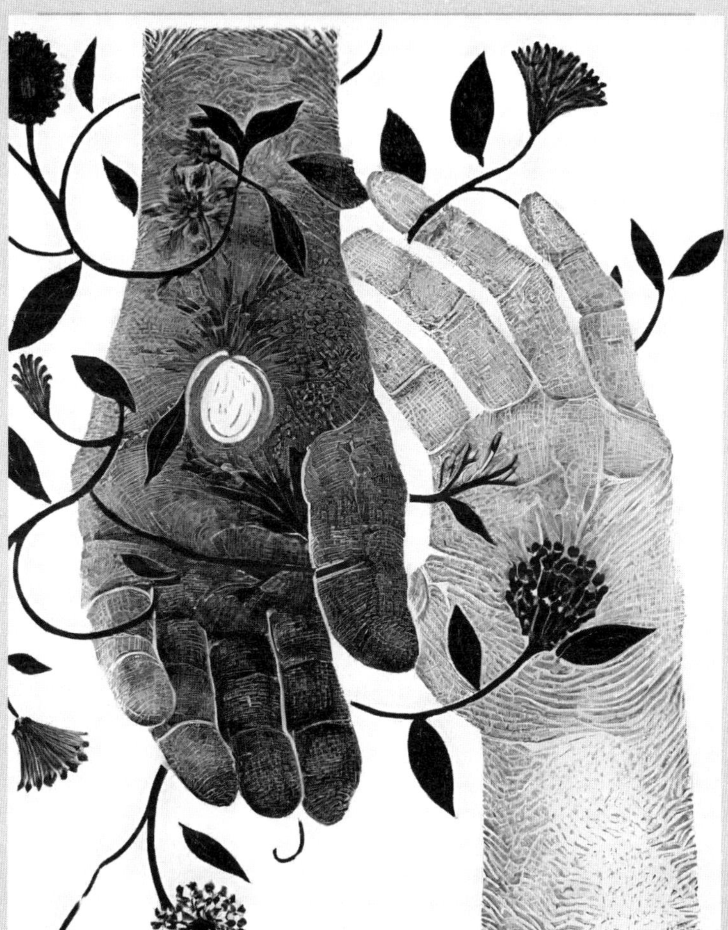

# 第 一 章

## 0

临终关怀病房里,她鼻子下面插着吸氧管,昏昏沉沉地睡着。她弥留的状态已经持续好久了,不知什么时候会清醒一阵,眼巴巴地望着坐在对面另一张床上的丈夫。丈夫顶着一头苍白的头发,老眼昏花地望向她。似乎他的目光从来没离开过她,从她清醒望向他第一眼,他就是这个姿势,昏昏沉沉地把关切的目光投向她。她一望见他,就瘪着嘴,想对他笑一笑,可她此时却笑不出来,只是把嘴角牵拉起来,一副要说话的样子。他就把头探近一些,哑着嗓子说:你要怎样?她因说不出话,支吾起来,眼泪顺着眼角流下。他抖抖地从床头上抽出两片纸巾,试着要给她擦泪,够不到。他开始费力做着下床前的准备。他的身体比她好不到哪里去,脑子还算清楚,四肢却不听使唤了。有时还没等他走下床,护士进来了,明白了她的用意,麻利地为她擦去眼泪,又检查一番她身上连着的各种连接线,那些线一起连在一个显示屏上,有血氧、心率什么的。她和机器连在一起,她似乎也成了机器上的一部分。有时他会盯着显示屏,看着上面跳动的数字,不知那机器是她,还是她就是那机器。

这种状态已经有很长时间了,最早是在正经病房里,打针,吃药的,后来治了一阵子,医生就和两个孩子商量,结果他们就来到了这家临终关怀医院。凡是能叫医院的,都配有医生和护士,房间和医院的病房也没什么区别,只不过这里的医生和护士没有正规医院那么忙碌了,跟打仗似的。他们更多的是关怀,维系。生命即将走到尽头,在关怀中离去,也许是最好的结果了。

在医院时,他也陪在她身边,她躺在病床上,时而糊涂时而清醒,他就坐在她床边的一把椅子上,死死拉住她的一只手,似乎只有这样他才踏实,她是属于他的,她才不会离开他。一坐就是一整天,累了就在椅子上打个盹,直到晚上,女儿和儿子强行着把他驱离开医院,送回到家里。躺在床上,才感到浑身散了架子一样,哪哪都疼。

床还是那张老床,他和她躺了不知多少年的一张老床,床还结实。他透过被子枕巾还能嗅到属于她的味道,又想到她还躺在医院的床上吃苦受罪,他就开始流泪。儿子或女儿这时总有一个会陪在他的身边,另一个陪护在医院里。他不放心她,不知她疼不疼,液输完了有没有及时叫护士。第二天一早,他就等着儿子或女儿再次把他送到医院,来到她病床前,握住她枯瘦又冰冷的手,担着的心才会踏实下来。

更多的时间里,他会长时间端详着她,她躺在病床上,或深或浅地昏迷着,她的白发和布满皱纹的脸颊,像写满了岁月和沧桑的稿纸,他读着上面的故事,一页又一页似乎永远读不完。半年前她病重不得不住进医院时,他便执意随在她的身边,儿女是不同意的,他的身体并不比她好到哪里去,像即将燃尽的蜡烛,随时都可能熄灭。

人到了这个年纪，似乎早已把生死想透了，在他们各自经历里，看到了太多死亡。在他们风华正茂的年纪里，死亡就已伴在他们左右了，如影随形地跟随着他们。眼下，他们似乎看到了黑白无常就站在他们生命尽头，拿着绳索，随时待命，只等他们咽下最后一口气，来到阴阳界，把他们一起索了去，阳界的故事也就此画上句号。下辈子他们一定又有了新的故事和人生，他们仍在一起，还是天各一方的陌路人？一想起这些，他就想哭，眼泪流下来，止也止不住。一晃又一晃，他们成为即将走到生命尽头的一对夫妻，回忆往事，似乎他们的人生还没开始就即将结束了，生命快得像做了一场梦。去往另外一个世界，又开始了无休止的轮回。每每想到在另外一个世界里，他们或将天各一方。他的心绝望得无着无落的，想抗拒又无力回天的那种，只能在心里默默地呼喊着。

她有时会清醒过来，看到面前的他，她伸出手，颤抖地伸向他，他伏下身把她的手握住，唏嘘着问：你好点了吧，难受不难受？她望着他，想笑一笑，脸上被各种管子拉扯着，她笑不出来，呻吟道：我浑身疼呀，都疼到骨头里去了。他知道她是不舒服的，从入院开始，她就以一个姿势躺在病床上。刚开始时，他在护士和儿女的帮助下，扶她坐起来，倚着床边，让她压麻的后背放松一下，他会伸出手掌在她后背上轻抚着，让僵死的肌肉复苏，可她坚持不了多久，就开始气喘起来，连接在身上的显示器上面的数字乱蹦，还发出鸣响，她只能再次躺下，直到显示器上的数字稳定下来。后来别说让她起来，就是翻个身，显示器上的数字都蹦得吓人。

他不离开她，更是担心她在清醒时见不到他，他知道他不在，她会害怕的。从结婚到现在，就是他们躺在床上，睡觉前手都是拉在一起的，不论谁起夜，回来上床第一件事就是寻到对方的手，握住，才能进入到梦乡。多少年养成的习惯，怎么因为生病就能改变呢？她拉住他的手，她攥得死死的，用尽了她所有的力气。他回应着她，在她耳边说：我在呢，哪也不去。他手上用了些力气，握了一下，又握了一下。

她一天清醒的时候并不多，大部分时间都在昏睡。他矛盾着，希望她醒过来，哪怕她什么也不说，只要四目相对，他们都会感觉到对方的存在，彼此是踏实的；可他知道她一醒来，就浑身疼得难受，他又希望她不再醒来，就不会再痛苦。有许多次，她半昏半睡过去，说起了梦话：苏南，他们来抓咱们了，从窗子走，要快。起初他没听清她说的是什么，以为就是胡话，可他听了几次，终于听清了。他抓过她的手，附在她耳边一遍遍地告诉她：我在这呢，咱们是安全的。她似乎听到了他的安慰，情绪渐渐地平稳下来。她醒后似乎就把说过的话忘记了，恋恋不舍地盯着他。不知她想起了过去，还是不放心现在的他。她的目光里更多的是留恋和不舍。他顺着她的目光走近她，忍不住又一次泪目。

他们来抓人了，我掩护你，快从窗子跑。她再一次梦呓，他拉着她的手眼泪就再也止不住了。这是他们两个人的秘密，在一起生活这么多年，她在梦中说过无数次这样的梦话，每次他都会机敏地醒来，安慰她：你又做梦了。她惴惴地在梦中醒来，发现他就在她的身边，她握紧他的手，半响才平静下来。有时她会在梦里喊叫，惊吓过度的样子，他就会把梦中的她摇醒，她喘息着，怔怔地：我做梦了。他从不问她做的什么梦，她也从来不说。他们彼此知道，那是恪守在他们各自心里共同的秘密。

## 1

一九四七年九月，南京国防部二厅中校参谋苏南接到了上司的最新任命，即日起赴重庆任保密局重庆站副站长。

重庆站副站长这个职位已空缺一年多了，当初国防部军统局就在重庆办公，不仅军统，整个国民政府都迁到了重庆，那时被称为陪都的重庆，在国人眼里一下子重要起来。面对着日军轮番对重庆的轰炸，人们的心已提到了嗓子眼，能不能坚守，这是全国人民的最后希望。国民政府的首都已退无可退，正当重庆和全国沦陷区水深火热时，日本人投降了，国民政府的都城南京重新回到了政府手中，从那一刻起，搬迁计划便提上了日程。日本投降一年后的五月，陪都重庆完成了使命，国民政府声势浩大地从重庆又迁回到了南京。

军统局局长戴笠在岱山被摔死，军统局经过重组改成了保密局，国防部次长郑介民先是代理了一段时间局长。军统局是戴笠一手创建并发展壮大起来的，关系盘根错节。戴笠活着时，对整个军统局说一不二，他设下的门道、眼线、人际关系，像一张繁杂无解的大网，只有他在时，整个系统才是平衡的，他的离去，让军统局暗潮汹涌，各方势力互不买账，明争暗斗，险象环生。郑介民虽然是国防部次长，名义上管着军统局，可实际上，因为蒋介石国民政府的高层当初设立军统的初衷就是

为自己所用，蒋介石为自己的位子稳固，经常利用军统暗杀对手，消除杂音。军统局几乎是蒋委员长亲手掌控的一张王牌。戴笠最初也深得蒋委员长的信任，在军统局的地位水涨船高。表面上戴笠对国防部的长官还算尊重，其实就是个面子。面子大小和手里掌控的权力是画等号的。

戴笠一死，郑介民接手改组后的保密局，果然不久就出事了——局势混乱，互相械斗，暗杀的事件时有发生，被告到蒋委员长那里。其实不论是郑介民还是不谙保密局错综复杂关系的外人，为了争权夺利，都会出事，即便你自己手脚再干净，也会在别的方面被找到茬口赶下台。国防部次长的位子早就有人盯着了。郑介民就此下台了，再也没有名正言顺地出山，最后落得个告老还乡的下场。毛人凤作为副局长、军统的老人，顺理成章地接管了保密局。关于戴笠的死和郑介民下台，有各种版本，不是当事人，很难说清背后的真实细节，但不外乎一种结果，那就是权力的争斗，让他们各自出局了。旧人走了，新人来了，才又有了新故事。

军统局重庆站，在重庆做陪都时，没人把它当回事，在权力的结构中它就是个小萝卜头儿，上面不仅有军统局，还有国防部，许多事，上面一竿子插到底，重庆站没什么话语权，就是名义上的存在。自从国民政府又迁回南京，情况就不一样了，重庆成了大后方，也是整个国民政府人事权力争夺的核心。作为陪都，不论是国民政府，还是军界、黑白两道，在整个西南深耕了这么多年，各方利益、势力已经形成，虽然国民政府南迁，但留下的势力和各方利益仍然是重中之重。重庆和整个西南地区，就成了国民政府的第二首都，各

方势力仍盘根错节。

重庆站也成了重中之重,副站长这个职位空缺了一年,成了不大不小的角斗场。

苏南只是国防部二厅的一个普通中校参谋,二厅的工作和从前的军统局、现在的保密局也多有交集。都是搞情报工作的,服务对象却有区别,二厅是为国防部效力,保密局直接服务更高层。服务内容当然不仅仅是情报这么简单了,都是刀把子,服务对象不同,韧度也不可同日而语。

为了重庆站一个副站长的位子,毛人凤前前后后提了三个候选人,每个候选人提出来,都引来一大批人告状,有人直接写信告到了上层,引来国防部和政府大员过问,问题一大堆,上面就派人来查,查来查去,没有干净的。总之这几个候选人没有一个能通过的。毛人凤想不了了之,过一阵子,等自己完全掌控保密局之后再定夺,不就是区区一个重庆站副站长么,他压根没有放在眼里。

随着国共内战全面爆发,重庆作为大后方也不安稳起来,共产党的地下组织乘机组织社会团体、学校的进步学生游行示威,给政府极大压力。同时作为政治犯张学良、杨虎城等人的关押地,作为第二政治中心,重庆一刻也不能马虎。重庆站作为特务机关就成了重中之重,增派人手,囤积力量就成了刻不容缓的大事。

梦瑶是国民政府机关保密室的打字员,她早年在浙江上学时,就是名倾向革命的进步学生,经常参加进步学生的集会、游行。为了引导学生的行为,我党地下组织遍布在学生中,很快,梦瑶作为进步学生,就被暗中列入重点考察对象。她的姐姐梦君已经是我地下党成员,在姐姐的引领下,她进步很快。毕业前夕,姐姐找到她,问她:你愿意加入共产党吗?早在这之前,她已经熟读了《共产党宣言》等宣传小册子,她以前的所作所为就是想成为一名共产党的热血分子,像《共产党宣言》里倡导的那样,推翻黑暗、腐朽的旧有体制,建立一个真正的人人平等,穷人有饭吃,人民当家做主的民主自由国家,这样的党组织正是她苦苦寻找的。也就是那一次,姐姐把她带到了组织面前,面对党旗宣誓成为一名中共党员。

也是毕业前夕,浙江省政府的朱家晔秘书长到她所在学校选拔打字员。朱夫人是学校的教导主任,平时和梦瑶也多有往来,很欣赏她,在朱夫人推荐下,她被选中了。后来朱家晔被调到了南京,因为和蒋委员长是同乡,在浙江时鞍前马后地服侍过蒋介石,蒋委员长一直保持着用熟不用生的原则,对他这个秘书长很信任。蒋介石一人得道,朱家晔便也鸡犬升天,被委任为国民政府的秘书长。不久,朱家晔又点名把梦瑶从浙江省政府调到了国民政府机关保密室任打字员,她的调动是地下党组织求之不得的事,许多南京政府的核心机密都会经过她的手传递给组织。为了她的工作更安全,效率更高,党组织激活了早就潜伏在国防部二厅的苏南成为她的交通员,二人在工作中渐渐熟悉起来。国防部的军官和政府机关工作人员往来谁也不会当成新闻,熟悉他们的人都知道他们是浙江老乡,再后来,两人就热恋起来,后经组织批准,两人成了夫妻。这对潜伏在敌人心脏的夫妻,成了我党的第三只眼睛,那一阵子,我党的情报战线成绩卓著,和两人珠联璧合的合作密不可分。

随着内战全面爆发,重庆成了我党地下组织最活跃的地方之一,我党优秀的战士纷纷落入敌手，先后有许多著名人士被关到了渣滓洞，这座监狱以前是中美特种技术合作所，是情报机关培养特务的地方。内战爆发后，就成了重庆行辕第二看守所，和第一看守所——白公馆一起成了关押共产党的地方。江竹筠，许建业，余祖胜，新四军军长叶挺，抗日爱国将领杨虎城等人都关押于此，最多的时候，这里关押了我党优秀儿女三百多人。当时重庆是国民政府的大后方，驻军以及城防的建设，从陪都时期开始，国民党就花了不少心思。营救被捕的同志，当然不能仅靠武装力量，当时活跃在川东的游击队，也在设法营救这些同志，但收效甚微，最好的办法就是里应外合。同时，敌人内部的情报工作也需要加强，这时党组织想到了苏南。

苏南能争取到保密局重庆站副站长的职位，梦瑶功不可没。她走了朱家晔这条门路。从浙江到南京都是朱家晔对她的信任。平时她一个保密室小小的打字员和堂堂国民政府秘书长朱家晔的交道并不多，只有在工作时偶尔能见个面，比如查找某份文件，或在走廊里遇到，因为自己的夫人曾经当过梦瑶的教导主任，念着这一层关系，朱秘书长和她说两句家常而已。他们相互说着乡音，为了这个，朱秘书长爱和她搭讪几句。

接到党组织的命令后，梦瑶没少费心思，若想把苏南派到重庆，她只有朱秘书长这条路可走了。平时她从没因私事求过朱秘书长，一是地位悬殊，对党的工作而言，在政府机关保密室作打字员，她经手的都是最新最真实的绝密信息，这个位置太重要了，她只求掩护好自己的身份，不显山不露水，做一个兢兢业业的小文员，别人无论你争我夺和自己都没关系，每次

遇到这种事她都躲得远远的，落个清净。现在不一样了，组织要把苏南安插到重庆，她从情感上是舍不得的，自从做地下工作开始，苏南就是自己的搭档，一个眼神对方就能明白自己的用意。况且，他们已经有了一个女儿，这是他们爱情的见证。刚生完孩子时，母亲从浙江赶来给她带孩子。自从从事地下工作，她总是担心有一天自己会暴露，就是睡觉也会睁一只眼睛闭一只眼睛，时刻提防着什么。虽然危险并没有发生在她的身边，这种戒备之心她一直保持着，苏南又何尝不是呢，她不想万一有一天自己出事而连累母亲，在孩子满一周岁之后就让母亲离开了。

她在某一天上班时间里找到了朱秘书长。秘书长办公室和保密室在同一层的最里侧一个套间内，她敲响秘书长办公室门时，门是虚掩着的，从门缝里可以看到朱秘书长正坐在座位上看一份文件，那份文件是她打印的，昨天下班前就打好了。朱秘书长五十左右的年纪，头发稀疏，戴着眼镜，标准的高级文员打扮。听到"请进"，她应声推开秘书长的门，朱秘书长愣了一下，她这才意识到，她是第一次走进秘书长的房间。关于苏南的事她早就想好了理由和说辞，可到头来还是心跳如鼓，她不知道自己的计划能否成功，如果不成功，就打乱了组织的计划，她横下一条心，努力让自己镇定下来。她突然就哭了，眼泪顺着脸颊不可遏止地流了下来。朱秘书长从没见过她这样，从座位上站起来，关心地问：小梦，你这是怎么了？她把眼泪擦干，向前迈了一步，让自己的手能够到桌子，扶到桌子后，她的心才镇静下来。

望着朱秘书长，她抽泣着说：秘书长，你知道我家苏南在国防部二厅一直是个小

参谋，受气替人背锅不说，这样发展下去还有什么前途？我嫁给他时就是个穷参谋，到现在还是，这兵荒马乱的，南京城的物价一天一个样，靠我们俩这点可怜的薪水，孩子都快养不起了。听说保密局重庆站有个副站长位子一直空着。说到这儿她停了下来，为了这几句话她想了一晚上。

朱秘书长天天和什么人打交道？早就通透了，梦瑶把话说到这，他什么都明白了。他没有及时表态，而是抬起眼皮又把眼前的梦瑶打量一次，平时安安静静与世无争的小女孩原来还有这样一面。他开始踱步，慎重又规矩的那一种步伐，多年秘书长的角色让他适应了自己的身份，不能多嘴，需要时又不能少言。方方正正的性子是对自己的保护也是秘书长这个职业所需要。

梦瑶哭诉了自己的难处，便垂下眼睛，又恢复到平时那个安安静静的样子了。她在暗中观察着朱秘书长的神态，知道自己的初步试探已达到了效果，又抬起眼用更真诚的声音道：秘书长，从浙江到南京，再到重庆，现在又回到了南京，这一路都是您栽培教育。您知道，除了您我也没别的关系，要不是生活所迫，我不敢麻烦您。这几年，政府机关和国防部的人，来来去去、上上下下的还少吗？别人的职务都是越做越大，钱挣得越来越多，我家的苏南您见过，他是个老实人，我就想着让他有机会到下面谋个一官半职，舍家撇业的不为了别的，就为薪水多些，贴补家用。

梦瑶的婚礼朱秘书长参加了，作为证婚人还登台讲了几句话，那个叫苏南的小伙子给他留下的印象不错，两人还握过手，他当时拍着苏南的肩膀鼓励道：小伙子有前途，好好干。梦瑶把话说到这个份儿上，朱秘书长什么都明白了，他又回到座位上，拿起桌上的文件。梦瑶知道自己该离开了，她冲朱秘书长深深地鞠了一躬，轻声道：秘书长给您添麻烦了，我说的话要是不合适，就当我没说过。说完她退出朱秘书长办公室，把门带上了。朱秘书长一直没抬头，却多了满腹心事。

朱秘书长的确心情并不平静，在政府机关这么多年，虽然他的职位不高，无非是政府机关大秘书的角色，但政府和军方核心的事情都得经他手而办，什么任人唯贤、胸襟磊落，这些冠冕堂皇的话是说给别人听的，这些年来他看到了太多的不公平，不能重用提拔的人最后被重用了，那些有才能的人却被贬到最底层，说来说去还不都是凭着关系。有门，有靠山，有路子，有背景的人都飞黄腾达了，而那些老实巴交没门没路的人呢，只能做一个小职员，靠微薄的工资度日了。有意见又能怎么样，改变不了什么现实，也只能随波逐流了。他想到梦瑶的哀求，给苏南找个差事，对他来说并不是件难事，在机关这么多年，上传下达的，关键他是蒋委员长身边的人，谁也不能小看他，也许他成就不了别人什么事儿，但想破坏一件事儿，他是能够轻而易举办到的。

梦瑶是夫人推荐，他招来的，从学校到浙江省政府，那会儿的梦瑶才十七岁，单纯质朴，有这一层关系在，梦瑶也算是自己的人了，以前他从来没有把她当成自己的亲信，完全是因为职务的距离，作为秘书长这个角色也不适合拉帮结派，表面上他要做出一副闲云野鹤的样子，才不会引起蒋委员长的猜忌。这么多年来他暗地里也帮了不少人的忙，有人很快就把他忘了，有人却把他的恩情一直记在心里。这一切他都知道，内战全面爆发，政府和军队一下子都动荡起来，在一九四七年这个节骨眼上，他想该为自己做点儿什么了，也许现在的举手之劳，会变成以后自己脚下的一条路，既然把梦瑶当成了自己的人，何不送一个顺水人情。想到这儿他拿起了办公桌上的电话，先是接通了国防部长办公室，又给二厅打了一个电话，无一例外婉转地提到了苏南这个人，他深谙官场上的事，不能把话说破，点到为止。

因为朱秘书长的电话，苏南的命运发生了改变。毛人凤正为重庆站副站长这个位子的人选发愁——虽然职位低，却牵一发而动全身。他知道许多人都想争到这个职位，虽不明说，却调动身边各种关系坏别人的好事，抱着我去不成也不让别人去的态度。从戴笠到郑介民，他一直做副手，最后上位，他归功于自己一切以"忍"为上策，如果不忍就没有他的今天。看破不说破才是他为人之道、为官之道。国防部长官和二厅的长官相继打来电话，都在向他推荐苏南，又无一例外地提到了朱秘书长。国防部的电话他可以不理，打着哈哈过去，可秘书长这个人他不能不重视，每次约见蒋委员长都是朱秘书长一手给安排的，秘书长这个角色虽然职位不高，却举足轻重。他乐得送一个顺水人情。于是一纸任命，苏南成了重庆站副站长。

## 2

苏南到重庆赴任的前一晚，国防二厅几个和苏南级别一样的参谋们组织了一场聚会，为苏南送行。这些参谋们平时和苏南一样，都无权无势，在机关里混日子，靠薪水养活一家老小，饿不死也发不了财。平时看着那些有背景有关系的人，从机关里调进调出，到下面先谋一个不大不小有实权的职位，有了实权就会捞到各种好处，把这些好处转化成打通关系的硬通货，再提着这些硬通货打点上司或上司的上司，用不了多久，一纸任命又调回了机关，这一出一进就不再是原来放屁都不响的小参谋了，而是有职有权的上司。只要有职有权，就会又接连有各种好处，好处再转化成权力，周而复始就形成了一条向上的阶梯。

这些无职无权的参谋们因为谋不到权力就捞不到好处，只能在原地踏步，或做梦等待奇迹的发生，眼下，在他们眼里，苏南身上就发生了这样的奇迹。苏南过去在二厅和他们一样就是个普通参谋，他妻子是政府机关的普通工作人员，没有靠山，更没有多余的钱财去送礼，属于混日子混饭吃的那种人。别看国防部二厅的衙门不大，不显山不露水的人很多，出其不意就有人被提拔了。两种泾渭分明的人，就形成了两种阶级和两种阵营。苏南虽然职务没有得到提升，还是中校，但却是副站长了，职务带了长，手里的权力和他们这些机关的普通参谋们就不可同日而语了。他们在苏南的身上似乎看到了某种希望，在苏南接到任命这段时间里，他们还没搞明白梦瑶和朱秘书长这层关系，都觉得天上掉下的馅饼砸在了叫花子头上。

那天晚上的送别宴一直进行到很晚，这些平时关系处得还算融洽的参谋们，不断地给苏南敬酒，说些前程似锦的话，清醒的王参谋还附在耳边向他请教道：老兄，你是如何让上级看中你的？他只笑一笑，举杯回敬，他知道这些参谋以后还免不了打交道，有时不经意的一句话，就是有价值的情报，以前许多有价值的情报就是这么搜集来的。问他同一个问题的人多了，他只轻描淡写地回答：鹬蚌相争罢了。

重庆站副站长这个职位三番五次的人选变动，许多人都是知道的。以前的人选都是保密局内部人员，刚被提名就有人告状，每个人身上都有屎，洗也洗不清，只能从外部找来一个人，外来的和尚好念经，这种意外他们就理解了。

散场时已经是深夜了，在酒局进行到一半的时候，苏南到酒店前台给梦瑶打了一个电话，告诉她自己可能晚点儿回去。按理说他和梦瑶这个级别，家里不会给装电话，只因梦瑶的工作特殊，经朱秘书长批准，国民政府从重庆迁回到南京后，梦瑶家里便安装了这部电话。

苏南从酒店里走出来，被夜风一吹，他的酒就已经醒了一半儿。此刻他心里是踏实的，组织交托的任务终于有了眉目，马上就要去重庆赴任了。梦瑶的下线联系人组织也有了安排，就等他到重庆后接受新的任务。想着即将和妻子告别，他心里隐隐地有了一些别离的伤感。自从组织安排他成为梦瑶的联络人之后，他从来没有离开过她。一直到他们结成夫妻，这种夫妻加战友的关系，让他们的感情也不断地在加深。深入到敌后工作的他们，更多的时候就像一叶扁舟漂泊在风大浪急的海面上，那种无依无靠的感觉让他们的心连接得更紧密。知道彼此才是信得过的人，这种特殊时期、特殊时刻的相依相伴，令他们的爱情显得尤其弥足珍贵。

他从马路上拐进一条胡同里，再向前右转，就到家了。想着今晚和妻子告别的场面，竟有了几分期待。他整理了一下衣服，呼吸了几口深夜的空气。正准备上台阶时，突然拐角处蹿出来一个人影，直奔他而来。他还没有反应过来，那个影子就停留在他的身边，没头没脑地把一件什么东西刺进他的胸膛里，他还没来得及喊叫，人影就向阶梯下跑去。他捂着胸口，回头看了一眼，那个人影已经消失了。起初，他还没有觉察到事情有多么的严重，以为自己遇到了一个酒鬼或者小偷，他喘着气走上几个台阶，来到自家门口的光亮处，看到自己满手是血，他跌撞着敲响了自家的门。梦瑶似乎一直在门口等待着他的归来，门刚被敲响，就打开了。梦瑶看着他的样子惊呼了一声，他随之跌倒在地上。

梦瑶慌忙中拿出了一块毛巾，去堵他受伤的胸口，涌出的血水怎么也堵不住。苏南这才意识到自己快不行了，冲梦瑶最后说道：快，把我受伤的情况报告给组织。只说了这一句话便晕了过去。

苏南受伤的消息夜半时分通过梦瑶新的联络人传了出去。苏南都没让梦瑶有机会把他送到医院，就死在了她怀里，胸口流出的血湿了她半边身子。他临终前，没有说清楚是何人所为。梦瑶脑子里空蒙一片，来不及悲伤，她不知道下一步组织要如何安排。想到了组织交给的任务还没有完成，她悲伤的情绪被另外一种焦虑所替代了。苏南的牺牲，自然是秘密的一部分，她不敢惊动外界的任何人。

夜半时她传递的信息是他昏迷不醒，她要把他死亡的消息再次传递出去，来不及多想，她重新换好衣服，又一次走出家门。自从加入了地下党组织，她和苏南的一切事情，都不是私事，都要及时向组织汇报，这已经成了习惯。

3

一艘开往重庆的客轮上，中共地下党华东局的王特派员和苏北躲在一个独立的客舱内。客轮的汽笛声划破夜空，水浪被客轮推出去，一层一层地拍击着水面。

王特派员接到上级的指示，上船与苏北会合。他的公文包里装着关于苏南的所有资料，苏南一直是他的下线。苏南考入浙江特训队前，就已经是地下党组织的成员了，让他考入特训队也是组织的安排。为了培养一位打入敌人内部的地下党员，不仅需要时间，还需要耐心。苏南作为这颗棋子，就是在那时被埋到敌人内部的。

两年特训结束后，他先是分配到了军统局的外勤工作，同样归国防部二厅管辖。军统局名义上是国防部的一个部门，因为是戴笠一手创建的，他本人和蒋委员长关系密切，遇到核心机密，总是越过国防部直接向蒋委员长汇报。渐渐地，军统局成了蒋委员长最贴心的刀把子。渐渐的，国防部的要员也不再过问军统局的业务了，军统局在国防部就成了特殊的存在。外勤却不一样，干的都是杀人越货，打打杀杀的糙活，离情报核心远，国防部二厅还能插上手。对军统局来说，这些外勤就是一个辅助，基本上不掌握军统的核心机密。不论谁安插个人，戴笠基本上也就是睁一只眼闭一只眼。于是军统局这些外勤，就处在国防部二厅和军统局的双层领导之下。

南京失守后，国民政府迁到了重庆，也就是在这个节骨眼儿上，苏南被调到了国防部二厅成为一个普通参谋。西安事变之后，国共合作，两党形成了一致对外抗日的决定，苏南这个棋子就隐身了。直到内战全面爆发，苏南这颗棋子又一次被激活。重庆成了国共两党政治舆论的焦点，许多地下党和进步人士纷纷被捕，收集重庆的情报进行营救成了我党工作的重中之重。

苏南被派往重庆站任副站长，正待上任，却被暗杀了，于是组织做出紧急决定，起用苏南的同胞兄弟苏北李代桃僵，深入敌后。

苏北比苏南小一岁多，确切地说小一岁半，两人长得很像，小时候两个人经常被误认为双胞胎。了解两个人的都能看出来，虽然两人个子差不多，但他们的脾气却不一样。苏南内敛，苏北外向，后来两人渐渐地长大，在父母的眼里，也有时分不出彼此，经常会喊错名字。

苏北和苏南走的却是两条路。一九三七年抗战爆发，那一年苏北十六岁，新四军军部在武汉成立，活跃在浙东的游击队被改编成了新四军第一支队，陈毅任司令员，苏北便参加了新四军。苏南参加革命，还是受苏北的影响。他考入了国民党设在杭州的特训队。那一阵子国民党军队也到处在招兵扩编，和军统沾边的各种特训队、速记学校，到处都是。招收的门槛并不高，只要识些字、头脑灵活的人都可以报考。在组织安排下，苏南考入特训队。

那会儿苏北已经是新四军队伍中一名合格的排长了。两人虽然走上了不同的道路，但他们的目标是一致的。

当时的国共两党在名义上是合作一致对外，上海、杭州、南京城内有大批日本特务渗透进来，为了对付日本特工，我党的地下工作压力巨大。国民党的情报组织也是在那一时期发展壮大起来。

日本投降后，新四军也进行了改编，

苏北所在的一部被改缩成了华东军分区，他已经成了一名分队长。行伍的历练让他精明能干，眉宇间闪着英气，和在国防部机关成长起来的苏南在气质上还是有些差异的，虽然他们是亲兄弟，年龄就差一岁半，外表酷似，真正了解他们的人还是能区分出来的。

任务当前，事发突然，组织上还是决定让苏北替代苏南，虽然有些冒险，只要考虑周全，还是有一定把握的。为了加强重庆地下党组织的力量，组织不想失去这样的一个大好机会。就这样苏北从军分区急调到南京，和王特派员一起登上了开往重庆的客轮。选择乘坐客轮去重庆也是组织的决定，飞机和火车也可以到达重庆，但这两种交通工具都不适合现在的他们。苏北一直在部队，虽然对国内国外的局势有所了解，和苏南相比，两个人几乎走了完全不同的两条路。

苏南从特训队毕业，又辗转去了陪都重庆，先在军统局外勤，又到了国防部二厅。日本投降后又回迁到南京，这些经历是苏北无论如何也无法想象的。从南京到重庆的水路，短短的时间成了王特派员向苏北交待工作的最后机会。王特派员要在最短的时间内把苏南所有的信息告诉苏北，让他尽快进入角色。

梦瑶接到了组织的决定，从最初的慌乱中镇定下来。巨大的悲伤裹挟着她。重庆，是他们曾经相恋相爱的地方，那里留下了他们太多的美好记忆，宿舍前的青石板路，每到雨季就会长满绿苔，稍有不慎就会滑倒。还有他们约会的那片池塘，这个季节荷花开得正旺，粉艳艳挺立在水面上。还有他们结婚后租住的那间民房，住所后面就是池塘，晚上的青蛙鸣叫着，常搅得他们不得安眠……桩桩件件无不是他们爱情的印记。苏南接到了去重庆工作的任务，她做好了分居的准备，虽然两地相隔，他们可以打电话，写信，倾诉各自的思念。

可事情出乎她的意料，两人天人永隔，相爱的人再也见不到了。对苏南的死，她凭直觉认为是二厅内部人干的，这是争斗重庆站副站长的结果，不是苏南，换成别人也许也是这种结果。

如果不是内部人又会是谁呢？了解苏南和同事聚会时间，也知道散场时间，对他的居住地更是了如指掌，不是内部人不可能知道这些。说不定凶手就是苏南聚会中的某一个人。苏南出了意外，上级就会重新考虑副站长人选，对他们来说就是机会。她把自己的分析，通过联络人向上级做了汇报。不论是谁杀了苏南，现实已无法改变了。

当天晚上，两名地下党组织的同志就潜进了她的家，用一条麻袋把苏南的尸体运走，在这个过程中两人都没有说话，其中一人分手时紧紧握了一下梦瑶的手，这一握向她传递了千言万语。她强忍着悲痛回到了卧室，用被子把自己蒙了起来，担心惊醒熟睡的孩子，她咬着自己的拳头，在心里山崩地裂地哭了起来，一直哭到天亮。组织交给她的任务还要完成，她还要为苏北断后，像往常一样正常上班。她给国防部二厅的长官打了一个电话，今天是苏南去重庆赴任的日子，按规定苏南要去机关辞行。她只能谎称苏南要回一次老家看看，赶的最早一班车，来不及向长官辞行了，由她电话代劳了。

苏南去重庆赴任，国防部和保密局早就传开了。按以往的规定，苏南赴任，怎么说也得有保密局或者国防部的人陪同前往。苏南的牺牲，打乱了这一切计划，她只能找个理由把这个仪式免掉。

重庆和别的地方却不一样，有自己的行辕，就是直接归国民政府管辖的特别机关，军政机构都齐全，许多人也都是苏南熟人，到了重庆再由国防部二厅二处的人陪同去保密局赴任，搞个交接形式，也算是二厅的人给自己人一个面子。

接听她电话的是二厅刘副厅长，以前来过家里，也算脸熟。她听出来刘副厅长对苏南擅自回家乡有些不满，但人已不辞而别，再说无益，苏南到了重庆一报到，就是人家保密局的人了，以后山高皇帝远，又能拿苏南怎样？刘副厅长嘻哈几声也算过去了。办完这一切，梦瑶再也支撑不住了，她发起了高烧，卧病在床。孩子嘱托给邻居照看，直到母亲从浙江老家赶来。看到母亲她更是悲从心生，又一次痛哭起来。母亲认为女儿就是和苏南分别才得了这场病。母亲劝慰着：苏南这是升官了，大好事。母亲的出现让她清醒过来。这时的她多么希望有一个人能够倾诉啊，可是不能，这是组织的机密。她只能把悲伤埋在心里，开始为远在重庆人生地不熟的苏北担心起来。心悬了起来，从此再也没有放下。

4

开往重庆的客轮上，王特派员和苏北一刻也没闲着。王特派员要在短时间内把苏南所有的信息传递给苏北。看似容易，其实是对苏北的又一次塑造。

两人虽然是亲兄弟，外表长相酷似，性格却南辕北辙。也许是他们参加工作后各自的经历造就，俗话说龙生九子各不相同，何况人呢。苏南是老大，从小就喜欢安静，属于内向的人。苏北活泼好动，有话就说，属于心直口快类型。

苏北从新四军的战士、排长，到现在军分区的分队长，通过艰难困苦的历练和生死战争的磨砺，已经成为一名合格的中共党员，组织上相信苏北能够应付复杂多变的环境。

王特派员是苏南的上级，苏南这些年从事的地下工作他了然于胸，他现在的工作是要在最短时间内把苏南的经历一字不落地告诉苏北。自从苏北参加了新四军，苏南考取了特训队后，两人几乎没有见面。苏南所在的特训队随国民政府迁往重庆前，请假回了一次老家，与父母告别，匆匆的只有半天时间。苏北执行牵制日军任务时，途经家乡时也回过几次家，但两个人始终没有碰面。

苏南人生的每个关键点，苏南的调动升迁，包括结婚生孩子这些细节，苏北还是第一次从王特派员嘴里听到。苏北通过想象完成了对哥哥苏南的复印。

苏北接到上级的命令，火速从部队悄悄地抵达南京，直到上船后，苏北才知道此行的任务，也才知道苏南牺牲的消息。这条消息对他来说不亚于五雷轰顶。两个人这几年都没有联系过，但血脉让他们的心联系在一起。分别的这些年，他无时无刻不牵挂着苏南，知道苏南在敌人的心脏工作，稍有不慎就会暴露自己。他为哥哥提心吊胆着，有时做梦都梦见哥哥暴露了，被敌人追杀。他也知道哥哥的工作是不会轻易和外界联系的，自从打入了敌人的内部就成了孤岛。

在王特派员的叙述中，苏南在苏北心

里才真正地又活过来,他的眼前又出现哥哥少年时形象,冲他调皮地笑,哄劝开导着他。他们一起读私塾,一起上山割猪草,下河摸鱼,哥哥虽然比他大一岁半,但遇到事总是让着他,有危险总是自己先冲上去。记得有一次上山割猪草,苏北不小心碰翻了一个马蜂窝,受到袭扰的马蜂冲了出来,他大叫着,哥哥走在前面,看到这一幕,喊了声:苏北,别动。说完扑上来,把他压在身下。那一次,苏南为了保护他,被蜂群蜇了一身的包,眼睛肿得只剩下一条缝,躺在床上好几天,最后还是父亲到山上采了中药,用偏方把哥哥的蜂毒治好了。

在王特派员的介绍中,哥哥的形象重新立体完整了起来。他觉得哥哥此时就站在他的身边,抿着嘴微笑着对他说:苏北,你行的。他真想扑过去,紧紧地和哥哥拥抱,可他再也没有这样的机会了。他知道自己此行任务的艰巨,来不及过多地悲伤。王特派员提示道:扮演你哥哥容易,让人找不到破绽太难了。重庆有许多苏南的熟人,还有同学。要让所有的人都认为你就是苏南,这对你来说是巨大的考验。

王特派员打开一个牛皮纸袋,从里面拿出两张照片,指着其中一张说:这人是苏南在浙江特训队的同学,叫张大召,现在是保密局重庆站的后勤总务长。又指着另一张照片道:这是驻扎在国防部二厅驻重庆行辕二处副处长朱先海,是苏南在国防部二厅时的同事。他们和苏南都很熟。这两个人你一定要多加小心,目前我们掌握的情况就只有这些。至于其他人还有没有和苏南特别熟悉的,我们就不太清楚了。

王特派员的目光又一次落在苏北的身上,苏北感受到了沉甸甸的重量。他知道迎接他的不仅是考验,还有更大的风险。一路上,王特派员恨不能把自己所掌握的所有的苏南情况一股脑儿都装进苏北的脑子里,苏北从最初的无序混乱,渐渐地理出了头绪。他望着船头劈开的江水,心绪复杂又混乱,他觉得此时的自己正在变成哥哥苏南,那个曾经熟悉得不能再熟悉的哥哥,正在默默地望着他,在他眼前时近时远,既熟悉又陌生。

5

客轮从万州港离开后,下一站就是重庆了。

苏北的心绪仍无法平静下来,他独自站在客轮的甲板上,望着远方。两天两夜,他几乎没有合眼,大部分时候是在听王特派员介绍苏南的情况,这么多年苏南和他断了联系。苏南回过老家两次:一次是浙江特训队迁到重庆之前,他回家告别;另外一次,就是去年,国民政府从重庆迁回南京后不久,他带着嫂子最后一次回老家。当时父母身体还好,现在父母都老了。在父母的心里,对于两个从小离开家乡的孩子,思念和担心是少不了的。

苏北从母亲嘴里得知,哥哥苏南结婚了,生了个女儿。母亲还说:你哥长高了,也胖了。母亲瘪着少牙的嘴开心地笑着。他看过哥哥给母亲写的几封报平安的信,其中有一张他小家的全家福。嫂子抱着一岁的侄女,他们都开心地冲着镜头笑着。这是他第一次见到嫂子。一位文文静静的女子,她在照片上偎在哥哥的半个肩膀上,抿着嘴笑着。哥哥在仅有的几封信中,从不提他,他知道哥哥是为了安全。母亲虽然没什么文化,但她什么都懂。每次求识字的邻居给哥哥回信,她都要求邻居把信写好后,再念上两遍,直到她满意了才把信件寄出去。

成为苏南的他望着江水,觉得眼前那个苏北正化成碎片,一点点随江水漂走了。苏南在自己体内正在一点点变大。重庆近在眼前了,陪都模糊的影子已遥遥可见了,胜败在此一举,有胜利就会有牺牲。他似乎下了决心,找到没人的角落,从兜里拿出早就准备好的一把水果刀,向自己的腹部扎过去。

他捂着腹部,跌撞着向自己的船舱房间走去,他推开门。王特派员一脸惊讶地望着他。他倚在关好的门上,冲王特派员笑一笑说:以防万一。

客轮的笛声高亢地拉响,朝天门码头到了。

# 第 二 章

## 0

若干年前,那时他们在各自的岗位上退休不久,电视里开始播放一些谍战题材的电视剧,受到了观众的追捧。那些电视剧他们也看过,觉得和自己当年工作的经历相差甚远,大部分都是胡编乱造,没有一点地下工作者的真实可言,取悦观众罢了。媒体不知从哪里得知他们一星半点解放前的工作经历,有许多记者要采访他们,有摄像的,也有文字的。为了让他们相信各自媒体平台的正规性,记者们有的亮出记者证,有的还带着社长写给他们的信。记者们无一例外地都在强调:让他们把曾经的地下工作经历讲给更多的人听。有的记者甚至说:让他们把自己的经历讲出来,留作资料,以教育后人,警示后人。

一辈子养成的纪律,他们知道自己是特殊的人,只要一开口就都是秘密。组织原则铁打的一样,他们怎么会轻而易举把秘密说出来呢,况且这是组织的秘密。他们对这些记者采取的办法是:微笑。他们温文尔雅地对待这些记者们,就是不肯开口。记者们只能一次又一次无功而返。

再后来,这些媒体不知通过什么关系,找到了他们各自的上级,上级就给他们打来电话,客气地对他们说:媒体采访就说点什么吧,要是不想说,就谈谈退休后的生活也行。然后那些媒体记者又蜂拥着找到了他们。他们就只谈自己的退休生活,对以前的工作经历仍闭口不谈。渐渐地,那些媒体的记者们对他们失去了兴趣。他们的退休生活又有谁感兴趣呢?

他们退休后的生活和所有的人都大同小异。起初那阵子他们是不适应的,依旧会在某个固定时刻醒来,起床,穿衣。她洗了手先奔厨房,他进洗手间开始洗漱。然后吃药,药是昨晚上床前早就准备好的,到了他们这个年纪,各种慢性病都找上门来。他服完药,她的早餐做得也差不多了。都是提前一天准备好的,早晨就是加工一下。这种早餐方式,差不多是所有上班族的标配,不分老少,只是胃口不同而已。她把加工好的早餐端到桌子上,再去洗漱间侍弄自己。他吃得差不多了,她才来到餐桌前。他离开餐桌开始整理上班用的公文包，把老花镜放进去，还有前一天从单位带回来的学习文件，对了，还有保温杯。到了他们这个年纪，保温杯里会放一些枸杞、黄芪，还有一些治疗三高的中药。水她早已经烧开了，他把两个保温杯里的宝贝都放好，到厨房里把开水倒满，再把杯口拧死，分别放到两个人的包里。他做这些时，她也吃完了，端着盘碗到厨房里清洗。他提着两只公文包站在门口。穿好了鞋子，她甩着湿淋淋的手走过来。下楼，到了小区大门口，一个向左一个向右。一个乘坐地铁，另一个要乘坐公交车。以前这座城市没有地铁，都要坐公交车上班，后来有了地铁，她就每天乘地铁了。她接过他递给她的公文包，他说一句：再会。她也说：再会。两人两个方向，奔向不同的目的地，就像当年他们各自执行不同的任务。

下班时间也大体如此。不论谁先到家，都要先去厨房，把饭焖上，然后准备菜。另一个人回来了，两人一起在厨房里忙碌，说着单位里发生的事，老张、老刘又出了什么新鲜事，说了什么风趣的话。她说单位新分来的两个大学生，他们的恋爱故事都能拍成一部连续剧了。她每天这时都兴奋地说，他也消遣着听。不知不觉，饭菜已经做好了。然后他们就坐到饭桌前，仍然继续着刚才在厨房里的话题，饭吃得轻松又愉快。吃过饭之后他们就各就各位了。他提起自己的公文包去书房，看文件，或者处理没有完成的工作。餐桌便成了她的天下，老花镜也是必不可少的，她的工作和他的工作类似。两个人各自忙碌一会儿，这时小区里渐渐地安静下来，不知谁先伸了一个懒腰，另一个人打着哈欠，他说：去遛个弯儿。两个人相跟着下楼去，他们在小区里散步，有遛狗的人牵着狗在他们身边经过，碰到脾气好的狗，他们还会蹲下身子逗一会儿狗，狗主人也不着急走。

他们在楼下走了几圈儿，呼吸着夜晚新鲜的空气，天气好的时候，他们偶尔会看到天边的星星，他们会停下来，抬起头，手牵着手驻足盯着那几颗星星看上一会儿。不知为什么，人类对天上的星星有着天然的好感。看了一会儿星星，他们又开始遛弯儿，直到一个说：不早了，该回去了。另一个也不说什么，两人步调一致地向自家的楼门口走去。就这样一天结束了。

不论他们怎么放松聊天，从不提过去，这是组织的原则，也是铁打的纪律。不该说的不说，不该问的不问。这些钢铁般的纪律早已经融进了他们的骨子里。偶尔有避不开的话题，他们会说起过去，但都会绕过细节，用最含混的话，把要表达的说完，然后把话题岔开。

他们现在退休了，按部就班地吃过早饭，才发现早晨的忙碌有些多余。后来他们的节奏就慢了下来。可多年养成的生物钟让他们到点儿就会醒来，醒来之后就再也躺不住了。还是按照以前的节奏，吃完饭之后，他去了书房，她仍占据着餐桌。他在书房里看书，他喜欢看那些回忆录、历史名人传记，他从年轻那会儿就喜欢，只不过因为上班没有更多的时间，才把这一爱好留给了退休生活。她呢，学会了绘画，花鸟鱼虫都喜欢，为了学习画画，还报了老年大学的美术班，学习了一阵儿，她现在已经能把那些花鸟鱼虫画得有模有样了。

许多上了年纪的人都对当下发生的事儿记忆模糊，却对过去年轻时的经历记忆犹新。两个人也会经常发呆，想着各自不同的经历。他们的目光偶尔会碰到一起，彼此知道都在回忆着自己的往事。

退休很久后，生活并没有把他们之前养成的自律习惯打破，他们坚持着早睡早起的习惯。就是他们发呆时，也尽量控制自己的思绪，把自己生命当中最要紧的那一段跳过去，想着各自青春年少时的往事。一想起少年时代，他们的脸上就露出了留恋的神情。年少的往事让他们开怀，仿佛自己也年轻了许多。他们从各自的表情上，努力追寻着他们年少时的模样。时光如一台精密的雕刻机，早就让他们变了模样。曾拥有的少年时光，一次又一次把他们带回到过去。当他们追忆到自己深入敌人内部那段时，他们就卡壳了，似乎人生也断了片。

有时他们也好奇以前的经历中的某一段，以及当时的某些细节，他们把目光探询着望向对方的时候，便从各自的眼神里清醒过来，把刚才探究对方秘密的冲动压了下去。心理素质是天生的，也是后天养成的，他们当时如果没有强大的抗压能力，是不会囫囵着活到现在的，这一点他们比谁都清楚。

## 1

客轮停稳后，王特派员和苏北走出客舱。

接下来就靠他一个人了。王特派员在走出客舱前的那一刻，紧紧拉住他的手，用力地握了一下，又握了一下，语气深长地说：从现在起，你就是苏南了。

王特派员说完先他一步跨出客舱门，当着他的面儿拿出了船票，撕了一半，又撕了一半，直到那枚小小的船票，在王特派员的手里变成了碎片，一扬手撒到了江里。他知道这一切都是王特派员为了保证他的安全，做完这一切，王特派员走进了下船的人流里。

他被下船的乘客裹挟着向外走，王特派员早就在他眼里消失不见了。他知道作为苏南的他，对朝天门码头应该是熟悉的，苏南从浙江特训队坐船来到这里，又从这里坐船迁回到了南京。他觉得此时自己有两双眼睛：一双是苏南的，苏南眼里朝天门码头是熟悉的，指引着他随着人流轻车熟路地向前走着。另一双眼睛是他自己的，他盯着"苏南"，随着"苏南"稳重地向外走去。

他知道会有人来接他，他的身份现在是保密局重庆站的副站长，无论如何重庆站都会派人来接他。苏南在重庆国防部二厅时，和重庆站的吕站长就打过交道，说不上有多少交情，仅是点头之交。

他提着手里的包，在上最后一个台阶时，抻拉了一下腹部的伤口，一丝隐疼传来，他又想到了哥哥苏南，疼痛似乎立即传遍了他整个身体。他还在恍惚时，一只手拍在了他的肩膀上，然后听到一个男人大声地说：苏南，你这是想什么呢？连我都不认识了，你这是一升官儿就眼睛朝上看了。他回了一下头，见到一个比他高半头的黑脸男人站在他的面前，他马上露出笑容，张开双手，和对方狠狠地拥抱了一下。直到这时他仍然不知道对方是什么人，那人和他热烈地拥抱了两下，把他推开，盯着他眼睛说：才分手一年，你小子好像长高了。他咧着嘴微笑着，心想对方应该是那个国防部二厅二处副处长朱先海，或是特训队同学张大召，只有熟人才会和他这样打招呼。对方说：在船上没吃好吧？我和吕站长打过招呼了，他们站里本来要接你，我说我要先给你接风，毕竟咱们都是二厅的人，他们重庆站就靠后吧。这人一挥手，一个穿着便衣的小伙子，过来接过他手里提着的东西。这时他才确认，这人的照片王特派员在船上给他看过，他就是朱先海，国防部二厅驻重庆行辕二处的副处长，只不过那张照片过于模糊，和现实中这个人差距有点儿大。朱先海和他拉拉扯扯地向外走去。

他没想到朱先海会来接他。听了朱先海一番话，他心里有了数，便说笑着：朱兄，你何时回南京呀？好多南京兄弟们都让我给你带好，都说想你了。朱先海大大咧咧地说：操，国防部把我们丢在了重庆，我们这些人都是后娘养的，那些脑满肠肥的官员，谁还能顾得上我们？朱先海一路抱怨着，来到了停车场，那个穿便衣的小伙子显然是朱先海的司机，把他的包麻利地放在了后备厢里，过来拉开车门。在谁先上车的问题上，他和朱先海好一顿推让，最后客随主便，只好他先上车了，朱先海坐在了他的身边。关好车门，车就启动了，他用眼角余光向车外扫了一眼，王特派员的身影在人群里闪了一下，就消失不见了。他心里清楚，这是王特派员在送他最后一程了，想到这里心里不免空空落落的。

晚宴的地址安排在解放西路一家重庆菜馆子，这里离国防部重庆行辕不远，以前做陪都时，是军事委员会的办公旧址。国民政府迁回南京，这里便成了行辕的办公地方，大大小小聚集了许多办公的场所。

酒是少不了的，朱先海叫了几个二处的同事陪同，他们一下班就来到了这里，有的连军服都没来得及换，一起吵吵嚷嚷地向他敬酒。都是苏南以前半生不熟的同事，分别一年多又一次踏上重庆的土地，

他今天晚上的酒一定不能不喝，但一定不能喝多，接下来还有重庆站那帮人要应付，稍有不慎就会出现差错。他时刻要保持着清醒。这时他索性站了起来，掀开了衣服，露出肚子上的伤口。在船舱里，他用水果刀不轻不重地扎了自己的肚子，为的就是让自己成为苏南后不留一丝纰漏。他抱歉地冲大家伙儿说：我临来重庆前一天晚上，不小心伤着了。

朱先海就严肃起来，上上下下地又把他打量了一遍，口气凝重地问：谁干的？

他知道这一切都逃不过老牌特务朱先海的眼睛，朱先海混迹国防部二厅，从南京到重庆，已经是个老油条了，一点就通。他坐下来，装作若无其事地摇了摇头道：那天，电讯处的同事为我送行，回家晚了点，遇到一个小混混，就挨了这一刀。他说得轻描淡写，仿佛在说别人的事。他这么做有两层意思，一是以伤拒酒，尤其在初来重庆的第一天，人生地不熟，放在过去，面前的人都是他的敌人，双方将在战场上你死我活地交锋，怎么可能在一起喝酒？现在不同了，他的身份是苏南，而不是以前那个苏北了。这第二层，就有了更多含意，如果是国民党内部人对苏南下手，动手的这个人说不定在重庆有眼线，他现在的身份是苏南，扮演苏南就要是苏南，要做到滴水不漏。只有这样，他才能完成组织交给他的任务。

朱先海把杯子撂在桌子上，骂着国防部那些人，天天算计身边的人，还骂那些吃饭不干活、天天想着贪腐的那些大员们。他在一旁听着，附和着。他现在的身份不适合多说话，只能支棱起耳朵听，他要尽快地进入自己的角色，了解这些人的状态和情绪是必不可少的。

那天晚宴，朱先海没有再逼他喝酒，其他人也不好意思劝酒，都举杯和他碰了一下，喝多喝少随他。饭吃到一半儿，朱先海想起了什么似的说：徐处长，让我给你问好，他今晚有公务在身，就不能亲自来看你了。我替他敬你。说完举起杯子和他轻碰了一下。

朱先海所说的徐处长，叫徐远举，在国防部二厅也算是个老牌特务了。许多人都知道他，为人心狠手辣，毫不留情，深得上峰的信任。朱先海虽然是他的副手，但资历、阅历和徐远举相差甚远。

酒宴结束之后，还是到码头接他的那个司机，把他送到了重庆站。

## 2

重庆渝中区中山路174号门前，灯火辉煌，几个人影站在灯下，每个人都翘首以盼的样子。

车一离开宴会现场，驶入半明半暗的街道，苏北每个毛孔就灵醒起来。朱先海的接风宴他以静制动，总算是过来了。王特派员介绍的情况一点也不假，朱先海和苏南只是国防部的同事，苏南从浙江特训队来到重庆，那时的国防部正是缺人之际，他们的特训队是电讯专业，苏南先是在外勤干了一阵子，然后被分配到了电讯研究所。对外说是研究所，其实就是研究情报机构——破译日本人的电台。

国民政府从南京迁到重庆时，东北、华东、华中、华南大部都已落入日本人手里，日本人的飞机又隔三岔五地对重庆实施大轰炸。电讯研究所发现，每次日军轰炸前，重庆都会发出一串电码，却怎么也破译不出这串电码和日机轰炸有何关联。

那会儿的重庆各种电台多如牛毛，有各国驻华机构电台，也有许多企业的私人电台，都频繁地和外界联系。后来国民政府请来了美国情报专家雅德利，他是《美国黑室》的作者，前半生精力都投入到研究情报上了。雅德利在众多情报中找到了一个有规律的电台，这个电台发出的电文，都和日本人轰炸重庆有关。当时电讯研究所抽调了不少人配合雅德利分析情报，苏南也在其中。他们在雅德利指挥下，寻找着这一份份有规律的电报，电报是截获了，可却无法破译。一日，苦闷的雅德利来到图书馆，看到了赛珍珠的小说《大地》，那个年代《大地》这本小说在中国非常流行，到处都能买到，这是赛珍珠写的关于中国的一本小说。雅德利从图书馆把这本小说借回去，没事就翻看几页。灵感往往来源于一瞬间，雅德利在这本小说里找到了灵感，他拿出截获的电文，试着用这本书当译电本翻译起来。他惊讶地发现，这本名叫《大地》的小说，正是重庆那个神秘电台的译电本，发送出去的电码都是重庆第二天的天气预报。日军依据重庆的天气，启动飞机轰炸。他们又顺藤摸瓜，找到了重庆这个电台，找到了外号叫"独臂侠"的人，这个"独臂侠"潜伏在防空部队里，充当日本人的耳目。

这次情报战的胜利，让雅德利这个美国情报专家载誉而归。配合他工作的电讯研究所人员，每个人都得到了一枚青天白日的奖章。苏南就是在那一次立功受奖后，破格升了一级军衔，然后调入国防部二厅电讯处，当时朱先海在二厅的综合处，属于行政人员，两人打交道并不多，说不熟悉也不过分。一九四六年国民政府从重庆迁往南京前夕，朱先海就留在重庆行辕成为国防部二厅的二处副处长。

苏北知道，应付半生不熟的朱先海容易，可面对重庆站的总务长张大召就没那么容易了。两人一起在浙江特训队上学，不久又坐一条船来到重庆，毕业后苏南去了国防部的电讯研究所，张大召从外勤到了保密局重庆站，那会还是军统局。两人都在重庆，隔三岔五地就能见面。

张大召到重庆站不久，干的是执行队的外勤，别人都看不上眼的糙活。一次在抓捕一名倒卖军火的贩子时，这人竟然拉响了手榴弹，想和军统的人同归于尽。张大召侥幸活了下来，耳朵被炸聋了，经过多方的医治，听力有所恢复，却留下了耳背的毛病，说话总是粗声儿大嗓，不再适合做外勤工作了，便被调到了后勤。前一阵子升任为重庆站的后勤总务长，负责站里的吃喝拉撒。苏南和张大召的关系很近，来往也多。

车停在174号门前灯影里，苏北还没下车，就看到人群中一个咋咋呼呼的身影，不停地冲车里叫着：苏南你小子太不仗义，一下船就被二处的人接去了，你这是把重庆站当成啥了？

苏北在王特派员手里见过张大召照片，他很快确定了喊叫的人就是张大召。他不急不慢地打开车门，脚还没落地，就被张大召一个熊抱扑住了。他借势搂过张大召，用力地拍了几下他的后背。

张大召把他推开，盯着他的脸研究着：你小子在南京这是咋混的，黑了瘦了，是不是国防部的饭你吃不饱，还是有人虐待你了？走，我带你吃消夜去。

苏北犹豫了一下，张大召就大着嗓门儿说：接风的饭，站里没请上，消夜你总不能不去。明天你就是副站长了，以后你的饭怕是我们没资格请了。

张大召说完，又把众人向他做了介绍，有办公室季主任，还有保密室的人，总共有六七人。张大召的热情让他无话可说，只能做出一副客随主便的样子，随张大召一行向一旁的餐馆走去。走在身边的张大召盯着他"咦"了一声，打量着他说：苏南，我发现这才一年没见，你长高了，是南京的水好，还是妹子漂亮？看把你侍弄得。

苏北参军前，个子比苏南矮了一点。苏南到特训队去上学前，兄弟俩曾见过一面，也是最后一面，苏北竟发现自己的个子已经比哥哥高了。

听张大召咋咋呼呼地说着，苏北只是笑一笑，他知道这种场合自己还是不能多话，言多必失，他还是采取以静制动的原则。走进餐馆，饭菜早已定好了，酒和酒杯放在明显的地方。入座时，张大召把他引到上座，他客气着推让，张大召就怪异地看了他一眼，郑重地说：今天可不是老同学聚会，你是副站长，我们都是下属，今天的夜宵是给你接风。

他听了这话，默默地坐到上手的位子上，接下来就是端茶敬酒。张大召似乎很高兴，话也变得稠密起来。办公室和保密室的几个人，不时地接过张大召的话头，恰到好处地溜着缝。他们不失时机地一次次向他敬酒，每次轮到一个人敬酒，都郑重地把自己介绍一遍，然后说一句：站长你随意，我干了。不知何时这些人把他称谓前面那个"副"字去掉，直接称呼他站长了。他想，也许这就是国民党的官场吧。他又想起自己在新四军部队时，和战友们偶尔也会打牙祭。他们不论职位高低，都平等而亲密，在这里却不一样了。

消夜很晚才结束,一行人又把他送到了住处。在重庆站办公区后面一座二层小楼外,其他人都在楼下立住脚,目送着张大召把他送上楼。这是一个套间,外面是客厅,里面是卧室。这里的一切一应俱全。张大召把他按在沙发上,从茶几上拿了两只杯子倒好了茶,欠着半个身子坐下来,目光虚虚地望着他说:苏副站长,还是你行呀。从重庆回到南京,这才一年时间,你一转身就是我们的长官了。张大召的样子让苏北有些吃惊,他完全没有了在酒桌上的那种亲近感,一下子把自己摆到了一个下级的位置上。张大召检讨道:今天见了你有点激动,话多了一些,你别见怪。

他见张大召和自己刻意拉开了距离,就亲切地说:咱们是老同学,没有那么多礼数。和以前一样,你想说啥就说啥。

张大召听了这话很受用的样子,咧开嘴仍然谦卑地笑着:副站长,我可不能和你比,你是政府里有靠山的人。

他望着张大召,一副不解的样子。

张大召就说:你人还没到,我们这里就传开了,你的背景是国民政府朱秘书长。没想到这一年时间,你一下子就手眼通天了。说到这儿他停了停又说:我现在就是站里的一个小小总务长,是伺候人的差事,有什么事儿你尽管吩咐。他又想起了什么似的说:吕站长说自己有事,今晚就没来见你。其实他就在站里,他这是在装样子,想给你一个下马威。这老东西狡猾得很,你以后就知道了。

说完,张大召站了起来:副站长,今天不早了,你舟车劳顿,早点儿休息。说到这儿又环视了一下房间:副站长,你看看屋里还缺啥,明天告诉我,我马上给你补上。

苏北打量了一下房间,客气地说:挺好的,缺啥我再麻烦你。

张大召退到门口,又回过身来,真诚地对他说:你能来,我真的高兴,没想到你能来当副站长。张大召把两只手在裤子上又擦了擦,又一次热烈地和他握了一下手,长嘘一口气道:以后站里也有人替我说话了。

张大召离开后,苏北坐在沙发上,盘点着自从下船后的一言一行,自觉并没有露出什么破绽。万里长征刚迈出第一步,以后还有不知多少危险和困境在等待着他。他端起桌上的茶杯喝了一口茶,这一晚上,他的味觉直到这时似乎才恢复正常。

3

第二天早饭后,张大召把苏北带到了站里。重庆站是个小院子,分正楼和东西配楼,正楼三层,东西配楼二层。吕站长的办公楼在正楼的顶层把角的位置,同楼层还有保密室和另外几个办公科室。三层一间办公室,门窗都开着,窗明几净,办公桌的一角还摆着两盆绿植,门口挂一块牌子,上面写着"副站长办公室"。张大召就说:苏副站长,你就在这办公。因为是上班时间,张大召穿着少校军服,对他的称呼也正式起来,他迈着公事公办的步伐,走在苏北的前面引着路,来到站长办公室门前。张大召立住脚步,响亮地喊了一声:报告!吕站长在里面应了一声,张大召就推开门,堆着一脸笑:站长,苏副站长来报到了。

吕站长年近五十的样子,三角眼,头发稀疏,穿着中山装,从桌后站了起来,几步跨过来,把苏北的手握住,一迭声地说：怪我，怪我，昨晚没能迎接你。说完把他拉到沙发上坐下，他这才发现门已经被带上了，张大召已经消失得无影无踪。吕站长坐到了他的对面，扬了扬眉头说：老弟，昨晚休息得怎么样？说完把茶几上的电炉打开，上面煮着水，在热力的作用下，发出滋滋的响声。他挺直身子一本正经地道：站长，挺好的。吕站长笑一笑，抬起目光打量着他，偏过头说道：苏副站长越来越年轻了，今年有二十几了？他答：二十八了，马上而立之年了，已不年轻了。年轻有为呀，我像你这个年纪的时候，还到处搜集情报，给人打下手呢，看你三十不到就已经是副站长了，后生可畏呀！吕站长说着，把烧开的水壶拿起来，在茶几上烫着杯子，一边泡茶又一边说：咱们站副站长空缺了有一阵子了，我给毛局长打过几次报告，向国防部也反映过，可他们迟迟不给我配助手，全站就我一个人顶着，晚上睡觉都睁只眼闭只眼。干咱们这一行的时间久了你就知道了，压力太大。说到这儿，他把一只烫好的茶杯倒满茶放到了苏北的面前。吕站长把身子靠在沙发背上，夸张地打着哈欠说：这不昨晚，抓了一个共产党，审了一晚上。天快亮时，执行队的人说，招了。

苏北听着吕站长的话，心里一抖，手里端着的茶差点儿泼了出来。他下意识地问了一句：到底是什么人呀？

吕站长一边喝着茶一边心不在焉地说：他自己说是中共重庆区委的什么区长，身份咱们还得核实。吕站长放下杯子，站起身来道：苏副站长，你初来乍到，我领你在站里转一圈儿，先熟悉熟悉情况吧。

苏北就随着吕站长，楼上楼下各个办公室里走了一圈儿，无非是介绍各个办公室的人员，然后就握手寒暄。来到执行队时，这里只有两个人值班，队长和副队长都不在。看来吕站长说的话是真的，执行队昨晚工作了一夜。

最后吕站长把他领到了副站长办公室，打着哈哈说：苏副站长，这就是你办公室了，一会儿我让保密室拿几份文件给你，你先熟悉熟悉情况。吕站长说完就走了。几分钟后，保密室孔主任就把一摞文件送到了他的面前，谦恭地说：副站长，站长说了，让你先熟悉熟悉这些文件，有什么事儿你就给我打电话，或者喊我一声，我就在你斜对面办公室。说完后退着身子出门，为他轻轻地带上了门。

屋里安静下来，苏北再也坐不住了。昨天区长被捕的消息，王特派员那边知道不知道？听吕站长说，这位被捕的区长已经招了，招了什么？苏北知道自己的队伍里如果出现叛徒，给组织带来的损失是不可估量的，后果是严重的。他在办公桌前不断地踱着步，恨不能立马把这一消息传递出去。昨天上码头前王特派员曾和他说好了，今天晚上不出意外他要和王特派员在江边碰头，王特派员会给他介绍新的联络人。他一直望着窗外，真希望天快点儿黑下来。终于熬到了下班时间，外面的天色也渐渐地暗了下来，他走出办公楼。张大召在配楼办公，此时已经站到了主楼的台阶下，热络地和他打着招呼道：苏副站长，本来今晚站长要专门宴请你的，他临时有公务在身，我陪你去食堂。他没有心思吃饭，冲张大召说：我晚上要去看个熟人，就不在站里吃饭了。他这么说是经过深思熟虑的，苏南在重庆待了六年，见个熟人朋友再正常不过了。张大召一听，马上说：来了会会朋友应该的，我马上给你派车。他制止了张大召：就约在附近，我走过去就好，顺便看看风景。张大召听他这么说，就征询说：用不用带上两个人？外面乱。他连忙摆手道：我一个大活人，不怕。说完匆匆地回到了自己的宿舍，换上了便装。

他来到和王特派员约定的江边公园，出了一身透汗。不是因为热，而是心里急。王特派员并没有出现在他的视线里，他就在原地踱步。不知过了多久，一只手轻轻地搭在了他的肩膀上。不用回头，他就知道这是王特派员。两人并肩在甬路上向前走着，他低声说：有个区长被捕了。王特派员用更低的声音说：我一早就听重庆的同志说了。

他说：我听吕站长说，他招了。

王特派员听了他的话突然停下脚步，有些紧张地望着他：你确定？

他答：听说昨晚审了一夜，今天早晨招的。

王特派员倒吸了一口冷气：昨天半夜同志们已经转移了。

他心里松了一口气。

王特派员又接着说：原计划就是李区长负责安排人和你单线联系。你来重庆的情况他知道一些，如果他真的招了，你就不安全了。

他钉子一样钉在原地，没想到他李代桃僵替代苏南刚来到重庆就出现了这样的事情，他紧张地望着王特派员。

王特派员说：按地下组织原则，你这条线有人被捕，你也需要撤离。

他不可置信地望着王特派员。自己刚到重庆，还没有站稳脚跟，自己怎么能轻易退出？如果自己就此离开重庆，所有的一切都将前功尽弃。

想到这儿，他下意识地摇了摇头。他和王特派员坐在一块石头上，两个人分析了当前的局面，他坚持自己的观点，不能轻易就这么撤出去，他希望组织给他三天时间，摸清楚李区长是否变节，又招了些什么。虽然李区长知道有人从南京过来，但并不知道就是他。无论如何他暂时是安全的。

王特派员沉思良久，点头同意了他的计划。两人分手时，王特派员的手又和他握了一下，小声地交代道：如果那个姓李的真的叛变了，你在安全的情况下……王特派员说到这儿，抬起手做了个动作。他在黑暗中重重地向王特派员点了点头。

危险将至，不论在哪个战场上，叛徒的破坏力总是超出想象。对付叛徒的最好办法就是从肉体到精神上把他消灭，让他的危害降低到最小，如果苏南在，也会义不容辞地去这么做，苏北又一次想到了哥哥苏南。他再一次提醒自己：现在的我已经是苏南了。

回到重庆站时，他总觉得有一双眼睛在暗处盯着自己。他站在暗处去寻找，却什么也没有看到。

4

夜晚的重庆站办公区安静得有些吓人，只有几盏廊灯昏黄地亮着，点缀出楼房的轮廓。

办公区有一个月亮门，是通往后院的，他早上报到时，吕站长带他挨个儿办公室转过，也看到过这个月亮门。走近月亮门时，他看见这是一个后院，院子很宽敞，有一排平房，每间房子的门都是铁门，窗子也被铁栏杆密密地围上了。

当时吕站长站在月亮门旁，轻描淡写地说：这是执行队审问犯人的地方，干的都是打打杀杀一些粗活，就不细看了。

他来到重庆站已经一天多了，苏北知道此时自己暂时是安全的，李区长招供从南京来了一位地下党潜入重庆，但具体情况还不清楚。此时，他觉得自己就如同一只四处漏风的小船，正行驶在波涛汹涌的海面上。

他现在的任务是灭了叛徒的口，可叛徒的关押地点还不知道，他想到了那个后院。吕站长介绍那是执行队的地盘。想着，他向后院走去，又总觉得有人跟着自己，回了几次头，黑洞洞的什么也没看见。在新四军时，他执行过侦察任务，知道如何化装和声东击西的技巧。他想施展自己侦察的绝技，突然醒悟过来，自己现在是重庆站的副站长。想到这，他一下子镇静下来，再往前走，就从容不迫了。

果然，后院儿有一个房间的灯亮着，房间里还有晃动的人影儿。暗处突然有两个人朝他走了过来，伸出手把他拦住。他怔住，刚想要解释些什么。其中一个冲他敬个礼，恭敬地说：苏副站长，这里是关押犯人的重地，没有吕站长的命令，谁也不能靠近一步。显然这里的人认识他，他正犹豫间，张大召从身后走了过来，热络地说：苏副站长，怎么跑这来了，这么快就见完朋友了？他支吾着，执行队的人不让他靠近，想必叛徒就关押在此吧。

他随张大召离开时，张大召说：苏副站长不嫌弃的话，到我那坐坐，这么久不见，老同学有一肚子话要对你说。

让他没想到的是，张大召就住在他楼下。楼下的房屋结构和楼上不一样，楼下类似筒子楼，水房、厨房都是公用的，这里住着好几位重庆站的人。

张大召刚结婚不久，门上的"喜"字还新鲜着，苏北警惕起来，提醒自己一定少言多看。进门之后，他看见了新娘子，一位面容姣好的女子，在床旁的一张桌子上正勾画着什么，见他进门，站起来，响亮地叫了声：苏副站长好。张大召就说：我婆娘，小学老师。还没等他应声，张大召就冲女子说：快去，准备点下酒菜，我和苏副站长今天要好好聊一聊。

女子就笑盈盈地出去了，张大召把桌子扒拉开，抽出两个凳子，招呼着他坐下。还没等他开口，张大召就说：咱们办公区那个后院儿，没想到连你也不让进去，那可是吕站长的私人后花园，只有他和执行队的人才能够自由地出入。

他佯装不解地问：是为了保密吗？

张大召就仰着头说：保密是个幌子，谁都知道是为了这个。张大召说到这儿，在桌子底下做了一个数钱的动作。

他不解地望着张大召。

张大召就把头凑近一些，压低声音说：执行队经常抓人回来，什么人都有，要放人得用这个。张大召又做了一个数钱的动作。

他马上问：听说抓了个共产党，是不是也关在这里？

张大召做出了一个肯定的表情，犹豫了一下又说：听说这次抓到的是个大人物，不过谁能吃下这个大人物还真不好说。

他疑惑地望着张大召问：难道这个大人物也能用钱赎出去？

张大召头摇得拨浪鼓似的：副站长，你真是在南京待得太干净了。这么大的人物可不是钱的事儿，弄好了就能高升了。副站长你想啊，抓住这么大的人物，肯定

25

会有大秘密，拿下了共产党的大秘密，是不是能立功受奖，指不定就借机会高升了。

正说话间，女子已经把两个下酒菜端上了桌，还把一瓶酒打开放到了两人面前。张大召从兜里拿出一串钥匙，丢给女子道：去我办公室批改作业吧，我不叫你可千万别回来，今晚我要和我的老同学好好聊聊。女子接过钥匙，笑着离开。看来女子经常去张大召的办公室，一副轻车熟路的样子。

女子一走，苏北就说：大召，咱们是老同学呀，以后不要叫我官职，叫我名字就行。

张大召听了这话怔了一下，似乎有些感动，把酒倒好端到他的面前：苏南，谢谢你还没把老同学的情谊忘了。不过，工作的时候不能这样，要树立你的威信，以后在重庆站我可就指望你了，谁让咱们是老同学呢。苏南你有所不知啊，我这个总务长就是个打杂的，全站人吃喝拉撒，这里漏水那里断电，都归我管。咋咋呼呼的，看似很威风，其实就是个大跑堂的。手里啥权都没有，和执行队的人没法比，就连办公室的人都不如。你也看到了，我这个总务长还住在筒子楼。这待遇，啥也不说了。哎，老同学，咱们先喝酒。我这有一肚子话要对你说，今天咱们好好聊聊。

和第一天刚到重庆时相比，苏北的紧张、焦虑，还有那绷紧的神经，现在已经放松了许多。他要尽快进入角色，融入重庆站，眼前这个张大召是不可缺少的人物。

5

第二天一早，苏北刚走进办公室，院子里就乱了。

一辆军用吉普车，后面跟着一辆卡车，气势汹汹驶进重庆站的院子。吉普车里下来两个军官，一个是中校，另一个是少校，臂章上写着"宪兵"字样。他们下了车，抬头望了眼吕站长办公室的方向，中校冲卡车上的士兵挥了一下手，十几个宪兵跳下卡车，手里一律端着卡宾枪，训练有素地站在了车旁，枪口对准四面八方警戒着。中校小幅度挥了下手，带着少校往楼梯口走来。这场景是苏北透过办公室的窗口看到的。

片刻过后，脚步声由远而近。皮鞋不管不顾地踩踏着木质地板，最后消失在吕站长的办公室门前。苏北先是听到吕站长的咆哮声：太过分了，你们这不是协商，是在抢人！我们保密局重庆站在你们警备区眼里算什么？我要给你们的司令打电话，你们要是识相点儿，就给我回去！

另一个人也大声说道：吕站长，我是奉命行事，不把人带走，没法回去交差，我们是不会离开的。

然后是摔茶杯的声音，还有摇动电话的声音。听不清吕站长在电话里说了些什么，紧接着又是摔电话的声音。吕站长冲出了办公室，大声地喊叫着：执行队，还有重庆站所有喘气的，操上家伙给我出来。警备区的人都欺负到咱家门口了，你们真能沉得住气？

苏北在办公室里就听见哨子声，还有杂沓混乱的脚步声，一楼、二楼包括配房的窗子全打开了，从里面伸出了黑洞洞的枪口。那些站在车旁的宪兵见势不好，哗哗啦啦地把子弹顶上了枪膛。眼前的阵势，一场枪战一触即发。苏北下意识地把自己的佩枪从抽屉里拿出来，别在了自己的腰间。他早就听说，国民党内部派系林立，内斗严重。没想到今天让他亲眼见识到了。

苏北打开办公室的门，来到走廊时，吕站长和那两个宪兵队的军官已经不见了。保密室孔主任拿了一把手枪气狠狠地站在办公室门前，一遍遍说：太欺负人了，太猖狂了。见到苏北忙说：苏副站长，你下楼去看看，别让吕站长吃亏。我这儿离不开人。

苏北来到院子里，见吕站长叉着腰，青筋都快从脖颈里跳了出来，大声嚷嚷着：人是我们抓的，你们警备区的人想邀功请赏，这也太心急了吧？我和你们司令已经说好了，我们把人审完，会交给你们的，你们这么不依不饶，我要告到南京去！实话跟你们说，我们保密局不是个软柿子，就是我同意，我们的毛局长也不会答应。两个宪兵队的军官也没有退缩的意思，他们把手按在枪套上。那个中校梗着脖子说：吕站长你也别动气，我就是一个军人，以服从命令为天职。上级让我来提人，见不到人我就没法回去交差。你也别难为我。说着环顾着四周。

楼上楼下每个窗口里都探出了枪口，黑洞洞的，对着院子里的人。中校军官冷笑一声道：你们重庆站恐怕还没有那个胆儿，有本事就开枪。看看你们谁敢？

吕站长也冷笑一声，和宪兵对峙着。

苏北基本上明白了眼前的突发状况，双方一定是为了那个被捕的李区长，看来李区长在他们双方的眼里都是个香饽饽。他意识到，那个李区长一定还有好多秘密没有交代，否则双方不会这么剑拔弩张抢人。警备区的人和保密局的人都在抢这份儿头功。他向吕站长身边走去，冲余怒未消的吕站长说：站长，你回去，这里我盯着。吕站长感激地望了他一眼，拍了拍他的肩头，然后扭过头冲院子里所有的人大喊着：重庆站的人给我听好了，我们不开第一枪，但也绝不允许警备区的人有打第二枪的机会。只要他们敢开第一枪，全部给我撂倒，天塌下来有我吕某人给你们顶着。吕站长喊完便向办公楼走去。

一直阴沉的天空，太阳不知何时冒出了头，正值七八月，不一会儿站在院子里的宪兵额头上都流下了汗水。苏北已经撤到了一角，他预感到今天这一触即发的冲突，是不会发生实质性进展的，因为谁也没有开第一枪的胆量。约莫过了三四十分钟的样子，重庆站外面的马路上响起了汽车的声音，车声由远及近，一辆华沙牌轿车猛然停在了院子里。朱先海从车上走了下来，他看到眼前的阵势忍不住笑了笑，一抬头看到了站在角落里的苏北，招了一下手道：苏副站长。前两天他们刚见过面，苏北走了过去，故作惊讶地说：朱副处长，怎么把你惊动来了？朱先海没有说话，摇了摇头，又走到了那两个宪兵队的军官面前，低声说：让士兵把枪收了，这样子太不像话。

宪兵中校梗着的脖子慢慢松弛下来，冲自己的士兵挥了一下手，士兵们把枪收了起来，枪口朝上。

朱先海又冲楼上喊：吕站长，劳您大驾，麻烦下来一趟。

不一会儿吕站长就从楼上走了下来，离很远就伸出了双手，径直走到近前，然后握住朱副处长的手：可来了主事的了，你们重庆行辕二处代表的可是南京国防部，朱副处长你来得正好，你要再晚来一会儿，我这里可就血流成河了。保密局重庆站庙小，可我们的方丈却不软，想虎口拔牙，门儿都没有。

27

朱副处长见大局已被自己掌控，人也就松弛下来，打着哈哈说：警备区司令部、保密局都在为党国效力，为了一个被俘的共产党，动刀动枪，大吵大闹，有失风度。刚才我给警备区司令通了电话，也给在南京的毛局长做了汇报。双方可以退一步，人是你们重庆站抓来的，那就你们先审，不过要有个期限，两天后必须把人交到警备区司令部。

吕站长把表情缓和了下来，借坡下驴说：朱副处长，你可代表的是国防部，背后就是南京国民政府，你的话我信！行，两天后我就交人。

警备区宪兵中校本来就是个执行任务的，见朱副处长把话说到这个份儿上了，挥了一下手，让士兵先上车，自己也开着车灰溜溜地驶出重庆站的院子，完全没了来时的气势。

朱副处长和吕站长打了一会儿哈哈，然后就拉过苏北的手，冲吕站长说：苏南可是我好兄弟，以后还得请吕兄多多关照。两个人又客套了一番，朱先海便告辞了。

直到此时苏北才明白，共产党是保密局抓到的，可重庆的治安和武装保卫却归警备区管，他们都想得到共产党这个大号人物，如果被捕者口风没有松动，他们是不会这么急于邀功请赏的。

苏北从吕站长口风里也掌握到：那个李区长虽然表态可以和他们合作，但只招供一些无关紧要的细节，真正的机密他并没有吐露，他在和吕站长做交易，要求把自己押解到南京，他才肯开口。看来那个李区长知道，如果自己一股脑儿地把秘密交代出来，自己就没有价值了，弄不好连个全尸都保不住。要是去了南京见到大人物，结果也许完全不一样。这个节骨眼儿上，李区长为了去南京正在和重庆站讨价还价。

看来除掉叛徒李区长，成了苏北的当务之急。

## 6

苏北有机会走进执行队审讯室，是第二天的午后了。

吕站长被执行队李队长叫到审讯室，回来后脸就一直阴沉着。距离交人的时间只有一天多了，看样子李区长还没有交代重要东西。吕站长回到办公室不久，李队长又走进吕站长办公室，这一次传来吕站长的大骂声：你真是头猪哇，就不能想想别的办法，你要动脑子！李队长一声不吭。半响，李队长才走出吕站长办公室。路过苏北办公室时，李队长歪着头看了一眼苏北，目光中有些复杂，苏北能感受到李队长对他的戒备。

他在食堂见过一次李队长，李队长年龄不小了，四十开外的样子，脸上长满了胡子，人就显得很冷漠。张大召为他们相互介绍过，李队长不带一丝笑模样，抱起拳来，冲他拱了拱。张大召介绍过这个李队长，他一直跟着吕站长，算是吕站长的左膀右臂。当年重庆站缺少一个副站长时，吕站长是给上面打过报告的，推荐李队长接替副站长的职位，自然没有成功。不知李队长怎么想的，苏北一到重庆站，他就觉得是苏北抢了他的位子。在苏北眼里李队长就是个粗人，到重庆站这些天，从没有见李队长穿过制服，一条军裤，上面是一件圆领背心，背心外面又套了一件坎肩，就像一个大街上的棒棒，他指挥着执行队风风火火地出去，又风风火火地回来。有

28

两次他和苏北打了照面儿，却偏过头去，装作没看见一样。经过这几天的观察，苏北大概明白了吕站长用李队长的原因，因为他没有心机，更没有脑子，就是一个打手。苏北知道，对付李队长这种头脑简单的人很容易，李队长的脑子是长在吕站长身上的。苏北对李队长的对立情绪并没有放在心上，他知道对付这种人很容易。

李队长走后，吕站长把苏北叫到了自己的办公室。吕站长脸上仍然一脸愁苦，拧着眉头冲他说：苏副站长，你知道明天这个时候咱们就得把前两天抓到的李区长交出去了。这个李区长可是共产党的一个大人物，他肚子里的秘密多的是。可那个李区长只说些不值钱的情报，重要的情报只是说了个开头儿，其他重要的东西一句也没说。他要求把他送到南京去，这个人是在讨价还价呀，他瞧不上我们，觉得我们给他的承诺他不放心，非得要见南京的人。

苏北的心别别地跳了起来，他不知道吕站长跟他说这些话的用意，但他知道吕站长遇到了难题。吕站长心很急，想在有限的时间里让李区长就地招了，把功劳结结实实地记在自己的头上。要是李区长不招供，时间一到，到手的鸭子就飞了。人被警备区带走不说，要是这个李区长在警备区招了，吕站长可就被打了大脸了。毛局长会怎么看他，国防部的人又怎么看他？现在的吕站长已是骑虎难下了。

吕站长咂着嘴说：苏副站长，你是从南京来的，见多识广。审问么，总得用些计谋。他说到这儿站了起来，认真地盯着苏北，又说：我想让你扮从南京来的特派员，代表南京来审他，看能不能招供。这个李区长，现在一门心思就想见到南京的人。

苏北出现在审讯室时，吕站长就陪在他的身旁。他现在的身份是南京的特派员。审讯室的门口，吕站长又加了双岗，声势是够了。

李区长坐在一把椅子上，双肩被捆绑着。有两盏灯，在审讯室里不暗不明地亮着，墙的角落里，放着各种刑具，现场的气氛也是很足的。苏北看到李区长并没有受到太多刑讯，白衬衣上沾了一些血，脸上也有几道子鞭痕。李区长的头耷拉着，头发把半张脸都遮住了。

苏北和吕站长出现在他面前的时候，李区长连头都没有抬一下。吕站长清清嗓子，一本正经地说：李区长，你不是要见南京的人吗？这位就是南京派来的特派员，刚下船，是专门为你而来。

李区长抬了一下头，把目光落在苏北的脸上。苏北望着眼前这个叛徒，内心百感交集，表面上却不能表露出来，只能一脸严肃地望着这个李区长。

李区长突然哑着声音问：你是南京什么人，代表谁？

苏北现在扮演的人，吕站长已经给他安排好了，是国防部的特派员。

李区长听了苏北自报家门，眼睛里闪过一丝失望，甚至有些恐惧，他把头扭到一边，暗自思忖着什么。

吕站长见时机已到，就在一旁添油加醋地说：李区长，我把你的情况向南京做了汇报，南京也表达了诚意，专门派了特派员来见你。如果你招供的内容真的有用，特派员会把你带到南京去。但你一点儿也不招供，就想去南京，我们可不会上你的当。你说要见南京的人，我没有食言，希望你也要信守承诺。

29

李区长这时又把头转了过来，上上下下把苏北打量了一遍，最后目光落在苏北的脸上：我要单独和你谈。

苏北下意识地瞥了一眼站在身旁的吕站长，吕站长当即做出反应，冲站在一旁的执行队挥了一下手：你们都撤下去。几个执行队的打手，鱼贯着走出审讯室。吕站长是最后离开的，离开之前他深深望了一眼苏北。作为回应，苏北冲他微微点了一下头。

所有人都走了，整个空空荡荡的审讯室只有苏北和李区长两个人，他把目光再次投向李区长，真想扑过去一把掐住他的脖颈，结束这个叛徒的生命。但他知道那不是一个最好的办法，他要寻找机会，再把这个叛徒置于死地。他拉过一把椅子，坐在了李区长的对面，再一次盯着李区长：你不是有话对我说吗？现在这里没有人了，你可以说了。

李区长把上身向他探了一探，压低声音说：你真的代表南京？我说了，你能保证我的安全吗？

苏北的心头瞬间燃起一股怒火，他故意卖了一个关子：那要看你的情报值不值这个价，不是随便什么人都能够被送到南京去的。

李区长努力把身子探向他，声音更低地说：我有重要情报——你们国防部里有共产党，而且已经到了重庆，接头人就是我。

苏北一股血涌到了头顶，幸亏这人早被捕了一天，要是晚一天，他就会跟眼前这个人接头，那后果不堪设想，他们所有的努力都将前功尽弃，苏南将白白地牺牲。就在他思绪游离的一瞬间，李区长又恢复了原来的坐姿，摆出一副谈条件的样子：

特派员，你说我的情报重要不重要？我提出去南京面见你们的长官，条件不苛刻吧？我刚才说的，只是冰山一角。只要到了南京见了你们的大人物，能确保我的安全，我统统告诉你们。

苏北问：你知道中共从南京派到重庆的是什么人？

李区长的嘴角挂起一抹微笑，闭上眼睛就不再说话了。

苏北下意识地摸到了腰间的枪，他知道自己要冷静，不能过早地暴露自己。这一次他把身体探向了李区长，这个主意是一瞬间想好的。他把手伸过去，几乎抱住了李区长，做出一副跟李区长耳语的样子，他知道虽然吕站长离开了审讯室，四面八方都有眼睛在盯着他和李区长。他偷偷地解开了系在李区长身后的绳结，嘴里说着：你这个叛徒。然后一口咬向他的耳朵。苏北嘴里"叛徒"这两字出口时，李区长就一惊，身子本能地挣扎起来，瞪大眼睛望着苏北。他的身体却被苏北死死搂住，他的耳朵被苏北咬住，剧烈的疼痛让他条件反射般地从椅子上站了起来，大喊大叫着。苏北趁势把他搂抱到地上，在他耳边又补充了句：让你去死。李区长惊恐地乱舞着手臂，苏北趁势倒下，让李区长的身体仍压在自己身上。李区长大叫着：共产党，共产党……话还没有喊完，苏北的枪就响了。

吕站长带着执行队再一次冲进来的时候，苏北和李区长都躺在了地上。苏北的子弹正击中李区长的胸口，喷溅出来的血喷了他一脸，他满脸是血地站了起来，冲吕站长说：执行队的人为什么不把他绑死？为了审他，我差点儿丢了命。

吕站长和执行队在外面看到李区长袭

击了他们的苏副站长。苏副站长开枪完全是下意识自卫。

吕站长从自己兜里掏出一块手绢，亲自把苏北脸上的血迹擦掉，回过身来踢了一脚李区长的尸体：这个共产党的死硬分子，死到临头还想拉一个垫背的。

苏北和吕站长走出审讯室的时候，他长长地吸了一口气，感到口渴得要命。

# 第 三 章

0

上个世纪七十年代初的一个春节，苏怀南从插队的农村回到了南京，给父母带来喜忧参半的消息——她要结婚了。

喜的是，老大不小的女儿苏怀南终于结婚了。结婚对象是她插队公社里的一名复员军人，对方根正苗红，条件在当时的社会背景下没得说。忧的是，怀南在农村结婚，依据当时插队的政策，就要在农村扎根一辈子了。

怀南这个名字是全国解放后，苏北提议改的。怀南就是怀念苏南的意思，苏南牺牲在黎明前的暗夜里，如果苏南不牺牲，他们全家人的命运都将被改写。

怀南从小最大的愿望就是有朝一日参军，继承亲生父亲苏南的遗志。高中毕业那一年，她终于报名参军了，先是体检，然后是政审。怀南会唱歌、跳舞，一直是学校文艺宣传队的骨干，部队的领导决心把她招到部队的文艺宣传队。但当得知苏北和梦瑶的经历时，部队的领导一下子变得谨慎起来，然后又到他们各自单位了解情况，当时叫政治审查。在夫妇俩不知情的情况下还调出了他们各自的档案。苏北和梦瑶当时想，武装部和部队的领导很负责任，他们相信有这样的部队领导严格把关，输送到部队的每一位战士，都是最优秀的，政治上也是最可靠的。下发入伍通知书时，却没有怀南的名字。他们带着怀南找到了武装部，武装部的领导谨慎地告诉他们：怀南一切都很优秀，只因为他们夫妇解放前从事的是特殊工作，还没有到解密期。军人是保家卫国的特殊职业，在选人用人的问题上，自然不能有半点儿马虎。武装部的领导也承认夫妇俩解放前的工作是光荣而又高尚的，怀南不能入伍，就是因为保密的原则。那天怀南哭着离开了武装部。

怀南高中毕业那一年，正是知识青年下乡插队的高峰期，怀南只能响应党的号召，下乡插队。弟弟苏忆北那一年刚上初中，他目送着姐姐戴着大红花，被敲锣打鼓的街道人员送到了长途汽车站，那里聚集了大批的下乡知青。此时的怀南已从参军的阴影中走了出来，她已经平静了。

从她懂事时就知道，他们的家庭很特殊。父母当年做过的地下工作是高尚的，也是悲壮的，为了组织的保密原则，牺牲也在所不惜，她又有什么理由抱怨呢？她兴高采烈地登上了下乡的长途汽车，送行的场景是那么感人，红旗飘扬，锣鼓喧天，他们每个下乡学生胸前的红花都映照着他们的脸庞。每个下乡插队的学生，心里都洋溢着自豪和骄傲，为了祖国的建设，听从党的安排，这就是他们这一代人的使命。

怀南下乡了,一晃就满了一年,在这一年的期间,只有春节的当口,才能回到家里住上几天。经过插队的历练,怀南的样子变了,变得又黑又瘦,已经完全是一个农村姑娘的模样。每次怀南回家,梦瑶都会捧起女儿的脸看了又看,眼泪在眼眶里打转,苏北的心里也不是滋味儿,坐在一旁不知说什么好,只能一遍一遍地唏嘘感叹着:怀南受苦了。怀南已经完全没有了刚下乡时的豪情,把头偎在母亲的怀里,见母亲流泪,自己的眼泪也流了下来。全国的孩子都这样,他们又有什么可抱怨的?春节在家里休息了几天的怀南,就又一次依依不舍地告别了故乡和父母,回到了她插队的地方。

一年又一年,他们似乎习惯了这种团聚和分离。怀南也在岁月里变得刚强了,说话嗓门儿又粗又大,走起路来带着风带着火,只要她一回来,整个楼道都回响着咚咚的脚步声。

后来和怀南一起下乡的知青,开始陆陆续续地又回到了城里,有的接父母的班,有的被分配了工作,又成了城里人。那会儿苏北打听过,下乡知青要回到城里。除了接受贫下中农再教育表现优秀之外,还需要有门路:比如父母即将退休,孩子可以顶着名额从农村回来;或者身体不好,可以凭病历证明回来,等等。总之为孩子回城,各显神通,条条大路通罗马。

怀南下乡的这几年时间里,苏忆北高中毕业,留城工作了。他能留在城里工作,是因为家里已经有一个姐姐下乡了,根据当时的政策,苏忆北幸运地留在了城里。

怀南一直没能回城,后来就很少回城了,一连几个春节都没有回来。全家都把希望寄托在怀南身上,希望她成为表现优秀的知青,早日被选调回城。梦瑶也曾经私下里和苏北商量过,琢磨着找个领导给怀南也批个条子,让她回到城里。苏北不以为然,觉得怀南是响应党的号召下乡插队的,既然是组织安排的,组织是不会忘记怀南的。苏北让梦瑶放弃了走后门的想法。他们曾经是地下党员,一切都得按照程序来。他们相信组织,干他们这行的,受过多年的组织教育,深知组织的纪律性。他们只能默默地等待。

怀南从下乡插队时的少女变成了一个大龄女青年,转眼快三十岁了,他们又为怀南的婚姻大事焦虑起来。城里的适龄青年,不会和怀南谈恋爱、结婚,农村的他们又不熟悉,他们想帮助怀南也没有办法。怀南偶尔回来,他们望着老大不小的女儿长吁短叹,怀南却宽慰他们说:面包会有的,牛奶也会有的。有没有的他们也是爱莫能助,只能暗自替怀南的终身大事着急上火。

这一年春节,怀南从农村回来,告诉他们即将结婚的喜讯,他们真的不知道是该忧还是该喜。女儿的婚事自己定了,新社会新做派,父母不能干预,也无法干预。

怀南的婚礼安排在了春天。女儿的人生大事,他们一定要亲自到场,这是他们第一次来到女儿插队的地方。到处是水田,农忙的人们在水田里插秧播种。乡下的道路坑坑洼洼,有的地方甚至泛起了泥浆,鸡屎和猪粪到处都是,他们都没有了下脚的地方。女儿的婚房在村头,女婿是大队的民兵连长,穿着洗得发白的旧军装,见到他们腼腆地敬了一个标准的军礼,然后就亲热地叫了声:爸,妈。

婚礼简单又淳朴,简单淳朴得让他们都想流泪,床头摆了两床红色的被子,一只半新不旧的收音机正在播放着样板戏选段。有亲戚帮忙在院子里放了一挂鞭炮，几个好心的知青把怀南在知青点里的破烂东西搬了过来，大伙儿凑钱，给怀南买了一对热水瓶、两个洗脸盆儿。简简单单，这就是怀南的婚礼了。

忆北看到姐姐简单的婚礼破败的新房，当即蹲在一旁号啕大哭，倒是怀南没事儿人似的过来劝慰着弟弟：哭啥？姐这样不是挺好的吗？姐比其他农村人强多了。怀南早已把自己当成了一个农村人。她的眼里看不到一丝忧伤，却充满了对新生活的美好渴望。

后来他们问过怀南：为什么不再坚持一下想办法回城，而是嫁给了一个复员军人？怀南说：虽然他是复员军人，但他曾经是军人。梦瑶和苏北就不知说什么好了。他们理解，女儿的心里一直装着一个军人梦。

只因他们曾经的特殊工作，让女儿的梦想夭折了。想着女儿的命运，他们的心里五味杂陈。

## 1

身为重庆站的一站之长，吕站长曾经是有过美好追求的。只是生不逢时，站错了队，跟错了人。沈醉在军统局时，吕站长就跟着沈醉，当时的沈醉可是军统的红人，历任稽查队长、总务长等职务，与陈恭澍、赵理君、王天木并称军统的"四大金刚"，与周养浩、徐远举并称为军统的"三剑客"，深得戴笠的信任器重。当时许多人都认为，沈醉成为军统局的副局长，甚至接戴笠的班都只是时间问题。时局的变化，让人猝不及防，戴笠摔死后，风云突变，不仅军统局变成了保密局，毛人凤也借机一步登天。一朝天子一朝臣，沈醉不仅被甩出了保密局的核心圈，还被派到了云南，成了不起眼的云南站的中将站长。

自己的靠山一夜失势，这是吕站长没有料到的，他跟随沈醉这么多年，把宝都押在了他的身上，没料到是这么个结局。眼见着晋升的阶梯被人堵上了，年近五旬的人，无论如何在保密局都占不到一点优势。他是想搏一把的，比如在业绩上压人一头，让保密局和国防部的那些大员们正眼看上自己一回，在即将退休前，有机会到南京谋个职位，也算是自己的造化了。人算不如天算，本想着在李区长这里打开个缺口，捞住自己最后翻盘的救命稻草，没想到却被苏北打乱了计划。

他又能说什么好呢？让苏北扮成南京特派员是他的创意，苏北审问李区长时他在外面的小窗口看得真切，是李区长先袭击了苏北，苏北是被迫自卫。一切都那么严丝合缝顺理成章。只能怪时运不济。

想到重庆警备区的那些人，何尝不是跟自己一样，想在南京卖好邀功。这么想着，他心里就平衡了，反正人已经死了，他得不到好处，别人也休想得到，起心动念之间，吕站长的心就平和了。把眼前的烂摊子交给执行队的李福，他和苏北回了办公室。走到苏北办公室前，他打着哈哈说：苏副站长，你看你都来几天了，我才第一次到你这儿来坐一坐。说着进门坐到了沙发上，头疼似的，用手指敲了几下头：苏副站长，你虽然来站的时间短，站里这一摊乱糟糟的工作，你也看到了，我真的是很累呀！只想早点儿解甲归田，陪老婆孩子过热炕头的日子去。说完苦笑着。

苏北为吕站长沏了茶，顺势坐在了吕

站长对面的沙发上：对不起站长，让你失望了。苏北见吕站长绝口不提刚才发生的事儿，便想试探吕站长的反应。吕站长挥了挥手：你做得没错，要是那个死硬的共产党这么对我，我也会是这么个反应。没想到苏副站长的身手这么快，完全不像是在国防部机关出来的人。

苏北就故作谦逊地说：我从特训队毕业，虽然天天和电讯情报打交道，这么多年下来，防身的手艺还是学了点儿。

吕站长不住地点头做微笑状，突然想起了什么似的问：你和朱家晔秘书长很熟吗？

苏北知道吕站长在套他的话，他到重庆站已经几天了，从张大召嘴里知道，背后猜测议论他的人很多。站里的人都知道，为了这个副站长的位子，各方的势力已经决斗了很久了，最后半路杀出来的却是苏南，都想知道他的背后靠山究竟是谁。现如今能在道上混的人谁还没有一个靠山呢？苏南这么年轻，还不到三十岁，没有靠山是万万不能混到眼前的位子的。

苏北料到迟早有一天吕站长会这么问，朱家晔秘书长这张名片，没有必要隐瞒，自己早点儿亮出和朱家晔这层关系，对自己的身份巩固是有利的。但也不能把话说过头儿，要半遮半掩，剩下的让他们自己去琢磨吧。他低下头笑一笑说：我哪里和朱秘书长有什么私人关系。我结婚时，朱秘书长是我们的证婚人，只因夫人在他手下的保密室工作，完全是工作关系。非要说私人关系，那就是我们都是浙江慈溪的同乡而已。

吕站长似不经意地又问：这么说，你能来到重庆站完全是夫人路线喽？

苏北就不再说话了，举起茶杯示意吕站长和他一同品茶。吕站长端起茶杯，想起了什么似的问：你来重庆几天了，给夫人报过平安吗？

苏北怔住了，哥哥苏南和梦瑶结婚，他们全家没有人到场，他是从父母的只言片语里得知了一些嫂子的情况。哥哥和嫂子给父母留下了一张合影照片，他还是从那张照片上认识的嫂子，一个文文静静的女子。关于嫂子的一些近况，那还是在船上听王特派员介绍的，哥哥突然牺牲，嫂子却不能声张，要装作没事儿人一样，上班、照顾孩子，她要把这一切隐瞒得滴水不漏，他才能安全。每次想到嫂子如此忍辱负重，他心里隐隐地掠过一阵剧痛。回想起这几天来，他每根神经都是绷紧的，很少想到其他，只为了把眼前的一切演得逼真。

吕站长这么一提，他觉得无论如何也要给嫂子打一个电话了。想起嫂子，他又一次为嫂子感到难过，为哥哥感到伤心，一股说不清的滋味在心里弥漫开来。

吕站长就说：咱们站里的电话可以接通南京，你一个人在外，夫人又怎么能不担心？没事儿就多打几个电话。虽然站里有纪律，一般私事儿尽量少用公家的电话，但报个平安，没人会说三道四。

吕站长这时站起身来，又客气地对他说：你来重庆几天了，我还没有给你接风洗尘，择日不如撞日，就今天晚上怎么样？

苏北只能借坡下驴说：让站长费心了。

吕站长走到门口又想起了什么似的，回过身来指着他办公桌上的电话说：你这里就可以打电话到南京，军线电话，保密程度很高。不过你和夫人聊天儿，也用不着保密。说完打着哈哈就走了。

吕站长走后，他呆呆地盯着办公桌上

那部电话，几次把电话听筒拿了起来，又放下。为了把戏演得逼真，以后给南京家里打电话是少不了的，面对陌生的嫂子，他又该说些什么呢？安慰的话不能说，关于他的身份更不能暴露，只能聊点儿家长里短。可他不知道这电话打过去要说点儿什么，犹犹豫豫，迟迟疑疑，时间就过去了。

眼见着就要下班了，他已经换好了便服。刚才吕站长打电话，让他下班后就在院子里等，有车送他们去吃饭的地方。走到门口，办公桌上的电话铃响了起来，回身去接，电话里却没有动静。他冲听筒又喂了一声，电话里传出来一个陌生女人的声音：是苏南么，我是梦瑶。瞬间他浑身跟触电一样——这就是从未谋面的嫂子。他拿着听筒的手在颤抖，嗓子眼儿里突然间被一种什么东西卡住了，眼眶也突然热了起来。电话里嫂子就说：我和孩子都挺好的，你在重庆就一个人，好好照顾自己。

嫂子这是在向他报平安，也是在配合他一起演戏，突然他整个身子热了起来，意识到在敌人的大后方不是他一个人在战斗。想到这儿，他清清嗓子，冲电话那端说：我都挺好的，你也要照顾好自己和孩子。这时听筒里传出来一丝杂音，他又喂了几声。电话线那端却没了声音，他知道这是线路不畅，随即挂断了电话。他突然想掩面而泣，为了他这次任务，很多人都负重前行。

这时门被敲响了，他知道这是吕站长在招呼他下楼了。他应了一声，把自己的眼角擦干。王特派员说过，搞地下工作的人，最忌讳的就是情感战胜不了理智。他知道，自己还不是一个合格的地下工作者。他平息了一下情绪，才向门口走去。

## 2

苏北每天都在傍晚时分到江边公园里走一走，那是他和王特派员碰面接头的地方。上次和王特派员分手后，并没有确定下次见面的时间。他刚来到重庆，上线就被敌人摧毁了，王特派员本来计划把他交给重庆的地下党组织就离开重庆的，没想到出现了变故。王特派员只能打破原来的计划，暂时成为苏北的上线和联络人。清除叛徒的任务他已经完成了，想必上级已经了解了这个情况。不知道上级下一步是怎么安排的，他只能等待王特派员的指示。可一连几天王特派员就像失踪了一样，每次从江边公园回来，他的心就吊了起来，脑子里不免胡思乱想着，想到王特派员身经百战，他那颗不安的心就又踏实下来。

两天后吕站长突然又找到他，苏北刚从江边公园回来不久，洗完澡泡了杯茶，正想着王特派员的事儿，门就被吕站长敲响了。他没想到吕站长会在这个时间来到他的住处。他知道，吕站长住在院外的山坡上。那里有一栋小楼，楼上住着吕站长，楼下住着李福，还有站里的两个司机。来到重庆站之后，他才弄清吕站长在重庆一直过着单身生活。吕站长的夫人住在南京，两个人是在南京结的婚。夫人的娘家以前是做珠宝生意的，一九三七年日本人占领了南京，当时国民政府都已经撤退到了重庆，夫人的父母还有弟弟却不肯走，说自己是生意人，不论什么社会什么政府，生意都是要做的。当时吕站长好说歹说，岳家人就是不肯走，他只能带着夫人和孩子离开南京，从此便和家人失去了联系。

日本投降后，夫人带着孩子就迫不及

待回了一次南京，自家的珠宝店早就不见了，被改成了一个日本人的株式会社。夫人带着孩子找了许久，终于找到了一位幸存的老邻居，才知道在他们撤退到重庆不久，南京就沦陷了。沦陷的南京城，到处都是尸体腐烂发臭的气味，许多条街道上的楼房，已经被日本的炮弹炸塌了，到处都是成群结队逃难的人。手无寸铁的市民，呼天天不应，叫地地不灵。城市的角落里，还有零散的一些没有来得及撤退的国民党士兵，冷枪冷炮地抵抗着。夫人的父母和弟弟，腰里缠着金条，身上背着珠宝，夹杂在逃难的人群中，结果码头上架了机关枪，一顿扫射，逃难的人纷纷倒在了岸边和水中，夫人的父母和弟弟也没有例外，一拨又一拨，越来越多的南京市民被枪杀在两岸。

当夫人得知这一消息后，她晕死在了老宅前。从那以后夫人的性情大变，经常痴痴呆呆的，不停地喃喃自语，说什么再也不回重庆了，说自己要在老宅里陪伴她的家人，无论吕站长用什么样的手段，都不能劝说夫人改变主意。

他是重庆站站长，只能回到重庆去。虽然他一个人待在重庆，对南京的夫人和孩子并不放心，总寻摸着机会回南京。重庆站的人都知道，吕站长现在最大的梦想就是有朝一日调回南京去，和老婆孩子团聚。这一年多来，吕站长奔波在重庆和南京之间，每次回南京小住，总要找一些老关系，和这些人吃吃饭喝喝茶，寻求着调回南京的机会。吕站长在南京的关系是有的，都是以前国防部和军统局的一些老人，可这些人在吕站长的眼里都是一些被遗弃的闲棋冷子，自身难保，想为他牵线搭桥，让他调南京去，简直是做梦。渐渐地吕站长对这些老友不再指望了，他在寻找着新的机会。

果然他在苏北屋里坐下，说了几句闲话之后，便单刀直入地说：苏老弟，想必我家里的情况你也了解了，我这几天要去南京，这次去南京是公务。咱们这里的人都知道你夫人和朱秘书长的关系，这次我回南京，能不能让尊夫人牵个线儿，让我认识认识那个朱秘书长？

苏北突然间明白，那次晚宴只是个铺垫，今天才算进入了正题。吕站长这么求他，苏北只能顺着他的话茬儿说：站长，你是国防部的老人儿，也算是三朝老臣了，南京政府的事你是了解的，我夫人就是一个小小的打字员，我是借了和朱秘书长同乡的关系，才有了今天。这个忙我是能帮，就怕夫人人微言轻啊。吕站长放下茶杯，用一只手掌拍了拍苏北的大腿：老弟呀，你这是谦虚了，能让尊夫人牵线搭个桥，你们的恩情我会记住的。剩下的事儿你们不用操心，一切都事在人为嘛。我要是能调回南京去，重庆站站长的位子不就空了，我会首先推荐你做我的接班人，再加上你和朱秘书长的关系，我敢说八九不离十。苏北没想到吕站长背着一个还想抱着一个，求人也是那么从容不迫，驾轻就熟。

苏北早就对国民政府大小官员的腐败有所了解，没想到一切都是那么明火执仗，这些本来见不得人的勾当，好像是天经地义那般。他来到重庆站，虽然只有短短的几天时间，却领略到了小政府大舞台的勾心斗角，所有的人都做着升官发财的美梦，这样的政府不垮台，简直是天理难容。想到这里，苏北的嘴角露出了一抹微笑。

吕站长让他给夫人写个条子，苏北来到书桌前打开了台灯，拿出纸笔却踌躇起来，他又想到了那个陌生又熟悉的嫂子，两天前嫂子给他打了一个电话，那个电话让他吃惊又紧张。他知道这是嫂子的良苦用心，自己却感到汗颜，和嫂子相比，自己作为地下工作者还不合格。想到这里，他沉静下来，很快在一张便签上写下了几行字：梦瑶，来重庆有些时日了，我一切都好，在这里就不啰嗦了，以后会打电话详聊。今有一事相托，吕站长，我的好大哥，去南京公务，想结识朱秘书长，请你在方便的时候引荐。落款——苏南。

苏北把这张便条递给吕站长时，吕站长看了一眼，把那张纸条郑重地揣在怀里，然后拍一下苏北的肩膀道：老弟，够意思！等我回来咱们哥俩好好地喝上一壶。

吕站长带着希望走了，坐在灯下的苏北，又想到了这几天一直没有出现的王特派员，他心里又一次忐忑起来。

吕站长去南京之后，一天晚上，苏北和往常一样，又一次来到了江边公园。这次他刚出现不久，就看见前方不远处的排椅上端坐着王特派员，王特派员的样子似乎在看风景。王特派员的出现让苏北一下子激动起来，他见四下无人，便走过去，不经意地也坐在排椅的另一端。王特派员小声地说：祝贺你苏北同志，你锄掉叛徒的工作做得很利索，上级让我口头转达对你的表扬。你的实习期结束了，我该离开重庆了。为了你以后的工作安全，组织决定，不再派人和你联系，只留下接头地点。王特派员说完就站了起来，又留下一句：保重。王特派员离开时，苏北发现他坐过的凳子上留下了一张纸条，他把纸条攥在手里，目送着王特派员的身影在他的视线里消失。

他观察了下四周，才打开那张纸条，上面写着接头的地址。地址有两个，一个是他送情报的地址，还有一个是他领取情报的地址。为便于他了解，在空白处还画了两张草图。

王特派员走了，何时能再相见，他不知道，王特派员也不会说，这就是地下工作者的纪律，为了保护自己，也是为了保护组织，不该问的不问，不该听的不听。这些纪律都是王特派员教他的。他意识到以后在重庆就要靠自己孤军奋战，在偌大陌生的重庆，以前一直觉得还有个王特派员陪着他，而现在却不一样了，一种孤独感无边无际地向他袭来。

他把两个接头地址记在了心里，又把那张纸条撕得粉碎，蹲到了江边，借洗手的空隙，把那些纸片放到了江水里，那些稀碎的纸片，很快便被江水带走了。他再次站起身来时，突然觉得肩上担子很重，他深吸了一口气，望了一眼铺满落日余晖的天空，不再犹豫，向重庆站方向走去。

3

吕站长去南京开会期间，有一天快下班了，总务长张大召突然找到苏北，告诉他一个惊人的消息：执行队的李福被宪兵抓走了。

苏北惊愕片刻，很快便镇定下来。前几天警备区的宪兵来要人，是吕站长没有给人面子，硬生生地把叛徒李区长扣押在重庆站。苏北的第一反应是，这是警备区的人在报复重庆站。虽然他才来到重庆几天，已经看惯了军方之间的尔虞我诈。他想问清原因，张大召却欲言又止，摇了摇头说自己并不清楚。他知道张大召说半句留半句的用意，虽然自己和张大召是同学关系，张大召也表现出对他不同寻常的关注和热情，但错综复杂的人际关系，让所有人之间都有了距离。来到重庆站，苏北才知道，这个重庆站姓吕，吕站长在重庆站说一不二。他是一个外人又是新人，每个人都在对他观望。站队历来是吃瓜群众的传统，这是底层的生存逻辑。他没来重庆站之前，这里只有一个吕站长，也只有一个声音，不论人们是否欢喜，只能被动地接受。在吕站长眼里，这些下级自然有远近亲疏。受待见的一拨儿，自然是春风得意；那些被冷落了的，平日里也只能逆来顺受，私下里发发牢骚而已。但这些不满无法改变现实。

苏北空降到重庆站，不论是大道通知还是小道消息，所有人都知道苏北是有背景的人。他来到重庆站和吕站长掰手腕，在吕站长的手里分一杯羹，这是人们希望看到的局面，尤其是被吕站长冷落的那些人，都希望他的到来能改变重庆站的现有状态。张大召属于中间派，他希望苏北能够得权得势，又不敢把宝都押在苏北一个人身上。从官场的游戏规则来看，苏北只是一个副站长，他的根基、履历和吕站长差得不是一星半点。张大召表面上对他这个老同学热情有加，却和所有人一样，在观察他。

吕站长不在，苏北自然要行使重庆站的最高权力。他打电话把办公室季主任叫到了自己的办公室。季主任他是打过交道的，来到重庆站第一天，就一起吃过欢迎饭。办公室主任和总务长是有分工的，办公室属于行政后勤，上传下达；总务长负责的是整个重庆站的后勤保障。确切地说他俩的工作是围绕着两个站长展开的，只有为两个站长服务好，才能让整个重庆站更有规律，更有秩序地运行。从级别来说，两个人是平级的，但办公室主任和总务长受重视程度又不可同日而语。

当办公室季主任站到苏北面前时，仍然那么谦卑着，他展开一张笑脸说：苏副站长，你吩咐，有什么事儿需要我跑腿儿的？季主任在吕站长面前领受任务的样子，苏北是见过的，季主任从来都是这个样子，总是毕恭毕敬，一脸严肃，一双小眼睛围着吕站长滴溜乱转。苏北要树立自己的威信，要让自己在重庆站站稳脚跟，吕站长去南京开会，正好给他留下了这样的一个空当。他严肃起来，盯着季主任的眼睛道：执行队的事怎么了？季主任没有马上回答他，一双眼睛乱转了一气，最后在眼眶里定住，一脸无辜地说：执行队一大早就外出执行任务了，他们怎么了？

苏北不想在这件事情上绕圈子，他命令道：备车，你和我一起去警备区。

季主任应了一声，这次没再犹豫，转身出了门。

苏北去警备区之前，来到了执行队的办公室。执行队的那几个人已经收工了，他们不拘小节，乱七八糟地坐在自己的位子上，有人把双腿放在办公桌上，还有人一屁股坐在了办公桌上，都在抽烟，房间里乌烟瘴气的。苏北推门走进来时，那几个横七竖八的人，稍稍收敛了一下，等王副队长懒洋洋地站了起来，众人才歪七扭八地也随着站了起来。

在这之前，苏北几乎还没有和执行队的人打过交道。执行队队长李福，每天一大早，都会先敲响吕站长的门，在吕站长那里领受了任务，然后才带着众多兄弟出去执行任务。收工时也是这样，先到吕站长那里做汇报。那个叛徒李区长就是执行队的人抓到的。苏北记得刚上任那一天，吕站长带着他各个办公室里都走了一遍。走到执行队门前时，吕站长轻轻用手指敲了一下门，就一掠而过，他解释道：执行队的人一般白天都不着家，在外面执行任务。

李福他还是在食堂里见的，张大召特意给两个人做了介绍。李福没有苏北想象的那么热情，只是隔空拱了拱手。执行队的人不知道为什么，总是有意无意地在躲着他。有一次张大召神秘地跟他说：执行队的任务特殊，历来是只听吕站长一个人的。

李福被警备区的宪兵抓去，却没有一个人向他报告，要不是张大召通风报信，他还被蒙在鼓里。苏北盯着王副队长的脸，严肃地问：李福怎么回事？

王副队长把头耷拉在胸前，并没有想回答他的意思。苏北就提高声音又问了一次，这次王副队长侧过脸，对他心不在焉地说：我已经打通了长途电话，向吕站长汇报了。

吕站长远在南京，执行队的人舍近求远，向南京的吕站长做了汇报，却把他这个一直在办公室的副站长丢到了脑后。他想发火，给执行队这些狗眼看人低的人来个下马威。办公室的季主任已经来到门口准备出发了。季主任换上了一身军装，笔挺地站在执行队的门口，苏北只能随季主任先行一步了。

警备区的办公大楼比重庆站气派多了，有五六层楼，大门口是双车道，有士兵站岗，门前还堆着沙袋，一副森严的作战气氛。他们的车行驶到大门前，士兵过来查问了他们的证件，然后才放行。在宪兵总队长的办公室里，上校总队长不冷不热地接待了苏北和季主任。关于李福的事儿，他们并没有掖着藏着，坦白告诉苏北：人是他们抓的，具体犯了什么案子，他们还在调查中。想把人领走，只能等案子查清。苏北见宪兵队并没有松口的意思，只能带着季主任离开。

他不想这么空手而归，就让司机把车开到了国防部重庆行辕，他要找朱先海。既然宪兵总队的人不给他们保密局面子，行辕二处的面子总不能不给吧。行辕是代表南京国民政府驻重庆的办事机构，是钦差大臣。上次和朱先海分手，他还一直没见过他。正巧朱先海在办公室里加班，说具体一点，重庆行辕二处，负责的也是情报工作，归国防部二厅直管；而保密局的各地站点，业务只对保密局负责。

苏北见到朱先海就热络地说：朱副处长，我是来还人情的。

那天晚上，苏北把朱先海约出来，在两人第一次见面的那个饭店里，又喝了一些酒。这一次苏北从容了许多，一直谈笑风生。席间朱先海想起了什么似的说：老弟，你的伤怎么样了？

苏北就拍了拍肚子，笑着说：没事了。

他们的话题很快就转到了李福的身上。李福这个人朱先海是听说过的，他想说点儿什么，目光却落在了苏北身旁的季主任身上，苏北就说：季主任是自己人。说完还伸出手在季主任的肩膀上拍了拍，季主任不失时机地把微笑挂在脸上。朱先海这才抿了一口酒，低声说：你们执行队可是吕站长的嫡系，要人这活儿应该吕站长出面。苏北明白朱先海这是话里有话在点拨他，他却装出一副公事公办的样子：吕站长去南京开会，站里的事儿自然由我来负责，出了这么大的事儿我能不管不问吗？

朱先海答应打电话问一下此事，两个人就喝起了酒。酒局结束时，苏北要去买单，季主任耳语：账已经结完了。他和朱先海分手，季主任随在他的身后，小声地说：苏副站长，你这是公事儿，站里都能报销。苏北回头看了一眼季主任，似有所悟地点了点头。季主任微笑着上前一步又道：苏副站长，以后有什么不好处理的票据交给我就是了，我自会处理。苏北抬起手在季主任的肩膀上又轻拍了两下，季主任就说：为苏副站长服务，是我应该做的。

第二天下午，朱先海就给苏北打来电话，他在电话里骂道：兄弟，你知道李福这个王八蛋犯了什么事儿吗？还没等他接茬儿，朱先海又说道：他在黑市上倒卖军火。朱先海带来的消息是让苏北大吃一惊，没想到堂堂的重庆站执行队队长，竟然干出这种勾当。朱先海告诉他有二处担保，现在可以到警备区领人，事件还要调查，先把人领出来，有取保候审的意思。苏北在电话里把朱先海感谢了一番。

办公室季主任带着人马，把李福领回来时，李福已经很虚弱了，虽然看不见外伤，但一定在宪兵队吃了不少苦头。李福见到苏北，从车上下来，站立不稳就跪在苏北面前，嘴里一遍又一遍说着：副站长，你的大恩大德李福记下了。

苏北命人搀着李福去了医院。

吕站长不在家，苏副站长把李福从宪兵队手里要了回来，重庆站的人，看苏北的目光就别样起来。

## 4

半月后，吕站长从南京回到了站里。

吕站长这次南京之行似乎不是很顺利，

他阴沉着脸，提着公文包走进了自己的办公室。保密室主任孔祥生手里拿着一叠文件，站在吕站长门口，进也不是，退也不是，就那么尴尬地站着。保密室主任手里的文件，苏北都已经看过了，都是吕站长不在期间，国防部还有保密局的一些电函，他在那些文件上签过字，有的工作已经落实了下去。按规矩，吕站长回来，这些文件还是要请他亲自过目的。孔主任站在吕站长的门前尴尬地徘徊了一阵，最后还是退了回去。路过苏北的办公室门口时，门开着，苏北一抬头正好和孔主任的目光相遇。孔主任就停了下来，一脚门里一脚门外地小声说：不知站长这是怎么了，把门关得死死的，里面一点动静也没有，我这也不好打搅。

经过一段时间的相处，苏北和孔主任已经无话不说了，两个人门对门儿办公不说，吕站长不在期间，他们还出去喝了两次小酒。这一阵子，苏北和站里的人交往是来者不拒，他要尽快进入自己的角色，无论和什么人相聚，他都能得到一些有用的信息，比如谁和谁是一伙儿的，谁又和谁不对付，这些鸡毛蒜皮的小事儿，看似没用，实际上是一张无形的网，把这些人编织在一起，在这张网里每个人都有了固定的角色。了解了这些之后，苏北觉得这些人际关系对自己来说价值很大，在别人的眼里，他自己也是这张关系网当中的一环，他却能从另外一个视角让自己跳脱出来，回头再看这些关系网时，就有了更多新的发现。他可以利用这些关系，把这些人重新梳理一番。

苏北把手里的一份文件放下，走到了沙发旁边，冲保密室的孔主任说：进来坐会儿吧，吕站长也许累了，过一会儿你再把文件送过去。

孔主任就坐在了他对面的沙发上，苏北在茶几上沏茶，他现在不仅学会了喝茶，还学会了沏茶。重庆人有喝茶的习惯，入乡随俗，保密站这些人，不论老家是在哪里的，都学着和重庆人一样，喝喝茶，摆摆龙门阵。

孔主任喝着苏北的茶，面色忧虑地说：以前吕站长从南京回来，总是有说有笑的，是不是家里出了什么变故？

苏北想起吕站长走的时候，向他说过要见朱秘书长的事儿。吕站长走了没几天，梦瑶给他来过一次电话，在电话里告诉他，在她的牵线搭桥下，吕站长已经见过朱秘书长了。两个人又聊了聊各自的生活，她问他在重庆习不习惯，还没等他问家里的事儿，她就在电话那一端说：孩子前几天发烧了，到医院看过医生，烧已经退了，让他不用担心。他知道嫂子这是在演戏，两个人通电话，要经过几个插转台，不知道有多少耳朵在监听他们的聊天。这一点嫂子做得比他成熟，稳重又老练，他当然知道嫂子的用意。听着电话里嫂子的声音，他揣度着嫂子的模样和表情，确切地说，他和嫂子的这段关系，嫂子一直在引领着他，甚至是在手把手地教他成为一名合格的地下党员。自从王特派员离开重庆后，他只和情报点儿接触，为了安全起见，见不到任何自己人。没人再教他作为地下工作者的一切了，他自然领会嫂子的用心，他在电话里说让她保重，自己来到重庆，家里的一切都要拜托给夫人了。他钦佩嫂子的地下工作经验，想着不久前牺牲的哥哥，不知是为了嫂子还是为了哥哥，他的心针扎一般细细密密疼起来。

正在苏北和孔主任有一搭无一搭聊天儿的时候，吕站长的门突然开了，脚步声也由远及近，最后吕站长端了一个茶杯出现在了苏北办公室门口。苏北和孔主任同时站了起来，孔主任抢着说：站长，我以为你累了。说完把手里的保密文件举了举。吕站长说：办公室门没锁，放到我办公桌上就是了。孔主任点头儿，快步地走出去，把苏北的办公室门顺手带上。

吕站长走过来慵懒地坐在刚才孔主任坐的沙发上，放下茶杯道：这次去南京，见到弟妹了。多亏弟妹的引见，才见到了朱秘书长。

苏北就笑一笑，顺口说：这次南京之行还顺利吧？

吕站长叹了一口气，端起茶杯抿了一口：现在时局不对呀，共产党的队伍和国军在东北僵持着，不是你进就是我退，鹿死谁手还真不好说。现在共产党的队伍就像从地下冒出来一样，遍地都是。以前抗日的时候，共产党的队伍没这么多呀。要是当年西安事变不发生，咱们的队伍早就把共产党围剿在陕北了。

苏北不好接吕站长的话茬儿，在没有接到来重庆的潜伏任务时，他所在的华东支队也正在调动，从新四军改编成华东军区和华东野战军之后，队伍壮大了几倍。那些日子他们的部队被派往四面八方，和国民党的军队比拼着占据有利地形，如果自己不接受代替哥哥来到重庆潜伏的任务，他也许正随部队在南征北战。这么想着，他开始思念自己的老部队了，不知自己的队伍正在何方，首长和战友们的面容又一次在他的眼前闪现。

吕站长把杯子重重地放在茶几上，苏北把思路切换回来，他想起了李福的事儿，虽然李福现在在医院里养伤，宪兵总队对他的案件并没有罢手。昨天朱先海还给他打过来一个电话,向他透露宪兵总队对李福的调查已经有了收获,说李福在黑市上倒卖的枪支,有一部分流入了川东游击队手中。朱先海说这些话时,跟没事人儿似的,在电话里跟他说:兄弟,这事和你无关,你当个热闹看就行了,李福被收监的那一天,也许你们的吕站长也逃不了干系。苏北知道,鹬蚌相争,渔翁得利,他想等李福的事件水落石出之后,看吕站长这场戏该怎么演。

苏北想,凭吕站长的人脉,得到李福的信息并不困难,自己还不如送一个顺水人情。于是他就把李福的情况简单地和吕站长说了,话还没有说完,吕站长就把杯子摔到了地上,茶叶和水溅了一地。吕站长的手敲着沙发的扶手:这个李福简直是胆大包天,他现在人呢?

苏北说:人在医院,看样子警备区那些宪兵下手挺狠的,估计得在医院里住上一阵子。

吕站长站了起来,背着手在空地上踱步,茶杯的碎片硌了他的脚,他抬起脚把那些碎片踢飞,大着声音说:没想到李福胆子这么大,我这才离开几天呢,他竟然干出了这种勾当!我去医院,不老实交代就送他去军事法庭!

吕站长说完走到苏北的办公桌前接通了办公室季主任的电话,没好气地冲电话里说:备车,去医院。

吕站长回来后,他的情绪把整个重庆站都影响了,所有的人大气都不敢出,暗地里交头接耳打探着各种消息。重庆警备区的人会同重庆行辕二处的人一起到站里来过几次,分别找了不同的人了解情况。人们纷纷相传,李福这次事儿闹大了,那些被他倒卖的枪支和共产党游击队有了牵连,性质就发生了变化。是叛徒还是内奸?看来一时还不好定性。于是人们心里惶惶不安,都把目光投向了吕站长,站里所有人都知道,李福是吕站长的人。

李福平时倚仗跟吕站长的关系,在站里都是仰着面孔的,再加上他手里的权力,没人敢招惹他。这次李福出了事,人们都抱着看热闹的心态。警备区的人来过站里几次之后,又有消息传来:李福作案证据确凿,这两天就要收监了。收监就意味着李福将失去自由身,军事法庭的人将会介入调查,他倒卖枪支的动机和背后的主使人也将浮出水面。

可就在这时,站里突然传来了李福从医院逃跑的消息。

5

李福从医院神不知鬼不觉地跑了,看守李福的人有宪兵也有重庆站的人,能在众多看守的眼皮下跑掉,不能不说是奇迹。二处的人和宪兵总队雷声大雨点小地调查了一阵,最后也就不了了之了。也许李福的失踪对各方来说,都是最好的结局。

李福事件对吕站长打击很大,他的左膀右臂没有了。这个事儿出现在重庆站,他是一站之长,说来说去总是逃不了干系。那一阵子,只要有人一提起李福,他就要大发雷霆,骂李福不是个东西,忘恩负义,吃里扒外。吕站长把最肮脏恶毒的词都安排到了李福的身上。

但重庆站的人都在暗地相传,李福这次逃跑是吕站长亲手安排的。

有些东西该走的还是要走的,过了一阵子,李福事件渐渐地平息了。吕站长的情绪似乎也稳定了不少，但还是经常显出很焦虑的样子。他总是隔三岔五地去保密室要文件，他似乎更关心有关人事变动的文件。晋升一批调走一茬，总部每次人事调整，都会下发文件，作为一般秘密等级的文件下发。那一阵子吕站长经常从保密室里拿着这些文件，回到自己的办公室里去研究。每次研究完文件，站长的情绪都极其不稳定，不是摔杯子，就是大声地把自己办公室的门踹上，把自己关在办公室里，愁眉苦脸地踱步。

重庆站的人都知道，吕站长在这个节骨眼儿上，把自己所有的精力都用来关注个人的前途和命运了。

时间进入一九四七年的下半年，内战各个战场上，都呈胶着态势。大半个中国，还在国民党军队的手中，共产党的队伍却星火燎原式地发展。南京方面，在人事上也没有闲着，党政军不断地调整着人事。在这个节骨眼儿上，吕站长关心自己的前途和命运，也就在情理之中了。他在一份又一份人事变动的文件里，寻找着规律和蛛丝马迹，令他失望的是，每份人事文件，都没有他的名字，吕站长就很焦虑，有时茶不思饭不想的，坐在办公室里发呆。

有一天吕站长背着手，又一次来到了苏北的办公室，这一阵子他经常找苏北聊天儿，东一句西一句的，也没有一个主题，有时就是为了消磨时间和平息焦虑的心情。这一次他坐在沙发上，端起苏北给他倒的茶，放到嘴边又放下，感叹着说：老弟，南京方面最近有什么大的消息吗？他现在几乎每次找苏北聊天总是这样的方式开局，苏北每一次都摇摇头，一边摆弄着眼前的茶杯，一边说：站长，我这个小萝卜头儿，能得到啥内部的消息？混一天算一天吧，既然把我安排到这个位子上，做一天和尚撞一天钟罢了。

这次吕站长开了个话题之后，话锋一转：你觉得国军还能坚持多久？

苏北没想到吕站长会跟他聊这样的话题，低下头装作云淡风轻地说：通报上不是说了嘛，国军在各个战场上都得到了喜人的战绩，共军在节节败退。

吕站长就龇了声：你听它的？那些吹牛不上税的通告，我连上面的标点符号都不相信。现在的局势是共军少说有几百万人马，早已不是当年在江西的赤匪了，也不是前几年陕北那些吃不饱饭的叫花子了，现在共军比当年的日本鬼子还难对付，他们现在是得民心顺民愿。你再看看我们呢？除了吃里扒外的这些腐败官员，有本事有门路的，早就把家眷安排到国外去了。他们早就想好了退路，把钱转走了，国外有了家，他们还能置之死地地卖命吗？都是骑驴看唱本儿。剩下的这些人，天天喊着叫破天的口号，又有哪一个在干实事？政府的官员在想办法搞税收、刮地皮，你听听现在的民意，恶声鼎沸，民不聊生。现在的政府不是以前的政府了，国军也不是以前抗战时的国军啦，丢了民心，失了势。你看看他们现在用的都是什么官员？溜须拍马，送女人，送钱，我们那些国军将士，真正有本事的得不到重用，而那些庸才、蠢才，却个个封官加爵。

吕站长发泄完，似乎心情仍然难以平复，看了看虚掩的门，又冲苏北说：老弟，你别见怪，我就是说实话而已。我已经混到头了，我现在什么也不怕，就是让我现在革职还乡，我也不在乎。我算是看透了，真正想为党国献身的人，投报无门哪。他望着眼前的苏北话锋一转道：老弟你别学我，你还年轻，弟妹又在政府机关工作，那么多人脉，你以后还有很多发达的机会的。

苏北只能谦逊地笑一笑，他知道自己的话不能多，尤其是在吕站长面前。

吕站长发完牢骚，站起身背着手，就出去了，走到门口又想起了什么似的说：别忘了，替我问弟妹好。弟妹可是个好人。说完晃晃悠悠地就走了。

日子不紧不慢地就这么往下过着。

一件突发的大事儿降临到站里，确切地说和苏北有关。

这一天刚一上班，苏北的屁股还没有坐稳，吕站长忽然推开他的办公室门，从身后拿出一份文件拍到了他的眼前。这是一份绝密的文件，文件上说：据可靠消息，共党分子已潜入重庆内部，命令涉事单位彻查⋯⋯

苏北看完这份文件，心快速地跳动了几下，他知道文件上提到的共党分子一定指的是自己。上次李区长被捕，已经交代了一部分。从南京发来的文件看，总部已经得到了确切的消息。想到这儿，他平静地抬起头说：站长你吩咐，既然咱们内部出现了共产党分子，下一步怎么查，我们执行就是了。

吕站长把这份文件抓到了自己的手中，盯着苏北的眼睛：你别告诉任何人你看过这份文件，刚才二处的人打过电话来，要对最近三个月调入到重庆的所有党政军人员进行一次甄别。老弟，你也在这次的甄别名单上。

苏北下意识地站了起来，从吕站长的口气当中可知，上面并没有单独怀疑他。很快他就冷静下来，心想该来的总要来的。

他沉着地应道：站长，既然甄别的人员当中有我，我全力配合。

其实这件事儿，在李区长被捕后，已经有了端倪，这个叛徒想用这条重要的情报作为交换条件，被苏北不露痕迹地处死了。看来南京的情报人员也没有闲着，不知道在哪里得到了这条确凿的线索，回过头来又杀了一个回马枪。他意识到，真正考验自己的时候到了，他想到了王特派员留给他送情报的地点，他想尽快把这个重要情报传递出去。吕站长离开后，他一直想着脱身的计划。现在是上班时间，没有特殊情况，他不好脱身。他想等到中午，吃完饭之后找机会脱身。

计划没有变化快，吕站长离开苏北办公室不久，外面就响起了车声，一辆宪兵队的吉普车，停在了重庆站的院儿里。还是上次来过的那个中校，冷着脸从车上跳下来，身后是两个宪兵，荷枪实弹地站在车前。

吕站长似乎早有准备，又一次推开了苏北的房门，不情愿地说：老弟，宪兵总队希望你配合，跟他们走一趟。其实也没啥，就是个程序。

苏北已经有了心理准备，但还是觉得他们来得太快了。他只能配合着随吕站长向外走，这时办公室每个房间的门都打开了，大家从门缝里担心地看着苏北。苏北冲一双双关注他的眼睛点头微笑。吕站长一直把他领到了那个中校面前，中校似乎对他并不陌生，阴沉着脸冲他点了一下头，接着就示意两个宪兵把他押上车。

吕站长这时挥了一下手：慢着。

苏北也停了下来，把目光盯在吕站长的脸上。

张大召这时走了过来，吕站长就冲宪

兵中校说：都是自己人，何必这么兴师动众？苏副站长现在还是我们保密局重庆站的副站长，目前只是配合你们工作，这人得由我们来送。说完不顾那个中校的反对，回身又冲张大召交代：张总务长，你负责把苏副站长送过去。

张大召先是看了一眼苏北，嘴里响亮地道：是，保证完成站长交给的任务。说完冲身后挥了下手，站里的一辆吉普车开了过来。还没等那个宪兵中校有任何反应，张大召就拉着苏北坐进了车。

吕站长走到中校面前，硬着声音说：人可以交给你们，但我得把话事先说清楚，苏副站长回来时，要是少了一根汗毛，我们保密局的人都不会答应。

车上的苏北听得真切，一瞬间竟有些感动，他冲车外的吕站长挥了挥手。

那个宪兵中校，见苏北配合地坐进了车里，并不想和吕站长多啰嗦什么，自己也上了车，两辆车一前一后地驶出了院门。

车上，张大召的手握住了苏北的胳膊，紧了一下，又紧了一下。车辆启动之后，张大召就说：什么玩意儿，怎么还查到你的头上了？我看他们就是昏了头，找任何机会想要邀功请赏，别人不了解你，我还不了解你吗？

苏北听了，拍了拍张大召的肩膀：让我配合，我配合就是了。

张大召就小声说：听说这次甄别不是你一个人。重庆行辕有个政府文员，说是从贵州刚调来的，他们警备区的人也有。二处负责调查那两个人，你由宪兵队调查。张大召带来的消息，让苏北紧张的心情有所缓解。

他得到吕站长的通知后，就把自己从接到任务一直到重庆后的每一个环节，都仔细地回忆了一遍，发现并没有明显的漏洞。但自己在明处，敌人在暗处，自己防不胜防。他已经做好了应对一切不测的心理准备。张大召毕竟是重庆站的老人，消息比他来得快听得也多，听了张大召的话，知道他们现在并没有真凭实据，只是怀疑而已，他感谢地握了一下张大召的手。

张大召就说：苏副站长，你别担心，这几天可能受点儿委屈，过了这一阵儿就没什么了。

车一直开到戒备森严的警备区院内，在一栋小楼门前停了下来。两名士兵，一左一右地站在了苏北的身边。那个中校挥了一下手，两个士兵押着苏北就向楼内走去。张大召紧紧地跟过去，小楼门口的士兵起头想拦住张大召，张大召瞪了一下眼睛：我是在送我们苏副站长。士兵犹豫之间，张大召还是跟了进来。

这是警备区的招待所，在二楼的一个房间门前，一个士兵打开门，另一个士兵推了一把苏北，苏北就只能进到房间里。两个士兵又一左一右地站在了门口。

张大召冲房间内的苏北大声道：苏副站长，你有什么吩咐，打电话或者捎个条子，我立马就过来看你。

一个士兵冲张大召说：这位长官，人送到了，你该走了，别影响我们执行公务。

张大召似乎早有准备，变戏法似的从口袋里掏出两盒烟，强行塞到两个士兵手里，一边说：辛苦了，兄弟，低头不见抬头见，都在为党国做事儿，这是我们的苏副站长，请你们多多照料。那两个士兵用最快的速度把烟塞到了自己的口袋里，其中一个士兵冲张大召挥了挥手，另一个士兵小心地把门关上。

张大召就隔着门儿冲里面喊：苏副站

长你先安生在这待着,有什么吩咐,我会第一时间赶过来。

## 6

苏北被软禁在招待所里,他后悔没来得及把自己的消息送出去,要是自己真的出事,组织上都不知道他的处境。他望着宾馆外的天空,下意识把窗子打开,观察了一下周边的地形。这个招待所是一个院中院,对面就是一座兵营,房间的窗子和兵营的窗子是对着的,想从这里逃出去比登天还难。他被安置在了招待所,并没有人来找他,难得安静,他让自己放松了下来。他又从头到尾把自己到重庆的经历捋了一遍,想不出任何破绽。自己潜伏到重庆的消息,到底是谁走漏的?也许是组织内部又出现了叛徒,或者是敌人安排在我方的内线?想到这他又有些焦虑不安了。他现在最大的遗憾,就是没能把自己的消息第一时间传递出去。他躺在床上望着窗外,真想让自己变成一只鸟,从这高墙里飞出去。

一日三餐有人送饭,第二天一早吃过早饭,他的房门又一次被打开,昨天押送他的两个士兵,又出现了在他的面前,很客气地把他请了出去。走出招待所,来到了办公大楼的一个房间,房间里坐了两个人,一个坐在桌后,另一个坐在桌旁。一个自称是党务督察处长的人自报了家门,另一个年轻人,显然是作记录的。

问话很普通,从苏南的经历开始聊起,何年何月进入了浙江特训队,又是如何来到重庆,什么时间又回到了南京,然后又是来到重庆的经过。对这一切苏北早有准备,在从南京到重庆的船上,王特派员早就把这些给他补上了。他几乎对答如流。党务督察处长,样子很和蔼,其间还不时地让助手给他端茶倒水,在问话的过程中,不断解释:这是上峰的安排,苏副站长,你不要多想,我们也就是走个程序。

接下来的问题,就击中苏北的要害了,这位狡猾的党务督察处长,问话毫无逻辑,不时地聊起他和苏南共同的熟人同事。苏南的每个关节点的见证人,从职务到年龄,王特派员都曾和他有所提及,但就是一个人名和职务而已。这些人在他脑子里只是一个符号。补上这一课,他还真的该感谢张大召。张大召每次和他聚会,总是聊起他们共同经历的人和事儿,在特训队时的教员、分队长现在去哪儿了,有的在战场上阵亡了,有的调到外省市高升了。当时苏北一边跟他应付着,一边用心地记了下来。这些可有可无的细节,现在却派上了大用场。

党务督察处长干审查这活儿是个老手,从来不按照苏北的思维聊天儿,一会儿把苏北带到这儿,一会儿又带到那儿,天马行空,稍不留神就会留下纰漏。苏北坐在椅子上,表面上看身体是松弛的,其实所有的神经都绷紧了,不知下一句对方要问什么,不知不觉一上午时间就过去了。

中午他又被带回到招待所,还是有人给他送午餐。午饭后他躺在床上,又把上午的谈话重新在脑海里复盘了一遍。上午的谈话有些问题他并没有答出来,他就回答说:不记得,我记不清了。对自己不了解的,他只能用这种方式回答。他知道自己面对的是一个老牌的心理战专家,不时在给他设套儿,在他们的谈话中,对方肯定给他设计过一个或几个子虚乌有的人,然后让他来回答。他当然不知道哪个人是真，哪个人是假。凡是王特派员没有交代过的，张大召也没有提起过的人和事，他一概不回答，甚至反问：有这么个人吗？我真的记不清了。这些年经历了太多的人和事儿，不经常来往的人，我早就忘到脑后了。或者他会回答：这人没什么印象，可能当时交往不多。他一边回答一边揣度着对方，从对方脸上的细小变化他大致能够猜想到自己回答得是否成功。

下午的问话就很简单了，那位党务督察处长，抓了抓头又喝了杯茶，抬起头疑惑地望着他，一副半信半疑的样子：苏副站长，听说你临来重庆之前受过伤？

苏北马上想到了苏南的死，他镇静地解开了自己的衣服，露出了腹部的刀伤。他庆幸自己在船上所做的准备工作。刀口并不深，虽然过去有一阵子了，伤口仍然清晰在目。党务督察处长探出了身子，装作关心的样子仔细地把那刀口看了看。接下来两个人就聊了聊这个伤口的来历。党务督察处长也跟着他一起发了一阵子的牢骚，骂了几句人心不古，又安排人把他带了回去。这次处长客气多了，一直把他送出楼门。

接下来他在招待所无所事事了，一日三餐，没人管，没人问。有时他打开房门，发现自己的房门前居然没有了士兵。有时他就索性把自己的门敞开，在房间里哼唱几句京剧。他知道苏南喜欢京剧，从小就喜欢唱上几句。他这几句也是跟苏南学的。

先是张大召来看过他，给他带来了酒肉，见到他就一脸歉然地说：苏副站长，你受苦了。这些东西都是我特意给你挑选的。没事你就在这里好好补一补。也不知道这帮王八蛋啥时候才是个头，不过你不用操心，我估摸着几天之后你就该回站里了。

两天后，吕站长也来了一次，背着手在他房间里骂了好一阵子警备区党务督察处的人，骂他们无所事事，就是整人。然后安慰了苏北几句，让苏北安心在这里待上几天。吕站长突然想起了什么似的又道：我听说他们把你夫人请来了，现在应该在路上了。

吕站长给他带来的消息，不啻于一颗炸弹在他心里炸开了花。看来敌人为了验证他的身份，把最后一招都用上了。一想起即将见到嫂子，苏北心里不免又紧张起来，嫂子的地下工作经验比他强，这一点他早就领教到了。但万一孩子出现了什么破绽，就说不好了。毕竟是孩子，孩子是不会撒谎的。想到这里，他心里不免有了些焦虑。

第二天一大早，党务督察处的人就张罗给他换房间，告诉他夫人和孩子下午就要下船了。房间换成了一个套间，茶几上还摆着水果，看样子也是新换上的。他知道嫂子早就有所准备，不论在哪里和他见面都不会穿帮，现在最担心的就是两三岁的侄女。他没有见过侄女，更别说和孩子熟悉了，要让孩子当着别人的面叫他爸爸，肯定会有些难度，他的心又一次悬了起来。

嫂子和孩子是党务督察处长亲自送过来的，他听到动静，就站在房间门口等待。在走廊尽头远远地就看到了嫂子抱着侄女，他几步奔过去，半是责怪半是关心地说：你怎么来了？

嫂子看了他一眼，他明显感觉到嫂子的眼圈红了，嫂子见到他一定想到了哥哥苏南。嫂子第一时间把孩子放到了他的怀里，还拍着孩子的背说：叫爸爸，你不是天天想着要爸爸吗？孩子仰起脸，有些陌生地望着他，似乎想叫又不敢。他也鼓励道：叫爸爸，爸爸也想你。他想把脸凑过去，孩子下意识地躲了一下，眼神里掠过一丝恐惧。嫂子的手不知不觉伸到了他的怀里，偷偷地在孩子的腿上拧了一把，孩子突然大哭起来，他顺势把孩子紧紧地抱在了怀里，一边安慰一边说：不哭，几个月不见，还认生了。现在不是见到爸爸了吗？

督察处长和随行的几个人一直把他们送到了房间门口，打着哈哈说：你们一家人好久没见了，好好聊聊，正好借这个机会在重庆好好团聚。说完就走了。

嫂子从他怀里把孩子接了过来，把门虚掩上。嫂子似乎想说什么，他把手指竖在了嘴边，指了指客厅天棚上的灯。他来到这个房间时，就把房间里里外外搜查了一个遍，最后在客厅的灯座旁发现了一枚窃听器。嫂子立马明白过来，和他聊起了应该和苏南聊的家常。说南京的家，重庆的天气，最后还关心地问他习不习惯这里的饮食等。这时孩子已经睡着了，被嫂子放在床上。嫂子这才低声地说：你的伤不要紧吧？他自己用水果刀把自己刺伤，一定是王特派员通过内线把这条消息传递给她的。他别过身去。把衣扣解开了两颗，让嫂子看了一眼他的刀伤。嫂子的眼泪就扑簌簌地流了下来，他知道嫂子一定又想起了苏南，嫂子一定看过苏南的刀伤。

警备区的人给嫂子和苏北设了一个晚宴，还是由督察处长陪同。经过一下午的相处，孩子似乎认了他这个爸。席间他不时地从嫂子怀里把孩子抱到自己的腿上。党务督察处长依然不得罪人地说着客气的话，还一连和他喝了几杯酒，并当即表示，让他们在这里团圆几天就送嫂子回南京，他也可以回重庆站上班了。

苏北知道，他们费了心思，却没在他的身上查出什么，他们也只能以这种方式收场了。

晚宴刚一结束，他们还没有走出门，隔着玻璃就看见吕站长带着人马，在饭店外等候了，说什么也要把他们一家接回到重庆站。党务督察处长见状也不再坚持，送了一个顺水人情。就这样，苏北又一次回到了站里。

这次审查了最近几个月来到重庆任职的三个人，从贵州省政府调到重庆行辕工作的那位文员，从审查一开始，就招了。他这次之所以能调到重庆，是他通过在南京政府工作的一个老乡的关系，搭上了政府机关的一个要员。那个要员是个瘾君子，通过他在贵州弄了不少上好的烟土。就是利用这样的交换，他被要员运作到了重庆行辕过渡，并答应他，找机会再把他运作到南京或者上海。

这小子东窗事发，虽然和中共地下党并不沾边，但自己这事儿被放到了桌面上，也并不是一件小事儿。他被移送到了南京，交给了南京的党务督察。

一场轰轰烈烈查潜伏的共产党行动，就这样草草地收场了。

## 7

接下来的几日，吕站长、张大召、办公室季主任等轮番请客，仿佛苏北有什么喜事一样。苏北回到重庆站，站里的人们也喜气洋洋。

梦瑶一连在站里住了几天，这几天里，他们都要等孩子睡熟了之后，苏北再把自己的被褥铺在客厅的沙发上，把房间留给嫂子和孩子。住在了自己的宿舍里，不用担心被别人监听，嫂子有时间就把苏南的情况细致地向苏北又做了详细的介绍。每次讲到苏南，嫂子的眼里都含了泪，苏北又何尝不是呢？虽然他和苏南两个人十几岁就分开了，但彼此都没有放下对方。听着嫂子说苏南的成长轨迹，那个陌生又熟悉的苏南在苏北的心里又一次鲜活起来，仿佛哥哥就站在自己的眼前，默默地注视着他。嫂子讲到哥哥牺牲的过程，终于控制不住，又一次泪流满面了。

苏北打开窗子站在窗前，也在默默地流泪。为了哥哥，也为了嫂子。在那一瞬间他觉得自己已经幻化成了苏南，自己的任务才刚刚开始，后面的血雨腥风他还不曾经历。想到这儿，他的腰板儿挺了起来，觉得哥哥就站在他的身后，一直用鼓励的目光望着自己。

几天之后，嫂子带着孩子告别了，吕站长说什么也要亲自把嫂子送到机场。在机场的候机厅里，吕站长再次握住嫂子的手，一连声说：谢谢夫人在南京的关照，吕某没齿难忘。说完拿出一个小包，沉甸甸的，递给嫂子，嘱托梦瑶一定要把这个小包带给朱秘书长。

苏北不用猜，从小包的分量上他就知道是什么东西。当然吕站长也没有忘记给梦瑶送一份礼物，是一对玉石手镯。吕站长当着他们的面儿把手镯盒打开，苏北看到一对质地纯正、做工考究的手镯。嫂子看看他，又望向吕站长，推脱着说：这不合适吧？吕站长就豪气干云地说：弟妹难得重庆来一次，夫妻团聚也是大喜事儿，我这个做站长的还能不意思意思？不然你们就把我当外人了，是我在麻烦你们呢。

苏北点了点头，示意嫂子把礼物收下。嫂子就不好再说什么。吕站长和苏北一直把嫂子送到了飞机旁，嫂子抱着孩子登上了飞机，两个人才离开。

嫂子回到南京后不久，就传来一条关于吕站长的消息：吕站长要调回南京了，据说要调到国防部参事室。

消息很快就传遍了重庆站，所有的人都议论纷纷，仿佛调走的不是吕站长，而是自己。吕站长走了，站长的位子就空了出来，接下来什么事情都有可能发生，所有苦煎苦熬的人们，似乎在闷热的蒸笼天气里，终于迎来了一丝凉风。

又过了几日，吕站长突然接到了重庆行辕二处徐处长的电话。行辕二处代表的可是国防部。吕站长从行辕回来，整个人都和以前不一样了，显得散淡又洒脱，看着重庆站里的人和事，满眼都是亲切感，不停地和大家说笑着打着招呼，简直像换了一个人一样。人们都知道，吕站长这次调到南京的事儿，看来是板上钉钉了。

那天吕站长一回到站里，便径直来到了苏北的办公室，热情地握着苏北的手说：尊夫人真是帮了大忙了，真够意思。你们夫妻的恩情我这辈子是忘不了的。

苏北就想起了那个沉甸甸的包，他不知道是不是这个包里面的东西起了作用。吕站长为了自己能调回南京，已经活动了好些时日了，估计他自己都不清楚是哪块云彩下雨了。

苏北只能一本正经地说一些祝贺的话。

吕站长热络地把苏北拉到了沙发上，探过身子兴奋地对苏北说：这次徐处长征求站长人选的事，老兄我推荐了你。你年轻有为，又是从南京被委派下来。要苗有苗，要根儿有根儿。你说你不合适谁合适？

苏北知道如果自己做站长，对于完成

以后组织交给他的任务更有好处，可凭他这些时日对国民党的了解，是根本不可能的事儿，他不好当面儿拂了吕站长的好意，只能顺势说：谢谢站长的美意了。能不能当成站长两说，你的好意我都领受了。

吕站长就满怀心事地说：要是我真的能走成，执行队的事儿还请你费心。

李福莫名其妙地消失了，执行队长的位子一直空缺着。之前，吕站长对谁来接任执行队长似乎并不着急。按照规矩，任命站里中层人事，吕站长还是有权力的。在别人眼里，站里的这些中层压根儿就不是一个官儿，就是一个干活儿的，是吃苦受累的差事。但执行队却不一样，是站里的对外窗口，不仅有执法权，弄个人定个罪，干一些打打杀杀的活儿，都是执行队的事儿。李福出事儿了之后，吕站长整个人也如丧考妣。站里人都知道，李福的每一件事儿都和吕站长有关系的。可李福神不知鬼不觉地失踪了，一切就死无对证。直到这时，吕站长才长嘘了一口气。

眼下吕站长不仅没有被李福的事连累，还真的要走了，飘忽不定的小道消息变成了现实，眼见着即将成行，众人轮流为吕站长设宴饯行。不论谁设宴，每一次苏北都会被拉去作为重要的陪客。下属们面对着吕站长和他，都说着好话，不停地敬酒，真真假假地说着这些年一起共事的情谊。这时的吕站长也放下了架子，和下属们一起把酒言欢，说着分别的话，虽然知道双方说的都是假话，但在那种气氛里也就有了一丝感动。

一次酒后，回到了站里，吕站长把苏北拉到了暗处，睁着一双蒙眬的眼睛对苏北说：你觉得王怀文怎么样？

王怀文就是执行队的副队长，长着一双又细又长的小眼睛，李福在时，他不显山不露水的，对苏北也是笑脸相迎，不像那个李福，一副狗眼看人低的样子，眼睛里只有吕站长，好像是吕站长自己家养的狗。

吕站长这么问，苏北当然明白吕站长的用意，顺口回答：王副队长，挺好的。

吕站长就用力地拍了拍苏北的肩膀，大着舌头说：那就拜托老弟了，我走后你就用王怀文做执行队长吧。这事儿我不能办，得你办。以后是你用他，你在站里得有个腿儿。

吕站长见苏北有些不解，便进一步说：王怀文这小子，你别看平时不哼不哈的，其实他心里有数，我留给你用，以后他就是你的人了。说到这里还向四周看了看，确认周边没人才又说：老弟呀，你初来乍到，又一直在机关，没在下面干过。你夫人在中间帮我这么大的忙，我不能不掏心窝子跟你说几句实话。接着吕站长把身子又凑近了一些说：别看执行队干的都是打打杀杀的活儿，其实在整个站里，执行队权力最大，交际最广。王怀文被你提拔，以后可以为你所用，因为你是他的恩人。

关于执行队的秘密，以前张大召也和他提起过，但说得很隐晦。只是点到了，吕站长发财都靠执行队在运作。执行队做下的所有事儿，都是吕站长指使的。

执行队的李福是和吕站长穿一条裤子的人。李福在被看押中莫名其妙地消失，站里人都私下里议论，是吕站长在中间做了手脚，不然李福是不会跑得这么利索的。要是李福把所有的问题都交代了，吕站长一定是吃不了兜着走。明白人都知道吕站长和李福的关系，又都揣着明白装糊涂。

苏北见吕站长这么说，假戏真做地点

了点头：要是我能说上话，我一定按照吕站长的意思办。

吕站长这时似乎动了情，在暗影里用力地拥抱了一下苏北。

这一阵子，不仅有更多的人为吕站长送行，请苏北的人也多了起来。在人们的心里，吕站长一走，接替吕站长的人选当然是苏北。

有一天晚上，张大召把苏北叫下了楼，来到了自己的住处。酒菜已经准备好了，张大召漂亮年轻的夫人在炒最后一个菜，见苏北过来，便用重庆本地话火辣热情地招呼道：站长来了。苏北和张大召的夫人已经混得脸熟了，两家人楼上楼下地住着，总是低头不见抬头见，每次见到张大召的夫人，张夫人总是热情地招呼他：苏副站长好。他就用微笑回报她。这次她突然改口叫他站长，他忙纠正道：小胡，可别乱叫。

张大召就打着哈哈说：早晚都一样，老同学，你何必在乎这点小节呢。说完把苏北推进了自己的房间。

这是一个单间，以前苏北来过。一张床，一张三屉桌，两把椅子，差不多就是张大召的全部家当了。菜是小胡炒的，已经摆好放在桌子上。张大召拉着苏北，两个人坐到了桌前，张大召解释道：老同学，你别嫌弃，我怕你嫌我这座庙小，不好意思把你往这儿领了。以前都在外面见你。今天请你来家坐坐，尝尝内人的手艺，她重庆菜做得还是蛮不错的。

在饭桌上，张大召也说到了执行队。苏北明白，张大召想让自己把他调到执行队，接李福的位子。站里所有的人都知道，执行队长的职位，在站里是一块香饽饽，所有人都想得到它。

张大召借着酒劲说：老同学，我和你不一样，你是南京下派到站里的，我没根没底的，在重庆找了婆娘，只想在这扎下根。不求大富大贵，只想踏实地过个日子。

张大召又说：老同学，吕站长这一走，不管你能不能当上站长，以后站里这些老人都会听你的。只要你把我调到执行队，以后的事儿不用你费心，我张大召一切都给你安排妥当。苏北自然明白张大召话里的含意。

面对张大召的恳求，苏北知道自己既不能拂了张大召的面子，又不能当面绝了张大召的念想，便把吕站长想提拔王怀文的想法跟他说了。张大召就红着眼睛说：这个老狐狸，临走了还想插一手。李福在时就是他的一条狗，这些年没少让吕站长发财。老同学，你有所不知，吕站长每次去南京活动，他能空着手去吗？每次都大包小包，那里面装的是什么？都是金条珠宝。怎么来的？还不是那个李福，灭了良心，敲诈来的。吕站长能有今天，还不是他一趟一趟跑南京送礼送出来的？他说不送礼，鬼都不信。

苏北只能安慰张大召：老同学，咱们不说别人，来喝酒。

张大召动情地说：站长，以后在这里混，全凭站长栽培了。说到这儿他站起来，把满满的一杯酒一饮而尽。

吕站长一直传着要调走，突然就没了下文。吕站长这些日子也显得有些无所事事，该告别的已经告别了，自己的东西也收拾得差不多了。苏北经常能够听到吕站长在办公室里焦躁地踱步的声音。

一天下午，朱先海突然来到了站里，很严肃地把吕站长请走了，一直到晚上，吕站长也没有回来。

第二天便有消息传来，吕站长调南京的事儿泡汤了，因为有人告发了吕站长。罪行有二：其一，李福的神秘消失，吕站长脱不了干系；其二，在重庆，吕站长还养了一个二奶，还为这个二奶开了一家珠宝店。珠宝店里所卖的珠宝，来源不明。

有人举报，经行辕二处的人秘密调查，件件属实。吕站长调南京的事儿就没了下文。

# 第 四 章

## 0

苏忆北恋爱了。这一年忆北二十五岁。

也就是这一年，中国发生了一件大事，满大街游行的人，都在庆祝英明的党中央粉碎了"四人帮"反革命集团。也就是在这时，忆北兴高采烈地给他们带回来一个姑娘。姑娘姓林，穿着一件很喜庆的碎花外衣，满脸红扑扑的。她的样子看上去比任何人都要高兴。忆北把林姑娘推到了他们面前，腼腆地介绍道：爸，妈，她姓林，是我的女朋友。林姑娘也脆生生和他们打着招呼：叔叔阿姨好！

夫妇二人似乎也被林姑娘的喜庆感染，也热烈地回应着。

那天晚上忆北留下林姑娘在家里吃了饭，饭后又把人家送回去，直到很晚才从外面回来。苏忆北脸上的喜色还没有褪去，一进门就急切地冲父母说：爸，妈，咋样？

他们当然知道苏忆北这是要问他们对林姑娘的评价。这时梦瑶正在台灯下读《人民日报》，苏北在看《参考消息》。

两份报纸是套红印刷的，也是红红火火，满是喜气。报纸上连篇累牍地报道了粉碎反革命集团后全国人民的喜悦心情。此时的梦瑶，心情又何尝不是如此呢？她从报纸上把目光移过来，落在儿子的脸上，平静又理智地说：挺好的。

苏北正在木桶里泡着脚，此时把《参考消息》放下，两脚相搓着，扭着头盯着儿子的脸说：我和你妈讨论过了，这姑娘长相不错，性格也好，但是我们还不知道她的家庭出身呢。

苏忆北就详细地把这个林姑娘做了介绍：父母在盐城郊区劳动改造，姑娘上初中的时候就和家里做了决裂，高中毕业后就学赤脚医生。林姑娘是苏忆北的高中同学。当上赤脚医生的林姑娘，两年前被招到了苏忆北工作的轴承厂卫生所上班。

当两个人听到林姑娘和家里决裂，一个人生活在南京时，他们都不由得沉下了脸。这十几年来，他们看到了太多的人被打倒，有的被判刑，更多的人被送到了乡下接受改造。他们也被审查过，因为各自的经历。好在他们当时做潜伏工作时的证人都在，当年的王特派员，是见证两个人共同成长的关键证人，现在已经是省里的局级干部了。有这样的证人，他们的身份自然也是响当当的，洁白无瑕，又红又专，没人敢怀疑。那些被判刑的和送到乡下去的，都是一些说不清楚自己身份的人。当苏忆北介绍林姑娘的家庭时，他们的警惕性一下子上来了。苏忆北就反复解释，说林姑娘如何和家庭决裂，写了血书，在批斗父亲的大会上，还上台作了发言，字字血声声泪的。当年批斗林姑娘父亲的大会，苏忆北也参加了，就是在那个大会上，林姑娘的飒爽英姿一下子刻进了他的心里。高中毕业之后，忆北因为姐姐下乡，自己名正言顺地被留在了城里，又被招工到了轴承厂。几年后，他和林姑娘在轴承厂又一次相逢，苏忆北旧情复燃，对林姑娘展开了疯狂的追求，没多久，两个人就热恋了。之前苏忆北一直瞒着父母，觉得时机尚未成熟。一九七六年的初冬，在举国上下大喜的日子里，他才下决心把林姑娘领到了家里。

当他们搞清楚林姑娘的父母以前的身份时，两个人都惊讶地睁大了眼睛。林姑娘的父亲以前是军医，在国民党国防部门诊部上班，母亲是护士。梦瑶盯着苏北，气喘吁吁地说：这个林医生，我见过。

当时梦瑶和苏南新婚不久，有一天晚上梦瑶肚子疼，苏南就把她带到了国防部门诊部，那位姓林的医生，问了她许多有关身体的问题，并仔细地为她做了检查，最后确诊为妇科炎症，当天晚上就为她输了液。她在输液室输液时，林医生还几次过来探望查看病情，这位林医生给她留下了深刻的印象。输上液之后肚子就不那么疼了，苏南还专门给她和林医生做了介绍。在她的记忆里，这是她唯一一次在国防部门诊部看病，她对林医生的印象很深，也很好。

当梦瑶和苏北得知林姑娘父母的身份后，苏北在客厅里背着手走了好久，一言不发。苏北不知何时自己也有了当年吕站长的作派，他记得当年的吕站长，每次遇到棘手的问题，总是喜欢背着手走来走去。他没有急于发言，暗中观察着梦瑶的脸色。梦瑶此时早就把报纸丢到了一边，神情冷峻，蹙着眉头，表情也冷冷暖暖地变化着。她万万没有想到，真应了那句老话：山不转水转，水不转，人还转。眼前的世界就像一个轮回，没想到他们转了一圈儿又回到了当年。

事后他们才了解到，一九四九年，南京政府大大小小官员们为了抢到一张去往台湾的船票倾家荡产时，林姑娘的父母没有选择走，而是决定留下。刚解放的南京，各种人才成了最抢手的香饽饽，林姑娘的父母自然得到了重用，他们在人民医院上班，成为妙手回春的好大夫。三十年河东，三十年河西。十年前也是因为林大夫一家的身份，他们被下放到了盐城的乡下改造。

梦瑶和苏北对林姑娘的家庭背景自然是不满意的，在那个年代，不论什么都得讲出身，他们一家子根正苗红，怎么能允许苏忆北找一个出身不好的姑娘进家门呢？他们商量后，开始强烈反对苏忆北的这门婚事。

苏忆北却不以为然，一遍又一遍地辩解道：十年前她就和自己的父母决裂了，她的父母和她早就不往来了，他们是他们，她是她。

不论苏忆北怎么为自己辩白，夫妇俩都坚决地一口咬定：这门婚事，他们不同意。

梦瑶以过来人的姿态给苏忆北做工作：林姑娘是她爸妈生的吧？

苏忆北无奈地点头。

梦瑶就又说：林姑娘说和家里决裂了，能抹去那段历史吗？她父母的问题组织上都说不清楚，她一个小姑娘家又怎么能够明白？

苏北在一旁也添油加醋地说：忆北呀，你生在新社会，长在红旗下，出身这么干净，那么多的好姑娘你不找，为什么偏偏找了个她？

苏忆北为爱情已经上头了，他听不进任何人的劝告，梗着脖子青筋毕露地说：林小巧是清白的，你们不要往她身上泼脏水。你们要是不同意这门婚事，我就和家庭决裂。

苏忆北说完果然狠狠地摔上了门，走进了暗夜的风里。苏忆北果然说到做到，从此以后再也没有着过家，住进了轴承厂的集体宿舍。

不论苏忆北以何种决绝的姿态对待他们，梦瑶心里是有数的，就是绝不能让他们结婚。她整日里把户口本儿揣在身上，她知道苏忆北没有户口本就无法结婚。苏忆北再犟也犟不过命运。

这样的僵持局面一直持续了三年。三年后，林小巧的父母平反回到了南京，又重新回到了人民医院，做起了医生和护士，他们这才答应苏忆北和林小巧的婚事。

他们再次见到林医生时，沧海桑田，林医生的样子让梦瑶都认不出来了。提起往事，林医生还记忆犹新，摇着花白的脑袋一遍又一遍地说：真没想到，又见面了。

## 1

吕站长调往南京的事泡汤了。

李福失踪，从逻辑上分析，和吕站长有千丝万缕的关系，可李福失踪后暂时了无踪迹，只能是怀疑，却死无对证。重庆行辕二处调查的人，只能把这条线索暂时放一边。

吕站长开珠宝店养小三的证据确凿。当时国民党大小官员中，养个偏房，也并不鲜见，大家都心照不宣。大家都在一个锅里煮着，味道都相差不到哪里去。你有我有，大家都有。只要不把这件事儿放到桌面上，你好，我好，大家都好。既然有人举报，又被查了出来，且人赃俱获，这件事儿就得拿出来说道说道了。这件事掰扯开了细说，并不仅是吕站长养了个小三，而是小三开的珠宝店就是吕站长的。珠宝首饰的来源，自然都是吕站长提供的。那吕站长这些珠宝又是从哪里来的呢？这件事儿放到了桌面上，就意味深长了，怎么看都不是一件小事儿了。

查封珠宝店的那一天，苏北被朱先海叫到了现场，现场也有警备区督察处的人。苏北看到吕站长那个小三，三十出头的样子，是重庆本地人，身材姣好，也有些姿色。她被两个宪兵从珠宝店里架出来，又哭又闹，又踢又抓。身后的珠宝店被两张封条死死封上了。苏北看着这么多的珠宝，猜想着它们最后的结局。朱先海告诉苏北：这些珠宝一定会被罚没，然后运到南京。到南京后，最后又流向何方，只有天知道了。当然这一切都是后话了。苏北想的却是，一个政府腐烂到这种程度，它究竟还能坚持多久？

苏北看到朱先海和警备区督察处的人，以及现场的每一个人都满脸的正气，仿佛他们才是这个世界正义的代表。任凭那个女人撒泼耍赖哭闹，他们所有的人都无动于衷。

吕站长的事件一层层地上报到了南京，过了一阵也没个处理结果，吕站长调南京的事儿也就更没有了下文。按张大召的话说，官场上的这些丑闻可大可小，就看处理这事的人是什么样的一个心态，各种利害关系都有平衡之道，只要不和政治扯上关系，都是小事。国民党上下正是用人之际，这件事的结果只能不了了之。

这件事情发生后，吕站长仿佛变了一个人，似乎苍老了几岁，眼神却是波澜不惊，站长就是站长。既然他还是站长，重庆站就还是他说了算。不久之后，执行队副队长王怀文，就被提拔成了执行队队长。人们都知道，李福和王怀文都是吕站长的人，吕站长既然没走，提拔自己的人也是顺理成章的事儿。人们议论一阵，这件事儿也就过去了。

有一天晚上，张大召突然找到了苏北，神秘地从怀里掏出一个小包裹，重重地放在了苏北的面前。苏北诧异地问：什么？

张大召示意苏北把包裹打开，竟然是两根黄澄澄的金条。苏北更加吃惊了。张大召实话实说，有一个社会上的朋友求到他，他们重庆站执行队关了一个人，这个人是一家私立医院的院长，远近也算小有名气。站里许多人都在那家医院里看过病。院长前几天被王怀文的执行队莫名其妙地抓了回来，理由是院长有通共的嫌疑。证据是前一阵子医院里进来一批西药，由货船水运过来时，经过了敌占区。张大召所说的敌占区，苏北明白就是他心里的解放区。执行队的人不知在哪里得到了线索，不由分说便把这位院长以通共的罪名抓了起来。张大召所说的这家医院，苏北也在那里看过病。刚来重庆时，众人轮流为他接风，吃多了火锅，闹起了肠炎，是站里的司机在半夜时分把他送到了这家医院。司机当时对他说：副站长，咱们的军方医院你就别去了，这大晚上的连个正经医生你都找不到。都是一些半吊子实习生，弄不好会把你的小病治成大病。他听了司机的话，第二天肠炎就有所减轻，第三天已经彻底好了。

张大召又补充说：副站长，那个王怀文比李福还坏，别看他平时蔫了吧唧的，肚子里都是坏水。以前他们经常这么做，找个理由就把人关起来。只要对方拿出罚金，他们就放人。他们就是勒人家的脖子。只要你出面把院长放了，院长家里人说了，一定还会有重谢。

苏北虽然来重庆站时间不长，也风言风语地也听到了人们对执行队的议论：打着通共的幌子，经常乱抓无辜，无非是为了钱。吕站长的珠宝店，许多赃物就是这么来的。

苏北第二天来到了重庆站的关押室，吕站长很少带他来这里，似乎一直在防着他，不让他插手执行队的事儿。现在苏北明白了，如果这里关的是真正的共产党，吕站长才不会有这么大的兴趣。正是因为这里关押的大都是各方的财神爷，吕站长才如此上心。

苏北来到关押室时，王怀文戴着个帽子，正在一个角落里吸烟。见苏北突然过来，王怀文有些吃惊，但还是很快地跑了过来，心虚地叫了一声：副站长，你怎么来了？苏北就公事公办地说：马院长是关在这里吧？

王怀文细长的眼睛快速地眨了眨，还是点头应道：在。想了想又补充道：这可是只老狐狸，他是通共分子，关起来两天了，就是什么也不说。

苏北指了一下关押室：带我看看。

王怀文大声地喊叫着一个人的名字，一个执行队的队员提着钥匙跑了过来。王怀文让他把房门打开，苏北走了进去。

马院长歪倒在满是污水的地上，稀疏的头发已经打绺了，额头上留下了几道血印子。见有人进来，他撑起手臂，艰难地抬起上身，哀求道：长官，我不是共产党，和他们一点关系也没有，我只是个开医院的。

王怀文过去一脚踢在了马院长的胸口上，马院长翻倒在地上，嘴里发出呜咽声。

苏北退出去，把王怀文叫到了身边：这院长真的是共产党？

王怀文犹豫一下答：前一阵子这老家伙从上海进了一批药，都是进口的，说不清药的来源。我们怀疑他通共，把药品偷运给了共产党。

苏北第一次领略到执行队这些人无赖的手段，压着怒火又问：你说他通共，有证据吗？

王怀文下意识地摇了一下头，但又肯定地说：暂时还没有，但我们一定能审出结果来。我们历来的原则是不冤枉一个好人，但也绝对不会放过一个坏人。

苏北看着王怀文一副打着正义幌子的无赖相，道：既然没有证据，就把人放了吧。你的眼里如果每个人都像共产党，都抓起来，还让老百姓怎么活？

王怀文一脸惊愕地望着苏北，停顿了片刻，说：这个嫌犯，我已经汇报给吕站长了，要放人也得吕站长点头才行。

苏北狠狠地瞪了一眼王怀文，更相信了张大召的话：执行队的人就是吕站长养的一群狗。他到重庆站已经有些时日了，所有的人都在暗地里观察着他如何和吕站长掰手腕。于是他就狠着声音说：不用你说，我去找吕站长。

令苏北意外的是，他刚一开口，吕站长就爽快地答应了，还附和着说：这帮执行队的人也是，不能给人乱扣共产党的帽子，那是多大的事儿啊。我这就给王怀文打电话。

吕站长这么爽快地答应苏北，完全是处境使然。他的珠宝店被罚没了，正心疼得直流血。他交代王怀文，让他在最短的时间内，收敛更多的钱财。对于他的事儿，南京方面暂时还没有给出处理意见，这都是他上下打点的结果。但他知道，自己以后升迁的路子，就算彻底被堵死了。既然无法升迁，那他就要捞到更多的好处，这叫堤内损失堤外补。他不知道苏北为什么要帮这个医院院长说话，但有一点他猜中了，苏北一定拿了这个院长的好处，不然苏北为什么为他说好话？苏北的面子他不能不给，自己的前途未卜，万一有一天沦落到苏北的手下，大家都有个回旋的余地。这么想过之后，他决定给苏北这个面子。另一方面，他觉得苏北这下也有把柄抓在了自己的手里，我不干净，你不干净，大家都不干净，以后才好一起共事。

马院长被放走的第二天，又是晚上，张大召又一次神秘地找到苏北，把手里的一个布袋子重重地放在了他的眼前，有些兴奋地说：这是五根，加上上次那两根，这是马院长家人对你的酬谢。

望着眼前的金条，苏北想起了什么，打开抽屉把上次两根金条拿出来，一起放到布袋子里，推给张大召道：大召，咱们可是老同学，你可不能害我。

张大召不可思议地望着苏北。

苏北就笑一下说：我可不想像吕站长一样，人赃俱获，影响了自己的大好前程。

张大召就急赤白脸地说：老同学呀，你连我都信不过吗？到啥时候我也不会把这件事说出去。这事儿是我经手的，是我求的你，我怎么会说出去？这事儿天知地知你知我知。

苏北笑一笑，摇头道：不是我不信你，

灭良心的事儿咱不能干。吕站长怎么干我管不到，你要干我也不拦着，反正这事儿我不能干。我帮这个院长，完全是为了人性。

张大召就急得什么似的，抓着头，语无伦次地说：副站长，你这是在大机关里待傻了吧，现在兵荒马乱的，这天下鹿死谁手还不知道呢，有权有势的人都在给自己留后路。你帮了别人，这是你应该得的。

苏北站起来拍了拍张大召的肩膀，笑着说：人家求你的，你拿去吧。你不一直在说住在这里太憋屈了吗，拿着这钱在外面买一套房子吧。

张大召摇着头叹着气，最后还是提着沉甸甸的布袋子走了，走到门口，回过头还想说什么，又把话咽了回去。

第三天上午，吕站长端着个茶杯乐呵呵地走进了苏北的办公室，回过身，认真地把门关上，他才对苏北说：老弟，你终于开窍了。

苏北不明所以地望着吕站长。

吕站长就说：那个院长，不能让你白放吧？

苏北明白了吕站长所指，没说什么，只是笑一笑。

吕站长就把身子探过来：这就对了！现在这个世界上，猫有猫洞，狗有狗道。人不为己天诛地灭。你说你费这么大劲儿从南京来到重庆，到底为了什么？他见苏北不回答，又补充道：权力！权力是个好东西，要是用对了地方，就是一味春药，让人浑身通泰，欲罢不能。

吕站长说到这，哈哈大笑起来，伸出手拍一拍苏北的肩膀：你说到底是哪个王八蛋告发我的？

苏北望着吕站长。

吕站长咬牙切齿地说：要是让我查出来，我非剥了他的皮不可。

从那以后，吕站长心里，已经把苏北当成了和自己一样的人。

## 2

一九四八年一过，天下的局势就大变了样。

先是石家庄被共产党部队攻克，东北的哈尔滨、齐齐哈尔这些大城市，早就被共产党占领。四平战役，正如火如荼地进行着。如果国民党再保不住四平，长春和锦州也就岌岌可危了。整个东北，几个城市同燃战火，局势一时并不明朗。

不仅东北，华北、华中、华南，共产党的势力，正迅速壮大着。

身在南京的蒋委员长，向全国各地派出了督军。

重庆也有了动静，南京调来了几艘货轮。一九三七年南京沦陷时，曾从南京运来许多国宝级文物，以避战火。日本投降后，国民政府虽迁回到了南京，但这些国宝级文物还没来得及运回南京，现在却准备装船运往台湾。这些日子，朝天门码头异常地忙碌。

在重庆的各路大员，已经感受到了危险将至，各种小道消息满天飞。有人说南京也不安全了，又要把国民政府迁到重庆来；更有人直接说，蒋委员长已经在台湾岛安排了后路，这大批的文物运到台湾就是最好的证明。

苏北在情报点突然接到了一个指示。中共地下党一名重要的人物前两天在成都被捕，准备押运到重庆，然后走水路押回南京审问。地下党组织命令苏北：尽全力营救这名重要人物。

苏北接到这份命令，突然意识到，执行队的王怀文已经在站里消失几日了，看来一定和这次被捕的同志有关。苏北走进了执行队的办公室，留守的几个队员正在办公室里打扑克，脸上贴着纸条吵吵嚷嚷。苏北推开门，差一点被浓重的烟气呛了出来。那几个留守的队员，见苏北进来，忙把脸上的纸条撕去，规规矩矩地站好。苏北阴沉着脸说：你们队长呢？其中一个人上前一步答道：我们王队长外出执行任务了。苏北故意皱紧眉头道：执行什么任务，我怎么不知道？

还是刚才回答的那个人说：是吕站长的指示。

苏北心里明白，别看吕站长平时和他称兄道弟，最近似乎对站里的事儿更不关心，一副破罐破摔的模样，把很多事儿，都推到了他的头上，可遇到大事儿还是瞒着他。

他走进吕站长办公室时，吕站长正把腿跷在办公桌上接听电话，见他进来，示意他坐下。吕站长在电话里天南海北地唠了一些闲篇儿，这才把电话放下。苏北就开门见山地问：王队长外出了？吕站长才想起了什么似的：你看我这脑子，越来越不好用了。就是前天，接到南京来电，说是在成都附近，抓到一个共产党的大人物。要让我们亲自去接，准备走水路押到南京去。说是上面要亲自审。

苏北听了吕站长的话，心里有了数。

吕站长说到这里又想起什么似的：王队长说明天上午能把人押到，刚才还来电话，让我安排人出城去接他们。这可是条"大鱼"，成都方面负责押送到重庆地界，剩下的人家就不管了。要不辛苦一趟苏副站长？

苏北装作极不情愿的样子，但还是应承了下来。

离开吕站长的办公室，他把这一份重要的情报通过情报点传送了出去。自从李区长叛变之后，上级对他这条潜伏线更加谨慎。一切为了他的安全，送情报和接收情报的地方互相错开。

送情报是在南山的一座寺庙里，寺庙香火很盛，总是人来人往。苏北把情报放在一座香炉的底部。没想到晚上他就在收取情报的地点，接到了上级的指示，告诉他明天已安排好了游击队，让他配合，在重庆城外救人。

苏北一大早从站里带着执行队的几个队员就出发了。重庆通往成都的是一条沙土山路，路很不好走，车开了好半天才来到交界地。那里有块石碑，这是和吕站长商量好的接应地点。成都方面只负责押送到这里。

接应的车就停在路边，苏北和几个执行队员站在车旁，不时地抬头向远处张望。党组织只是让他配合这次营救行动，但具体怎么实施营救并没有说清楚。苏北这时心里不免有点焦躁，如果游击队的人不能及时赶来，自己一个人又如何应对眼前的局势。他知道这个人如果被送到南京，再想救人那就难了。

他又想到了吕站长背着自己让王怀文去执行这次任务，说白了是还没有死心，想把这件事儿干得漂亮一点，让自己的仕途能起死回生。

苏北正胡思乱想着，一辆吉普车和一辆卡车远远地驶过来，车后腾起一股烟尘，在石碑旁停了下来。吉普车后面那辆卡车，在原地掉了一个头，头也不回地向相反的方向驶去了。王怀文从吉普车副驾驶座上跳下,远远地冲苏北敬了一个礼。苏北径直走向吉普车,拉开车门。这一看不要紧,中间坐着的那个人让他大吃一惊。不是别人,正是王特派员。没想到传说中被抓住的共产党大人物,竟然是他熟悉的王特派员。两个人的目光相接,只是短短的一瞬间,王特派员便把目光移开了。苏北故意提高嗓门,大着声音冲王怀文说:王队长辛苦了!

王怀文捶着腰,抱怨道:这破路难走死了,为了安全,我们昨天晚上就出发了。

苏北故意朝四周望了望,命令道:这里不安全,咱们得马上上路。你们在前我断后。

王怀文就问:副站长,咱们直接去码头还是回站里?

苏北快速地思索了一下:先回站里。

他之所以这么回答,是担心游击队万一来不及营救王特派员,先回到站里再从长计议,还能寻找到机会。两辆车就出发了,押送王特派员的车在前,山路崎岖颠簸,两辆车把路面弄得烟尘滚滚。行驶了一阵子,在一个拐弯处,前面的车停了下来。王怀文下车去查看,很快回来报告说:副站长,前面有辆卡车抛锚了,路被堵死了。咱们现在过不去。

苏北心里动了一下,意识到也许这就是来营救王特派员的同志们。正在犹豫间,抛锚卡车的司机,张着两只油污的手走了过来,离老远就喊:长官,借个扳手。我车上的扳手用不了。说完走了过来,向两辆车里张望了一下。

王怀文警惕地用身子挡住了卡车司机的视线:干什么的?

卡车司机一脸无辜地说:我是拉货的,老板让我去成都进一批货,没想到车坏在这里。你们有工具就借我一下吧,车堵在路上,也耽误你们公务不是?

王怀文回过头来征询,苏北就随口道:要是有就借给他,车堵在这里也不安全。

就在这时,从路旁的草丛两侧,突然蹿出来十几号人马,执行队的人还没来得及反应,便被摁倒在地。后车上的几个队员,跳下车刚拔出手枪,便传来两声枪响,那两个拔枪的队员一头栽倒在路旁。苏北大喊一声:快趴下。

转眼工夫,王特派员便被解救下车。苏北看见有两个游击队员,架着王特派员很快消失在路旁的草丛里。苏北把枪插在腰间,刚才那两枪是他打的。王怀文刚想把头抬起来,不知从什么地方又射出来一串子弹,众人只好把头低下去,继续趴伏在草地上。

那辆抛锚的卡车,转眼之间开得不见了踪影。直到四周重归寂静,他们才从地上爬起来。

王怀文大惊失色地站在他的面前:副,副站长。人跑了。

苏北冲王怀文大吼道:你们都是一群废物!

王怀文哆嗦着身子,不知说什么是好。

苏北冲王怀文又吼道:你们都看到了,这是共党的游击队,还算你们聪明,要是硬和人家拼,咱们都得死在人家的枪下。

王怀文哭丧着脸,命人把那两个短命鬼,抬到了自己车的后备厢里。

苏北见任务已完成,命令剩下的人收队了。

## 3

苏北一行回到站里时，南京的追责电文已经到了。

抓捕王特派员，是保密局成都站提供的情报，并一举获得成功。王特派员当时正以中共中央交通员的身份，到四川布置工作，消息传到了南京，毛人凤本想抓住这一次千载难逢的机会在蒋委员长面前表现一次，特意指示成都站，把王特派员押解到重庆后走水路，没想到在重庆的地界就砸锅了。追责是免不了的。苏北和王怀文以及那几个执行队的队员，一回到重庆站，便被吕站长关进了看押室。

杀一杀苏北的威风，是吕站长接到南京的电文那一刻想到的。在吕站长眼里，苏北最近的势头很好，好得有些嚣张。吕站长知道升迁南京的机会与他彻底告别了，他的心已经死了一半儿。他从入行伍那一天起，就像一个陀螺似的跟着看不见摸不到的官场规则在运行。自己本以为，能在这个规则中胜出，后来几次跟错人站错队，让他一错再错从升官的美梦中醒来，眼见着国民党大势已去，他退而求其次，只求能调回南京，守着老婆孩子，万一天下大变，相互之间也好有个照应。他一次次地跑南京，花出去的银两无数。本来以为自己这回稳操胜券了，没想到在最后的关头又被甩了出来。他彻底成了枚弃子，被丢在一边。再有两个月他就年逾五十了，现在还不为自己的后半生想，那就是个傻瓜，白在这个世界上混了几十年。

在他的棋局中，李福就是一个工兵，为他冲锋陷阵。谁知最后李福成了他的替罪羊，他只好把王怀文扶正。王怀文和李福是完全不同的两个人。李福头脑简单，忠诚无比，不论多么困难，每一次都会不打折扣地去完成指令，有些顽固也有些一根筋。王怀文则不一样，他是一把软刀子，能屈能伸，最后在关键的那一刻，也能达到一招毙命的效果。这就是他在重庆站养的两只最忠诚的狗。吕站长利用这两只狗，给自己敛了不少钱财。前一阵子自己秘密经营的珠宝店被查抄，让他多年的积蓄损失了大半。以前自己想晋升想调回南京，总是缩手缩脚，夹着尾巴做人，耽误了好多发大财的机会。而眼下，自己升迁的机会被堵死了，他不再有什么顾忌了，利用手里做站长的权力，要把之前的损失补回来。不论时局如何，只要手里有钱财，到哪里都能过上好日子。

他怪自己时运不济，到手的机会也三起三落。他在这个过程中看到了真正的人心。都以为站长就要滚出重庆站，那些平时尊重他，在他面前点头哈腰的人，一个一个心思都活泛起来，把更多的殷勤献给了苏北，眼见着自己在站里大势已去，他开始把苏北当成对手。

苏北刚来站里时，在他的眼里，就是一个乳臭未干的毛头小伙子，凭借在南京的关系，来站里镀金。他不用费多大心思，就能把苏北这个毛头小伙子玩弄于股掌之上，为自己所用。没想到这么快，苏北在站里就混得如鱼得水。

放走那个院长，吕站长表面上是向苏北送一个顺水人情，其实是想把他拉下水了。只要苏北湿了鞋子，就不怕自己湿了裤子。让苏北去接应被抓获的王特派员，吕站长的动机也是一箭双雕：把被捕的王特派员安全转移到南京，这是他的功劳；万一在路上有什么差错，苏北是副站长，他不担责,有谁担责?没想到苏北果然中了他的计,那个共产党的大人物,果然跑了。他接到王怀文打来的电话,立马就报告了南京。他要利用这次机会,给苏北点颜色看看,让站里那些狗眼看人低的人也一起看看,到底是谁的手段硬?

毛人凤自然大发雷霆。真是人算不如天算,毛局长费尽千辛万苦,终于把这个共产党大人物在成都缉捕归案,本来是想押解到南京亲自审问的。这个代号"鳗鱼"的共产党,毛人凤已经打了多年的交道了。从军统局到现在的保密局,从上海到南京又到重庆,毛人凤在"鳗鱼"的身上吃了很多的苦头。也可以说在情报线上较量了多年,毛人凤却没有占到任何便宜。在成都,自己养了多年的内线终于发挥了作用,让"鳗鱼"失手了。本想着和"鳗鱼"做一次正面的交锋,没想到这一局,又被"鳗鱼"胜出了。毛人凤恼羞成怒,责令重庆站,追查到底。

吕站长手握毛局长的电谕,腰板儿又一次挺直了。在毛局长面前邀功请赏的机会是没了,但他可以借刀杀人。他要把苏北置于死地,这次不让苏北死,也要让他在自己的眼前剥掉一层皮。

吕站长很快想到了一年前对苏北的甄别。虽然那次没有什么收获,雷声大雨点儿小,但借口还可以拿来继续用。潜伏共产党这顶大帽子,戴在谁的头上都承受不了。这一次就是不把这顶帽子扣在苏北的头上,也要让苏北浑身沾满屎,跳进黄河也洗不清。

吕站长得意地想:乳臭未干的小东西,想跟我玩儿,还嫩了点儿。

苏北带着执行队的人,狼狈地走进站里的那一刻,吕站长一声令下,把这几个人关进了重庆站的大牢。

## 4

这次审问苏北,吕站长要亲自出马了。他十拿九稳地认定,这次是保密局内部的事务,在重庆的其他任何单位和机构都插不上手。

苏北被单独关押在一处,这里是不见阳光的一间地下室,潮湿阴暗。靠墙角的地上堆了一堆乱草,已经发霉长出了白毛。因为房间里不透风,有一股难闻的气味。不知在这里被关押了多少人,又冤死了多少人,墙壁上到处可以看到血痕。苏北被关到这里,总务处的人就给他送来了一条被子,还有一个枕头。负责关押的小刘低声对他说:副站长,这是总务长交代的。总务长不方便出面,请你多担待。

看守在送饭的时候,苏北发现自己的碗里埋了两块肉,想必也是张大召的安排。想到张大召这人,虽然活得很世俗很现实,但他能理解张大召的处境。身在这样的一部机器里,张大召这颗小小的螺丝钉,又能做什么,只能身不由己而已。别人有机会多贪多占,他只能同流合污,唯唯诺诺地做人,一句错话都不敢说,把所有的喜怒哀乐都藏在自己的心思里。

苏北此时心中平静,他亲眼看到王特派员被游击队救走,只要躲进大山里,在游击队的掩护下,他一定能安全转移的。他并不担心自己,他知道敌人并没有抓住真实的把柄。只是工作失误,大不了治自己一个渎职之罪。他也想过,吕站长也许会借这次机会大做文章。他心里已早有准备,他要看吕站长如何表演了。

第二天,吕站长才露面。

吕站长觉得在对待苏北这件事情上，要掌握火候。早了不行，从心理和身体上，苏北还没被击垮。晚了也不行，苏北要是琢磨过味儿来，有了心理准备，这事儿也不好办。要掌握恰当的时间和火候，吕站长觉得自己该出现了。他带着几个执行队的打手，让人把铁门打开，自己不远不近地站在了苏北的面前。

苏北从潮湿的地面上爬了起来，他现在的任务是要把戏演下去，于是上前一步，深深地冲吕站长鞠了一躬道：站长，对不起，我辜负了你对我的信任，没把任务完成好。

他听见吕站长轻轻地叹了一口气，从腰里摸出一份电文，递给苏北道：苏副站长，你自己看，这可是毛局长亲自发的电文，要做深入的彻查。毛局长在电话里也交代了，咱们这里埋伏着共产党的内鬼，要借这次事件彻查清楚，为党国挽回损失和颜面。

苏北平静地把电文还给了吕站长：站长，我是这次任务的负责人。任务没有完成，我负有责任。按规矩，你该怎么办就怎么办吧。

正说话间，不远处的审讯室里传来了鞭打声，还有棍棒丢在地上的声音，不知道被审讯的人是谁，凄厉的号叫声接二连三地传了过来。

吕站长假装无奈地说：苏副站长，老兄我职责所在，这件事儿要是发生在我头上，我也只能认。现在就是我放过你，局长毛人凤也不会答应。兄弟，你是个明白人，那就按你说的，咱们就按照规矩办吧。说完甩了一下头，过来两个执行队的队员，给苏北戴上手铐脚镣，然后一左一右架着苏北哗哗啦啦地向审讯室走去。

吕站长端坐在审讯室桌后的一把椅子上，一旁还坐着一个负责记录的人，记录本儿已经打开。地上扔着棍棒和皮鞭，不远处就是行刑的工具，面目狰狞地摆在一旁。

吕站长一改往日的面孔，对苏北进行了正式的审讯，苏北无非是又把过程讲了一遍。吕站长把目光移到苏北的脸上：就这些？

苏北点了点头。

吕站长说：这次毛局长命令我亲挖潜伏的共党分子，你就不想说点儿什么？

苏北道：我的身份在我刚来站里时不是审查过了吗？我没有什么可说的。

吕站长面露难色，摇了摇头，站起身来，一边向外走，一边留下一句：苏北呀，咱们都是军人，命令不可违呀。

吕站长走出审讯室之后，那几个执行队的打手，先冲苏北敬了一个礼，其中一个低声地道：副站长，我们在执行任务，这是吕站长交代的，得罪了。说完和另外一个执行队的人一起上来，先是把他的上衣扯了下来，用衣服把他的头包裹住，棍棒、皮鞭就落在了苏北的身上。

苏北咬紧牙关忍受着，他知道自己不能在这些人面前吭一声。他想象着安全转移的王特派员，想到了远在南京的嫂子以及牺牲的哥哥，还有那些节节胜利的战友们，他用这样的方式转移自己身上的疼痛。浑身上下，先是剧痛，然后又像被火烧了一样，接着就麻木了。

不知过了多久，行刑结束了。他又被拖回到了关押室。手铐脚镣被打开，脱下去的衣服又被重新穿上，躺在潮湿的地面上。那几个执行队的人头也不回地离开了。苏北知道，只要自己咬紧牙关挺过这一关，他们就拿他没有办法。他又一次想到了嫂子、王特派员，想到如果自己是苏南，面对这般情形该如何应对。哥哥出师未捷，自己继承了哥哥的遗志，自己现在不是一个人在战斗，他的身后站着许许多多不知名的同志们。想到这里，身上的伤痛似乎在一点又一点地退去。

他听着审讯室那里传出王怀文被拷打的声音，一声接一声凄惨地传了过来。不知过了多久，房门又一次被打开了，王怀文被带了进来。看样子王怀文也吃尽了苦头，他披头散发，浑身是血，两只眼睛都肿了起来。他趴在地上，望着苏北，悲怆地喊了一声：苏副站长，我们是被冤枉的呀！

## 5

吕站长当然知道王怀文是无辜的，吕站长之所以这么做，是把戏演给苏北看的。那几个执行队的队员受了比苏北更重的刑。这点儿是人情世故，是给苏北在留情面。对这样的雕虫小技，吕站长早就烂熟于胸了，他是给自己留后手。那个共产党大人物被救走了，毛局长发火，想找一个垫背的出气。这一切都在吕站长的意料之中。眼前的局势明摆着，所有人的心思早已经不在抓共产党身上了，都在想着自己的后路。前一阵子他在南京得到消息，南京的各路大员们都在为自己想着后路。他亲眼看见，南京的码头上，开往台湾的船只越来越多。听说运走的都是值钱的家当，蒋委员长都看到了那最后一步棋，可见下面的人心早已乱成一锅粥了。

吕站长做着的一切，表面上是在执行毛局长的命令，实际他这么做的目的就是要告诉重庆站所有的人，重庆站还姓吕。万一这件事儿不了了之，苏北的威信再也不会像从前一样了。

他给苏北动了刑，就更不能饶过执行队那几个小子。他安排王怀文和苏北关在一起，就是让苏北看一看别人的刑罚比他的还要重了许多。有朝一日，苏北再次出来，他不会埋怨他，而是感激他的手下留情。

在给王怀文动刑前，吕站长单独和王怀文谈过话，他告诉王怀文：你这次要受点苦头。王怀文就无辜地说：站长，我不是共产党。吕站长说：我知道你不是。王怀文似乎明白了什么，半张着嘴巴望着吕站长。吕站长就不紧不慢地说：苏副站长受罚了，你手下的那几个人也吃尽了苦头。你凭什么不受刑罚？你说共产党那个大人物是不是在你手上丢的？你以前打别人，现在该轮到别人打你了。受点儿罪是小事儿，我心里有数。

王怀文听到这里，一下子跪在了吕站长面前，一双细长的眼睛里突然涌出了感激不尽的泪水，用颤抖的声音说：站长，为了党国，为了重庆站，我一切都听你的安排。吕站长不耐烦地摆摆手说：别喊那些没用的了，想想你自己吧。话说到这儿觉得有些生硬，王怀文毕竟是无辜的，他打死也不相信王怀文会是共产党。执行队的这些人，李福就不用说了，哪一个不是他精挑细选的，这是他在重庆站的基本盘。执行队就是他养的一群狗，为他撕咬，为他牺牲，有时想一想都觉得愧对这帮小兄弟们，可吕站长自己又能做些什么呢？不论权力大小，地位高低，总要有人来维护。历朝历代，不论什么时候，养这些能咬会咬的狗是少不了的。光让这群狗乱咬也不行,偶尔还得让这帮小子们尝点甜头,打一巴掌给一颗糖,这是对付狗们最好的也是最有效的一种手段。想到这儿吕站长又交代道:过些日子等你没事了,咱们再找一票大的干,把自己的后顾之忧解决了。

王怀文当然知道那一票大的指的是什么,在执行队干了这么久,站长手里的指挥棒他看得清清楚楚。前几年吕站长一心想为自己升官晋级,眼见着通往南京的路被堵死了,眼下吕站长满脑子想的都是发财。之前李福为吕站长鞍前马后地忙碌,结果有一大半的不义之财,都被吕站长送到了南京各种衙门里,现在看来一切都打了水漂。站长经常对他们说的话是:舍不得孩子,套不住狼。现在的结果是孩子舍掉了狼也没套住。眼下的吕站长似乎想明白了,不仅想明白了自己的事儿,给弟兄们的后路也想好了,王怀文真的有些感激不尽了。为了吕站长的知遇之恩,别说受点儿皮肉之苦,就是马革裹尸又算得了什么呢?他当即给吕站长磕了三个响头。

当那几个执行队的队员,把各种刑具往他身上招呼的时候,总有一些下手没轻没重的人,把平时不敢发泄的积怨,一股脑儿发泄了出来。王怀文大喊道:小子们用点劲,把我当成共产党,当成贼人。用劲儿地招呼吧。

几个执行队的人刚开始都还有些放不开,见王怀文这样大义凛然,他们也放开了手脚。平日里那些对王怀文不满的人,是心生恨念的,可惜找不到报复机会,现在机会就摆在眼前,他们拿出了招呼共产党的手段。有一个小子,把一支木棍子都打折了,要不是吕站长及时制止,王怀文说不定挺不过这一遭了。

王怀文在苏北面前的哀号,有八分是真的,两分是演的。

苏北这时冷静地坐在墙角,看着眼前的王怀文在哀号。

王怀文朝苏北跟前爬了两下,用双手撑起半个身子:苏副站长,你说到底谁是共产党,把我们连累成这样?要不是有内线接应,咱们怎么就碰到了共产党的游击队?

苏北不说话,打量着眼前的王怀文。从王怀文被关进自己牢房的那一刻,他就意识到这一切都是吕站长的用意:让王怀文来套自己的话。就是套不出什么,也让他对吕站长心生感激。

梦瑶和苏北断了联系,她不知道苏北在执行什么样的任务,像他们这种特殊关系,既不是上线,也不是下线,只是横向联系的一条线,没有相互情报传送的任务,但事实上两个人又联系得如此紧密。如果他们其中一个出事儿,损失的是整个情报网。上次甄别苏北身份时,两个人见面就约定好了,不论有事儿没事儿,两天必须相互联系一次,以确定对方的安全。万一一方出事儿,对方会及时提示自己的联系人,想好应对之策。

这一次意外真的发生了,梦瑶连续几天联系不上苏北。她给苏北的办公室里打过无数电话,一直没人接听。最后她把电话打给了吕站长,希望在吕站长的嘴里得到苏北的下落。狡猾的吕站长却在电话里跟她打着哈哈,告诉她苏北在执行秘密任务,过一阵儿就会主动联系她的。她听得出来吕站长说的是假话,于是她通过自己的联系方式向上级做了汇报。两天后,梦瑶接到了上级的指示:告知了苏北的处境。从多方消息综合判断,敌人并没有发现苏北的真实身份,只是因为营救自己的同志而受到了牵连。苏北现在是安全的。但为了让苏北早日获得自由，组织决定还是要利用梦瑶的特殊身份，来营救苏北。

梦瑶又一次来到了重庆，这次她没有带孩子，而是单枪匹马。她没有直接找到重庆站，而是先找到了重庆行辕，把苏北的处境汇报给了行辕的长官。梦瑶身在南京国民政府机关，虽然没有什么职位，但她的工作特殊：凡是委员长知道的事儿，她都知道。这样的特殊身份，没有人敢小看。

重庆站出了这么大的事故，重庆行辕的人却一无所知。因为这是保密局自己的事务，是毛人凤局长一手布置的，根本没有经过重庆行辕这层机构。重庆行辕就给吕站长打电话，吕站长在电话里东拉西扯，避重就轻，最后绕不过去，又拿苏北说不清的身份当作了挡箭牌。上次对苏北身份的甄别就是由重庆行辕授意警备区完成的，现在重庆站又怀疑苏北是共产党，这是在打重庆行辕的脸。这次出面的不是二处副处长朱先海，而是处长徐远举。徐远举不论在军统局，还是在当今的保密局，都是举足轻重的人物。他现在作为国防部的代表，驻扎在重庆，一面负责情报工作，一面还兼任着军方和地方政府的协调工作。

当徐远举处长陪同梦瑶，出现在重庆站时，还是让吕站长大吃一惊。他没想到梦瑶来得这么快，还有徐远举陪同。吕站长自己知道，凭自己三脚猫的功夫，苏北即便是真的共产党，他也审问不出来。即便审出什么来，眼下这个局面，对他又有什么好处？眼前的局势不是一年前了，一年前他可以把抓获共产党当成业绩，成为自己向上的阶梯。现在南京方面谁还能顾得了他，都是爹死娘嫁人，各人顾各人了。他的本意是再把苏北这些人关上一阵子，让苏北彻底服软。另外，苏北怎么处理，毛局长还没有亲自下指令，这么轻易地放人，要是毛局长怪罪下来，他也吃不了兜着走了。

但眼见徐远举处长带着梦瑶出现在自己的面前，吕站长当然不敢怠慢，客套话说了一箩筐，最后只能把责任推到了毛人凤那边。徐远举见吕站长这个老滑头在和自己打太极拳，便当着他的面把电话打到了南京毛人凤办公室。毛人凤没想到这件不大不小的事儿捅到了二处。想想自己的手下这么无能，本想大事化小，小事化了地把这件丢人现眼的事儿压住，没想到吕站长这点小事也没有处理好，反而让二处的徐远举恶人先告状。用不了多久，国防部的大员们也会知道。他自己丢人现眼不说，这事儿要是传到了蒋委员长耳朵里，委员长又怎么看他？

眼下事情复杂，全出乎他的意料之外。他本意想把这事情压上一阵子，再做个冷处理，就像没发生一样。现在事情办成这个样子，他只能把恶气撒在吕站长的头上，他在电话里把吕站长骂了个狗血喷头。吕站长如丧考妣地放下电话后，调整了好半天，才对徐远举和梦瑶换上一张皮笑肉不笑的脸。

最后的结果是，苏北和执行队的人都被放了出来，找了一个刚入执行队不久的小子当了顶包的。吕站长还记得，这小子的姨夫是重庆驻军的一位团长，这位团长和吕站长有过几面之交，把自己的外甥介绍给了自己。当时这位外甥在国民党队伍里当着一名排长，局势动乱，部队不断在调防。能到重庆站工作在任何人眼里都是一份美差，既安全又体面。为了安排外甥的工作，这位团长塞给吕站长两根金条。

65

这一次这位无辜的外甥派上了用场，他的罪名被定义为通共分子，是这次任务执行失败的元凶，让拉出去枪毙了。于是一份几方面都有颜面的报告送到了南京的毛人凤案前。这件事勉强算是画上一个句号。

## 6

苏北恢复自由的当天晚上，总务长张大召就为苏北接风洗尘。

在苏北被关押的这段时间里，张大召想尽办法，让伙夫做些好吃的，送进牢房里。这点小事儿对张大召来说，也是表达对老同学的情谊，别的他真插不上手了。

即便如此，执行队的眼线早就把这一消息汇报给了吕站长。在吕站长眼里，苏北和张大召是同学，自己之前要调到南京的消息传出后，他也知道张大召为执行队长这个职务忙碌过一阵子。在小小的重庆站，哪怕有一点风吹草动，都逃不过他的眼睛。自己没有调走，他第一件事儿就是把王怀文扶正，让所有惦记执行队长这个职务的人都断了这门心思。他明白自己这么做的后果，肯定得罪了张大召等一批人，在重庆站，他压根儿就没有把张大召这些手下当成对手。对张大召照顾牢房里的苏北，他也睁一只眼闭一只眼。因为他并没有想把苏北怎么样，就是想把他怎么样，凭自己的职级，也奈何不了苏北。他的志向也并不在此，只想杀一杀苏北在重庆站的威风，外面的世界越来越复杂，眼见着局势就要变天了，越是在这种时候，越要把手里的权力牢牢地抓住。他要在重庆站说一不二，才能确保自己的安全，无论进退都能从容不迫。

张大召又一次和苏北坐在了一起，自然是百感交集。他把所有的怨气都发泄在了吕站长的身上，大骂吕站长不是东西，拿鸡毛当令箭，是有意迫害苏北。早知这样的结局，为什么不早点儿找一个垫背的？以前站里不论发生什么事故，最后都是以把罪名甩给垫背的才宣告结束。张大召把对吕站长的不满，指桑骂槐地发泄出来。

苏北内心对张大召是感激的，记得自己刚来重庆时，张大召就跑前忙后。苏北也是从张大召口里了解到了重庆站的点点滴滴，让他从陌生到熟悉，包括他从没见过的苏南的同学和熟人，也是通过张大召的嘴熟悉起来。他能顺利通过上一次甄别，张大召更功不可没。

酒喝到一半时，张大召抬起眼皮，问了一句苏北：老同学，你知道那个姓吕的为什么要这么对你吗？

苏北只能做无辜状摇了摇头。

张大召就进一步说：这个老狐狸，自己一身是屎，都知道他的位子已经不稳了，站里的人心都跑到了你这边。他想借这次意外，拿着鸡毛当令箭，在站里把你的威信搞没了，把你架空，就没人能制约得了他了。

苏北无所谓地笑一笑。

张大召就俯过身来小声地说：老同学，现在局势这么乱，大家都在议论，都看出来了，南京政府气数已尽。共产党的军队已经都拿下了那么多地盘，我看南京迟早要丢，照这样下去，咱们重庆也难保。现在不是抗战时了，那会儿我们有个共同的目标，都想把日本人赶出去，觉得日本人滚蛋了，老百姓才能过上好日子。可日本人走了，再看看百姓的日子，物价一天一个样，各行各业都在坑蒙拐骗，那些有头有脸的大员们哪个不贪不腐,他们的七大姑八大姨,也个个捞得盆满钵满,只是苦了百姓和我们这样的普通人。你知道现在社会上都流行什么话吗?没等苏北接话,张大召又说:都盼着蒋家王朝早点灭亡。从经济上看,一个王朝的覆灭要经历三个阶段,坚持耗空国库,然后政府搜刮所有的阶层,最后失去民心民意,这个王朝就该灭亡了。都说现在这个样子跟清朝灭亡前一个熊样。老同学,别再抱着幻想了,看看眼前的局势,好端端的一个政府,折腾到了现在这般模样,你我都是小人物,主宰不了世界,我们当下能做的,就是跳船。想想自己的后路,别临了,当人家垫背的。

苏北在张大召的牢骚之中,仿佛也看到那道黎明的曙光,在眼前越来越亮,染红了半边天,最后整个天就亮了。这是每个共产党人的梦想,砸烂黑暗的旧世界,建立一个崭新的新中国——人人平等,社会自由,人人富足,劳者有其屋,耕者有其田……共产党的宣言,是他们参加革命的明灯,是所有共产党人的理想。眼见着这个理想就要实现了,苏北的心里澎湃着一种前所未有的激情。

苏北还沉浸在美好的展望当中,张大召又神秘地说:老同学,你想不想扳回最后这一局?

苏北不解地望着张大召,张大召把身子凑过来,压低声音说:那个李福没有走远,就在重庆,前几天我们站里的人看见他了,我还不相信,最后亲自验证,他就住在南山那边的一家客栈里。

苏北不知道张大召说起李福的用意何为。

张大召就把话挑明了:李福一直是吕站长的心腹,别看他现在离开了站里,依然是吕站长的人,还在一起同流合污。李福在重庆经营了这么多年,三教九流,黑道白道,都吃得很开。姓吕的要给自己谋事儿,就不能少了李福这样的人物。吕站长偷偷地把李福放了,把王怀文扶正,就是利用两个人,一个在明处,一个在暗处,继续为他服务。

苏北对吕站长的偷鸡摸狗行为不感兴趣,但是为了完成组织的任务,自己在重庆站的地位稳固至关重要。如果被吕站长边缘化了,就接触不到核心的机密,工作效率会大打折扣。他已经接到了上级的指示,寻找时机营救白公馆和渣滓洞的同志们,这也是他此次被派到重庆的核心任务。想到这一点,他感兴趣地把头探向张大召。

张大召就点拨道:苏副站长,你现在要想扳倒姓吕的,就要从李福身上下手。二处你不是有人吗?让二处的人出面把李福抓起来。我就不相信李福是铁打的,撬不开他的嘴。只要他招了,我敢保证这一次一定会把姓吕的拉下马来。他们做的那些烂事,尽人皆知。在重庆站,许多人恨得牙根儿痒痒,大家都在等这样的机会。

苏北望着义愤填膺的张大召,真应了那句老话:人为财死,鸟为食亡。扳倒吕站长,张大召这样的人才有机会上来。张大召的心里一直惦记着执行队长这个职位,在人们眼里,执行队长是个发家致富的好位子。

苏北不动声色地听着张大召的建言。

吕站长确实没有闲着。王怀文重新被放出来之后,像一只被打了鸡血的狗,在吕站长的授意之下,明目张胆地抓来了一批在重庆有些地位又有些钱财的土豪。那些日子,执行队的审讯室里,一时人满为患。这些被抓到的人，无一例外都被冠以通共的嫌疑。这项大帽子扣在谁的头上，都够喝一壶的，不死也得脱层皮。

执行队的人，彻夜审问，整个关押室里灯火通明，前来交赎金的人走马灯似的。重庆站执行队就像一架开足马力的印钞机。王怀文叉着腰，手里提着一根染血的皮鞭，上蹿下跳，喊叫声响彻整个重庆站。

苏北虽然被官复原职了，吕站长并没有交给他什么工作。一天，吕站长又端着茶杯来到他的办公室里，歉意地说：老弟，前一阵子的事儿你不怪我吧，老兄我也是没有办法，职责所在。没事儿就好，你先压压惊，休息上一阵子。现在外面的局势那么乱，站里那些小事儿就不用老弟操心了。你有什么事儿尽管跟我说，老兄我不会亏待你的。

苏北不说什么，只是淡淡地笑一笑。

吕站长知道，自己和苏北的关系再也回不到过去了。此一时彼一时，他现在不需要和苏北走得那么近，近了反而会束缚住他的手脚。他现在提防着苏北，怕把自己的秘密传到南京的某个人的耳朵里。现在虽然说局势大乱，但他还是有所顾忌，多年的官场经验告诉他，别人可以装聋作哑，但你不能大声喧哗。他要尽量低调发财。

既然回不到过去，他也不想在苏北身上浪费精力，站里一些重大的事务，他再也不和苏北通气儿了。他是一站之长，要在来日无多的时间里，尽量发挥好自己手中的权力。至于自己的私事儿，交给李福和王怀文两人打理就好了，他对这两个多年培养起来的左膀右臂，是放心的，而且每次他吃肉，会把骨头扔给他们。

# 7

李福是被二处的朱先海抓捕归案的。

李福被抓到时，正在一个黑市上和人做交易。上次张大召和苏北说完李福的事儿之后，见苏北并没有阻止的意思，心里便有了底儿。张大召已经盯李福很久了，上次李福莫名其妙地脱逃，明眼人都知道，李福逃不远。他的根基都在重庆，他离不开吕站长，到外面任何地界他将一无是处。吕站长既然冒着风险放了他，就证明他还有利用价值。

张大召见抓捕李福的时机成熟，一个电话打到重庆行辕二处的朱先海办公室。副处长朱先海带着便衣出现在了现场，在一个黑市的角落里，远远看到了李福。这是个鱼市，当时进进出出的人很多。朱先海一行人的出现，还是引起了李福的警觉。多年的执行队生涯，他早就练就了察觉风吹草动的本事，此时药品已交易完成，对方正在从鱼肚子里往外掏金条。朱先海等人突然出现，比李福预想的还要快。李福见事不妙，转身就跑。黑市的后面就是嘉陵江，他已经跳到了江里，二处的人哪肯放过他，这次为抓捕他，在江边早就安排好了两艘快船。

无路可逃的李福，从江里被抓上岸，又水淋淋地被押解到二处。

等张大召回到站里，把自己目睹的情况告诉苏北时，吕站长还不知道危险正在逼近他。他的办公室门半开着，他双腿跷在桌子上，人仰躺在椅背上，正在接听电话。

张大召走进苏北的办公室，把门带上。双手做出了一个掐死的动作，低声说：大功告成,大好的喜事儿。晚上让我婆娘炒几个拿手菜,咱老同学好好地庆祝一下。

苏北知道张大召口中的好事儿指的是什么,于公于私李福早就该抓了,上一次如果不是吕站长的暗中帮助,李福早就该押往南京了。苏北知道,想在重庆站站稳脚跟,完成组织交给的任务,身边不能缺少张大召这样的人。通过这段时间的接触,他发现张大召不仅官儿迷,贪心也重。他刚来到重庆不久,站里的许多人反映,重庆站的伙食太差了,有时一连几天,都不见一丝荤腥。坐山吃山,靠水吃水,张大召不能像执行队那样贪到更多的便宜,只能在大家的嘴里想办法。记得有一天吕站长找到苏北,闲聊似的说:你那位老同学,站里的人对他意见很大呀,都抠到大伙儿的嘴里了。

吕站长这么说张大召,苏北不好插话,望着吕站长等他的下文,吕站长就背着手,叹口气道:虽然说鸡有鸡道狗有狗道。张大召是站里的伙食军的头儿,但他也不能这么明目张胆地办事儿。他这人之所以现在混不出个名堂来,还是格局太小。眼睛里只盯着那点儿伙食费和办公费。就是这些费用他都贪了,又能过几天日子?吕站长说到这里从牙缝里挤出一丝冷笑,他一面瞧不起张大召的做法,另一面又同情着张大召。

苏北来到重庆之后,吕站长当着他的面儿,有意无意地提了好几回:在你们这些老同学中,他是混得最差的了。我现在对他不满意,又能把他调到哪里去,总不能让他去开车站岗吧。在吕站长的心里,张大召只配做一名伙头军了。

重庆站有头有脸儿的人,很少在食堂吃饭。不是这个活动就是那个宴请,偶尔在食堂里吃一次,算是给肠胃刮油了。只有那些基层的人,没有应酬,没有宴请,一日三餐吃伙食饭。他们这些人意见最大,大不大的有什么用?不论是什么社会,触动底层人的利益是最安全的。萝卜上那棵缨还能掀起什么波浪?

苏北没来重庆站之前,吕站长就是重庆站的中心。苏北听张大召说,之前那个副站长,和吕站长就不对付。两个人在一起别别扭扭了好几年,吕站长一门心思想调到南京,那位副站长就想取而代之。两个人是各怀心思。那位副站长手脚不太干净,急于敛财,又拼命想爬到站长这个位子。他能有今天,听小道消息说,还是夫人陪睡出来的,具体陪什么人睡过,没有人能够说清楚。夫人是上海人,一直不想离开上海,从重庆离开之后便也回到上海。站里许多人目睹过副站长夫人的芳容,都说她长得像电影演员胡蝶。小道消息说,当年戴笠对副站长的夫人也动过小心思,最后上没上过床,没人知道。反正旺了她的丈夫做到了副站长。后来戴笠意外死亡,毛人凤接管了保密局。从军统局到保密局,整个天就变了。那位副站长想加官进爵,少不了应酬打点。凡是对仕途和财富贪婪的人,又有哪个会是干净的呢?最后还是被吕站长算计了,一不小心就被吕站长抓住了把柄,直接捅到了南京。在证据面前,没有人能保住他,就这样,这位副站长被连降三级,最后调到上海站,也算是完成了夫妻团聚的美梦。

重庆站都知道吕站长是个笑面虎,表面憨厚,内心里却毒辣,容不下和他有竞争关系的人。不仅是官场上,哪怕是一点点的财富相争,他也要把对手置于死地。这次李福被抓,是二处的人亲自动的手,保密工作做得很好。在重庆站，除了苏北和张大召，再也没有人知道。

在李福被抓的三天后，突然一天下午，二处的两辆吉普车，风驰电掣地驶进了重庆站。车停稳后，朱先海下车，带着几名随从，径直来到了站长的办公室。吕站长刚睡完午觉，脸上的睡意还没有完全退去。朱先海没有客套，向吕站长出示了一张逮捕令。这张逮捕令是王怀文的。吕站长手里的茶杯掉到了地上，不知道二处的人以什么借口逮捕王怀文。

院里，王怀文已经被押解到了车上。朱先海冷着脸，并不想和吕站长解释什么，转身就向外走。吕站长这时才反应过来，屁颠屁颠追过来：朱副处长，我们的王队长怎么了？请你给我一个解释。

朱先海不想解释什么，一脸严肃地走到楼下。在准备上车的一瞬间，他回过头来冷冷地看着吕站长：李福已经被我们抓到了，他已经把王怀文供了出来。

朱先海打开车门，一只脚已经踏进了车里，想起了什么似的回过身，又冲吕站长说：吕站长，在李福的案子查完之前，你最好不要离开重庆。

还没等吕站长反应过来，朱先海带着车队扬长而去。

重庆站的人几乎都惊动了，有的打开办公室的门，有的扒着窗子，所有人都看见吕站长在空旷的院子里站了许久，他先是向大门方向走了几步，后来反应过来，才迈着虚弱的步子，摇晃着身子上楼，向自己的办公室走去。

吕站长的天塌了。那几日，人们经常可以看到吕站长，迈着梦游似的步伐，在重庆站的院内院外走来晃去。

当天晚上，张大召敲开了苏北宿舍的门，手里提着一瓶酒，又从兜里掏出两个肉罐头，喜气洋洋地冲苏北说：今天是个大喜日子，王怀文也进去了。离那个姓吕的进去还远吗？张大召睁大一双兴奋的眼睛，笑眯眯地冲苏北说：看来咱们重庆站的天真的要变了。

## 8

重庆站的天，果然在半个月后变了。

南京保密局发来一纸电令：从即日起免去重庆站吕站长职务。

当保密室主任把这份南京的电令放到苏北面前时，苏北还是有些吃惊，李福、王怀文相继被捕，肯定会牵连吕站长。谁都知道这两个人和吕站长是拴在一起的蚂蚱，但没想到事情会来得这么快，处理吕站长也这么简单粗暴。总以为调查处理吕站长，南京方面一定会来人亲自查办。没想到二处的人，直接把审查结果捅到了国防部。这件事情就闹大了。如果在保密局内处理吕站长，或许能给吕站长留条后路。二处一插手，局面就不一样，保密局一纸电令，吕站长被一撸到底。

吕站长的罪行已经确凿无疑，只凭李福和王怀文各自的口供，就足以定吕站长的罪了。

以前每一次保密室有南京来的机密文件、电令什么的，保密室主任都要送给吕站长过目，再由吕站长签署后，决定是自己掌握还是传达到某个人。保密室接到这份南京的电令时，显然再送给吕站长就不合时宜了，保密室主任直接敲开了苏北的办公室。

当苏北走进吕站长办公室，传达这份南京来电时，吕站长的一双眼睛都直了，瘫坐在椅子上,有气无力地望着苏北,想笑一笑,最后脸上的肌肉跳了跳,好半晌才喃喃自语道:真是三十年河东,三十年河西。我吕某人为党国奔波劳碌了大半辈子,没想到最后竟然混成了这个下场。最后他又咬着牙说:二处的人下手竟然这么狠。

那天下午,重庆站的许多人看到,吕站长失魂落魄地走出了自己的办公室,把房门钥匙交到办公室季主任手上,摇摇晃晃向自己的住处走去。

不知是谁在院子里点燃了一挂鞭炮,鞭炮突然热烈地响了起来,所有人都被惊醒了,他们意识到重庆站真的变天了。一股看不见摸不到却能体会到的欢乐的气氛在重庆站的每一个角落里流淌、飘散。

接下来一连串的变故更令重庆站的人措手不及。

两天后,南京方面又来了一纸电文,这份电文同时抄送给重庆行辕二处。

朱先海带着电文又一次来到了重庆站,让苏北把所有重庆站的人集合在了院子里。朱先海平静地宣布了纸上的命令:从即日起,苏南代理重庆站站长职务。

朱先海宣布完命令,握住了苏北的手,摇晃了一下道:祝贺你苏代站长。不知为什么,朱先海把"代"字说得很重。在场所有的人都听得真切。朱先海宣布完命令没有做更多停留,坐上车一溜烟儿地消失了。

让自己代理站长,这完全出乎了苏北的意料,他呆呆地站在原地,竟忘了解散队伍。就在这时,保密室值班的报务员从二楼冲他喊:苏站长,南京毛局长来电。

苏北快速地向二楼跑去。

电话果然是毛人凤打来的,毛人凤在电话那端就低沉地说:苏南,这一阵子南京公务繁忙,本应该派人专门去传达命令,战事紧急,任务繁多,只能请二处的人代劳了。希望你不辱使命,完成好局里的委派,这是党国对你的考验,也是信任。

放下电话从保密室里走了出来,季主任已经跟在苏北屁股后头,一起走回到苏北的办公室,小心地问:站长,什么时候搬家?

苏北不解地望着季主任。季主任就拿出吕站长办公室的钥匙。苏北明白过来,摆了摆手说:搬什么家,我现在只是个代理站长,局里有了合适人选,会来接我的班的。

季主任就尴尬地站在那里,手里捏着钥匙,一副不知如何是好的样子。

苏北这才想起了什么似的冲季主任交代道:把吕站长办公室贴上封条,在吕站长处理结果到达之前,任何人都不允许走进他的办公室。

第二天南京方面的最新电文又来了,又一次命令吕站长在处理结果到达之前不得离开重庆,原地待命。李福和王怀文两个人已经在押往南京的路上了。

执行队的正副队长,都成了阶下囚。执行队任务繁重,不能一日无主。按规定,站长是有权对这些中层进行人事任免的。苏北犹豫了几天,最后还是把张大召从总务长调任执行队长的意见报到了南京。南京方面很快复电:甚好。

张大召被任命为执行队长的第一天,便把执行队里里外外的人全都集合了起来。执行队的人很多,分为内勤和外勤,加起来有几十口。张大召站在队伍前并没急于讲话,而是先用目光在每个人的脸上扫过。

执行队每个人的心里都很虚弱，吕站长、李福和王怀文都出事了，他们这些人又能干净到哪里去？都知道两个队长都被押送到了南京，到南京后怎么审？会不会把他们也招出来？他们最后又怎么被发落？他们许多人心里一点儿底儿都没有。

当张大召的目光扫过他们的脸时，他们竭尽所能地挤出微笑，希望给张大召留下一个好印象。张大召就用目光扫来扫去，他要用自己的方式给所有执行队的人来一个下马威，他站在队伍前，一句话也没有说。张大召知道这是心理战，望着执行队队员战战兢兢的眼睛，他在心里冷冷地笑了，过了好半响，才说：局面就是这么个局面，希望大家心里都有点儿数。过去的事儿我暂时不追究了，看下一步大家伙儿的表现。说到这里，他又把目光扫向每一个人，沉吟半响后才低声说了两字：解散。

张大召觉得此时所有语言都是废话。自己要用威严，让手下的人感到恐惧，只有让这些人恐惧，才能听自己的话。张大召这一招果然奏效了，那些心里有鬼的人，心里早就是七上八下，经张大召这样一折腾，更不得安生了。

从那以后，每天晚上都会有人，偷偷地敲开张大召的房门，以谈心为名，说上几句肉麻的话，把一包又一包沉甸甸的东西留下。这种局面，张大召已期待很久了。

## 第 五 章

### 0

苏北退休前一直在这座城市的轻纺局工作，从工作之初，他就是人事处的一名普通干部。梦瑶在市里一家纺织厂工会工作，也是一名普通干部。在这座城市解放后，两人结合在一起，后来又生下了儿子忆北。在外人眼里，他们的家庭关系，微妙而又复杂。

每到清明节，两个人都心照不宣，在几天前就开始做准备了。他们买来了鲜花，还有水果，甚至提前查看这一天的天气。到了清明节这一天，无论阴晴，他们都会各自手捧着鲜花，提着水果，来到苏南的墓地。烈士陵园是解放后，由民政部门修建的。偌大的烈士陵园，苏南栖居在一隅，墓前有碑，碑的正面镶着一张苏南的照片。这张照片是他和梦瑶结婚前照的，他穿着西装系着领带，幸福地望着前方。那是苏南一生中最幸福的时光，他成了她的下线，又和她恋爱，最后还是组织安排他们结合在一起。一切看起来都是那么完美。

梦瑶至今还记得，两个人去照相馆拍结婚照。这一刻的苏南是那么英武俊朗，那瞬间她被他迷住了。梦瑶就鼓励他单独拍一张，于是就留下了这一份记忆。许多年过去了，这张单人照和他们的结婚照，梦瑶一直保存在身边。

苏南牺牲后，他的遗体先是被情急中的梦瑶藏到了床下，后来又被秘密运送到了郊外，埋藏地点对梦瑶都是保密的。直到解放后，烈士陵园建立，组织上才又想起了苏南。苏南的遗体迁到烈士陵园那一天，梦瑶、苏北、王特派员，还有当年在这座城市战斗的地下党员们，一同参加了苏南的祭奠仪式。

王特派员在南京解放之后，已经是这座城市里不大不小的首长了。苏南迁墓的那一天，是这座城市的解放纪念日，晴空万里。大家为苏南的墓添上了最后一捧土，天空中突然下起了太阳雨，就像人们为苏南留下的眼泪。

梦瑶和苏北结合后，有一段时间，她脑子里经常出现错乱，分不清身边人到底是苏南还是苏北。他们的长相，口音，说话的语调，以及生活习惯都太过相似。她经常有一种错觉，身边的苏北就是苏南，苏南也是苏北。许多年过去了，她还经常会把苏北喊成苏南。也许是错觉，也许在她心里，两个兄弟就是一个人。

她第一次叫错名字的时候，苏北惊愕地望着她。她马上意识到了，低声又难过地说：对不起，苏北。

苏北觉得没有什么，自己从代替哥哥去重庆那一天开始，他在别人眼里就是苏南了，包括每次在电话里，她也是这么称呼他的，还有他们的通信，不论是收件人还是落款，都是苏南的名字。自己是苏南还是苏北，对他来说已经不重要了。只有自己越像苏南，才能让潜伏越成功。

在后来很长一段时间里，她仍然会喊错他的名字。梦瑶话一出口，就知喊错了。下次再喊他的名字时，她总是会先把注意力集中起来，每一次都弄得自己紧张兮兮的。有一次苏北认真地看着她的眼睛，轻声说道：没关系，我就是苏南。有一次他背着她，拿着户口本，竟然跑到派出所把自己户口本上的名字改成苏南。

当他把新改过的户口本递给她时，她盯着户口本户主页那一栏上的名字，眼泪止不住地流了下来。她明白他的用心，她抬起眼睛，泪眼模糊地盯着他：改不改都一样，在我的心里你就是苏南，不论你叫什么。

从那以后，不知为什么，也许她太刻意了，又会把他的名字喊成苏北。不论她再叫他什么，他都不再纠正，渐渐地，又不知从什么时候开始，她又叫他苏南了。顺畅自如，毫无违和，他就名正言顺地真成了现实中的苏南。

在墓碑上，苏南是烈士，现实生活中，苏南是她的丈夫。

两个人每次出现在墓地前，一个负责清理墓地周边的蒿草，另一个擦拭墓碑，把鲜花和水果摆在墓碑前。墓碑上的苏南，幸福又年轻地望着他们。他们总是默然无声。

后来苏怀南、苏忆北大了一些，他们也会把两个孩子带到墓地前。他们让怀南喊墓地中的人为爸爸，让忆北喊伯伯。两个孩子经常喊错，要么一起喊爸，要么一起喊伯伯，怎么也纠正不过来。后来两个孩子大了一些，能分清楚他们的关系了，不再喊错，却对他们各自的身世产生了兴趣。当两个孩子问及他们的过去时，他们一起缄默着。这是他们的秘密，也是组织的机密，关于他们的过去，他们不仅不向外人提及，连自己的孩子也不能说。在两个孩子的眼里，父母一直是神秘复杂的。

在他们各自单位，知道他们以前身份

73

的人一个也没有，王特派员是个例外。他不仅是他们当年的领导，也是他们的证明人，王特派员联结着他们的过去和现在。在别人的眼里，他们就是单位里的普通一员。

王特派员逢年过节时都会到他们家里来坐一坐。他们从不提过去，似乎还在共同守护着某种秘密。他们只聊当下的工作和生活。在生活中，王特派员对他们是关心的，经常问粮票够不够用，工资够不够花。有一次王特派员还掀开了他们的锅盖，这就让他们的生活露出了窘境。当时两个孩子都在上学，正是吃死老子长身体的年纪，从粮店里买回的粮食显然不够吃，梦瑶每到周末，都会到郊区的田地里挖一些野菜，做成野菜粥或蒸成野菜团子。

王特派员走后，在他坐过的椅子上，留下了十元钱和十几斤粮票。苏北发现后，就像当年在情报点发现了情报。他们谨慎地把钱和粮票装在一个信封里，想着下一次见到王特派员时，把钱和粮票原封不动地还给他。

王特派员又一次来看他们时，苏北用最隐蔽的动作，想把钱和粮票秘密地塞到王特派员随身的公文包或衣袋里，这是他在重庆练就出来的本领。不论周围情况有多么复杂，多少只眼睛盯着他，总能在不易察觉之间，安全地在情报点取送情报。

但不论多么隐秘，总逃不过王特派员的眼睛。从那以后，王特派员就光明正大地接济他们。他们心里不情愿接受，知道王特派员一家的日子也不好过，但在王特派员面前，只能服从。在艰苦的岁月里，他们靠着王特派员的接济，总算度过了最难熬的日子。

# 1

时间进入到一九四八年下半年，东北时局的变化，让整个南京国民政府陷入困境。先是锦州被共产党军队解放，然后是长春、沈阳，整个东北都被解放了。解放军第四野战军，正在向天津和北平逼近。在这期间，济南也被华东野战军解放，这意味着国民党的军队已失去了对津浦、胶济交通枢纽的控制，此时解放军的势力，直接威胁到华东和华北。

接二连三的好消息，苏北是在保密局频繁来往的电文中得知的。如果自己不代替哥哥苏南来重庆执行这样的一份特殊任务，现在一定带着部队冲锋在解放战争的最前线。他无数次地想象着自己的部队攻城拔寨，有时晚上在兴奋当中会醒来，久久难以入眠。他立在窗前，望着重庆的天空，想象着重庆解放的样子。如果重庆解放，自己就该归队了。苏北想象着战友们排列着队伍，欢迎他归队。苏北心潮澎湃，似乎已经听到了部队铿锵有力进军的脚步声。

这一阵子，被免职的吕站长似乎比任何人都要焦虑，几次三番找到苏北，要求回南京一趟，去探望老婆孩子。苏北不想难为他，但自己说了不算，禁足令是保密局下达的，他只能给保密局打报告，把吕站长想去南京探亲的想法报告上去。

其实吕站长探亲只是幌子，他对自己在南京的军界和政界朋友还抱有幻想，这些年来自己苦心经营，他从来没有亏欠过他们。每次去南京，都大包小包地带着硬通货，依据职务的高低分门别类地进行打点。那会儿他一直抱着回南京高升的梦想，辛辛苦苦把这些年搜刮到的钱财都投喂到了这些朋友的嘴里。可自己的理想一直没有实现，他早就暗自把这些人祖宗八代都骂了个遍。恨归恨，骂归骂，想着自己现在落难了，这些人帮不上自己大忙，怎么也不会袖手旁观吧。从免职令下达那天开始，他就幻想着这些朋友站出来拉他一把。可一连几个月过去，他没有得到任何关于自己的音讯。他在心里无数次咒骂着这些白眼狼一样的所谓朋友，拿他的时候手从来没有软过，到关键时刻这些狐朋狗友又躲得远远的。他在期盼当中度过了日日夜夜，等来的却是比暗夜还要让他失望的结果。他不甘心就这么被搁置在重庆，他要翻盘。即便不能调回南京，官复原职也是好的。他不断地打电话给这些昔日的朋友，那些朋友接听他的电话，有的佯装关心、同情，陪他聊上几句。更多的人推脱公务繁忙，没等他诉上几句苦，就匆忙挂断电话。几次三番，让他的心情苍凉无比。他恨，恨自己，恨政府里这些贪官污吏，也恨这个世界。

他觉得不公平，现在的社会，只要有权有势，哪个不贪？凭什么单单查他？只怪自己的后台靠山不够硬，如果有人给他撑腰，自己做这点儿违法乱纪的事又算得了什么？那些大贪官污吏，现在不还是活得好好的吗？

他恨了一圈儿，最让他恨得牙根儿痒痒的，还是李福和王怀文这两个人。他们跟了自己十几年，平时对他唯命是从，表现得忠心耿耿。不然他也不会把这么重要的发财的活儿交给他们，结果就是自己最信赖的人把他出卖了。他承认自己在黑市上利用执行队的特殊权力倒卖过军火、药材，也多次敲诈过那些商人，可这些勾当，不是他发明的，也不是他一个人在这么做。他一个小小的重庆站站长，和那些脑满肠肥的大员们比起来，只不过是小巫见大巫罢了。而眼下自己却落得了个被停职的处分，他不甘，他不平。刚接到停职的处分时，他是做好了翻盘的计划，把这些年搜刮贪腐的积蓄都找了出来，他要把这些硬通货带到南京，做最后的一搏。可让他没有料到的是，那个毛人凤却给他画地为牢了。

无奈之中，他想到了自己的恩师沈醉，于是把电话打到云南。沈醉显然早就知道了他被革职的消息，令他没想到的是沈醉不仅没有替他说话的意思，还在电话里把他大骂了一顿，骂他忘了初心，丢军人的脸，被蝇头小利迷晕了头脑……他气得把电话摔在桌子上。在他的心里，树倒猢狲散，自己成了狗屎，连自己的引路人这时都踏上一脚。他知道沈醉帮不了他，要是沈醉上面有人也不至于被发配到云南当一名站长，他自身难保，又怎么能够拉自己一把呢？打这个电话无非是博取自己的恩师同情，为自己的处境出出主意。眼见最后的希望也破灭了，他意识到，要想改变自己的命运只能靠自己最后一搏了。

吕站长偷偷在黑市上买了一张去南京的船票，又通过关系找来了一辆车，把自己送到了码头。就在登船的那一刻，他看见张大召带着执行队的人出现在了自己的面前。最初那一刻，他并没有彻底绝望，觉得张大召会放自己一马。他摆出一副站长的面孔，装作邂逅，和这帮手下打了招呼，后来才发现张大召和这几个昔日的手下，根本不买他的账，让他出示苏代站长同意放行的条子。他想先发制人，怒喝道：我是你们站长，我回南京，还用人批条子？

真是天大的笑话。你们让开，别耽误了我登船。

张大召笑一笑，上前一步说：吕站长，我们也是奉命执行公务。黑市上卖船票的那伙人我们已经抓起来了。南京有命令，你不得离开重庆，命令是毛局长签发的。

吕站长意识到了问题的严重性。于是他换成一张笑脸，把手伸到随身的公文包里，摸出两根小"黄鱼"，这是他为防止意外，提前准备好的。他把这两根金条放在张大召手上，强压心中的怒火，皮笑肉不笑地道：张队长，带兄弟们去开开荤。不看僧面看佛面，你们放我回南京，我要面见毛局长。我还会回来的，就算不高升，官复原职也是个大概率事件。

他以为自己说完这些大话，就能压住张大召这些人。令他没有想到的是，张大召把他的手推了回来，仍然用公事公办的口吻对他说：站长，党国的纪律你比我还清楚。我要收了你的钱，把你放走，我和弟兄们不掉脑袋也要坐牢。站长你就别为难我们了。说完冲手下的几个人摆了一下头。那几个人就拥上来，把吕站长包围住，裹挟着他向码头外走去。

去南京的客轮已经停止了检票，拉响了长长的鸣笛，吕站长怀里揣着的那张去南京的单程船票即将宣告作废。他突然跪到了几个人的面前，带着哭腔求饶道：兄弟们，只要你们放我一马，我绝不忘了你们的恩情。

张大召把头扭向一边不看他，吕站长还是被执行队的人押解到了车上。当车灯刺破黑暗，行驶在回重庆站的路上，吕站长心里五味杂陈。真是三十年河东，三十年河西。他被免去站长职务才几天呢，昔日的手下就翻脸不认人了。这一次他又深刻地意识到，什么叫人走茶凉，也明白了历朝历代为什么那么多人喜欢权力。权力就是世界，权力就是一场豪华的梦。谁都知道早晚有一天会从梦里醒来，但谁又都不愿早点儿醒。

张大召坐在副驾驶座上，只留给吕站长一个后脑勺。这个以前的总务长，权力不大，克扣伙食和办公费用，这些他心里是有数的。站里有许多人告过张大召的黑状，李福也建议把张大召撤职查办。他当时没有听这些人的建议，知道不论换了谁，最后的结果都是一样的。这是个大染缸，只要跳进这个缸，谁也干净不了。他不想给自己树敌，只要别人不耽误他发财，也要给别人留条活路，路宽路窄，那就是凭各人的本事了。慈不掌兵，看来自己心还是太善了。

看着此时张大召冷漠的后脑勺，如果手里有枪，吕站长必定会崩了他。真应了那句老话，落架的凤凰，连只鸡都不如。

## 2

在吕站长眼里，苏北一次又一次为他打报告，都是演戏给自己看，一封又一封发往南京的电报最后都石沉大海。他意识到自己在这里等到地老天荒也将无法脱身，情急之下就想到了自己的夫人。

吕夫人是在一天下午时分出现在重庆的。夫人比吕站长小几岁的样子，身材干瘦，表情阴郁，和站里许多人都熟。南京沦陷时，吕夫人带着孩子和许多从南京逃出来的人一起，蜂拥着来到重庆。

那些年，夫人的神情总是阴郁，经常望着大雾弥漫的天空，目光投向远方，南京才是她的家乡。那会儿她还不知道，自己的父母已经成了日军屠刀下的尸骨。她和所有习惯南京生活的人一样，经常怀念南方，怀念那个流淌着秦淮河水的金陵古都。

当国民政府回南京时，她带着孩子毫不犹豫地离开了重庆，一走就再也没有回来过。如果这一次不是吕站长三番五次地打电话，恳求她回来救自己，她是绝对不会再踏进重庆半步的。重庆就像一个魔鬼，让她窒息，许久后，她的梦里仍然出现爆炸声。重庆几年的陪都生活，她经历了数不清的大轰炸。每当防空警报响起，不论自己在干什么，都要拖着孩子拼命向防空洞跑，唯恐晚了一步，挨了日军的炸弹。虽然自己回到了南京，曾经的梦魇仍时时刻刻都在纠缠着她。在梦里她仍然经常抱着孩子在寻找防空洞，却怎么也找不到。梦里响着刺耳的防空警报声，警报声越来越响，几乎刺破她的耳膜。

在重庆那些日子里，吕夫人患上了抑郁症，不愿意和人交往，整日里病恹恹的，做什么事情都没心情。有两次带着孩子在跑防空时，跌倒在地上。孩子大哭不止，她的身前身后都是一双双为逃命而奔跑着的脚。她真的不想起来了，让日本人的飞机丢下的炸弹炸死算了。最后还是吕站长跑过来，拖起他们娘俩。吕站长在她的耳边一遍一遍地喊：不要命了？

这种梦魇般的噩梦，让吕夫人不堪回首。丈夫多次答应过她，尽快调到南京来。时间一个月又一个月过去了，丈夫的身子就像焊死在重庆。丈夫有时打电话或写信过来，安慰她：这次真的快了。前一阵子又传出丈夫即将调回南京的消息，她高兴了好几天，他们都是年近五十的人啦，大半辈子都过去了。正值兵荒马乱，她多么希望丈夫能守在自己和孩子的身边。可是那个传闻一直飘在半空，始终难以落地。

当她再一次回到重庆时，只有吕站长事前安排的一辆黑车把她拉到了重庆家门口。她本想和以前一样大大方方地走进家里，却发现吕站长站在不远处，招手让她过去。丈夫的样子让她觉得陌生，像一个小偷。

吕站长提着夫人的手提箱回到住处时，突然间跪在了她的面前，鼻涕眼泪流了一脸。直到这时她才知道丈夫经历的一切。她二十二岁那一年嫁给了丈夫，吕站长那年二十七岁，头发浓密，相貌堂堂，混迹于国民政府国防部。他们这门婚事，是父母做的主。她读过女子师范学校，也算是个知识分子。毕业后她想找工作，父母没有同意，硬是把她留在了身边，照看着那个珠宝店，让她学会经营。她在和吕站长结婚之前，曾经有个恋人，她当时在读师范学校，恋人已经去英国留学了，他不断地给她来信，希望她也能过去。英国好不好她不知道，为了自己的爱情，她也愿意去试一试。最后父母说什么也不同意，硬生生地把她留在了南京。美好初恋就这样夭折了。她从小到大性子都软，骨子里没有抗争的精神。初见自己的丈夫时，没有什么感觉，只觉着是个一身戎装的小伙子而已。父亲就说：这小伙子不错，从面相上看，以后一定大有前途。母亲也说：闺女，听你爸的，咱们家祖辈三代，还没有一个当官儿的，这生意做得也不踏实。等我们老了，政府里能有一个说了算的人，对你知冷知热，一辈子罩着你，也算咱们家祖上烧高香了。

父母出于对官员的敬畏，以及对吕站长前途的期望，两个人齐心协力地把她推

77

到了丈夫身边。初恋夭折后,她对升官发财没有什么欲望,只想平静地生活。后来一连串的变故,一切都改变了。南京沦陷,父母被敌人屠杀,昔日富丽堂皇的珠宝店也成了一片废墟。父母的预言没有错,丈夫把她带到了重庆。如果没有丈夫,她将和那些普通的南京人一样,不被日本人枪杀,也要淹死在秦淮河里。

她多么希望丈夫能陪在自己的身边,度过这兵荒马乱的岁月。她不关心政治,也不懂权力,只希望一家人在一起能够平平安安。这一次来重庆,让她没有想到的是,丈夫不仅被免去了职务,失去了自由,连回南京的权利都没有了。丈夫把她当成了唯一的救命稻草,在她来重庆之前,丈夫把打通南京人脉的厚礼都准备好了。一包包一份份,要送给什么人,名单和家庭住址也写好了。

丈夫把这些礼包装在一只大皮箱里,她忧郁地望着丈夫问:这些人能帮你回南京?丈夫坐在沙发上,很疲惫的样子,有气无力地说:这些人都是我的旧友,死马当活马医,舍不得孩子就套不住狼。就是调不回南京,只要我官复原职,用不了多长时间,送出去的这些钱,还会回到我的身边。

吕夫人在重庆屁股还没坐热,就在吕站长的催促下,提着重重的皮箱,又一次坐上了回南京的船。

女人带走了吕站长的全部希望。在接下来的日子里,他除了等待,真的再也没有别的办法了。他的住处装着一部红色的电话机,这是权力和地位的象征。这是一部保密等级很高的电话,可以直拨南京。他被革职了,象征着身份的电话却没有撤,也许是他们忽略了。

妻子离开后,他想象着妻子把那些厚礼送出去的情景。他只能守在电话机旁,等待着从遥远的南京传来的好消息。

不久,他果然等来了两个电话,都是那些收到礼金的同事和朋友,他们在电话里客气地道了谢,又嘘寒问暖地问起他现在的处境,并告诉他:一定想办法为他奔走,最不济也要为他尽快恢复自由身做最后的争取。

吕站长在希望中等待,有时一天都不出门,他现在的工作就像一个接线员,守着电话,生怕漏掉一个电话。听筒另一头就是他的命。等待的日子一天一天地过去了,除了刚开始偶尔有那么几个电话之外,在接下来的时间里,便再也没有任何关于南京方面的音讯了。有时他恍惚觉得电话坏掉了,拿起听筒,听着电话里的拨号音,明明电话是好的。

吕站长觉得自己在等待的煎熬中快要疯掉了。

## 3

吕站长没有等来自己的好消息,却等来了保密局的特派员。

特派员姓马,三十八九岁的样子。马特派员一脸严肃地出现了在了重庆站。他只身来到重庆站,可重庆站事前一点儿也没有得到消息,是重庆行辕二处的朱先海把他送到重庆站的。重庆站的老人,都熟悉这个马特派员,他可是毛局长身边的红人,以前给毛局长做过秘书——跟班的。毛人凤在保密局站稳脚跟后,马特派员的地位也水涨船高。他在保密局没有固定的职务,却是特殊的存在。毛人凤没有时间出面的大小事情,或者不方便出面的场合,都是他以特派员的身份出现，代表毛局长，代表保密局。

当朱先海陪着马特派员走进苏北的办公室时，朱先海介绍道：这是局里派来的马特派员。朱先海又指着苏北刚要介绍，马特派员抢先一步道：苏代站长，咱们在南京打过交道，就在一年半之前，我去二厅查找一份文件，那份文件就是你给我找的。

苏北当然知道，如果马特派员所说的是真的，那个人一定是苏南。他不知道这是不是一个圈套，自从孤身一人来到重庆，他一直高度警惕着，能少说话尽量少说话。虽然他现在的身份是苏南，可自己并不是苏南，别人所提及的人和事儿，他从来不先给予肯定，只是微笑，或含糊地反问：是么？时间久了我记不太清了，还是你记性好。以这种含混的方式模糊处理过去。

但对张大召却是例外。张大召首先没有怀疑、提防过他，从一见面开始就把他当成了自己的老同学。他明白，这和他们两个人所处的地位有关。他在张大召的眼里是老同学，是副站长，是来给他撑腰的。在重庆站，张大召肯定没少受过窝囊气，他希望自己的到来能改变他的处境。在接触中，苏北能从语气和眼神里判断出张大召说的都是实话，他暗自庆幸身边有个张大召。关于眼前这个马特派员，张大召也提过，凡是保密局系统的人没人敢得罪这个姓马的，许多人攀不上毛局长的关系，都从这个姓马的身上下手。只要这个姓马的肯在毛局长面前说上几句好话，或者暗中操作一番，总会有不错的结果。

马特派员拉着苏北的手，老熟人似的，苏北也装出一副老熟人的样子道：特派员，我虽然不是保密局的老人，你的大名却如雷贯耳，我当然记得你。不过这次我可要挑你的不是了，你代表毛局长亲临重庆，怎么不事先跟站里打个招呼，我们好亲自去迎接你。

三个人表面上热络着，相互让座，这时马特派员又重新把苏北端详了一下，开玩笑地问：苏代站长，你好像比在二厅时候高了，也瘦了。凡是熟悉苏南的人，见到苏北时都会发出这样的疑问。

苏北这回学得聪明了，打着哈哈回复道：马特派员，你不也一样吗？现在是特殊时期，劳神费心更不必说。人一瘦就显高，这些都很正常。马特派员盯着苏北的眼睛就怔了怔，岔开话题说：二位都不是外人，那我就把这次重庆之行的目的先告诉你们吧。说到这儿，他拉开公文包，从里面拿出一份文件，停顿了一下才说：一年前局里就得到情报，有共产党潜伏到了我们内部。我记得苏代站长当时也被怀疑过吧，好像夫人还专门从南京来过一次。

朱先海替苏北回答道：有这事，当时我们二处向二厅做了汇报，汇报的文件也抄送给了保密局。

马特派员点点头：那份文件我看过，只查出了行辕机关的一个文员，有违法乱纪情况。可真正的共产党我们并没有找出来。你们也知道，现在局势很复杂，东北失守了，石家庄、济南这两个大城市丢掉了。委员长发了脾气，派出各路督军。委员长已经下令，各路人马死守城防，不能再丢失一城一池。要想打胜仗，一定要把内部的异己分子清除干净，这可是咱们保密局的工作。毛局长特派我来到重庆，已经给我下了死命令：不论用什么手段，都要把这个潜伏的共产党挖出来。重庆是陪都，这么多年以来委员长在这里倾注了大量的心血，作为南京的大后方，这里又关押着那么多身份特殊的政治犯，所有的眼睛都盯着我们，在这些政治犯身上稍有不慎，就会让国际的各种组织抓住把柄。要是他们在国际舆论上抓住人权这事，给咱们政府施压，美国人怎么看咱们，他们要是放弃了对我们的支持，别说国防部和保密局，就是委员长也吃不了兜着走。马特派员说到这里，用眼光把朱先海和苏北扫射了一遍，抖动一下手里的文件道：毛局长和国防部对重庆站都很重视，下面我宣布毛局长亲笔签署的任命书。

朱先海和苏北不由自主地站了起来。

任命书说，朱先海被调到重庆站任站长，苏北仍然是副站长。

马特派员宣布完命令，盯着苏北问：苏副站长，我可在毛局长面前说了你不少好话，夸你年轻能干，在代理站长期间，很好地完成了任务。我代表毛局长感谢你为党国做的一切。说完伸出手，动作夸张地握住苏北的手。

朱先海显然早就知道这个结果，立正道：感谢国防部、保密局对我的信任，我一定不辱使命，带领保密局重庆站再创辉煌。

接下来还要在重庆站全体人员面前宣布局里的任命。

宣布前，朱先海专门把吕站长找了过来。他当然要在吕站长面前炫耀一下，以前自己在二处时，吕站长没少刁难他，他要在吕站长面前把这口恶气先出了。

吕站长来到站里，一眼就看到了马特派员，以为自己朝思暮想的好结果终于来临了，一路小跑着赶了过来，捉过马特派员的手乱摇一气，边摇边说：马特派员，可把你盼来了。你代表毛局长出征，一定是有大事儿。

马特派员胡乱地应承着，他自然和吕站长打过多年交道，都是知根知底的老熟人，虽然心里瞧他不起，表面上还是装得很热络。

当马特派员站在队伍前，宣读完保密局的最新任命后，吕站长突然晕倒在队伍中。

4

谁也没有想到重庆站半路上杀出个朱先海，重庆站所有人都感觉到恍惚，有些不真实。这一连串的人事变故把人们击蒙了。

当朱先海从二处搬到了重庆站吕站长办公室时，人们才意识到朱先海真的成了他们的站长。

虽然朱先海一直在行辕二处工作，重庆站许多人和朱先海并不熟悉，更多的人连交道都没有打过，不知新站长深浅，都在暗中观察着。

有一天晚上张大召又来到了苏北的住处，一改往日的风格，做贼似的溜了进来。自从苏北来到重庆站，张大召就从不掩饰自己和苏北的关系。其实苏北任命他为执行队的队长后，几乎所有人都知道，要是没有苏北的帮助，这个执行队长压根儿轮不到他。从来在自己的眼前无拘无束的张大召，因朱先海的到来而一下子谨慎了起来，甚至忌讳让别人看到自己和苏北的交往。进门后，张大召压低声音，先是替苏北发了一阵子牢骚，埋怨朱先海抢了站长这个职位。

苏北却很平静，这次马特派员的到来，让他隐约感觉到重庆站将有一次更大的变故。他从马特派员鬼祟的眼神里感觉到，他们并不相信自己。虽然马特派员见到他的那一刻装作若无其事，他还是意识到了马特派员对自己的怀疑。

马特派员的眼神让他想起来第一次从朝天门码头走下来，在迎接他的人群中朱先海的表情，两个人的眼神如出一辙，说出的话也像事先写好的剧本。苏北虽然之前没有干过地下工作，但直觉告诉他，马特派员和朱先海都不相信他，只是苦于没有证据而已。

从这次马特派员神秘的到来，就能说明这一切。他自己明白，虽然他处处模仿着苏南，可他并不是苏南，只是他的弟弟。无论两人怎么像，熟悉的人只要细心留意，总能发现不一样的蛛丝马迹。且他另一方面也在担心，苏南和梦瑶两个人潜伏到敌人的心脏这么长时间，他们也有自己的对外联系方式，万一哪里出了差错，只要走漏半点儿风声，即便他不出事儿，顺着苏南这条线，也会找到他的头上。

敌人开始怀疑他，也许从自己来到重庆那一刻就开始了，等待他露出破绽。这是比拼毅力和耐心的较量，他不能掉以轻心，无论如何他要做最坏的打算。

以防万一，一天前他就把自己的设想，通过情报点传递了出去。上级指示他：随时做好撤离的准备。想到自己冒这么大的风险来到重庆，是为了执行特殊任务的，真正的考验还没有开始，自己就这么被迫撤离重庆，他心不甘情不愿。党组织付出了这么大的代价，他绝不能为了自己的安全放弃最后的坚守。

他现在每隔一两天都会和梦瑶通上一次电话，他能从梦瑶的语气当中感受到她对自己的担心。有时电话没人接听，反复几次，终于接通后，她会在电话那端长嘘口气。虽然党组织对他的撤离已做好了准备，但是他决心已定，不到最后时刻他不会轻易撤离的。

马特派员的到来，让他突然生出套张大召的话的想法。他问：大召，咱们是老同学，你觉得我和以前有什么不一样吗？马特派员说我变得和以前有点儿不一样了。

张大召没想到苏北会问他这么一个问题，一时没有反应过来。他盯着他上上下下地打量了一遍，挠挠头，又搓搓手，才道：站长，说心里话，这些年你变化挺大的，眼神和性格都跟以前不一样了，你身上多了一股行伍之气。咱们在一起上学时，你就是一个白面书生。他看到张大召的眼神是真诚的，想必并没有怀疑他，只是客观陈述。

张大召又说：从重庆到南京，经历了这么多，人都会变的，包括我，也和以前有了很大的变化。

苏北又一次意识到了问题的严重性，张大召这位老同学，他的眼睛就是一面镜子。张大召都觉得他变化很大，更何况别人？

张大召这次来找他，是想试探上面对他的想法，苏北没提自己的事儿，这让张大召暂时舒了一口气。朱先海的到来让张大召感觉到重庆站的气氛跟以前不一样了，他吃不准自己和苏北的关系怎么处理，最担心的还是自己执行队长位子有什么意外。那些日子张大召整个人显得惶惶不可终日。

朱先海虽然来到了重庆站，人却没有住在这边，还是住在自己二处的老房子里，每天上下班儿都有站里的司机接送。不知朱先海是有意保持和站里人的距离，还是喜欢舍近求远的生活。

有一天朱先海过来上班，接送他的司

机也上来了，怀里抱着一个沉甸甸的木盒。朱先海带着司机径直来到了苏北的办公室，让司机把木盒放下就打发下楼了。朱先海坐在苏北的对面，像聊天儿似的问他：你觉得张大召这人怎么样？

苏北听了这话一愣，他不知道朱先海这么问有何用意，便把目光落在了那只木盒上。朱先海也不想绕弯子了，把木盒打开，苏北看到木盒里装着两根金条，还有几只翡翠手镯。朱先海就说：这是前两天，张大召跑到我的住处，送给我的。

张大召为了保住执行队长的美差，讨好新来的站长，他这么做，苏北一点也不感到吃惊。

还没等苏北说话，朱先海就说：你看看，重庆站被姓吕的带成什么样了？整天吃拿卡要，乌烟瘴气，党国把我们放到这个位子上，不是让我们升官发财的。

朱先海正义凛然地说着，突然想起了什么似的说：苏副站长，拜托你把这些东西转给张大召。这事儿就到此为止了，你不说我不说，给张队长留个面子。

等苏北把这个沉甸甸的盒子还给张大召时，张大召的脸就绿了，他一句话也没有说，咬着自己的腮帮骨，像捧了一只骨灰盒，低着头就走了。

第二天，张大召突然在晚上，把电话打到了苏北的宿舍，向他通报道：苏副站长，吕站长失踪了。

吕站长突然间人间蒸发，活不见人，死不见尸。

吕站长失踪的事件，不仅惊动了重庆站，就连二处的人也惊动了，各路人马在重庆寻找吕站长的踪迹。后来在一个斧头帮成员那里打听到点蛛丝马迹，说吕站长几天前雇他们的人把自己送到了成都，现在人在哪里就不知道了。

人们认识到了问题的严重性，吕站长在重庆就地免职，这可是毛局长亲自下的命令。现在人不见了，毛局长要怪罪下来，事儿可就大了。马特派员亲自坐镇，把重庆和成都翻了一个遍，仍然没有找到吕站长。马特派员只好把吕站长失踪的消息报告给了南京。

5

吕站长神不知鬼不觉地失踪，人们并不感到奇怪。从军统局到保密局，他一直在四川地界上经营，黑道白道没有不熟的。

调集了各路人马寻找吕站长未果后，马特派员和朱站长找到苏北，决定让他回一趟南京。吕站长失踪，最大的可能就是回了南京。马特派员冲苏北说：无论如何要查到吕站长的下落，如果确定在南京，咱们也放心了，交给南京方面去处理。要是跑到共产党那边，咱们可是要掉脑袋的，姓吕的知道太多秘密了。

苏北又一次乘上了回南京的客轮，想着上船前朱先海和他说的话：兄弟，这次回南京就多住些日子，你这一晃离开南京也有一年多了吧？他望着朱先海精明毕露的脸，心想这句话表面上是在关心他，其实朱先海心里的小九九他明白，是想趁自己不在的空当，在重庆站站稳脚跟。

他是在朱先海的目送下走上客船的。想起一年多前，自己在王特派员陪同下，只身来到了重庆。一年多的时间，他这个对地下工作毫无所知的人，已经积累了许多经验。他站在甲板上，望着江水向船后退去，骤然心生感慨。

他突然意识到，这次回南京，也许是

马特派员和朱先海对自己的一次甄别。他在出发之前给嫂子打了一个电话，告诉自己即将回南京执行公务。嫂子在那一端沉默了片刻，然后马上换成一副吃惊的口气，声音是欢喜的，是一个正常的妻子对丈夫归来的渴盼。嫂子的表现再一次提醒了他，他就是苏南。嫂子还在电话里告诉他，自己会到码头上接他。

他明白嫂子的用意，在南京他人生地不熟，要活动自如，让人看不出破绽，就离不开梦瑶。想着嫂子考虑得如此周全，他的心暂时放了下来。

嫂子来过重庆两次，他在嫂子的身上能够感受到她做地下工作的沉着和老练。想到嫂子，他又一次想到了苏南，来不及悲伤，他在船上突然间发现了两个可疑人，不远不近地出现在他周围。那两个人似乎有些面熟，却想不起在哪里见过。这两个可疑人的出现，验证了他的预感，这一次南京之行，名义上是让他执行公务，恐怕又是一石二鸟地在甄别考验他。苏北顿时警觉起来。

船到南京时，他远远地看见了人群中的嫂子，嫂子为了引起他的注意，故意把自己打扮得很鲜亮。她热情地在码头上招着手，他也在船上挥着手。从船上下来，走到嫂子身边，他亲切地把手搭在嫂子的肩上，小声地道：后面有眼睛。嫂子随即亲热地把身子靠在他的身上。出了码头，两人叫了一辆黄包车。

苏北第一次来到哥嫂家。这是一座普通公寓，嫂子已经把一间屋子打扫了出来，一张单人床上铺着洗干净的被褥。客厅的墙上挂着一个镜框，是哥嫂结婚的照片。他们还很年轻，望着前方，满是对幸福的憧憬。望着哥嫂家这些陌生的陈设，他的心又一次难过起来。

接下来他不论干什么事儿，嫂子都陪着他。先是去保密局复命，在这之前他已经做了功课，保密局里这些人的名字和职务，早就烂熟于心了。苏南之前在二厅工作，有些情报工作虽然和保密局有交集，但并不在一起办公，顶多也就是个脸儿熟，保密局这一关还算好过。但这次回来，二厅的人他不能不见，在嫂子的介绍下，他虽然对二厅的同事已有所了解，但是轮到见面，免不了还是张冠李戴。后来嫂子出了一个主意，她让苏北组织一场饭局，把大家请出来。有嫂子在场帮衬，这样才不会穿帮。嫂子以苏南公务在身为由，亲自把电话打到了二厅，把她熟悉的苏南的同事都约了出来。

那一天的晚宴，苏北的神经一直高度紧张着。苏南以前的同事，有些嫂子也并不很熟悉，只是知道名字。有几个走得比较近的来过家里，嫂子还说得上话，其他人她也只是半生不熟。那天的晚宴来了七八位同事，有一位叫张涛的，上前就抱住苏北的肩，小声地问：听说给你送行那天晚上，你还受伤了？苏北就装作若无其事地应道：小意思，只能说我苏南不是个坏人，老天有眼，只受了点轻伤。苏北索性又把自己受伤的部位展示了一遍，经过一年多的时间，腹部的伤疤还在，仍然打眼。众人就怀着不同的心态，真真假假地打量着他腹部的伤疤。有的人义愤填膺，咒骂这个下黑手的家伙，也有的人在猜测究竟是什么人下了这样的黑手。苏北就以见过大风大浪的样子，轻描淡写地说：都过去了，我现在不是好好的吗？

另一个叫刘同的二厅同事，好奇地盯着苏北，打量了半晌才说：苏副站长，还是当官锻炼人,你去重庆这才一年多,变化真大,要是走在大街上,我都不一定敢认你了。

另一个同事也说:还真是,你气质大变啊。

面对这些苏南的同事,苏北知道,这时越少说话越安全,不论别人说什么,他都会把话题岔过去,以守为攻,打探前同事们这一年多来混得如何。

这期间嫂子一直陪在他的身边,不停地替他打圆场,招呼这个又招呼那个,不停地倒酒加菜。酒宴到一半,苏北已经差不多把所有人的名字和脸都对上了号。酒宴后半程,苏北就主动出击了,不停地和这些苏南的同事碰杯,他的目的只有一个,夜长梦多,要尽快在这个酒局里脱身,只能装醉。

有惊无险,终于应付完这场酒局。在回家的路上,他听到嫂子长长地嘘了口气。

进门后嫂子安顿他休息,然后跑到邻居家把孩子接了回来。孩子一回到家,就从嫂子怀里挣脱出来,扑到他的怀里,热切地喊着:爸爸,你怎么才回来?苏北终于忍不住了,眼泪流了下来。他把侄女紧紧抱在自己的怀里。

嫂子在他面前一直显得很刚强,此时也背过身去,掩饰着抹着眼泪。当苏北回到自己房间时,侄女又哭喊着找爸爸,嫂子劝慰着孩子说:爸爸累了,需要一个人休息。苏北听着侄女哭闹了好久,才抽抽噎噎地睡过去。

6

苏北根据保密局提供的吕站长南京住址,找到了吕站长的家,接待他的是站长的夫人。吕夫人他没见过,听说前一阵子偷偷去了重庆。

吕夫人一脸忧郁地接待了他。当他自报家门之后,满脸悲戚的夫人就自顾着哭了起来,她矢口否认吕站长回到了南京,一边哭一边还不停地诅咒着吕站长,骂他没有良心,扔下他们娘俩,啥也不管,让他们在南京孤苦无依,没人照料。夫人越哭越伤心,最后骂重庆站的人没了良心,人走茶凉,说吕站长从军统局到保密局,出生入死为党国效力,没想到却混成了这样一个结果——上天无路,入地无门。最后夫人还神经质地抓住了苏北的手,要向重庆站要人。

苏北知道吕夫人从见到他的那一刻一直在表演,第六感觉告诉他,吕站长就在南京,说不定就在家里的某个角落里隐藏着。他也只能说一些官话,说自己这次到南京复命,就是专程来找吕站长的,奉马特派员和朱站长之命,要把吕站长请回重庆。还说自己这次来,保密局也专门作出指示,希望吕站长能在重庆原地待命,为党国的大局着想。

无论他说什么,吕夫人都是鼻涕一把泪一把地哭诉自己的难处,僵持了一会儿,苏北只好无奈离开了吕站长的家,他告诉吕夫人,找不到吕站长,自己还会来拜访。

当天晚上,嫂子的家门却有人敲响。当时他正在屋内抱着侄女在玩游戏,嫂子在整理一份文件。嫂子的文件都是在夜深人静的时候整理,她在保密室,把打印过的每份文件,都记在自己的脑子里,回到家里把这些文件简明扼要地整理出来,再交到联络员手中。

半夜有人敲门,大大出乎她的意料。自从苏南牺牲后,她几乎和外界断了来往。

她快速地把整理好的文件藏到卧室的床下，并用最快的速度把两个房门带上。她示意苏北去开门，苏北把侄女放到了嫂子的怀里。这期间，房门又小声地被敲响了两下。他应了一声，回身看看嫂子，嫂子冲他点了点头。他过去把门打开，让他没有料到的是，站在门口的竟然是吕站长。他吃惊地望着吕站长，几日不见，吕站长似乎换了一个人，有些落魄。吕站长并没有进门的意思，半个身子冲着嫂子说：夫人打扰了，我和苏副站长说几句话。随后不由分说拉着苏北走了出来。

走出楼道，吕站长从兜里掏出一顶帽子戴上，然后低着头，把苏北带到了一个僻静的酒馆里。直到两个人坐下，他都没把自己的帽子摘下来。

吕站长的第一句话是：兄弟，我知道你们会来找我的，我也知道保密局那帮杂碎是不会放过我的。

苏北要解释什么，吕站长挥一下手制止道：我知道你是奉命行事，今天我找你出来，就是想跟你交个实底儿。上面让你代理站长，我觉得自己还有戏。他们却调来了朱先海，还弄来了一个马特派员。他们这么做说明了什么？是不信任你，也是要把我置于死地。我要是不离开重庆，就会被他们弄消失，我夫人连我骨头渣子都得不到。只有我消失了他们才能够心安。他们的手段我太清楚了。苏南我告诉你，那个姓马的你一定要提防，说是特派员，其实就是靠整人邀功的打手。别以为他们就是干净的，手里不就是有点权力么，现在有权就是真理，因为他们能决定你我的生死。我是不会跟你回重庆的，我要这时跟你回去就会罪加一等。你也去我家里打搅我夫人了，今晚跟你见个面，就是让你死了心。我在军统局保密局干了这么长时间，别的本事没有，玩消失的本事还是有的。

说完吕站长倒了盏酒，一饮而尽，又示意苏北喝。苏北这才发现，桌上不仅有两只酒杯，下酒菜已经摆好了。看来吕站长一切都是有备而来。苏北没有喝酒，只盯着面前的吕站长。

吕站长说：以前我说过，到了南京我会请你喝酒，今天我没有食言。这可能是咱们最后一次见面，你不要再去我家了，我实话跟你说，你走后我们就已经搬家了。你回到重庆后，可以跟他们说见过我，也可以说压根儿没见到，都行，随你便。只要你能交差就行。

说完吕站长又端起酒盏示意苏北喝，苏北只好把酒盏端起来。

吕站长说：我回南京，是我活下去的唯一希望。他们害怕我回南京，因为我手里掌握着他们的黑材料。黑材料我不会轻易拿出来的，不成功便成仁，他们放我一马，我自然也会放过他们，否则就同归于尽。

吕站长说到这儿，抹了一把嘴，冲苏北说：兄弟，山不转水转，也许以后还有谋面的机会，你多多地保重。说完冲苏北拱了拱手，站起身很快消失在小酒馆的门外。苏北想起身跟出去，隔壁座位上站起来两个人，拦住了苏北的去路。苏北知道这一切都是吕站长事先安排好的。

第二天他再到吕站长家，果然一把铁将军把他拦到了门外。顺着门缝往里望去，里面已经空空如也了。他知道在南京凭自己的努力再找到吕站长是不可能的，他只能把这一切通报给了保密局。保密局撂下话：他们会继续想办法寻找吕站长的。他空手而归，回重庆交差了。

再次踏上去重庆的客轮，嫂子抱着侄女送行。经过这几日的相处，侄女早已对他不再陌生，孩子正是开始懂事的时候，出门前嫂子还想把她送交给邻居照看，孩子却怎么也不肯，又哭又闹要和爸爸在一起，嫂子就和她达成协议，一起送爸爸可以，一定不许哭闹。去码头这一路上，苏北一直抱着侄女。

到了码头，已经开始登船了。苏北把孩子递给嫂子，孩子刚开始并没有哭闹，只目不转睛地望着他。他伸出手轻轻抚了一下孩子的脸，向孩子告别道：南南，听妈妈的话，爸爸有时间就会回来陪你。

从见到孩子开始，他早就习惯了孩子呼喊他爸爸，可自己亲口说出"爸爸"这个词，还是让他吃了一惊。他偷偷观察嫂子，嫂子别过脸去，眼圈已经红了。一股别样的情愫在心里涌了出来，他狠下心转过身，向前走去。南南突然在背后大喊大叫着：爸爸。他又一次回头，看见南南用力地攥紧小拳头，抵在自己的嘴上。他犹豫着立住脚，嫂子这时突然转身，抱着孩子逃也似的向码头外走去。他听见孩子撕心裂肺一声又一声地叫道：爸爸，你早点回来。

他再转回头时，早已泪流满面了。

# 第六章

0

一九七九年以后，下乡的知青落实回城政策，纷纷回城了。怀南却不是回城政策的受益者，她早就在乡下结婚了，并生下了三个孩子。那位当年让她爱慕的民兵连长，也早已不再是民兵连长了。

怀南自从有了孩子后，便很少回家了，一是孩子小，脱不开身，二来回来一次拖家带口的，像一群要饭的进城。她不想给父母丢脸，更不想给家里添麻烦。

苏北和梦瑶眼见着别人家的孩子成群结队地回到了城里，虽然大部分知青还没落实工作，成了待业青年，毕竟和父母守在一起，日子总还有个盼头。他们知道怀南不符合回城政策，可什么事都有个特殊情况。怀南是烈士子女，有证书的。两个人就多方打听，他们找过知青办，也找过街道，后来得到的答复是：像怀南这样的情况，要是有接收单位，也不是不能回城。接收单位却难住了两个人，苏北在轻纺局上班，听说轻纺局要合并取消了，上级正在调研。梦瑶在纺织厂的工会上班，但效益已大不如以前了。他们无法向领导开口，为自己的私事开绿灯。两个人为了怀南的工作，想了几天几夜，仍然没有更好的主意。他们决定去看望一次怀南。

这是两个人第二次出现在怀南的新家，第一次是怀南结婚时，参加她的婚礼。在村的一头儿，两间土坯房，一间住着公公婆婆，另一间就是怀南的新家了。当时女婿穿着一身旧军装，胸前戴着纸扎的红花，规规矩矩地跑步到两个人面前，认真给他们敬了一个军礼。婚礼很简单，知青们簇拥着怀南从知青点里走出来，知青们手里托着脸盆儿、暖水瓶，这是知青们凑的份子，送给怀南的新婚礼物。怀南成了扎根农村的典型，公社的广播站还播放了一篇热情洋溢的稿子。表扬稿对怀南扎根农村的行为充满了溢美之词。

　　现在他们来到了怀南的家，还是那两间毛坯房，院子里多了几只鸡，鸡见到生人慌张地躲到了一旁。一个四五岁的孩子，流着鼻涕，倚在门口怯怯地打量着他们。他们认出这个孩子，以前怀南把全家福的照片寄给过他们，如果没有猜错，这是怀南的老大，叫大壮。他们用颤抖的声音叫着大壮，孩子警惕地望着他们，半晌才说：爸妈出工下地了，我看着弟弟。说话间大壮的身后出现了一个更小的孩子，流着鼻涕，脏着脸，隔着大壮的肩头疑惑地打量着他们。这是小壮，是老二。他们奔过去，把两个孩子分别抱在怀里，拿出了随身带的糖果和糕点。

　　傍晚，怀南终于出现在他们的视线里。几年不见，怀南老了，再也不是以前那个懂事听话的小姑娘了，她早就为人妻为人母了。怀南怀里有一个布兜儿，布兜里装着不满一岁的女儿。怀南见到他们那一刻，呆愣了好半晌，似乎不认识他们一样，然后惊叫一声：爸，妈，你们怎么来了？怀南奔过来，一副不知如何是好的样子。

　　他们打量着眼前的怀南，终于忍不住流下了眼泪。苏北看到怀南的样子既心疼又心酸，想象着如果哥哥在，应该怎样对待他的女儿？想起哥哥，苏北觉得愧对怀南。后来女婿出现了，昔日的民兵连长也早已不再年轻了，他穿着打着补丁的衣服，木讷地对他们憨笑着，双手擦着裤缝，手脚不知往哪放。

　　那一次从怀南家里回来，苏北在路上就下定决心，要想办法把怀南调回到城里。他们想到王特派员。只有王特派员，是他们唯一的资源。前些年王特派员的日子也并不好过，作为敌特潜伏分子的嫌疑人，被送到了乡下监督改造，不久前刚回到城里，落实了政策，在省里的政府部门担任职务。王特派员在这个城市里可以说是他们唯一的朋友，平时走动并不多，想起王特派员平日里深居简出，他们一时不知如何开口。

　　苏北和梦瑶一连去看望了王特派员三次，仍死活开不了口。他们把该说的话都说完了，有几次苏北话都到嘴边了，硬是没说出来。他用目光去找梦瑶，她更是一脸为难。直到第三次，王特派员把他们送到楼下，都快走到公交站了，王特派员突然说：你们有事就直说。苏北回身望着王特派员，脸都憋红了，终于断断续续地把怀南的情况说了。

　　王特派员听了，情绪很激动，背着手在原地走了几步，突然停下脚步说：怀南是烈士子女，理应得到照顾，否则怎么能让长眠在地下的烈士心安呢？我是苏南的上级，现在是他唯一的证人。我要向领导打报告，怀南的事儿解决不好，是我对不起烈士。

　　有了王特派员的帮助，半年后，怀南回城的报告终于批下来了，因为怀南在农村结了婚，生了孩子，回城的名额只有怀南一个。怀南接到了回城的通知，却迟迟没有回城。苏北和梦瑶写了几封信催促怀南早些回来，怀南却一直没有回信。

　　直到一年后，怀南才带着女儿回了一趟家。不是怀南不想回城，面对着丈夫和三个孩子，她又怎么忍心丢下他们呢？一直到几年后，乡下人陆陆续续地到厂里打工，怀南和丈夫把大壮和小壮放在家里，两人决定到城里打工。这时，怀南才把户口迁回到了城里。

　　怀南的第一份工作是在街道的一个小

厂里，那是一个生产火柴的小工厂，有三十多人。怀南的丈夫在一个建筑工地上当劳力，怀南便带上女儿暂时住到了家里。那些日子对怀南来说是人生中最牵肠挂肚的一段时期。她不时地担心老家的两个孩子，因为孩子没有城市户口，到了上学的年龄也无法在城里上学。怀南只能以泪洗面，不停地唉声叹气。

这样的日子又熬了两年，最后街道小厂关了，怀南又成了下岗工人。生活到了绝境，就给她打开了另一扇门。她学着别人的样子做起了小买卖。先是倒腾服装，有了些起色，丈夫也过来帮忙。后来怀南经常去广东、福建，不仅倒腾来服装，还有一些电子表、香烟什么的。渐渐，怀南的生意有了起色。在这座城市里，他们先是租了房子，后来又把老家的大壮和小壮接了过来。直到这时，一家人才过上了正常人的日子。

## 1

苏北从南京回到了站里，便觉得整个气氛有些异样。

办公室季主任去码头接他，一路上问寒问暖，车轱辘话说了好几遍，想说什么似乎又不好开口。车到了站里，季主任先下车，为他打开车门，提上他的手提箱，他让季主任把自己的行李先放到宿舍，自己径直向办公室走去。

朱先海的办公室门敞开着，听见他上楼的脚步声，走到门口迎接他，见到他便热情地跟他握手，把他迎到了自己的办公室，亲自沏了一杯茶，然后坐到苏北的对面，关切地问：这次南京之行还顺利吧？

苏北在回来之前，已经把吕站长的情况汇报给了站里，当时马特派员也接听了电话。听完，马特派员说了一句：爹死娘嫁人，各人顾各人吧。一句话就给吕站长这件事儿盖棺定论了。

苏北在回来的船上，已把这次南京之行的来龙去脉捋了捋。直到这时他才确信，这次回南京，查找吕站长只是一个幌子，他们不仅在考验他，一定还有什么事儿瞒着他。他有了一种不好的预感，记得临出发的前一天，张大召悄悄地找到他，问他这次去南京能不能带上他，张大召当时开玩笑地说：苏副站长，不怕你笑话，长这么大，我还没有去过南京呢。六朝古都长什么模样，我都不知道。真想跟你一起去开开眼。他知道，自己就是想带张大召一起去南京，马特派员和朱先海也不会同意。

张大召也知道自己无法和他同行，就提醒他道：这次去南京，同行的怕不只你一个人。说完怪异地笑了笑。

苏北当时没有意识到这是张大召在提醒他，一直到登上船，发现一直有两双陌生的眼睛在盯着他，才意识到张大召是在拐弯抹角地提醒他。在船上跟踪他的两个人一直在他左右晃悠，下船之后，那两双眼睛才消失。回重庆的船上，他留意过身边的人，没有发现有人跟踪，他知道这一定是马特派员和朱先海设下的陷阱。他当时有个疑惑，既然张大召知道有人跟踪他，为什么不把话说破？

这次回来他发现朱先海对他热情得有些过分。朱先海再一次笑着说：这次南京之行，苏副站长辛苦了。局里已经来电指示，那个姓吕的不要咱们插手了，局里自有安排。说到这儿话锋一转：你走后，站里发生了一件事儿，执行队的张队长，被抓起来了。

苏北听到张大召出事儿了,吃惊地望着朱先海。

朱先海靠在沙发上长嘘了一口气:兄弟,我知道你和张队长是同学,感情深厚。吕站长出事,就是因为执行队的人坏了他的好事儿。张大召是你提拔起来当执行队长的,我和马特派员接到了线人的举报,说这小子吃里扒外,倒卖站里的情报。情报要是卖给黑市也就算了,他竟然把情报出卖给了共产党。我们现在怀疑他是潜伏在我们站里的共产党。

苏北的预感似乎得到了应验,他惊愕地睁大了眼睛,回想着他去南京之前张大召的反常举动,半晌才问:他现在人呢?

朱先海轻描淡写地说:人被押在了审讯室,倒卖情报的证据被我们抓个正着,他也没有抵赖。是不是潜伏的共产党,我们还正在审问呢。

苏北出现在关押室时,张大召已经被折磨得不成样子了,他满身满脸都是血,正趴在光板床上哼哼着。见来人是苏北,他挣扎着爬下床来,顺势跪在了苏北面前,涕泪交加地说:苏副站长,老同学,你可要救我。我是被冤枉的。

张大召抬起头,看见苏北身后站着两个执行队的看守,就哀求道:兄弟,你们回避一下,我有话对苏副站长说。

那两个看守没有动。

张大召又道:兄弟,看在我平时对你们情分不薄的分上,请你们离开几分钟,就几分钟。

两个执行队的人望着苏北。苏北点点头说:你们出去一下。

两个看守退到了门外。

张大召一把抱住苏北的腿:苏副站长,老同学,现在只有你能救我了。都怪我不争气,不该碰的也碰了,在黑市上卖了两次情报,谁知道那两个人是二处的线人,我栽在他们手里了。这个我都认,可他们说我是共产党,不承认就给我动刑。说到这儿张大召抬起脸来,压低声音说:他们知道我不是共产党,非得让我承认是共产党,你知道他们是冲谁来的吗?

苏北盯紧张大召的脸。

张大召说:苏副站长,他们是冲你!我知道只要我承认是共产党,他们一定会让我交代出后台是谁。我这个执行队长是你任命的,咱们又是老同学,自从你到站里,咱们来往最多。他们认定你就是我的后台。只要我承认是共产党,那你也就完蛋了。

苏北没有想到马特派员和朱先海绕了这一大圈儿,竟然是为了算计自己。从吕站长倒台,到朱先海被突然空降到站里,这一连串的变故,就像一部《官场现形记》,一个小小的重庆站,就是整个国民党政府官场的缩影,大鱼小虾都被卷入到了这个争权夺利的漩涡之中。张大召拼命地想当执行队长,就是想离权力的核心近一些,完成自己发财的美梦,可惜他太心急了,一不小心把自己搭了进去。苏北直觉张大召说的是实话。他们还想用扳倒吕站长那一套手法,来整倒自己。

看来为了证明自己的清白,就要把张大召救出来。如果自己袖手旁观,张大召为了活命说不定会胡踢乱咬,到那时,他身上长满了嘴,也说不清楚了。

## 2

救张大召变成了救自己的行动。

苏北明白,这次去南京,是马特派员

和朱先海早就预谋好的一场阴谋，他们一切都安排好了。看着眼前的张大召，他想到了"报应"二字。从李福、王怀文再到眼前的张大召，之前他们让多少无辜的人屈打成招，这回终于轮到他们自己了。

张大召罪有应得，但苏北不得不救他。苏北知道这次马特派员和朱先海不是冲着张大召，从一开始就是冲自己来的。从到重庆那天开始，无形中的圈套一次又一次摆在了他眼前，他们是处心积虑，步步惊心，眼见着没有找到他的把柄，便又把张大召这张牌打出来，简直防不胜防。

张大召对他们来说只是个诱饵，把张大召扳倒，屈打成招，可以起到一箭双雕的作用。就算张大召咬不倒他，他们也会让他在重庆站失去左膀右臂，到那时再想办法把他挤走，重庆站的天下就是朱先海一个人的了。看来马特派员这次亲自驾临重庆，就是为朱先海保驾护航的。

朱先海和马特派员这一招，果然厉害。他们和吕站长相比，更阴毒，更有目的性。至于吕站长在时，想的更多的是个人如何发财升官。只要不挡自己的路，就是一片和谐。

苏北层层剥茧，逐渐明白了，他的安危牵一发而动全身，都知道朱秘书长是他的后台，却没人知道自己和朱秘书长真实的关系。既然没在他身上找到共产党的蛛丝马迹，那一定就是朱秘书长安插在保密局的眼线。朱秘书长又是哪一条线上的？他们说不清，只有用排除异己的手段。马特派员的到来，一定是受了毛人凤的暗示，让重庆站变得更复杂起来。按照以往的规矩，任命完朱先海，马特派员就该完成使命，打道回府了。马特派员却没走，而是长期地驻扎下来。看来他们早就做好了放长线钓大鱼的准备。利用自己去南京这个时机，他们对张大召下手，拿下张大召只是他们的第一步，第二步是他，那隐藏在后面的第三步就该是朱秘书长了。

苏北知道真正交锋的时刻到来了，他不能退缩，这个时候必须要铤而走险。既然他们冲着他背后的朱秘书长而来，他就要利用好朱秘书长这杆大旗。他从审讯室径直来到了朱先海办公室，脸色是阴冷的，他一言不发地坐在了沙发上。朱先海早就知道他去审讯室的消息，似乎早有准备，笑着说：你这个老同学真不争气，他干点儿什么不好，非要干这些吃里扒外的勾当。我已经安排人了，正在调查这些情报的流向，要是这些情报被共产党所用，那张大召背后又是什么人在指使？苏副站长，咱们这一次说不定还能逮着一条大鱼呢。说完意味深长地望着苏北。

苏北不想和朱先海绕弯子，到重庆已经一年多，对这些搞团伙株连九族，连带无辜的诡计已经很熟悉了。他要单刀直入快刀斩乱麻，不能陷入到他们的节奏中。他用力拍了一下茶几，气愤地说：朱站长，你们想把我怎么样就明说吧，是想把我调离，还是治罪？

朱先海做梦也没有想到，苏北不按常理出牌，直接把话挑明了。按照他的逻辑，在张大召铁证如山的事实面前，苏北一定会躲得远远的，要么求他和马特派员网开一面，要么趁他们不备对张大召赶尽杀绝，以求自保。这一切，他们早就设定好了，并做好了应对的准备。没想到，苏北直接杀将出来。

朱先海有些慌乱，从办公桌后站起来，端了一杯茶放到苏北的面前，解释道：兄弟，你这是说到哪里去了，你来重庆我可是举双手欢迎。你到重庆的第一顿饭可是我请的,现在咱们在一起搭班子,这是我求之不得的好事呀。我怎么会想着把你赶走,又谈何治罪?

苏北知道自己的话已经说到这个份儿上了,开弓没有回头箭,只能拉大旗作虎皮,便强硬着说:你们的心思我明白,不用你和马特派员替我着急。这次我回南京,夫人执意不想让我再回重庆,局势大家心里也清楚,整个南京,又有谁不在为自己的后路着想。夫人的意思是让我回到南京一家人团聚,最好是离开军界到政府机关谋个职位。朱站长,我就实话和你说了吧,我现在随时都有可能调走,离开这里回南京。你和马特派员想把我赶走,甚至想牵出我的后台,我知道从国防部到保密局,分成了好几派,我现在明确地告诉你,我哪一派也不是,朱秘书长更不是我的后台。如果说我和他有关系,那也是工作关系。你们知道,我夫人一直跟着朱秘书长,从浙江到南京,这也是工作关系。想利用我和朱秘书长这点关系,把朱秘书长也牵连进来,你们的算盘打错了。想扳倒朱秘书长,不是保密局这几个人能做到的。如果要想把矛头直接对我,你们大可不必兴师动众,把我挤走,或者给我治个罪,你们分分钟就能够完成,何必绕这么大个圈子?

苏北一连串的主动出击,显然把朱先海的节奏彻底打乱了。没想到苏北用最直接简单粗暴的方式和他摊牌,他只能一遍又一遍苍白地解释:苏副站长,你这是说哪里的话,张大召是张大召,你是你,朱秘书长是国民政府秘书长,我们怎么敢得罪。别说我和马特派员,就是毛局长也不能对朱秘书长怎么样啊。你是朱秘书长的人,他对你关心爱护,替你的前途着想,我们羡慕还来不及呢。要是我能有这样的关系,那可真是高枕无忧了。

苏北抬起眼皮:那两个找张大召买情报的人是二处的吧?

朱先海噎了一下,定定望着苏北。

苏北又说:如果真是二处的人,把张大召说成是共产党,就是别有用心。既然想把这个案子调查个水落石出,我想见一见那两个购买情报的人。我要亲自审问,看看他们到底是什么人?

苏北说完这话,一言不发地离开了朱先海办公室。回到自己的办公室,他拿起电话打给执行队,以副站长的名义命令执行队的人停止对张大召用刑,又把电话打给总务处,让他们给张大召提供特餐。

重庆站的人自从张大召被关进了审讯室,都意识到重庆站又要有大事儿发生了,有些消息灵通人士,都知道张大召这次进去只是个开始,明眼人都知道,下一个一定是苏副站长。让所有人没有想到的是,苏北连续强硬地出击,向重庆站所有人释放了一个信号:苏北没有像吕站长那样俯首称臣,却用两道不起眼的命令和马特派员、朱站长唱起了反调。重庆站又一场大戏即将拉开帷幕。

## 3

到目前为止,重庆站的人还没有人知道马特派员和朱先海是姐夫和小舅子的关系。

两人之前分属国防部的两个部门,一个是情报二厅,另一个是保密局。马特派员当时一直在上海站工作,军统局的上海站,可以说是抗战期间全国的焦点,一直在和日本的76号特务机关斗智斗勇,有不少人叛变，也有更多的仁人志士战斗到了最后。上海站成绩卓著，前后暗杀了四十二名特务，包括特务头子李士群的师父——青帮的头目季云卿。后来上海站站长王天木投靠了76号，戴笠大为不满，发誓一定要除掉作恶多端的李士群。

一九四一年十二月七日，珍珠港事件爆发，是76号走向衰变的一个转折点。身居76号的丁默邨等人，深知美国的强大，日本人对美国不宣而战，肯定会以失败而告终。整个76号人心涣散。戴笠得到情报后，决定从内部瓦解。76号表面上宁静，其实一直争斗不止，丁默邨早就对李士群心生不满。马特派员被委任为策反队员，几次乔装打扮，深入76号，策反丁默邨，最后丁默邨与日本华中宪兵司令部情报科长冈村少佐联手，终于毒死了李士群。

虽然李士群的死与马特派员没有直接关系，但他出生入死，几次三番深入到76号，为策反丁默邨立下了汗马功劳。事情成功后，马特派员曾经秘密地来到重庆，接受了戴笠亲手为他颁发的青天白日奖章。

在军统时，马特派员就深得戴笠的欣赏。戴笠死后，毛人凤接管了保密局，按理说一朝天子一朝臣，马特派员应该被他冷落在一旁。让所有人没有想到的是，毛人凤一如既往地对他器重有加。这是马特派员的过人之处，早在戴笠在军统一手遮天时，毛人凤曾是被冷落的。当时的马特派员一面效忠戴笠，对作为闲棋冷子的毛人凤也没有忽视。毛人凤为了自己有朝一日上位，甘愿把自己相好的女人献给戴笠。当时与毛人凤相好的女人，身边有几个小姐妹，朱先海的姐姐就是其中之一。马特派员能娶朱小姐，还是毛人凤从中作的媒。戴笠死后，毛人凤成了保密局的老大，马特派员摇身一变，又成了毛人凤的红人，一切都那么顺理成章，人情世故，成就了他的人生捷径。

马特派员为了让朱先海成为重庆站的站长，也是煞费了一番苦心，两个人暗中配合。朱先海早就盯上了李福，李福是吕站长的左膀右臂，他们知道要是想拿下吕站长，就要从他的身边人下手。朱先海利用二处副处长的有利身份，派人秘密跟踪李福，李福和王怀文接二连三地出事，这一切都在朱先海掌控中。吕站长被顺利地拿下，马特派员并没有让朱先海马上上位，他需要时间说服毛人凤，于是先让苏北代理站长，待一切水到渠成后，才设法把朱先海扶正。

朱先海来到重庆站，让他大感意外的是，苏北的人缘很好，威信也很高，他有深深的危机感，加之苏北背后的秘书长靠山，让他总觉得自己在站长的位子上待不稳，便与姐夫马特派员商量。马特派员想得更深远，既然想把苏副站长扳倒，何不就此把他的背后靠山也牵连出来，一石二鸟，说不定毛人凤也正求之不得。

正巧吕站长失踪，就有了腾笼换鸟的机会。苏北去南京之后，他们就开始对张大召下手了。让他们没有想到的是，张大召不知出于什么目的，竟成了一块难啃的骨头。在苏北从南京回来之前，他们只在张大召身上找到了一条倒卖情报的证据。审问张大召时，朱先海和马特派员轮番上阵，想一举在张大召身上找到突破口。只要张大召的口供把苏北牵连进来，马特派员就会回南京复命，他相信凭自己在毛人凤面前的地位，一定能够说服毛人凤。就算不能对苏北就地查办，把苏北调离重庆站他还是有把握的。

让马特派员和朱先海没有料到的是，他们在苏北回来前，竟然没有啃下张大召这块骨头，反倒让苏北先行一步杀上门来，将了他们的军。以朱先海对苏南的了解，苏南就是二厅的一个普通的参谋，平时从不显山露水。之前虽然是同事，交往并不多，见面只是打声招呼。国民政府从重庆迁到南京后，两人便几乎失去了交往。没想到士别三日，苏南几乎换了一个人。尤其是他这次从南京回来，更是一改往日处事风格。

朱先海知道，如果张大召这件事儿处理不好，苏副站长是不会善罢甘休的。他找到自己的姐夫马特派员商议对策。这件事儿让马特派员也很头疼，他们原本以为几个回合就能搞定。

苏北提出要审问那两个购买情报的人，那两个人是朱先海安排的，要是苏北插手，他们的计划就全乱套了。他们不担心苏北怎么样，而是担心苏北后面的人，这件事儿要是捅到南京，不管捅到哪个部门，上面一旦有人干预，查下来，两个人可就太被动了。要是怪罪到保密局的头上，那就更难看了。从一开始两个人干的就不是光明正大的事儿。

两人商量一晚，利弊得失都考虑到了，最后决定对张大召大事化小，小事化无。一切都要从长计议，不能因小失大。

### 4

苏北回来三天后，张大召被从审讯室释放出来。

他倒卖情报的处理结果是，被免去了执行队队长的职务，降级成了一名普通的执行队队员。

伤痕累累的张大召被放了出来，重庆站的人都知道，这是苏副站长斗争的结果。

张大召出来的第一件事就是痛哭一场，那天许多人都听到了张大召劫后余生的痛哭，加上他那位面容姣好的夫人尖利嗓音的助攻，成了重庆站久久无法让人忘怀的场景。在重庆站人们的眼里，张大召能从审讯室里全身而退，堪称奇迹。

几天后，张大召歪斜着身子出现在了重庆南山的一所寺院里，他的身后跟着苏北。张大召多次和苏北提起，南山寺有个叫大觉的师父，说大觉师父如何看破了红尘，经常指点红尘中的男女信徒，预言屡屡应验，他早就想带苏北来这里一试了。

张大召说的南山寺，正是苏北传递情报的地点，进门右手边第三个香炉，每次苏北都会把情报放到香炉下。他不知道什么人会来取。

苏北还是第一次，怀着香客的心态，随着张大召走进了南山寺。他又看到了那只香炉，烟火缭绕，他觉得很亲切。

张大召熟门熟路，引领着张大召来到了后殿。那个叫大觉的师父正在诵经，张大召带着苏北，站在一旁等。时间不知过去了多久，大觉师父突然睁开了眼睛，目光落在苏北的脸上，嘴里客气道：来了？他把苏北和张大召让到房里。张大召仍熟门熟路的样子，坐定后从兜里掏出一张纸条，把那张纸条递给了大觉师父。大觉师父看了一眼，便把那张纸条放在蜡烛上，点燃了，又仔仔细细地把灰烬弹落在身旁的香炉里。大觉师父把眼睛合上，少顷，再次把眼睛睁开，轻声说：大吉大利。张大召听了，脸上就显出一片喜色，双手合十，从怀里掏出一些银元，叮叮当当地丢进了功德箱里，再次双手合十。他转过身冲身旁的苏北道：副站长，你不求点什么吗？可灵了。苏北望着沉静似水的大觉师父，摇了摇头。张大召就冲大觉师父说：师父打扰了。然后恭敬地退后几步，引着苏北从后殿走出来。

走到前殿，张大召才小声地冲苏北说：老同学，你刚才应该求点儿什么，真的很灵。

苏北就好奇地问：你那张纸条上写的是什么？

张大召就说：一个字，但不能说，说了就不再灵验了。这次我带你来，本以为你也会求点儿什么。

苏北听了摇了摇头说：我是陪你来散心的。

临走出大殿时，苏北又下意识地用目光瞥了眼那只香炉，有几个善男信女，站在香炉前，手里擎着香。苏北想着自己的同志，每次也到这个地方把情报取走，心里突然就热了起来。张大召在一旁拉了拉他的衣角，小声地说：副站长，你是我的贵人。说完，很灿烂地冲苏北笑了一笑。苏北第一次看见他这样笑。

张大召在回来的路上对苏北说：真是无官一身轻，以前活得太累了，总是想往上爬，以为手里有了权力，就有了好处，现在才觉得平平安安地活着，才是最好的。原来的一切都是一场梦，梦醒了，什么都没了。平安真好。张大召这些话似乎在说给苏北听，又似在喃喃自语。

从那以后，张大召似乎换了一个人。有几次苏北看见张大召从外面回来，手里还提着一捆菜，不执行任务时他就守在家里，坐在门前的一个小板凳上，一边择菜，一边等着夫人下班回来。傍晚时分，见到夫人远远地走了回来，他迎着夫人起身，提着小板凳和下班的夫人一起走回去，不久，张大召的家里就飘出了菜香。

偶尔张大召会端着一盘炒好的菜，走上楼来送给苏北，满脸是笑地说：副站长，尝尝夫人的手艺。

苏北还经常能够在晚上看到张大召陪着夫人，在重庆站的院里院外散步的身影。有人就羡慕地说：大召，你这小日子真滋润。张大召不说什么，只是幸福地笑一笑，牵了夫人的手，一副恩爱的样子。

有一天晚上，办公室季主任给苏北送来了一只西瓜，忍不住小声说：真羡慕大召两口子。

苏北说：你们好像和以前都不一样了。

季主任就叹口气道：苏副站长，你可不知下面人是怎么想的，现在都怕出错。有时真怀念吕站长在时。

苏北知道季主任指的是什么，季主任不是说吕站长有多好，虽然吕站长也拉帮结派，但对别人睁一只眼闭一只眼，自己吃肉也不耽误别人喝汤。

都以为吕站长倒台了，换上一个新站长，一切都会好起来的。谁知自从朱先海和马特派员来了，两个人的做派还不如吕站长在的时候了。他们对站里的人谁也不相信，防贼似的对待每个人。自己的贪欲又写在脸上，伸出的手比所有人都长。

季主任就说：还是大召聪明，与世无争，只有他这样的才安全。副站长，我跟你说句实话，我这个办公室主任也不想干了，躺平多好，像大召一样。季主任和苏北又说了几句闲话，然后唉声叹气地走了。

几天后，朱先海一个电话把苏北叫到了自己的办公室，让苏北看了一份名单，这是一份人事调整的名单。除了保密室的主任没有涉及，其他各科室的负责人都换了一个遍。

朱先海就说：我来到站里观察了这么久，对这些人早就不满意了，新人就要有新气象，占着茅坑不拉屎的，对党国不忠的，都该换一换了。

他想通过换人的计划把重庆站重新洗一次牌，让所有新提拔起来的人对自己效忠，这是官场的老套路了。苏北不想在人事上和他更多地纠缠，点点头说：这些人你要信得过，换了就是了。

朱先海听了这话，满意地点了点头。

## 5

朱先海还没来得及执行他的清洗计划，吕站长突然杀回了重庆。

重庆站的人谁也没有想到，消失一个多月的吕站长，还能大摇大摆地出现在重庆站，陪同他又一次出现在人们视线里的是重庆警备区的关司令。

那天清晨，重庆站的人们刚从食堂吃饭出来，有的在院子里遛弯儿，有的准备去办公室，还有的正在食堂门口抽着烟，一切都和往常一样。突然一列车队，浩浩荡荡驶进重庆站，门口的卫兵还没来得及反应，就看见吕站长从一辆小车里出来，他背着手，鼻梁上方还架了一副墨镜。他的身后出现两个荷枪实弹的士兵，警备区关司令则是从另一辆小车里出来的。

从车队驶进院门的那一刻起，张大召就从车牌上认出这是警备区司令部的车，他以为一定是找马特派员或者是朱先海公干的，却不料车上走下来的是吕站长。那一刻他以为自己在做梦，伸出手拍了拍脸，又捏了捏自己的鼻子。吕站长扭头先发现了站在一旁的张大召，像以前一样命令道：

张队长，通知站里少校以上军官，到会议室集合，关司令要宣读国防部的命令。

张大召呆了一会儿才应了一声：是！

命令是由关司令宣读的，这是一份国防部的任命，任命吕站长为重庆站督军，吕站长的新职位自然不再归保密局领导，而是直属国防部。所以命令才由警备区的关司令宣读。

这一消息，就连手眼通天的马特派员都不知道，更别说其他人了，所有人都被这次意外的人事变动击蒙了，尤其是朱先海。

接下来就是吕站长讲话，他站在会议室前面，身边是关司令，还有那两个贴身持枪的警卫。此时他已经把墨镜摘了，嘴角微微上扬，用目光把在场的每个人都扫了一遍，在扫视过程中，尽量做到和每个人都有浅短的目光交流，用意很明显，他是在向所有重庆站的人示威。扫视一圈儿之后，他才清清嗓子，说：任命大家都听到了，我现在是国防部任命的督军，以后请叫我吕督军。说完目光又在众人脸上扫视了一圈，然后抬起脸，目中无人地说：各位，现在是非常时期，全国都进入了战时状态，督军督军，在战时手握生杀大权，对那些贪生怕死的人，斩立决！对党国心怀叵测的人，斩立决！对临阵脱逃的人，斩立决！吕督军气势如虹地说了几个斩立决之后，全场鸦雀无声。

马特派员和朱先海两人的脸都绿了，吕督军铿锵有力的斩立决，似乎句句都冲着他们而来。吕督军似乎看出两人的不安，嘴角的微笑更加夸张了，他依旧半仰着头冲着空气说：这次我来重庆是空降，保密局事前并不知晓，国防部关于我的任命，现在应该已经到了南京的保密局。说到此，他把目光落在马特派员的脸上，趾高气昂地说：马特派员，你现在可以打电话向南京保密局确认，我的任命到了没有？

马特派员的身子动了一下，刚做出向外走的动作，立马又收住脚，皮笑肉不笑地说：任命督军这么大的事，想必谁也不敢造假，何况还有关司令到场。一旁的关司令似乎有些不耐烦，吕督军又发表了几句感言，便草草地收场了。

一离开会议室，马特派员便把电话打到了南京。虽然吕督军回到重庆已经成为事实，他仍然心存侥幸。保密局的人告诉他，不仅重庆站来了督军，其他几个重要站点，也被国防部的人直接安插督军，就在刚刚，保密局也宣布了全国进入战时状态，一切都被国防部接管了，包括他们这些情报单位。毛局长在电话里让他火速回南京复命。

吕督军杀回来的第二天，马特派员便收拾行囊，登上了回南京的客船。走前他让朱先海不要轻举妄动，他回到南京打听清楚，再做打算。

朱先海虽然在国防部历练多年，还是被眼前的突然变故弄得云里雾里，摸不着北。他们重庆行辕二处是国防部特殊的存在，事前也竟然没有从国防部那里得到一丝半点的消息，想到这儿，他心里有些虚了。

吕督军要的就是这样的效果，攻其不备，出其不意，他要让所有重庆站的人都没有回旋余地。

他这次在南京，最大的收获就是攀上了国防部郑介民的高枝。之前他和郑介民是有过交集的，郑介民也做过保密局的第一任局长，后来因为错综复杂的人事关系，他还是把这个位子让了出来，虽在国防部挂着次长的头衔，人却处于赋闲状态。他早就对毛人凤心生不满，怎奈自己有职无权，一直等机会出心中的这口恶气。

时间进入到了一九四八年底，国民政府危在旦夕，东北失守，华北、华中眼见着也即将失守。国民政府军事委员会经过紧急商议，宣布进入战时状态。郑介民和蒋经国建立了联系，在这样的背景下，他再一次出山，负责国防部各路督军。

郑介民出山前，吕站长就回到了南京，无路可走中，他想起了久未走动的郑介民长官，便把从重庆带回去的"硬通货"，献给了郑长官。郑介民动了恻隐之心，让他在南京等待时机。正巧在这个特殊时期，他这个次长又一次受到重用，便毫不犹豫地把吕站长以督军的名义派往重庆。

再一次回到重庆，吕督军的心境已经大变。自己现在是督军，手里有生杀大权，从此等闲人物更不放在眼里。

## 6

吕督军从天而降，打了朱先海一个措手不及，他的人事调整计划被吕督军以战时一切从稳为理由否定了。

朱先海原计划在马特派员赞助下，对重庆站来个彻底洗牌，人还是那些人，事也是那些事，但他把人事牌洗了，可就大有讲究了。新提拔起来的这些人就变成了自己人。如果人事牌不洗，没人领他这个情。人是要得罪的，那些被免职的人肯定会恨他，对他来说并不妨碍什么，因为经他手又提起来一批自己的人，那些失去权力的人，得罪了又能怎么样？还不是在他手底下吃饭，重庆站生杀大权都掌握在他的手里，想必这些下台的人，也闹不出什么幺蛾子来。

吕督军在重庆站的威信一下子高涨起来，他还是住在原来的地方，这阵子他的门槛儿都快被重庆站的人踏破了，到他家探望的人络绎不绝。吕督军看着自己的小金库又日渐丰盈起来，他从没有这么志得意满过。重庆站的局面一下子又微妙复杂起来。

这一天下午，吕督军把苏北叫到了自己的办公室。吕督军回来后，见自己的办公室已经被朱先海占据了，便命人在一楼开辟了另一间办公室，这间办公室比以前的还大。苏北的到来，让吕督军又恢复了本色，他握住苏北的手摇了又摇，很有城府地说：苏副站长，在南京咱们就有言在先，我说什么来着，这叫三十年河东，三十年河西，我又回来了。说完朗声大笑。两人入座后，他才想起了什么似的说：张大召因什么事被姓朱的免了职？苏北就把自己从南京回来，张大召已被关到审讯室的事儿说了一遍。吕督军就拍着自己的大腿说：胡闹，大召这人我了解，他对党国忠诚，这些年来在重庆站忍辱负重，这样的人不用还用什么样的人？吕督军当即决定，恢复张大召执行队队长的职务。

张大召又重新担任了执行队队长。这一任命，不亚于一颗炸雷，把重庆站颠覆得七零八落。朱先海处心积虑的计划，就这样被吕督军彻底地粉碎了。

朱先海做梦也没有想到，半路上会杀出这么一个吕督军。他在等着姐夫马特派员的电话。马特派员回到南京后，果然雷厉风行。很快就查到了吕督军这次回重庆的来龙去脉，并电话告之了朱先海。

打狗看主人，吕督军傍上了郑介民，主人硬气，这只咬人的狗就不好打了。朱先海明白，别看吕督军这次回到重庆气势汹汹，暂时还不会把他朱先海怎么样。何况现在局势这么乱，说不定哪一天，重庆站又会变天。马特派员在电话里告诉朱先海，让他夹起尾巴，隔岸观火，冷眼看着吕督军这场戏怎么演，等待翻盘的时机。

几个回合下来，吕督军兵不血刃地又牢牢把重庆站的权力抓到了手里。他现在是志得意满，翻手为云，覆手为雨，一点小恩小惠，就把张大召变成了自己人。这次落马回到了南京，吕督军几乎花光了所有的积蓄。他把最后的宝押在了郑介民的身上，结果他赢了。

这次回南京他还有另外一个重大的收获，那就是看清了局势，国民党军队在节节败退，南京的那些有权有势的大员们，也都是人心惶惶，明里暗里都在为自己的将来做打算。守在长春的郑洞国向共产党军队举起了白旗。现在共产党的部队正在向天津和北平集结，要是北平也失守了，天下真的不好说。这次回到重庆，以他现在的身份，进可攻，退可守，他也该早做准备，把失去的捞回来。南京的许多人，把自己的家眷和资产都转移到了台湾，每个人都做好了两手准备。

他知道以前的张大召对他并不感冒，自己失势也和张大召没有关系。此一时彼一时，在他的主持下，张大召又恢复了执行队队长的职务，对他自然感激涕零。他太了解张大召这个人，贪心不足蛇吞象。他要利用好张大召的贪念，为己所用。经过这么一番折腾，重庆站这帮小子，每天晚上都有人会跑到他的家中，把自己这些年积攒的宝贝，奉献出来，作为欢迎他再次归来的见面礼。这些昔日的下属都是人精，知道他手里掌握着生杀大权。他的床下和柜子里，渐渐又充实起来。

吕督军在南京知道了朱先海是靠马特派员上位的，还了解到了马特派员和朱先海这层关系。有了郑介民做靠山，他压根儿不再把马特派员放在眼里。毛人凤虽然在保密局还一手遮天，但在战时状态下，保密局和督军的地位就发生了微妙的变化。此时的吕督军腰板儿硬气得很，有督军这个职位加持，他更不把朱先海放在眼里了。

## 7

苏北每两天总要给远在南京的梦瑶打一个电话，之前打电话是为了不引起别人的怀疑，是演戏，他要把苏南的身份演绎得滴水不漏，只有这样他们才是安全的。

现在不一样了，不仅仅是为了演戏，更重要的是两个人都不放心彼此，只有互通电话，他们彼此才知道对方的安全。每次打电话，电话先是接通重庆站的总机，再接通南京国防部的总机，然后再转到国民政府机关的保密室。梦瑶告诉过他，保密室打字间一共有三个人，两部电话。电话接通后，差不多每一次都是梦瑶接听电话，他对她的声音已经很熟悉了，他听出梦瑶的声音便自报家门：我是苏南。然后两人就聊会儿家常，诸如孩子前几天发烧，南京又下了一场透雨……他也会说几句自己的生活琐事、重庆的天气和火锅。他们的电话内容经得起任何人监听。最开始时，两人通电话，经常出现间断的杂音，很快又消失。后来他知道是有人在偷听他们聊天内容，他吃不准是南京还是重庆。无论什么人偷听，他们总是把家长里短说得滴水不漏。

如果说，他们之前的通话，很大部分是为了身份的掩护，有些完成任务的心理，但自从上次回南京，苏北内心发生了微妙的变化，他开始对南京的嫂子和侄女牵肠挂肚。他记得有一天晚上，自己睡在另外一个房间里，南南突然醒了，哭喊着要找爸爸，一定是在睡梦中又梦到了爸爸。面对哭闹的孩子，嫂子只好打开灯，把南南抱到他的床前，南南抱着自己的枕头，不由分说爬到了他的床上，伸出一双小手，死死搂着他的脖子。嫂子站在床边，无奈地叹了一口气。从那天以后，怀南经常在夜里找他。

一个女人带着孩子过日子，总有不方便的时候。有一天他看见嫂子去换煤气罐，拖着沉重的煤气罐，一层层爬楼，他忙过去帮忙。嫂子没说什么，让他把煤气罐搬上楼。他知道以前这个活儿一定是哥哥包掉的，望着娇小的嫂子独自默默地撑着这个家，心里就不是个滋味。

现在他们再通电话，内容不知不觉地就发生了变化，比如煤气罐换了没有，窗子漏雨修好没有，还有，怀南有没有发烧……上次回南京，嫂子和他说，自从苏南离开后，怀南经常发烧，每次发烧就胡言乱语地喊着要爸爸。他心里明白，孩子不适应爸爸不在身边的日子。想着小小的怀南，想着哥哥苏南，他直想流泪。

他总是想起怀南，每次和嫂子通话，怀南成了他们聊天的主题。他知道嫂子肩上的担子有多重，不仅是家务、照顾孩子，还有组织的任务。他在南京的几天里，发现嫂子总会在深夜里爬起来，躲到洗手间里，用隐形药水把白天接触到的文件写出来。每次传递这些文件时，嫂子总会提前出门，抱着孩子，把重要的文件送到接头地点，然后再把孩子送到幼稚园，自己才会上班。

他想象不出嫂子小小的身躯里竟然藏着这么大的能量。他帮不上忙，只能对嫂子说：小心。他看见嫂子坚定的眼神，义无反顾。他在南京那些日子，真想替嫂子完成这样的任务，可他知道纪律是不允许的。他不能多问，问了嫂子也不会说。

回重庆最初的几天里，他经常晚上做梦，梦见怀南就睡在他的怀里，一双小手死死搂着他的脖子。从梦里醒过来，他伸手在床上寻找怀南，竟摸到了自己的枕头，发现早已湿了。他呆呆地坐在黑暗里，想象着睡在嫂子身边的怀南，他似乎又听见了怀南找爸爸的哭喊声……

当他又一次和梦瑶通电话时，他听见了连续三声敲击听筒的声音，这是他们第一次在重庆见面时就约定好的暗号，不论谁遇到了危险或麻烦，他们就连续敲击话筒。梦瑶敲响了自己的电话听筒，他不知道对方遇到了什么麻烦，心沉了下来。他们的通话虽然还在有一搭无一搭地说着，但彼此知道，某种秘密是不能在电话里说的。放下电话前，她约他第二天通话，她说怀南又发烧了，希望明天能够退烧。他知道她在暗中提示他，她遇到了麻烦。放下电话那一刻，苏北在心里隐隐有了一种不好的预感。

做地下工作，梦瑶是位老兵。是王特派员和梦瑶，教会了他逐渐成为一名合格的地下工作者。不论是王特派员还是梦瑶，他们的身上都具备一位合格的地下工作者必须具备的成熟和老练。

梦瑶暗示自己这边出现了问题，他也警觉起来。因为他们的特殊关系，他和梦瑶紧密地绑在了一起，成了一条线上的人。虽然他不知道她的联络人和传送情报的具体内容，梦瑶也不知道他的工作情况，可地下工作复杂就复杂在这里，只要联络线上的一个环节出现了差错，整条联络线就再也不安全了。敌人要是破坏掉联络线上的任何一个环节，按照地下组织的原则，其他环节上的人，要么立即转移，要么停止所有的工作待命。

他不知道梦瑶遇到了什么样的麻烦，这种等待是最难熬的。那天他几乎一夜没睡。

第二天他迫不及待拨通了梦瑶的电话，当电话接通保密室的那一刻，他整个心都提到了嗓子眼儿。等听筒里又传来梦瑶熟悉的声音时，他悬着的心才放下来一半。

这一次通话，他们还是延续着昨天的话题聊怀南的发烧情况，她说怀南的烧还没退，说话间，她又连续敲响了三次话筒，他听到了，知道梦瑶的危险还没有解除。他真想把自己变成一个小小的音波，从电话线这一端飞到南京去，回到梦瑶的身边，虽然知道自己帮不上她，但哪怕出现在她的面前，给她一丝小小的安慰也是好的。他又想到：苏南如果在，又能为梦瑶做点什么？

## 第 七 章

0

一九八一年，苏北和梦瑶先后退休了。苏北比苏南小一岁半，和梦瑶同岁。

他们在六十岁这一年便都退休了。

两人刚退休，省里新成立的安全厅的同志就登门拜访了他们。以前安全厅没成立时，过年过节总有公安部门的同志上门探望。每次有公安局的人上门时，两个人都会把怀南和忆北支开。他们总觉得上级来人，无论说什么都是秘密，不能有外人在场。

忆北那会儿还在上中学，有一次公安局的人离开后，他兴奋地问他们：爸、妈，这些公安局的同志你们是怎么搭上关系的？关系铁不铁？两个人对视一眼，苏北对儿子的问话有些不满，小小的中学生就知道什么关系，他又想起了在重庆站的日子，无论职务大小，都是靠关系而生。儿子这么小，怎么学会了那一套？

苏北就支吾着说：这些人是以前爸爸的同事，没事儿，到家坐一坐。

忆北就说：等我以后工作了，你们能把我介绍给这些警察朋友吗，当一名警察是我的理想。

梦瑶听不下去了，就红着脸训斥儿子道：你将来的工作自有国家分配，我们怎么好麻烦人家？

忆北就翻着白眼说：那你们认识这些朋友有什么用？我有个同学的父亲是公安局的一个处长，我同学说了，他毕业后就进公安系统。

苏北就严肃地说：你是你，你的同学是你的同学。忆北就一副意难平的样子。

忆北高中毕业的那一年春节，又有公安局的人上门拜访，他们毫无例外地又把忆北支开。临走的时候，两个人把公安局的同志送到了楼门外。没有想到忆北并没有走远，一直等在门外，这时冲了过来，朝站在门口的几个公安局的同志说：你们是我爸妈的朋友吗？大家怔了一下，望着苏北和梦瑶。

苏北就有些尴尬地介绍道：这是我们的老二，叫忆北。说完又冲忆北叫道：问叔叔好。忆北冲几个公安局的同志深深地鞠了一躬，抬起身道：既然你们是我爸妈的朋友，我马上就要高中毕业了。你们能帮忙，把我分到你们公安局吗？

其中一个领导模样的人，伸出手在忆北的后脑勺上拍了两下，和梦瑶苏北对视了一下，温和地留下了一句话：不错呀，这么小的年纪就有理想、有抱负。我一定把你的想法转告给领导。

梦瑶上前拉儿子的衣角，怪他话太多。送走几位公安局的同志，两个人回到家里把忆北好一顿数落，怪他不懂事儿。从那以后苏北就多了心事儿，总觉得自己的孩子生在新中国长在红旗下，不该有这样的复杂想法，他怪自己没有教育好儿子。

说者无心，听者却有意，就在忆北毕业前夕，真的有一位公安局的同志找上门来，告诉夫妇俩，经过领导的批准，忆北毕业后可以去公安局工作。两个人想都没想就摇头拒绝了，这点小事儿怎么能够麻烦组织呢？他们对公安局的同志说：按照政策，姐姐已经下乡了，弟弟是可以留在城里的，由街道和区里统一分配，儿子工作的事儿就不麻烦公安局的同志们了。公安局的同志就说：当年你们冒着风险做地下工作，这么多年你们都没有向组织提出过要求。孩子马上毕业分配了，我们理应照顾。

不论公安局的同志怎么说，两人就是不同意。

公安局的同志就拉着他们的手，感慨道：你们出生入死，就是为了新中国，你们的孩子理应得到组织的照顾，你们千万不要客气。

两个人听了这话，头摇得仍然跟拨浪鼓似的，在儿子的工作问题上他们很坚持。

后来忆北还是通过街道安排了工作，忆北知道这件事后，和他们闹了好一阵子别扭，怪他们毁了自己的梦想，好久不和他们说话。不论儿子怎么闹情绪，他们就是不松口。在他们的心里，组织能让儿子留城已经对他们很照顾了，他们怎么能为儿子的工作搞歪门邪道呢？

退休了，安全厅的同志登门拜访，当着他们的面说了许多慰问的话，最后又强调：虽然他们退休了，但还是党员，应该一如既往地严格要求自己，不该说的不说，涉及组织的机密依然要保密……这些规定，不用说，他们都懂，已经遵守几十年了。

从解放后到退休，身边的人几乎没人知道他们曾经的工作经历，包括他们各自上班的单位。他们的档案，涉及解放前那一段，都由组织改写了。于是他们和普通人一样，年轻时被同事们称为师傅，上了年纪又被"老苏"和"老梦"地叫着，他们早已经习惯这一切。

在岁月的长河中，他们似乎也把那段波澜壮阔的经历忘记了，就是在家里，他们之间也闭口不提当年的往事。有时遇到绕不开的话题，在没有外人的情况下，两个人就蜻蜓点水说几句，然后很快把话题岔开。

重庆解放那一年，怀南已经五岁了，她对过去是有一些记忆的，上小学和初中时，经常提起自己小时候的事，不解地问苏北：爸爸，当年你的工作为什么不在南京？每次遇到孩子这么问，他们也是含糊地应付过去。时间久了女儿似乎对过去的话题也不感兴趣了。

苏南迁墓那一天，怀南也在场，都以为她小小的年纪不会多想。

谁也没有料到，怀南在以后的时间里经常来到烈士陵园，站在父亲的墓前。她已经上学了，识了一些字，她研究着父亲碑上的文字。

有一次回到家里，她突然问：爸，妈，我今天又去烈士陵园了，又见到了那位叔叔的墓碑。墓碑上的字我认识，写的也是苏南，和我爸的名字一样。说完定定地望着他们。

苏北和梦瑶没有想到女儿会自己去烈士陵园，他们快速地对视了一眼，然后就矢口否认了。他们的理由无外乎是巧合，那里埋着的人是父母的朋友，名字只是凑巧一样。

一直到怀南上了高中，每到清明节这一天，苏北和梦瑶两个人去墓地看望苏南，发现苏南的墓前已经放了几朵小花儿。这几朵小花儿都是路边正开着的野花，很普通。他们当时并没有在意。

又过了两年，怀南临近毕业，他们又去墓地时，远远地发现了怀南的身影，两人几乎惊呆了。他们赶到墓地前，看见了苏南墓地前摆放着的几朵小花，两人突然意识到，女儿长大了。他们虽然守口如瓶，女儿该知道的也许都知道了。对隐瞒怀南身世这一点，两个人的心里都不是滋味，但为了保守秘密，只能硬下心来，不把话说破。

直到退休，保密这根弦一时一刻也没有松懈过。他们觉得保守的不是自己的秘密，而是组织的机密。表面上他们和所有的退休老人一样，但他们每一次去外地旅游，都要向安全厅报备。后来厅里负责的同志就对他们说：你们退休了，有自己的生活，有自己的自由。

后来有些记者，还有些作家，找到他们，要写一写这座城市解放前的情况，希望他们提供一些当年地下工作时的细节，当然这些记者和作家每次来，都是上级组织安排好的，提前和他们打好了招呼。即便这样，他们也选择性地把一些当年的情况做了介绍，说到工作细节时，他们就变得沉默了。这是组织的机密，是他们共守一辈子的秘密。无论记者们和作家们怎么做他们的工作，他们依然不会说。

他们一直觉得不论何时何地自己都是组织上的人，他们遵循着组织保守机密的原则。在他们的心里，保守组织的机密比保护自己的生命还重要。

## 1

梦瑶的危险是由一片蜡纸引起的。

国民政府机关保密室的打字员一共有三人，除了梦瑶之外，还有年纪稍大一些的小杜和小梅。老式打字机，每次打字都需要把铅字从排列好的铅字盒里一个个拣出来，打在蜡纸上，蜡纸再经过油印，就是文件。保密室三个打字员，大多时候经手的都是不同的文件。

梦瑶想得到另外两个打字员所打文件的信息，很多时候就查看打好的蜡纸，然后快速地把有用的信息记住。打印的过程免不了出现废弃的蜡纸，因为保密等级的需要，打坏的蜡纸需要处理。三个打字员每天离开打字间时，都有专门的人员检查，不会让她们带走半片纸张，所有的废纸也会有专门人员来处理。

那一次就是为了小杜用过的半张蜡纸。

小杜工作位置在最里间，梦瑶借小杜中途上洗手间的机会，把那片废弃的蜡纸拿到了手里。小杜很快就从洗手间回来了，她没有机会把这片蜡纸放回去。后来小杜又接了一个电话，匆忙地锁上门出去了，那片废弃的蜡纸就成了梦瑶手里烫手的山芋。一直到下班，小杜也没有回来，她只好借去洗手间的机会，把那张蜡纸处理掉，正赶上保密室主任带人过来处理销毁废弃的文件，发现少了那片蜡纸。

保密室主任当即派人把小杜找了回来，当面查询那片半截蜡纸的下落。在这期间，梦瑶已经把那片蜡纸处理掉了。那半片蜡纸再也找不到了，这就给三个人带来了麻烦，她们同时被软禁在打字间里。

小杜发疯似的在自己房间里寻找，桌上地下找了几遍，仍然找不到，她都急哭了。她的那份文件属高级机密，关于南京向台湾运送物品的清单。梦瑶几乎把那张纸上的内容都背了下来，有黄金有古董，还有尘封的档案三百一十二卷……她想这些机密对组织一定很重要。蜡纸丢失了，她们三个打字员都脱不了干系，下班了也没有走成。三个女人家里都有孩子，有的还有老人，她们只好把电话打给邻居，让他们帮忙把孩子从幼稚园接回来。

保密室的三个打字员，在办公室里待了整整一夜，仍然一无所获。事件就发酵了，先是惊动了国防部二厅，派人分别找她们三个人谈话，折腾了一上午仍然一无所获。梦瑶就是在这期间给重庆的苏北打了电话，打电话时有二厅的人在场。保密室以前也遇到过这类情况，但那会儿不是战时，要求没这么高，找到丢失的纸张，保密室主任就会把她们骂一顿，说几句下不为例的话也就过去了。可现在情况不一样了，她担心自己的失误会连累到苏北，甚至远在重庆的地下党组织。她第一时间把这危险的情报传递给了苏北，让他早做准备。

二厅的人自然没有审查出什么结果，下午的时候保密局的人就介入了。带队的人就是马特派员，他从重庆灰溜溜地回来，人正抑郁着，机会突然来了。他把三个人分别带开，进行盘查审问，折腾到了深夜仍然无果，那三只打字机无辜地静卧在那里，见证着眼前的一切。

梦瑶没想到自己的一时疏忽带来了这么多的麻烦，她心乱如麻，想着要把自己得到的情报尽快传递给组织，又怕自己连累到了苏北。

一连三天，她们几乎都是在保密室里度过的，三个女人有家不能回，都哭哭啼啼的，想着一家老小没人照料，又不知眼下的局势该如何收场。梦瑶也学着另外两个人的样子，把自己伪装成一个无辜的受害者。

国民政府的打字间无法正常工作，待打印的文件已经堆积如山，这件事惊动了朱秘书长。他亲自来到了打字间，见到了进进出出的保密局人员，在了解事情的原委后，下令把保密局的人赶了出去，让保密室恢复了正常工作。工作恢复了正常，丢失的文件仍然没有找到。

马特派员变换了侦破的方法，采取跟踪的方式。他发誓无论如何要把这条"大鱼"逮到。既然在重庆没有扳倒苏南，那就在梦瑶身上打开突破口，这是自己在毛人凤面前表现的机会。

三个打字员暂时恢复了自由身，可身后却多了保密局的尾巴。梦瑶无法把自己得到的情报传递出去。以前她传递情报都是利用接送孩子的机会，把情报写进纸条放到指定的位置。现在她却没了这样的机会，就连她们工作时，保密局的人也一直把守着，她们每一步都在他们的监视中。

梦瑶有两次接完孩子，就看到身后跟着的尾巴，形影不离。她试着走街串巷向相反的方向走去，这期间还去了几家店铺，当她再次走回大街上时，发现那个尾巴仍然在自己的身后，不远不近地跟着。她心急如焚，情报无法传递出去，组织联系不上自己一定也会很着急。

她想起了苏北，她现在的一切都有人监视，就是和苏北通话，也会有人站在她的身边，她也不可能把自己的秘密用电话告诉他。他们只能用事前约定好的暗号进行沟通，她希望苏北从另外渠道把自己被困的消息传递给组织。

那几天梦瑶吃不香、睡不着，她在梦里跑来跑去，不论跑到哪里都有人跟踪她，一次又一次在梦中惊醒。夜半时分她来到窗前，掀开窗帘的一角，尾巴仍然站在暗影里。

2

苏北一连几天都接到梦瑶的电话，她在电话里的声音很正常，聊孩子说生活中的鸡毛蒜皮，这在外人听来，一切都再正常不过了。但苏北知道她出事了，她每次通话，都要连续敲击三下电话听筒。经过一年多的历练，苏北对地下工作的凶险早就领教了，梦瑶一定是遇到了大麻烦，无法及时传递情报。看样子，一定是被跟踪了。但具体因为什么被跟踪，他就猜不到了。

鸽子出事儿了，这是在向自己求救。

他知道"鸽子"是梦瑶的代号。要把鸽子遇到危险的消息传递出去，只能通过自己的情报点。

梦瑶的代号是"鸽子"，他的代号是"老舅"。通过自己的情报点把信息传递出去后，他不知道组织将通过什么方式来解决鸽子的困局，自己只能在忐忑当中等待了。

梦瑶在一天下班后，从幼稚园里接出孩子，像往常一样，她牵着孩子的手，经过一条并不宽敞的马路，然后再走进一条胡同里，再往前走上几个台阶，就是自己的家了。苏南就是在这个台阶上被害的，她每次走过这个台阶，都会下意识地想起苏南遇害时的样子。有时她就牵着孩子的手，站在这个台阶上，痴痴地发一会儿呆。怀南就仰起一张小脸，催促着：妈妈，该回家了。这时她才会清醒过来，摇一摇头，把脑子中的景象驱赶走。

就是在这个台阶上，一个卖鱼的人拦住了她的去路，抬起装鱼的筐，大声地说道：太太买条鱼吧，新鲜的鱼，刚从秦淮河里打捞上来。

她起初有些抗拒，抱起怀南，想走过去。卖鱼的人突然说：鸽子病了，老舅正想办法救鸽子。太太，你就买一条吧？给孩子补补身子。

听到"鸽子"和"老舅"，她心里咯噔一下，她回过身来，望了一眼卖鱼人，是一个三十多岁精瘦的汉子，她又看见不远处，跟着自己的尾巴。她突然急中生智地说：卖鱼的，我没带钱，你能等我一会儿吗？

卖鱼的微微一笑说：这位太太不急，鱼卖不掉我不会走。

梦瑶带着怀南急忙回到家里，她知道"老舅"一定把自己的情况传达给了组织。

回到家后，她急忙拿出用密纸写好的情报，又找出一些零钱，再次出门。

卖鱼的已经为她挑好了一条鱼，用稻草拴在鱼的两鳃上，她夸张地举着手里的一把零钱，大声地叫道：卖鱼的，幸好你没走。说完把手里的一把零钱塞给了卖鱼的。卖鱼人抓过钱，冲她眨了眨眼睛，把鱼递了过去。接过鱼的一瞬间，她把写着情报的密纸用指尖推到了卖鱼人的手里，卖鱼人低下头装作数钱，熟练地把那张密纸塞进了自己的袖口。在那一瞬间她长长地嘘了一口气。

卖鱼人数完钱，又抽出两张递给她，大声地说：太太，找你的钱。说完就要转身离开。

她刚想转身离开，隐在身后的尾巴突然间现身，冲他们两个人大声地喊了声：站住。

尾巴过来先是一把夺过了卖鱼人手里的钱，一张又一张地抖开，仔仔细细查看了一遍，并没有发现异样。又冲向她，抢过她手里的鱼，鱼嘴鱼鳃，都仔细地检查了一遍。她装出一副恼火的样子说：这鱼我没法要了，你们保密局的人也真是，买条鱼还检查，也不嫌脏。行了，你拎回去吧。

说完她空着手就往回走。

保密局的人拎着那条鱼，满脸不甘。卖鱼的人就喊她：太太，要不我再给你换一条吧？

她没再回头，装作生气的样子，加快步子径直走了回去。回到家里，站在窗边，向那个台阶望去。卖鱼的人已经不在了，只剩下那个尾巴，提着那条鱼站在角落里。她松了一口气，这些天来笼罩在心里的阴霾，一扫而空。

第二天上班之后，她给苏北打电话，这次她的心情不一样，轻松地和苏北聊起了家常。她还说到了昨天买的那条鱼，本来是要给孩子补身体的，却被猫叼走了。她也没忘了让苏北多吃些辣椒去去重庆的湿气。

苏北放下电话，心头不由得也轻松下来，他从梦瑶的口气里听出来，鸽子又重新飞翔了。

## 3

打字间丢失蜡纸事件表面上看，似乎平息了，保密局并没有就此收手，跟踪三个打字员的特务不仅没有撤掉，又增加了对保密室其他人的调查。

马特派员以为自己捡到了一条大鱼，面对三个弱女子，以为会轻易地有所突破，没想到却吃了个软钉子。最后他决定采用跟踪的办法，但几天下来，仍然一无所获。

马特派员把这一结果汇报给了毛人凤局长，毛局长自然也不满意现在的结果，怪朱秘书长胡乱插手。现在是战时状态，非常时期，一切都应以大局为重。军方早就和政府暗中不合，政府在保密的事情上经常漏洞百出，军方却插不上手，上面又不分青红皂白，把漏洞的板子都打在军方的屁股上。

保密局也想利用这次机会出口气，让政府丢一回脸。朱秘书长以工作为借口，不让继续深查。没有上头的命令，他们又不能驳朱秘书长的面子。他们只能采取内紧外松的办法，把调查对象扩大到了整个保密室。不仅对三个打字员进行跟踪，对保密室的其他人也上了手段。

打字员小杜的丈夫是特勤局的一名少校军官，特勤局是保卫蒋委员长安全的军方机构。小杜的丈夫对保密局的行为早就大为光火，有一天晚上喝完酒回来，见到一个特务还在自己的家门口转悠，便喷着满嘴的酒气走了过去，抓住这个特务的衣领子，借着酒劲抽了他两个耳光。小特务当时心情也不顺，他已经连续值了几个夜班了，没有休息好，火气就很大，见自己吃亏了，一肚子怨气没法发泄，当即掏出手枪，冲着小杜的丈夫就开了一枪，子弹不偏不倚打在了肩膀上。

身为特勤局的军官，哪吃过这样的亏？小杜丈夫当即掏出枪来还击，因为喝了酒的缘故，开枪就没轻没重，当场把那个小特务打死了。

虽然死的是一个小特务，保密局的人也不能吃这种眼前亏，便让执行队的人连夜把小杜的家包围了。特勤局的少校也不是好惹的，一个电话也把自己的队伍召集过来，实施了反包围。这下不仅惊动了国防部，也惊动了国民政府，他们派出各自的人马出面调解。半夜里惊动了周围的市民，把事发地里三层外三层围得严严实实。

保密局的人不撤退，特勤局的人也不肯相让。一直相持到天亮，最后惊动了国防部的何应钦部长，他亲自来到了事发现场，两拨人才心不甘情不愿地退场。

三个打字员又被重新做了一次调查，自然仍没有什么结果。最后国防部二厅和政府商议的结果是，把三个打字员都辞退。朱秘书长也不想在这些小事情上招惹事端，做了妥协。

就这样，梦瑶失去了工作，她失去的不仅仅是工作，而且还是情报来源。组织培养她这么多年，许多国民政府的机要秘密，都通过她源源不断地传送到组织手里，而她现在失去了打字员的工作，断了情报来源。

几天后她接到了指示：伺机而动，静心等候。

党组织并没有责怪她，可她自己却不能原谅自己。她想到了重庆的苏北，以前在保密室上班时，她总能隔三岔五地利用保密室的电话与苏北交流。她被辞退后，家里的那部电话也被撤销了。

与苏北的联系不能通过电话了，只能用写信的方式，她知道他们的信件并不安全，也面临着被检查的风险。在信里并不能多说什么，无外乎仍然是家长里短。

苏北在梦瑶的来信中得知她失去了保密室的工作，也意识到了问题的严重性，可惜自己又帮不上忙。那些日子苏北的心情一直很沉重。

他来到重庆后，除了完成组织交代的任务，还在不断地收集军方的情报。重庆自从成了陪都之后，一直是南京政府的大后方，随着战局的变化，军方在重庆周围不断有部队换防，虽然西南地区暂时还无忧，但通过一次又一次的部队调动，也能感受到国民党的战场动态。重庆站虽然不是一线单位，但有些部队换防之类的消息，他们也会通过军方的渠道获得。还有保密局的内部消息，这些看似不经意的信息，对中共党组织来说却是重要情报。他及时把这些消息通过情报点传递给上级。

他通过不同的消息来源关注着整个战局的变化，每一条好消息都让他振奋，一座又一座城市被解放，眼见着半个中国都解放了。他想着战友们在战场上节节胜利，有时自己做梦，梦见自己仍然在队伍里，每次在梦中醒来，他心里都空空荡荡的，如火如荼的战斗岁月让他心生向往。

他的办公室里多了一张地图，那是一张全国地图，他依据红色电台新华社报道的消息，查看着一座又一座被解放的城市，想象着南京和重庆解放时的样子。到那时他就会接到归队的命令了，又能回到自己的老部队了，和昔日战友们重逢，那将是怎样激动人心的场面呢？每次想到这些，身体里的另一个声音又在提醒他，他现在是特殊身份的人，在执行着特殊任务。经过一年多的历练，他学会了冷静和耐心，他又想到了王特派员说过的话：地下工作者，最大的贡献就是忍而不发，关键时刻牺牲自己成就更大的胜利。

他觉得自己现在就是个忍者，等待着被点亮那一刻。梦瑶失去了情报来源，他不能再出差错了。

## 4

特务的身影又出现在梦瑶的视线里，看来自己虽然离开了保密室，特务们仍然没有放过她的意思。现在她无事可做，早晨送怀南去幼稚园时，也有人如影随形，她回到家里，透过窗子看到那个若隐若现的身影就守在楼下。

梦瑶不知道小杜和小梅现在是不是还有特务在盯梢，她无法去情报点和组织取得联系，这让梦瑶心急如焚。

情急之中，她突然想到了国防部二厅一处的副处长何伟，何伟以前和苏南的关系不错，苏南在时经常到家里来坐一坐。上次苏北回来时，请二处的人叙旧，何伟就在其中。看来只有国防部的人才有办法对付保密局这些特务了。

在国防部的大楼前，她用门岗的电话联系何伟，不一会儿何伟就从大楼里走了

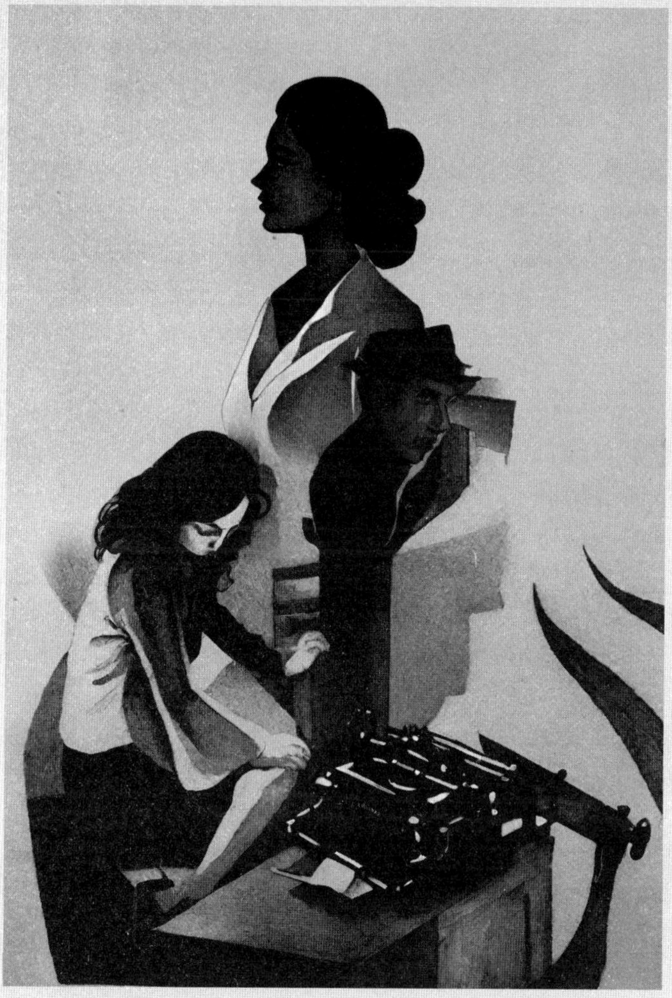

出来。梦瑶就把自己的处境对何副处长说了，两人站在国防部大门前说话的当口，特务仍然在不远不近的地方盯着，梦瑶说到委屈处，还流下了眼泪。何副处长听后，骂道：妈的，小梦，你别着急，苏南不在南京，还有我们这帮弟兄呢。我就不信治不了保密局那帮王八蛋。

何副处长专门去了一次保密局，找到了马特派员。两个人平时也算熟悉，以前因为工作的关系也多次打过交道。出乎何副处长的意料，马特派员并没有买他账的意思，一口一个党国、时局、战时。何副处长见马特派员并没有给自己面子的意思，转身就离开了保密局。

隔天，何副处长冷冷地给马特派员又打了一个电话，在电话里告诉马特派员，有一样东西要交给他。马特派员当然知道，姓何的在自己这里吃了闭门羹，不会善罢甘休。两个人在约定的茶馆见了一面。何副处长也并不多说什么，拿出两张照片。一张照片是一个男人在做吗啡交易，另一张照片上，这个男人已经到了国防部二厅审讯室里。马特派员看了眼照片，手就抖了，头上还冒出了一层细汗。何副处长就冷笑一声道：这个人你不会不认识吧？马特派员对这个人当然熟悉，这是他安排的人。

何伟副处长面对马特派员自然胸有成竹，国防部二厅虽然主要工作是以通信情报为主，但为了应付错综复杂的情况，别说保密局，就是其他的军事部门他们也能插上一手。这个倒卖紧俏麻醉剂的团伙，他们早就摸清了底细，之所以没有收网，是想钓更大的鱼。在他们的眼里，保密局的人凶神恶煞，利用自己的特殊身份，抓异己，杀无辜，以保密局的名义，唯利是图，无恶不作。

何副处长见马特派员手足无措的样子，就说：这人我们还没有审问，就等马特派员一个态度，该拿他如何是好？

马特派员已经把额上的汗擦了几遍，他默默和何副处长达成了协议，当晚回去便把监视梦瑶的小特务撤了回来。

梦瑶恢复自由后的第一件事，就是到情报点取回了上级的指示，她知道上次她送的文件已经安全地转移了出去。

有一天傍晚，她去幼稚园接怀南，竟意外地见到了朱秘书长的夫人，她从一部黄包车里下来，似乎要到附近办什么事儿。朱秘书长的夫人早在浙江老家时是她学校的教导主任，细说起来她们还都是慈溪的老乡。教导主任对他们这几个慈溪老乡平时多有照顾。她最后能到省政府工作，也都多亏了朱秘书长夫人的力荐。后来朱秘书长调到了南京国民政府任秘书长，也几乎把浙江的班底调到了南京。

秘书长夫人到南京后，便没有再继续工作。抗战时又举家随国民政府迁到了重庆，在重庆，朱秘书长经常把他们请到家里，让夫人做老家的菜。直到迁回到南京，他们的住处分散了，来往也就少了起来。

这次意外相见，朱秘书长的夫人才得知梦瑶失去了保密室的打字工作，做起了家庭妇女。夫人就问：你这事，朱秘书长知道吗？梦瑶抱着怀南，低下头说：是我不争气，让朱秘书长为难。两个人聊了会儿家常，朱夫人要去办事儿，临走还不忘交代：小梦，有空到家里坐。梦瑶抱着孩子只能以微笑作答，目送着朱夫人远去。

回到家的梦瑶，总觉得这次和朱夫人邂逅，是一次千载难逢的好机会，她要工作,要再次走进政府机关,只有在那里,她才可以获取组织需要的情报。她不能成为一个闲人,不能因为自己在工作上的疏忽,让组织遭受到损失。她决定亲自登门拜访朱秘书长。

5

南京的朱秘书长家她以前来过一次,那是她从浙江到南京不久,朱太太叫了几个同乡,都是她的学生。那次他们在朱太太家,一起包了馄饨,又在院子里聊起了在浙江上学的往事。转眼之间,几年过去了,现在回想起来,依然历历在目。朱秘书长家离国民政府机关并不远,只隔着几条街巷。国民政府迁到重庆之前,朱秘书长就住在这里,从重庆回来仍住这里。为的是这里离机关近,上班方便。和其他地方相比,这里也算幽静,有许多房子都是清代的建筑,青砖灰瓦显得与众不同。

梦瑶走过路口,眼前就是那片熟悉的建筑了,此时是傍晚,正是人们吃过晚饭,出来纳凉遛弯儿的时间。她之所以选这个时间,是知道朱秘书长一定会在家,这次名义上是看朱太太,其实她真正有求的还是朱秘书长。她走出巷子口时,被眼前的场景惊呆了。这一片房屋不再幽静,用混乱形容更加贴切。有卡车,还有脚蹬三轮车,停在一栋又一栋的楼门前。人们成群结队地从楼门洞里往外搬东西,简直就是一个搬家现场。她小心地穿过人流,找到了朱秘书长家,这里也有两个门洞在往外搬东西,破烂东西撒了一地。她不知道发生了什么,她记得朱秘书长家住在三楼的左手边。开门的果然是朱太太。朱太太吃惊又热情地把她让到了家里,更让她惊异的是,朱秘书长家也是一副要搬家的样子,大包小包堆了一摞,码放在书房里。

朱秘书长在另外一个房间忙活着,见梦瑶来只探出了一个头,打了一声招呼:是小梦呀。

朱太太在客厅里招呼她,还跑到厨房给她沏了一杯茶。她盯着朱太太吃惊地问:怎么了这是,我来的路上看到好多人搬家,你们这是也要搬家吗?

朱太太就抿嘴笑一笑,说:梦瑶呀,你还没听说吧,时局现在这么乱,政府的人,都把值钱的东西往台湾岛上倒腾,留条后路,谁知道以后会怎么样的?

梦瑶意识到了什么,即使她最近闲在家里,各种消息依旧不绝于耳。有人说蒋委员长要死守南京,也有人说国民政府又要迁出南京了。国统区报纸都说形势一片大好,在这里消灭了多少共军,在那里又夺回了多少地盘,总之天天都是喜事连连。通过收音机也能接收到新华社的广播,新华社播发的消息,完全是另外一个模样:锦州解放,沈阳解放,整个东北全部解放了;第四野战军一路挥师南下,直逼天津、北平两座城市,傅作义派出代表在和共产党谈判。她每次听到这样的新闻都高兴得几晚睡不着,想象着解放军打过来的样子,要是南京也解放,全中国都解放了,又该会怎么样呢?美好的日子已经近在咫尺,每到这时她就会想到苏南,可惜苏南牺牲了,再也看不到他们心中的美好未来。无限的悲伤像潮水一样一次又一次地冲刷着她的心。眼泪只有晚上才可以尽情地流,她怕任何人看到她的眼泪,只有黑夜才是属于她的。

这次她亲眼看到,国民政府人人都忙着后事,看来离垮台的时间不远了。她的心又悸动了片刻，在这关键的时刻，党组织一定期待她传出去的机密。想到这里，对着朱太太，她又情真意切地流下了眼泪，向朱太太倾诉自己失业后的艰难日子，还有自己带孩子的艰辛生活。朱太太很快便被她的情绪感染了，眼圈儿也开始泛红，她当下把朱秘书长喊出来，用家乡慈溪话对朱秘书长说：你说说你们这群大男人，欺负谁不好，就欺负梦瑶这样的弱女子。她可是我的学生，又是你把她带到南京来的。她现在这样儿，你管不管？

朱秘书长一边用毛巾擦着手，一边点头：这都是内斗的结果，又有军方介入，才复杂起来。就因为丢了一张小小的纸片，天天发这么多的报告，都是废话，哪有那么多的秘密。

朱太太也道：可不是吗？真是小题大做。江山都要丢了，丢了一张纸片又如何？你们这些大男人是吃饱了撑的，整天斗来斗去有什么意思？梦瑶一个人在南京带着孩子，先生又不在身边，就这么失业了，你说让她日子怎么过？有本事冲着共产党去，干吗欺负个弱女子？老朱我跟你说，梦瑶是我的学生，她的事儿你不能不管。

朱秘书长背着手，在房里踱步，一边点头一边说：我想办法，她们几个女孩子，当初被赶出保密室，我就不同意。

梦瑶见该说的话已经说过了，就又换了别的话题。朱太太又打听了一下学生们的下落，梦瑶就把自己知道的关于同学的情况和朱太太一起分享了，朱太太就感叹了一番时运弄人。梦瑶觉得自己该走了，便起身告辞。

她走出楼门洞时，看见有几辆卡车轰鸣着开走了，留下满地的纸张，一股风刮过来，纸片在空中漫舞着。

没过几天，一天上午她正在家里给怀南洗衣服，门被敲响了。自从苏南牺牲后，很少有人到家里来。她打开门，看到是国民政府办公室的书记员小崔。她和小崔不熟，平时在机关里碰上也就是点个头。小崔站在门口一副腼腆的样子，还没等她把小崔让进门里，小崔就说：梦瑶姐，朱秘书长通知你去上班，就在我们办公室。小崔说到这里笑了，又补充道：梦瑶姐，以后咱们就是同事了。

小崔给她带来的消息，并没有让她高兴起来。她还是想回打字间，不是这份工作有多好，而是在打字间，她可以第一时间接触到第一手的文件和资料。如果仅仅为了一份工作，失去了获取情报的机会，这份工作对她来说又有什么价值？她闷闷不乐了一整天。

第二天把怀南送到了幼稚园后，她还是去报到了，一切似乎从未改变。她来到了国民政府机关办公室，接待她的是一位姓李的副主任。李副主任把她领到一张办公桌前，交代道：小梦，这就是你的办公桌。你的工作，我和主任商量过了，你就先做一个收发员吧，等以后有了别的位置再慢慢调整。

梦瑶起初并不明白收发员的具体工作，做了两天之后她才知道，所谓的收发员就是打杂的。到楼下去取机关的信件，然后按照不同的科室，把这些信件分发出去。也有各科室需要送出去的信件，她按时取来，交给定点儿来的邮差。这样的工作对她来说毫无意义和价值。又过了两天她才知道，自己其实可以接触到政府机关机密文件，因为打字间每打出一份文件，油印好之后，都是要经过办公室上传或下发的。她现在就是这些文件的传递者，按照规定和要求把这些文件分发给各部门。

终于又有接触文件的机会了,她高兴得几乎要跳了起来。每次拿到这样的机密文件,她都会一目十行地恨不能把文件印在脑子里。多年的打字员经历,练就了她的眼力和心力,一份厚厚的文件,只要她翻过一遍,总是能把最核心的内容记在自己的脑子里。

从开始接触到这些文件的那一刻,她整个人都充盈起来,和在保密室比,现在接触机要文件的机会更多。又一次能传送有价值的情报,梦瑶觉得自己立马又有了归属感。

6

时间进入到了一九四九年,世界陡然一变。

国民政府机关往来文件也多了起来,梦瑶负责分发文件,有时一天会跑上好几趟。纷乱如麻的文件,她都要在匆忙中捋出头绪,并不是简单容易的事儿。首先要快速地阅览,抓住文件的主题内容,把那些没用的剔除掉,把有价值的内容快速地记在脑子里。有时她这样匆匆阅览,并不能把文件看全。这时她就会装作闹肚子,躲到洗手间里,利用片刻机会,再消化那些文件的重中之重。全凭她的记忆。当初在打字间时,一份文件会打上很久,文件打完,该记的她已经烂熟于心了。回到家里把这些文件上的要点记录在密纸上,利用接孩子的时间,把情报放到情报点,就算完成任务了。这次跟以前不一样了,文件繁杂,信息广泛,不仅要记住核心要点,还不能把这些内容记混了,机密文件里不断涉及时间、地点、人数,这些要点都是她费心费力要记住的。

自从苏南牺牲后,苏北代替苏南去了重庆,她就失去了左膀右臂,以前传送文件的任务都是苏南在完成。她现在是孤军奋战,她要像海绵一样,把有用的情报吸在自己的脑子里。

机关往来的文件让她应接不暇,每天下班回到家里,她都要把这些文件重新梳理一遍。她知道数字和地名是千万不能有差错的。一字之差,就会谬误千里。她的情报点经常变化,每次都是上线通知她,是为了安全,这些她懂。

从国民政府机关往来的文件里,她预感到南京解放的日子正在悄悄地临近。比如政府机关在不断地下发搬迁和撤离的命令,人员往来的变化,无一例外地都在证明一件事儿:国民政府的日子越来越不好过了。

国民政府机关也在发生着悄然的变化,那些平时泰然自若的官员们,早已没有了往日的从容,他们不停地相互串着办公室,交流打探着各种消息。每个人的脸上都挂着茫然和急迫。有人担心自然就有人窃喜,那些窃喜的人大都是一些无权无势的文职人员,他们平时看惯了也受够了这些大人物的贪腐,都巴不得国民政府早些垮台。他们是小人物,他们期待着改天换地,中国换上好的政府。

国民政府机关于是呈现不同心态,一部分人寝食难安,如热锅上的蚂蚁,更多的人是一副隔岸观火的样子。有一天梦瑶来上班,国民政府机关的大门口突然多了警卫,大厅里也里三层外三层地被军警包围了。后来梦瑶从办公室的同事嘴里听说,今天一大早,有人发现大厅里竟然挂起了一条横幅,上写着"我们都是带路党"的字样。虽然只是一条横幅，政府机关上下却如临大敌，调动了军警团团地把政府机关大楼围住，研究来琢磨去，仍然没有发现横幅是谁悬挂在那里的。最后只好把横幅收了，留下少量的人员继续破案。由于军警的介入，整个机关大楼都笼罩在一种紧张的氛围当中。而更多的人是一副麻木的表情，背后却透着份幸灾乐祸，仿佛期待着某种大事的发生。

梦瑶每天在孩子睡着后，总是会偷偷打开收音机。这部收音机是苏南前几年在重庆买的，那会儿他们经常躲在防空洞里，抱着收音机寻找着信号，那会儿大都播放的是关于日本大轰炸的信息。

后来他们从重庆又搬回了南京，家里一些零碎的东西都留在了重庆，这只收音机，他们一直带到了南京。没有了敌机的轰炸。他们就会听一些新闻，他们在新闻里听到国共合作破裂，内战全面爆发等消息。有些消息会很含混，时间久了，他们也能在这些模糊的新闻里找到一些规律。新闻成了国民政府的晴雨表。那会儿苏南每天都要趴在收音机前收听新闻，然后鼓励她道：以后你也要多听新闻，新闻就是政治，就是情报。从那会儿起，每当苏南听新闻时，她也会凑过去，然后和苏南一起分析。渐渐地，她也能从这些废话连篇的新闻里，找到某些重点了，分析起来也能头头是道。

苏南不在了，现在就剩下她一个人了，她仍然保留着收听新闻的习惯。现在每次听新闻时，她会不断地换频率，搜索新华社播发的新闻。每次听新华社的新闻，都有一种回家的感觉，广播员亲切激昂的声音，令她觉得自己仿佛穿越了，来到了一个改天换地的世界里。她没有在解放区里工作过，以前了解解放区都是通过一些油印的小报纸，这些小报纸出现在国民政府机关并不稀奇，有些人专门研究这些报纸上的消息，分析共产党的情报。这些报纸在她和苏南的眼里，就是老家寄出的一封又一封信。他们读着这些"信"感觉到是那般亲切，久了他们就把解放区的一些信息装在了脑子里，想象着解放区的天空和那里的人民。在他们的心里，那是一片崭新的世界，人人平等，没有贪腐，没有特权。

她听着新华社播报的新闻：解放军在高歌猛进，国民党军队在节节败退，解放的土地和城市在不断地扩大着。结合国民政府当下的所作所为，她预感到，离全国解放的日子不远了。有几次在梦中，她甚至隐约地听到了解放军隆隆的炮声。醒来后她泪眼婆娑，好久不能入睡。她想把自己的喜悦和人分享，一摸枕边却是空的，直到这时她才又一次清醒地意识到苏南已经永远地离开了她。在这寂静难耐的夜晚，她无数次想到苏南，想着从认识苏南，到和苏南结婚，再到生下了他们的孩子。往事像一部电影，一遍又一遍在她眼前播放着。

有时她也会想起在重庆的苏北，一想起苏北，她的心情总是忐忑难安。她想到此时的苏北孤身一人险象丛生地生活，心就提了起来。苏北毕竟不是苏南，从解放区一头扎到敌后，他有太多的情况不熟悉，有太多的困难需要克服，周围的环境和人都如狼似虎。

起初苏北深入到重庆，她整夜睡不好。时刻都在担心着苏北。随着时间的流逝，苏北不仅安然无恙，还变得越来越游刃有余了，她那颗悬着的心才放下了一半儿。

每次接听苏北的电话，经常会发生错觉，她觉得在电话那端分明就是苏南，放下电话她才清醒过来。苏北是同志，是战友。他们是命运共同体。

## 第 八 章

### 0

一九五一年三月二十八日，是梦瑶和苏北结婚的日子。

这一年怀南刚七岁，已经开始上小学了。距离梦瑶和苏南结婚已过去了八年，苏南已经牺牲四年了。

在最初新婚的日子里，梦瑶经常有一个错觉，她面对的不是苏北，仍然是苏南。苏南在重庆执行完任务回来了，在她心里一切都那么顺理成章。她经常把苏北的名字喊错。每一次她叫错名字，苏北都会怔一怔，然后回应她。他理解她，这些年她从来没有喊过苏北的名字，她一直称呼他为，苏南。

苏北代替苏南去重庆，这是一个天大的机密。

丈夫牺牲后不久，她总是做梦，丈夫还是出事那天穿的那身衣服，一条黄色的军裤，上衣是白色的，扎在裤子里。她喜欢丈夫朴素的穿着，看见丈夫穿军装，总是觉得陌生。

她记得在浙江上学时，他们一些进步学生上街游行，就是这些军警，冲入学生游行队伍中，他们用枪托、皮带、木棍殴打无辜的学生。学生四散逃跑，他们仍然不放过，就像对待一群手无寸铁的敌人。有许多同学头破血流，有一些同学被带走。她从那时起就开始记恨这些军警，他们学生背地里都骂这些军警为"疯狗"，是国民党政府圈养的一群狗。有了这些"狗"，国民党政府便肆无忌惮起来，对手无寸铁的老百姓，无恶不做。她也是那会儿开始觉醒的，先是加入了学生进步组织，游行串联，暗地里传送共产党的理念。后来经人介绍，她便成了地下党组织的一员。从那一刻起，她心里有了一个念想，推翻这个没落腐朽的王朝，建立一个崭新进步的中国。再后来经过组织的介绍，她结识了同样有着理想情怀的苏南，他们又成为革命的地下夫妻。

苏南在国防部上班，每天免不了穿着制服。只要一下班，她就会让丈夫换上普通的便装，她喜欢看丈夫穿着便装的样子。临别的那天晚上，丈夫就是穿着这身便装去参加聚会的。

在梦里，丈夫凌乱着头发，脸色苍白，不停地冲她喊冷。这样的梦，一直做了好几次。在老家时，老人跟她讲过故去的亲人托梦的故事。她预感到苏南在另外一个世界里，一定是穿少了衣服。她多想找到苏南的坟，给他烧上一些纸，再给他烧上一些衣裤。亲人离去了，一次又一次给她托梦，他在另外一个世界里喊冷，那是她最亲爱的丈夫呀，怎么能无动于衷呢？可是她不知道丈夫的遗体和坟墓在何处。她想向组织提出寻找丈夫遗体的请求，纸条都写好了，当她走到情报点时，又放弃了。情报点是传送重要情报的地方，怎么能因为自己的一点私事，影响工作呢？可是她难以心安，丈夫遗体被转移走的那天晚上，没有多看上一眼，就匆匆地，看着两位陌生的同志把丈夫的遗体转移走了。她真后悔。

后来她还是学着别人的样子，找到一个十字路口，为丈夫烧了纸。她带了几件苏南穿过的衣裤，趁人不注意，把那些衣服也一同烧掉了。后来再也没有做到丈夫说冷的梦。再次梦见丈夫时，他的脸色好多了，他像以前一样冲着她微笑，可就是不说话，在梦里匆匆地来，又匆匆地走了。

她和苏北结婚后，有几次难以自控地盯着苏北，喃喃自语道：你到底是苏南还是苏北？

苏北笑笑，没有说话。

这时的她缓过神儿来，摇一摇头，想把眼前的错觉甩走，不论她怎么努力，眼前站着的人，分明就是苏南。

记得她第一眼看到苏北时，感觉站着的就是苏南。可在接下来的几天时间里，当他们单独相处时，她才发现，他不是苏南，而是苏北。这让他们有了距离感，好在敌人并没有发现他们之间的微妙变化。

现在不同了，在她的心里和眼里，苏北已经完全变成了苏南，起初她并不明白，苏北为何有这样的变化？后来她恍然明白了，如果苏北不变成苏南，在重庆他早就暴露了。虽然他们现在成了一家人，亲密得躺在一张床上。可他们从来不聊过去。他们早就不再是地下工作者，变成了普通人，但作为地下工作者的纪律，却早就铭刻在了他们的脑子里、血液里。

苏南的坟被迁到烈士陵园的那一天，刚刚还晴朗的天空，突然飘下了一阵雨。她和苏北都没有带雨具，苏北本能地用身体护着她，他们就站在苏南的墓前。这是丈夫牺牲后她第一次面对丈夫，她泪如雨下。她有太多的话要倾诉，可她却一句话也说不出来，任凭雨水伴着泪水倾泻而下。

那天回来后她就感冒了。苏北为她熬了一锅姜水，一连喝了三天，烧才退去。

后来她经常会一个人来到苏南的墓前坐一坐，悄悄地说一说这些年发生的事儿，当然包括苏北。说过了她觉得自己的心情就好多了。

回到家再见到苏北时，她恍惚做了一个梦，苏南？苏北？。

## 1

一九四九年，世界天翻地覆。

一月十五日天津宣告解放，紧接着北平的傅作义和中共达成协议，全部守军放下武器，城门大开，解放军兵不血刃解放了北平。

两座城市的解放，苏北是通过收音机里新华社播发的新闻知道的。天津和北平的解放，打开了通往中原的大门。苏北站在地图前，看着一座座熟悉又陌生的城市。石家庄、济南、郑州、合肥……此时长江北部的大部分地区都已经宣告解放了，大半个中国都已经插遍了红旗，国民党的军队只能龟缩在长江以南。接连不断的好消息让苏北整个人兴奋异常，他预感到整个中国的解放指日可待了。如果自己不来重庆，一定会随着进军的队伍，攻城拔寨，所向披靡。而此刻他只能站在地图前，独自默然迎接着黎明前的曙光。

他有时经常睡不着，想象着全国江山一片红的日子，到那时他就可顺利地归队了，见到昔日的战友和首长，那又是怎样的一番情景啊！

吕督军经常会出现在苏北的办公室，和刚从南京回来时相比，他萎靡了不少。刚开始杀回重庆时，他带着督军的名号，趾高气扬，威风凛凛，没有把任何人放在眼里。可是过了一阵之后，他才发觉自己这个督军，就是一个光杆司令。朱先海并不买他的账，在重庆站我行我素，眼里似乎压根儿就没有吕督军这个人。

闲来无事的吕督军，就经常到苏北的办公室里来坐一坐，发一发牢骚。那天他端着茶杯又晃悠到了苏北的办公室，歪斜地坐在了沙发上，用手掌拍着茶几愤怒地说：大半个中国都败坏在这些贪官污吏的手里了，一将无能，累死三军。你看看咱们这些将领，抗日的时候哪一个不是出生入死，战功显赫，怎么跟共产党的部队一交手就成了一盘散沙了？我看出来了，在日寇面前，我们的军队是一支正义之师，抗战胜利了，中国人的德行就暴露无遗了，抢功的，贪钱的，争夺位子的，拉帮结派，各怀鬼胎。上行下效，我敢说凡是科长以上的官员，随便拉出去一个枪毙，都不冤枉。就这样的一个政党，还想打胜仗，纯粹是做梦！在中国这片土地上，历朝历代，哪个不想当皇帝，夺疆土？不论起事时打着什么样的旗号，一旦江山坐稳了，都想做皇帝的梦。什么民主啊，共和呀。三民主义呀，都是胡扯淡。共产党为什么这么快就得势了？因为他们得民心了。人民当家做主，人人平等，没有阶级，没有剥削，没有贪腐，不会争权夺利，人家才是真正的共和。再想想国民党干的好事儿，从皇帝被赶出皇宫，袁世凯当了大总统，到现在的蒋委员长，都是换汤不换药的破罐子。没有一个好东西！无论谁上台都想着自己家族和那些少数人的利益。普通老百姓就是当牛做马的命。那些为党国冲锋陷阵的，哪一个不是平民子弟？就是穷人的尸骨，奠定了他们的皇位。时局变成这个样子，蒋委员长推出傀儡李宗仁为他做挡箭牌，都是糊弄老百姓的，糊弄来糊弄去，最后能怎么样？大半个江山丢了，现在又提出分长江而治，要和共产党谈判。他以为共产党是那么好糊弄的？共产党的大军已经杀到淮海战场了，我看南京很快就不保了。这是自作自受，一切都晚了。

吕督军发泄了半天，仍心绪难平。他告诉苏北，自己很快要把老婆孩子从南京弄到重庆来，并劝苏北也要尽早想点办法，把老婆孩子接来，以免夜长梦多。

他最后又压低声音说：那些有头有脸儿的大员们，早就把自己值钱的家当运到了台北，早就做好了溜的打算。咱们这帮小人物，也得多长个心眼儿，别到时连哭的地方都找不到。

说完这些，他走到了苏北的面前，用更低的声音说：苏南小弟，你这个人最大的优点就是太清廉了，最大的缺点也是太两袖清风了，你这样弄得自己都没朋友了。你说谁敢跟你交朋友？我知道你内心清高，现在这个社会就这个样子，你又清高给谁看呢？现在大局已定，你得准备点这个。说完用手做了一个数钞票的动作，然后又补充道：当然那些金圆券都是废纸，现在的物价一天一个样，买棵白菜，都得用麻袋提钱。你得想办法弄点儿黄货，那才是硬通货，走到哪里都是硬邦邦的。说完讳莫如深地冲苏北笑一笑，就端着茶杯晃晃悠悠地走了出去。

苏北当然知道，南京的那些大员们，早在几个月之前就做好了撤离的准备。国防部二厅的老同事，打电话旁敲侧击地告诉了苏北这一情况，委婉地劝他早做打算。他们在电话里感叹，自己的职位低，撤离的事儿还没有轮到他们。又发牢骚说，等真到了撤离那一天，自己能不能抢到一张船票还不好说呢。

那些人担心的事儿，正是苏北渴望的，想到南京，他就会想起嫂子和侄女。前一阵子嫂子来电话说，自己又找到了新工作，到国民政府办公室上班了，让他放心。他知道嫂子说这话的弦外之音，嫂子又可以正常工作了。想着国民政府的情报通过嫂子之手交给组织，他替嫂子高兴。嫂子在电话里以聊家常的口气，告诉他南京的许多要员们，都在做着彻底逃离的准备。听着是在抱怨，其实在向他通知胜利的好消息。这一切证明国民党政府并没有死守南京的打算，即便高层有死守的准备，下面早已人心惶惶，这样的一个政府又怎么能够打胜仗呢？想到这一点他兴奋起来。要是南京解放，意味着国民政府的首都宣告沦陷。

苏北也发现，还有部分南京的军政要员，通过水路和陆路，把家财和妻儿老小迁到了重庆和成都，似乎这些人有一个思维定势，当初日本人攻陷南京和上海时，重庆作为陪都保存了下来。现在这个经验也许依然有效。

不断有小道消息传来，国民政府并不甘于自己的失败，派出各种代表团，去美国议会游说，希望美国人能够介入中国当前的局势，支援武器、金钱，一举把共产党消灭。可惜现在不是抗战的时候了，那会儿美国需要的是反法西斯统一战线，中国抗战是为了分散美国人在亚洲战场上的压力。

张大召有一天晚上敲开了苏北宿舍的门，手里端了一碗排骨，讨好地说：苏副站长，这是内人做的，你尝尝。张大召和以前一样，仍然三天两头地跑到苏北这里，发发牢骚，通通信息。虽然吕督军来到重庆站之后，又一次把他启用了，但张大召知道这种关系很微妙，一是吕督军没人可用，二是为了和朱先海较劲，希望把张大召变成自己的人。张大召混迹于重庆站这么久了，起起落落，合合分分，早就练就了八面玲珑，他自然心里有数。不论朱先海和吕督军说什么做什么，他还是觉得苏北更让他放心。于是有事儿没事儿的，他总要到苏北这里坐一坐。当然这天晚上，他并不是单纯地给苏北送排骨，而是劝苏北尽早把夫人和孩子接到重庆。张大召神秘地说：那些大人物跑得远，早就把值钱的家当弄到台湾岛了，那些没权没势的人，也在重庆和成都安顿下来。苏副站长趁着时局还没那么乱，早点儿把夫人和孩子接来吧。

苏北望着张大召，只能接着他的话茬说：夫人在政府工作，要是真有事儿，那么大个国民政府总不能丢下她一个女人不管吧？

张大召就搓着手说：苏副站长你就听我一句劝吧。现在听说南京那边乱得很，到时候就怕爹死娘嫁人，各人顾各人。嫂子是个女人家，又带个孩子，怕到时连一张船票也抢不到。现在重庆和西南的地盘好赖还是咱们的，提前让她过来，咱们也好早点儿安顿，是不是？

苏北连连说是。张大召走后，苏北突然有些羡慕嫂子了，看样子，南京解放指日可待。这一天他在收音机里听到了新华社播放的毛泽东《将革命进行到底》，完全推翻了蒋介石分江而治的打算。

## 2

这一阵子,苏北频繁出入情报点,把收集到的最新情报源源不断地传达出去。他心里有个预感,最近一定会有重要的任务。这几次他去接头点,总是觉得背后有一双眼睛在不远不近的地方盯着自己。从刚到重庆开始,这双眼睛就有了。作为地下工作者,他已经不是一名新兵了。经历过无数次考验的他,对于传送情报早已游刃有余。每一次他不会直接到情报点,而是声东击西,办一些什么事儿,路过情报点。被盯梢的感觉曾经有一度消失过,这些日子不知怎么了,身后那双眼睛又出现了。

终于他在情报点拿回来一份指示:全力营救白公馆的K先生。

K先生被捕已经一年多了,他是中共地下党四川省委的主要领导人之一。K先生被捕后,组织上曾经试图展开多方的营救,都没有成功。K先生一直被囚禁在白公馆。随着国民党的节节败退,解放大军已经直逼长江南岸,国民党开始下令谋杀政治犯,解救K先生成了当务之急。

当时抓捕K先生的不是保密局的人,而是重庆行辕二处的特务机关。保密局和这些政治犯打交道的机会并不多,他们负责抓人审问,然后把这些人移交给重庆行辕。关押这些政治犯有两个地点,一个是白公馆,另外一个就是渣滓洞。白公馆比渣滓洞的规模要小,关押的犯人级别也相对高一些。

苏北接到命令,感受到了沉甸甸的压力。他知道靠自己的力量是无法完成这个任务的,需要外围同志的配合。外围同志如何配合,取决于他的营救方案。想得到K先生在白公馆的信息,就需要白公馆内部有人接应。

苏北很快想到了张大召,别看张大召是总务长出身,到了执行队之后,他一下子变得八面玲珑,还交了许多道上的朋友。官复原职之后,他每天都清醒着出去,醉醺醺地回来。有很多个晚上他看到苏北房间的灯光还亮着,就径直敲开苏北的房门,从腰间摸出一块玉石、一件文玩什么的,塞到苏北的手上,真诚地说:老同学,你对我的恩情我是不会忘的,没有你的提拔就没有我的今天。这些都是小玩意儿,你收着。

苏北就把这些东西又塞回到他的手里说:我用不着这些。

张大召望着苏北的眼睛,摇一摇头道:苏副站长,你放心,这些东西都是干净的。我是靠我自己的本事挣来的。我不偷,我不抢,倒腾点儿东西还不行吗?现在兵荒马乱的,以后的世道还说不定怎么样呢,谁不为自己的后路着想啊。在咱们重庆站,老同学,你是最干净的一个。别那么傻了,谁能说得准以后的事儿?现在大半个中国都是人家共产党的了,那些有权有势的人,早就把自己的后路安排好了,剩下咱们这些小喽啰,又有谁会管咱们。

每到这时,苏北就只能冲张大召笑笑。

说着说着张大召酒醒了一半儿,话语也不那么稠密了,不认识似的望着苏北。

苏北望着张大召异样的目光,心里先是一紧,张大召这时候似乎也缓过神儿来,目光又散淡下来,笑着冲苏北说:老同学你真不愧是从南京来的,跟我们这些人不一样。说着摇摇晃晃地走到门口,拍一拍自己的衣兜:行,老同学,这些东西我先替你保存起来，以后有需要你来拿就是了。

苏北正想着利用张大召，这天晚上张大召恰好来到了他的宿舍。这次张大召并没有醉酒，似乎多了些心事。坐下后不久，他就问了苏北一个稀奇古怪的问题：老同学，共军已经兵临长江了，你说他们会打过来吗？

苏北肯定地点了点头。

张大召倒抽一口气，目光变得迷茫起来。

苏北就说：蒋委员长不是说了吗，要据守天险，誓死保卫南京。所以也许不会打到咱们这里来。

张大召摇了摇头说：日本人来时，我们牺牲了那么多将士，苦战了几个月，上海、南京不还是丢了。我看这次八成也够呛。

张大召就像一只泄了气的皮球，瘫坐在椅子上，呆愣了半晌之后，他抬起眼睛望着苏北说：老同学，万一南京失守，你有什么打算？

苏北就借着张大召的话往下说：上头不是说了吗，丢失了南方还有西北、西南。

张大召自言自语：谎话，全是谎话。说到这儿又把头抬起来：老同学，实不相瞒，我早就想好了。共产党的队伍到时要是打过来，我就带着婆娘，隐姓埋名跑到大山里，过一天算一天吧。像我这样的小人物，没人会顾得了我，我只能自己想办法了。

苏北见时机已到，用不经意的口气问了一句：大召，白公馆的人你有熟悉的吗？

张大召不假思索地说：熟啊，我内弟就在白公馆当看守。不瞒你说，我内弟找这样的一份差事，还是当年我托的关系。你找白公馆的人干什么？

说到这儿张大召似乎醒悟过来，又补充道：他们看守队的队长我都熟，前几天我们还在一起喝酒呢。你想认识我随时可以把他约出来。他们能结识你，高兴还来不及呢。

苏北站起来走到张大召的面前，拍了拍他的肩膀说：也没啥，我有点儿私人的事儿。说到这里，沉吟片刻又说：一个老朋友，想打听点儿白公馆里面的情况。他家有一个远方的亲戚，作为政治犯关在里面，想通融点儿关系，给他捎点儿东西。

张大召就拍着胸脯说：老同学，这点小事儿还需要你出面？交给我就行。

苏北望着眼前的张大召，点了点头，在他的心里，张大召是可以争取的。

## 3

一九四九年四月二十三日，南京宣告解放。

早在三月初，就有不少国民党政府人员，迁到了重庆。正如当年南京沦陷时，大批党政军人员迁到重庆一样，所不同的是，这次所有人都人心惶惶，垂头丧气，气数已尽的败相表露无遗。虽然国民政府一直在宣传，这次转移只是暂时的，迟早还会打回去，但大半个中国都已经丢失殆尽，大有一溃千里之势，又拿什么去反攻呢。从上到下都知道，国民党丢掉整个中国是迟早的事儿。不论是南京还是重庆，满载的轮船昼夜不停地向台湾岛驶去，先是政府物资，后来是私人物品。上行下效，所有有门路、有关系的官员，都加入了逃难的队伍；没有本事的中下层官员，只能把重庆作为驿站，拖家带口地转移到了重庆。一时间重庆的朝天门码头上大呼小叫，哭天抢地，一幅末世的景象。

苏北接到梦瑶最后一个电话的时间是四月二十日，那时候解放军渡江战役已经打响了。不断有消息传来，国民党守军已经丢失了滩头阵地，解放军已经登陆了，有人听着国民政府播放的新闻，也有人把频率调到了新华社电台。两种声音不同的腔调，说的是一件事儿，在不同的频率里播放的却是不同的结果。

南京的电话还能够接通，苏北听到了梦瑶的声音，既兴奋又激动，还有喜悦，不等苏北寒暄，她就连珠炮似的说：打你们电话太不容易了，总机接线员已经忙不过来了。解放军部队已经进入南京城，我这里暂时一切都好，请你放心。苏北都没来得及说声再见，电话就断了。苏北试图再把电话打回去，再也接不通。梦瑶在向他告别，也是在向他通报南京解放的好消息。

苏北不担心梦瑶，他只羡慕她，梦瑶终于可以归队了。他想象着南京城的样子，人们载歌载舞，红旗飘满整个南京城。

南京解放了，重庆离解放的日子还会远吗？

就在这时，吕督军推开了他的办公室门，手里那只茶壶不见了。吕督军甩着手，就像手上沾了什么脏东西，还牙疼似的吸溜着气，一进门儿就瘫软在了沙发上，有气无力地说：完了，这回彻底完了，首都丢了，那还有什么国家呀？说到这儿他想起了什么似的说：老弟，你失算了。我早就劝你把老婆孩子转移到重庆来，你偏不听。现在怎么样，老婆孩子被困在了南京。你们日后怎么团聚呀？

家属被困在南京的当然不止苏北一个人，重庆站还有不少人的家属也在南京。这些人当中有保密室主任，还有办公室的几个人，他们围在朱先海办公室门口，吵吵嚷嚷。

朱先海此时也是一筹莫展，他背着手绕着办公桌走来走去，嘴里反反复复就是一句话：各位稍安勿躁，你们要相信党国，一定有办法把家属接出来。

有人就喊：我们这些人算个什么，那些大人物，早就把老婆孩子接出来。让我们在那里坚守，说什么凭借着长江天险，南京城一定能够守住。那些当官的怎么不在那里守，凭什么要我们的老婆孩子在那里守？现在怎么样？我们什么都没有了，还让我们为党国流尽最后一滴血，完全是狗屁，我们再也不相信这样的鬼话了。

朱先海此时更像一个替罪羊。他一个小小的重庆站站长，哪有能力变成飞机或轮船把他们的老婆孩子接出来呢？他突然想到了苏北，便望着众人说：苏副站长的老婆孩子现在也在南京，他和你们不也是一样？

人们又蜂拥着来到了苏北的办公室里，围着苏北七嘴八舌地议论开来，苏北一脸镇静：上面不是说了吗，我们的家属，他们会想办法的。虽然南京失守了，可我们的部队还在，万一我们的家属随着一起出城了呢？大家放心，也许他们正通过不同的渠道赶往重庆呢。

人们散去之后，朱先海感激地望着苏北说：谢谢你了，老弟，真是帮我解围了。他想离开，走了几步又停了下来，回过头认真地望着苏北说：你真相信，家属们正在赶来重庆的路上？

苏北只能苦笑一下，摇摇头。

朱先海认真地望着苏北：你为什么不早点儿把弟妹和孩子接到重庆来？

苏北望着朱先海说：她在国民政府机关工作，肯定得听政府的安排。我一个小小的副站长又有什么办法？在朱先海面前，他只能装成一副倒霉相。

朱先海拍一拍苏北的肩头说：老弟呀，你这个人还是太老实了。说完又看了一眼苏北，叹口气出去了。

从南京陆续迁来的家属和政府官员们，乱哄哄地在城里的大街小巷找房子，重庆的房价也跟着一天一个样，人们抱怨着、咒骂着，整个重庆就像一个收容所，到处都可以看到拖着大包小包的人们，茫然失措地在城市里流荡。

居住在重庆城里的官员和富人们，挤破头都在弄去台湾的船票和飞机票。他们都知道，迟早重庆也会像南京一样失守。逃离成了他们唯一的办法，除了台湾岛之外，他们又能向哪里逃呢。

苏北和所有人的心境都不一样，就像经过寒冬迎接春天一样，表面上又不能表现出来，他也装作一个妻离子散的人，去过几次朝天门码头，站在凄风苦雨中，等待着一船又一船的旅客。

## 4

五月的一天，已经是深夜了，张大召突然敲开苏北的房门。苏北睡眼惺忪望着张大召，张大召压低声音冲苏北说：三天后，他们要枪决老K。

苏北立马就清醒过来。之前在张大召的安排下，他和张大召的内弟见了几面，以熟人相托的名义让张大召内弟帮忙照顾白公馆的老K。对这些看守来说，照顾一个犯人并不是一件难事，但最终如何营救老K？苏北费尽了心思，也没有想到营救的办法。

还没有找到营救老K的办法，却得到了老K即将被枪决的消息。苏北一时愣愣地站在那里。张大召熟门熟路地走过去打开了床头灯，拉了一把椅子坐到了苏北的面前，压低声音说：你是不是要救老K？苏北望着张大召，竟不知道如何开口。

张大召又开口道：老同学，你要是信得过我，真想救老K，我倒是有一个办法。

苏北挑起眉毛吃惊地望着张大召。

张大召就又问一句：这个K先生你到底是救还是不救？

苏北在张大召的注视下，用力点了点头，心脏也快速地跳动起来。

张大召说：办法只有一个，用死人换活人。

他不理解张大召这话是何意，疑惑地望着张大召。

张大召说：这些办法以前在咱们站里经常用，无论是被错抓的人，还是死有余辜的人，只要有人在外面想捞，价格出得合适，就会找一个替罪羊，顶这个人的人头，反正上下都打点好了，大家也都睁只眼闭只眼。

苏北盯紧张大召，半晌才问：需要怎么打点？万一出了事，受连累的可是你。

张大召沉默半晌，低下的头突然间又抬了起来说：老同学，自从你来重庆站，我才有了出头之日。平时你半点儿好处也没有要过我的，现在是我报答你的时候。其他的你都不用管。我想办法把K先生接出来，后面的事儿我可就不管了。

苏北半信半疑地盯着张大召，张大召解释道：这个K先生，我了解过，他是共产党要人，要在平时，解救这样的人连想都不要想。现在时局这么乱，南京都失守了,重庆还能坚守到什么时候?所有人都想弄到一张去台湾的机票,这对解救K先生是一个机会。

苏北站了起来,伸出手想跟张大召握一握,张大召却没有伸手,突然笑了一笑说:老同学,你不要跟我客气,说不定什么时候轮到你帮我呢。

张大召说完转身就离开了。

张大召走后,苏北彻底清醒了过来。张大召虽然这么说,但是否能够顺利解救K先生,他心里一点儿底儿也没有。没有外援,内无救兵,他只能把宝押在了张大召的身上。

三天的时间很快就到了。头天晚上苏北跟张大召约好了,在北山的一个十字路口等候。他把这个消息通过情报点传递了出去。组织会如何接应他和K先生,他的心里并没有底儿。

凌晨时分他就动身了,来到指定的十字路口时天还是黑的。他在焦虑不安中等待着K先生的到来。在他的心里,K先生是否能够被顺利地解救出来,他仍是怀疑的。在焦虑的等待中天麻麻亮了,远山近树已经能够看清楚了。

就在这时,他先是听到了一阵车辆的轰鸣声,由远及近,然后他看到了那辆熟悉的执行队的车快速地驶到了他的面前。车门开了,张大召从车上下来,没有和他打招呼,径直打开后备厢,从里面扶出一个人来。那个人虽然双手没有被捆绑,头上却罩了一个黑头套。张大召扶着那个人走到苏北面前,一句话也没有说,只是冲苏北递了一个眼色,然后快速地上车驶离。

车辆的轰鸣声消失在了远处,那个戴头套的男人仍然沉默地站在苏北的面前。苏北过去把他的头套扯了下来,出现在苏北面前的是一张陌生的脸,那人有些吃惊又有一些疑惑地打量着苏北。苏北不知如何开口。那人也没有说什么,只是抱了抱手,说了一句:后会有期,然后头也不回地朝着附近的树林里跑去。

苏北也不敢确认眼前的人是否是K先生。他亲眼看见那个人钻进了树林,起初还能听到从林地里传出来的脚步声,后来一切都归于寂静了。

两天后,他从情报点里取出了一份情报,情报上说:已安全抵达老家。

直到这时,他悬着的那颗心才放了下来。

他又想起了张大召,张大召明明知道K先生是共产党的人,难道张大召就不深究他为什么要救共产党的人?他想到了那双一直跟踪他的眼睛,难道是张大召在暗中观察自己?他又为什么不揭发他?一连串的疑问浮现在了他的脑海里。

这以后,他暗中开始审视张大召这个人。张大召却像没事人儿一样,该干什么还干什么,一如既往。只是有一次不经意地对他说:老同学,你放心。那件事儿你知我知。我内弟帮忙找了一个杀人犯,替那位K先生做了回替死鬼。

说完,张大召在他面前再也没有提过那件事。

张大召越是这样,他心里面越疑窦丛生。

5

一九四九年九月六日杨虎城将军在中美合作所的戴公祠被秘密杀害,这条消息是吕督军告诉苏北的。

这些日子吕督军频繁地出入苏北的办

公室。每次来依旧骂政府无能，腐败的政府在他眼里已经是一个扶不起的阿斗了。

吕督军骂完政府，又会把话锋转移到世态炎凉上来。作为一个名义上的督军，他早已成为重庆站的闲人、外人。朱先海从来不给他面子，那些昔日的下级，每次见到他点点头，算是客气的。他整日里端着茶壶，有许多牢骚要发，又没有一个发泄的对象。只有苏北的办公室他可以随便出入。

当天苏北就把这一份秘密情报传送了出去，又过了三天，新华社做了播报，许多外国的媒体也纷纷做了转发。这一条消息，在国民党内部也引起了震动，舆论的压力让他们慌乱了一阵，不久又被兵败如山倒的更大的新闻所掩盖了。面对一个即将倒台的政府，还有什么信誉可言？连自己的命运都不知即将飘向何处的一群人，又有谁会为了一个已经被软禁了十几年的将军的生死发过多感慨呢？但明眼人通过杨虎城被害的消息，感觉国民党据守西南一隅也只是拖延时间罢了。

几天后，朱先海和苏北被通知到重庆行辕开会。参加会议的都是军方驻重庆的代表，有重庆警备区的人，也有国防部二处的人，在会议上他得到了一个更加惊人的消息：关押在白公馆和渣滓洞的这些政治犯，都要秘密进行处决。具体时间还没有定下来，但在风雨飘摇的形势下，随时都有可能被处决。

苏北把这一条重要消息又一次传达了出去。

很快苏北接到了上级的指示，让他配合渣滓洞的同志们尽早越狱。无论是白公馆还是渣滓洞，都关押了许多共产党人，有的已经在这两所监狱里生活了很长时间，他们做过许多抗争。有另外一条秘密战线上的同志，一直在试图帮助他们越狱，其中最切实可行的办法，是以挖地道的方式越狱，这成了当时唯一可行的一条捷径。

苏北事后才知道，渣滓洞的同志们，最后决定越狱，和他传送的情报密不可分。在一个秋天的雨夜，渣滓洞的同志们终于下定决心开始越狱了，在一位被劝降的连长的配合下，他们冲破了封锁，逃进了歌乐山。

那天夜里，苏北是被一阵急促的电话铃声惊醒的。给他打电话的人是朱先海，朱先海似乎也还没有完全醒来，有气无力地说：渣滓洞那些政治犯已经越狱了，让咱们派一些人过去支援。你就带着执行队的人过去应付一下。

苏北故意拖延着时间，当他把执行队的人集合起来时，已经是午夜之后了。他们开着车驶向了歌乐山，到达山脚下时，渣滓洞的墙体早已被大雨冲垮，一些看守像没头苍蝇似的在雨中跑来跑去，警备区的人也出动了，一卡车又一卡车的士兵被运送到了歌乐山的脚下。

苏北指挥着执行队，拖拖拉拉地向歌乐山深处走去。雨还在下着。他想着不知越狱的同志们跑向了何处，他尽量让队伍放慢脚步，留出更多的时间让同志们跑得更远。

黎明时分，歌乐山的深处，不知从何处响起了一阵枪声，很快，跑在前面的队伍就四散着向回跑来，他们带来的消息是，前面有共军游击队的埋伏。所有搜山的队伍都停了下来。

张大召这时凑到了苏北的身边，声音平淡地说：苏副站长，该来也来了，这山也算进了，是不是该撤了？

苏北就下达了撤退的命令。

所有搜山的人都在演戏，他们一撤，其他队伍也跟着相继撤离了。他庆幸那些逃出去的同志们，一定能在游击队的接应下转移到安全地带。

整个重庆站，已经没有了一丝活力。一天中午，一楼的办公室里突然传来了一声枪响。当人们拥向一楼响枪的那间办公室，才发现是办公室陈副主任自杀了。

陈副主任的妻儿老小也在南京，南京失守之后，他是去朝天门码头最勤最多的一位，当许多人都绝望时，只有他每天还会到朝天门码头去守候。从早晨第一班客船抵达开始，守护到深夜最后一班航船离开。许多人都劝他，让他放弃无谓的守候。南京通往重庆的船只早就没有了，可他每天像上班打卡一样准时出现在朝天门码头，逢人便说：也许他们逃到了别处，会坐上其他航船找来的。看着他拖着疲惫的身影在深夜回来，有许多和他相同经历的人，都流下了眼泪。陈副主任没有等来他的亲人，在这一天的中午就用自己的枪结束了生命。

人们面对着倒在血泊中陈副主任的尸体，既无眼泪，也无言语。他们的命运，也不会比陈副主任好到哪里去。只有吕督军走过来，蹲在陈副主任的尸体旁，用手把陈副主任那双没有合上的眼睛抚平。然后站起身，抬起头，望着天棚说：我吕天赋操他娘。这是什么世道，什么政府，把一支好好的军队，这么多无辜的人民，害得这么惨。它不败，天理难容。人在做，天在看。老天爷呀，你睁开眼吧，该死的早点儿死，别再祸害这些没权没势的无辜的大众了。

更可怕的事情发生了，执行队的一个班长带着两个队员，在外出执行任务时彻夜未归，一连等了三天，仍不见这三个人归来。人们嘴上不说，都知道这三个人已经逃走了。对这些人来说，逃走也许是最好的出路。

整个重庆仿佛到了世界的末日，有点本事的人都想尽各种办法逃离重庆。一栋又一栋的房屋空了，满大街都是散落的家具、锅碗瓢盆儿。

某天的深夜，有人放起了鞭炮，鞭炮声一阵响过一阵。最初不明真相的人以为解放军攻进了城里，人们在惊恐中醒过来，拥上了街头，更多人加入了放鞭炮的行列。有的人把那些散落在街角的家具聚拢在一起，用火点燃。不久，每个街道，都有这样的火焰升了起来。黎民百姓围着火堆似乎看到了某种希望，他们叫喊着，在大街上奔跑，希望重庆也早日改天换地。人心所向，旧秩序坍塌了。

6

一九四九年七月，中共中央军委就制定了进军大西南的战略，第一和第二野战军开始从湘西、鄂西入川。十月，第二野战军便解放了贵阳、遵义等地，切断了国民党的退路，十一月中旬，便对重庆形成了包围，是真正意义上的兵临城下。进入到十一月，重庆城被解放是指日可待了。

十一月中旬的一天晚饭后，朱先海和吕督军，把所有重庆站的人都集合了起来，宣读一份来电，电报命令他们：即日起开始向成都撤退。重庆站一下子乱成了一锅粥。

有人撤退就有人留守，朱先海拟定了一份留守人员名单，执行队的大部分人还有办公室一部分人，都在名单上。所谓留守人员，就是潜伏下来的特务。国民党不甘心这么失败，留下这些潜伏人员，除了平时收集情报外，还期待他们在反攻之日做好内线接应。

苏北看到这份名单之后，快速把潜伏人员名字记了下来。这些人平时都熟，记住这些人的名字并不是一件困难的事情，可是如何把情报传递出去，却成了当务之急，也是他面临的最大的困难。重庆站接到撤退命令之后，便里不出外不进了，大门紧闭，院子里有外勤的人员警戒，没有朱先海的命令，任何人都不能擅自离开重庆站。

这天晚上，张大召又一次找到了苏北。张大召这次见苏北跟往常有所不同，他的情绪似乎已经低落到了极点，他已经知道了自己将被留下执行潜伏的任务。苏北明白张大召的心思，张大召的老婆已经怀孕了，前些日子张大召就说过，希望自己的孩子能够平安地降生。他老婆是重庆本地人，岳父、岳母还有一些亲戚自然也在重庆。他本意不想离开，当初在这里结婚时，就想过一份安稳的日子。他计划好要在重庆解放前夕溜掉，却又接到让他潜伏的命令，自然心情不顺畅。低头不语的张大召突然抬起眼睛说：我是不会执行什么潜伏任务的，这么些人都没能把重庆守住，就凭我们留下的这几个人又能掀起什么大浪？整个西南地区都被解放军占领了，我们已经没路可去了。

苏北假意安慰他道：吕督军和朱站长不是说了吗，国军迟早有一天还是会反攻回来的，上级让你们潜伏是希望你们立功。

张大召的头摇得跟拨浪鼓似的，悠悠地叹了一口气，又一次抬起头来，认真地冲苏北说：你说我这样的，要是日后解放军进城，会不会枪毙我？

这回轮到苏北吃惊了，他一时不知用什么话语去安抚。

张大召就凄然一笑说：我以前干的是总务，没抓过一个共产党，更没有给共产党上过刑。我当执行队队长之后，心思压根儿就没有在抓共产党身上，我这个人你知道，就是爱贪点儿小便宜，一心想着过日子，我也是个穷苦出身的人，我对共产党没仇。

苏北略作沉吟说：共产党不是一直宣传优待俘虏的政策吗？不论是俘虏还是投诚的人，他们都会宽大处理的。像你这样的，要是留在重庆不走，不一定会把你怎么样。

张大召就急切地说：副站长我相信你的话。说到这里欲言又止，站起来似乎想离开，最后又坐下来，再一次把目光盯紧苏北：副站长，我想跟你说一句实话。

苏北意识到张大召一定有重要的话要说，因为之前他从来没有用这种语气和自己说过话，他坐到了张大召的面前，也认真盯着张大召。张大召似乎下了某种决心，深吸口气道：副站长，你不是苏南。

苏北听了这话，浑身的神经绷紧了。

张大召说：我和苏南同学两年，我们俩在一个宿舍，一个上铺，一个下铺。我们经常一起去澡堂子里洗澡，他给我搓过背，我也给他搓背。苏南的左耳朵后面有一块痣。你刚来这里时我就发现不对了。

此时的苏北真想站起来去拿抽屉里的那把枪。

张大召又慢悠悠地说：都到了这种时候了，你不用紧张。如果我没有猜错，你就是共产党。我今天就想问一问，你到底是苏南的什么人？你们为什么长得这么像？

苏北没有回答张大召，两年前来重庆时，他和张大召第一次见面的情景又浮现在了眼前，那会儿的张大召对他热情有加，一口一个老同学、副站长地叫着，完全没有表现出一丝不对。

张大召又说：苏副站长，你不用戒备我，你还记得你来之后，上面查过潜伏的共产党的事儿吧，我要是想立功，那会儿我就可以检举揭发你。可我没有。当时我想，你不论是什么人，只要你认我这个老同学，一定对我有好处。后来我如愿成为执行队队长，在这个职位上我该得到的好处，我已经得到了。这都是你给我的。我干吗要去伤害你？我跟你说过，我就是想过好我自己的日子，老婆孩子热炕头儿，我不管什么国民党还是共产党，只要能让我安心过好日子，我给谁服务都行。我没有信仰，只相信日子。前一段营救那个K先生，我更加坚信你就是共产党。对了，刚一到站里，吕站长就给我布置了一项秘密任务，就是监视你。为了完成任务，我也这么做了。你每次去南山寺接头我都知道。在进门右手边第三个香炉底下，就是你和共产党联络的地方。

苏北一激灵，自己的直觉没有错，看来，张大召一直在暗中观察自己。

张大召一口气儿说完，站起身冲苏北拱了拱手：如果以后咱们还能够相见，你能高抬贵手，我就感激不尽了。上次营救K先生算不算立了功？

张大召把话说到这个分儿上，苏北也不想隐瞒什么了，冲张大召肯定地点了点头。他突然想起了自己手里的这份潜伏名单，看来自己暂时无法脱身，只能委托张大召了。想到这儿他就说：你愿意再为我做一件事儿吗？这也是你以后将功补过的机会。

他见张大召肯定地点了点头，便把那份潜伏人员的名单递到了他手上：地点你知道，还是那个香炉底下。

张大召接过苏北递过来的那张纸条，想也没想，肯定地点点头，舒了一口气才说：副站长，我不会潜伏的，我一定把你交给我的任务完成。说完头也不回地走了。

第二天傍晚时分，重庆站又一次集合了。这次集合起来的队伍少了一大半人，苏北在队伍中没有看到张大召，也没有看到那些名单上的潜伏人员，看来这些人已经提前去执行任务了。想到张大召把那份潜伏名单放到香炉底下的情景，微笑就挂在了脸上。

他已经接到了上级让他找合适的机会撤退的命令。

苏北之所以没有提前消失，是因为隐约觉得自己的任务还没有完成，重庆站这些人撤离到成都，他们的任务又是什么？他还想让自己更加深入一步。

昨天晚上张大召走了之后，他几乎一夜没睡，一直琢磨着张大召的话。自己到了重庆之后，表面上有惊无险，其实危机四伏，百密一疏。他当然知道哥哥的耳垂后有一块黑痣，是娘胎里带的。他和王特派员在船上，只想着尽快进入苏南的角色，脑子里曾经闪过哥哥耳朵后面那块黑痣。黑痣长在苏南的耳垂后面，不是过于亲密的人，是不容易察觉到的。他想把这一情况报告给王特派员，但一路上太紧张了，王特派有太多的注意事项需要向他交代。渐渐地，他就忽视了这样一个要命的细节。

重庆站的车队出发时，他被安排和吕督军一家坐了同一辆车。他坐在副驾驶的位子上，吕督军带着老婆孩子坐在后面。车辆驶离重庆站时，吕夫人一直在嘟嘟囔囔，说早知道现在这个模样还不如不来了。孩子在颠簸中，不停地大呼小叫。吕督军不停地呵斥着自己的妻儿，让他们闭嘴，然后自己把头扭向窗外，望着重庆一点一点地向后退去。苏北在后视镜里，看到吕督军的脸上流下两行泪。

天黑的时候，车队已行驶到了重庆的郊外。吕督军就在车后感叹道：我随国民党东征西杀、南来北往了半辈子，本想着后半辈子能过安稳的日子，想不到混成了这样。我要不是手上沾着共产党的血，我也留在重庆不走了。

苏北一直不好搭话，他盘算着重庆站的人到了成都之后，又该执行什么样的任务，自己收集来的情报又如何传递。

吕督军就像一个碎嘴的老人继续说着：该，真是活该呀！如今走到这一步，脚上的泡都是自己走的。腐败的政府必定领导一盘散沙的队伍，不败才怪呢。苏副站长，你想一想咱们的队伍里，凡是有点儿实权的人，哪一个不该拉出去枪毙。这样的队伍打胜仗，简直就是笑话。

车行驶了一路，吕督军就嘟嘟囔囔了一路。他抱怨国民政府，埋怨身边的每一个人。

夜晚，车队行驶到了山区，车队在盘山公路上盘旋着，公路上扔下了不少盆盆罐罐，顺着灯光望过去，还有一些枪支和弹药散落在路边。吕督军一家，昏昏沉沉地在车的后座上打着瞌睡。

路的两侧和山上同时响起了枪声。苏北看着行驶在前面的几辆车，有两辆一头扎下盘山公路，剩下的车辆停在了路上。车灯的光影里，人们纷纷跳下了车。

苏北也跳下来了，翻滚了几下，躲到树边的一块石头后面。他第一时间意识到，这是游击队打的伏击。吕督军吆喝着连哭带叫的老婆和孩子，从车上滚下来，没头苍蝇似的乱转一气。

重庆站的人似乎还没有组织起来抵抗，就被四面八方冲过来的人包围了。有两辆车冲出了包围圈儿，一阵又一阵的枪声之后，一切又归于平静。

## 第 九 章

0

病床上的梦瑶已到了弥留之际。她已经昏迷几天几夜了，孩子们走了又来了，来了又走了。苏北一直守在病床前，他望着眼前守护了自己半辈子的妻子，心里五味杂陈。妻子就要离他而去了，他们将在这个世界里永远地分别，如果有来生，他们还能够再见吗？他浑浊的眼睛，无数次地端详着躺在病床上的妻子，往事历历在目，可惜他们再也回不到往昔的岁月中去了。生命留给了历史，留给了生活。

那天清晨，妻子突然睁开了眼睛，头脑清醒，把目光盯在他的脸上，说出了一句苏北都惊讶的话：你是苏北，不是苏南。自从苏北把自己的名字改成了苏南，她就没有再喊过苏北这个名字，似乎苏北压根就没在她生活里存在过，她一直跟苏南生活在一起。此时的梦瑶把自己的一个手指竖在嘴边,悄声对他说:遵守组织的纪律,严守党的机密。她说出这番话的时候像个孩子。苏北不知道她是清醒还是糊涂,不知如何是好。

她向他示意了一下,他向她俯过去,她用只有他一个人能听到的声音说:党的机密我没有泄露一个字,我会把这些机密带到另外一个世界去。说到这儿,她用目光紧紧地盯着他。他握住她的手,突然心里就有了莫名的感动。他们这一辈子一直在坚守着自己的秘密,想到此,眼泪在他眼眶里打转,他认真地冲她点了点头。她得到他这样的回应,似乎很满意,咧开嘴,最后微笑了一次,便闭上了眼睛。

老伴儿的葬礼超乎寻常地简单,这也是她生前的遗愿。

安全厅、民政局,还有街道居委会,都有代表来参加了,剩下的都是街坊邻居。组织为她送上了一副挽联:毕生惊险图鸿志,一世机密伴平凡。

为她送行的人们,默默地站立在她的遗体边,和这位慈祥的老人告别。她的脸上一如既往的安详,所有的风霜雪雨,惊险坎坷,都写在了她的皱纹里。她和所有过世的老人一样,完成告别程序,随着一缕青烟,一生被便凝固在一个小小的木头盒子里。

朝夕相处大半辈子的另一半儿离开了,苏北的生活就像失去了左膀右臂。在儿女们的陪伴下回到了家里,他觉得整个世界都空了。早在几年前,儿女们就纷纷提出让他们跟自己生活在一起,两人都没有答应,觉得自己有手有脚的,不论和哪家在一起总觉得别扭。他们拒绝了儿女的好意。以前一直是苏北的身体不太好,疙疙瘩瘩的总不顺畅,梦瑶却一直没有过大病,连头疼脑热也很少有。谁知道病病歪歪的苏北没有倒下,身体一向健康的梦瑶却突然倒下了,住进了医院,再也没有回来。

母亲病故后,怀南和忆北又一次提出让父亲跟自己一起生活。苏北望着眼前这对儿女,他们也早已不再年轻了,苏北甚至在怀南的鬓边发现了白发。儿女们是真诚的,也是孝顺的。但空荡荡的房间,熟悉的一切还在,包括梦瑶的衣服仍整整齐齐叠在衣柜里,她洗后挂在阳台上的一件内衣还没来得及收起。屋子空了,她却依旧还在,依然守在他的身边。他再一次拒绝了儿女们的好意。

儿女们自然对父亲的生活不放心,提出请一个保姆来陪伴父亲,依然被父亲拒绝。后来他们退而求其次,决定请小时工,每天在固定时间里为父亲打扫房间,并买菜做饭。怀南和忆北在做这一决定时甚至没有再和父亲商量。面对着儿女们的好意,他只能接受了。接下来的日子里,怀南和忆北总是更加频繁地过来看他,不断地为他添置东西,他又只能默默地接受。

更多的时间里,他一个人守着孤寂,每天早晨醒来,总是会喊一声:差不多了,该起床了。没有人回答他,他望着空下来的半边床,突然意识到老伴儿已经不在了。他躺在另外半边床上,沉默片刻,才孤独地翻身起床。

吃过早饭,沏上两杯茶。以前这是他的任务,每次都要沏上两杯,餐桌的对面,那只茶杯冒着热气,却再也没有人喝了。望着袅袅升腾起来的热气,他仿佛看到老伴就坐在那把椅子上,样貌依旧端庄沉静。

他们结合在一起之后,他对老伴儿的了解也与日俱增。原来她是个胆子很小的女人,平时杀只鸡都害怕。每次他杀鸡,

127

她都要把厨房的门关好，躲到远远的地方，还把自己的眼睛蒙上、耳朵塞上。平时他没见过老伴发过脾气，总是沉沉静静的，一如她美好的身姿和容颜。他就经常想：这么一个文弱的女子，当年是如何搞地下工作的？

建国十周年，王特派员和政府部门一些人，专程到家里看望过他们，还给他们每人送上了一张光荣书。王特派员解放前是他们的直接领导，自然对他们了如指掌。王特派员就向那些陪同的政府工作人员介绍老伴，说是中央有一位领导，曾经介绍过梦瑶的地下工作成就，她的情报，抵得上一个师一个军的战斗力。她是我们新中国的功臣。

王特派员这么介绍，梦瑶就像没听见一样，仿佛王特派员嘴里说的是别人，她仍那么文静地笑着。许多政府工作人员，在一旁说着赞赏的话。从那以后，每逢重大节日，王特派员总会来。他们相约在一起，找一处僻静的地方，喝杯茶或者简单吃顿饭，就像当年他们在接头。但没有外人时，王特派员总会说几句当年的事，因为梦瑶和苏北两个人那会儿还分别在南京和重庆，王特派员不论说什么，对他们来说都是新鲜的往事。

记得忆北上初中时，写了一篇作文，题目是《我的爸爸和妈妈》，他在作文中写道：我的爸爸妈妈在解放前是地下工作者，以前他们一直瞒着我们。直到有一天，一位姓王的叔叔来到我们的家，我无意中听到了他们谈话，才知道父母的真实身份……这篇作文写完后，苏北只看了几眼，当时脸都绿了，抢过儿子的作文本，几下把写满作文的几页纸撕了，鼻子不是鼻子，脸不是脸地说：谁告诉你的，你听到的都不是真的，以后不许这么写。

当时忆北又怕又委屈，在一旁抹开了眼泪。

梦瑶这时把儿子拉到了一旁，开导道：爸爸妈妈就是普通的工人，妈妈在纺织厂上班，你要写就写这些。工人多光荣呀。

忆北在两个人的劝说下，抽抽答答地又重新开始写作文了。从那以后，儿子再也没有触碰过他们最敏感的话题。

老伴儿走后，苏北感受到了前所未有的孤独，排遣孤独最好的去处就是墓地，那里有很多他的熟人。他到烈士陵园看哥哥，哥哥的墓地他不知道来过多少次了。记得哥哥第一次迁到烈士陵园时，墓碑是崭新的。这么多年过去了，碑文已经模糊了，水泥浇筑的墓也开裂了，裂缝里还长出了蒿草。以前来这里，他总是和老伴儿一起。见到有蒿草长出来，两人就齐心协力地把草拔掉，然后坐在哥哥的墓前，望着哥哥的墓，他总会轻声地说：哥，我和梦瑶来看你来了。然后是无言的沉默，仿佛三个人坐在一起，早已稔熟，不需要更多语言交流了。日光就悄悄在他们身边流逝着，不知过了多久，他起身把老伴儿拉起来，顺手拍一拍老伴儿身上沾着的泥土，说一声：我们该走了。扭过头再看一眼哥哥，两个人相扶相携着走了。

没有了老伴儿的相陪，只剩下他一个人了。他坐在哥哥的墓前，就是絮叨，断断续续。有一次他还问哥哥：哥，你在那边见到梦瑶了吧？你们要是还在一起，你要好好待她。她胆子小，身子单薄，你要多照顾她。说到这里，他已经说不下去了，泪纵横着从脸上流下来。

从烈士陵园里出来，倒上两趟车，就到了人民公墓。他每次来都轻车熟路地找到安放着老伴骨灰的那个格子，把骨灰盒拿出来，掏出早就准备好的软布，擦了一遍又一遍，最后还是放回原处。然后他就立在一旁盯着那枚小小的盒子，一如他们生前，两个人坐在家里客厅的沙发上对视。

他们这么沉默地望着，彼此的心是连在一起的，包括他们的呼吸。现在只能他来看她了。起初的日子里，他总是忍不住一次又一次来陪老伴儿，就这样望上一会儿。他担心她孤独，在这里没有人陪伴。

## 1

苏北是和游击队一起回到重庆的，十一月三十日，重庆一宣告解放，十二月三日就成立了军管会。

苏北在军管会里见到了久违的战友们，他的心情可想而知。朝思夜想的归队时刻终于要到来了。城市刚解放，有千头万绪的工作要做。苏北是做地下工作的，地下组织有地下组织的规则，比较复杂。军管会的人们只能让他耐心地等待。

重庆解放后，国民政府机构以及军队都被解放军接管了，重庆站自然也驻进了部队，苏北没有地方可去。还是军管会的人出面，在重庆站为苏北找了一间房子。重新回到重庆站的苏北，看到眼前的一切早已物是人非。

苏北在等待归队的时间里，看着自己曾经熟悉的部队，整装列队外出执行任务，又唱着歌儿回来，自己仿佛又回到了年少时。那些日子他激动得几乎夜夜睡不着，眼前都晃动着战友们的身影，换岗的口令声，隐约地传过来，听着战友们五湖四海的口音，仿佛真的回到了曾经熟悉的军营。

大约十几天之后，他接到了军管会的通知。在一间办公室里坐着穿着便装的几位同志。军管会的同志介绍，这几位就是重庆地下组织的负责人。当苏北把自己潜伏在重庆站的工作，陈述给这几位地下工作的战友时，他们也无法证明苏北的身份。

虽然一切都能严丝合缝地对上，但没有任何一位地下组织负责人能够说清楚苏北的来历。他是从南京代替苏南潜入到重庆的，他真正的知情人还是王特派员。

最后按照组织的程序，要进入甄别阶段。军管会的人答应他尽快联系到南京的王特派员。

有一天他突然想起了远在南京的梦瑶，自从南京解放前她给他打来了最后一个电话，半年的时间里，他们几乎处于隔绝的状态。他无数次地想过梦瑶的近况，他心里清楚，组织一定替她安排好了一切，但他仍然担心。既然军管会的人能够联系到南京的王特派员，就能够联系到梦瑶。一个想法在他脑子里冒了出来，他要给梦瑶写一封信，除了报平安，也希望得到梦瑶的消息。回到住处找来纸笔，提笔写信时他却犹豫，不是信本身的内容，而是称呼。他写下了"嫂子"，写完这两个字他就卡壳了。这时他才想起来，这两三年来，他们每次通电话或者是见面，几乎都是开门见山地说事情，这时苏北才意识到原来他们之间一直是没有称呼的。他犹豫了好半晌，终于划去"嫂子"二字，写下了"梦瑶同志"。他这才觉得一切都顺畅起来。在信里他对她充满了担心，也把自己目前的状态告诉了对方。写完信后，他来到了军管会，把这封信交给了军管会的同志，希望他们能把这封信转到南京，并请南京的同志帮忙寻人。

苏北离开军管会之后，无意间在一个

小胡同里看到了一个熟悉的身影,那个人似乎也看见了他。他喊了一声:张大召?果然就是张大召。张大召已经不是以前的打扮了,戴了一顶当地人的帽子,穿着便衣,脸上的胡子已经挺长了。张大召看见他,脸上掠过一丝惊喜,下意识地把他拉到一个角落里。苏北惊讶地说:你怎么还没走?

张大召说:老婆马上就要生产了,都到这个时候了,我还能往哪里走?

苏北就想起张大召很耐看的老婆,他只身来到重庆后,没少吃张大召老婆炒过的菜。他又问张大召:那你接下来想怎么样?张大召叹口气道:还能怎么样?隐姓埋名呗。说到这儿,他警惕地看着苏北:你不会把我交给共产党吧?你是知道的,我从来手里没有共产党的血账。又说:你给我的那张纸条,我已经放到香炉底下了。他看见苏北赞许地冲他点了点头,接着又说:像我这样的算不算有立功表现?

苏北又一次肯定地点头。苏北问:那些留在重庆潜伏的人呢?

张大召摇摇头说:那天你们撤离时,我们就提前离开了重庆站,我说过我不会潜伏的,我自己走。那些人去了哪里我就不知道了。

他突然想到还有一项重要的工作没有完成,就是抓捕那些潜伏的特务。

苏北望着张大召道:对待你们这些人,是有政策的,你现在要去自首,还来得及。

张大召就一副急于脱身的样子,冲苏北摇了摇手道:我该走了。说完向前走了几步,突然又停下来,转过身,望着苏北道:我万一要是被共产党抓到了,你能帮我说句公道话吗?

苏北从张大召的眼里看到期待,这次他冲张大召坚定地点了点头。直到这时,张大召似乎才长舒了一口气,拉长声音说了一句:谢谢你呀,副站长。说完头也不回,一溜烟儿地消失在了胡同里。

让苏北没有想到的是,进入到二十世纪八十年代,他突然间想起了这个张大召,然后就设法通过重庆的熟人寻找张大召的下落。这么多年他不是没有想过张大召这个人,只因当时的局势,找到张大召又能怎么样呢?大概是两个月之后吧,重庆的熟人终于给他带来了关于张大召的消息。

张大召在一九七〇年就已经死了,虽然他已经隐姓埋名,但还是被以前潜伏的人指认出来,被红卫兵揪了出去游街示众,然后以特务的罪名关了起来。最后他用一根绳子把自己吊死在关押的地点。

虽然张大召的命运和自己预料的差不多,但还是让他震惊不已。那段日子莫名其妙的,他总是想起张大召,想起张大召在重庆站的日子,以及他留在重庆后隐姓埋名的生活。他的家眷和孩子现在又怎么样了?一连串的问题总是萦绕在他的脑海里。

一九五〇年,苏北身份的甄别工作终于告一段落,不仅有王特派员的证明信,还有梦瑶对他身份的证明,以及当时他所在的华东军区的老部队寄来证明他身份的信函。

军管会的同志们对于他的工作安排提出两个选择:一是留在重庆当地,参加当地的建设。二是回到南京,因为他当年正是从南京出来来到重庆做潜伏工作的。

苏北第一次见到军管会的同志时,就曾提出过,希望自己回到部队工作。自从那天深夜他接到了党组织的命令,他便离开了队伍,甚至都没来得及和战友们告别。

老部队是他成长的摇篮,来到重庆的日日夜夜里,他无数次思念过那些战友。但组织给他的答复是:回原部队已经不可能了,原来的部队早就进行了改编,过去的番号都不在了,以他现在的身份也已经不适合部队的工作了。

梦瑶已经给他回信了,信件是军管会的人转交给他的。梦瑶在信里热情洋溢地告诉他,自己现在在南京,一切都很好,已经投身到新中国的建设中了。信的末尾留下了这样一句话:苏北同志,希望你的身份甄别早日结束,回到南京。

梦瑶这句话在他的心里犹如一颗炸雷,他读完梦瑶的信,感慨万分。这些年来,他一直扮演着她的丈夫。他们在电话里嘘寒问暖,彼此关心着对方的生活,任谁看来都是一对恩爱夫妻。

也许就是因为梦瑶这封信,他毫不犹豫地选择回南京工作。

在回南京前苏北又接到了一项新的任务,那就是鉴别他们抓到的潜伏特务。有了他传送的情报,重庆解放前这些潜伏人员很快就被抓到了。当他站在这些昔日的重庆站人员面前时,他们都大吃一惊,陌生地望着他们曾经的苏副站长。他们做梦也没有想到,他们的苏副站长竟然是名地下党。他们在苏北面前低下了头。

苏北看着这些曾经熟悉的人,在他送出去的名单上,除了张大召之外,所有的潜伏人员都被抓获了。这时他想起了一个细节,那份被送出去的潜伏人员名单上有张大召的名字,作为执行队队长被排在第一。他把名单交给张大召之后,才意识到了这一点。这些人都被抓捕归案了,唯有张大召没有。他这才想到一定是张大召把自己的名字从那份名单里删除了。不知是为了已经完成的任务,还是为了没有归案的张大召,他站在这些人的面前长长地嘘了一口气。

2

回到南京的那一天,他下意识地来到了梦瑶的住所。

再一次踏上南京这片土地,他才意识到,这里根本没有属于自己的家。在重庆潜伏时,他曾以梦瑶丈夫身份来过一次,也许就是因为和梦瑶有着千丝万缕的联系,自己的潜意识,才把南京当成了自己的家。以前也没有属于自己的家,他的家就是部队,随部队南征北战,天当房地当床,那些战友们就是家庭成员,习惯了戎马生涯的苏北,突然发现原来自己是无家可归的人。

正在犹豫之间,突然看到梦瑶牵着孩子的手站在不远处正望着他,还是怀南先认出他来,挣脱母亲的手,像一只小燕子一样向他飞来,边跑边喊着:爸爸回来啦,爸爸回来啦!

哥哥牺牲那一年,怀南还小,梦瑶在那样的情况下压根儿就不可能向孩子说出实情,后来他冒充了哥哥的身份,成了怀南的爸爸。记得第一次两个人相见,还在重庆,当时梦瑶就是抱着怀南,一遍又一遍地催促道:叫爸爸。

在怀南的心里,他仍然是那个爸爸。

看着怀南三步并两步飞扑过来,他只能俯下身子让孩子扑在自己的怀里。

梦瑶慢慢走了过来,看着他的脸,亲切地说:回来啦?

他冲梦瑶点点头,觉得自己有千言万语要向她诉说,又不知道从何说起。梦瑶自然地帮他提上行李，说了一句：回家吧。就是这样简简单单的一句话，他眼眶一下子热了起来，差点儿当着她的面儿流出眼泪。

当他走进曾经熟悉的家时，一下子变得局促和陌生起来，似乎手脚都没有地方放了。记得他第一次从重庆回来，第一次迈进这个家门时，都没有这么局促。梦瑶把他的行李放在客厅的一角，便张罗着做饭。他陪着怀南疯玩儿了一会儿，怀南用两只手搂着他的脖子，一遍又一遍地说：爸爸，我天天想你，每天做梦都会梦到你。爸爸，你怎么才回来呀？怀南似乎怕父亲再次消失一样，把整个身体都缠在了他的身上。直到梦瑶喊他们吃饭，两个人才分开。吃饭时怀南还仰起脸来冲他说：爸爸，这回回来你就不走了吧？他听着怀南这一问，下意识地抬头，和梦瑶的目光碰在了一起，两个人又都下意识地移开目光。

吃完饭，他和梦瑶两个人又简单聊了一下近况，天渐渐就黑了。他知道自己该走了，便起身告辞，重新拿起放在客厅角落里的行李。这时怀南发现了，从卧室里冲出来，抱着他的大腿，哇的一声大哭起来，边哭边喊：我不让爸爸走！爸爸一走又好久好久见不到了。

孩子这一哭，他眼圈红了，又想起了哥哥。如果哥哥没有牺牲，这该是多么温馨团圆的场面呢。

梦瑶就过来劝慰怀南，哄劝着孩子说道：爸爸不走，过两天就回来。说着强行把怀南拉到一边。

他终于狠心地拉开门，头也不回地朝楼道走去。这时他听见梦瑶在身后喊：这么晚了你要去哪儿啊？他早就想好了，他要去部队的留守处借宿一晚。来时的路上，他看到有许多院子，门前挂着留守处的字样，有士兵在门口站岗。他知道部队又执行任务去了，留下少量人员作为留守。他没有回答，听着怀南在后面的哭喊声，他的眼泪终于忍不住流了下来。

第二天他就来到了政府办公室，从重庆出发时，他身上带着重庆军管会开具的证明。政府办公室的人确认了他的身份，但关于他的工作只能让他再等一等。他理解，刚刚解放，有千头万绪的工作。在等待的这段时间，他只能继续留在部队的留守处借宿。

有一天晚上，他在部队留守处散步，突然看见了一个熟悉的身影。那个人和几个留守处的人有说有笑地走来。他立住脚痴痴地望着那个熟悉的身影，那人见有人留意自己，便也停下了脚步，四目相对，两个人几乎同时认出了对方。他喊了一声赵营长，那人喊了一声苏队长，两人就紧紧地抱住了对方。

坐下聊天时他才知道，当年在部队时的赵营长，现在已经是师长了，正在南京陆军学院学习，这天到留守处来看望战友，恰巧碰到了他。几年的分别让两位战友在一起有说不完的话，他们聊着这几年各自的成长经历，当聊到自己去重庆执行任务时，他把具体内容省略了。当年的赵营长当然知道，他一定是执行秘密任务去了，便用拳头捣着他的胸说：那天晚上咱们分别，都没来得及和你道别。我就知道你小子一定是执行重大任务去了。赵营长就说起一个又一个他熟悉的战友，有的离开了老部队合并到了其他队伍，更多的战友已经牺牲了。短短几年时间，战争让一切变成了沧海桑田。那天晚上两个人都喝多了，赵营长就搂过他的头，一遍又一遍地说：

你小子要是不离开部队，现在最起码也是个团长了。两人哭哭笑笑地说了一晚上。

酒醒之后他还记着赵营长说过的话，想起那些牺牲的战友，悲从中来。几年的地下工作，让他能更冷静地看待社会的历史性变化。革命的成功不是某一个人的贡献，历史就像一部机器，他们每个人都是机器上的一颗螺丝钉，只有同心协力，尽力减少出现差错，才能让这部机器正常地运转起来。

一天，王特派员突然出现在他的面前，通知他到自己的办公室去工作。当时的王特派员正负责甄别安排当年的地下工作者，任务很繁重，每个熟悉和不熟悉的同志都需要重新建立档案，分别推荐给上级机关，再由上级机关给这些同志重新安排工作。

有了新的工作，他终于踏实下来。

在这期间他又抽空去看了梦瑶和怀南两次，梦瑶是最早被安排工作的那一批地下党员。她在纺织厂上班。王特派员曾经建议她留在市政机关工作，因为她毕竟有这方面的工作经验，却被梦瑶婉拒了。纺织厂大多是女工，刚刚解放，全国范围内还有许多零散的战役。各类工厂正是吃紧的时候，各级政府也加班加点地组织人力恢复着工厂的正常运行。纺织厂正是用人之际，前方的将士们需要军服。梦瑶便毫不犹豫地选择了去纺织厂工作。

他发现梦瑶的性格比以前开朗了，脸颊红润，双眼有神，经常不自觉地发出爽朗的笑声。每一次和苏北告别，怀南都会大哭上一阵，哭着喊着要爸爸。每到这时他心里都不是个滋味。再看梦瑶，她的眼里也有了眼泪。他只能一遍又一遍地安慰着怀南，答应孩子过两天就来看她。

每次和娘俩告别，梦瑶都会把他送到楼门外，千叮咛万嘱咐：天冷了记得添衣服；换下来的衣服就不要洗了，拿过来我帮你洗；什么时候再来家里呀，我做好吃的给你……他一边低着头一边应着，用含混的声音说：快回去吧，孩子又该闹了。她就立住脚目送着他一点一点地消失在远处。走了很远，他回过头来，看到她还立在原处。他心里有一个软软的东西就动了动。

3

苏南的烈士证书终于送到了梦瑶的手中。

苏南认定为烈士的过程比较长，因为地下工作的特殊性和隐蔽性，甄别和确认身份需要很长的时间。

苏北现在帮王特派员做的工作就是这个。任务繁杂，事无巨细。南京解放之后，作为负责南京地下组织的领导之一，王特派员的工作很繁重。有许多地下组织的人员需要重新鉴定。王特派员首先把苏南的烈士证交给了苏北，并征求苏北意见，是苏北负责转交给梦瑶，还是由组织出面？苏北说：就由我转交吧。王特派员望着苏北意味深长地点点头。

苏北拿着哥哥的烈士证书，心情又沉重又复杂，哥哥已经牺牲多年了，但这些年来自己替代了哥哥的身份，哥哥就像自己的影子一样，从来没有离开过他。如今他手捧着哥哥的烈士证，觉得哥哥正在一点一点地远离他而去。他的身体似乎被抽空了，有一种无着无落的感觉。

苏北是在一天的傍晚出现在梦瑶的家里的，烈士证书被他用一张牛皮纸包裹着，路上，他特意为怀南买了件玩具。梦瑶从他脸上看到了少有的凝重，便打发怀南到屋里写作业去了。客厅里剩下两个人时，苏北才把手里的纸包打开，把烈士证书递过去。梦瑶看到证书，手被烫了似的，又缩了回去。片刻之后，她的眼睛里就涌出了两行泪水。她还是小心翼翼地伸出手，把证书接过来，不认识字似的，看了一遍又一遍，最后把证书捂在胸前。

苏北明白，梦瑶的悲伤，用什么样的语言安慰都是苍白的。自己又何尝不是呢？苏南是他的亲哥哥，两个人少小离家，再次相聚时，却天人永隔。他眼睛潮湿地冲她说：那我就先走了。

他走到楼下，回过头看着梦瑶的房间，知道她此时正在经历着又一次的生离死别。在梦瑶与哥哥的关系中，他仍是个外人。过了一阵子，他觉得自己应该去看看她，想知道她这些天是怎么过来的，哪怕什么也不说，站在她面前陪一陪也好。有几次他都走上通往梦瑶家的那条路了，走了一半他又折返回来。

不知又过了几天，一天傍晚，梦瑶却找到了他的住处。他正看材料——白天没有干完的审核工作。梦瑶突然出现在了他的面前，梦瑶犹犹豫豫地说：应该要回一趟老家了。

苏北直到这时才发现，自己已经很久没有回老家了。上一次回老家还是在部队时，在重庆工作的这段日子，因为自己的身份，不仅不能回老家，连给老家通一封信都做不到。

老家似乎被他遗忘了。梦瑶这么一说，他突然对老家有了强烈的思念，他还记得最后一次离开老家时，他走出山脚下的那个小村子，父母在他后面相跟着。他走了很远，回过头看到父母的身影，仍还在村口。父亲还扬起了那只枯树枝一样的手，冲他挥舞着。

苏南牺牲在特殊时期，自然不能告诉老家的父母。如今哥哥的烈士证书已经下来了，是该回一次老家了，这是对父母，也是对哥哥的一个交代。

梦瑶牵着怀南的手，他走在娘俩的身后，出现在熟悉的两间草屋前。父亲正坐在门口晒太阳，和几年前相比明显老了，在太阳光中昏昏欲睡。他们一直走到近前，父亲才费力地睁开浑浊的眼睛，把散乱的目光定格在他们的身上。苏北听着母亲在房间内的咳嗽声，他哽咽着声音叫了一声：爸。

父亲的身体抖动了一下，然后努力把目光又重新聚焦在他们的身上，又是半晌，父亲扶着墙颤颤抖抖地站了起来，试探地叫了一声：是苏南一家呀，你们回来了？

母亲听到动静也从屋里走了出来，看到他们惊讶地叫了一声：是苏南梦瑶呀。

他走到父母的面前，把身子背过去，露出了左耳，让父母辨认。父母睁大了眼睛。

当梦瑶把苏南的烈士证书恭恭敬敬地摆在父母的面前时，两个老人更是手足无措了，他们把目光聚在烈士证书上，又抬起来重新投在他们的身上。过了很久，母亲突然跌坐在地上，冲着天空喊了一声：南南，我已经梦到你啦，你以前给妈托过梦。妈跟你说话你都不理我。

父母没有更多的悲伤，他和哥哥离开家太久了，经历过这些年战乱，他们甚至都没能给父母寄来只言片语。在他们的心里，两个儿子怕是早已经凶多吉少了。出乎意料的是，苏北回来了，还有他们的儿媳、孙女儿，这已经足够让他们感念了。

团聚永远是短暂的，终于到了别离的时候。这几天苏北一次一次地说：爸妈，等我在城里安定下来，就接你们去南京。他每次这么说时，父母不摇头也不点头。

在村口，他们立住了脚准备和父母告别，母亲颤颤地过来，拉了梦瑶的手，弯下身子，半抱着怀南，哽着声音说：孙呀，你们啥时候还回来呀？

梦瑶在离别的时候，眼泪终于绷不住了，她背过身去擦眼泪。

苏北走过去，大包大揽地说：爸妈，以后我们年年回来看你们。

在以后的日子里，苏北和梦瑶多次回家探望两位老人，他们真心实意地想把两位老人接到城里住，可他们说什么也不同意。

父母唯一一次进城，就是到烈士陵园去看苏南。父母见到苏南的墓，竟出奇地平静。母亲走到苏南的墓碑前，紧紧地把石碑抱在怀里，顺势坐在地上。在苏北眼里，母亲抱着的不是墓碑，而是活着的苏南。

父亲在儿子的墓地前，这里看一看那里摸一摸，一遍一遍地念叨着：好地方，这可是风水宝地。父亲仰起头，望着太阳把眼睛眯起来。

母亲抱着墓碑喃喃地说：南儿啊，这辈子见不上就不见了，咱们还有下辈子，下辈子妈妈再也不会让你离开我了。

这是父母这辈子唯一一次进城。

## 4

苏北和梦瑶从老家回来不久，正赶上中秋节，王特派员对苏北说：晚上叫上梦瑶一起到我家里吃饭吧。

那天晚上吃完饭，王特派员并没有急着离开饭桌，而是在他们的脸上看来看去，然后突然间说了一句：你们该结婚了。

两个人静静地望着王特派员，似乎又回到了过去，王特派员正在给他们下达一项新的任务。这么多年来他们已经习惯了服从组织安排的一切，每次有任务，都会愉快地接受并认真地执行。这次自然也不会例外。

他们互相对视一眼，目光又回到王特派员的脸上。王特派员低下头，小声地说：这样安排，苏南也会满意的。

一个平平常常的周末，在王特派员的主持下，他们举行了一个简单的婚礼。

他们后半生的故事，就从这里开始啦。

[特约编辑：余静如]

# 另类的谍战叙事
## ——兼及《一世机密》的价值、情感与信仰世界

徐 刚

石钟山的长篇小说《一世机密》有一个极为独特的开场：小说人物刚刚准备就绪，主体情节尚未明确展开，主人公苏南便意外牺牲了。正所谓"出师未捷身先死，长使英雄泪满襟"，这一令人错愕不已的情节安排，显然打破了我们对于谍战悬疑作品的固有阅读期待。是的，谁也不曾想到，小说真正的主人公其实另有其人，一位并不合适的替代者，苏南的同胞兄弟苏北。他们虽是兄弟，有着足以乱真的相近面目，但性格和禀赋却完全不同。更有意思的是，对于复杂的敌后斗争来说，习惯了前线战场的苏北显然不是合适人选，但迫于危急的形势，他也不得不勉为其难，仓促上阵。这种南辕北辙的人物更张，不仅让读者措手不及，也有利于打破围绕"主角光环"的固有情节模式，给故事增添别样的魅力。

从讲述故事的角度来看，"备胎"之于谍战故事的戏剧性是显而易见的。这不由得让人想起电视剧《潜伏》中余则成的搭档，姚晨扮演的那位"蠢得挂相"的女游击队长翠萍。党组织本来委派的是更加适合潜伏任务的妹妹秋萍，可惜临时出现意外，秋萍坠马牺牲，最后只能紧急选派秋萍的姐姐，面貌相近的翠萍临时"救场"。看过电视剧的朋友大概都能发现，大大咧咧，不断犯错，头脑简单，性格直爽，也没什么文化的翠萍，显然不是干地下工作的料。然而故事的戏剧性和喜剧感，恰恰因为这种不合适而得到更加充分的彰显。

《一世机密》大概同样希望以"备胎"的故事，成就别样的"潜伏者"形象。苏南的意外遇刺，同样打乱了党组织的工作部署。为了不放弃来之不易的绝佳机会，苏北这位临时"顶包"的谍战"小白"被推上了前台。对他来说，工作的难度是显而易见的，这至少包括两个层面：其一，要怀着巨大的悲痛去"冒充"另一个人，尽管是自己的哥哥，从兄弟的角度来看，相貌上虽有一定的相似，但所有的人际关系都需要不断去熟悉和调适，且不能露出任何破绽，其难度可想而知；其二，一切都还没来得及精心准备，却要去承担自己并不擅长且风险巨大的潜伏任务，他显然需要及时适应从正面战场到秘密战线的工作变化。

　　正是基于人际和业务方面的这两大难点，读者不由得为苏北接下来如履薄冰的情报任务捏一把汗，谍战故事的惊心动魄与扣心人弦，似乎能更轻易地显现出来。然而如我们所看到的，小说里的苏北还是过于"沉默"和"老实"了。他显然缺乏翠萍身上那种聒噪的喜剧感、忍俊不禁的严肃与不合时宜的滑稽；更不如余则成那样灵活睿智，左右逢源。我们的余副站长早就懂得巧妙运用办公室政治，伺机挑拨，坐收渔人之利；以官场倾轧的方式剿灭对手，实则是为了配合隐秘战线上的对敌斗争。谨慎而沉默的苏北，显然比不上那些职场"老油条"，甚至很多时候，他总在扮演斗争倾轧中相对弱势的一方，这似乎更加坐实了他并非搞谍战的"那块料"。当然，或许也是因为，他面对的恰是"无形的战线"中更为强大的对手。比如，小说自始至终都没有明确交代刺杀苏南的凶手究竟是谁，正是这种不确定性，足以说明官场斗争的复杂形势。而另一方面，也可能是因为作者根本就"志不在此"，而是为了突显苏北另外的特点，一种更符合时代价值的品质和秉性。

　　《一世机密》的故事背景是那段著名的民国乱世，末路和新生的分野，覆灭和解放的交错，一切都早有迹象，一切都大局已定。当此之时，几乎所有的谍战题材作品，都要生动展现国民党内部的官场斗争和贪污腐化问题，并且有时还会借助这些问题，让主人公们圆满完成各项潜伏任务。正是以这样的方式，作品一方面完成了对敌对政权的政治批判工作，另一方面又彰显出我潜伏人员非凡的胆识与睿智。这种叙事模式与功效在《一世机密》中也有生动的体现，甚至细读下来，其中包含的诸多新意颇值得讨论。

　　首先从官场斗争的角度来看，似乎是自《潜伏》以来，我们便将谍战题材剧视作现代"官场指南"或"办公室生存手册"。这里固然有革命年代的信仰与奋斗，但更多的观众从中看到了世俗的"官场哲学"和"办公室政治"。这也难怪，无论是在保密局、军统情报站，还是在汪伪的"极司菲尔路76号"，办公室里那些以潜伏斗争的名义展开的阳奉阴违、尔虞我诈的"把戏"，不就是活脱脱的当下现实的再现吗？没有永远的敌人，只有永远的利益，所有人都在警惕对手，趋利避害，或寻求结盟，合纵连横。《潜伏》里低调谦和、渔翁得利的余则成最后竟然当上了天津站副站长；而《麻雀》中前途光明的野心家苏三省，终因飞扬跋扈、急于求成而树敌太多，招致各方势力的联手绞杀。凡此种种，皆为我们这个时代的职场镜像。也就是说，作为"职场镜像"的潜伏题材小说，恰是现代读者切入革命历史题材故事的一种有效方式，这种代入方式和解读路径，其实也符合《一世机密》的主要特点。

石钟山的小说开场便是作为潜伏人员的年轻副站长"空降"成功，顺利打入敌人核心部门。在"白热化"的官场争夺背后，我们看到的正是"搞关系""走后门"，年轻貌美的女下属利用性别优势和老乡情谊，巴结领导"捞好处"的一系列操作，她为的是将丈夫成功送到开展潜伏任务的目标位置。这一情节设置堪与龙一《借枪》里熊阔海为了刺杀日本人竟然找"中央军"借"歪把子"机枪的叙事桥段相媲美。事实上，利用各种手段争取升迁、进步或谋个"肥缺"，这倒也符合我们今天对于官场政治的惯常想象，然而当这一连串的操作竟然出自我党之手时，着实还是令人惊诧不已。

我们知道，潜伏悬疑类作品自然不乏惊心动魄的危急时刻，或是被叛徒所出卖，或是我方人员不慎露出马脚，以至于潜伏者被狡猾的敌人苦苦搜索和追捕，故事主角也面临重重危险和考验，这几乎是此类作品的"标配"。而在《一世机密》里，特别有趣的是，有时候国军对我潜伏人员的抓捕，并非出于二元对立的敌我斗争。对于情报站长来说，搜捕共党分子竟然也可以是一个美妙的"幌子"，成为其官场斗争的一部分。于是我们看到，吕站长通过甄别共产党的特殊行动，目的并非找到狡猾的潜伏人员，而是"有枣没枣，打两杆子"，为的是打压初来乍到的副站长的"嚣张气焰"。对于国府官员来说，政治倾轧早已大过了敌我斗争，其腐败和内耗的问题由此可见一斑。也正基于此，在国军这里，再及时的情报，再雷霆的手段，也经不住他们内部各怀鬼胎的神奇操作。正如重庆站对于苏北大张旗鼓的政治审查，最后竟然鬼使神差地逮住了那位贩卖烟土的机关要员，由此让轰轰烈烈的查潜伏行动草草收场。对于苏北来说，如果说第一次审查属于正常的工作流程，那么第二次甄别工作，就有点挟私报复，相互倾轧的嫌疑了。而更加讽刺的是，如张大召所说，苏北想要"扳回这一局"，唯一的方法便是抓住吕站长的爪牙李福，让这种相互倾轧的内斗继续下去。

因此，一个并不令人震惊的真相在于，对吕站长的执行队来说，"保密是个幌子"，更重要的是"捞钱"。如小说所展现的，他们不仅直接参与倒卖军火、药材的勾当，也常常以"通共"的名义敲诈勒索，给"有油水可捞"

的商人们乱扣共产党的帽子。搜查共产党，竟然成了一种生财之道。各方的"财神爷"，以莫须有的罪名被抓了进来，最后不扒掉一层皮又岂能罢休？其结果也可想而知，如小说所言的，有一大半的不意之财，都被吕站长送到了南京各种"衙门"里。这就有点像《潜伏》里吴站长派余则成去敲诈"铁杆汉奸"穆连成，惩恶除奸不过是为了捞取钱财；用毫无底线的情报贩子谢若林的话说就是："满嘴的主义，背后全是生意。"当然话说回来，汉奸也好，共产党也罢，也不过都是他们升官发财的"砝码"。

正是基于这种争权夺利，《一世机密》围绕重庆站站长的地位争夺，上演了一场"你方唱罢我登场"的好戏。先是吕站长因为自己的"不干净"被告了下去，谁也没想到，半路杀出个朱先海。不久以后人们发现，突然"空降"的他与马特派员竟然是姐夫与小舅子的关系。而最后，被斗败了的吕站长，摇身一变为吕督军又卷土重来，这是因为他攀上了国防部郑介民的高枝。就像小说所言："这一连串的变故，就像一部《官场现形记》，一个小小的重庆站，就是整个国民党政府官场的缩影，大鱼小虾都被卷入到了这个争权夺利的漩涡之中。"苏北来到重庆站，虽然只有短短的几天时间，却让他领略到了小政府大舞台的勾心斗角，所有的人都做着升官发财的美梦……这也让他再次感慨：这样的政府不垮台，简直是天理难容。

置身这样的环境，个人早已无法改变，只能同流合污，只能唯唯诺诺，不知前途究竟在何方，只能通过疯狂敛财找到人生的价值和意义，这当然也是包括张大召在内的几乎所有人试图教会苏北的人生哲学。然而，同样是以国民党败退台湾之前的最后疯狂为叙事背景，这里的苏北显然不同于《潜伏》中利用工作之便"贪污腐化"的余则成。后者在帮吴站长敛财的过程中自己也大发横财，尽管他和翠萍在鸡窝里私藏的金条，最后被成功转移到了解放区，贪污腐化得来的钱财被成功用到人民解放的事业之中，但在今天"全民反腐"的政治生态里，这也或许是个不小的问题。于是我们清晰地看到苏北不同于余则成的另一面，面对金条的诱惑，正义凛然的苏北严词拒绝了张大召的利益输送。而纵观整个小说，他也并没有太多越轨的举动，即便是为了"扳回一城"而去抓捕李福，也是师出有名，为的是将这个"漏网之鱼"绳之以法。看得出来，他不止有坚定的政治信仰，更有着崇高的道德理想，即便是在乱世，也并不愿随波逐流。这大概正是我们在文章开头所提到的，这位不合时宜的潜伏者，这个并不能制造太多戏剧性的"沉默"而"老实"的角色，依然有其现实意义的价值所在。

大概正是基于这种价值立场，小说在表现国共兄弟情谊方面，也体现出过分的谨慎。曾几何时，国共之间共同御敌的慷慨悲歌，亦敌亦友的惺惺相惜，总是谍战题材作品的重要看点。小说里的张大召，虽然只是一位在混乱的时局中陷入绝望的基层小官员，不顾一切地敛财成了他最后的"救命稻草"，却并没有太多恶行，尤其是他手上没有任何"血债"。他一方面是对时局的不满乃至绝望，另一方面也会流露出对共产党的些许同情。他与苏北之间的情感，正是某种形式的兄弟情谊。他在明知苏北是共产党，并且早已摸清他接头规律的情况下，并没有举报他，不仅无意于此，甚至还帮他传送情报。按照过往谍战故事的逻辑，小说里的张大召和苏北，必然有着更好的结局。然而，《一世机密》并没有顺着昂扬乐观的情调，将张大召塑造为国民党内部的"变节分子"，尽管他离被策反仅有一步之遥。过于"沉默"的苏北并没有更进一步，他依然守着他的"沉默"，任由如兄弟般掏心掏肺的张大召沦为无处可逃的失踪者。而紧接着，他在特殊年代的遭际，无疑加深了人们关于历史悲剧性的痛切体认。这个多少让人有些"意难平"的段落，不禁令人唏嘘感慨，即便是胜利者的历史，也是如此决绝和残酷。

只有"假夫妻"的叙事模式还在。似乎是从《潜伏》开始，假扮夫妻也成为谍战剧的"标配"。这一方面在于"潜伏"包含的情节戏剧性，令假扮的人物关系显得合情合理；另一方面，"假夫妻"所蕴含的情感戏剧性，也可使故事在情感与谍战交错的节奏把控上进退自如。《一世机密》当然不会放过这一经典模式所具有的借鉴意义。只是这一次，"假夫妻"因分居重庆和南京两地，而使得叙事在情感和戏剧性上都打了折扣。尤其是从道德秩序的角度看，"叔嫂情"的伦理禁忌也构成了夫妻双方重要的情感障碍。从这个角度来看，苏北和梦瑶共同守护的"一世机密"，除了牢牢铭刻的革命秘密之外，又未尝不包括道德伦理上不足为外人道的所谓家庭"机密"。当然最后，革命的伦理正义和平凡人的相濡以沫，终会战胜狭隘的血缘和亲属伦理，冲破"叔嫂情"的道德禁忌和"假夫妻"的工作伦理。这种基于革命大爱与平凡生活的真正结合，才是最令人感念的。

值得注意的是，《一世机密》并没有花太多的笔墨讨论人物信仰问题，尽管他们的革命信仰不可谓不坚定，守护"机密"的决心不可谓不坚决。但在小说之中，立场和信仰的形成过程，似乎并不成为问题，作者也不会在人物信仰的维系上花费太多笔墨，这大概也是近年来谍战题材文艺作品的共同特点。如小说所展示的，梦瑶加入共产党，正是基于她熟读了《共产党宣言》等宣传小册子：

> 她以前的所作所为就是想成为一名共产党的热血分子，像《共产党宣言》里倡导的那样，推翻黑暗、腐朽的旧有体制，建立一个真正的人

人平等，穷人有饭吃，人民当家做主的民主自由国家，这样的党组织正是她苦苦寻找的。也就是那一次，姐姐把她带到了组织面前，面对党旗宣誓成为一名中共党员。

苏南和苏北的信仰轨迹也大体相似，都是在激烈的战斗或残酷的斗争中成长为合格的共产主义战士，他们的信仰似乎与生俱来。"为信仰而战斗"，已然成为多数谍战题材故事的宣言。黑暗中的殊死战斗，至死不渝的信仰正是一面不倒的旗帜。然而，面对这种坚定的信仰，我们其实很难用某种立场和主义去诠释它，而毋宁将之理解为一种决绝的工作伦理。在这些故事里，作者不会花费太多的笔墨去交代主人公们信仰的来由，他们思想的历练、成熟与升华，他们仿佛从一出场就是坚定的共产主义战士，执着守护"一世机密"的顽强斗士，这种不容置疑的坚定立场，更像是某种被派定的角色，游戏里倔强的"人物设定"，然而，在这信仰已成稀缺资源的当下，即便是这些被刻意设定的工作伦理，依然能够给予我们些许感动的力量。

最后值得一提的是，在小说每章的第一部分，作者会以回忆的口吻"补叙"故事的后续，这些片段式的"后续"共同拼凑出小说主体情节之外的人物完整命运。由此我们也预先得知，在经过种种危机和重重考验之后，小说的主人公们获得了最后的胜利。《一世机密》选择通过这种方式将故事结局提前公布，让人从一开始就预先获知了人物命运，由此也"预叙"了小说人物在惊心动魄的生死谍战中的平安结局。从小说叙事的角度来看似乎犯了悬疑剧的大忌，但这种"楔子"式的倒叙结构，却让小说借此获得了一种时过境迁的氛围感。尤其是当我们看到浴血奋斗的革命者，最后终于迎来"爱人在怀，儿女在侧"的终极场景时，便油然生出一种人生终究圆满的安稳和幸福感。

借助这样的叙事结构，小说也额外交代了梦瑶和苏北的人物后续，讲述了他们在和平年代的相濡以沫，以及对于"一世机密"的誓死守护。更重要的是，小说迅速透露了孩子们的生活经历，尤其是革命的"子一辈"在接下来特殊年代的艰难生活。这包括作为烈士遗属，他们在落实政策、兑现待遇等方面遭受的诸多不公，父母在秘密战线上的特殊工作，给他们的婚姻和日常生活造成的诸多困扰，以及他们在抗争不公与困扰时的坎坷经历。这样的设置固然是基于历史连贯性的情节展开，却自然包含着对于历史荒诞的微妙反讽与批判，也无疑给小说增添了一种抚今追昔的历史沧桑感，这些都是《一世机密》的魅力所在。

[特约编辑：俞东越]

# 世界尽头

易小荷

一个女儿，一个母亲，一瓶百草枯
世界尽头，一个彝族女人的人生故事

## 序言

接下来要讲的这个故事，发生在1995—2019年，我前后持续花了一年的时间，走访了凉山彝族自治州的美姑县、昭觉县、布拖县、雷波县、金阳县，还有西昌市，力求采访到所有和这个故事相关的人，尽最大努力去还原一个人的人生。除了极个别讲述者为了避嫌，使用了化名外，书中全采用了真实姓名。

## 引子·百草枯

苦惹作死得很慢，她喝下一瓶百草枯，撑到第三天，才咽下最后一口气。

瓦曲拖村的人大都不记得她的样子，也不记得她为什么而死。在这大山之间的小小彝村，一个女人的死就像一粒苞谷落进泥里，事实上，她们活着的时候也这样无声无息。

连苦惹作的哥哥和姐姐也不知道她死的时候到底多大，十八岁，或者十九岁，他们只记得她生于夏天，"荞麦刚播种，洋芋还没有收上来的时候"。他们也不记得她的死亡日期，应该是马月，要不然就是羊月，"都穿厚衣服了，冷得很"。

那是 2013 年，瓦曲拖村已经通了电，但还没装上路灯，村民们总是心疼那两度电，黑透了也不肯开灯，拾两根柴禾放进火塘里，屋子里才有点黯淡的光亮。

黄昏时刻，也就是"子姆"和"厄姆"交替之时。子姆是白天，"阳世界"；厄姆是黑夜，"阴世界"。此刻过后，黑暗笼罩大地，妖魔和鬼魂开始满世游荡，十八岁的苦惹作走在了去死的路上。

她低着头，慢慢走过一片只剩残株的苞谷地，走过一条积雪的泥泞土路，几只鹅扑扇翅膀，老牛卧在路边咀嚼干草，有些人家的炊烟已经飘上屋顶，空气中弥漫着雪的味道、牛粪的味道、煮洋芋的味道，以及宰杀牲畜的血腥味中蕴含的死亡气息。

她一步一步挪到门口，坐在自家院外的一棵棕树下。也不知道在那里坐了有多久，她仰起头，望着苍茫暮色中的山峦和峡谷，还有永远也无法离开的村庄，一口灌下了那瓶百草枯。

把百草枯的瓶子扔在墙角，苦惹作蹒跚走回幽暗冰冷的家：土坯房、黄泥地，简陋的木床和透风的木头屋顶，火塘中没有生火，黑色的柴草灰散发着苦涩阴冷的气息，还有那些散乱摆放的箩筐、锅盆和化肥袋——她全部的财产。

那时苏英只有三个月大，惹作给她换过尿布，或许还亲了亲她，然后把她放到床上，自己脱了鞋，慢慢地躺在女儿身边。

百草枯对消化道有强烈的刺激，会造成不停的呕吐，惹作兴许起初还会很小心，怕吐到床上，吐过几次也就无需在意了。她会伸出手，轻轻搂着咿呀哼叫的女儿，外面不时传来人声和狗叫，惹作静静地躺着，不知道流了多少眼泪，把枕头都打湿了。在这寒冷的冬夜，在这与世隔绝的大山里，在这样一间黯淡无光的土屋中，这个从没上过一天学的年轻女人、女儿、妹妹和母亲，一定想了很多：刚刚出生几个月的女儿、让她彻底绝望的丈夫，或许还有那条走了再也没回来的黄狗，她一定也想到了自己，还有她这十八年的完全不值得回忆的人生。

## 1995年，罗乌

罗乌，位于四川省凉山彝族自治州的金阳县谷德乡库依村，海拔2700米，没有

电、没有水，仿佛世界的尽头。重重高山阻隔之下，苦家二十几户人家在这里遗世独立地生活，他们结婚生子、种地、唱歌、烤火，遵循最传统的彝族文化，不知有汉，无论魏晋。但这里并不是桃花源，他们必须接受各种大自然的严酷考验，一旦远行就要做好回不来的准备。他们要依靠"万物有灵"的信仰和毕摩、苏尼的加持，才能抵抗住蛮荒的孤独，艰难地活着。

## 1. 瓦萨·羊皮鼓

黑夜里，猫头鹰蹲在树上，一声接一声地惨叫，六岁的苦惹作全身滚烫、满脸通红，嘴里胡言乱语地喊叫着："阿母，拉莫来咬我了！哈呷来割我耳朵来了！"

阿母伸出手摸摸她的额头，叹口气，摇摇头又点点头："这孩子，吓得魂都丢了。"

拉莫是母老虎，哈呷就是土匪。在惹作的老家罗乌，这是最可怕的两种东西，"再哭！拉莫就来把你叼走了！"或者"再哭，哈呷就来割你耳朵了！"几乎每位父母都这么吓过孩子，几乎每个孩子都这么被吓过。

天刚蒙蒙亮，惹作的阿达穿上鞋，匆匆跑出家门，有个女苏尼住在几座大山之外的百草坡，在这一带鼎鼎有名，这两天刚好路过罗乌。苏尼相当于是彝族人的巫师，每位苏尼都有着神奇的故事，这个女苏尼也不例外。据说她十六岁的时候，不知道为什么就开始流鼻血，一盆一盆地流，怎么都止不住。她还总是做梦，发高烧一样，手舞足蹈地叫唤，说自己在天上飞，要寻找一个木鼓柄，还滔滔不绝地念一些名字，那些名字全部都是死去的苏尼，有一些甚至已经死了几百年——谁都不清楚，她是怎么知道的。为了给她治病，家里人杀了19头山羊祭神，做了6场大的仪式驱鬼，但她的病还是毫无起色。直到有一天，来了个大毕摩，他用鸡蛋占了一卜，说这个女娃子被祖宗的"瓦萨"附身，祖宗要他转告，如果不去做苏尼驱鬼，这个女娃子的病就永远无法痊愈。

"瓦萨"就是"灵"，对相信万物有灵的彝族人来说，祖灵的意愿不可违抗。这个十六岁的女孩从此成为苏尼，她敲着羊皮鼓，从一个村走到另一个村，治好了无数疑难杂症，救活了无数将死的病人。她的法力一天比一天高强，驱鬼越来越厉害。有些鬼被她捉住了，封存于泥坛里，掘地深埋，任人往来践踏；更多的鬼被她赶跑后，躲在山林间日夜啼哭。

惹作的父母央求她救救自己的女儿，苏尼摆弄着手里的鼓槌，俯身看了看惹作烧得通红的小脸。"小事情，"她说，"等我来。"

苏尼让阿母找来一个带盖的汤钵，往里面放入荞麦和盐，捉了只黄母鸡，她让阿母端着盆，自己敲着羊皮鼓走在队列之前，嘴里如吟似唱：

> 归来魂归来，
> 归来魂归来。
> 在猪滚澡处也归来，
> 在草原深处也归来，
> 在树梢鹊巢也归来，
> 在地下鼠洞也归来，
> 在崇山峻岭也归来，
> ……

女苏尼念着《招魂经》，从惹作的家一

直走到她丢魂的地方，在那里画了个圈，拿松柏生一堆火，一众村民肃立静听：

……
　　家中美酒似玉液，
　　家中饭食热腾腾，
　　全家都在寻找你，
　　全家人都在等你，
　　等着你归来。

唱完《招魂经》，女苏尼大声发问："苦惹作回来了吗？"众人齐声回答："回来了！"苏尼闭上眼念念有词，忽然伸手一抓，像变戏法一般，指间凭空多了一只小甲虫，那就是惹作的灵魂，有着血一般的红色。在古老的咒语下，在氤氲的烟气中，那小小的甲虫像是有了某种神奇的魔力，众人慄慄不敢作声。苏尼把甲虫扔进汤钵，合上盖子，让惹作的灵魂在盐、血和粮食中得以安宁，她走到惹作面前，温柔地问她："苦惹作，你回来了吗？"

那一刻堪称奇迹，一直高烧不退的惹作忽然神志清醒，眼神也瞬间明亮了起来。她响亮地回答："我回来了，苦惹作回来了！"然后抬眼看看四周，慢慢软倒在阿达怀里，又昏昏沉沉地睡了过去。

这一觉直睡到天光大亮，再次醒来时，惹作完全恢复了活力，丢失又找回的灵魂，看起来已经妥帖地安放在她身上，再没有给她找过麻烦。这事很神奇，但没人大惊小怪。在罗乌，人人都相信灵魂，它可以丢失，也可以找回，几乎每个小孩都经历过类似的过程，但没人说得清原理，包括法力高强的毕摩和苏尼，继续追问下去，他们就会给出一个无法反驳的回答：这个吧，因为我们是彝族人啊。

1995年，苦惹作出生于罗乌的一栋土屋之中，这是大凉山金阳县谷德乡库依村的一个小组，海拔2700米有余，四周被库依拉达、则豁波拉达和马史觉拉达等大山重重阻隔，无论向哪个方向望去，看到的都是高山峻岭、密林深谷。在2021年公路修通之前，这里几乎完全与世隔绝。

当地人只知道一直向东南走，就会到云南的昭通；如果去成都，要走上一个多月，翻越上百座高山，涉过几十条河流。大山之中许多地方根本无路可通，一代代先民用斧头和凿子，还有他们的鲜血和生命，硬生生地在山岩间劈出路来。那些路仅有一人多高，只容一人通行，山风凄楚，虎啸猿啼，仰头不见天日，俯瞰万丈深渊。到了雨季，连绵寒雨终日不绝，云气弥天，四顾茫茫，行人困于道上，既不能前，也不能后，仿佛天地间只剩自己，孤独面对冷风寒雨、雾岭云山，倘若一不留神，跌落山崖，连尸骨都无处寻觅。

过去的数百年间，人们每次远行都要做好回不来的准备，出门前甚至需要烧羊胛骨占卜，确定是"吉"兆才去，背上十双草鞋和一兜洋芋，鞋走破了就换一双，肚子饿了就烤几个洋芋。水倒不用带，山里有的是山涧溪流，而且大都清澈甘甜，当地人也不在乎什么细菌微生物，像牛羊一样把头扎进去喝就是了。这里的人都穿羊毛做的察尔瓦，既是外套，也是披风，睡觉时往身上一裹便是被褥，只要没有虎豹熊罴来骚扰，无论密林下、山岩上、深谷中，都可以像在自家床上一样酣然入眠。

罗乌有二十几户人家，每一家都姓苦，都是同一个祖宗的后裔，也就是彝人所称的"家支"。像大多数彝族村落一样，这里的人既厚道又剽悍。

厚道是对内的，这里每个人和每个人都是亲戚，晚上睡觉都不需要关门，一是没什么可偷的，二是也没人会偷。如果一家有事，无论是婚礼、葬礼，或者受了外人欺负，所有人都有义务帮忙。你要报仇，那我就出刀子出命；你有困难，那我就出力气出钱。没有钱，那就给锅给碗给布匹，要不然就牵一只羊或捆一只猪来，实在不行，背一篓洋芋来也可以。

剽悍是对外的，在百草坡一带乃至整个金阳县，苦家一向以"骨头硬"著称。有一个故事大约发生在一百年前，那时战乱频仍，掳掠之事层出不穷。某天，一个云南黑彝带人过来绑走了苦家的两个"安家娃子"，这事不可容忍，惹作的一位太爷爷抄起枪就追了上去，第一枪崩掉了黑彝头上的"天菩萨"，也就是彝人拼命都要保护的那根辫子，第二枪直接射中脑袋。然而很快就知道，他打死的并不是云南黑彝，而是住在另一个山头的苦家人。

两边都是苦家人，算内部纷争，所以这种事不需要诉诸法律，也不需要政府评判，按照惯例，由家支来出面解决。虽然对方有错在先，但打死人就要偿命，于是整个家族的人都来劝这位太爷爷自杀，有很多死法可供选择：屋后的毒树叶、屋里的麻绳子……他的堂妹端来一碗泡着毒叶子的水，女人们齐声唱起哭丧歌，大意是：

你死之后，
请砍些刺枝放在路上，
以免儿孙再次走上你的路。
你死之后，
请把路挖断，
以免儿孙再次走上你的路。

请你不要带走亲人的魂，
以免未来无人祭祀。
请你不要带走牛羊的魂，
以免世上没有牛羊供奉。
……

惹作的这位太爷爷看看那碗毒药，从墙上取下心爱的德国毛瑟步枪，那是他用40两烟土换来的宝贝。他把枪竖到地上，枪口对准自己的脑袋，然后直起身来看着身边的人，叔叔和伯伯，兄弟和姐妹，还有老婆和孩子们，他们都在等着他死。他静静地想了一会儿，然后用脚扣动了扳机。德国枪威力太大，一张脸都轰掉了大半，那枪声也格外响亮，在山峦间久久回荡不散。

在彝区，这样的故事不仅是传闻，也是家族力量的宣示。当苦家人淡定地讲起这些故事，其中也包含了这样的意思：是的，这就是我们，敢杀人，也敢自杀，所以我们"骨头硬"，所以我们血脉高贵。在土司时代，苦家人原属黑彝，后来因为和白彝通婚而被降了级，但依然是最高级别的白彝，也因此拥有必须恪守的规则，以及他们独特的光荣与骄傲。

这个家族的历史可以一直追溯到1640年左右，一说是阿苦家跟随阿哲土司从贵州来到凉山，还有一说是自云南昭通，反正都是躲避战乱。"苦"来自于彝文"ꀉꈌ"的音译，这两个字有译作"阿库"的，有译作"阿苦"的。1956年以后，彝人也要学习汉语，他们的姓氏也必须有个对应的汉字，所以就把名变成姓，从此有了"苦"这个姓氏。

根据苦家口口相传的历史，他们的祖先到了金阳县，又从金阳县开枝散叶，其中有个支系"阿伍吉儿"转至罗乌所在的谷德乡驻扎了下来，至今已经有三百多年的历史。这一程又一程的迁徙，越迁越偏远，越迁越高寒，其中一定有许多悲伤凄惨的故事，不过那些事越来越少人记得，但从流传的歌谣中，从不经意的话语中，还是可以想见到这一家人和这一族人，为了保存他们的文化和生活方式，付出过多么悲壮艰辛的努力。他们翻过高山，涉过密林深谷，从虎口狼牙和风霜雨雪中开辟出道路，最后在大雁的指引下，在这人迹罕至的孤绝之处长久地避世而居。

如果苦家有家族徽章，上面多半会有一只大雁。在彝语中，谷德乡就是"大雁常来的地方"。曾经有人不小心射杀了一只大雁，因为担心招来祸患，苦家专门做了一场祭祀。他们剪下羊毛，铺放在东南西北四个方位，然后杀羊献祭，还请来毕摩诵经作法。据说献祭时云天澄澈，成群的大雁翩翩飞来，在这小小的彝村上空盘旋不去、欢欣高鸣，"云际鸿雁闻，鸿雁耳轻灵"，就像几百年前，祭祖占卜时，它们用翅膀和鸣声指引着苦家走过漫漫长路，最终来到这处山坳。①

公路修通之前，这里是野生动物的天堂。天上飞的有大雁、鹰鹞和上百种鸟，地上跑的有老虎、豹子、黑熊和上百种兽。在当地的传说中，这里还有龙，身披鳞甲，头生犄角，一口就能吞下一头牛，常常躲在黑暗的山洞里伺机伤人。据说惹作的一位先辈就是被龙吃了，他的家人发誓报复，把炸药绑在羊身上，把羊赶进山洞，然后引爆炸药，把那头恶龙活活炸死。在松栎丛生的树林中，野鸡是最常见的，这东西毛色鲜亮，但智力极低，撒点荞麦粑就能把它们引来，一根马尾捕绳就能把它们捆住动弹不得。野鸡肉可以煮，可以炖，也可以就地拔毛放血，拢一堆松针烤着吃。几个月大的野鸡崽子又香又嫩，连盐都不用抹，自有一股鲜甜的味道。

还有野猪，1956年②之前，这里的村村寨寨都有枪，可以用来打野猪。后来枪被收了，就只能挖陷阱、埋机关，逮到一头足够全村人吃上几顿。野猪肉香、油大，微微有点腥，就是太耐嚼，牙口不好的人享用不了。这东西聪明得很，往来几个回合就学精了，一看到人影就跑得飞快，还会破坏路上的陷阱和机关，只有在风高月黑之时才会摸回来，在洋芋田、荞麦地中肆无忌惮地大啃大嚼，人们气得跳脚，可谁都没办法。

来到谷德乡之后，又过了不知多少年，在一个雪后初晴的日子，惹作的一位先辈上山放羊，行至山环水绕之处，发现有个地方植物繁茂，大冬天还开着花，有一些花朵足有碗口大小，花瓣飘落之处还藏着一眼清泉，泉水甘甜匀净，源源不竭。他惊喜地跑回村中报信，头人和长老们跟着他来勘察了一番，决定再次迁徙，让全族人围绕着这眼清泉建村而居，还给这地方取了个名字叫"罗乌"，彝文写作"ꇉꏦ"，当地人喜欢叫它"龙窝"。

惹作的爷爷带着儿子选了泉眼不远处

---

① 引自彝文古籍《作斋供牲经》
② 1956年以前，凉山都未形成统一的地方政权，1956年由共产党开始领导，这个时间点统称"民主改革"。

的一块平地，先平整地基，用黄泥垒起土墙，拿木板和干草搭起房顶，再压上一些石头，免得屋顶被大风刮跑。不远处的山坡上有一棵红叶似火的大枫树，他们把它砍倒、锯开，用枫木板做门窗、做桌椅和板凳。一切齐备之后，在屋子中央挖一个两尺见方的火塘，再用石柱垒起灶台，把枫叶枫枝丢进去点燃，屋里一下就暖和明亮了起来。惹作爷爷美美地抽完一袋兰花烟，看着灶上渐渐沸腾的煮肉锅，笑眯眯地对儿子苦友古说，是时候给你找个婆娘了。

几个月后，惹作阿母嫁了过来，苦友古和她并排躺到干草铺上，屋外夜黑如墨，风声忽起，女人带来的大黑狗闻声而吠。在屋内，枫叶枫枝已将燃尽，在轻轻跃动的火光下，在干草和枫木的气味中，生活正一点点地拉开帷幕。

苦友古是苦家迁到金阳后的第 19 代，他身高一米八，高鼻深目，称得上仪表堂堂，几个女儿长相都随他。除此之外，苦友古的一生乏善可陈。种庄稼很一般，养牛也一般，就连最容易丰产的洋芋，他的收获也很一般。至于他的妻子，也就是惹作的妈妈，是一个没有名字的女人。苦家人不记得她到底姓"龙"还是姓"苏"，丈夫叫她"嗳""喂"或"嗯"，孩子叫她"阿母"，外人都借她儿子指称，叫她"阿者妈妈"。而即使是这位儿子阿者，也不知道该如何描述自己的母亲。"她很老实，"阿者想了半晌，又补充了一句，"不是个聪明人。"似乎这就是母亲的全部。

这个没有名字的女人活了大约六十岁，没人记得她的出生年月和死亡日期，截至五十岁停止生育，她总共生了 7 个孩子，三男四女，其中两个儿子早早夭折。在 20 世纪 80 年代的大凉山，儿童早夭并不罕见。活下来的独子也就是惹作的哥哥阿者，毫无悬念地成了家里的珍宝，他全名叫"苦曲者"，意为"获取银子"，相当于汉人名字中的"招财""进宝"，仅从寓意就可以看得出来长辈对这个男孩的期待，和四个女儿毫无意义的名字形成鲜明对比。

苦惹作在四个女儿中排行第三，出生之前，她的阿母梦到一只豹子缓缓地从山峦间走过，于是给她取了个小名叫"日洛"，意思是"青色的豹子"；大名叫"惹作"，意为"再来一个男孩"，类似于汉语中的"招弟"或"引弟"。但无论叫"日洛"还是"惹作"，都没能给家里带来太多吉运——按当时的计划生育政策，她属于超生人口，县计生委的干部翻山越岭来她家罚款，实在找不到什么值钱的东西，最后只带走了一杆用了多年的秤。这事像是一个意味深长的玩笑，直到十几年后，村里的同伴还在拿这事取笑她："别人都值金值银，值千值万，唯独你，只值一杆秤。"

## 2. 毕摩·孜孜普乌

惹作出生的 1995 年，这个世界正式进入信息时代，那时美国总统还是比尔·克林顿，微软公司刚刚发布了 Windows 95，单份售价 210 美元，被称为是"史上最疯狂也最昂贵的一次发布会"。在许多国家，互联网开始普及，并将成为人类生活中重要的部分。但对于惹作来说，这一切都过于遥远，因而并无意义。在 1995 年的罗乌，人们的生活和公元前并没有太大分别，没有电，没有自来水，很少有人用得起卫生纸，几乎没有人穿内裤，村民们大都一贫如洗。他们在溪谷树林中开荒耕种，在多石而瘠薄的土地上收获荞麦和洋芋，在悬崖峭壁上、在蛇虫出没的密林中采挖天麻和当归，回家后洗净晒干，再翻山越岭背到镇上卖掉，用换来的钱买回急需的火柴和盐巴。

死亡随时随地都会发生，死于山洪，死于悬崖，最轻微的疾病都可能致命。这里的人大多都没有求医的习惯，如果觉得不舒服那就去睡一觉，睡一觉还不好那就喝两碗热水，喝了热水还不好那就去请毕摩，如果连毕摩都治不好，那就是天意如此。事实上，这里只有一种病，就是受到了鬼魂邪灵的侵扰，至于肺炎、肝炎、心脏病或癌症这些名称，它们在罗乌统统都不存在。

山谷林中，毒蛇和野兽随时出没，惹作的一位堂叔走路时被一条色彩艳丽的蛇咬了腿，他骑着马去镇上的卫生所，赶到时天已经黑透了，卫生所的赤脚医生喝多了酒，醉得连路都走不稳，翻箱倒柜也没找到半点药物，最后只往伤口上洒了点酒精，包了层纱布，说这就是他能做的全部了。惹作的堂叔挣扎着挤上开往县城的班车，走进医院时，一条腿已经肿得有两条腿那么粗，把皮肤都撑薄了，亮晶晶的，下面的血管和肌肉清晰可见，就像穿了一条肥皂泡裤子。不过，"阿普瓦萨！"多亏"祖灵保佑"，他最终保住了一条命。

还有库依村一位叫阿呷的人，到罗乌这边山头砍柴时惊动了一条又粗又长的蛇，那条蛇直直地冲进他的嘴里，怎么都拽不出来，就这么活活地憋死了。等到家人发现时，他已经死了两天，满脸青黑之色，嘴巴大张着，那条蛇小半在里面，大半在外面，蛇血和唾液混合一起，染红了旁边的青草。

一直到惹作出嫁之前，所谓的"罗乌"，其实只是二十几栋散乱的土坯房，惹作的家位于中央，分为两层：楼下是牲口住的，猪、牛或羊，里面堆着干草，还有放种子的旧木箱，任何时候走进去，都能闻到暖烘烘的、混合了干草和粪便的味道；楼上是人住的区域，没有楼梯，贴墙有一根斜立着的大木头，上面用刀砍出一些小坑，全家人就踩着这些小坑上上下下。睡觉的时候，他们不需要床或者任何被褥铺盖枕头，抱来一堆干草铺在地板上，衣服也不脱，躺下就可以睡——甚至都不需要躺下，把察尔瓦往头上一蒙，随便找面墙或找根柱子靠着，外面是风声雨声，屋内是人的鼾声梦呓，楼下的牲畜咀嚼反刍，等虱子和跳蚤们吃饱喝足消停下来，一样可以睡得香甜。

少女时代的惹作最喜欢夏天，可以撒丫子四处乱跑，树丛中还有鲜红的树莓和甘甜的浆果；最讨厌的是冬天，整个世界都变成一座冰窟，外面寒冷难耐，屋里也不暖和，备再多柴火都是不够的。惹作的手脚年年生冻疮，住在寒湿地带的人对此并不陌生：先是手背上、脚趾上，皮肉冻成樱红色，接着开始钻心地疼，疼过了是钻心地痒，等挠得皮开肉绽，继续钻心地疼。每年都会有几个超冷的日子，风雪交加，天地晦暗，路上到处是坚冰冷雪，连羊都站不稳。就在惹作出生后不久，一个放羊的老人在不远处的茅屋中活活冻死，还有他的那几只羊，厮挨着挤在一起，羊毛像是用强力胶粘住了一样，撕都撕不开。

惹作从小就开始参加各种祭祀和法事，

用干部们的话说，就是"做迷信"。四岁那年她的一个姑姑上山砍柴，不知怎么触犯了邪灵，回家后就开始发高烧、全身长满了红点，一天到晚哭号不停。她的家人请来一个大毕摩，诵经卜卦之后，说她触犯的邪灵是一个死去多年的小伙子，他骑着白马，背着弓箭，本来是迎亲的，但不知道被谁害了命，小伙子的心有不甘，魂灵骑马背弓，日夜在林谷间徘徊，要是有活人冲犯了他，就会遭到报复。

为了给这位姑姑治病，家里杀了4只山羊、4头猪和8只鸡来献祭，请来多位大毕摩和苏尼，先后做了四场盛大的法事，然后"祖灵保佑"，姑姑的病才慢慢好转。

那时的惹作只有水桶高，当她牵着阿母的手站在人群中间，听着毕摩苏尼们喃喃吟诵咒语经文，看着慢慢飘散氤氲烟气，每当有鬼被捉住，或者有灵魂被召回，人们就会发出敬畏佩服的赞叹之声。

幼年的惹作未必理解这些事的意义，但她一定也会感受到这些神秘法事和古老仪式与自己的联系。和所有虔诚的彝人一样，惹作无条件地顺服于毕摩和苏尼，她无数次听过也说过这样的话：

"苏尼能和鬼魂对话，毕摩能和神灵对话。"

"最厉害的大毕摩往地上吐口口水，就能杀死一个人，甚至消灭一支军队。"

在彝族地区，毕摩不仅仅是"祭司"，他的权威不亚于当地的最高统治者土司，也是彝族人当中最有文化的人。

惹作的一位姑父就是位毕摩，他经常会专程过来为苦家做毕，但因为住在金阳县的另一边，路程遥远，有时他们也会请来库依村的大毕摩。

这位大毕摩四十多岁年纪，长得特别精神，身披察尔瓦走路的样子都带风，银质神笠下的眼神总是显得坚毅而冷峻，肩膀上背着一个神签筒，行囊里装着法铃和经书，牵着一匹银灰色的骏马，而苦家的人也在私底下耳语：只有他那样的气势，才会让四面八方的邪祟闻风丧胆。

二十几年前，大毕摩还没成年，去金阳县的一户黑彝家做驱鬼仪式，因为太年轻，被这家人轻视，倒酒都只倒了半杯。毕摩一句话也没说，掏出自己的鹰爪酒杯，接连喝了一斤酒，然后气色不改地做了两天法事。第三天晚上毕摩睡着了，梦中看见主人家的床后站着一个忧伤的年轻人，脸上有个很深的伤口。醒来之后问这家人：你们家可有一个如此这般的死者吗？主人家当时就震惊了：有过，是我的亲弟弟，1949年以前参加家支械斗，被人一刀砍到脸上，死了。

法事做到第九天，这家的鬼终于不见了。毕摩又做了一个梦，看见男主人的爸爸扛了一根木头在房梁上走。醒了之后他拿出公猪的胛骨出来占卜，对主人说："你们孩子的病好了，但你爸爸会出事，要特别小心防范。"果然，孩子痊愈没多久，主人的父亲就因为意外死去。自此以后，大毕摩在十里八乡声名大噪。

苦惹作姑姑痊愈前的那次仪式，惹作也能看到其他人家赶紧用火塘里的灰在门槛那里画一条线，用以辟邪。毕摩念着驱鬼经，用尽哄、骂、赶、咒各种方式，做完之后说了一句：它被赶走之后，又会去哪家呢？让我看看，这是一家六口，其中男主人属虎，女主人属蛇，大儿子属猪……

村里确实有这样一户人家，没过几天，这家属蛇的女主人果然一病不起。

夏夜晴朗，孩子们仰躺在家门口看星星，惹作又开始追问关于毕摩的问题，长辈们一一回应着，旁边的哥哥也会一边用手拍打多如牛毛的蚊虫，一边用手指给她看：这颗星星是大爷爷变的，那颗星星是四爷爷变的——只是要特别小心，"老人们说用手指星星，它就会掉下来"。

这样的夜晚往往也是会给孩子们讲鬼故事的时候："世界上的鬼啊，形形色色。有一种小得像一个婴儿，还有一种长得像狗，大耳朵，头上长只角，骑在一只狗上，看到了赶紧躲，不然会四肢无力而死；有一个女鬼，叫阿几拉内，据说她在十七岁的时候，失足跌落，淹死了之后变成了鬼，如果大晚上看见一个漂亮女孩骑着一只鸭子，也要躲远一些，被它迷住了，就会得疟疾；还有一个鬼就更神奇了，它会幻化成一个圆滚滚的桶，一旦被它追上，性命不保，就连毕摩看到了都要躲；最最凶的鬼就是那些堕胎流产的婴儿，他们不像老人家可以送去祖灵地，怨气最大……"

恐怕彝族的孩子都是因为这样的夜晚，从小就种下了关于鬼魂和神灵的信仰。

每当有人死去，整个家族的人都会聚集在一起举行隆重的葬礼。葬礼在彝族人的生活中是非常重要的大事，重视程度无以复加。家族的人们从四面八方赶来，从西昌、雷波，甚至是远在天边的成都，他们牵着牛，背着油、粮食和苞谷酒，沿着金沙江，走过百草坡岩壁上的危险栈道，风尘仆仆地来到罗乌。

对小孩子来说，葬礼并不悲伤，反而让人期待，仿佛盛大的节日。款待亲人的宴席上有吃不完的坨坨肉：火烧过的猪肉用大锅煮熟，宰成拳头那么大，一坨坨放在脸盆里，吃的时候直接用手抓，在盐和辣椒混合而成的调料中蘸一下，连皮带肉一口下去，能吃得嘴角流油。这样的坨坨肉就是彝族人的顶级盛宴，承载了款待客人的全部情意。惹作隔一阵就去拿块肉，不蘸调料直接吃，更能体会到肉质的鲜美。她能一直吃到肚皮撑圆，阿达在这种时候并不那么悲痛，还会笑眯眯地再往她手上塞一块。

人们吃饱了坨坨肉，苞谷酒也喝完几桶，就该开始火葬仪式了。惹作家向东大约两百米，有一座小山丘，那里是罗乌的坟山。毕摩指明了死者应葬在何处，男人们抬着死者的遗体走到坟山之下，安放到松柏枝搭成的葬床上，点上火，看着升腾的火焰把死者烧成灰烬，骨灰就地掩埋，不设墓碑，也不留任何文字——这是漂泊千年的彝族人所独有的葬仪，没有先人的故庐，也不立祖宗的坟茔，只为了在下一次迁徙时，可以无牵无挂地离开。

女人和孩子不被允许参与火葬仪式，只能远远地看。惹作一定也曾感到好奇，但最终也理解并接受。阿母时常都会捧出一杯酒，或者拿出一些食物来敬给灵牌，惹作像世世代代的彝族人一样，会从这些传承的行为中了解到，那些死去的亲人与祖先并没有真的死去，他们一直都在，以一种虚无缥缈的方式，在山林中、庭院内、火塘边，时时关心照拂着整个家族。

作为后辈，他们的责任就是牢牢记住每一个先人的名字。惹作的爷爷还在世的时候，常常会把苦曲者、苦只体、苦七金等一众孙辈召集到一起，让他们蹲在地上背诵苦家的20代家谱，阿母也会要求孩子们记住母系的先人，背不出来就会被打手板。阿达说过:"汉人是靠货物吃饭,诺苏人是靠亲戚吃饭。"诺苏人,就是彝族人的自称。阿母也会说:"杉树无舅父,杉板任人砍,竹子无舅父,竹梢任人弯。"所以记住每一位舅舅和叔叔的名字是重要的,也是彝人的安身立命之本。不过,和这里的许多事一样,背诵家谱也是男性的特权,对惹作这样的小女孩来说,背不背都无所谓,记不记得住舅舅的名字也无所谓,女人嘛,总归是要嫁出去的,就像没有舅父的杉树和竹子,本来就是任人砍、任人折的。

到该上学的年纪,惹作已经参加过很多场葬礼,这些葬礼也是潜移默化的死亡教育。像大多数彝族孩子一样,对于死亡她会害怕,但并不特别畏惧。有一次在葬礼上,一位喝得醉醺醺的长辈捉住好几个跑来要坨坨肉的孩子,轮番问:"小娃儿,你晓不晓得人死了啥子意思?"只有惹作满脸通红,一句话都没说,挣脱了那位长辈就跑开了,连坨坨肉都忘了要。其实,她和所有其他小孩子一样,都知道答案:一个人死了,就表示他再也不会回来吃坨坨肉,而活着的人可以想吃多少就可以吃多少。至于死去的人的去向,一定是兹兹普乌。

毕摩和长辈们都说,兹兹普乌是一个阳光灿烂、土地肥沃的地方,就像歌里唱的,兹兹普乌的溪流中有鱼,山崖上有蜜,房前屋后的杂草都能结出稻谷和麦粒:

坝上好种稻,
坡上好撒荞,
坪上好放牧,
山上好打猎,
……

更重要的是,每一位逝去的亲人都在那里,阿达、阿母、爷爷、奶奶、外公、外婆……他们生活在那个温暖又富足的地方,等着与后辈团聚。

在那个时候,惹作一定很向往兹兹普乌,她家里有许多祖宗的灵牌,竹子做的,上面用彝文刻着先人的名字。阿达和爷爷时常对着这些灵牌念念有词,有时显得十分悲伤。惹作对此很不理解,不知道人死了有什么可惋惜的,因为,很明显,兹兹普乌比罗乌可好得太多了。

### 3. 察尔瓦·生育魂

乡政府设置的小学孤零零地位于村外,一栋结构结实的砖混房子,白墙平顶,隔成两间,墙根向上半人高的方位被溅起的泥迹染成黄褐色。如今早已废弃十年有余,窗户没有玻璃,门也缺了半扇,教室里的墙上写满了歪歪扭扭的字:爱我中华……团结友爱……读书要努力……角落靠近屋顶的地方不知被谁画上了一个小人儿,戴着高帽子,长脸长须,看起来应该是位毕摩在做法事。这座荒废的水泥房子是2008年在原址改建的加固版,最初的校舍与村民的房子差不多,都是土筑的瓦板房。

来支教的男老师是汉人,教语文也教数学,皮肤比村民白皙太多,嗓音洪亮。小孩子围观了半天之后,听闻老师说要大家每天都来上学,便一哄而散。

支教老师拿起喇叭,呜哩哇啦让小孩子们去上学,得不到响应。只能捏根赶羊鞭子,挨家挨户把孩子们一个个抓到学校。因为要帮家里干活,还要照顾最小的妹妹,苦惹作一天学也没有上。大哥苦曲者读到小学三年级退学，后来惋惜地说："日洛最聪明，她才是应该读书的那一个。"

惹作每天出去背水都要路过小学，经常偷偷地趴在窗外看，黑板上的符号是她一辈子都不会了解的东西，她也不知道在教室后面写得大大的"团结友爱"是什么意思。上音乐课的时候，她会悄无声息多驻足一会儿，惹作长大后放羊哼唱的调调，可能就是那时候学的。

惹作真正的老师，是阿母。

彝族女人的日常只有两件事：劳作和生育。生育有年龄限制，而劳作没有，从生到死，永无休止。一般来说，男人负责耕地、盖房子、宰杀牲畜等力气活，女人负责纺线织布、做饭洗碗、缝衣刺绣、洗衣晾晒等更多琐碎工作。男人收割谷物后，女人负责捆扎背回家。男女一起喂养牛和马，女人喂猪鸡鸭鹅。照顾老人、养育小孩的主力也是女人。辛苦的劳作会迅速败坏女人的健康，即使是年轻女孩，也会因为常年背负重物，对脖子和关节造成一定的伤害。

惹作的阿母寡言少语，性格坚韧，累了痛了都不会说出来。除了种地，照顾小孩和牲畜，做饭喂饱所有人，阿母还要制作出全家人需要的帽、衣、裤、袜，终年下来，手脚没有停歇的时刻。

种荞麦的季节，天还没亮阿母就得下地干活。惹作在家带最小的妹妹，兼顾放羊。阿母对惹作说："你去放羊的时候，就把孩子抱到田地里给我。"堂姐来叫惹作上山放羊，惹作抱着妹妹去找阿母——此时，天空落下了豆大的雨点，荞麦地里泥浆翻滚，阿母的背上是一筐远超过她身高的草，但她弓着腰，站在田间，踩着湿滑的土，在雨里坚定地伸开手臂。"把孩子给我。"阿母说，她总是对任何困难都照单全收。

有一年，罗乌有人结婚，苦友古穿了一件纯黑的羊皮披风去参加婚礼，他个子本来就高，穿上黑羊毛披风越发显得气度不凡，赢得满堂喝彩。这披风当然是阿母的手艺——她用了整张羊皮，加上整整三年时间才缝制出这件奢侈的道具，给男人挣到了面子。像大部分劳作的彝族女人一样，阿母的双手青筋突起，关节肿大，皮肤皲裂，再加上长年做针线活，手指密布针眼。她也会反复将一件厚长的百褶裙缝来补去，辅之以挑、绣、镶进行装饰。阿母个子很小，但在正式场合上，穿起她自己做的那套传统服装时，整个房间都会亮起来。

阿母常常忙碌到深夜，油灯芯发出烧焦的味道，地上的泥尘里铺着一层死去的蠓虫。阿达故意抗议，"灯光晃到我眼睛了"，他这么说，其实是想让她早点睡觉。惹作从未看到过阿母和阿达之间有什么恩爱的表现，夫妻同时出现在公共场合，往往要表现得如同陌生人：不主动交谈，也不会看向对方，更别说主动搭手肩并肩干活。阿母做家务的时候，阿达也基本不会主动施以援手。他们之间一辈子都没有说过"情话"，在彝族人的世界里，"阿呢黑乌"这种"我喜欢你"的表达如此罕见，就好像表达爱比得了狐臭还可怕①。偶尔吵了架夫妻不说话，阿达会让孩子做传声筒："惹作，你问问阿者妈妈，汤勺放哪

---

① 狐臭是彝族人心目中最可怕的疾病，甚至可能会影响一个人的婚姻大事。

里了?"

不堪重负的劳作,再加上经年累月的暴晒,阿母脖子上的肌肉过于紧张、关节长年受损,背篓压得她弯腰驼背,中年以后连脚步也不怎么灵活了,只是这种模样和其他上了年龄的妇女一样,在罗乌稀松平常。

即使怀孕,阿母也得不到什么特别的照顾。有时候她会慢吞吞停下来,捶一下背,然后接着干活。孕期的伙食和平日里并无不同,依旧一天只吃两顿。用开水煮些酸菜,再加几片野菜就是一餐,家里的盐弥足珍贵,不轻易使用。主食是荞麦,把面粉揉成粑粑,颗粒粗糙,味道苦涩,吃上一个能沉甸甸地压在胃里,抵抗大半天的饥饿。

生孩子就在家里,从来没有人去医院生产。大多数孕妇直到孩子出生前还一直在地里干活,阵痛来袭羊水破出,回家躺下分娩一摊血肉的事情也不是没有过。

生产的过程中,男人和小孩子照例都是不允许在场。惹作的堂姐苦几则小时候有过偷看的经历:房间里帮忙接生的妇女们表情轻松,看上去若无其事,地上产妇哀号不已,压抑而痛苦,最后在尖叫声中,触目惊心的鲜血和臭烘烘的婴儿一起喷涌而出。

阿母头胎生了一个女儿,接连是两个儿子,然而都夭折了,那段时间心急如焚的苦友古去请了大毕摩来为妻子招生育魂。大毕摩对苦友古说,因为惹作阿母把自己的首饰送给别人,附在上面的生育魂也跟着离开了,不愿意回到她身上。

"支日非日,"苦友古的姑姑在做毕的过程中呼唤着生育魂的名字,"你要高高兴兴地来,请你留下来吧,苦家的人会好好地对你,敬重你,供你以美食……"

杀了羊祭魂安魂,又把母鸡作为牺牲,食用好鸡肉之后,用小刀刮净鸡股骨之凹面,苦友古把细竹签随机插在血孔之上,毕摩将两根股骨排成内外,代表阴阳。"腿骨的外侧有四个孔,生育魂留下来了!"

那之后不久,他们就果然有了儿子苦曲者。

彝族人认为儿子应该至少有两个,对于传宗接代会比较"保险"一点。苦友古夫妻在毕摩的指引下,连续三年杀羊献祭,祈求生育魂留下,阿母却再也没能生出儿子来。1995年之后又生了两个女儿,三女儿便是惹作,五十岁那年生下小女儿之后不再生育。

阿母从来没有坐过月子,罗乌也没有女人坐过月子。苦曲者依稀记得,母亲生完孩子就包上头巾煮饭的情景。阿母每次生完孩子,就马上投入到数不清的日常劳作之中,干上整天的活后回到家,回来之后先喂马、牛、猪,然后用石磨磨荞麦粉做晚饭。此外还要定时把盐喂给家里的牲畜,让它们的皮毛不长寄生虫,给母牛接生,温柔地鼓励它——她所给出去的,都是她自己从未得到过的待遇。

从惹作懂事开始,阿母瘦小的身影就是她的坐标和依靠。不放羊的时候,惹作总是跟在阿母身后帮忙干活。"日洛,你踩着阿母的裙子啦。"阿母心疼地叫她,"日洛,你去烤个洋芋吃吧。"惹作把洋芋扔进火塘,烤熟了剥皮吃。阿母教惹作吃一些野菜来"打牙祭",有的野菜味道鲜美,有的野菜则会容易出问题,比如荞麦叶子,吃多了以后会刺激肠胃,引起腹泻,甚至还会有人感觉皮肤麻麻的，整个人天旋地转，难受得像要死去。十五岁那年，阿母有天参加完别人家的婚礼，从兜里掏出块布包，解开之后递给惹作一块糖，她一吃进去马上就吐出来。"天啦！"惹作幸福到喊了出来，罗乌的孩子都有过类似的体验：没人舍得一次性把一颗糖吃完。

罗乌没有小卖部或者供销社，每隔十几天，附近的高峰中心村会有集市，货郎像吉卜赛人一样游走于地图都不标识的地方，马车里挂着色彩艳丽的衣服，骡子上驮着各种稀奇的玩意——会发出响动的糖果，油渍渍的动物饼干，绿色的气泡饮料。从罗乌到高峰中心村需要翻越七八座小山丘，花费一两个小时的时间。货郎偶尔也会背着沉重的背篓来到罗乌，孩子们三五成群地跑过来围观。看着惹作和妹妹期盼的眼神，阿母微微一笑，从布兜里掏出几根天麻，换来两个橘子。

天麻是阿母辛苦挖的，算是她仅有的一点"私房钱"。橘子金灿灿的、沉甸甸的，惹作舍不得吃，一直放在窗台上，时间太久，最后风干了。

## 4. 绵羊上山·羊胛骨

村里有个和惹作一起放羊的男孩，有天出去放羊，越走越远，回来路上天降暴雨，就被山洪冲走，死掉了。阿母担心惹作，总是叮嘱她不要去太远的地方。惹作最常去的那片草场，离家一小时开外。日久天长，人行羊踏，沿途被踩出一条若隐若现的小径。

羊群并不总在同一片草场放牧，需要随季节迁移。气候寒冷草木干枯时，需要把羊群转移到矮山避寒；夏季烈日暴晒，气温升高时，则要将羊群赶到阴凉处避暑。进入秋冬时节，草场经常会雾气弥漫，羊群聚精会神吃草容易看不清路，如果不把这些羊看好，它们就会从山崖上掉下去。羊的胆子很小，听到一些响动就会害怕得躲起来，直到晚上都不出来，甚至有可能在山野间躲上两三天。

广袤的百草坡是金阳县传统的高山牧场，水土生态保存得非常好，茂密的原始森林和灌木，漫山遍野的植物种类繁多，还有窸窸窣窣在草丛里晃动的野生动物。村里的女孩子们往往会结伴去草场，放羊的间歇玩一种打石子的游戏，规则以石子击中远处的目标为准，玩累了就采摘一种莓果当作零食。莓果有不同种类，深红色的最甜，粉色的有点酸涩，小孩子乌黑的手掌经常被果子的汁液染得花花绿绿。

草场常常能碰到野生动物，好在并没有太多危险。一天傍晚，惹作在小山坡上打了个盹，突然感受到咻咻的臭气，蓦地惊醒，对方也吓得跳开去跑掉了。从暗黑中判断身形，应该是一头找水喝的野鹿。

每年五月的绵羊上山节，八月中旬的绵羊下山节，以及一年三次的剪羊毛节，惹作都是表现得最积极的一个。无论是上山还是下山的节日，清早太阳尚未升起，惹作就会怀揣洋芋早早冲出家门，喊着："绵羊上山了！"或者"绵羊下山了！"按照毕摩事先占卜确定好的方位，赶着羊群上山。晚上放羊归来，家家户户都要杀猪宰羊，庆祝节日。

所有的家畜中，惹作最喜欢的就是羊。尤其是一头小黑羊，因为意外受伤，小黑羊远看上去只有一个犄角，实际上是一大一小，极好辨认。小黑羊喜欢和惹作玩跳羊游戏，它远远地伏下头冲过来，惹作待它临近的最后一刻跳开来，或者从它身上跨过去。如果惹作摔倒，小黑羊还会停下来等她爬起来。

年末，小黑羊被拉去让毕摩献祭，泪汪汪地回头看着惹作，惹作抱住它直掉眼泪，直到大人告诉她，小羊的灵魂也可以去到祖灵圣地"兹兹普乌"，她才放开了手。

在罗乌，差不多所有的小孩都要帮家里放羊，只有惹作的一个堂哥除外。堂哥叫苦只体，比她大个几岁，不像这片土地的人一样安分守己，从小喜欢研究鼓捣稀奇古怪的玩意。有次他把自己制作的土炸药放在锅里，下面点上火，跑到不远处观察，火药爆炸，他嘴里大叫："成功了！"不料炸药威力超出他的设想，锅子飞到几米外，一堆石头也轰隆而至，这次危险的试验最终让他的左脚留下了残疾。

还有次他不知道央求哪个货郎，捎来一个黑色的木盒子，那石头一样的东西竟然传出来好听的音乐，小孩们兴奋不已，天天跑到他身边听歌。苦家的孩子就是从那时候知道了奥杰阿格的名字，有段时间人人都会哼唱几句："唔地哎～带我到山顶，唔地哎～美丽的村庄，唔地哎～妈妈的眼泪，就在那个山顶，听听来自天堂的声音。"

罗乌的小孩是把这些歌当作外语来学的，这些歌词也算是他们最早学会的几句普通话，苦只体说那个盒子叫作"收音机"，他一有空就守在它面前，比看守羊群都要认真，从早到晚如痴如醉，大人们都说他那是丢了魂，但是苦只体很固执，绝不允许家里人为他喊魂。

罗乌隶属于谷德乡库伊村，向东直线距离约十公里便是金沙江，险峻的沙马莫伙波（狮子山）纵向分开金阳县，谷德乡便在山的东坡之上。《金阳县志》2013年数据，全乡共601户2529人，其中600户2526人是彝族。山川阻隔，交通不便，大多数人没有离开过乡土，也没有和彝族之外的其他群体共同生活的经验。未知的远方是危险的，诺苏之外的人也是危险的。关于外界的荒诞不经的传说当然很多——外面到处都是人贩子，出去的诺苏会被拐走炼成人油……当地人经常会讲一个故事：

> 很多年以前，有个诺苏人生平第一次去县城，经过一家饭店，看到老板热情地招呼他坐下，他以为像他所在的高山一样，属于一种对路过的人热情邀约，便坐下来狼吞虎咽地吃了两碗饭，一边看着老板招呼其他客人，心里还在想：城里的人真热情！
>
> 他吃饱喝足准备离开，特意去和老板打个招呼，结果老板伸出手掌，和他呜哩哇啦说着什么，他听不懂汉语，以为是在请他跳舞——他很疑惑，这还没有到天黑，大家也没喝酒，就开始跳舞助兴了？于是他笑嘻嘻地谢拒：下次跳，下次跳。结果老板拦住了他，不但不让他走，还愤怒地把他揍了一顿。他回到家，逢人就说：外面去不得啊去不得，县城真是个奇怪的地方，吃饭不跳舞，就得挨顿揍！

这个类似于民间笑话的传说，在各地都有不同的版本，应该有所依据，当然也不无添油加醋乃至以讹传讹。罗乌人自然明白，那个去县城的人是因为吃饭没付钱才挨的打，究其缘由是因为语言不通与习俗差异造成的误会。罗乌人走得最远的，是一位1960年代出生的苦家男人，因为读书有成，最终到金阳县城农业局工作，这个特例已经是罗乌人对于远大前程的极限想象。

收音机里播放的外部世界充满了诱惑，再也不能让苦只体满足，2001年，他丢下一句"想出去看看"，带了打火石和一支旧手电筒，和那台录音机一起消失得无影无踪，再没有回来过。从此那些峭壁上的泥路和急弯，云端下方若有若无的小径指向的远方，似乎更意味着不可知的危险和惊惧。

十岁那年，惹作终于有机会去镇上赶集。一路沿着土路往前走，迎接她的是越来越多的房子和喧闹的街道。阿达刚刚把马拴在路边，一个庞大的铁皮怪物嘶吼着从身旁驶过，那是惹作生平第一次看到汽车——后来知道，那是一辆乡镇大巴，可以从洛觉镇开往雷波县。"走不走，走不走？雷波，雷波！"售票员从窗口探出脑袋大声吆喝，随后大巴便又噢一下开走了，屁股放出黑色的烟。惹作问大哥苦曲者：它跑这么快，是不是像牛一样吃很多草？

一起赶集的几个女孩子走进一家店铺，惹作的堂妹相中了店铺里的一块布料，她从背篓里掏出天麻，和卖布的孃孃商量："以前有人来跟我们收过，这些至少值得了20块钱，你把这块布给我，我把天麻换给你。"孃孃态度十分和蔼，但还是拒绝了她易物的请求。

2008年，十三岁的苦惹作和妹妹骑马去了金阳县。在县城，她看到了太多平生第一次见的新鲜东西。第一次看到电视机：一个方方正正的盒子，摆在小卖部的窗口，正在播放北京奥运会。她从拥挤的人缝里看到闪烁的屏幕，听到了那首颇为煽情的主题曲：

> 我和你，心连心，
> 同住地球村
> ……

太阳落山，惹作盯着闪亮的路灯和明晃晃的招牌，显得恋恋不舍。阿达说该回去了，便让惹作和妹妹骑着马，自己步行开始返程。父女三人一直走到深夜，阿达破烂的手电筒也没电了，人困马乏，只能在荒无人烟的山坳里过夜。巨大的山影和天空融成一色，整条银河跨过头顶，马儿吃着草，妹妹睡觉了，累了一天的阿达终于可以解下羊毛绑腿，躺在草坪上，给睁大双眼的惹作讲神神怪怪的故事。一觉醒来天光大亮，便又开始赶路。

多年以后，惹作不止一次把那个晚上转述给别人听：这一天的"奇遇"，电视机上的"地球村"，它们奇妙地联系在一起。也许对于那些远在北京的歌者来说，地球很小就像一个村落；然而对苦惹作而言，地球这个村落未免太大——从罗乌到金阳县城，地图上的直线距离只有短短22公里，却需要翻山越岭走上一天一夜。她甚至不知道，地球是圆的。

## 5. 威噶咯·初潮

山中不觉岁月长，童年时光倏忽而过。进入青春期的苦惹作个子蹿得很快，妈妈和姐姐的旧衣服都不合身了——或许是受到阿达苦友古的基因影响，苦惹作十五岁时就长到了1米65，如同火塘里溅出来的火星，变成了罗乌最引人注目的美丽姑娘。

苦家人面相都很好看。无论是大姐苦曲日、大哥苦曲者还是二姐苦史日，都有挺拔的山峰鼻，刀削一般的线条，眼睛狭长犹如狐狸，眉飞入鬓。头发是自来卷，一簇簇闪着光泽仿佛黑亮的羊毛。和惹作年龄最相近的苦史日有一张弧度恰好的瓜子脸，下巴有点尖，嘴唇纤薄，嘴角的弧度朝上，眼神纯真得像白色的荞麦花。她的长相，拿到今天的城市来说，就是近年来时尚界最流行的所谓"高级脸"，稍微化化妆做做造型，足可以登上时尚杂志封面。然而在亲友的眼里，她的美丽还不及惹作的一半。

有首旧日的歌谣，描述了彝族人心目中理想的美女形象：

> 发泽黑黝黝，头帕如鹰翅。
> 睫毛闪霍霍，目睛饱溜溜。
> 牙齿白琅琅，小舌巧如簧。
> 鼻梁丰隆隆，两颊朵而美。
> 手臂直而柔，腿部肥硕硕。
> 乳头如包金，腰细多袅娜。
> 头顶丰而秀，体材俊且长。
> 衣服缘边好，红裙丽如雉。
> 公子为揭幕，少年环为睹。

这首诗歌就像是描述在罗乌的苦惹作：她有和苦史日一样的杏眼，和苦曲者一样俊俏的鼻子，人人都说她美，但是奇怪的是这些被触动过的人没有一个描述得清她的模样，如果拿山坡上放羊的美丽少女和她比较，那些人又会摇摇头，就好像他们既找不出合适的词语，又把她变成了一种标准。

恐怕一生当中的绝大部分时间，惹作都没有机会感受到自己的美，为了方便干活，这里的女孩子也没有办法那么讲究。惹作平常也穿得很随意，打着补丁的衣服也穿，脚上套着一双胶鞋，因为胶鞋防滑又好走路。惹作最喜欢的牛仔裤是姐姐苦曲日淘汰给她的，因为个子太高，裤腿明显短了半截。出去做客穿的一双球鞋，也是姐姐给的。彝族女孩都会和母亲学习缝纫，这是必备的功课。苦惹作给自己缝了一条裙子，腰身收得很细，用很多的流苏去点缀，她的手艺已经很接近阿母了。每当她穿上这条裙子，总会吸引很多目光注视。罗乌的自然风景仿佛世外桃源一般绝美，罗乌的惹作仿佛仙女一样绝美，可是在与世隔绝的凉山，绝美的风景和女孩一样不为人知，也不自知。

并非没有人关注到惹作的美丽，某次参加家支的婚礼，一个外乡过来的长辈拉着她的手连连夸赞："这孩子长得太精致了！"长辈年轻时是十里八乡风流倜傥的美男子，已经颤巍巍走不动路了，说话的时候总有泪水沁出眼眶。堂姐说他曾经为了一个女人射杀过八头野猪和两只豹子，见惯美丽女性的他用夸张的语言感叹："惹作的彩礼，起码得是一担银子才行啊。"

收完荞麦，仓廪丰实，雪花开始落下来的时候，家里为十五岁的惹作举行隆重的"威噶咯"——换裙仪式，也就是彝族女孩的成人礼。成人礼是女孩子的大事，更是家里的大事。举办成人礼其实就是告知乡里，家里的女孩已经长大，可以谈婚论嫁，适合做亲的人家可以托媒人来上门提亲了。

村里的成年女性都会出席成人礼，女孩需要她们的经验和教导。惹作在姑姑的指导下自己开始梳妆，阿母给她取下耳线，再轻柔地把银耳坠穿进耳洞，小女孩的单辫解开分成两股，编成双辫，红绳牵着发尾绕过头再盘上一圈，包上成年人的头帕。惹作脱去儿童的两节裙，换上了成年人的三节拖地长裙。

村里的孃孃开始哼唱：

> 妈妈的女儿哦，换掉童裙后，
> 再不是家里人……
> 勿要上楼去，勿要下地劳作去，
> 远方的新郎才是你的归宿……
> 你要嫁到远方去了，
> 爸爸妈妈以后不能照顾你了……

雪落在高原，火塘的火光照得惹作的瞳孔亮闪闪的，换下童裙梳好双辫，意味着她从此可以谈婚论嫁。按照传统，堂哥背起惹作踏出了家门，把她象征性地嫁给门前的一棵树，以此来庇护惹作未来真正的婚姻。

"新娘子！"三岁的小堂妹口齿不清地指着惹作。

阿母的眼圈红了，或许每个母亲都要经历同样的时刻：站在那里看自己的"长大成人"的女儿，一面一口口喝干杯中酒，像大部分过于操劳的彝族女性，她脸上布满了细纹，就好像她走过的路、犁过的地都体现在了脸上似的，喜悦的眼泪流在脸上，多半也只是无声无息地消融在条条沟壑中。

彝族女孩都是在来了月经初潮之后不久举行成人礼，惹作也不例外，她是在十五岁左右迎接了自己的"第一次"。阿母最多也只能教会她如何使用布条，没有人会对一个青春期的少女进行生理期的卫生教育，安抚她这一切都是人类的自然现象。和许许多多的同龄少女一样，她一定也曾感到惊慌和困惑。

她一开始多半会觉得"麻烦"：每个月要盘算着攒下烂衣物布条，等着特殊时期垫在内裤上，有时候还会出现液体从大腿两侧流下来的不便利。女性的月经或者说裙子在有些传统观念中竟然是种禁忌——沾染了经血的妇女之裙似乎带有不祥的信息，如果拿来诅咒人，会是奇耻大辱；妇女裙子布条挂在田间，就足以使人绕道而行。老人们说早年间如果遇到村口挂有女裙，则表明此处有瘟疫流行。毕摩也会告诉那些梦见过死人亲属，心神不安的人，把女裙布条挂置于大门处，则可抵挡恶鬼。

办完成人礼，对将要到来的婚姻生活有了更多的期待，但并不会因此有更多的了解，来自家庭的性教育完全付之阙如。放羊或者野外玩耍时，难免遇到蛇或者是狗在交尾，大人们总是露出一副嫌弃甚至是惊恐的样子。小孩子懵懵懂懂，不知道具体是什么情况，但也会因此把那当作"不吉利"的事件。

村里的妇女们闲聊，当然也会偶尔提到男女八卦。譬如山洞遇到过幽会的男女，被视为不洁的事情。看到的人不能声张不能捉奸，还得悄悄拾一块石头，压在目击之处，那样一对幽会男女就会不利，而看到的人才可以转祸为福。甚至于还需要为此举行毕摩仪式，进行驱魔活动。不懂事的小孩子倘若好奇去观看，一定会被及时发现的大人们一阵怒骂。

在那个年代的许多黑彝那里，"处女膜"不是一件那么珍贵的事情，民间青春期男女偷吃禁果的事情也不算少，但是罗乌依旧保持着一种非常强悍的保守倾向。

惹作父母曾经见识过有人殉情自杀，男女两个拥抱在一起，双双坠崖，十天半月之后方才寻到尸体，已经被秃鹫野兽啄食大半，他们并未因此惨状获得父母的原谅——虽然他们已经死去，但是不听从父母给安排的婚姻，已经令家族蒙羞。

大姐苦曲日出嫁得早，那时惹作还很小，印象不深。随后，年纪稍长的姑娘们陆续出嫁，她也参加过几次"哭嫁"，惹作总是能和家里的嬢嬢婶婶哭作一团。她慢慢明白，"婚姻"就意味着离开亲人去"远方"，那些年轻的新嫁娘，脸上还带着没来得及擦干的泪水，就像被割走的荞麦，消失在路的尽头，只剩下萦绕不绝的马蹄声，嗒嗒嗒，嗒嗒嗒。

时间已经来到了2010年，外部的世界还在加速变化着，美国电影《阿凡达》开始使用了3D技术，电影屏幕上的人物仿佛触手可及；上海举办了世博会，有七千多万人涌入这个城市，去见证各种科技给人类带来的奇迹。这一年的苦惹作依然猫着身子，在太阳底下滚烫的地里，用锄头把成熟的洋芋一个个挖出来，洗干净堆在二楼。在她的生活里，洋芋也就是土豆的烹饪方式不外乎火烧或水煮，她没见过可能也没想到过普通话叫作"土豆压泥器"的东西，摆在宜家的货架上，可以把洋芋压成泥，其实只算一种没什么科技含量的发明。

和高山上的所有人一样，惹作过着具体而微的日子，她没去过比县城更远的地方，没见过现代文明的人潮汹涌。罗乌的女人们，生于群山之中，也将死于群山之中。除了神明，不知道该敬畏什么；除了鬼魂，也不知道该忧惧什么。

## 6. 骨头·订婚酒

惹作成人礼的那天，嫁去雷波县瓦岗的堂姐苦几则回娘家省亲，也过来帮忙。看到惹作出落得这么漂亮，她立即想到了丈夫的堂哥苏甲哈。"两个人都这么好看呐，太般配了。"她喜滋滋地和丈夫提起这件事。

苏家，彝文写作"𘂈"，发音是"苏兹"，意思是"管人的人"。两家的通婚要从四五百年之前说起：苏家和苦家那时候相隔一个狮子山，这座山的彝语名字是沙马莫伙波，意思是"沙马土司屯兵和召集兵"的山，"但凡土司召集兵员到山顶不按期都要受罚"。

谙熟苏家历史的苏史古说，苏家和苦家开亲还有一段渊源：苦家一直仰慕苏家的名声，三番五次表达通婚的意愿。但是对于"根骨很硬"的苏家来说，为了保证血脉的纯正，在此之前只和特定范围的黑彝，或者白彝中最顶级的阶层通婚。

按理说，苦家和苏家等级一样，都是白彝的最高阶层。但是苏家根据历史上的某些细节，认定自己的家族要比苦家根骨更好一些。

虽然两家都隶属于土司，但是沙马土司属于客居在苏家的土地上，苏家对土司没有任何的责任和义务。仅仅在土司打冤家或者受到外来者抢掠的时候，自备枪弹人马在土司的带领下打仗而已。

而在沙马土司管辖之下的其他家支，除了一般的纳税上税，还要履行一些特殊的"义务"，比如下属的黑彝马家，土司家结婚的时候有要去接亲的义务；黑彝吾塞和侯姆两家，在土司祭祀的时候，有报神名讳的责任。苦家也如此，在沙马土司嫁女儿的时候，必须得出一个陪嫁丫鬟，这是苦家必须履行的义务。苏家认为这是两家之间不可忽略的差别，因此两家之间从未开亲。

后来，苏家第四代祖先有天去昭觉的日哈乡参加骑马比赛，苦家下属一个白彝阿紫上前说："英雄，你这匹马看上去威武雄壮，可不可以借给我骑一下？"骑了两圈以后，阿紫就把苏家的马骑跑了，苏家老祖左等右等不见人，召集了人马准备杀到苦家大干一仗。

抵达苦家时，发现他们非但没有喊打喊杀，反而在杀牛杀羊又杀鸡，这在彝族是最高礼遇。阿紫的主子诚恳致辞：对不起了，这是阿紫的主意，但如果不是这样，你们怎么会过来和我们一起喝酒？

于是两家人就坐下来，痛痛快快喝了一晚上，八个大汉最后喝下了三十三坛水酒，盛坨坨肉的盆也换了十三茬。喝到二麻二麻，苦家头人举起杯，提议和苏家结成儿女亲家："你的女儿和我的儿子结成亲家吧。"

第二天酒醒，苏家老祖就反悔了，就把自己的顾虑说了出来："你们家和我们家有点不对等，你家是对土司有一定责任和义务的，我们家可是没有的，你要把这个责任免了我才能答应你。"没想到苦家马上和沙马土司汇报说，想和苏家结亲，他们家提出了这个要求怎么办？土司当即免除了苦家的义务，以后不用再出陪嫁丫鬟。

如此一来，两家级别算是扯平，苦家应该配得上苏家了。但是直到两家进行通婚的时候，苏家老祖还是有点不乐意。但又不得不履行承诺，就把家族中一个姑娘嫁给了苦家，据说这个女人说不出话，智力也不如其他人，但女人嫁过去之后为苦家生下两个男孩。

到了苏家第五代，因为四只鸭子，苏家和瓦岗镇对面马尔洪村的黑彝布色打冤家，苏家被杀了四人，对方死了六人。那两个苦家的男孩听说舅舅家被人欺负，跳起来发誓说："我们必须得给他们撑腰！"苦家纠集三四百号人，加入苏家共同作战，还因此死了七个人。苏家上下大为感动，认为苦家不仅有血性，武力也很强，值得亲上加亲。两家人又坐在一起酣畅淋漓地喝酒，再次喝得二麻二麻，一晚上就缔结了三四十桩婚姻，从那以后，两家世代通婚，血脉相融。

彝族各姓之间的关系，爱恨交织，淋漓尽致。如果爱，就亲上加亲，一代又一代通婚交好；如果恨，就以血还血，成为世代寻仇的冤家。直到今天，苏家和苦家即使有过若干矛盾，但因为双方通婚历史过于悠久，血浓于水，最后总是能言归于好。

1985年，苏家头人的姑姑嫁去了金阳县。头人的爸爸苏尔哈也会偶尔背着苞谷去那边看望堂姐。有一回，他甫一落座，堂姐家里就生火、磨刀，以杀猪这种隆重的方式来款待他。直到坐下来喝酒吃饭，才发现杀了两头猪。他好奇地问，待客一头猪就足够了，为什么要多杀一头？站在旁边的苦家亲戚就笑了笑："你不是刚生个女儿嘛，预定给我家做媳妇吧！"

像这样两家家长随口就定下来的婚姻，

比比皆是。细数起来,两家可谓是盘根错节,息息相关,亲上加亲自然是再好不过的事情,惹作的堂姐苦几则嫁给了苏家第23代的苏取且,苦几则对叔叔苦友古极力夸赞苏甲哈,"勤劳能干,骨头也好,两个人很般配"。

苦家第20代苦惹作即将迎来人生当中的首次提亲,对象是来自苏家的第23代苏甲哈。这桩婚姻,自然也是苏苦两家无数次联姻中的最新一次。

两家人在媒人苦几则家房子里会面,在燃起的火塘前互相问候,苏取且不断往干柴里添加苞谷芯,火焰蹿将起来,干柴中夹杂着的竹枝,仿佛鞭炮般噼啪作响。

惹作和甲哈坐得远,中间隔着惹作的父母、哥哥和甲哈的妈妈,室内光线黯淡,两个年轻人看不清对方的长相,因为没有机会交谈,脾气秉性性格爱好更是无从了解。惹作除了知道"甲哈"这个名字大致意思就是希望无病无灾,其他信息一无所知。开始是闲聊,甲哈妈妈讲起了今年种了七八亩苞谷,收获颇丰;苦友古则惋惜由于去年大雪封山,10头羊从悬崖上掉了下去,损失了一大笔钱,他还提到自己用陷阱捉到一头野猪,伸出三根手指比量着野猪脂肪的厚度。

双方父母交换了一些基本的情况:家里几口人多少地,几头牛几头羊,是否欠别人的钱……不过这些物质条件并非最重要的因素,没有麻风病、狐臭等恶疾才是可以放心结亲的前提。

"他家可以种苞谷,当时觉得条件挺合适,"苦曲者说,"终于可以不用再拿洋芋和人换苞谷了。"因为海拔太高,罗乌无法种植苞谷,只能种植荞麦和洋芋作为主食。

那个下午,酒杯转了无数转,从苦友古手上转给苦几则,又从苦几则手上转给甲哈妈妈,肚子里灌满苞谷酒之后,两家长辈谈好了婚事,皆大欢喜。

很快,甲哈和妈妈、苦几则夫妇带着苞谷酒和彩礼去了罗乌。苦家杀了一头猪,前来帮忙的堂弟举起从猪身上掏出来的胆和胰,呈给在场的人看,高声说:"是吉兆!"

惹作换上了干净的百褶裙,假装在屋前的马路上踱步,一起放羊的姐妹们不会放过取笑惹作的机会,虽然她们自己也只是半大的孩子。惹作拿起火钳作势打过去,把她们赶走后,想到院子里帮忙,四处都是人,根本插不上手——整个罗乌的苦家亲属都来帮忙了,杀猪煮肉、准备餐具,惹作忙着把羊赶入圈里,多半都是为了掩饰羞赧。

甲哈妈妈掏出两千五百块现金,一张张清点完毕交给媒人苦几则,苦几则再把钱放在盘子里,双手托起递给苦友古。苦友古接过钱后,又请苦几则再当场清点一遍,这是一半的彩礼钱。苦惹作也是第一次见到这么大一笔现金。上完彩礼,两家人举起了手中的苞谷酒,惹作的妈妈牙齿没有从前整齐了,但她也豁着牙,多干了几杯。

那是段交叉叙述中带有混乱的回忆,苦几则所记得的,只有惹作的一个堂叔到她家,和甲哈的妈妈喝了酒,拿了点钱,就简简单单把婚事定下来了。看来只有喝酒这部分是确凿无疑也是唯一重要的,这杯酒意味着这对青年男女的婚姻大事已成定局,当地歌谣有云:

山上的树那么多，没砍之前没主人；
　　天下坝子那么多，未开垦前无主人。
　　人间姑娘千千万，未喝酒前无婆家。
　　杀猪宰羊喝酒后，从此有了婆家人。

　　两个陌生男女之间终身大事的缔结就是这样，如果写成歌曲，甚至还不如惹作喜欢唱的那首歌曲《阿衣阿芝》长。堂弟苦七金记得惹作的歌声很特别——彝族人天生都擅长音律，她喜欢对着空旷的山坳唱歌，这会使得他们的嗓音里有着山的宽阔。

　　那首歌唱的是苦命的彝族女子阿依阿芝，出嫁之后想回娘家，勤勤恳恳地干活，却受尽欺凌，饭都吃不饱，公婆、丈夫都不同意她回娘家探亲，她忍受不了，翻山越岭想逃回娘家，不料在路上遇到了老虎，等到娘家人找来的时候，阿芝已经被老虎吃掉了，只剩下一条乌黑的辫子。

　　在这绵延无尽的大山之间，那些不识字的彝族女性把这个悲伤的故事一代代传唱了下来，倾诉着远离家乡，被迫切断与母亲之间联系的悲伤，她们在这样的歌声中出生长大、嫁人生子，忍受着永难摆脱的贫穷、侮辱和虐待，然后在火塘边把这首歌教给自己的妹妹和女儿，再唱着这首歌把她们送去远方。

　　定亲之后没多久，惹作的母亲突然在山上晕过去，也不知道是中了什么邪祟，在床上躺了几天以后，开始高声和她过世的阿母交谈。在她的呓语中，家人似乎都看到了那个忧伤的亡灵就坐在那里，拿着一块荞粑，想要堵住下颚的一个洞，却有止不住的泪水从洞里汩汩流出。

　　家里人急忙去请大毕摩算卦，回来之后苦友古让惹作准备好了一只黑山羊，第二天全家人都早早地起了床，忐忑不安地等着大毕摩在吉时前来。

　　毕摩盘腿坐下来扎着草鬼，一边念念有词，他反复咏叹，像在念诗，又像是在唱词；像是在和神对话，也像是在和那奄奄一息的生者交流。

　　惹作的阿母并未完全清醒过来，折腾了一天之后，又开始在床上翻来滚去，头发散落在前额，关节咯咯作响，嘴里念念有词，仿佛此刻她过世的亲人正一一来到房间探望她。"阿母！"她喊着，"阿达！"试图伸出手臂去触摸幻觉中来接她的亲人。"玛尔火布，克尔龙博，你黑呢，尼哦托指，额黑呢，额哦托指！"她看见了白天的太阳，也看见了晚上的月亮，她在召唤大家看，"在你头上，在我头上！"

　　毕摩的仪式整整进行了五个小时，屋子里已经坐满了人，观望、担忧、茫然，在人群中观望的苦曲者老婆尖叫一声，像是被什么神秘的力量击中，也陷入了谵妄，扭来扭去，胡言乱语，大家吓得呆住了，还是惹作清醒过来去扶起了嫂子。惹作的姑姑摇着头，"直儿莎库阿瓦，"感叹着运道怎么会这么差，一边抹起了眼泪。

　　阿达呆呆地站立着，直到毕摩收拾好起身离去，才匆匆从兜里掏出十块钱，讷讷地说："只凑到十块钱，对不起了……"毕摩没收钱，用手把惹作端来的荞麦酒挡了回去，"有啥子关系嘛！"毕摩摇着头，建议用一只阉鸡在苦曲者老婆的身上擦三圈，放在家里的竹灵之下，祈祷祖灵保佑，休息几天再来找毕摩占卜，或者是翻过五座山，他用手一指，"洛觉镇那边有个罗家的大毕摩更加擅长治这个"。

惹作妈妈是第二天凌晨时分走的，惹作做了酸菜汤，刚端上来，还没来得及吹凉。

### 7. 哭嫁·分家饭

一盆盆清水泼洒到空中，漫天交织，仿佛大雨降临，阳光在水幕上闪着七彩的颜色，连接成彩虹，因为那水幕持续不断，彩虹也一直闪烁着，这本该瞬间的灿烂竟好像永远都不会消失。彩虹之下，清水接连不断落在了年轻男子的头上、肩膀上、背上……远来的男人们四下奔逃，试图躲开四处泼来的水，村里的狗也在他们的脚下钻来钻去，打乱他们的脚步，看热闹的小孩拍手叫好，眼睛笑成了一条线。"来了，来了，新娘子来了！"姑娘们叽叽喳喳，手上可不闲着，几十盆水就泼了出去。

苦惹作当天穿一套蓝色的婚服，稍一动作，挂在胸前的银饰就会发出叮叮当当的声音，衣服是惹作的姑姑花了整整一个星期赶制出来的；而她身上闪闪发亮的饰品——从头顶高耸的头饰，到长长流苏的耳饰，再到胸前背后沉重的挂饰，整套下来，光耗费的银子就有十来斤。举办这样一场盛大的婚礼，全家几乎倾尽所有。

按照习俗，来接亲的是伴郎团而非新郎本人，临近新娘家门口的时候，受到的第一轮"款待"，就是一大群年轻姑娘泼来的一盆盆清水。为了沾沾婚礼的喜气，附近村寨的姑娘们也特意赶过来，把凡是可以用来装水的工具都盛上水，把它放置于屋檐、路边、院坝、村寨路口等方便作战的地方。

姑娘们像狩猎一样耐心等待，务必一个都不放过。村里的孩子给姑娘做后勤，有的拿水盆，有的拿水桶，供应姑娘们一盆盆泼过去。清水能驱魔除邪、带来幸福。泼水入地，也是预祝好姐妹惹作嫁到夫家后，无须到很远的地方背水。

打头阵的几个伴郎穿着事先准备好的瓦拉——也就是毛织披风——首先冲阵，他们冒着倾盆大水把姑娘们放在屋檐下的水倒掉，希望"牺牲"自己，可以成全后面的伙伴们尽快跑进屋里去接亲。他们一边躲避着泼来的水，一边向惹作的阿达苦友古求饶，祈求他能让姑娘们暂停一下，以便顺利地进屋休息。

在这种喜庆的场面上，谁都知道这种求饶是一种无用功，惹作站在一块石头上，指挥着姑娘们的行动。"后面还有一个，躲在那树下没过来，你们别放过了！"她表现得过于活跃，如果不是舅妈让她注意形象，看样子她恨不得冲出去自己泼水了。

即使远来迎亲的客人们跑进屋来，也不能免于水的洗礼，"来的都是客"，姑娘们咯咯笑着，把一盆又一盆的水泼到客人身上，直到他们从头到脚都湿透了，毕竟是冬天，迎亲团队哆嗦得像一群落汤鸡。惹作姑妈拿出早就准备好的察尔瓦，给浑身打湿的伴郎团换上。

这是惹作以"姑娘"的身份在罗乌的最后一天，火塘里的火焰在房间通宵不灭，火星子一直欢快地飞舞着，亲人们涌进房间给惹作送上祝福。不擅长饮酒的苦惹作端起酒杯，一个一个地敬过去，堂伯堂叔堂哥堂嫂，她也会听到这辈子最多的叮嘱：去到别人家，好好孝敬公婆；听从丈夫的话，帮他一起打理好家庭；多生几个儿子，日子兴旺发达……

子夜时分，苦家的婶婶来帮惹作重新梳头、重新穿婚服。这位女性长辈必须属相和惹作相生，生养众多，子女勤劳能干。在其他女性亲属的帮助下，依次给惹作戴上耳环、头饰、挂饰，罩上有着复杂装饰的盖头，盖头上插着野鸡的羽毛，用以避邪。

结婚是彝族女性最重要的大事，婚礼吉服的穿搭是有严格规定的，层层叠叠，繁复庄重。按照习俗，上身穿三件新衣，下面着四件彩裙：贴身是亵衣，然后穿白色的长袖衬衫，衬衫长到脚踝，宽衣窄袖，胸襟、项背、袖口镶贴红色的花边。外穿短袖罩衣。身上的罩衣左边开全叉，系上九个彝族风格的纯银纽扣，另外一边开叉两指多的尺寸，不系纽扣。衣服上以各种刺绣技巧——包针绣、压针绣、挑花绣、打籽绣、堆绣、锁绣等，绣满了各种精致的图案：绵羊角、波浪、彩虹；下身则是全羊毛的百褶裙，裙的下端黑白相间，配合上身的蓝黑二色，素净端庄，褶皱四散开来的时候像一朵喇叭花，轻盈飘逸。

梳妆完毕，惹作被拥至房前的果树下坐着，寓意她在将来的婚姻生活中，能像果树那样开花结果，多子多福。姑姑、婶婶、堂姐妹们早早铺好毯子，惹作跪坐在上面。堂弟端来食物，惹作吃一口米饭，一口肉，一点鸡蛋，倒一杯酒敬祖先神灵，以示女儿出嫁了，来去平安，婚姻幸福美满，将来一生幸福安康。这是一碗心酸的"分家饭"，从此女儿出门成了别人家的人。毕摩为家里做仪式，惹作都不能算作其中的一分子，算是和娘家彻底划清界限。

喝分家酒的树下，女性亲属和村里的阿妈们唱起了哭嫁歌，《妈妈的女儿》。这首流传已久的歌曲，以一个出嫁女孩的口吻，唱出了彝族女性对不幸命运的哭诉，家庭条件艰苦，自小穿着烂童裙和破毡褂，生活中只有放牧跟牛羊，割荞捡荞穗。而婚姻又不能自主，成为家支维护血统和对外交往的工具。

穷了就卖女儿吃，
女儿身价也不抵用的吧？
叔伯父兄们呀，
女儿的血已换成酒喝，
肉已换肉吃尽了，
骨头换钱用了。

不轻易表现感情的彝族女人，总是会在哭嫁歌的这个环节涕泪横流，悲痛欲绝，她们既哭行将远嫁的年轻新娘，又哭自己多舛的流离命运。《妈妈的女儿》对彝族传统观念中的重男轻女现象也有直接的控诉——"哥是家内人，妹是家外人。哥哥好比存留钱，妹妹像是零花钱。"

不要有林中"咕思"鸟，
鸟鸣思断肠，
但愿天下人中，
不要再有女儿了。
嫁女多伤心啊，
女儿想在婆家死，
又怕死后哥哥赔进命；
女儿想在娘家死，
又怕父母钱财赔进去；
女儿想在荒野死，
又怕虎狼撕扯女儿尸。

女儿怎么办?①
……

哭嫁歌在离家前夜和送亲的路上都会唱,善哭者绵延数十里,哭声不绝。嫁而哭,哭而嫁,代代相传,家家如是。在娘家把一切的忧愁痛苦用泪水冲刷掉,哭得越凶越悲切,娘家人心里越觉得安慰。新娘哭得伤心,婚后的生活就越好。惹作的哭声一起,女人们也开始哭,嘴里的唱词开始含糊。年龄稍长的婶婶们触景生情,哭得差点晕过去。

按照习俗,喝分家酒和把新娘送走的场合,父母都不出现。苦友古披着一件厚实的察尔瓦,面无表情坐在屋里,喝了整晚的荞麦酒。那天他喝酒仰脖的姿势如同一头眺望山谷的老山羊,绳子都拉不住的倔强。

这里无论男女老少皆饮酒,酒量也好,仿佛不到一斤白酒,绝不会暂停。他们大多喝两种酒:"ꑸꎭ"和"ꑸꉙ"。音译"支日"和"支秋":"支日"就是把荞麦拿来蒸煮发酵,酿成的一坛坛荞麦酒,偶尔会有人从高半山的瓦岗带回来苞谷面,做成"支秋"也就是苞谷酒。若有客人来家,决计少不了酒,在这里,判断一家女人是否能干的标准之一就是会不会酿酒。

婚宴和葬礼就是彝族人最丰盛的酒局,主人家倾家荡产都要让客人喝到尽兴,喝到酒酣耳热,唱歌起舞。伴郎进门钉下的马桩上,等得太久的骏马打着响鼻,马蹄刨起泥土。凌晨的时候,手腕上缠着一截红丝带的伴郎把惹作轻而易举地背起来,放在了马背上。

## 8. 大雁·天生桥

罗乌苦家的女儿惹作骑着一匹灰色的母马,在送亲队伍的簇拥下向瓦岗进发。一路上她必须翻过27座山梁,穿过一片又一片的松林,常常能听到金钱豹和野猪在密林中咆哮吼叫,也有鸣声清脆的蓝色画眉轻快地从眼前飞过。惹作一路都在哭,悲悲切切。

走过日常放羊的百草坡,一群大雁高飞低回,高山湖泊响彻阵阵雁鸣。"为什么会有这么多大雁?"骑在马背上的惹作问。

那正是大雁组成雁阵北飞的季节,小雁的翅膀还未试过长途飞行,母雁总在这个时候狠心催促,让它们加入高空中的雁群。一个不情愿离开母亲,一个狠心用翅膀去赶,赶走没多久,小雁又飞回来,母雁再赶走,双方几次拉扯,反复纠缠,直到它们真正成行,去实行它们的成年之旅。每年皆会如此。

看到过这种场景的人都会为之而动容,母亲辞世不久,惹作必定还没有从那悲痛中恢复过来,更容易触景生情。惹作的阿达也如此,彝族人几乎不会因为丧偶而在人前表现出悲伤,那段时间他喝得很多,似乎只有喝酒才能让他逃避妻子已经离开的现实,甚至一早起来就抱着荞麦酒的瓶子,偶尔才抬起血红的眼睛回应一下子女的关切,身上的察尔瓦满是污黑的油垢,委顿不堪。

在野草和松林的清香中,小路随时消

---

① 节选自四川民族出版社《凉山彝族礼俗》。

失在深不可测的地方，黑暗中的送亲队伍只能抓住马尾巴依次前行。为了节约马的脚力，送亲队伍不时需要停下来。休息的时候，哥哥苦曲者拿出一块小毛毡，让惹作坐在上面。

男人们四处搜罗枯叶和树枝，生起火堆，然后围火蹲坐，苦曲者从布包里掏出出发前准备的荞粑粑，分给惹作之外的众人——按照习俗，此后一直到夫家，新娘都不能吃东西，双脚也都不可以沾地。

惹作摸出随身携带的口弦，那是阿母留给她的遗赠。手指轻拨簧片，嘴唇控制气息，口弦的声音悠扬婉转，就像溪流蜿蜒，淙淙作响。成百上千年以来，深山的人们心情无处倾诉，就会倾注在这小小的乐器上，说给山崖、树林和云朵。

"停下！"

也不知走过了多少的险路和犬牙交错的山崖，领路的伴郎突然喊住了送亲队伍，他说接下来必须绕道走，因为前面就是"天生桥"。

多年以前住在河左岸的一位小伙子，娶了个河右岸的姑娘，接亲路过"天生桥"，马突然受惊，新娘从马背上跌落到桥下。接亲和送亲的人慌忙下河施救，奇怪的是新娘明明安然从容地端坐在桥下。可不一会儿，如花似玉的新娘就变成一堆白骨。接亲和送亲的人被吓得惊恐万状，四处逃散。人们说这里有一个叫作"鲁阿朱"的鬼在作祟。从此以后，无论是新娘第一次到夫家还是新生了小孩，都不能过"天生桥"，必须绕道而行。直到今天，也是这样的规矩。

惹作继续骑上马，一路沿着阿则洛村、岩脚村、打古村、宝山镇，穿过落石高发区域、风暴的藏身之处和黑暗的沼泽，绕过了《天生桥》，又穿过了被称为"死亡陷阱"的两个山谷，直到精疲力尽之时，有人指了一下远处，眼前的云霭被吹散开一道缝隙，可以看见对面山坳中成片的房子，在阳光照射下熠熠生辉。

那就是他们要前往的"瓦岗"，彝文写作"ꃪꇤ"，发音是"瓦嘎"，意为"穿过悬崖的路"，还有一个意思是"美丽的地方"。

## ２０１０年，瓦岗

瓦岗镇，位于四川省凉山彝族自治州雷波县，海拔 1329 米。一群面孔黧黑的人世世代代生活在这里，他们种植土豆和苞谷，用歌声驱散飞鸟和野猪，他们攀上悬崖采掘草药、蘑菇和野果，在火塘旁歌唱、幽会，或者立下神圣的誓约。当外面的世界天翻地覆，他们依旧生活在古老的传统中，他们崇拜山川大地的各种神灵，笃信毕摩文化，和牛羊交换灵魂来治疗病痛，常常参与残酷血腥的家族战争，一个不够强悍勇猛的生命在这样的高山密林里，根本无法生存。这里人人都知道那句话：男人活过三十岁是种耻辱。

### 9. 坨坨肉·莫且格且

在瓦岗人的记忆里，2010 年冬天异常寒冷。北方袭来的冷空气久久不散，山脚下的平地仿佛冻僵的冰床。房前屋后的柴堆上堆满了积雪，苞谷地里光秃秃的，秸

秆收割后留下的根须有铁器的质感。羊圈里的小羊晚上冻死了，摸上去皮毛还是湿软的，身体却像硬邦邦的石头。人们从外面回到家，进门前先得跺跺脚，希望可以把寒气从裤腿上抖掉。

迎接新妇，苏家大摆筵席，宰杀了一只羊、三头猪、若干只鸡，这是吃坨坨肉的好日子，茶缸里盛满的苞谷酒，转了十来轮，喝光了再满上。

抵达夫家之后，新娘还不可以进入房子，而是在屋前树枝搭建的小房子里铺块毯子，惹作会坐在里面重新梳头，把头盖取下来，换成一个大的黑色头帕，再重新佩戴上那些银质头饰。苏甲哈家请了一个四五十岁的女人帮忙梳头，按照习俗要求。她必须是儿女双全，生肖与惹作相合的，梳好头之后，她拿给惹作一个鸡蛋吃，一点酒喝，这之后毕摩口诵经文，向苏家的列祖列宗告知新娘的名字并赐予祝福，然后新娘才能进门。

已经没法统计这场婚礼来了多少宾客，凡是得到消息的四乡八邻都会自觉前来，根本不需要邀请。有个前来帮忙的邻居记得，他那天刷了300次盘子，分了400份肥猪肉出去。当参加完婚礼的客人拎着塑料袋走在路上，很难不让人注意到袋子里那坨让人垂涎的肥猪肉。更多人听闻消息后来到婚宴上。苏家院子里的尘土一次次被扬起来，始终无法落下。

参加婚礼的宾客中，头人苏取哈无疑是最引人注目的人物。他的名字是"拥有财富"的意思，镇上的人总拿他的名字作为范例，说明一个人的运势和名字息息相关。这位苏家的首领宽脸盘，脸肉厚实，法令纹如同刀削一般，神态威严。当他穿着一件带领的外套，脚蹬皮鞋，拎着手机走进来的时候，那种威严的神态似乎是在向所有人宣告：在伟大的家族姓氏庇护下，苏家想娶谁就能娶到谁。

苏家院子里站满了人，晚到的甚至找不到下脚的地方，苏甲哈的叔叔伯伯，堂哥堂弟堂姐堂妹，惹作的堂姐苦几则都蹲坐在地上，所有的亲戚，不分辈分，从院子到屋子，每七八个人围着四五大盆菜，一边欢声笑语地互相敬酒，一边奋力地和坨坨肉搏斗，一坨又一坨，一盘复一盘。

婚礼也是彝族人的社交场合，平日里家家户户都在忙着劳作，亲戚之间也无暇走动。婚礼是家族乃至全村的大事情，远亲近邻聚在一起，嘘寒问暖，互通声气：同一大家族下面有不同的分系，男性长辈会带着正在长大的孩子，介绍给长辈们，以便慢慢接班；刚嫁进村的新媳妇则由婆婆陪同，从身上的布包里掏出叠好的礼金——大多就是二十块钱；有些长辈自家男孩已到婚龄，也会乘机来看看刚过完成人礼的女孩子，心中盘算适合开亲的人家；自然还有多日不见的老姐妹，举起一支支啤酒互致问候。

按照习俗，新娘家送亲的人是最尊贵的客人，最先入席吃饭。送亲队伍吃喝完毕，饭菜撤下，厨房里该洗刷的洗刷，其余的嘉宾落座，马上换上第二轮新的菜。苏家在瓦岗是最强大的家族，前来参加婚礼的亲友人数众多，这样的流水席要经历至少三四轮。

直到天都黑透了，来宾酒足饭饱，盘子收走之后，人们会聚在挂满喜字的梨树下聊天。年轻男性会围着火堆，开始引经据典开始辩论。家族长老鼓励年轻一代在这样的场合"出风头"。

"我来问问你，神话中的物种起源是怎么回事？"

"你之前说那个偷东西的人应该重罚，我认为你说得不对，理由如下……"

这样的辩论未必会有一个结果，但可以充分展示自己的逻辑和口才，长辈们会在心里默默地打分，作为将来选择家族首领的参考。这种时候，头人苏取哈的儿子苏史古因为在成都念大学，引经据典，学识渊博，往往博得众人喝彩。

夜色更深一些的时候，年轻人开始跳舞。借来的先科音响低音强劲，咚咚咚震得大地都在颤抖。舞蹈也是婚礼不可缺少的部分，不管是在新娘家还是新郎家，热舞总是不间断的。离瓦岗不远的马颈子镇，男人可以借着结婚跳舞的时候，把喜欢的女孩子一把抱起来，这种行为在瓦岗是被绝对禁止的，哪怕是普通的交谊舞，也绝对没人敢跳。

小伙子们特别喜欢跳的舞蹈是"三十二步"，一种融合了迪斯科和集体舞的舞蹈，需要记住一定的步伐，三人一排，扭胯跺脚，这种舞蹈直到今天还在瓦岗流行着。他们如同敏捷的豹子，在泛着啤酒泡沫的泥地上欢腾，女孩子们羡慕又害羞地躲在一旁，看着他们舞动，空气里全是荷尔蒙的味道。

全村几乎所有的人都要来参加婚礼，一批客人吃饱喝足辞去，下一批客人迅速加入。人们不知道喝了多少箱蓝带啤酒，村里唯一的小卖部几乎被搬空，家里酿的苞谷酒也喝光见底。

没有人能看到新娘的模样，她时刻捂住自己的脸，从被背进来开始到毕摩指定的方位坐下，新娘要避免让人看清自己的长相。客人们最多只能透过宽松的服饰看到她的身形，以及透过纤长手指涌出来的泪水。苏家有位亲戚记得，新娘苦惹作和两边陪着的伴娘沉默地坐在那里，眼泪止不住地从手指缝里流出来。"这是好事啊！"她喜滋滋地说。直到又被送亲的人背着回门为止，哪怕手臂酸麻，新娘都不好意思放下手。整个婚礼全程，屋子里的惹作也见不到自己的新郎。

苏家选定的婚礼场所，是卡在小斜坡的一栋黄色土房，顺着山势建造，门口有一小块平坦的石阶。甲哈在里面和兄弟跳了"三十二步"，头上还冒着热气。他走出来坐在台阶上。摇摇手中的啤酒瓶子，一口气干完，然后开始大声歌唱。

他唱的是《莫且格且》，翻译成汉语就是《幸福》。

> 与你相知
> 我心中比蜜甜呢，
> 心中比蜜甜呢……

婚礼举行完毕，新娘就要回门。甲哈的堂妹拿着簸箕，向天上随意抛撒着苞谷粒——这是祈求吉祥幸福的祝愿，被苞谷砸到的人能幸福一整年。

回门结束，已经是婚后第五天，甲哈家找毕摩算好了，这是月亮出来的一天，也是和女主人熊尔各生肖相合的好日子，准备好做仪式的树枝，还有猪、羊、鸡，在家里的火塘边举行转魂接纳仪式。惹作坐在下方，甲哈和叔叔伯伯等男性长辈坐在火塘的上方，毕摩向苏家的祖先告知惹作的名字，将她的魂迎到夫家的火塘边。

隔壁找来的年轻小伙子把鸡和猪、羊逆时针在全家头上转，之后宰杀牲畜，吃完饭之后在毕摩旁边放上两个碗，舀上清澈的水，其中一个放上几颗苞谷粒，另外一个放进一点白色的炭灰，还要准备好两根长的稻草，在甲哈全家人身上蹭一下，打成两个结，又准备好黑色和白色的树枝，各自在上刨出九条枝条，削到连在枝干上，一扯就掉的程度。

一边做着仪式，毕摩也一边开始念经："你的脚踩过的地方，眼所见过的地方，口所说出的地方，耳所闻的地方，说错了，做错了，走错了，一切都归零……"意思就是新娘和新郎没结婚之前做过的一切，如果有什么坏事，这一切从今以后归零，他们的日子从现在重新开始。

帮主人家将身上晦气洗净之后，毕摩大声问甲哈："从今以后，让你们感到不安的，还会不会缠绕你们了？"甲哈回答："不会再来了！"毕摩最后才端起一杯酒，让新郎喝一点，让新娘也喝一点，这就是彝族真正意义上的"上户口"，苦惹作正式成为夫家的正式成员，将得到苏家祖先的庇佑，顺利生儿育女，开枝散叶。

## 10. "白之上只有金影"

数百年以前，还是挽弓搭箭，猎虎取皮、猎熊取胆的年代。出生于美姑的帕察阿省是个出色的猎人，他通过"智取沙马穆古"之后，阿省的后代也就是苏兹家不断发展壮大，成为当地一家独大的家族。自此以后在这片土地上，无论大小什么事，通通都是苏兹家自己做主，彻底摆脱土司的控制，成为没有任何束缚和约束的极少数独立白彝氏族，也凭借自己的特殊地位让瓦岗地区成为"白彝的天堂"。

清朝中晚期改土归流后，苏家决定拜请沙马土司为"投名主子"，这也是沙马土司求之不得的事。沙马土司迁居沙玛穆古后，因是苏家的地盘，与苏家不以主仆相待，而一直以弟兄相称，与苏家相互依存。苏家对沙马土司不交税赋、不纳贡、不服劳役、不献酒、不送猪头等，没有任何应尽的义务。在凉山彝族《克智》《尔比》中那句常出现的"黑之上有白帽，白之上只有金影"，这句话中的"白帽"指的就是苏家。彝族民间口头文学、记忆文学中及彝族在婚嫁时主客双方在笑谑、自诩、对赛、自夸时，苏家被作为凉山地区四大黄金白彝家族之一，号称"从来没有受过他人奴役"，这是苏家卓然地位的一大骄傲。

1956年以后，参照汉族的百家姓，"苏兹"改成"苏"姓。至今，苏家在瓦岗定居已有五百年左右，成为当地势力最雄厚、历史最悠久的家族。

1987年，苏家第23代的苏取哈冒着风雪牵着一头黄牛，步行三天三夜到云南昭通，以450块钱的成本，卖到了900块钱，又从那里运回棉布，赚到第一桶金。之后收购药材"小重楼"去卖，承包电影院、开办矿场、开办水电站，鞭策自己做了所能做的一切来改善生活，抓住过时代的红利和机遇，也曾经在危险的边缘各种试探，坐过牢，也当过劳模，苏家重新成为当地最富有的家族。

而瓦岗对苏家这一代人的尊敬主要就来自苏取哈，他是那种典型的传统式人物，却也在新旧交替的时代洪流中寻找过自己的位置。从十九岁开始，苏取哈足足做了四十年的德古，也同时成为苏家当之无愧的领袖。那些年，苏氏家族就由这个鬼都不怕的男人带领，大小事务都找他决断。

家族可以延续，头人一职却没有世袭，今年可能是这一支，明年就是另外一支。每一任头人首领都是从新的一代中"海推"出来的。苏取哈就是靠自己的坚定、顽固和公正而赢得了整个家族的尊敬。

对于整个瓦岗的苏氏家族来说，"尚武"精神是融入血液和灵魂的，苏家不但重视能武还看重行文，历来都有着"德古"传承。做大事赚大钱的苏取哈，尤其懂得读书的重要性，把五个子女和两个妹妹都送去读书。1989年，大儿子苏史古出生之后，苏取哈一直把他带在身边，观察德古调停和家族事务，希望以后可以子承父业。

在苏氏家族许多人的心目中，依靠口才取胜，表达能力出色的，除了苏取哈，就是苏史古了，接下来，苏甲哈也应该算一个。

1989年苏史古出生，1990年苏甲哈出生，苏史古的曾祖父苏取图是苏甲哈爷爷苏吉图的弟弟。两个人辈分不一样，年龄相当，都隶属于苏氏大家族下面的"瓦池"（祖宗）这个支系，是他们各自家庭的希望。

在凉山，大家把血脉称之为"根骨"或者"骨头"，而像苏家这样"骨头"很硬的家族，也特别看重尊严和规矩，因而几百年以来都在不停地用各种行为，尤其是通婚来捍卫他们的等级。

"因为地形地貌、土地结构和人员接触的不同，导致（高山和高半山、河谷）很多生活、思想、行为模式不一样。从对外交流的面而言，从低到高依次递减；从诚信道德团结观念而言，从高到低递减；从生存环境而言中间好两边坏；从生存能力而言两边高中间低；从血勇而言，从高到低递减；从财富积累而言，中间高两边低。因为生存的需要，苦家世居高山，他们人多有血气，帮我们打退过敌人，所以我们联姻，他们看重我们的传承和财富，我们看重他们的血气和勇武。和熊家结亲是精神的需要，和苦家结亲是生存的联系。"

关于苏史古总结的这些家族历史，十

五岁的新娘苦惹作一无所知。她只知道和只有二十多户人家的罗乌相比，瓦岗镇绝对是个大地方，这里世代居住着几个大的彝族家族，她的丈夫是最强大的苏家的骨血，比她大五岁，在多年前的某次苦家长辈的葬礼上，或许打过照面，据说长得也还顺眼。在这群山之中，作为一个妻子，她知道这些已经足够了。

## 11. 苏甲哈·洞房

尽管已经嫁为人妇，苦惹作终究还是个刚刚十五岁的少女，依旧有着孩子般的天真。回门到娘家，在众多亲人的围绕下，第一句话就是问苦友古："阿达，我可不可以不要再回去瓦岗了？"引得大家一阵哄笑。

这里的婚俗和汉族区别很大，没有"洞房花烛夜"这个环节。瓦岗到罗乌直线距离才20公里，但是实际走起来需要翻山越岭，非常不便。按通常的规矩，苦惹作本该回门三次，考虑实际情况缩减为两次。每次到了瓦岗，苦惹作都会偷偷打量自己的丈夫，这是人之常情，当然，新婚夫妻不能太快熟稔也是风俗中的一部分：苏甲哈比惹作大五岁，中分的头发压得和麦子一样平整，两只眼睛距离有点宽；个头不算高，但是骨骼粗大、肩背厚实，散发出一种西门塔尔牛似的活力，不失为一个精壮好看的男人。

最初的接触中，小夫妻连眼神都是相互回避的，有时候不经意撞到，惹作只会下意识地低下头，又扭过头去偷笑。

没有人会去教导她如何从"女孩"变成"女人"，大家从来都羞于谈起"性"。凉山彝族传统并没有关于婚前性行为的严格禁忌，在许多地方默认舅舅的儿子对姑姑的女儿有优先婚配权，即使年轻人在婚前有了什么，也不算很出格的事情。

罗乌是个例外，因为这里过于与世隔绝，居住在一起的二十多家都属于同一支系——彝族是严格禁止同一宗亲之间结亲的，不管相隔多少代都不行。平时聊天的时候，倘若在场的有属于同一个家支的女性，男人们就连下流话、脏字都不允许说。所以惹作直到婚后，才算是和异性有了第一次的亲密接触。

瓦岗的情况不同，这里人口众多，属于多姓混居的区域，婚恋禁忌不如罗乌同姓混居那样严厉。因此像苏甲哈这样外向生猛的男孩，在性方面很难说是一张白纸。瓦岗的年轻媳妇们私底下红着脸嘀嘀咕咕："瓦岗的男人嘛，和我们不一样。他们懂得多，也不知道从哪里学来的花样。"

惹作的堂姐苦几则今年四十八岁，背着上百斤的箩筐，稳得如同一匹壮年黑马。她有一双杏仁般的眼睛，鼻梁挺拔，从脸上很容易看出年轻时候的俊秀。苦几则十七岁时嫁到了瓦岗，对男女之间的事情一无所知。她亲生母亲死得早，一般来说，也不会有长辈对一个女孩传授这些知识。她的丈夫苏取且，苏取哈的弟弟，是家族中有名的美男子，年轻时给苏取哈放映电影，"他整天看各种电影，特别懂，在外面玩得也花着呢。"回忆新婚生活，苦几则感觉每晚都是丈夫在用强，自己过了很久才勉强接受男女之事。

又一次回门之后，惹作再次从娘家来到苏甲哈家短住，按照习俗，她需要找个借口，住在邻居家。而且新婚妻子需要和她的丈夫保持距离。"不能让他这么快得手，他才会尊重你。"人人都会这样叮嘱新婚的女性。但是至于具体怎么做，却没有人教给她。躺在床上的时候，她即使很疲惫，睡眠也会很浅，随时留意着门外的动静，像留意着一头随时闯入的野兽——在罗乌，人们会用铁棍、叉子、铲子、锄头对付野兽，此刻她即将步入到成人的世界，面对一个呼吸粗重浑身散发着荷尔蒙气息的人形"猛兽"，应该使用什么手段或者武器，对她来说，脑子里一片空白。

夜更深了，公猫们常常聚集在苞谷地里打架，许是抢夺地盘，许是争夺一只母猫的交配权。夜风吹过，没有闩好的门吱嘎作响。从窗户望出去，空中将圆未圆的月亮，涂抹上了一层淡淡的啤酒色，零星的灯火渐次熄灭，瓦曲拖村仿佛跌进密不透光的洞穴。黑暗中可以听见邻居嫂嫂的呼吸，还有孩童的梦呓，窗户下面的虫鸣，以及自己怦怦的心跳。"要想征服自己的女人可不容易，首先要弄清她当夜借宿于何处，待夜深人静破门而入，在黑暗中摸到她、搞定她。"此种经验之谈在男人们喝酒的时候，自然不乏私下交流。这种古老的习俗是为了表示女方的贞洁，也为了体现男方的勇武，在当地流传了许久，苏甲哈会不止一次地听到，并谨记于心。

黑暗中摸进房间的男人身上或许带着苞谷酒的味道，也可能夹杂着烟草味——辍学以后，甲哈很快就学会喝酒抽烟，并乐在其中。惹作紧张得一动不动地躺在那里，男人的手会轻轻地在她的脸上试探，呼吸粗重而浑浊。他们之间不可以有交谈，两人闷声不响地撕扯起来，但这只是半推半就的愤怒。惹作当然知道这个男人是自己的丈夫，但不会轻易放弃抵抗，她常年干活，力气不小，甚至和野猪干过仗。甲哈多半会在撕扯中耗尽气力，为了不惊动其他人，又蹑手蹑脚地离开。

这样的拉扯必须进行两三个回合，才算是合格。然后在某一刻，甲哈会捉住她的手臂，脱去她的衣物，惹作也会第一次深刻体会到，像荞粑粑一样任人揉搓的感受。

年轻的肉体相拥在一起，新鲜而温暖。不管还有谁在屋子里，都会屏住呼吸当什么都没有发生，这样的夜晚所有人都心知肚明，也默认新婚的男女之间要有这样拉扯的过程，这样才足以表明女人的贞节和忠诚。

除了借宿邻居家，还有一种避免尴尬的办法，那就是甲哈的妈妈找个借口"走亲戚"，在外借住一段时间，给新婚的夫妻腾地方。直到甲哈真正地把她"征服"，夫妻之间有了亲密关系，苦惹作终于成为婚姻中的女人，开启人生新的一页。

## 12. 德古·瓦曲拖村

苏甲哈挥动锄头的动作，干净利落，是个做农活的好把式。但他平日里的裤脚干干净净，看上去不太像经常下地劳作的样子。他的父亲苏尔坡是瓦岗镇瓦曲拖村的农民，种了一辈子的苞谷。大儿子苏拉哈生下来才四个月，老婆熊足取嫫就得病死掉，那时他已经五十几岁，又娶了比他小二十岁的熊尔各——大概因为熊尔各有听力障碍，才没有计较两人之间巨大的年龄差。生下了两个女儿之后，才得了小儿子苏甲哈。老来得子，自然百般溺爱，很多村民都能回忆起熊尔各站在地里，高声炫耀儿子的场景。

这里是大凉山深处一个少有人知的地

方，位于雷波县城西南，距县城70公里。一条土路从沙坪子沿着陡峭的山坡绵延而上，到巴姑时穿越一惊险路段，左面悬崖绝壁，右边万丈深渊，至咪姑、雷池境内稍有平缓。被沙妈莫伙、阿火瓦托两座高山和金沙江环绕隔绝，视野所及，全是重重险峻山岭，沟壑纵横，山坡的褶皱当中散落着一些骰子似的小房子，孤悬于世界之外。

世外，既有外人难得见到的美景，也有独一无二的生态环境：那些羊肠小道永远泥泞缠绵，进入雨季，公路一侧的山石特别容易受到惊吓，沿途洒下崩落的碎片。零星的当地人如同蝼蚁，背负背篓，或直接背着化肥口袋，在蜿蜒曲折的乡道艰难行进。此地气候变化通常并无过渡，狂风暴雨完毕，一丸太阳弹向天空，强光瞬间自四面八方劈面砸下，万物都不可直视。只有更高山间的雾霭山岚四季如常，人行走于山中，直如漂浮在云端。

不够强悍的生命，根本无法在瓦岗生存。甲哈有个堂哥上山砍柴，手下失了准头，斧头砍到脚上。脱下鞋发现掉了一个脚趾，就从身上扯下块布裹了伤处，拾起脚趾放进兜里，一瘸一拐走回家。他家什么都可以拿来泡酒：天麻可以强身，蜜蜂可以驱寒，蜈蚣和蛇自然是为了壮阳。至于那根脚趾，他把它丢到天麻、蜜蜂、蜈蚣和蛇之间，浸得白白胖胖，像一段浮肿的胡萝卜，不知道喝它泡的酒有什么用。

对苦痛伤残，瓦岗人通常有惊人的忍耐力。如果在地里被草割伤了，就拿泥巴抹在伤口上继续干活。瓦岗山里出产多种名贵药材，但是采药是苦差事。譬如要采一种叫"小重楼"的草药，必须得无视刀锋般的岩石，手脚并用爬到海拔最高的山。蛇虫、蚂蟥、毒蚊子不计其数，身上还会留下各种擦伤。有人路遇硕大黑熊，被一巴掌呼晕，醒来发现眼部、嘴唇、耳朵、头顶、下肢等处都受了伤，紧急送医之后，光是头上就缝了五六十针；还有人摔在了砍了一半的竹子上，划破肚皮，肠子流出来，自己慢慢塞回去，有人路过给他一件衣服帮他包起来这破碎的肉体，回家养好了，再继续这危及性命的冒险。

很多人的肉体都有些缺损，断指断肢，伤疤刀痕，在这里再正常不过，他们都把那当作生活稀松平常的一部分。

活在这里的人们必须锋利，冷硬，强悍地对待自己和他人。男人从小要学习摔跤，谁的力气大，谁的技巧好，就会被四里八乡赞扬。每当集市散去时，灰色的街道上，饿狗疯狂舔食凝结的血块，总会有男人坐在街边，伤痕累累，血迹斑斑。即便是亲父子、亲兄弟之间，有了争执，也有可能会随时用到拳头、泥块、石头、棍棒，甚至腰间的砍刀——当然它有时也可以用于削掉厚重的泥垢和趾甲。至于参与残酷血腥的家族战争——打冤家，对他们来说甚至可以成为出人头地的大好时机。这里是瓦岗，雨点落在地上的声音都会比其他地方响亮。

苏拉哈和苏甲哈兄弟感情深厚，性格却像是一把汤勺的两面：一个克制内敛，一个张扬外向。苏拉哈亲生母亲死得早，像个孤儿一样地长大，二十岁就外出打工养活自己；苏甲哈十五岁那年父亲苏尔坡病死，给苏甲哈留下了七八块好田和所有财产；只给苏拉哈留下一块薄田，一栋歪斜的土房子和两把吃饭的勺子。除了父母偏心，凉山彝族社会家庭实行严格的亲子继承制度，年长子嗣成年自立门户，幼子必须与父母同居并奉养父母，最终父亲的房屋和父母的灵牌也由幼子继承。至于女儿，根本没有继承权。

甲哈在母亲熊尔各的呵护下长大，至于父爱，似乎可有可无。村民们至今记得甲哈爸爸苏尔坡穿着察尔瓦的样子，他把外层取掉，露出带毛的那一层，伏在火塘边，像一只安静的野兽，抽着烟杆吧嗒吧嗒的声音伴随了甲哈的童年。熊尔各不到二十岁嫁给他，结婚二十年后守寡，他从未帮妻子做过哪怕一件小事。苏尔坡惜字如金，说一不二，虽然妻子性格强势，但家里的经济大权和决定权还是掌握在这个烟熏火燎的男人身上。她什么都听他的。

甲哈就在这样的环境下长大，多半以为女人都是像母亲那样，从早到晚不停地忙碌，而且理所应当。

因为亲上加亲的缘故，第一次见到婆婆熊尔各的时候，惹作就称呼她为"阿波"，也就是"姑姑"。这个亲昵的称呼一直延续到了婚后，那个时候她并没有意识到熊尔各的听力缺陷，会对自己的命运有怎样的影响。彝族没有自己的民族语手语，熊尔各完全靠无师自通，学会了阅读嘴型，嗓门难免大得惊人。

熊尔各生于毕摩世家，虽说因为女性不能继承祖业，倒也熟悉毕摩仪式当中的大小流程。从小见多了各种场面，对大自然的各种预兆、禁忌了然于心。村里人提起时都说她心地善良，对儿媳妇也不苛刻，她们只是不怎么交谈。

苏甲哈一直有做德古的梦想，那是有出息的表现。惹作曾经看他去帮人调停。瓦曲拖村有个姑娘嫁去洛嘎阿则的吉克家，夫妻两人参加一个婚礼，被人盘问奶奶和母亲是什么氏族之女，妻子是什么氏族之女，是什么氏族甥女的家支血缘等这样的事情。当听说妻子是属于呷西①之女，也就是等级最低的家族时，邻居们开始嗤笑，长老父兄们也开始话里话外地讽刺男人："你们在雷波就没有门当户对的家族开亲了吗？"

两口子憋气又窝火，回家大吵一架，女人怪丈夫没能在外人面前替自己撑腰，吵着吵着又打了起来。男人坚决要离婚，女人就闹到了苏甲哈面前，要求他帮忙做主。

苏甲哈去了那个村，当着村民们的面，递了一圈烟，然后在众人面前大声说道："我的好侄女，在这一带，你想干啥干啥。谁敢拔你一根发毛，我苏家第一时间给你撑腰！"说完把拳头在男人面前挥舞了一下，算是以"武力威胁"解决了这个问题。

这件事很快传遍了瓦曲拖村，村民们对苏甲哈调停过程中的细节津津乐道。瓦岗苏家对于子孙最重要的教育，是"如何做男人"。他们对一段祖训奉若圭臬：

> 男人一生要做三件事：在万众集会的场合策马奔腾；在重大的节庆和场合里面摔跤；在起兵打仗的时候冲锋在前。没做过这三件事的都不算真男人。

很显然，沉迷于做德古的苏甲哈对

---

① 呷西，意为"主人锅庄旁边的手脚"，是彝族传统社会中的一个等级，属于被统治阶级的最低等级。

"男子气概"有自己的理解和诠释，不过苏家一位长辈也当面指出，作为德古他还需努力："苏取哈那样的德古调解是以双方满意为止，你是以你自己满意为止。"

整个家支的男人中，能作为德古调停的除了苏取哈父子，应该就数得上苏甲哈了。或许对于苏甲哈来说，梦想的立身处世的"面子"，就是通过帮人调停、出头、打抱不平这类的事情来获得别人的尊重。而当惹作见识到丈夫替人出头，并获得多方的尊敬时，崇拜和爱意多半就是从那时开始萌生的。

她自然很快也会知道，和苏家的头人苏取哈相比，苏甲哈的所谓调停只是属于小打小闹。作为一个人人认可的德古，可不仅仅是依仗家族势力和碗口大的拳头，更需要这些素质和能力：不开口就震慑全场的气势，让人心服口服的逻辑，打抱不平的仗义，乃至眼神的适当安放，不疾不徐的说话节奏和语调。

1999到2000年，是最后两拨中专分流，瓦岗一家人的孩子中专毕业，却一直没有分到工作。多方查验之后，疑心是在县城工作的另外一家人把名额分给了自家亲戚，就去讨要说法。对方说这是政策决定，并非我们故意损害你家利益。要说法的这家也拿不出实质证据，当下表示："既然好好说你不听，我们作为利益受损方，那就去大杀一场。反正你家是吃工资的，我们一穷二白什么都没有。"

双方情绪激动，各执一词。于是就请德古来做仲裁，先后来了七八个知名的德古，都调解不成。有人建议必须找智慧的苏取哈主持裁决。苏取哈听了双方的说法之后，沉吟半响，然后指出既然没有实在的证据，那么就把毕摩请来，依据"诚威"

的规定，进行彝族"神圣的审判"——彝族地区有自己倚重的传统规则和习俗，称为"诚威"，也就是所谓的"习惯法"——争执双方到城外山上，用三块石头支上一口锅，注入油或水烧开。毕摩在锅边念咒语后抓一把石头撒在油锅里，并向油锅吹口气，让被怀疑的人去捞取油锅或开水中的石头，无过的人是不会被油或者开水烫伤的，而手被烫伤者会被判为抢夺他人名额和虚传造谣。当然，在油锅内捞取的不仅限于石头，也有可能是鸡蛋或者生米。

毕摩到了现场，架好了锅，准备好石头，点起火来。油在锅上滋滋冒着热气，两家人敛声屏气。苏取哈观察双方的表情，又分别和两边的人单独见面，列出利弊，动之以情晓之以理。

对提出指控这家，苏取哈劝道：你家的指控虽然有理，但是没有实质证据。索要那么高的赔偿，于理不合；而且万一催逼过分，对方出了什么事，你家也会付出相应代价。

对被指控这家，苏取哈劝道，他们家有诉求和指控，确切地受到损害。为了解决长久的隐患，你家还是要做一些必要的妥协。否则矛盾会越来越大。何不适当给他家一些精神上的慰藉呢？

把双方情绪安抚下来之后，最后苏取哈适时提出建议：其实没有必要捞油锅里那个石头，各让一步。由被诉方花了两千块钱买了一只羊安抚对方，双方于是握手言和，当事人和围观者无不对苏取哈的计谋心服口服。

自此以后，苏取哈声名大噪。别人搞不定的纠纷，哪怕是出了人命的事情，都来请他做德古主持公道。德古是当地最德高望重、受人尊敬的人，其地位和请神驱鬼的毕摩相当。能担任"德古"的人除了具有一定的经济实力足以扶贫助困，更重要的是能言善辩，公平公正，敢于说真话，不畏强势，还能在日常带领自己的家族对抗其他家族，为自己家族发声等。这是一个靠众人的信任才能担任的职责，倘若有一两次判决不平，就有可能失去众望而丧失地位。

按照彝族的辈分算法，同辈兄弟里面，长房家的永远是哥哥，即使年龄比么房家的年龄要小，因此苏取哈要称呼比他小二十几岁的苏甲哈为"哥哥"，称惹作为"嫂嫂"。结婚之后的第一次家族聚会，苦惹作落落大方，不仅能和亲戚们打成一片，还敢和不苟言笑的苏取哈开玩笑。她指指屋子另一头的甲哈，"如果以后他欺负我，"再指指在近处喝酒的苏取哈，"我就找他帮我出头做德古。"

## 13. 鲁阿朱·蓝紫色头巾

当地有个流传下来的真事：多年前的一个秋天，在掰了一天苞谷后，村民们热闹地围坐在一起剥苞谷皮，男人坐一边，女人坐一边。一位妇女不小心把坐在身旁的俄木曲且过门不久媳妇的头巾碰落，头发立即散落下来，碰掉头巾的妇女不知所措，其他村民也面面相觑，窃窃私语。新媳妇看看村民，又看看在场的男性长辈和兄长，只觉得羞愧难当，无地自容，立马跑回家中，当晚就自杀身亡。①

---

① 引自苏阿体《猎手与猎物》。

类似的故事在凉山长久四处流传，阿母也对惹作说过，女人裸头视同裸身一样，伤风败俗。尽管如今的年轻彝族女孩几乎摒弃了戴头巾的习俗，但在传统保守的地区，头巾依然如同隐形的紧箍咒，紧紧地扎在女性头上。

到了瓦岗，惹作也从苏家长辈那里接收到"不准披头散发"的禁令，这个针对女性的禁忌，来自瓦岗的一个传说，是恶魔鲁阿朱留下来的告诫，没有梳头就不能出家门。毕摩又把这个告诫作为习俗，传给了瓦岗的妇女。当苦惹作听到这个故事时，多半会淡然一笑。十几岁的她正处于最热衷梳洗打扮的年纪，每天早晨，她会反复梳理黑色的长发，编成粗大的辫子盘在头上。惹作很喜欢一条蓝紫色的头巾，上面带着俏皮的流苏。她会小心把它折成三角形，把头发从后往前严实地包起来，让流苏飘在额前，就像戴了一副小小的珠帘。

对于彝族人来说，系上整洁好看的头巾有一种仪式感，也如同脸面一样重要。尤其是出门或参加重要活动时，惹作总是会非常注重整洁的仪表：哪怕把几套衣服来回换着穿，没有熨斗，会下意识一次次用手去把裤子拉直；买来的头巾流苏不够多，干脆自己动手织了一张。

当着阿母的面，甲哈不好意思时时刻刻盯着梳头的妻子。但是一对年轻夫妇能每天醒在自己的新居，睁眼就能看到对方的脸庞，这该是段多么幸福的时光。

从俯视的角度可知，瓦曲拖村位于瓦

岗的西北方向，需要从瓦岗去雷波县的主路分支盘旋而上，一路都是凉山特有的红土，混合着牛羊的粪便，被人车牲畜践踏得坑坑洼洼。车行一个小时左右，能见到一个废弃的矿场，这里原来属于苏取哈。矿场边上有一栋无人建筑，牌匾上写着"瓦曲拖村党群服务中心"。从那里仰头望去，前方200来米有座小山丘。这里便是瓦曲拖村，所有的房子都是沿着山势修建。一路爬上去，沿着村里的水沟向南，路过三四户人家，最靠西边的就是甲哈与惹作的新家。

这是凉山最常见的那种瓦房，又小又孤单，因而很容易辨认。长在院墙头的狗尾巴草能有一尺高，落叶积垢的瓦片，成为麻雀筑巢产卵的理想场所。

青灰色的水泥地是为了结婚才浇成的，也是整个房子最洁净的所在，平日里晒苞谷晒衣服晒酸菜，都在这片水泥地上。他们养过的那匹小马驹一次次踢踏而过，留下一串嗒嗒的啼声。

西侧靠近围墙的位置有一棵梨树，高且直，紧靠着牲畜栏。院子里只有一间正房，正房东侧有一个独立的厨房，厨房顶与客厅的门廊连接，房子之间的落差足以撑起一片缝隙，让肥厚的炊烟缓缓逸出。

新房大门口没有像大多数的家族一样，挂上辟邪的牛羊角。由于房屋矮小、光线黯淡，眼睛需要适应一下才能看清室内的状况：整体约四十平方米的空间，是客厅，也是卧室，围绕着中央的火塘是呈"门"字形的三张床，熊尔各、甲哈和惹作各一张。侄子依呷来借住的时候，和甲哈挤一张床。彝族人避讳夫妻同床让人看到，惹作和甲哈的私密生活，只能是在家里无人的情况下进行。

屋子中央的火塘是每个家庭的核心区域，看上去只是一米左右的土坑，里面放着三块石头，用以烧火煮饭，也可供寒冷的冬天烧柴取暖。火塘是彝族人的餐桌，几乎所有的社交礼仪都围绕着火塘完成，无论是成人礼，还是毕摩的各种仪式。

上了年纪的熊尔各睡得少，经常一早就出去串门，一待就是大半天。惹作取代婆婆在火塘边的位置，做着各种活路。她在屋里屋外来回穿梭，要么嘴里哼着欢快的歌干活，要么以敞亮的嗓门聊天、大笑。惹作走路的速度很快，哪怕土路再湿滑，也能三两分钟就走到村口，也就是村里人聚集聊天的核桃树下。只是她作为新媳妇，还比较拘谨，并没有常常参与到婆婆孃孃们的闲聊之中。

外来媳妇融入新的地方需要一段过程，惹作除了有很多饭要做，很多地要扫，很多牲畜要喂，还有很多祖先们留下的规矩要遵守。比如"公媳相让"和"兄媳相让"：也就是如果甲哈爸爸还活着，惹作不能和他挨着坐，或是对坐，和甲哈的哥哥苏拉哈也如此，同时相互对话必须使用客气而文明的语言，玩笑也不能开；再比如在聚会、婚丧喜庆和做客等家族成员聚集的场合，须依"轮辈规矩"——即"长辈在上，长房在先"。也就是说，发言时须由长辈先发言，晚辈再说，座次安排也是长房在上位，改房在后位。

瓦岗的规矩还有很多，尤其是针对女性的。比如十七岁以上的女性不能爬到通往阁楼的木楼梯之上，裙摆不能扫过锅庄，出门时不能背对着他人，不能不洗手就出门……正如《礼记》里提到的："是以古者妇人先嫁三日……教以妇德、妇言、妇容、妇功。"瓦岗人口中"最上等"的女性，必须以德行居先。要想得到一句称赞，来自罗乌的苦惹作，还有漫长的路要走。

## 14. 组长·酸菜汤

2010年，瓦曲拖村终于装上水管，通了自来水。惹作来自海拔高得多的罗乌，那里一直都是天天背水。自来水无疑是新时代的象征，也解放了女人们酸疼的腰背。惹作还是不习惯随时拧开自来水管，而是用一个塑料桶盛满水，每天劳作归来，用瓢从桶里舀些水出来洗脸洗手，即使冬天也是如此。然后让甲哈脱下尼龙袜，搓得干干净净，在火塘边烤干以后，再让他穿上。瓦岗的人们下田干活的时候，通常都穿着迷彩色的老式解放鞋，便宜还防滑，就是非常容易臭脚。很多下田的人都不习惯穿袜子，甲哈和惹作两口子可不一样，他们会穿尼龙袜。

哥哥苏拉哈很早就在外独立生活，和同父异母的弟弟苏甲哈年龄相差很大，关系不算密切。在外打工的时候他听人说，瓦曲拖村旁边有座高出几百米的大山，村里有个十三岁的小孩在山上搭过一个简陋的小棚子，冬天守在那里放羊，天寒地冻，独自面对野兽出没。后来才知道，那个勇敢的小孩就是苏甲哈。"那时候我就在想，弟弟将来长大了，肯定不得了。"

苏甲哈从小就表现出来足够的勇敢坚韧，而他的聪明伶俐，在村里很难找到第二个。邻居们都夸赞他"有学问"——并非说他具备多高的学历，而是说他识文断字，写得一手好字，还会讲比较流利的普通话。村里同龄的男人大多只读完小学，有的甚至一天学都没上过，他们种苞谷，

刨洋芋，脸庞晒得漆黑，指甲缝里塞满泥，没人在意未来会怎样，甚至不知道什么叫未来。

2011年，刚刚二十出头的苏甲哈担任了咪姑乡瓦曲拖村二组的组长。二组的规模不小，九十多户两百号人。基层干部的管理工作极为琐碎，上传下达、收电费、管生产、批评违规行为等等。甲哈在院子靠围墙的树上挂着一个喇叭，随时播送通知。遇到重要事情，广播通知全组集合，一两百号人齐聚，苏甲哈站在高处讲话，声音洪亮、逻辑清晰，语气中满是不容置疑——谁都知道，他是村长欣赏的能人，假以时日，村主任的位子就是他的。

有一次开会传达文件，有个村民顶撞了甲哈。散会后，甲哈满脸愠色来到那个人的家，堵在门口质问：当着全组那么多人故意捣乱，你是想看我笑话吗？男人不服，反驳说你苏甲哈当了个组长，旁人连一句话都不能说吗？大概是顾忌对方的孩子在家，苏甲哈把他揪到屋外，一拳打过去，那个人就飞进了沟渠，甲哈又抄起一根木棍打过去，直到棍子断成两截，打完还朝他的身上吐了口唾沫。

侄子依呷在不远处目睹了这次冲突，他永远记得叔叔甲哈逼人的气势，要知道那个男人可是比甲哈高了整整一头。

惹作肯定也见过甲哈动手，自从来到瓦岗，她就会发现这里打架斗殴的事情远远超过罗乌。苏家聚会的时候，男人们喝酒打纸牌吹牛，提起有个人十五六岁出去赌博。"赢了他就拿钱走人，输了他就拿着刀逼你把钱还给他，"说完之后马上又意味深长地提到了甲哈的小名，"依龙也差不多这种性格……"

作为女性，在这种交谈中通常只能保持沉默。这里不允许女性就公共事务表达意见：之前在德古调解的公开场合，因为一位堂姐发表自己的意见，被家族的长辈各种数落，甚至"建议"她不要再出现在这种场合，"哪有女人说话的份儿？"甲哈和他人发生冲突，大多数时候惹作也只是默默看着，或者打完架之后，看看丈夫伤得怎样。

除了强硬的手腕，苏甲哈也很有一些"小聪明"。组长有个职责，每个月要去查每家每户的电表，再把每个月漏电的费用让村民平摊。至于具体谁家摊多少，都由甲哈说了算，这样可以从电费中捞取一些油水。大家都说他脑子灵活，苏家的一个堂妹非常羡慕惹作，说"跟着甲哈，你绝对饿不着"。

听多了这样的话，惹作难免会觉得有些骄傲。

"到我家去煮点酸菜汤喝吧。"路上有人招呼惹作，这是"来吃个便饭"的客套用语。

生长在大山之中，惹作这辈子显然没享受过什么豪华盛宴。这一年，瓦曲拖村人均年收入也就两三百元，整个瓦岗也尚未实现米饭自由。大部分时候，瓦岗人家的主食就是三种：洋芋、荞粑、把苞谷磨成面，做成混着苞谷渣的面面饭。经济条件好一点的也会买些青山大米——这种后来停产的大米口感不佳，即使如此，甲哈的妈妈也宣布"来客人的时候才可以煮一点米饭"。平日里，一家的饭都是惹作负责。乡村人家都是早晨和中午凑合成一顿随便吃，晚餐通常就是酸菜汤，倘若里面能放一点豆花就算改善伙食。有时候惹作会烤几个洋芋，她喜欢烤得久一点，洋芋会有软糯的口感，再调上一碗小米辣做成的蘸水，全家人吃得一头大汗，舒舒服服。如果甲哈没有准时回来，她就让婆婆先吃，等到丈夫回来以后，把汤和洋芋都放在火塘上热一下，再一起坐下来，一勺汤，一口洋芋，共同享用一顿有滋有味的晚餐。至于肉食，需要在重大时刻才可以吃到，比如请毕摩，或是逢彝族年时才会宰杀牲畜，煮成坨坨肉，大快朵颐，剩余的一些肉可以熏成腊肉储存，然而也不是随时都可以吃到。

为了在现有的条件下改善生活，惹作也学那些年长的彝族女性，会把三种野生植物，彝语里称作"嘿拉古"（有点类似孜然）的树叶、"穆库"的根和花，以及"切不切克"的根捣碎后，和盐、蒜、花椒一起拌在菜里，甚至直接作为一道菜，味道很是特别。

整个二组近百户人家，除了阿池家的一间泥巴平房小卖部，并没有什么地方可供消遣娱乐。小卖部东西不多，也就是散装的苞谷酒，以及花生牛轧糖和方便面而已。彝人不擅长炒菜，要想吃一顿小炒，需要步行一个多小时去镇上的"寸草饭店"才行。

大哥苏拉哈早年在矿场工作，身体耗费得厉害，一直不太好。两口子长年累月在外打工，儿子苏依呷就交给弟弟和弟媳照顾。7岁之前，依呷一直体弱多病，又相当于是苏拉哈、苏甲哈兄弟的所谓"独苗苗"（唯一的儿子），受到了特别的关爱。惹作虽然大不了几岁，却也对这个瘦弱的侄子格外照顾。惹作一直称呼侄子的小名"依呷"，而不像甲哈那样，总是叫"里呷"这个大名。

依呷喜欢湿的也就是所谓"新鲜"的酸菜，甲哈喜欢晒干的那种，于是惹作两种都做。先准备好酸菜原汁，这大概也就是彝族酸菜真正的秘诀——把一种彝语叫作"思莫"的树的果实捣碎，掺上水，淋到要做成酸菜的菜叶子上面，此后便成为酸菜原汁保留下来，这种做法类似于做四川泡菜的老盐水，必须是上年头的原汁，才足够酸，足够入味。家家户户都会有这样一桶酸菜原汁，像她们的家产一样代代相传。接下来洗干净圆根萝卜的叶子，在锅里煮上和菜叶子配量的水，根据各人对菜软硬的喜好来煮菜，好了之后攥起来，此时把备用的酸水原汁倒进木桶里面，煮好的菜马上放进去，桶盖密封保存好，需要沤上一周左右，做好之后随时可以捞出来食用，只是这种方法保存的时间不会很长，最多也就一个月。或者就是把沤好的酸菜拿出来，在通风、有阳光的地方晾晒，等水分完全晒干后就可以切成小节放起来，只要放置在干燥处就可以长期保存。

酸菜是彝族人的美食信仰，传说远古时代遇到大洪灾，只剩下人类的祖先"祖莫惹牛"，他娶了仙王的幺女，两人虽然生活美满，但是当时的人间一样蔬菜都没有留下，于是幺女偷偷从父亲身边偷到了圆根、油菜、白菜等蔬菜种子下凡播种，而仙王一气之下就诅咒说："圆根被你偷下凡，根根会比石头重，叶叶不能充菜粮。"

神话传说并不一定符合现实生活，用圆根萝卜做成的酸菜，恰恰是彝族人万能的菜粮。凉山酸菜与其他地方的最大区别，就是制作过程中不放盐，只要那种纯粹的酸味。烹制的时候，可以在酸菜汤里放入味精和盐、猪油等来调味，彝族的酸菜汤可以搭配万物：鸡肉、豆花、各种蔬菜……夏天也可以开水煮好直接喝，清爽开胃。有些人甚至会泡在开水里当作茶水来喝，瓦岗人离乡背井时，也时常随身携带一些酸菜干，以解思乡之情。

依呷和婶婶惹作的感情非常好，偶尔依呷馋嘴，看他愁眉苦脸的样子，惹作就会凑到他耳边偷偷地说："就假装今天家里有客人来吧，我们煮大米饭吃。"两个人头靠头，玩剪刀石头布，谁输了就谁去煮米饭。惹作还会在菜叶子里面煮几片薄薄的腊肉，不动声色地塞给侄子，依呷会高兴一晚上。

有一次单元测试，依呷考砸了。甲哈拉长着脸把他一顿数落，大意是我们兄弟只有你一个儿子，你怎么这么不争气之类，话说得有些重。惹作看到依呷躲在屋后偷偷抹眼泪，问他话也不吱声，于是惹作笑着拍拍他："依呷走呀，婶婶给你煮方便面。"

方便面是苦惹作背着苏甲哈买的，统一牌红烧牛肉面，还有老坛酸菜面，村里小卖部卖一块二一包。在2010年的瓦曲拖村，这是孩子们心目中最稀罕的零食，了不起的大餐。十多年后，依呷考上大学，在城市里也下过馆子。开始知道苞谷除了用烤和煮，还可以做成软糯的苞谷粑粑，在柴火鸡的大锅边上烤得又香又甜；洋芋除了煮熟，也可以做成麦当劳的薯条，脆爽可口；面馆他也去过不少，但他永远也忘不了2010年那碗热气腾腾的方便面的滋味，还有苦惹作安慰他时的温言细语。她略带稚气的脸，以及嘴角上扬像鲜花一般的笑容。

## 15. 女贞树·橘子

"喂！"

"喂！"

这是甲哈和惹作的相互称谓。在瓦岗，通常夫妻之间不能有亲昵的称呼，更要避免在别人面前显示出亲昵。在公众场合遇到彼此，最好目不斜视，当作陌生人一样；出门逛街的时候不能并行，而是需要保持一定的距离。夫妻如果总是形影不离，当地人看来，都属于男人"没出息"的举止，会遭遇背后的指指戳戳。

而新婚的第一年，甲哈和惹作恰恰就是如胶似漆，"总是打打闹闹"，多说两句就笑，有时候还当街捶来捶去，亲戚邻居们回忆起来这些情景，除了对年轻夫妻早逝的唏嘘，还有些说不出来的贬抑。

惹作说话带有日诺口音，甲哈说"我的"是"俺波"，惹作说的是"俺微耶"，甲哈说"你的"是"泥波"，惹作说"泥微耶"。听上去有几分慵懒，也有几分娇憨，瓦曲拖村常有人取笑她这种浓重的鼻音，但苏甲哈很喜欢，觉得自己的婆娘乖里乖气的，像个奶娃娃。

苦惹作到过最远的地方就是雷波县，离瓦岗坐车一个多小时，步行需要小半天。在这深山中，她最大的期待就是赶集。瓦岗的赶集五天一场，逢"5"就赶，每个月六次，月份大的时候还会4号5号连赶两场。苏甲哈婚后第一次带苦惹作去瓦岗街上赶集，就相当于是他们的"蜜月旅行"。他的堂侄苏史古对那个年代的赶集也有很深的印象：

> 从一公里开外的地方就能听闻嘈杂的人声。虽然只有短短的两条街，十里八乡的马车、货车、摩托车挤得水泄不通，还有牵牛拉马、背猪抱鸡的，农民们都准备用辛勤的劳动成果去换自己所没有的东西。人多到快要被人群抬起来。
>
> 一进入到市场，是一些针线、布匹、衣服和鞋袜的摊位；临街随意摆放着锅碗瓢盆和米花糖、红糖等物品——全都是货郎们徒步两天路程从云南黄葛树背过来的。街上的民贸公司里面陈列着各种新奇的玩意，甚至还有难得一见的黄桃罐头，总有小朋友忍不住想伸手去摸一下，那些售货员就只能不友好地去喝止。
>
> 往民贸公司前行几步还有炸油果子、凉粉、炸洋芋等路边摊小吃，平时难得一见的包子，白白胖胖地躺在蒸笼上面，红糖馅儿的、韭菜馅儿的、洋芋馅儿的。再往上走几十米就是热闹非凡的电影院，一些留着长发、梳着中分头、穿着健美裤、扛着双卡录音机的男青年在电影院门口晃荡。他们大多没钱买上几节电池，录音机没有像电影院门口那两家小卖部里的那么响，却丝毫不影响他们那颗追求潮流的心……①

可惜的是，惹作来的这一年，电影院和录像厅都没有了。越过原来电影院占据的位置，临近粮站的荒地上，就是自发形成的牲畜市场：有人牵牛拉马，有人赶着羊背着猪，还有人抱着鸡怀中揣着蛋到处走动。那时候瓦岗还没有进入真正的"商业社会"，觉得叫买叫卖是一件有失脸面的事情，市场上的人们显得过于安静，那些

---

① 苏史古《瓦岗赶集》。

抱着鸡揣的蛋的姑娘媳妇，更要等有人出言询问，才红着脸嗫嚅回应。

至于牛马羊等大宗商品买卖，一般都是目测价值、不上秤，交易双方要达成一致价格，则需要一个议价的人在场。议价的人熟悉市场规律，他们总说出上一次成交的价格是多少，根据买卖双方的接受度，据实给出参考价格，有些类似现在的第三方服务机构，成交后总能被请喝上二两醇厚的瓦岗苞谷酒，那是被尊敬的象征。同时，市场上也有自己的交易准则，比如"清早成生意，过后不反悔""病瘟牲畜、不诚实交易，都将被认为是欺诈"等等，有无数的矛盾纠纷也约在赶集天来解决。但凡说不了的时候先是拳脚相加，后是棍棒石头在手，这两者其实只要不出人命，都可再次约在赶集那天解决，随时都有可能引发一场械斗。几乎每一个最热闹的赶集天，最终都走向打架斗殴来收场。

区公所里的干部，也总在赶集天里严阵以待，最开始是干部带着民兵、治安联防队参与维持秩序，但后来民兵越来越少，就只有干部带着公安，再后来是派出所民警参与，温和些的干部就等着打完架后出场，行动派的干部就带着各级干部将双方斗殴的都打，以暴止暴——直到2005年后的打工潮出现，斗殴的现象才慢慢变少，而缺乏了"热闹"的赶集也变得死气沉沉。

集市也是大型的社交场合，女人们都是盛装出席，五颜六色的百褶裙飘荡在赶集的人群中，甚是好看。卖银饰的摊位逢赶集才出现，红玛瑙穿成的项链、带长长流苏的耳环，以及极尽奢华的头饰，应有尽有，当然价格也颇为昂贵。每个彝族女孩都会拥有自己的一整套银饰，一是家里为其准备的嫁妆，二是这里的人认为首饰上面附有生育魂，所以不能外送。

这里的男人没有给自己女人买新衣服和首饰的习惯，苏甲哈豪气地掏出五块钱给惹作，让她想买什么就买什么，惹作满心欢喜，在几个卖衣服的摊位面前流连忘返，摸摸这个，看看那个，哪个也舍不得放下。

小卖部里，借着赶集名义来喝酒的老人披着察尔瓦，都舍不得买上一袋咸菜，刚坐定就迫不及待打开酒瓶，给自己倒上满满一杯。人实在太多了，惹作又不好意思当众牵着苏甲哈的手，急得一路都在喊"喂喂喂"。被挤得东倒西歪的惹作脚下打滑，差点撞上人群里的某个男人，男人粗鲁地推了她一把。

甲哈看在眼里，冲过来就吼了一句："干啥子？"和大多数彝族男子一样，他从七八岁就开始宰杀牲畜，一刀毙命。至于男人间硬碰硬的打斗，也是从小到大不带怕的。毕竟是在乡里，两个人没有打起来，但是惹作对丈夫维护自己的方式感到满心欢喜。也许就是从那个时候开始，惹作有了一种对甲哈特别依赖的情感，带着不谙世事的天真崇拜自己的丈夫，甲哈做什么，她都觉得是对的。

村子里的老人们对集市并无好感，"街上都是些什么？都是一些妖魔交汇之地"。他们也会勒令年轻人，尤其是年轻女人少去赶集。但是甲哈在能力范围内，总是愿意让惹作快乐一点，他俩频繁地出现在集市上，总是肩并肩，毫不顾忌周围人的眼光，这是属于他们的蜜月。

除了赶集，新婚生活中也充斥着各种意想不到的野趣：瓦曲拖村的鸟特别多，成群结队。甲哈会挑选一种叫作"猫儿屎"的植物，果肉长得如同果冻，剥下外层表皮，直到树皮像口香糖一样黏糊糊的，再粘到一根长的木棍上，横着放在树枝之间，甲哈吹声口哨，受惊的鸟群轰然而起，落到木棍上，一次就可以粘住六七只。

甲哈就地生一堆火，和依呷在一起欢天喜地烤着吃，惹作也吃过甲哈烤的鸟，一口咬下去嘴边满圈乌黑，甲哈看到惹作哈哈大笑，"你长了胡子啦"。惹作转过脸去用袖子擦掉："有什么可笑的？你的胡子更长。"惹作回过头来取笑嘴唇周围同样变黑的甲哈，一边在他的背上捶两下，在这寂寥的山间，他们嬉闹着，直到天空被染成淡淡的橘色。

惹作还没有褪去高山上的"野丫头"性格，始终天真烂漫：下地的时候嘴里会哼歌，还有村民看见她一边赶鹅一边开心大笑，笑起来也不用手捂一下嘴，而是仰起头，把一串笑声洒得到处都是。

小夫妻也会出去走走，出行就是爬山，崎岖的山路不断陡峭直下，夹杂在疯长的植物之中。沿着马蹄印，姜黄色的泥路延伸的前方，能够隐约透露出来一侧的万丈深渊。路边沟渠越来越深，倘若被纠结缠绕的树篱挡住视线，不留神就会掉进去。到了大自然之中，惹作会兴奋起来，突然拍一下甲哈的背部，然后迅速消失，过会儿她带回一把酸酸甜甜的莓果，或者一兜爬满蚂蚁的野菌。

农忙时节，惹作通常在凌晨起来，煮好一锅的荞粑粑，放凉后揣上几个，步行到一公里开外的山坡上，那是甲哈最好的几块苞谷地。下地劳作从凌晨五六点就起来，三四个小时之后太阳节节高升，高地的强烈日照让劳作变得痛苦而缓慢。

甲哈把背心脱下来，背脊上的汗水闪着光。惹作在另一边洒农药，脸蛋被晒成酱紫色，汗水像瀑布一样淹没全身，还没有办法像男人一样打赤膊，湿透的衣服裹在身上更加难受，手指被苞谷叶子割伤更是常事，她往往用嘴嘬一下，或是用口水在上面抹一下就算止血了。

苞谷的花穗蹭到身上奇痒无比，额头掉落的汗刺痛眼睛，周身上下无一处不难受，然而劳作的人还不能去挠也顾不上擦拭。惹作穿着解放鞋，在苞谷地里深一脚浅一脚，灰尘和泥土不停往鞋里钻，雨后的湿土也粘在鞋上，走几步路需要甩一甩鞋子，如果用力过猛，就有可能把鞋子甩掉。

那时候瓦岗刚普及农药，使用的人还不知道深浅，掺上水之后就直接喷洒，也没有人懂得需要戴上口罩，小半天工夫，甲哈和惹作皮肤红肿，心情也变得焦躁。知了睡醒，在边上的一棵女贞树上叫个不停，声音响彻四方。洒着农药的甲哈突然举起喷头对准知了，来帮忙的依呷依样画葫芦，也对树上一顿乱喷，知了好像真的被他们击中，一下子安静了下来。甲哈和依呷为这突发奇想的鬼点子获得成功庆祝起来，笑作一团，惹作佯装数落他们："好好干活嘛，别浪费农药！"说完之后看着他们挤眉弄眼的样子，也忍不住笑了起来。

那棵女贞树如今还在那里，盛夏时节，知了依旧在树叶中不知疲倦地叫着，而当年对着知了喷洒农药的男人，还有他年轻的新娘，早已化为飞灰，不再被人记起。

185

八九月份是全年气温最高的时候，苞谷蹿得老高，植株粗壮结实，麦穗饱满肥美，收割苞谷是农家最繁重的工程。需要短时间把苞谷一根根砍下来，放到马背上，再运回家。

半天下来，来回次数多了，运送苞谷的马都累得疲惫不堪，天黑时候干脆罢工，四蹄钉在原地一动不动，甲哈掰下一根树枝，猛抽马背，却被惹作瞪过来的犀利眼神阻止。惹作上前轻轻地抚摸一下它的皮毛——她总是和牲口保持了良好的关系，在她的打理下，这匹马从未长过虱子和其他寄生虫。惹作让马儿歇了一会儿，他们再继续往家走。

瓦曲拖村是高半山，放牧的条件不及罗乌。甲哈家里猪牛羊都有，但惹作最喜欢那匹马，黑色鬃毛，额头上有一撮长长的刘海，喊它一声，就哒哒地跑过来。惹作会骑马，她甚至不需要马鞍，单手抓住马的鬃毛，就可以稳稳坐在马背上。她很少骑马，宁可走路三四个小时，因为马是家里最重要的畜力，需要精心照料。全家人辛苦种的苞谷、洋芋都需要用马运输，马是工具，也是惹作的朋友。

惹作会交代依呷，把马牵到远处的高山上，让它在草地上尽情地饱餐。有一次骑马，因为路过的摩托车按喇叭，马受了惊，差点把惹作摔伤，她也舍不得打一下。

成熟的苞谷运到院子，堆成山，溢得四处都是。晚上左邻右舍照例来帮忙撕苞谷，挂上一盏小灯，照得院子里亮亮堂堂，围墙下面有虫子沙沙地叫，叫了一会儿就被人声掩盖了。惹作会给堂弟、侄子们出一些彝族人的猜谜题：

"依呷，白门楼、红围墙，里面住着个红姑娘……猜猜是啥子？"

"不知道。"

看见依呷抓耳挠腮，惹作又迫不及待地揭晓。

"是舌头！"

"两个鹿子，隔着一山，不能相见，是啥子？"

"是耳朵！"

"白公公，背黑豆，一路走，一路漏。这个又是啥子？"

"是羊！"

惹作总是等不及依呷多思考一会儿，就自己公布答案，为了跟上她的速度，依呷的语速也快起来，到最后两个人都在抢着说话一样。甲哈每次看到惹作逗依呷的场面，都会开心得不行，很多年以后，依呷都会记得，甲哈看一眼惹作，惹作也一眼甲哈，他们笑到对方心里去的模样。

次年收成就不怎么好，甲哈四处转悠着，有时候去苏取哈的矿场帮帮忙，有时候也打打零工，赚点小钱补贴家用。天气冷的时候，去小卖部喝一瓶啤酒；天气热的时候，就喝两瓶啤酒。

那是他们生活中最平静的一段时光，不管赚多赚少，惹作都不曾数落过苏甲哈。

有一天他垂头丧气地走进屋，说鸡蛋损失惨重，多半是黄鼠狼干的。很显然，甲哈头天晚上忘记关鸡笼。尽管惹作一句话都没指责他，甲哈还是非常自责。为了转移他的注意力，惹作编好了辫子，戴上亮色的头巾，拉着苏甲啥去镇上。

惹作说："我要吃橘子。"

甲哈说："我给你买。"

两人肩并肩回家的时候，发现熊尔各搬到依呷家短住去了——自然，这是为了给新婚夫妻腾地儿。

秋天收获之后，冬天如约而至。风雪

侵袭的夜晚，村庄沉寂得连一丝生命的气息都感受不到。甲哈用火钳添着柴，有一搭没一搭地和妻子说着话，惹作会拿出一坨洗干净的羊毛，慢慢捻成毛线。金阳县的女人多是纺织高手，她就像活在珍妮纺纱机发明之前的年代，还在用最古老的方式手工纺织羊毛。惹作的头巾、衣服都是自己做的，她打算给甲哈做一件察尔瓦，厚厚的两层那种。

过了一会儿，妻子停下手中的活，坐在丈夫身边剥橘子，扯一瓣橘子放进他嘴里，又扯一瓣橘子自己吃。那些人前不能说不敢说的体己话，在这温柔火光下，都可以畅快地说、大胆地说、肆无忌惮地说。这里是瓦岗，夫妻情侣之间公开牵手和拥抱，如同触犯天条，但在这温暖如春的斗室里，甘甜的也不只是橘子。

## 16. 野猪·阿依阿芝

夜色已深，稀疏的月光下，路边一个黑影忽地蹿了出来，甲哈差点没有认出来是一位得了夜盲症的邻居，如果不是为了打野猪，夜盲症是不会这个时间出门的。

野猪是山里人最大的祸害，它们食谱广泛，无恶不作，农作物往往深受其害。苞谷还未完全成熟，野猪群就会在夜晚成群结队而来，把苞谷穗连芯啃食殆尽。甲哈算是运气好，几块田倒也没遇到什么真正的猪害。夜盲症邻居用尽了十八般武艺——鞭炮、假人、喇叭，最后还是被野猪拱得乱七八糟，本该上千斤的产量最终只有十分之一。彝族人本来非常擅长捕猎，但国家不再允许他们携带刀枪。"他妈的，连包烟钱都没给我留下啊！"夜盲症面对被野猪祸害后的庄稼，痛心疾首地喊叫。

几年之后，夜盲症邻居成为村里最早外出打工的人之一，他花了不少钱请山下的一个老表喝酒，因为那个人在外面有"路子"，他如愿地在西昌找到了工作，然而辛苦一年之后却两手空空，原来是老表把他的工钱全都私吞。夜盲症去找他理论，遇到对方的家族聚会，一起喝酒的叔叔拉着他劝解，混乱之中被夜盲症邻居一刀捅死。

这种悲惨的故事的根本原因，说到底还是贫穷。就算到了二〇〇几年，人们还是只能靠种一点庄稼维生，除了野猪，霜冻、干旱、地震等自然灾害频仍，就算好年头无灾无害，辛苦一年，收入也少得可怜。

甲哈做梦都想多赚些钱，更喜欢迅速而不用花费太多力气得到的钱。瓦岗街上的小卖部，是村民的社交中心和酒吧。男人们坐在小卖部的门口——就是简单地席地而坐，啤酒的泡沫蔓延到地上，互相散一根红梅或者阿诗玛烟。甲哈会给有门道的某人买瓶酒，这个人也许就能为他提供一些别人不知道的信息。通过这种方式，他成功倒卖一头黄牛，赚了 2000 块钱。这样的生意虽然只做成一次，但甲哈自矜脑子灵活，好长一段时间都忍不住在众人面前各种吹嘘，这种时候，惹作的眼睛会一闪一闪，看着他笑。

时不时，甲哈会拿点钱给惹作买衣服，她终于不用像在罗乌时那样，与姐妹合穿衣服了。堂姐苦几则说："只要甲哈兜里有钱，都会愿意给惹作买衣服。"对惹作刚嫁过来时的细节，苦几则历历在目。她也许有点言过其实——毕竟在这样的村庄里，女人们和丈夫可能一辈子都不曾有过什么深入交流。因此她也特别能理解为何苦惹

187

作对丈夫死心塌地：在瓦岗，甲哈和惹作算是仅有被大家公认的恩爱夫妻。

苦几则也是十几岁时候——大概和惹作差不多的年龄——从罗乌嫁过来，在瓦曲拖村生活了三十二年，生了五个孩子，两人之间没有过所谓倾心的交谈。他们就像这里最普遍的夫妻，一起清晨下田，一起回家睡觉，整天也说不上几句话。

生了第一个孩子之后，苦几则才明白夫妻生活是怎么回事儿，她也对丈夫当初的"经验丰富"颇有怨言。"那时候刚结婚，他整天在外面玩，有一次还带了个女的回家，把我气得拔腿就往娘家走……"

她卷了一个很小的包裹，想逃回罗乌，没走多久就被丈夫追上，跟着他一路抽抽嗒嗒回来。回家之后，继续生火做饭洗衣喂猪，丈夫和她还是无话可说，也没有和她解释什么。直到生下四个孩子以后，苦几则才彻底"不再想回娘家"。多年以来两人在黑夜山村的土房内沉默相对，当初心怀怨念却无路可走的思绪，始终盘旋心头挥之不去，尽管人人都说她丈夫忠厚老实，特别顾家，也就是喝完酒之后变得比较"难以控制"。而在她的叙述里，二人更像是根系纠缠却又相距甚远的两棵树。

甲哈的嫂嫂熊古则是村里少有的强势女人，她抽烟喝酒，豪爽外向，比自己的丈夫苏拉哈更显气场，脾气上来敢和头人吵架。但她一样少女时就被父母安排婚姻，接受彝族女性的传统命运。熊古则说，自己从小到大受到的教育归结起来就是三点：第一，女儿在爸妈身边的时候话要少，家里的事不要问东问西，多做事儿；第二，来了客人家要笑脸相迎，礼貌待客；第三，嫁入夫家，要待公公婆婆如自己的亲生父母一样，不能顶嘴，不能大声说话。

出嫁之前，她对未来丈夫的情况一无所知。有天去很远的地方赶集，遇到个男人卖鸡，男人要6块钱，熊古则问他能不能少一点，对方坚决不愿意。两个人砍来砍去，直到熊古则回家还和家人抱怨，卖鸡的人做生意脑袋不灵活，却不知道周围人全都在偷笑——他们都知道这对男女已经定下了终身，只有两个当事人毫不知情。那个卖鸡的男人就是苏拉哈。

结婚之后，不管招呼待客还是往来人情，都由熊古则主导，她和丈夫也有摩擦和矛盾，但大多数时候，她都掌握着家里的经济主导权，并且让丈夫言听计从——村里的人把这种女人强势的家庭关系，归结于夫妻两人长年在外打工，受到了"外面"的影响。

村里的人对此嗤之以鼻，他们觉得男人被女人"控制"是丢人的事情，在背后嘲笑苏拉哈是"妻管严"，连村里公认的傻子都认为"妻管严"很好欺负，几次三番来挑衅。村里有个脾气古怪的老头，喝了酒就站在家门口骂外出打工的女人，说她们不守妇道。"啥子世道，肯定是出去卖的！"他一边骂，一边恶狠狠地吐着唾沫。

没人的时候，惹作会哼起《阿依阿芝》这样的传统歌曲，依照曲调即兴唱些现编的歌词：

> 阿依喏阿芝呀，
> 荞麦出土的季节到来了，
> 阿依喏阿芝呀，
> 来了怎么归去呀……

她的哼唱明快开朗，就好像那不是一

首悲伤的歌。瓦曲拖的妇女很少有人干活的时候还这么高高兴兴的,春天松土播种、背粪堆肥、犁地翻土,她们行进在苞谷地里,如同一只只蜗牛行进在河面上。特别繁重的力气活,男人会一起干,更多的时候地里只有女人的身影。遇到干旱天气,还要一趟趟从附近的水源分布点背水。

农忙时常常顾不上吃饭,只能煮上一大锅洋芋,随便抓几个揣在身上,干活累了掏出来啃两口。劳作一天结束,男人收工休息,女人还得赶回家喂猪,由于过度疲惫,晚上也将就着吃几个冷洋芋,除非还有精力,才会煮上两三天分量的苞谷面,再烧个酸菜汤。甚至有时候荞粑粑都算奢侈,毕竟磨粉揉面都需要时间——基本没有辅食,非要说什么是菜,那一小碟辣椒蘸水就是。

日常还需要打猪草、做饭、洗衣服、缝纫、伺候牲口、背柴禾、照顾小孩,日复一日,琐碎的事务不计其数,而且其中有相当一部分都是不被看见的"隐性劳动"。村民的聚集点——小卖部,总是有男人在此打牌赌博、喝酒吹牛,但这种地方,从来都没有女性的身影出现。

甲哈并不情愿分担家务,尤其是外人在场的情况下,宁愿看着惹作累得满头大汗,也绝对不可能当面去帮自己的婆娘,就算惹作抱怨,他也无动于衷——在瓦岗,这事关男人的面子,唯有女性的辛劳理所应当。

村里很少有人家会在自家院子里修厕所。女人月事来了,只能钻到屋后僻静树林中,用粗糙的黄纸抵挡一下。卫生巾是奢侈品,只有镇上才有。瓦岗的丈夫绝对不会替妻子买卫生巾,据说这种行为会给家里招来"不祥"。女人月事期间,没有任何特殊对待,该干活干活,该背柴背柴,即使是大冬天,也需要照常把手浸入冰冷的水里,搓洗一家人的衣物。

家族聚会的时候,吃过晚饭,男人们聚成一堆,女人们则聚到另一堆。老一辈被子孙围绕着背诵家谱,梳理辈分,分享祖宗们的传奇经历。惹作家里所有的迎来送往,几乎都是相似的场景:男人们坐在院子里,喝着啤酒聊天,这时候也是惹作和熊尔各最忙碌的时候,尤其是惹作,一天下来比干农活还要累。熊尔各一旦找不到儿媳妇,无需抱怨,第二天"懒媳妇不干活"的闲话,也会传遍整个瓦曲拖村。

在这样的聚会上,不会有人知道惹作唱歌好听,也从未有人听过她吹起口弦,家族聚会是属于男人的社交场合,不会有女人在这种场合出风头。

村里的人都评价说,甲哈对惹作很好,在这里的这个"好"字只有一个意思:他不打老婆,或者说,至少不会公开地打老婆。在瓦岗,"家暴"这个词儿没有人听说过,但没被丈夫打过的比例小得惊人,轻则推搡拳脚,重则棍棒刀斧,只要没被打死,那就整整衣衫理理头发站起来,哽咽着继续牵牛喂鸡,劈柴做饭。

距离瓦岗撤县过去五十年,雷波全县通车也已经十年,瓦岗镇还只有一班大巴前往县城,这里依旧闭塞得如同孤岛,更没有人对打老婆这种事情大惊小怪——千百年来,不都是这么过来的吗?

## 17. "苏菲"·鲁阿朱的药方

从地图上看,瓦岗深陷在群山之中,境内有普妈、及尼补、沙妈莫呼、马俺、阿火瓦坨、哈嘎、者隆巴杰山，此外还有更多地图上并未标注且只有彝语名字的山峰，共同环成曲别针的形状。这些山外面，是铺天盖地的更多的山，许多此地的老人，一辈子连相邻的其他县城都没有去过，如果有人要去趟雷波县城，全村都会知道消息，提前列出购物清单，委托代购。

对惹作来说，唯一不能带过来的就是对罗乌的想念，"我想家"，她会不止一次地对自己的丈夫说。当她嫁到瓦岗之后，才会一次次地体会到那首歌的准确含义，阿依阿芝为什么那么想回家，哪怕付出生命的代价。

在回娘家这个事情上，甲哈总是会敷衍惹作。

按照传统，惹作在婚礼仪式之后待几天，就要回一次娘家。后面相隔两三个月再回一次娘家，隔一段时间再回去一次。每次回娘家的时候，丈夫理应给个一千块钱，再给买点酒水糖果带上，但是不管惹作如何哀求、生气、唠叨，苏甲哈就是不松口。

没有人知道甲哈为啥不让惹作回家，在长辈眼里，苦惹作最大的优点就是不"千翻"，字面意思是没有什么好奇心，不招惹麻烦，但其实就是"顺从"的意思。和外来媳妇一样，惹作一年到头劳作不停，从来没有歇息，下田、做饭、喂猪、出太阳的时候晾晒酸菜，雨天缝补擦洗，如果不是死得早，她会一直劳作到两目昏花，一头白雪。

有一天本来晴空万里，突然狂风大作，整片的乌云包围过来，天色倏忽之间暗得如同夜晚。惹作夫妇来到地里，苞谷秆东倒西歪、摇摇欲坠，根部翘了起来，扶都扶不回去，需要重新用泥土填满，再拿锄头夯实。

"不知道是冲撞了哪位神灵。"婆婆熊尔各为此忧心忡忡。惹作不小心摔了一跤，没当回事，只是有些头晕。第二天起床发现，身体一侧有块乌青，人也恍恍惚惚，出门一屁股坐到了邻居小孩子刚刚拉过屎的小凳子上。

出身毕摩世家的熊尔各觉得这些现象都是"苏菲"，也就是不好的征兆。彝族传统认为自然界的征兆可以预示吉祥与否，鸟屎落在头上，狗当众交配，母猪吃掉自己的小猪，这些事情都会对人产生影响，应该找毕摩做仪式消除。

惹作躺在硬板小床上，熊尔各先是拿起斧头，砍下一棵彝语发音叫"池地"的树的枝条，砸成粉末，再掺入捣碎的叶子，制成扭伤药膏，给惹作敷在痛处。

熊尔各念叨着等几天惹作恢复了需要去请毕摩，邻居老者也给了一个传统治疗方法：剖开怀孕的母猪肚子，把胎胞里的小猪取出来，把羊水加醋和盐下锅煮滚，据说这是恶魔鲁阿朱留下的药方，能够治愈哪怕最严重的内伤。邻居有个瞎子叔叔从山崖上失足滚下来受了重伤，就是吃了这味药才恢复如初。

彝人认为世间万物都有"灵"，若不慎惹怒主宰大自然的神灵"母而母色"就会受到惩罚，就会发生疾病、瘟疫，就会导致狂风暴雨、山洪、冰雹等极端气候的袭击。

百草坡附近有个石包，形状酷似一位披着披毡而坐的"新娘"，人们把它称作"鲁阿姆里惹"，意为"大山的女儿"。老人们都说从前遇大旱久旱之年，有人将不净的东西放在石像上,结果立刻风起云涌,暴雨如注。

  还有个故事讲的是四十几年前的一个夏天,雷池乡所期村的村民,头人拉纳的直系三世孙和另一村民被生产队派到百草坡山脚下看守该生产队的一片荞麦地。该轮换的当天,两人上山砍了杉料回家,当晚狂风暴雨,苞谷大面积倒伏,农作物受灾,损失严重。愤怒的村民认定是他俩砍伐杉木,惹怒山神,导致天怒人怨的结果。把他俩五花大绑,并扛着所砍的木料,绕该村一周示众,以示惩罚。①

  所有的禁忌都有来源,对于奇怪的"秘方",惹作不知其然,也不知其所以然。她只是遵从从小到大受到的教育:一个女人应该听从父亲的指示,丈夫的指示,和婆婆的指示——她是苏家的儿媳妇,就算婆婆熊尔各让她吃下一头活的小猪,她也会毫不犹豫地照做。

  来到瓦岗久了,惹作交到了几个朋友。他们大多是苏家各房的兄弟姐妹,堂姐苦几则的儿子们,也就是甲哈的几个堂弟,因为年龄差不多,和她聊得最好,在一起时总是说说笑笑。有天,堂弟故意学她的罗乌口音,惹作从田里拔起一棵苞谷秆追打他。不到半天工夫,这件事情就被堂姐知道了,狠狠地教育她半天:你是结了婚的人,不是小孩子,要注意自己的身份!现在你婆婆知道了,她虽然嘴上不会去说你,满村的人都会指指点点!

  熊尔各对惹作这种大咧咧的"不懂事"也有意见,但她不会直接说,而是敲打儿子。甲哈只是微笑听着,自己消化了算数,偶尔转过头悄声对依呷说:"将来有一天你娶了老婆,如果你妈妈有抱怨,你听着就好了。"

  对于男性占绝对话语权的瓦岗来说,甲哈的这种"包容"其实极其难得。村里的人都晓得出身毕摩世家的熊尔各有多彪悍,因为听不见,她很敏感:偶尔听不清别人说什么,又疑心人在说她的不是,就会满脸不高兴。喝点酒就会扯着嗓子,把大儿媳妇臭骂一顿。

  2002年,头人家做过一次"送祖灵"仪式,送了五个祖宗去到"兹兹普乌"。请了三个大毕摩和一个毕摩学徒,进行了三天三夜的仪式,甚至还安排了赛马助兴。那是瓦岗近年来最大的一次仪式,花了三万多块。整个瓦岗都充满羡慕。"看看人家的子女,啧啧。"她不止一次对惹作和甲哈感叹。

  熊尔各唠叨这些事情,无非就是希望甲哈和惹作可以孝顺她。如她所愿,惹作在家里更多的像是一个受支配的孩子,从没有人见过惹作顶撞婆婆,人们都说"她就是个听话的娃娃"。

  很快就放晴了,从屋外望出去,能轻易地看清楚远处大山褶皱间的村落,那些小房子的屋顶像银白色的种子,在阳光底下闪闪发亮,蝴蝶扇动着金色的翅膀,掠过杂草,停在油菜花漂亮的头颅上。惹作已经把厚外套除掉了,抖擞地洗了一大盆衣服的时候,甲哈正好回家,也把几件衣

---

① 引自苏阿体《猎手与猎物》。

服扔给惹作,开玩笑似的和她说:"你倒是也给我洗洗啊。"

晾好衣服,邻居女人过来邀约惹作一起去镇上看看,又到了瓦镇上赶集的日子。于是惹作站起身看看自己的裤子,把裤腿往下抻抻,好像那里永远都有平整不完的褶皱似的,又特意把胶鞋上的泥擦了又擦。她出门之前总是有类似的仪式感,只是这里的人们不知道"洁癖"这个词,这时候如果探出头看看,能轻易地望见邻居家的那辆二手的旧拖拉机停在路口,布满了擦痕。

惹作不知道丈夫赚多少钱,也不清楚家里的吃穿用度需要多少。像这里绝大多数的女性一样,惹作没有一分私房钱,从来都是伸手跟甲哈要家用。甲哈并不是有求必应,心情好的时候不假思索,大多时候犹犹豫豫,如果不想给,也不会直接拒绝妻子,或者顾左右而言他,或者直接置若罔闻。

"喂,我要去赶集。"惹作对男人说。

甲哈懒散地靠在牲畜栏旁,把眼睛放在了别处,默不作声。惹作脸上泛起了一点红晕,看了看院子里喂好的猪、晾晒的衣服和酸菜,又有了勇气,伸手拽了拽甲哈的衣袖。

甲哈说:"今年的苞谷种子还没买,明天要去三叔家赶人情,还不知道这点钱够不够。"一边缓慢拿出兜里的五百元钱,拇指蘸着唾沫,数了一遍又一遍。

"我不用那么多,"惹作跺了跺脚说,眼睛瞟一眼门外,"给我一点钱就可以,我沾阿牛老婆的光才可以搭车……"声音带着一点点催促的味道。

甲哈把钱一股脑塞给她。"给你,都给你,"又加了一句话,"这日子过不过了?"

惹作脸涨得通红,看了看依呷,又看了看甲哈。"不要你的钱!"她把钱扔到地上,夺路而逃,还在院门口的门槛上绊了一下,吓得黄狗汪的一声,依呷也疑惑地看着那道矮小的木头门槛,比地面高不了几寸,甲哈把脸转向屋檐,气氛并不美妙。

惹作错过了拖拉机,她花了一个小时独自走去镇上。身无分文的她什么都买不起,逛了小半天才回家。只有婆婆和依呷在家,甲哈不知道是不是又找堂弟喝酒吹牛去了,惹作继续去干活,背着整筐的猪草回家,喂完猪,又喂完鸡,再煮上酸菜汤,招呼家人吃饭。

甲哈回家的时候,天都黑了,端起剩下的酸菜汤喝了一碗,又从兜里掏出两个橘子,有点瘪,但胜在个头大,他一声不吭地把它们放在床上。

"你去镇上了?"惹作忍不住问他。

"没有。"甲哈摇摇头。

"那橘子咋子来的?"惹作问。

"路上捡的,顺手抄在兜里,"甲哈只字不提是谁给的,把吃干净的碗扔给她,"去洗碗咯。"

惹作早就忘记生气的事情了,又笑眯眯地冲依呷说:"咱俩一人一个。"

像这样的场景还有很多,两个人如果有了矛盾和争吵,甲哈随便买点小东西,也不用道歉,就能换来妻子的包容。这种时候他们互换了角色,惹作仿佛成了大度的姐姐。在瓦岗,一般来说没有男人哄女人这回事,看多了男人们的肆无忌惮和婆婆孃孃们的黯然神伤,女人们都会以为,这就是婚姻生活的一部分。

## 18. 海洛因·洗钱

村民吉克午作至今记得 2011 年的一件

事：大白天，他一个远亲家里传来震耳欲聋的声音，吼得像杀猪，村里好事的人前来打探，发现原来是买了新的落地大音响。这位远亲是村里最早贩毒的人之一，他得意洋洋地站在大门口，在音响暂停的间隙，热情地招呼路过的邻居："进来吸一口啊！"过后吉克和别人提起这事，人们的目光里充满了说不出来的艳羡。

这是瓦岗第一批因毒品发财的人家，此后村里第一批买摩托的、换大电视的、买手机的人家，都是这批人。

甲哈生性喜欢热闹，对新鲜事物充满了好奇，绝大多数的农人，一辈子老实安分待在田里，他却时常步行到瓦岗镇上，喝酒结交朋友，成为有名的社交达人。

在哥哥苏拉哈的眼中，弟弟聪明勇敢，但不够勤劳肯干。侄子依呷却觉得叔叔有积极改变生活的一面，他看到甲哈尝试过很多赚钱的方式，甚至会花钱得到赚钱的信息，只是在瓦岗这样的地方，工作和赚钱的可能性实在是微乎其微。

甲哈尝试过出去闯社会，小学毕业那年，连点干粮都没来得及带，步行三个多小时到雷波县，趁人不注意爬上一辆大卡车去了成都。可是一个没有学历、汉语也不好的彝族少年，能找到什么工作呢？身上还没钱，只好天天躲在卡车底下睡觉。

一些找不到工作的青年去了成都的火车北站，伙在一起偷窃抢劫。彝族本来最痛恨偷窃，甚至超过了杀人。但是这些年轻人认为，只要不是偷本族人的东西，那就不算做坏事。甲哈在成都街头混了三个多月，始终守住底线不偷不抢。他也看到过有人摆块牌子蹲坐在路上乞讨——这可不是甲哈做得出来的事情。幸亏同村有个人要回瓦岗，就把他也带上，灰溜溜地回

来，居然还从兜里掏出两袋爆米花，像是那几天靠的就是吃这个维生。从此，甲哈也便死了那条外出闯荡做大事的心。

这个经历，他只有一次喝多了酒对依呷说过。"和外面的世界相比，我们真就是所谓的'井底之蛙'，我第一次和爸妈去山东打工，走在街上看见红绿灯都吓坏了，不知道该怎么办。"依呷明白叔叔的努力和困惑，走出凉山实在是太艰难的过程。

甲哈有苏家的骨头和组长的身份，还娶了个漂亮老婆，谁都知道他是骄傲的，他也不允许自己落后于别人。2011年，也就是甲哈在村里担任组长的第二年，苦惹作的几个堂弟把他带进了毒品的圈子。然后，他就成为瓦岗地区最早骑摩托车的人，第一批拥有手机的人，一时间特别有"面子"。

惹作知道甲哈贩毒的时候，和他吵了一架。她听到村里的人提到过，这是和"鸦片"一样的东西。那天甲哈回家，给她带了一包橘子，以为像以前一样，老婆就会破涕为笑。看她还是闷闷不乐，就把自己要迅速赚大钱的愿景讲了一番。

毒品价格高昂，利润丰厚，苏甲哈的兜里迅速鼓了起来。在瓦岗，即便是做点买卖的殷实人家，最多也就揣个几十块。那一年，甲哈每天身上都会有五六百人民币，简直神话一样的存在。那也是苏甲哈一生的高光时刻。

过了些日子，甲哈底气十足地奔赴雷波县，径直来到家用电器行，掏出来整整四十张红票子，抱回来一台35英寸液晶电视。左邻右舍听闻纷纷来看热闹，纷纷赞扬这台电视机款式最新，尺寸也是全村最大的。甲哈拿着遥控器教了惹作半天，如何搜寻中央台的彝语频道。每个初次拥有

电视机的人都会沉迷于这神奇的影像世界，很难说惹作没有想起在县城和电视机邂逅的经历。邻居家也有电视，但是惹作从来不好意思去别人家蹭电视看，这下好了，她可以看各种节目，想看多久就看多久。

电视之后，甲哈又买了带调音台的落地大音响，全新的摩托车，家里置办的东西越来越多，越来越高级。惹作的衣服也越来越多，她终于不用在赶集时摸着衣料考虑再三。如果有人问到她衣服的价格，她也很乐意地咧着嘴告诉别人不清楚，是自家男人花的钱。头巾，一口气买了好几条，再不需要自己手工制作。太阳好的时候，惹作在院子里牵上一根铁丝，晾晒洗好的衣服：蓝色的、紫色的、红色的外套，还有牛仔裤，越挂越多，五颜六色的衣服像一面面旗帜，滴落的水珠在阳光的照耀下闪烁着微光。

惹作和甲哈到学校去看依呷，临走时甲哈顺手从兜里掏出五十块钱，塞到依呷手上。那时候的小孩子哪里有过这么多的零花钱，教室窗户探出许多小脑袋，眼睛里满是羡慕。

瓦岗镇上没有什么像样的饭店，一个熊家的女孩去县城餐馆打工，2006年回来开了个小馆子，取名寸草饭店。紧挨着镇政府机构，专门做政府、派出所等几家单位的生意。寸草饭店能炒很多种家常菜，比起只会水煮的彝族小馆子，简直不可同日而语。

寸草饭店最出名的拿手菜是红烧鸡肉，和彝族平常的坨坨鸡做法不同，里面放足了各种葱姜蒜和豆瓣、料酒——这是典型的汉族做法，加上洋芋一起烧，油水也给得足。不过寸草饭店的价格在当地人眼中算是贵得离谱，除了机关单位的公家人，能够光顾寸草饭店的人，兜里肯定得有两个钱。

平时，甲哈和惹作根本不会在瓦岗镇上吃饭。那天甲哈把惹作拉进寸草饭店，拿过菜单熟练地指了几下，很快端上来一盆红烧鸡肉和一道炒青菜。鸡肉鲜香美味，惹作和盘子里每一样看不出颜色的佐料搏斗半天，吃得小心翼翼。结账的时候听说要一百块钱，她心疼得回到桌前，把盘子里的豆豉都拣出来吃掉，咸得回家一直喝凉水。甲哈看看自己的婆娘哈哈大笑，还把这件事情当作段子，讲给家里人听。

甲哈没有钱包，也用不惯钱包，惹作给他缝过一个布包，可以贴身背的那种，但他还是习惯把钱随手就抄进兜里。有段时间是他"事业"的高峰期，经常顾不上回家吃饭。任谁回忆起来，都记得他那时候意气风发，走路都恨不得跑起来的模样。

惹作渐渐似乎对这些非法所得没有了什么抵触，她的脸上也渐渐多了些矜持的表情。很多年以后，村里人也对惹作有微词："当初她男人贩毒的时候她确实反对，但赚了钱之后还不是跟着享受……"说到底，他们普遍认定她"管理男人的能力"不行。

有天惹作在外面割猪草，甲哈做完"生意"后回家，顺手就把衣服裤子扔进洗衣盆里，后来才想起没有掏兜，连忙把被浸湿的钞票捞出来，摊在院子里晾晒。惹作回家推开门，红色的钞票铺满了院子的水泥地面，百元大钞左一张右一张，无边无际。

依呷傻了眼站在一旁，惹作则把球鞋脱下来，拎在手上，生怕踩到这红色的地毯，破坏了平生未见的大场面。

## 19. 斧子·命

2012年初，惹作身子变得沉了些，她毕竟还只是个十几岁的少女，并没有在意。婆婆熊尔各是过来人，敏锐地发现了她身体的变化，问她："是不是有了？"她也没敢完全确认，直到看到自己的小腹真的一点点隆起，才把这件事情告诉了丈夫。

这是甲哈结婚以后最开心的一件事情，这时他已经二十二岁，身边同龄的男人差不多都有了一儿半女，男人之间也会吹嘘自己的孩子如何可爱如何健壮。在传统观念里，有孩子的家庭才算得上是独立的家庭。甲哈非常喜欢侄子依呷，也希望可以有个自己的男孩，光大门楣，做个顶天立地的男子汉。只是此时的他，已经从贩到吸，染上了不可控制的毒瘾，即将滑向无尽的深渊。

最初接触毒品，甲哈的目的很简单，毒品利润高，可以飞快地赚大钱。但是常在河边站，哪能不湿鞋？吸毒贩毒的人经常伙在一起，不可避免会沾染毒品。"尝一口吧，不要钱……""吸上一口，快活似神仙……"毒品最大的危害就是极强的致瘾性。就这样，甲哈渐渐地染上了毒瘾。从此以后，他的生活交际几乎全和毒品关联在一起。

这里的年轻人似乎把吸毒当作了所谓"成人礼"的一部分，毒品价格高昂，吸得起说明有钱，人前就有面子。很多人因为追求"时髦"或者想要撑面子，都会吸上两口。吸毒人口迅速蔓延，从年轻人到老人，甚至学校的学生都开始吞云吐雾。瓦岗镇当时可以购买毒品的地方比小卖部还要多。毒品泛滥的另一个恶果，就是吸毒者的方式从吸食变为静脉注射，而交叉注射又导致艾滋病广泛传播，当时瓦岗感染艾滋病的年轻人，比比皆是。

甲哈家底不厚，本来就没有多少积蓄，贩毒赚的钱随手来随手去，根本抵不过越来越严重的毒瘾所需。有天早上惹作起床，看甲哈在房间里东摸西找，知道他又在找钱去买毒品，气得拎起一把斧头扔在他面前，终于忍不住说了几句类似"你要是再去吸毒，不如把我劈死算了"的话，甲哈拿起斧头，径直走出屋外，在院子转了一圈，当着全家的面，一把劈到地上，头也不回地走掉了。

从那之后，夫妻吵架成了常态，沉溺于毒品的甲哈什么都顾不上了。只要毒瘾犯了，就会毫无顾忌地拿起锡纸，甚至时常当着依呷的面吸食，那种癫狂的样子让依呷至今心惊肉跳。依呷曾经给雷波彝学会写过一篇名为《毒品的危害》的文章，他在里面这样描述：

> 毒品，把人们搞得妻离子散、家破人亡，人不像人、鬼不像鬼，毒品，就是我们最大的敌人！
>
> 一个人只要染上了毒瘾，他就跟其他任何人都不一样了，如果有足够的毒品吸食，他就精神百倍，而一旦离开毒品，他就精神全无、满脸憔悴，萎靡不振，连擦鼻涕的力气都没有。他们的家人却每天都遭受着痛苦，他的妻子走到哪里都会被人指指点点，他的父母每天都会遭受到来自同龄人的嘲笑、奚落，他的孩子，每天都在学校里面脸面扫尽，饱受委屈，这一切的一切，都是毒品造成的。

依呷写下这段文字的时候，心里想的就是叔叔苏甲哈。沉迷于毒品的甲哈变得沉默寡言、神思恍惚，除了吸毒，他再也无法专注地去做任何事，他和家人发生过一次又一次的争执，但是这样的劝阻根本不会影响他出门的"决心"。毒友们这个时候对他也挺"友好"，一起贩毒赚钱，拿到纯度高的毒品，还会不分彼此地凑在一起过瘾。

这样的事情变得普遍起来，为了吸毒，把家里的东西拿去典当的人比比皆是。瓦岗上下都意识到，毒品简直是比恶魔鲁阿朱还要可怕的东西，一旦沾染上，就会导致家破人亡。

惹作婚后不久，也有一个漂亮女人从外村嫁来瓦曲拖村，只是不在同一个组。婚后男人在外面打工，过着"一人吃饱，不管全家"的生活，不但没有给过一分钱家用，还染上了毒瘾（但是村里人念叨的，都是他的好脾气）。后来，男人去蹲了监狱。出狱那天，被车放到公路上，女人独自一人步行下山去接他。傍晚传来消息：男人服毒死了，根据女人的转述，说是男人觉得生活没有指望，走到中途把女人绑住，喝药自杀。村里的人私底下传言，说可能是女人狠心，把男人绑在树上，喂他吃下了百草枯。

苏甲哈尝试过戒毒，也有几次接近成功，更多的是头天尝试戒断，第二天就又开始复吸。有人认为这是惹作纵容丈夫，也有人评论惹作对于甲哈"不够狠心"，管不住男人——在当地人的观念中，丈夫的行为如果出格或者不学好，主要责任是妻子没有管好他。这当然是站着说话不腰疼，

那段时间惹作情绪非常低落，流了很多泪，她并不知道女人在怀孕以后激素水平会产生变化，还跟邻居抱怨自己，"好像身子没以前好用了"。

这决计不是怀孕的好时机，但是十七八岁就生孩子在这里是再正常不过的事情。彝族特别重视子嗣，最忌惮的就是不能生育，女性无儿无女的，彝语称为"给莫"，意为绝嗣，这是一个备受歧视的词。和人吵架时，最狠的话就是诅咒对方"无后"，意味着无人为其养老送终，无人为其超度亡魂，葬礼的时候，尸体抬到葬地都不能放在肩上抬，只能放在膝下抬去，还要在火葬时打烂一块磨石，放在火堆里一并烧掉。

熊尔各也不止一次提起村里的牛库石打，他是"捡骨人"也就是火化师，火葬时等着骨灰烧到最后的人，一般由无儿无女的人来担任，虽然他看上去逍遥自在，甲哈妈妈总叮嘱儿子多给他拿一点猪头肉，多关照他一点。"他这样的人，没有后代，都没有资格去见祖先，也不会有人祭祀他，就连他的竹灵，都只能附带着挂在家族别的老人那里，才能跟着享受一点祭拜。他又怎么可能去得了祖灵地哦，造孽啊造孽……"

这就是当地女性耳濡目染的生活场景，生育为大，只要结了婚，没有怀孕就是女人的错。么西阿莫住在比瓦曲拖村高一个山头的村子，她最小的儿子是2007年出生的，直到2010年她才见到政府免费发放的避孕套。在此之前么西阿莫对于"避孕"这个词是闻所未闻，她也从未受到过这方面的任何教育或者指引。

第一次结婚，丈夫比阿莫小六岁。他

死后，家里的长辈做主，让她转房嫁给了前夫的亲弟弟，小她十一岁的阿西石者。这样，么西阿莫就可以不用离开阿西家，她和死去丈夫的孩子也不会没人管。此种转房婚姻在彝族传统社会比比皆是。

两段婚姻里，么西阿莫是既当爹又当妈，既当妻子又当母亲。两个男人都吸毒，也都不听劝，第二个丈夫甚至还经常为了毒资动手打她。她依然干活、怀孕，又生下两个孩子，直到被第二任老公传染了艾滋，前两年，她最小的儿子也检测出来艾滋病毒阳性。

么西阿莫在少女时代也曾经有过憧憬，想要嫁一个又高又帅，会照顾人，体贴人的男人，"但这就是命"，她找毕摩算过，在毕摩神秘的经书上，似乎已把这个女人悲惨的一生提前预告完毕。丈夫死后，她为他洗净脸，送走他，从此把往事留在肚子里。一个人带着孩子们，平静而又麻木地生活，只祈求能够活到他们长大成人，成家立业。

对于类似这样的事情，彝语有专门的表达，要么是"直儿莎库"——感叹一个人的"命"或者运气不公，要么就是"莎库博"——命不好。在大家的描述和形容中，么西阿莫嫁到这样的丈夫，染上艾滋，都是因为她的命不好。

她记得小时候，常常听到母亲嘴里念诵"阿普瓦萨"，祈求祖宗保佑，多年以来，这个话也成为她的口头禅。然而，祖宗似乎从未听到她的祈祷，不然亲生母亲不会离开她的父亲，从此一去不回；她的两任丈夫也不会先后死去。么西阿莫说，她感觉自己是从来都没有被护佑过的人。

惹作的堂姐苦几则也算过命，会有五个孩子，她也确实先后生了五个孩子。漫长的生育过程仿佛无尽的刑罚，有的时候甚至肚子里怀着一个，背上背着一个，手里牵着一个。生育不停歇，劳作也永无停歇，孩子还没满月就开始干活更是常态，苦几则从来没有安过节育环，没用过避孕药具，毫无抵抗地接受着命运所有的馈赠，哪怕这种馈赠里饱含着血与泪。按照当地的政策，彝族可以生育三个孩子，她的第四个孩子是个女儿，算超生，被罚了700元钱。2001年左右，她怀上第五胎，胎儿两个月大时被计生委发现拉去做了流产，之后没多久，被罚了700元钱的小女儿也夭折了。

与生育相比，流产带来的痛苦更大更深，除了身体上的疼，还有精神上的巨大压力。毕摩经书上说：堕胎而变成鬼魂的婴孩鬼戾气最重，因为它还没感受这个人世就被带走。计划生育期间，对面山头的村里流产的婴孩特别多，据说整个山坳都飘浮着婴孩的鬼魂。一等到可以举行毕摩仪式之后，村民立马扎堆做毕，统一给婴儿鬼魂念《指路经》，让它们去寻找真正害死它们的罪魁祸首。

考虑到集体文化心理的因素，这样的"罪孽"观深入人心。千百年来，无数的彝族女人从没有考虑过"不生"或者"堕胎"，在她们的字典里，这些词汇压根就不存在。计划生育那些年，为了拼一个儿子，遇到计生委干部检查，甚至可以躲进深山里，长达数月都不在话下。

瓦岗熊家毕摩第20代传人熊古日，是位90后的党员，他受过现代化的教育，做过小学老师，认同的是科学和理性。他把毕摩的算命、做仪式形容成"一种传统"，让他感觉无奈的是："这里的人说起任何事情，就觉得是运气，是命，没有别的解释。"

对惹作、苦儿则、么西阿莫这样的女性而言，无论是地震、泥石流、他杀、自杀、贫穷、被欺凌、被侮辱……所有她们掌控不了的事务，都是"直儿莎库"或者"沙库博"，她们被看不见的"命运"，绑缚在铺天盖地的大网之中。

## 20. 钻牛皮·黑舌头

小时候惹作几姐妹围着阿母追问：为什么女人要生孩子？阿母只是说，每个女人都要经历这一遭。阿达也说过，生孩子，不过和季节来临，荞麦熟了一样，是大自然掌管的事情，并没有什么特别的。怀孕后的惹作睡眠不是很好，整个孕期都没有发胖，看背影还是个纤细的少女模样，只有正面才能看到隆起的肚子。

怀孕进入中晚期，惹作整天无精打采，有时候又显得很烦躁，三天两头挺着大肚子去找甲哈回家的样子，旁人看着都心疼。冬天有时候会停水，甲哈不在家，只能自己扶着腰打水。甲哈仍旧在外面鬼混，永远都只会说自己在外面"做事情"，可是哪有什么正经事情可做呢？惹作早就知道，甲哈的组长职务已经被免去，所谓事情肯定和毒品相关。结婚之初的甜蜜消失了，不久前小夫妻肩并肩逛集市的情景，仿佛成了遥远的记忆。

睡眠不好，睡着了又特别沉。有天起来得晚，婆婆指给她看，鸡窝被黄鼠狼洗劫一空。不仅鸡蛋全没了，就连那几只肥母鸡也仅剩下几根鸡毛。

有时候依呷过来看望，姊姊惹作就像晒干的酸菜一样，失去了水分，被遗弃在家里。就连那只经常露出肚皮晒太阳的黄狗，也瘦成一根柴禾的模样。

黄狗的出现是个意外：那几年，成年男子大多沉溺于毒品，无力卫护家园，瓦岗镇成了盗贼眼中最热门的目标，总有人来偷盗财物。瓦岗附近的山头被一帮犯罪团伙把持，小偷经过那里，也被劫持，小偷求饶："我们身上啥子东西都没有，不如先把我们放了，等我们去瓦岗偷点东西，就立马过来孝敬你们……"瓦曲拖村自然也不能幸免，瘾君子破罐破摔，外来人顺手牵羊，整个村落陷入不安全的状态，从前"夜不闭户"的习俗被打破，大家都谨慎地给大门加上铁锁。有的人家选择养狗看家护院，在彝族看来，偷鸡是最令人不齿的事情——可是那些人为了吸毒，甚至连鸡都偷。

黄狗是甲哈一时心血来潮抱回来的，或许是纯粹跟风，或许是因为自己总不在家，对惹作心有愧疚聊作陪伴。村里人家养狗很随意，并不拴链子戴狗绳，狗子白天满世界跑，晚上回家吃饭睡觉。甲哈经常一出门就是三四天，惹作大着肚子干农活，喂完猪和鸡吃完饭，转身看狗时，它已经饿得跑出去自己觅食，如是多次，饥肠辘辘的黄狗也就不再回家。从不被人挂念的黄狗就那样凭空消失了，连个名字都没来得及取。

黄狗也就是普通的土狗，颜色普通，个头普通。即使是现在的中国乡村，路边渠旁也随处可见。有人豢养和没人豢养的，望去也都差不多，垂头丧气，灰头土脸。没有人给它们洗澡剪趾甲，没有人教它们玩球叼飞盘，土狗也不讨好人，蹲下握手都不会。

黄狗选择去流浪，甲哈也压根没想过找它，惹作又孤孤零零地一个人在家。彝族习俗是不会杀狗的，虽然人的日子艰难，流浪狗也不会没有食物。过节或是做仪式的时候，村里人杀猪或者杀鸡，会把一些内脏扔到水沟里面，倘若牲畜突然暴毙，没人敢吃，也会扔进水沟，这些垃圾食品足以让流浪狗活着。

人都自顾不暇，谁又能顾得上一只狗呢？为了让丈夫戒毒，惹作想了很多办法，彝族家支大过天，惹作找到头人苏取哈，边哭边倾诉，希望借助家族力量规劝丈夫改邪归正。苏取哈很头痛毒品问题，因为他也身受其害——大女儿原本和妻家的外甥订了娃娃亲，结果男孩染上了毒瘾，不到两年，就得艾滋病死了。那些年，身边此起彼伏都是这类坏消息。

苏取哈安慰哭哭啼啼的惹作："嫂子，莫着急，最近我牵头成立了瓦岗地区的禁毒协会，承诺政府要组织一场禁毒大会，我把哥哥（甲哈）拉过去一起接受教育。"

这是2012年的秋天，山脚下的坝子被上千人填得满满当当，瓦岗镇的集市也不曾这么热闹过，空气中充满苞谷酒的味道，远远就能听到苏取哈铿锵有力的声音从大喇叭里传来："下定决心戒毒，为了家人，也为了家支……"

草地上坐满了吸毒人员以及陪同家属，为了举办这次戒毒大会，苏取哈召集了5个乡23个村的家族参与，除了宣讲国家政策、法律法规之外，毕摩主持的戒毒宣誓仪式才是此次大会的重点。试图通过凉山彝族最敬畏的神灵、祖先和家支的力量，让吸毒者迷途知返。瓦岗镇政府出了一万，乡政府出了一万，苏取哈私人添了一万，买了三头牛，请来了附近最有名望的大毕摩，这样的规模在整个凉山州也算得上少见的壮观。

七八个男人拉住一头牛，有的牵着鼻子，有的揪住尾巴，抡圆大斧头准确砸两眼中间的部位，牛翻身倒下立刻死亡。旁边的两头牛吓得嘶吼着挣扎，男人们有的帮忙按住，有的蹲坐在小坡上抽烟；女人们则坐在远处一边看，一边交头接耳。

"据说这个毕摩的经书都是用人血和猴血混写的，是附近有名的'黑舌头'，他最擅长的就是下咒。有一次有人喝下他下过咒的酒，没有遵守诺言，暴病而死，院子里的树都跟着枯死了。"

三头牛的内脏被取出来，牛皮连着首尾四脚，张挂在木架之上，一如牛立之状。牛首向东，牛尾向西，无数苍蝇围着皱巴巴的牛皮盘旋，人们用或期盼或复杂的眼神，看着那一碗碗的血酒。这是盟誓最严重的一种仪式。

每个男人们面前都有一碗血酒，大毕摩开始念诵："神啊，如若有人违反此誓言，就同这面前的牛一样死去，不得好死！"惹作看着甲哈，催他也取一碗酒，甲哈咬着牙，跟着毕摩念诵："如若违反此誓言，就同这面前的牛一样死去，不得好死！"

吸毒的男人排着队，从牛尾底下钻进去，再从牛首底下钻出来，并发咒词，然后一口饮下血酒。甲哈也效仿他人，一口就干完。"有了祖先和神灵的保证，肯定没问题。"女人们信心十足，喜滋滋地带着男人各自回家。

家支和祖先的威慑力效果确实有，但不是很大。这个誓言管用了一两个星期，那些日子惹作喜滋滋地给祖宗敬酒，希望保佑甲哈能够信守誓言，平平安安。

然而吸毒者很快故态复萌，有的人为了给自己一个心理安慰，贩卖毒品会避开瓦岗地区，似乎那个血誓只归瓦岗当地的神灵管辖。甲哈又开始经常夜不归宿，惹作问起时，也是支支吾吾。直到惹作看到了从衣柜缝隙处扫出来的锡纸，才确信丈夫再次违背了承诺，就连祖先和神灵的力量也宣告失败。

## 21. 尼木措毕·百褶裙

三个穿黑衣的男人站在院子门口，都是长脸，但五官模糊，为首的一个长着山羊胡子。山羊胡子拿起一本簿子，就像查户口那样，对另外两个说："去马海家，去马海家。"两人回复："马海不在家啊。"山羊胡子便说："那就去阿苦家吧。"

惹作闻言打开门，像许多年来迎接客人那样，把那三个男人迎了进来，回头笑着对苦友古说："阿达，找你来的。"然后，惹作就从梦中醒了过来。

早上起来之后，她把这个奇怪的梦讲给甲哈听，又讲给隔壁邻居听，讲给村口核桃树下的女人听，唯独没来得及讲给阿达苦友古。很长时间她都因此深深埋怨自己："如果当时记得提醒一下阿达，即使远在外地，至少也可以找家里的亲戚帮忙请毕摩杀只鸡，做点什么消除邪祟呀……"

这里的人都认为怀孕让女人的记忆力变差。看上去惹作就是这样：有时候已经背起背篓，打算去捡猪粪，结果在火塘边上转了半天；和邻居约好了晚上去看她的针线活，第二天地里遇到，才发现忘得一干二净。

没过几天，惹作就接到哥哥苦曲者的消息，说是远在新疆摘棉花的苦友古突然晕倒，送去医院之后很快就咽了气。当时和父亲一起摘棉花的苦曲者，借了别人的电话通知惹作父亲的死讯，至今他也不清楚苦友古的死因，只说"没钱，治不起"。

临死之前，苦友古挣扎着跟儿子说："回罗乌。"然而苦友古没能在活着的时候回到故乡，当他到达罗乌时，已经变成了一盒骨灰，七天之后，苦友古的葬礼仪式正式举行。

彝人重死轻生，婚礼和葬礼是天大的事，在花费上面，葬礼甚至更胜婚礼。罗乌的葬礼短则三天，长则十天半个月。

与故去亲人的告别有两次：一次是肉体的告别；第二次则是灵魂的告别，送灵归祖，也叫作"尼木措毕"，需要毕摩作法三天三夜。两次告别的祭品规格都差不多，都是必须牵牛拉羊。第一次葬礼中用牲畜做祭拜铺垫，给第二次灵魂告别做准备；等开始做"尼木措毕"，也就是灵魂祭祀的时候，又拿同样的牲畜请魂，然后再送魂。

再穷的家庭都需要一场隆重的葬礼来告别亲人，再远的家支都会派代表赶过来出席，逝者的儿女各户必须用一头牛献祭。在大型的祭礼中，逝者的女儿前来悼祭时，每户送来的牛不得少于五头。献祭时只杀一头，余下的送给其兄弟。女儿女婿牵着牛去随礼是必要的礼节，也是比儿子随礼更值得炫耀的事情。

甲哈坚持不让惹作回家奔丧，理由一会儿是"怀着孕怕冲撞了孩子"，一会是"毕摩算过，奔丧是不好的卦"，他不同意，惹作连回家路费都没有，更别说按照习俗应该由女儿承担的费用。

最后，还是甲哈的哥哥苏拉哈出了这

笔钱。彝族有句谚语："三代不进行尼木措毕，没有家族与你结亲家。"也就是说连续三代断了这种传承，同等级婚姻将遭到影响，"骨头"自动就降格，不论黑彝、白彝都会变成最差、最让人看不起的等级。对于这里的人来说，一个孩子能为父亲做的最重要的事，就是为他办一场尊严的葬礼，身为女儿，做不了别的就算了，就连为父亲奔丧都办不到，惹作悲切的心情可想而知。

天气慢慢升温，田地里有一堆事情要做。惹作干活已经没有那么利索，站起来越来越不容易，她更愿意长时间坐着。她没有抱怨过孕期营养缺乏之类的事情，一方面是没有相关知识，另一方面也是有顾虑——村里一个女人曾经因为怀孕多吃点米饭，被家人训斥："吃多少饭，就得干多少活路！"

甲哈还是总也不着家，惹作大多数时候只能自己照顾自己。日头好的时候，她会把水盆放在阳光下晒热，用毛巾擦拭身体，让自己干干净净。这天，她到光线强烈的地方站了一会儿，这里的阳光能把人晒得全身发软。当天难得胃口好，中午多吃了一个洋芋。刷完碗，又把一大盆晒好的水端过来，解下头巾，用洗头膏抹在上面，艰难地蹲在那里，一勺一勺地把水浇到头上洗干净。

一片乌云压了过来，惹作正在把晾晒的衣服收回屋子，突然感觉到腹部开始痛，她忍住没管。过了一个小时，这种痛变成了一阵规律性的痉挛。惹作慌了神，跑去找婆婆熊尔各："阿波，是不是娃儿等不及了？"

婆婆赶紧在地上铺了一层蕨基草——不在床上生产是怕把床单弄脏。惹作此时已经站不住了，只能就地躺下，捂着肚子大口喘息。等了半天，肚子还是没有动静，就忍着疼问婆婆咋使力——用力的还有嗓子，人类在疼痛极限的时候，呼唤的一定都是母亲："阿母啊，救救我！阿母啊，我痛啊！"

阵痛足足持续了几个小时，惹作几乎晕倒，汗水和血水把蕨基草染成了深色，婆婆给她拿条毛巾让她咬在嘴里，以免咬伤舌头。直到凌晨时分，"哇"的一声，胎儿降生，惹作终于从可怕的恶魔手里逃了回来。熊尔各把火塘上烧好的水端了过来，拿剪刀剪断脐带，用羊毛线打了个结。

婆婆用自己穿的百褶裙摆把孩子包裹起来抱着，惹作努力用手肘撑起去看，是个女孩，眉眼都很清秀的样子。她用"收洋芋的时候"记录下孩子的生辰，当时正好流行给孩子取一个汉语单字，于是取名叫苏英，彝语名字叫"里伟"，意为一朵漂亮的花。

这是她的第一个孩子——惹作这一年才十八岁。假以时日，她必定和从没被人记住名字的阿母一样，一遍遍经历生产的痛楚，直到膝下爬满孩子们。

在瓦岗，没有女人生孩子去医院，能在家里生产的女人，已经算是有福分的了。甲哈的哥嫂二十多岁结婚，两人一贫如洗，没多久熊古则怀孕，苏拉哈只身在外打工，没有任何人可以照顾她。有的时候家里煮了洋芋或是苞谷，甲哈就会偷几个，藏在衣服兜里悄悄给嫂子送过来，这就是熊古则的营养加餐。

重复生育的痛苦不会因为贫困而终结，熊古则先后在家生下了四个孩子，全是婆婆在旁指导，自己剪下的脐带。

头人苏取哈的老婆，甲哈的小姑姑，还有惹作的堂姐，她们人均生育四个孩子以上，生产过程都是靠自己，剪下脐带的剪刀没有消过毒，也没有喝过一口红糖水。但凡生第一胎的时候，有婆婆在旁边帮忙烧热水的，已经算是很好的待遇。

苏取哈的老婆还亲眼见过有个农妇在路上生产，那个女人像马一样就地躺下，痛到声嘶力竭，不一会儿摇摇晃晃站起来，用裙子包起湿漉漉的婴儿，让路过的人帮她抱回家。

瓦曲拖村里的尼作，刚二十岁出头，已经生过三胎，再怀上的时候也不太当回事，七八个月了还在地里挖洋芋，结果肚子痛起来，就地生下了孩子。来不及回家拿剪刀，也喊不到任何人帮忙，只能用指甲一点点掐断了脐带，再脱下身上的衣服来包裹孩子。或许是这次野外生产受到了感染，尼作长期以来都有妇科病，痛苦异常。

彝族女人对于疼痛，似乎有种惊人的忍耐力。2021年，苦几则割草的时候，右手食指被刀削掉一半。她把断指掰回来捏紧，去了瓦岗镇。诊所的医生处理消毒时，伤处翻开来，苦几则直接痛得晕过去。后来到宜宾的医院，医生采用一种神奇的方法，把断指"种"在大腿里辅助生长，经过一个多月的生长，断指恢复血液循环，再动手术把指腿分离，手指才最终救了回来。

得知苏英降生，甲哈飞快赶回来，他走进屋子先看了一眼惹作，开心地抱起孩子转了两圈，又走到门前的路上绕一圈，这也是一种习俗。惹作强撑着起来，给自己熬了一碗稀的米饭。

在床上躺了没几天，惹作就开始干活，她坚持母乳喂养女儿，这里的产妇至少会把孩子奶到两岁，否则就会被村里的闲话淹没，说不配为人母。婆婆当初也是这么过来的。

生产过后，惹作显得更清瘦了，甲哈并没有给她煮过一顿饭，或者带过一次孩子，也没有因为有了孩子就不再外出鬼混。孩子出生后，也是她吵架最频繁的时候：和甲哈吵架，吵完再去骂堂弟，说来说去都是因为吸毒的事。

屋子里充满婴儿屎尿的味道，耳膜里只有号哭，什么都只能靠她自己，很容易想象，只有十八岁的女孩独自一人面临这种困境，会感到怎样的崩溃和绝望。月子期间，也是惹作被人撞见哭得最多的时候。没有人知道什么叫作"产后抑郁"，年长的妇女认为，两人只是过了"蜜月期"，进入了真正的婚姻生活而已。

这时候，惹作的哥哥苦曲者已经搬到了金阳县城，父母相继辞世之后，她现在的娘家变成了哥哥家，按照当地的习俗，孩子生下来二十几天，或者满一个月应该回娘家。也许路途遥远，怕过于折腾孩子，惹作和哥哥约定，孩子满月之后的彝族年，全家四口人一起过去。

到了日子，苦曲者估算着妹妹一家的时间——第一天应该是在路上，于是第二天宰好年猪煮好肉，左等右等，一整天都过去了也不见人影，妹夫苏甲哈的电话也打不通。

第三天，惹作一脸愁容，抱着孩子出现，婆婆没有一同前来，苏甲哈半夜才赶到——原来刚刚出发没多久，甲哈的毒瘾就犯了，惹作拉他走，被他怒吼，坐在路边就开始吸。惹作只好抱着孩子等他,天气太冷,苏英哭个不停,怎么都哄不好,惹作想抱着孩子先走,又不忍心丈夫躺在路边——那大概是惹作最心灰意冷的一个晚上。第二天出发的时候,甲哈居然还是没有跟上。

甲哈解释半天,愤怒的苦曲者第一次对妹夫动了拳头:"好好的一家人,你怎么可以这么荒唐?"甲哈低头讪讪,无言以对。

回门的年夜饭吃得意兴索然,姐姐觉得惹作瘦了,而且非常憔悴。即便惹作强装平静,可那双哭肿如核桃般大的眼睛根本藏不住悲伤。食不下咽的年夜饭结束后,惹作就坚决要求回瓦岗,甚至没有多陪一下兄弟姐妹。对于出嫁的女人来说,抱着孩子回门本该是她的风光时刻,那是苦家人首次了解到惹作的处境,也是最后一次见到她。

每到过年的时候,金阳县城的电线杆上挂满了红灯笼,张贴栏里全是婚礼消息,这是当地发请柬的一种方式,把婚姻的幸福昭告天下。但是那些结婚之后的事情呢?却好像从来都没人提。娘家人的关注点也很简单:"他有没有打过你?""你有没有挨过饿?"只要得出的答案是否定的,他们就会想当然地认为过得不错。

阿达苦友古活着的时候,给惹作姐妹讲过一个故事。

一户人家为了家里的儿子生病请了苏尼,仪式进行时,苏尼放了个屁,两个女儿笑出声来,苏尼恼羞成怒警告家人说:"如果你们希望儿子痊愈,就得将女儿赶出家门,永远不让她们回来。"父亲于是听从了命令,把姐妹两人骗出了家门。

两姐妹不小心落入了巫婆的手中,幸亏一个农夫,将她们救了出来。她们问农夫说:"我们得找人嫁,才有办法生活下去!你知道这附近有哪些人家可以娶我们吗?"农夫随便讲了两家人的名字,两个人就分别去敲门嫁了人。

有一天,姐姐去探望妹妹,发现妹妹生了一窝狗,这才知道她嫁错了,却又没办法离开,于是就带着妹妹逃离。她们跑啊跑,遇见一个老人在锄地,就向老爷爷求助,并且躲在洞里,放上大石头,还覆盖上粪便,这才骗过了来捉她们的狗群。

姐妹俩继续上路,又遇到了一位正在缝衣的老太太。问她俩可不可以帮忙捉一下头上的虱子。这时姐姐发现,老太太头上有一处伤疤。她跟妹妹说:"我们的阿母不是也有一模一样的伤疤吗?"老太太说出了三十年前的伤心故事,她的丈夫如何被苏尼骗,如何把女儿丢弃在了山中。她们伤心地问:"阿母,我们可以回家吗?"因为家里一向都是父亲做主,她们的母亲就带着姐妹俩去问父亲,这时候她们的弟弟早就吸食鸦片死了,父亲特别后悔,他们全家才算终得团聚。

这样的故事在彝区广为流传,大概就是因为它有一个幸福结局,可是现实生活中,一个女人如果真的嫁错了,哪怕嫁给了一条狗,她也无路可逃。

## 22. 核桃树·尼茨

1999年到2000年左右,苏家出过一

件事情。有个苏家的女孩和乡干部好上了，乡干部是有妇之夫。私情不被容忍，像这种骨头不同的私通最不能容忍——乡干部出身并不属于苏家下面一个阶层，但是和苏家相比，他家历史上是依附于土司的白彝。苏家家族把此事视为耻辱，准备把那个男的杀掉。察觉到时日无多，他们两个也无处私奔，二人绑在一起，用两条绳上吊自杀了。那天街上人声鼎沸，头人的儿子，六岁的苏史古透过人群的缝隙，看到尸体被一前一后抬出来，白布下盖着的两个人，都是赤身裸体。

没有人会指责女孩的父母棒打鸳鸯，女孩和情人用裸死让自己的整个家族蒙受耻辱。这种羞辱式的决绝反抗，苏史古终生难忘。

"千百年以来彝族人都是要依靠家支才能活下去，所以家族对一个人的终极惩罚就是找毕摩做仪式，打鸡打狗，昭告天下，把一个人除名。说明他不适合在这个'社会生态系统'里面生活，他就是一匹被踢出狼群的孤狼，他的直系亲属也会一起被除名。从此以后他会被整个家支唾弃，生老病死都不会有人管。"

这些故事注定会在村口的核桃树下一遍遍传播，那里是瓦曲拖村的道德评判席和舆论中心，人们席地而坐，尤其是老一辈的人，抽着没有过滤嘴的香烟，唾沫星子汇成河，足以让整个瓦岗都浮起来。

"亲戚们才是最后的依靠，"村里的阿果妈妈连连摆起手，"为啥子要和他们作对呢？"

村民们普遍知晓她叔叔的故事：这个叔叔原本是家里最活跃的一个，22岁被家里强行配婚，生下来的三个儿子早夭，夫妻感情日渐淡漠。后来为了孩子学习搬去县城居住，认识了一个离异的女人，两人相爱了，那个女人抚慰了他所有的情感创伤。不知怎的被家里人发现，妻子的娘家人找上门来讨要说法，赔了两万块钱，还杀了一头牛一头猪，当着双方家族的面发誓和对方分手。之后他远走浙江打工，其实也是和情人一起去的，没多久因为风湿发作，辞职回到县城。两人还偷偷在一起，他还想尝试离婚，最后他的父母发出威胁：你再这样，就把你从家族除名！

有一天，他的大哥收到他的短信："我要死了，会在解放沟，我走了以后帮我收拾，也请帮忙照顾我的孩子们。"大哥赶紧报警，直到次日早上才在附近的山头找到两具尸体：他和情人是抱在一起殉情，身旁放着酒和百草枯。

阿果妈妈那时候刚刚结束第一段婚姻，回到娘家。殉情事件发生后，仿佛是为了弥补叔叔给家族带来的耻辱，阿果妈妈在一天之内就被安排了新的婚姻，嫁到了这个村子。说回到第一段婚姻，她原本也是可以忍受的，但那个男人一心想要贩毒赚钱，"可以在县城买个大房子"，结果出师不利被逮捕，判了无期徒刑。这导致她对第二段婚姻非常重视，简直到了焦虑的地步，为了维护婚姻，丈夫对她说的任何话，她都会照做不误。倘若她的丈夫去县城，她就会在核桃树那里张望，以确定他没有死在路上。

在瓦曲拖村，没有人的婚姻能成为秘密。核桃树下的人们可以忍受马套着挽具死去、耕牛被泥石流冲走，但他们不能忍受对别人家大小事务的一无所知，大概只有这样的比较，才会让他们不至于感受自己人生的汤盆早已被舔光。

到了2012年，这里的人悲伤地发现，秩序井然的世界似乎正在逐渐坍塌，村里有哪些人家在贩毒，哪些人在吸毒，毒品给各自的家人带来了什么，大家都心知肚明。但是无论祖宗的威严还是家支的纽带、亲友的规劝，对吸毒者已经起不到任何的作用。阿果妈妈隔壁家，连蚂蚱都不敢踩的温顺女人，哭着把丈夫的毒品扔在地上用脚去踩，男人冲过来，对着女人迎面一拳，然后看也不看满脸鼻血的女人，蹲在地上，用手指头把脏了的白色的粉末捏起来。

老人们磕着烟杆，摇着叹息："这都是些什么妖魔鬼怪，日子还不如鲁阿朱在的时候呐！"

面对在歧途中越走越远的丈夫，苦惹作做的努力很多，能做的选择却很少。离婚是万万不敢想的，甚至排在死亡之后。堂姐苦几则说，哪怕是私下跟她诉苦，惹作也从未提过离婚。她们经常会回忆起当年在罗乌放羊的生活和种地那点事，那仿佛才是生命中唯一自由自在的时光。

哥哥苦曲者后来回忆，他知道当时因为甲哈吸毒，妹妹和妹夫天天吵架，但是惹作也从未和他提过离婚。"我们彝族，如果妹妹提离婚，两个家族肯定就干仗了。"

所有的努力途径都遍寻无果，惹作又一次把希望寄托到神鬼上面。听从阿果妈妈的建议，她找了一个毕摩，据说他的专长是驱逐破坏家庭关系的邪祟。

她带去了一个鸡蛋，毕摩接过去，用细针在鸡蛋的蛋口插一个小口，惹作对着那个小口来回哈三次气，再用鸡蛋在自己身上各处滚动几下，在头上顺时针转上三圈，交回给毕摩。此时毕摩一手持嫩蒿枝，一手拿着鸡蛋，嘴对着蛋口大声地念说："蒿枝可以把所有的疾病都招引起来，把这些疾病都招引到鸡蛋里面来。"

他念出来鸭、熊、猴子、蛇、蛙等雪子十二支的名字，这些都是彝族的说法中不可以宰杀的动物，他继续念道：

人有两只脚，鸡也有两只脚，
人有一双眼，鸡也有一双眼，
人有两只手，鸡也有两只手，
把所有招致得病的疾病都要引进鸡蛋来，
该出现的出现，不该出现的不要出现，
所有隐藏的疾病都要显露出来，
显露出来，显露出来。

念诵完毕打碎鸡蛋，把蛋黄和蛋清倒入水碗里面。"唉主人家，你们家是否有一个属猪的人？如果有不好的邪物作祟，鬼会让属猪的人无端端地发脾气。"

"我就是属猪的。"

"主人家，你需要送菩萨。用一只白鸡来治病，家里面就不会出现大的问题。"

接着毕摩又问惹作："你妈妈是属什么的呢？"

"我妈妈属鸡。"

"哦哟姐妹，你会克你周围的人。首先你克父母，你妈妈会先死；你应该有两个兄弟，如果运气不好，会只有一个，姐妹还有三个，是不是这样？"

"你说得太对了，我有一个哥哥，两个姐姐和一个妹妹。"

"好的主人家，你丈夫属什么？卦象显示你要特别小心。"

"娃儿她爸爸属马。"

"主人家,那个鬼不想让你们家高兴,你们会经常吵闹,你要谨慎一点。"

"最近我和娃儿爸爸吵得很多,该怎么解决?"

"多孝敬老人,再做一场仪式,把尼日尼茨赶走,邪物解决,你们的家庭就会和睦。"

"赶走邪祟,我和娃儿爸爸的感情会好起来吗?"

"一定会的,主人家。"

这段类似的对话,在瓦岗是家常便饭。家庭矛盾都可以归结为尼茨也就是"邪物作祟",而一颗颗鸡蛋承担起了家庭和睦的重任。为了夫妻感情,女人们会虔诚地去找毕摩,等待他们的天眼去发现蛋黄里的秘密。听到这些似曾相识的"判词",女人们确信:所有的不幸福,都是源自那只她们看不见摸不着的尼茨。

这大概是惹作所能做的最后一次努力,然而并没有任何作用,这会使一个女人意识到,没有任何神灵在护佑自己的时刻。

## 23. "阳世界"·"阴世界"

2013 年,即将迎来农历的汉族春节。瓦曲拖村的曲木金古隐约记得自己做了一个梦:村里的人聚在一起又唱又跳,核桃树下走来一位身着盛装的新娘,那是苏英妈妈,但是不知道新郎是谁,在做什么,只记得苏英妈妈笑得很开心。她醒了以后觉得莫名其妙,但也没往心里去。后来家里的老人提醒她:梦见有人结婚,是这个人要死的预兆。

金古怀揣这个秘密,谁也没敢说,多年以后在喝苞谷酒的时候说漏了嘴,又经其他人的口传到依呷耳朵里。除此之外,那就是一个普通的冬天,并没有什么特别需要记起。

每年的冬天都大体相似,光秃秃的树枝在风中摇摆,麻雀的飞翔变得缓慢,就连天空也受凉了似的,吐出大量的白气,堆积在远处的山顶。到了下午,云团颜色开始变深,仿佛掺进大把的炭灰,堆得厚重又压抑。气温持续下降,依呷叠穿上所有能穿的衣服,出门时候缩紧脖子,试图以此抵抗体内热量的流失。

本来在外打工的苏拉哈,因为身体不好回家看病,妻子熊古则陪他一起回到瓦曲拖村。熊古则喜欢坐在火塘边上抽烟杆,为了省钱,抽那种 20 块钱一大包的兰花草,拇指和食指捏着烟叶子塞进烟嘴,借助着火塘的一丝火,终日吞云吐雾。

长夜降临,火塘边的每个人都能讲出一些令人不安的故事。"我给他们两夫妻算过命。"熊古则说,她出身于毕摩世家,以擅长看手相小有名气,甚至有远处的村民拎着苞谷酒专程来找她。"我当时就直截了当地告诉过他们,惹作命很短,甲哈也是,但他俩哈哈一笑,都不相信我。"

苏拉哈夫妻刚从外地回来,家里的物品都不齐全,连瓶酱油都没有,于是当天晚上就去甲哈家吃饭。回忆起十一年前的细节,熊古则说,那个晚上看起来并没有什么异常。

依呷沉浸在和父母团聚的喜悦中,只记得当天晚上的酸菜汤很寡淡,彝族年刚刚过去,家里还有腊肉,可是大家都没怎么动筷,他也就没好意思多吃。没人说话,唯有汤勺舀菜、咀嚼食物的声音。

惹作在屋子里转来转去,像一只沉默

的陀螺。她去洗碗的时候,熊古则坐到了火塘的下方,往火塘里塞了几根苞谷瓤子,火舌一下蹿了起来。甲哈结婚时候给苦家的五千块钱彩礼,苏拉哈出了两千,惹作妈妈死的时候,又出了两千五,苦友古去世时候赶牛去的费用,也由外地的苏拉哈垫付。许多本该属于苏甲哈的人情花费,都由哥嫂负担,两兄弟年龄相距大,作为大嫂的熊古则,苦口婆心,也难免会有教育的口吻。

"兄弟,你不能再这么下去。我家的话倒还好,那些不能还的大不了就不还。可是你欠的别人家那些钱还不上,这样下去,在村里还怎么立足?"熊古则说。甲哈没有接话,也没有看自己的哥嫂,随后火塘边又陷入沉默。

惹作没有附和熊古则,而是与自己的男人一道沉默,脸色也不太好看。"苏英妈妈呀,显然不是个聪明人。"后来苏拉哈摇头说,"连自己的男人都管不住。"

看得出来,哥嫂的言语敲打,让甲哈和惹作很不是滋味。由于苏拉哈和熊古则太长时间在外打工,和弟媳弟弟相处时间不多。"自从他结婚之后,太多的事情我们几乎都不知道,完全疏远了。"熊古则摇头说。依呷也很遗憾,如果不是因为后来的脑病影响了记忆,他应该会记起更多的细节,毕竟那是全家人聚齐的最后一夜。

惹作越来越沉默,村里也没有什么人可以说说心事,她的期望是什么,体验到什么,无人知晓。她无数次沿着坡道走到地里,或是从地里走回那间小屋,偶尔会和村里的女人聊上两句,但她们拥有的生活比那条土路宽不了几公分。

"你今年用的这种杀草剂不错呢……"
"过两天帮我收一下苞谷吧……"

她们认真地聊着琐碎的事务。"苏英妈妈,你说呢?"在人们的口中,她甚至不曾拥有自己的名字。回到家里,面对的是听不见声音的婆婆,嗷嗷待哺的苏英,甲哈吸毒留下的锡纸,生活惨淡而痛楚,一眼望不到尽头。

冬季的瓦曲拖村阴晴不定,视野里的一座山但凡走得远一点,都会被杀出来的另一座山撞上,山和山纠缠重叠,骨骼粗钝而庞阔,把黑压压的乌云,都挤得空间逼仄。天地之间并没有什么明显的分野,那种通体的冷峻和荒芜,只会让人感受到万物的脆弱和不值一提。村子一天都很安静,下午有时候会有小货车来回转悠,在各个乡镇之间贩卖蔬菜水果,喇叭里循环地放着"娃娃菜、菌菇、花菜、金针菇、青椒、豆腐……"卖菜小货车上的人,或许能够看见惹作低着头,沿着村里的烂泥路,去找甲哈未果,再垂头走向回家的路。

她得经过一片苞谷地,收割后的苞谷冻得冷硬,只剩下些萧瑟的残梗。还会沿着一条坑坑洼洼的土路向东,从一个组到另一个组,从一家沿着斜坡走到另一家,走过台阶以及烂泥,路上结着霜,容易打滑,裤腿溅上污浊的泥迹,她要从一户人家的牛棚经过,再从另外一户人家的柴堆前拐弯。

惨白的光线逐渐黯淡,这是白昼逐渐转向夜晚的时候,也是宇宙暧昧不清的时刻,"子姆"到"厄姆"于这时过渡,"尘世"和"灵界"在此刻交接,彝族人认为这是最容易遇到鬼的时刻。

白日将尽,天空呈现出一种洋芋腐烂的颜色,远处的山峦渐渐融入云霭之中。牛棚里,牛儿咀嚼干草的声音清晰了起来,在靠近自家院墙的那条路,胡乱生长的艾蒿遮蔽了下面的羊粪，踩上去软软，不再像前面爬坡的路那么湿滑。不知哪里的猪发出长长的惨叫声，像是警报回旋在空中，整个村子都能听得清清楚楚——即将过年，每天都会有人杀年猪。

惹作必经的路上还会经过依呷家，隔着一条小道是邻居的房子，这家的男人有一次把女人拖在地上打，听得分明的乡邻事后问起来，她却是坚决摇头，不承认有这回事。"你家苏英爸爸多好啊，"村里的妇女和惹作闲聊时还表示很羡慕，"感觉你们俩从来都不打架。"

空气中有大雪来临前的金属味道，人在外面待得略久，每呼出去一口白气，都能感觉身体里的能量被抽走一分。渐渐耳朵和手脚，都被冷风吹得麻木，越向前走，越能感受到风的阻力，整个身躯都变得无比沉重。

惹作回到那间黯淡无光的土屋，这间房子并不窄，四十平方米既是客厅也是卧室，三张木床以几字形围着中间的火塘，地上四处散落着饲料袋和化肥袋，木板顶的上方加搭了一张塑料布，冬季漏风、夏季滴雨，此刻阴冷黑暗得像一个洞穴。

她把三个月的苏英从湿漉漉的床上抱起来，亲了又亲，如果孩子哭了，也要喂会儿奶，再把她放回床上。她从家门口绕到土墙根，那里有一棵硕大的棕树，夏天的时候甲哈用它的叶子做过蒲扇，在院子里扇着玩，如今却被冻得无精打采。

根据瓶子被丢弃的位置推测，惹作应该在树下待了一会儿。从那里能看见邻居铁皮烟囱里的炊烟摇向上方，这个时刻每个家庭都会围坐在火塘边，拿起汤勺分享热气腾腾的酸菜汤。

百草枯的味道刺激，闻着就很恶心。

当惹作喝完之后再回到屋子里，侧身躺在那间阴暗的土屋，泪水挂满脸颊的时候，时间一定流逝得很慢：在瓦岗，时间不是钟表，也没有明确的数字，它是布谷鸟没完没了的催促，一棵棵苞谷的成熟再收割，天空骤然下起暴雨，和黄昏中一次次呼唤着男人回家。对于她，时间是稍纵即逝的快乐，黑暗麻木的早晨转变为麻木黑暗的夜晚。在这里，每天都是同一天，曾经活着的亲人一去不复返，正在爱着的不再回头。

这天一早，苏拉哈和熊古则带着依呷翻过一个山头，去探望依呷的外婆。通常他们会在那里住上几天，结果当天晚上却突然收到依呷姐夫托人带来的口讯：苏英妈妈喝农药了！

全家立即往回赶，苏拉哈、熊古则直接赶到瓦岗镇的卫生院。堂姐苦几则接到熊古则电话的时候，正好在镇上，她是心疼多过于震惊，在农村，喝农药自杀的可不少，光她身边就有过几例，这之前不久，村里一个二十一岁的女人，因为她男人要出去打工，就拿着农药站在门口。"你要走，我就喝药！"男人没有回头，她一口把农药喝了下去。

"她当时喝的是敌敌畏，来得快，当天就死了。百草枯是后来兴起的，都是死，百草枯就慢得多，据说还有人熬了15天才咽气。"

亲人们在镇上的卫生院会合时，医生已经用一根食指粗的橡胶管子穿进惹作鼻子，灌入洗胃液，再通过鼻腔吸出有毒物质。

洗胃之后，惹作不再呕吐，躺在病床

上输液，看上去精神还不错。苦几则陪她上厕所，发现她的尿都变成绿色。随着来探望的亲戚邻居越来越多，苦几则就回家照顾孩子去了。

头人苏取哈接到了甲哈的电话，赶到了卫生院。看到正在输液的惹作，也看到了正在掉泪的甲哈。苏取哈劝说惹作："嫂嫂，你有啥子想不通，好好地说。实在说不通，我们一起帮忙，把哥哥捆死了来戒毒。你要是就这么死了，啥子就都等于零了嘛！再说，以后娃娃咋个办？"

接下来他拨通惹作两个堂哥的电话，按下了免提，给对方解释事情发生的原委："娃儿的爸爸不听话，戒毒戒不掉，娃儿还小，生存不起了，她一时想不通就喝了药……"

两个堂哥在电话里问惹作，你们打架了没有？他虐待你没有？欺负你没有？惹作非常清晰地一一做了否认，苏取哈听到惹作承认是她自己"一时想不通"，感觉松了一口气。

在山上带孩子的苦几则忙到了下午三四点，再去卫生院的时候，发现甲哈给惹作泡了方便面吃，想起医生叮嘱过不能喝热水，以免百草枯药性扩散，可是已经来不及了。临到晚上，惹作说她全身骨头都很痛，苦几则靠在床尾，帮她捏脚放松。没有什么能够缓解毒药侵蚀身体的痛苦，有一瞬间惹作疼到大小便失禁，身下的床单染上了一大片绿色的污迹。

卫生院的医疗条件有限，能做的抢救措施也很少。亲戚们聚在一起商量如何继续医治的方法。苦几则坚持认为，应该把惹作送到县医院；家族的老人们则认为，当务之急是回家找毕摩驱鬼。苦几则的意见没有人同意，晚些时候，苏拉哈、熊古则陪同惹作、甲哈两夫妇回到了瓦曲拖村的家。

关于惹作喝农药的原因，堂姐苦几则认为，惹作平时去找甲哈，一般都只有两个原因：找他要生活费，或者给孩子买东西。这一次多半也是甲哈去找毒友，惹作叫他回家未果，两个发生了冲突。再加上此前各种消极因素的累积："包括她爸爸的死，包括苏甲哈和她哥哥的冲突，全部叠加在一起。"而熊古则说，不管大家怎么追问，那天惹作直流眼泪，却摇头不说寻短见的原因。

依呷也列出很多猜测，他认为叔叔苏甲哈肯定是有责任的："夫妻之间的一个寻死了，另外一半能没关系吗？肯定有，不可能莫名其妙地就喝毒药。"但他一再强调，他和妈妈熊古则也不清楚事情的全貌。"了解真相的婶婶和叔叔都没了，奶奶耳聋，什么都不知道；苏英当时只是个婴儿……可能永远都留下了一个谜。"

依呷判断惹作喝农药"很有可能就是一时冲动"的行为："或许婶婶只是为了吓唬叔叔一下，可是她不知道结果会这样惨烈。"他们长年累月共同生活在一起，与总不在身边的父母相比，叔叔婶婶更像他的阿达和阿母。这个理由从情感上更能说服他。

婆婆熊尔各因为耳聋，完全不知道发生了什么。她发现儿媳妇嘴角、衣服上都有呕吐物，一直在哭；出来外面发现墙角的百草枯空瓶，她回到屋子里去问惹作，问询再三，儿媳妇终于开口。她读到的口型是："阿波——"惹作一如既往地这样称呼婆婆，"我喝了农药。"

△每年进入冬季，冷空气和大雪总是不期而遇。2013年的汉族年之前，也就是苦惹作喝下百草枯的时候，瓦曲拖村也是类似的天气。

△苦惹作和苏甲哈住过的地方，院子的围墙还和当年一样，站在这里望到头，就是苦惹作喝下百草枯的地方，只是作为唯一见证了全过程的那棵棕榈树，早就被人砍掉了。

## 24. 孜孜涅扎·白色的路

羊皮是柔软的，人皮是坚硬的；
羊血是神圣的，人血是苦涩的；
人的骨头上没有肉，但羊肉却很肥厚……

尽管毕摩一直在颂扬它的诸多优点，那头即将面临死亡的羊，还是浑身不住地颤抖。

它只有一岁多，或许知道自己死期将至，一直想往某个角落后退。几个男人围着它又拉又拽，拿鞭子啪啪抽打，七手八脚按住它的四只脚，嘴也被捏得死死的，小羊全身颤抖如筛糠，眼角泌出眼泪。一个男人拿着刀子往羊脖子上狠狠割下，小羊微微侧头，泪眼蒙眬地看着眼前的一切，最后一股气流自喉管穿过，小羊低哼了一声就放弃挣扎，再不动弹。

羊脖子上挂着毕摩用野草扎的小人，半米多高，叉手叉脚，能看出细细的腰腹和凸起的胸部，呈现出彝文"ꑩ"的样子——这个字，在彝文当中就是表示"女人"的意思。

彝族的鬼怪传说以一个女人为滥觞：很久以前有个叫作"孜孜涅扎"的彝族美女，爱上了一个名叫孜米阿吉的男人。然而因为她的到来，村里不断有人死去。村民们怀疑是孜孜涅扎是个鬼，就让男人装病。孜孜涅扎很爱自己的丈夫，千里迢迢出门去给他找治病的药，出门之前特意叮嘱丈夫：千万不要在此期间去找毕摩。她变成了一只山羊在天上飞，快到家的时候，由于被丈夫偷偷请来的毕摩诅咒，法力尽失，就从天上掉下来，掉在院子里摔死了，被水冲到了格乌路则这个地方，一群砍柴的男女分食了山羊。分食这只山羊的砍柴人及其子女，在死后变成了各种各样的鬼。

此时屋子里最深处的床边，坐着被视为邪灵附身的惹作。毕摩的助手给甲哈和惹作、熊尔各、苏英的颈项上都套上一圈麻线。助手点燃火把，毕摩身穿长长的法衣，摇着铃铛，绕着新搭建的法阵，喃喃地念诵《驱鬼经》：

来啊来，神兵神将们，
骑着神马来，一起咒鬼去。
瓦岗三地喽，骑着岩羊来，一起咒鬼去。
狮子山喽，种兵九谷来。一起咒鬼去。
狐狸山喽，黄云九山来，一起咒鬼去。
谷推山喽，骑着黑麂来，一起咒鬼去。
龙头山喽，骑着龙公来，一起咒鬼去。
神伊阿莫山唆，神仙们来吧，
骑着神马来，穿着种衣来，
戴着种帽来，背着神箭来，
牵着神狗来，一起咒鬼去……

火塘里躺着的三块拳头大的石头越来越红，氤氲烟气在房间经久不散，像是有无数的魂魄穿行其中。所有人的表情保持着一种紧张的肃穆，不安地观望着毕摩用尽各种办法——招寻、哄骗、诱导、咒骂，用以驱赶着那只鬼。毕摩的嗓音忽高忽低，有时铿锵有力像一支利箭，有时候却使人昏昏欲睡。一家人坐在那里，既疲惫又忧心。

几个男人把小羊的尸体拖到院子里，用小刀剥下带有羊头的羊皮，用斧子砍下羊脚，鲜血缓缓地流淌，两只鸡急不可耐地跑来，在姜黄色的沙地上贪婪地啄食羊血。在它们身边，一株溅血的野豌豆摇晃两下，孱弱的紫色花冠在风中轻轻摇曳着，就像要托住那头小羊无所凭依的灵魂。

根据彝族的说法，那头小羊知道这里发生的一切，也了解这一切的意义。现在它去了一个遥远、美丽而宁静的地方，在那里，就算是一只羊，也可以获得幸福。

毕摩把羊血洒在草人身上，又将刚杀的鸡折断一只翅膀，划开道口子，用嘴从鸡翅骨腔中吹气，死鸡奇迹般地开始引吭高歌。

"叫呢毕徒叫，吼呢主人吼。"毕摩的徒弟念着驱赶的经文，不用示意，在场所有男性人员就知道，此时齐声对那只纠缠惹作的恶鬼吼叫，用以诅咒驱赶："喔——吼！"

广受敬重的大毕摩伸出皱巴巴的手，抱着苞谷酒灌了一大口，等酒嗝消散，他笃定地告诉苏家：之前打的卦象表明，惹作这是魂不附体，丢了魂。是她某个故去的直系亲属，变成了恶魔，也就是那种"站在河里向岸上招引"的鬼，诱惑她喝下了那瓶农药。

锅里的水被毕摩下了咒，怎么也烧不滚，他伸手试了试水温，用沾了水的草洒向惹作，隔段时间再洒一点，驱鬼仪式才算完成，简短地休息一下，毕摩又开始给惹作招魂。

每个毕摩都有一样最擅长的领域，这个老毕摩最擅长的就是驱鬼招魂，招魂要从云南昭通到永善的黄华，穿越金沙江，翻过牛儿坡，再一路回到瓦岗。会有个考验面对灵魂，回来的路分为三条：一条是白路，一条是黑路，一条是黄路。白路是正确的回家路，黑路是死路，黄路则是不好不坏，走这条路的灵魂被称为"希尔希里"。如果选择了错误的道路，就不能回到家里。

毕摩口中念念有词，指引着灵魂，"不要走黑色的路，不要走黄色的路，一定要跟着白色的路"。仿佛惹作迷失的灵魂正在步过重重关卡，从祖居之地返回瓦岗。毕摩的《招魂经》里面念到的地名，都是瓦岗苏家的祖先曾经居住或迁徙路过的地方。

直到深夜，招魂仪式宣告结束，惹作躺在床上，脸色如同往常，旁人拉句家常，她偶尔回应一声，或是点点头。守在旁边的甲哈喝了点酒，大概由于酒精的安抚作用，看起来也放松了些。门外风声渐渐隐没，一切都平静了下来。

一直建议送惹作去县城医院抢救的苦几则，整整一天都没有露面，多年以后她还耿耿于怀："情况都那样了，还不送医院！我才不想去看，感觉死神就像猫守着老鼠一样守着她（惹作）。"

## 25. 知了·秃鹫

丢失的灵魂迷路了，躺在床上的惹作却哪儿也没有去。熊古则对一个细节念念不忘：毕摩诵经的过程中，不知道从哪里飞进来一只知了，扇动着褐色的膜翅，停在惹作的蚊帐上，吱吱悲鸣。毕摩没有停止口中的念诵，抬起眼看了看知了，又若有所思看向惹作。

在彝族人看来，有鸟飞进屋里都是不吉利的征兆。熊古则心里咯噔一下，黑魆魆的房间里，只有毕摩面前的一团火。人的影子在墙上显得越发诡异了起来。

"数九寒冬的时候，别说那种悲惨的叫声，就连知了都不应该有啊！毕摩说这是不祥的征兆，需要尽快作毕解决。还要用一只白鸡、一头白猪、一只花脸绵羊，再做一场仪式才行。"

众人七嘴八舌开始商量，究竟是继续做下一场仪式，还是做完这一场主要仪式，然后再送惹作去雷波县城的医院。经过两天的痛苦折磨，惹作已经没有多大的精力，也不似第一天的痛苦模样，看上去神色如常，只是没有什么话。

村里的亲戚邻居都来帮忙，杀羊的杀羊，找松柳枝的找松柳枝，有位老人在安慰甲哈："没得问题的，这个毕摩厉害得很，你看苏英妈妈的脸色也好多了嘛。"

苏取哈也有类似的感觉，他至今对当时的细节历历在目，不过时间上有些混淆，毕竟已经是十来年前的事情。在他的德古生涯，帮人决断过很多类似事件，从来没见过喝了百草枯还能活下来的人。但他当时也不知道为什么，居然抱有一丝希望："当时惹作的脸色，看上去还挺正常。"

惹作和甲哈都窝在床上，盖着被子。苏取哈像其他男性一样坐在火塘的上方，靠近床的位置。有人给火塘里续上柴火，柴火有些湿，浓烟熏得人眼睛难受，惹作笼着被子，有一头开了线，厚厚的旧衣服从里面探出被边。惹作说："脚太冷了，你也坐上来嘛，可以热火一点。"苏取哈回她说："哥哥就在床上瓮起得哒，我坐过来不合适的。"随后的时间里惹作一直喊冷，苏取哈才意识到，或许她已经失温了。

苏取哈记得，惹作曾经转过头去对甲哈说"对不起"，具体对不起什么，她也没说。至于苏甲哈，"在旁边一直哭"。这样的场景难免会让人伤感，苏取哈坐了一会儿就走了。每年到这个时候，气温越来越低，直至鹅毛大雪降临，覆盖整个村落，火塘里的柴烧了整整一晚。甲哈被巨大的打击笼罩着，一直在喝啤酒，除了仪式上不断给毕摩续上苞谷酒，没人记得他说了些什么做了些什么。

熊古则一直守在屋子里，照顾着弟妹和弟弟。第三天早上，熊古则听说十八里滩有位医生，擅长治疗服毒的病症，于是打发丈夫苏拉哈雇了辆七座的五菱宏光，准备把惹作拉过去再尝试治疗。苦几则站在病床前照顾堂妹，她发现惹作很安静，脸色呈现一种枯叶般的黄色，她挥了挥手臂，迷迷糊糊地叫了苦几则大儿子的名字，像是要对他说点什么——这个孩子因为一直把甲哈当作榜样，是家族里和惹作走得最近的年轻人，惹作一直把他当作亲弟弟。

苦几则想起来老人们提到的忌讳：一个人死之前如果对某种人或事物念念不忘，将来还会回来找他。心里一惊，于是斥责惹作不该如此："之前我怎么劝说你的，你怎么不听？现在你都要走了，还惦记我儿子干吗？"说完，还往地上吐了一口口水。

惹作垂下手臂，再也没有说过一个字。

关于接下来发生的细节，更是没有人记得十分真切，就像惹作喝药之后大家各自的陈述，总有些含糊不清，甚至是相互矛盾的地方。

熊古则嘴里始终吧嗒吧嗒抽着烟，至今如此。在不得不花钱的爱好里（另一个是酒），只有这个戒不掉。她说回想起来，之所以并没有察觉惹作会那么快死去，是因为当天早上六点，决定把惹作送去看医生之前，惹作意识还很清晰，她要求换上干净的衣服——她最喜欢的蓝色麻呢外套，"说是大衣也不算大衣，比较厚，收腰的"。

半个小时之后，熊古则、苦几则，还有一个女邻居陪惹作坐上了五菱宏光。苏甲哈头天晚上把自己灌得烂醉如泥，根本不能坐车；苏拉哈觉得与弟弟妻子同车不合规矩，也没有随同前往。惹作对这些安排并没有什么反应，那时候她已经自顾不暇。

三个女人坐在司机后面一排的位置，苦几则靠窗，熊古则靠门，惹作的上身靠着苦几则，脚放在熊古则的身上。五菱宏光行驶在瓦岗颠簸的主道上，车上没有人说话，只有惹作越来越急促的喘息，仿佛溺水后急于寻找空气，却又呼吸不继的小动物。山路太多拐弯，频繁加速减速，车上的人随车前仰后合。苦几则和熊古则小心地扶好惹作，以免她掉落下来。

这条主路不比半山腰的瓦曲拖村，还

没有结霜，路上几乎没有车，也没有行人，悬崖边的乡道满是砾石，轮胎压在上面嘣嘣作响。车开出去大约小时，路过先锋村的悬崖时，熊古则发现惹作面色惨白，开始翻白眼，翻了几下就永远闭上了眼睛。熊古则如今想不起惹作死亡的更多细节，但有一点她记得非常清楚：本来包车费用是四百块钱，因为惹作死在车上，车主说不吉利，涨价到一千块。

晨晖从近到远渐渐消泯，土黄色的山路像污水一样蔓延，一辆面包车置身其间，仿佛微不足道的蝼蚁。车窗玻璃凝着水雾，用手掌可以擦出一片视野，重重山峦遮天蔽日，山顶和天空并无分野，大地上严冬的荒秽朽烂阴暗。远一点的地方，有秃鹫低空盘旋，用严峻的眼神凝视着深渊，猜也能猜到它想要干什么。

## 26. 死给·打冤家

那是很多年以前的事情了——头人苏取哈的爷爷年轻气盛，有一天听说一个表妹被杀，原因不明。就带上自制的土枪和一包袱的干粮，风餐露宿、忍饥挨饿地守在来往瓦岗的垭口，截到一个人就绑回来严刑拷打，追问是谁杀了他的妹妹。"既然找不到凶手，你们往来的人就都有罪。"他一共绑了七个人，虽然最终也没答案，他的行为却获得了一致称赞：爱憎分明，睚眦必报。在纷乱的年代只有这样的横蛮和执拗，才可以保全家族的尊严和家人的性命。

家支存在的最高意义，就是为所庇护的家人撑腰，不管是苏家还是苦家，这都是刻在基因里的印记。惹作喝药自杀，哥哥苦曲者听闻之后，马上就带着苦家上百人为妹妹出头，讨个说法。

生于1987年的苦曲者个头不高，体格敦实，他的皮肤黢黑，颈脖上和眼角已经有了很明显的皱纹，一看就知道是高山强烈的日照所造成的。虽然五官深邃，笑起来的时候，眼神里透出一种孩子般的天真，把面部阴影造成的严肃效果立即就破坏了。苦曲者只读了三年小学，普通话磕磕绊绊，都是些不成句的词语。他惜字如金，一旦开口，话语不作任何过渡转折，是就是，不是就不是。

苦曲者对苏家的不满在于，没有第一时间通知自己惹作喝药的事情。"妹妹都死了之后，他们才给我打的电话，"其他的一些事情他说自己不计较，"爸爸葬礼不来就算了，带着娃儿过来，半路上停下来吸毒也算了。"

对彝族社会来说，一名女性在夫家死掉是件天大的事情，必须有娘家的男人来出头，讨说法。因此引起两个家支冤家械斗的例子比比皆是。苦曲者说："这就是我们彝族的习俗。"苦家当然知道，瓦岗苏家不是好惹的，好战的瓦岗一直有句名言："男人活过三十岁，是一种耻辱。"

重重山峦之间，历经数世乃至十数世不解的冤家械斗，至今似乎还残留着祖先的血腥味道。苦惹作是不是"死给"了苏甲哈，这个认定很重要。对此苦曲者无比坚定地认为：惹作就是"死给了他们苏家"。作为苦惹作的唯一男性血亲，苦家主持大局的人，他的看法至关重要。

"死给"，彝文"ꌦꑌ"念作"死纸比"，是彝族地区一种独特而又普遍的社会现象，赴死的人会通过一种有目的、对象明确的自杀，让对方也就是"被死给者"对自己

214

的死亡负责，大多数时候是弱者的一种终极反抗。它是彝族民间纠纷中一个程度很重的词汇，往往会被视为是对个人和家支尊严的羞辱，从而引发家支之间的械斗。

关于那一天的争斗是怎么开始的，苏家人的记忆要清晰许多。毕竟被打砸的是苏家。一般发生女人自杀的事情，男方家里都会默认，让女方家支的人过来打砸出气。苏取哈火速杀了一头牛，把牛肉分食给苦家来人，第一时间表示最大的歉意。

苦家的几个男人闯进苏甲哈的屋子，惹作的堂哥还站在门前时，故意说给邻居听："既然我家妹妹死给了苏甲哈，理应把他家给砸了，那我们就意思一下吧。"虽然说只是意思一下，同行的两个人却没有客气，抡起臂膀真心实意开始打砸。屋子里一片凌乱，家具横七竖八躺在地上，电视机被砸个稀碎，就连房梁上的瓦片都给掀下来砸掉。男人们打砸之后，又来了一群妇女，她们都是从金阳县嫁过来瓦岗的苦家女性，苦几则也在里面。她抚尸恸哭，声震瓦砾："苦命的妹妹呀，你怎么就把我一个人丢在这里了呀？"瓦岗到处都有人在议论这件事情，赶来看热闹的乡邻把路堵得水泄不通。人群中的妇女也跟着一起抹眼泪。

这时，苏家头人苏取哈的手机响了，有知情者向他透露重要消息：苦家有人准备把事情闹大！面对这个预警，苏取哈思忖半天，认为当时的情形下，应该交给亲属和邻居来居中处理，以免双方起冲突。于是找来了愿意在中间说和的邻居，让他和苦家那边的人解释清楚，苏家并没有虐待惹作。早在惹作去医院的时候，也曾和她的家里人电话沟通。后来他们才知道，这个关键的信息并未能传递给惹作的直系亲属。

头一批苦家亲属刚刚沟通好，双方打算坐下来喝酒。苏取哈就听说又从金阳县和西昌来了一百七十多个苦家的男丁。有的坐大巴车，有的坐五菱宏光，还有的转乘黄色的乡村巴士，连口饭都没吃、脚都没歇一下，一群人气势汹汹地围住苏家，有人大喊："把苏甲哈交出来。"

后来苏家在瓦曲拖村下坡一点的树林，找到许多根削好的棍子，显然对方有备而来。但是苦曲者解释说，虽然苦家来的"人多"，但也只是正常地赶赴葬礼。

而在苦几则的回忆里，两家人打斗起来的原因，和苏取哈的叙述略有不同。她记得第一波来的是罗乌放羊的三个苦家人，听说消息就来了瓦岗，至于打砸，其实砸的只是瓦片，杀的那头牛也接受了。争执升级是因为苦家妇女还在惹作屋子里面哭丧，结果苏家的妇女开始扔石头进来，哭丧都没法正常进行，还差点打到苦家的一个小姨。只是后来她也说，这一切都是听苦家亲友转述，至于她自己，当时在忙着接待客人，没有看到具体情况。

对于彝族人来说，冤家械斗从来都不是个人或个别家庭的事，而是全家支的事。家庭和个人引发纠纷，首先请头人首领和家支中的重要有力人士喝酒，请求协助处理。一般会由主持会议的头人首领做动员，说明个人纠纷与全家支的利益关系。

进行冤家械斗以前，一般先要在家支会议上讨论，作出决定，进行动员和誓师。出兵以前还要占卜，确定季节和日期，他们认为，如在合适的日子出兵，才会打胜仗。小规模的袭击,在任何季节都可以进行;而大规模的械斗,都是在每年秋收以后,因为这时开战既不耽误生产,又正当草枯水落,气候温和,如果负了伤,伤口也不易感染溃烂。

多年以来,久经沙场的头人苏取哈都会和自己的族人强调一句话:"娶得起你,就打得起你。"苦家人来势汹汹,而且大有发动械斗之势。既然道理讲不通,看来这一仗非打不可。苏家各家支的青年男子们显得跃跃欲试。在他们眼中,为了家族参与械斗,即使伤了死了也是巨大的"光荣"。苏取哈回忆说:"像这样的事情,一个家族不去为自己的人出头,将来别的家族都会看不起你。不只是丢了面子,更是丢了声誉。"

面临如此严峻形势,苏家各个家支都来了代表,苏家三四百个18岁以上的男丁全部聚齐,只等首领苏取哈一声令下。苏取哈特别吩咐人,先把苏甲哈和苏甲哈最直系的亲属包括苏拉哈、苏尔哈,以及依呷这一代的小孩子藏起来。这是怕他们被苦家人认作应该为惹作自杀负责的对象,受到伤害。某种程度上也是怕出什么意外,做好保存后代的准备。

为了这场械斗,苏家好些男丁特地穿上了显眼的花衣服,便利的鞋子。开战之前,又进行了严格的战斗部署:各个家支都有分工,哪支在前进攻,哪支在后辅助,哪些人负责运输石头,哪些人准备援助武器等。苏家还制定了周密的作战方案:首先,占据有利地形。甲哈的房子背后是一块倾斜向上的坡地,距离房子大概二十米。苏家的人拿上石头,挑的挑,抱的抱,占领制高点,就有了居高临下的优势。

此时,苏取哈听到苦家的人在惹作屋子里面打砸的声音,不由得怒从心头起,"本以为他们只是进屋子哭几声,结果外面都能听到电视柜被砸的声音"。一声令下,碎石如雨点飞向屋子,屋顶的瓦片被砸烂,石头纷纷落进室内。"后来我们进屋的时候,发现有很多石子落在苏英妈妈的尸体旁边。"混乱中,有石头砸中了苦曲者肩膀,尽管多年以后他对此完全没有记忆。但一位苏家的人说,其实在小规模混战中,好些苦家的人受了伤,但是苦家的人要面子,没有承认。

两大家族即将进行大规模械斗,这么大的事自然也惊动了政府。面对官面上的压力,苏取哈软中带硬地怼了回去:"我们理解并支持政府的工作,这是我们家族内部的事情,也请政府理解一下我们。这事情,我们先试着以自己的办法解决……"

双方用石头远距离攻击,眼看事情逐渐朝着失控的方向滑去,血腥的械斗一触即发。整个瓦曲拖村都记得这场家族之间的对峙,至今在村里走动,但凡提到苏、苦两家的"战争",村民们都会脸色一变,噤若寒蝉。

然而双方毕竟开亲已经几十上百年,夹杂在其中的苦家女人决不允许亲人相残。对她们而言,一边是娘家,一边是夫家,两边都是亲人。她们冲了出来,横在路上阻止双方开战——彝族人打架的时候,是不能碰女人和毕摩的。女人们嘶哑着嗓子,奋力拖住嗷嗷前冲的年轻人。瓦曲拖村的邻居(这里居住的并不都是苏家人)也居间调停:"有啥子误会可以坐起慢慢地谈,没有说不清楚的事情。苏英妈妈已经死了,不要再出人命啊……"

双方终于坐下来谈判,苏取哈作为一

方的头人，不适合担当德古，于是另外请来一位德高望重的德古，苦家也找来自己信任的德古。双方找了一个僻静的地方商议方案，德古们磕着烟杆，聊起彼此处理过的一些"死给"的例子，作为解决问题的参考。

比如说，某时某地发生妇女上吊自杀事件，死者夫家马上通知了她的娘家。娘家人闻讯，召集很多人前往吊丧。在得知死者是因长期遭受婆婆和丈夫虐待而"死给"时，娘家人打算按习俗捣毁死者夫家的居室、宰杀其牲畜。但是考虑到死者留下的4个孩子，而没有采取行动，只要求将其丈夫交出来。

为防止事态恶化，不使双方家支间发生流血冲突，邻居们将死者的婆婆和丈夫藏了起来。后经德古调解，按当地习惯法之规定，赔偿死者命金，其中包括给德古及担保人的，给女方哥哥的，给女方舅舅的，给女方的爷爷和外祖父的，给女方父亲之外祖父和母亲之外祖父的等等。调解完毕，又杀了一只牛，举行了此后不得反悔的仪式……

两家族和德古们根据以往判例来回协商，并依据习惯法的赔偿标准，进行着数额上的讨价还价。

"代表双方的德古都是德高望重的，大家都是想好好解决问题。"苏取哈记得很清楚，基于苏家并无虐待的事实，两人感情很好的口碑等，互相陈述甲哈和惹作的是非对错，最后确定了赔偿金额。两个家族的话事人最终都同意了这种有理有据的协商结果。

调解结果如下：苏家总共赔偿三万块钱，甲哈的哥哥苏拉哈出了一万多，其他亲戚凑够了剩下的钱。外加一头牛，这也是当天宰杀的第三头牛，苦家的人把牛肉分而食之，喝了几桶酒，此事算是了结。不过苏取哈对苦家人此后的做法颇有微词："三万块钱给了苏英的舅舅，然而，苦家连奶粉钱都没有给过孩子。"

很多年过去了，在德古眼中，这大概就是一件普普通通的"死给"，与其他重大事件相比压根不值一提。他们会记得因为一人当众放了一个屁，就引起恩扎家与阿候家打了十三代近三百年的冤家，但多半不会想起这件小小的家务事，没人缺胳膊少腿，也没有真正引起大规模的流血事件。

此后，无论是苏家还是苦家人都说苦曲者"失联了"，不接任何人的电话。2023年，当他们通过各种方法试图和苦曲者取得联系，全都以失败告终。事实上，苦曲者和堂弟苦七金一家还保持联系，两家人相处时候，通常小心翼翼，从不主动提及这桩往事。

## 27. 哭丧·德布洛莫

炸响的鞭炮就是不断播放的哀乐，听闻消息的人会打上十斤苞谷酒，直系亲属会牵上牛，源源不断来到苏家吊丧。惹作葬礼的那天早上，屋子外面停满摩托车，甚至排到了屋边小路的分岔口。人们登记好自己带来的牲畜或者苞谷酒后，就挤在院子里抽烟、喝山城啤酒。除了小部分的至亲，大部分的人并不会特别聊到逝者的生平，或是追问死亡的具体细节，只是聊着一些完全无关的事情，或者浅浅地感叹命运无常。并非人们对于死亡有多么无动于衷，而是直到葬礼这一天，人们才发现对"苏英妈妈"的了解少得可怜，她的人生，短到人们无从谈起任何细节。

死去的苦惹作穿上一身全新的传统服装，外面裹着一张白布，脸上盖了一张白帕子。她的双脚是蜷曲起来的，看上去就像回到了婴儿的状态。惹作被横着摆放在屋子里的床上，脚朝着大门的方向。三年前，这房间举行了她的婚礼，盛载着满满的欢乐和希望，那时候的惹作在过程中也是努力遮挡自己美丽的脸庞。

女性亲属来到停放尸体的房间，都要一顿哭丧。口拙的人抚尸大哭时，不外乎"我的姐妹啊，你咋年纪轻轻就走了啊……"而像熊尔则这样口齿伶俐，又对传统习俗了解甚深的，基本是即兴创作哭丧的内容。她蹲坐在那里哀哀哭泣，边哭边唱：

> 山上你栽的树子已成林了，
> 你撒的圆根已做成了酸菜，
> 乌姆耶妈（姐妹）啊，
> 是哪个妖魔鬼怪带走了你，
> 你的女儿从此成了孤儿，
> 你的亲人哭碎了心。
> 你已化成了云，化成了风；
> 风吹冷飕飕，云堆暗沉沉。

苏甲哈作为死者的丈夫一直在惹作的遗体旁，但凡房间有人低声啜泣，一旁的甲哈就会捂着脸，不管不顾地跟着号啕大哭。

苦惹作属于非正常死亡，葬礼的细节会和通常的葬礼有所不同。按照毕摩的要求，熊尔各找来了一只七八十斤的黑山羊，一百来斤的黑猪，一只黑色的鸡，作为葬仪的牺牲之物。

惹作的两个姐姐，以及几乎所有的直系亲属都在屋子里大声哭喊。"阿古阿古啧了哟……"他们以愤恨悲怆的语调，呼唤着狠心的老天爷，并拼命指责带走惹作的恶鬼："可恶的妖魔，可恨的鬼怪，你就不该把人家带走啊！"熊尔各、苏甲哈和惹作的外甥、外甥女也跟着一起大声斥责："为什么会这样？为什么要带走这么好一个人，我们这家人没做错什么啊？"

之后，毕摩开始为逝者诵念指引上路的经文，毕摩助手也在旁边低声合诵。接着举行招魂仪式，目的是尽快把逝者送走，不要影响留在这里的子孙后代。"我们为你送一程，而不是跟你走。"毕摩给苏英留了一只鸡，必须将它养大后再吃掉，不能送给他人。

按照习俗，除了极个别的传染病需要土葬，正常的生老病死会抬去专门的场所进行火葬。彝人笃信每个人都有三个灵魂，其中一个会附着在坟地——也就是火葬的地方。

人们平行放置两根粗长松木，在其底部用七根麻线绑上瓦板，再在松木反面顶部、尾部各绑一片瓦板，做成担架。在锅庄右侧立四根木丫，将担架置于其上，惹作侧卧于担架上，担架四周牵引麻绳，挂上惹作用过的一块布。又将山羊肝、腰烧熟，连同肩胛、羊皮全身、一个烧荞粑和小半袋燕麦粉，一并放在一个木盘里，摆在惹作身后，陪同她一起上路。

中午之前就得上路，男人们立于灵前排成一长队，一拨人在最前面放鞭炮，一拨人打着火把照亮道路，其余男性则一路抬着灵柩向山上挺进。惹作的堂哥、堂弟等男性直系亲属，会举起手中的长刀，为逝者降魔开路。

护送的人只能是男性，此外惹作的娘

家人、丈夫苏甲哈，还有年龄太小的孩子都不可以跟着前去。远一点的亲属、邻居抱着孩子远远目送，看着人们抬着惹作的遗体，就如同当初热热闹闹把她迎娶进来一样，如今又把她送走。

许多村子都有自己固定的"火葬之处"，不过服毒、枪杀、投岩等自杀身亡算是"不好的死法"，只能按照毕摩的卜算去到其他地方。一个小时之后，苦惹作被抬到西北方一条河岸边的核桃树下，护送者挥起长刀砍伐四周的树丛杂草，清出一块场地，同时也是警告恶魔凶鬼，不要试图染指惹作的尸体。

新柴堆到桌子一般高，遗体搁在柴堆上，上覆松枝，众人把手中的火把交给村里的捡骨人（也就是火化师）。最后那一刻，惹作的堂弟悲伤地哭喊起来，马上被人拉走——这个时候，悲伤也要克制，另外是担心他被惹作"带走"。

熊熊烈火从柴堆底部升起来，火焰夹杂着烟飞向天际。十八岁的苦惹作在烈火中化为飞灰。"生于火塘边，死于火焰中。"彝族人笃信火能给他们一切，食物在火焰中烧熟，人的灵魂，也能在火焰中得到净化。

火葬之后的骨灰有两种处理方式：一是就地掩埋，放几块石头作为标记，偶尔会有人来看一下，是否被野兽刨乱；还有一种是干脆把烧剩下的骨灰撒向山林。

苦惹作火葬的那条河沟，正好在瓦曲拖村和隔壁普鲁甲谷村交界之处，在地图上没有什么标志，离最近一处人家也有一公里的距离。毗邻一条乡间土路，杂树丛生，野兽出没，满是野兔、狐狸和松鼠的粪便。河沟延伸百余步就是一个悬崖，落雨时，湍急的水流会裹挟着一切狂奔而下，直到汇入奔腾的金沙江。"姊姊应该是在金沙江里了。"依呷说。

冬季的时候这里阴气森森，就算是牧羊人都会把羊群迅速赶走。它是牛鬼蛇神聚集的地方，野猪磨牙的地方，公鹿磨角的地方，水塘淹人的地方，如同彝人心目中魔鬼山德布洛莫一样神秘与恐怖。

有几次天还没亮，上山采草药的人会看到核桃树下站着个男人，像个游荡的鬼，又如一缕即将熄掉的游息。熊古则说那个人是苏甲哈。"我妈妈猜想叔叔就是因为这样也丢了魂，所以勒令我不可以去那里。"依呷后来说。

苦家人说惹作虽是超生，但是有户口。熊古则却记得清楚，生下苏英后，为了给孩子上户口，甲哈去过两次罗乌都无功而返，说是当年惹作是超生的缘故，父母并没给她上过户口。因而苦惹作也不曾拥有身份证，以及结婚证，就连死亡时的年龄，也是"待确认"。因为是女性，惹作也不能被录入家谱中——从记载的角度来说，她压根没有曾经活过的记录，这个世界查无此人。

送葬的时候，苦惹作所有的随身物品都被烧掉了。苦几则记得，她衣柜里的衣服还真不少，打开衣柜时，还有没吃完的橘子滚落出来。惹作没有留下一张照片。除此之外，惹作喝农药时靠着的棕树，被视为不吉利，没多久也被齐根砍掉。

毕摩的经书里面详细记载着，不同日期死去的人会转世成什么，去向何方，又会对家族哪些特定的人形成危害。比如"牛天"去世的人，死后会去往南方和北方，加害于姻亲关系家族中属马或属鸡的人；"龙天"去世的人，死后会盘桓在家附近，变成尼都鬼，加害家族中属羊或属猴

219

的人；"兔天"去世的人，死后变成害人的老鼠，加害于自己家族内龙年或鼠年出生的人；"马天"去世的人，死后变成害人的"恩日"尼茨鬼，加害于自己家族之内鼠年或鸡年出生的人……若要解除这些危害，必须尽早举行超度仪式。

没有人记得苦惹作死后灵魂去向何方，堂姐苦几则说她确信堂妹已经变成了鬼。这几年，苏家某家支小孩子生病、久哭不止，请来毕摩驱鬼。按照毕摩的推算：是不甘心的惹作在作怪，她并没有像其他人一样正常转世投胎，而是变成了厉鬼留在瓦岗。即使被一家驱赶，也会转去另一家。

彝族没有清明节这样专门祭祀的节日，只是每逢彝族新年这样的重要时节，人们吃饭前会给祖宗亲人敬上一杯酒："这杯酒干干净净敬给你，希望祖宗保佑一年风调雨顺，来年给你供个小猪。"然后放在衣柜上，或是高处。女儿苏英还是未成年的儿童，没有人会在节日为惹作敬上一杯酒。所有的记忆消融在黑暗之中，久而久之，这个故事的版本终将变成一句话："某年某月，有个女人喝农药死了。"

最后，连残缺不全的故事也所剩无几。

## 余音："空山不见人"

悬崖上的老树，晚上还傲然挺立着，早上便消失了。

畜圈中的老牛，早上还在怡然地吃着青草，晚上便不见了。

这句彝族最普通的谚语映照进了甲哈家，到了2019年，有天熊尔各感觉身体不舒服，甲哈请了毕摩做仪式，又尝试了酸菜汤、感冒药等几种治疗方式，然而仅仅几天的时间，还没来得及送去医院，她就去世了。至于具体死因，没人知道。

早在2015年，凉山展开扶贫攻坚活动，给甲哈分配了一套安置房，这套房子政府补贴三万块修建成本，个人只需贷款两万做些后续装修即可入住。贷款的很大一部分被苏甲哈克扣下来吸毒，以至于房子的屋顶只有一半的瓦片。母亲葬礼那天，甲哈去找了苏取哈，结了一部分工钱（他曾为苏取哈的矿场开铲车），买了瓦片补上空缺，这样可以不让外人看到仅仅是塑料布充当的房顶。剩下的钱不够买窗帘，只好任窗户豁着大洞。

瓦岗的人们公认甲哈对老婆很好，但绝对算不上孝子。他把妈妈葬礼上收到的人情钱，迫不及待地用来购买毒品。没几天，又花了个干干净净。

近些年，政府加大禁毒的力度，效果立竿见影。贩毒现象几乎绝迹，吸毒者找不到毒品的来源，大多以凶猛的酗酒来替代。甲哈也是如此，几乎每天都烂醉如泥。早上醒转叹口气，掏出几块钱，招呼女儿到身前。"去给我打点酒。"他说。

屋子里已经没什么家具了，只剩下一张褪色的沙发。苏英记得爸爸整天躺在沙发上，一动不动。酒后的味道经久不散，屋子里的空气浑浊不堪，苏英去小卖部打回来酒，一声不吭放在他身旁。很多年后，苏英几乎不记得苏甲哈的长相，但对他喝酒的急切记忆犹新。"从来不用杯子，都是拿着瓶子直接往嘴里倒。"苏英说。

2019年6月13日，苏英一早起来要去

上学，伸手跟甲哈要零用钱。六岁的她对父亲的印象是：经常失踪，偶尔可见。有时能要到一块钱，碰上他心情好，可以要到两块钱。甲哈翻遍所有的口袋，没找出来一分钱。"去找堂叔家的婶婶要吧。"他对女儿轻声说道——后来依呷把这件事情解读为"压倒他的最后一根稻草"。

苏英上学走后，村里就没有人见过苏甲哈。从戒毒所出来之后，他每天都会准时接苏英放学。然而下午在学校等了很久，苏英都没有看到爸爸的影子，就和同村两个小朋友一起走路回家。回到家发现门被反锁，她进不去屋子，于是就去求助邻居。邻居连忙和苏英一起来到她家，透着门缝可以看到里面的情况：房子的房梁很高，分隔为两层，客厅是挑空的，一层靠南的半边隔出两间卧室，卧室上面是个小阁楼，平时用来储存粮食杂物，没修楼梯，搭个木梯子上下。

阁楼没有封闭，敞开的横梁拴着根绳子，苏甲哈吊在绳子上一动不动。

邻居赶紧通知了苏家的人，人们冲进房间，差点被一屋子的酒气熏晕，水泥地面上都是喝光的酒瓶子，几乎没有下脚的地方。左右邻居折腾半晌，解开绳子把甲哈从阁楼上扛下来，裹好安放在客厅的衣柜前，有人让苏英过来看看爸爸，她指着已经凉掉的苏甲哈说："把他挪开一点，不要挡着我拿衣服回婶婶家。"

苦惹作和苏甲哈先后故去，女儿苏英成了父母双亡的孤儿。但是她不只是这对小夫妻的女儿，更是苏家的孩子，可以得到整个家族的照顾。这也是家族不可推卸的义务。伯父苏拉哈和堂兄依呷把苏英接到家里，苏拉哈成了苏英的爸爸，熊古则成了苏英的妈妈。来到伯父家的第一天，苏英问熊古则："妈妈，我是不是以后都可以住在你家，不用再回那个家了？"

她的身世在村里当然不是秘密，有天苏英和两个小男孩拌嘴，小男孩吵不过她，突然蹦出一句"你是个野种！"苏英一下子愣了，倒也没有号啕大哭，站在那里不说话，眼泪吧嗒吧嗒地掉下来。这一幕正好被依呷看到，依呷把两个男孩训了一顿，又拉着他们找家长告状。少不得又是一顿教训。

这种情况在学校会不会发生，没有人知道，苏英回家从来没说过。和惹作一样，她把什么话都藏在心里。她平时喜欢笑，嘴角永远扬起一个向上的弧线，这一点也和惹作一样。

都说女孩像爸爸，仔细端详苏英的脸，会发现惹作的基因似乎在里面一点作用都没有，苏英的五官和甲哈十分相似，小圆脸上两只眼睛分得很开，黑褐色的眼球又大又圆。问她是否还有关于母亲的记忆？苏英除了摇头还是摇头，毕竟惹作死的时候她刚刚三个月大。

彝语当中，把妈妈叫作阿母。很长时间里苏英分不清妈妈和阿母的区别，她说阿母是"死了的那个人"，妈妈就是"我现在这个妈"。苏英当然知道，人死了就是永远不会再回来。毕摩会在仪式当中提及那些先人的灵魂已经长途跋涉回到了孜孜普乌，和祖先一起沉睡。彝族孩子从小耳濡目染这些灵魂与神鬼的观念，认定死亡只是暂别，因此并没有多么可怕。

苏甲哈死后没多久，侄子依呷在中考前的最后一个月，晕倒在校门口，最后去医院确认依呷是长了脑垂体瘤。医生指着检查胶片说，脑垂体瘤一般得四五十岁的人才会长,这个瘤就是导致依呷流鼻血、头痛的原因。

生病的巨额花费给这个家庭蒙上了巨大的阴影,满怀的希望接连破碎。依呷生病后,往返医院的路费、住宿费开销很大,保险却并不涵盖。亲戚家能借的钱都借遍了,甚至有一次找了七八家,只借到八百块钱。家里没什么可以抵押的财产,只能去借高利贷,利息越滚越大,到最后变成天文数字——16 万。

巨额债务必须偿还,全家人还得拼命去赚钱。尽管已经年近六旬,苏拉哈夫妻也只能再去广东打工,两人加在一起每月收入四五千,去掉生活成本,勉强能攒下一些用来还债,依呷的姐姐为了弟弟的病倾尽全力,如今也和丈夫一起外出打工。

全家人外出赚钱,引发另一个难题:家里没有人可以看护苏英了。拖到 2022 年的家族会,决定把苏英送去福利院暂住——那里至少有专门的老师看护。在彝族的家支概念中,孩子无论如何都会归属某个亲戚照顾,所以这些孩子只是"暂住"在那里,不像其他地方福利院那样,可以被外人收养。

苏英没有哭,默默地收拾自己的衣服,临走的时候拉了拉依呷的衣角,她抬起头低声问哥哥:

"还完钱,早点来接我回家好吗?"

苏英暂住的福利院位于雷波县城西南,手机上所有的地图导航 APP 都没有标注它的所在。从雷波县城新区出发一路往西南方向行驶,十来分钟以后,导航显示抵达丁丁马村。一块蓝色路牌上有个大大的箭头,上面写着"恩达福利院方舱隔离点",沿着路牌指引的方向在乡村土路七拐八拐,路旁村民用手一指:"拐到尽头!"终于抵达目的地。门口大铁门右侧挂着一块牌子,上面用彝汉两种文字写着"雷波县未成年人保护中心"。牌子右侧是一块稍小的牌子,上面写着双语的"雷波县儿童福利服务中心"。

学校放假了,依呷回到瓦曲拖村。偶尔他会去打开叔叔苏甲哈住过的房间,打扫尘灰。再去叔叔婶婶生活过的老房子,依呷习惯性地推门而入——尽管房子早已拆毁,种满了苞谷,只留下一堵墙和墙上的门。他是这世上唯一对这个地方念念不忘的人。

事实上,苞谷地可以从任意方向进入,而且更方便。依呷开门的时候,生锈的黄铜锁叮当作响,他从路上推门进入了苞谷地。一只黄狗盘踞在这里,浑身挂满尘土,大概把这里当成自己的领地,很难通过外貌来判断它是不是野狗。扔根火腿肠过去,它立马放松警惕。这时候才发现它比第一眼看上去强壮得多,皮毛茂盛,浑身发亮,看来把自己照顾得还不错。这条狗特别接近于依呷描述的甲哈、惹作曾经拥有过的那条土狗——不过依呷也不敢确定。或许,这里的动物比人更擅长赖活着。

瓦曲拖村的人似乎有些忌讳提到苦惹作,大多数人也记不清她的名字,都把她叫作"苏英妈妈"。当初陪熊古则一起送惹作去医院的女邻居,被公认为惹作在瓦曲拖唯一的"朋友",闲聊到惹作的次日就特别紧张地要求删掉聊天记录,其实在她的回答里,除了模棱两可的描述(她和甲哈夫妻感情挺好的,惹作和大家关系也挺好),甚至不承认和惹作的好友关系,她说:"我们的关系就是普普通通,没什么特别的。"

说到底人们都担心"惹麻烦",尤其是怕自己说了什么,再引起苏家和苦家的纷争。然而从苏家和苦家相关人士的表述来看,由于两个家族之间世代通婚的羁绊太深,早就修复了实际上的关系。除了苦曲者和苏拉哈,死去的年轻夫妻的哥哥之间绝无来往。

苦家的人会笼统地把苦惹作的事情称为"死给",但也并没有严厉地谴责苏甲哈乃至苏家,即使是和惹作感情很好的苦七金,也觉得错不全在苏家,和苏取哈弟弟一家人依旧保持了很好的关系。

苦家态度最决绝的是远嫁到金阳县甲谷村的二姐苦史日,她十六岁嫁到这个村子的毕摩家,很少有机会回去罗乌。如今苦史日的日子看上去还不错,大部分时间都在忙活,不是在围着火塘做事,就是在照顾最小的孩子。苦史日看上去感情内敛,不善交流,哪怕是和堂弟苦七金聊天,也是听得多,说得少。然而只要提起妹妹惹作的名字,就会毫无征兆地落泪,大颗大颗的眼泪滴落在衣襟上。她没有直接说出苏甲哈的名字,但她坚定表示:"我对他,还是有埋怨的。"

苏家的人现在对于"死给"的说法并不都是欣然接受,提起那些离现在十来年的往事,他们坦承不排除有记忆偏差的地方。"那时候瓦岗吸毒的人很多,其他女人也不见得为此就自杀了……"苏家有人谨慎地提到这一点。就连和叔叔婶婶感情最深的依呷也说,长过脑瘤后,许多记忆慢慢就变得模糊,大家对同一事情的说法都

---

① 引自《雷波县志》。

有了出入,由此生出的是非对错,又怎么确切地定性呢?

2023年,通过保守治疗,依呷的脑瘤终于控制在了3厘米×6厘米,回到了内江继续完成他的大学学业。

八月份,依呷从瓦曲拖村回镇上,恰逢暴雨。只半天工夫,一条浅浅的小溪流水量暴涨几倍,泥土树枝和黏稠的冲积物混杂着泡沫漫上了道路。大卡车都不敢开过去,只能停下来等待。这时候来了一个骑着摩托车的男人,完全无视溪水暴涨的情况,试图涉水通过。依呷和车上的人大声阻止,男人充耳不闻,连人带摩托车马上就被山洪冲倒。摩托车转瞬消失不见,万幸男人被路口的管子挂住,算是捡回一条命。

在大凉山,生死就是这样随意而暴烈。

新的死亡还在层出不穷,淹没着旧的死亡。人们杀着牛鸡,抽着兰花草,喝着苞谷酒,请毕摩做迷信,因为哀悼死者宰杀的牛血和猪血冲进水沟,膻腥之气一年到头久久不散。

无论如何,毕竟是2024年了,对于许多人来说,"真相"和眼前具体的生活相比,似乎变得不那么重要了。

瓦岗镇中心的大小也没变化:"一条338米长、13米宽,面积4569平方米的大街"①,三两间超市、两家面馆、一间宾馆、两家酒坊、一间发廊。除此之外添了一间KTV,一到节假日的深夜就传来鬼哭狼嚎的声音,但是没有人唱彝语歌曲。

政府给村里盖了很多安置房,墙面被统一刷成白色,瓦片是明亮的蓝色。从很远的地方看过去,房屋侧面画上的牛头在

落日的余晖中闪闪发亮。通往雷波的主干道已经硬化，铺上了水泥，更多的大货车路过这里。通往瓦曲拖村的土路，却越发不堪，根本经不起暴雨的冲刷，被碾轧得沟壑纵横，底盘低的小车很容易抛锚。除了本地司机，外来车辆都不敢冒险一试。

十几年间，苏家头人苏取哈经历了很多起落，2011年之后，苏取哈在三年之间沉迷打牌，足足输掉了680万元，不得已将投资的水电站卖给了合伙人。从此变得意气沉沉，不再出门给人做德古。2019年，又遭受一个较大的事情之后，儿子苏史古心平气和地提醒苏取哈："爸，你的那个时代过去了。"父子俩大吵，苏取哈的政治生涯走到尽头，苏史古也受到影响，此后父子整整两年都没有说话。

苏取哈决意东山再起，筹资两百万买下附近的一个水电站，开始了他人生的第六次创业。他已经不大管瓦岗的事情，只是不甘寂寞，就开了快手的直播，用彝语论今讲古，可惜认真观看的年轻人不多，他们大多在外读书或者打工，刷着大数据根据算法推送的短视频。

《凉山日报》报道：2020年11月17日，四川省人民政府批准凉山州普格县、布拖县、金阳县、昭觉县、喜德县、越西县、美姑县7县退出贫困县序列。至此，四川88个贫困县全部清零。当年，凉山州顺利完成"十三五"易地扶贫搬迁总任务，助推凉山脱贫攻坚圆满收官。凉山州搬迁任务占全省搬迁总任务的26%，占全州贫困人口的36%，累计建成安全住房7.44万套，35.32万群众搬入新居。安置区同步建成硬化道路4335千米。

雷波县城飞速地改头换面，越来越接近外部世界。就连坚守传统的毕摩，也与时俱进开始在短视频平台上直播"做迷信"——不管是送祖灵、招魂还是驱鬼，他们都会贴心地准备不同价位的"套餐"，供人选择。最近一次苏家带领的大型祭天仪式，也是早在2017年了，瓦岗的大毕摩也在为后继无人发愁，自己的儿子不愿意继承衣钵，越来越多的年轻人外出打工，村里的老人都说"自从有了电灯以后，鬼都少了很多"，人们做仪式的需求也在日益减少。

瓦曲拖村里买车的人越来越多，有人开始用私家车做往返瓦岗的生意。瓦岗镇上的快递站在2023年底引进了美团优选，村里的人也可以头天在网上订购蔬菜，第二天早上去快递站取货。2023年，瓦曲拖村人均收入达到了13309元，在全县、全州已经处于中等水平。

2024年1月，熊古则夫妇回家过年，苏英也从福利院回到瓦曲拖村。与同年龄的孩子相比，苏英长得很快，长手长脚，假以时日，应该也会长成一个深目高鼻的美女。

有天阳光很大，熊古则坐在院子里，给苏英认真地看了生辰八字和手相。"这孩子命很硬，要么就是对自己不利，要么就是克身边的人，所以亲奶奶、爸爸、妈妈都离开了她。但她自己的身体很好，估计能够长寿。"熊古则笃定地说。

只有11岁的苏英还不知道"命运"意味着什么，婶婶的算命于她而言，不过是一个转瞬就可以忘掉的戏言。

苏拉哈和熊古则不在家的日子，家支相互支援的力量还在默默发挥作用，总有这个姑姑那个姐姐把苏英接去家里玩。没有人忍心对她严厉，督促她学习。家里没人知道苏英的成绩，每次问她，苏英也只是摇头。带孩子们上晚自习的老师说，苏英是个很乖的孩子，从来都不用老师催促作业，总会自觉完成。其实墙上有小朋友们的考试成绩，苏英两科合在一起才92分，老师说可能是因为她心里没有学习动力或者是目标。"但是，"老师强调说，"这个孩子从来不会跟别人吵架，和谁都相处得挺融洽，从来不会给老师增添任何麻烦。"

苏英的语文纠错本上，最新写的内容是王维的《鹿柴》：

空山不见人，
但闻人语响。
返景入深林，
复照青苔上。

她已经反复抄写了很多遍。

一直以来，苏英没有做过任何家务活，没放过羊也没放过牛。但她依然对大人有一种不假思索的"听话"，和那些失怙孩子的叛逆野性非常不同，当家人们坐在火塘前聊起苏甲哈和苦惹作，她好像一点好奇心都没有，从不插嘴和追问，也没有显现出难过的神情。或许就像许多在苦难中生活的人一样，有的事情只要不问不想不打听，悲剧就不曾发生在自己身上。

有一次，依呷去福利院看妹妹，掏出兜里仅有的100块钱，让她买点好吃的，苏英摊开手掌，把几张零钞拿过去，想了想又留下一张20元面额的钞票，其他的又还给哥哥，她知道哥哥和她一样，拥有的并不多。

放寒假的时候，苏英贪玩落下了寒假作业，熊古则和她开玩笑说，在村里要是不好好读书就只能去结婚。"那可一点都不好玩，"苏英连连摇头，"我不想结婚。"

有一天，老师在课堂布置作文《我的理想》，苏英说她长大了要当医生。"这个世界有很多的病人，"她写道，"我长大了要当一个医生，这样就可以治好哥哥。"当苏英写下这个愿望的时候，她并不清楚，要想当医生，必须跨越阿火瓦托山、普妈、及尼补、沙妈莫呼、马俺、阿火瓦坨、哈嘎、者隆巴杰山、大风顶、狮子山，或许有一天依呷还会告诉她，就像当初甲哈告诉依呷的话——要想看到外面，需要从羊肠小道到小路，从小路到水泥路，再到柏油路。须得不畏艰险，翻越悬崖才能找到路。

悬崖上的罗乌也即将成为留在历史中的名词，2013年前后，因为一直不通水电，生活极不便利，政府开展高山贫困村民的安置工程，罗乌的村民陆续搬下山，苦家人也分散至各处定居。苦曲者先是搬去金阳，又迁移到电锅村，最终搬到了西昌落脚。大概由于吸毒进过监狱，他几乎和所有亲戚都断了联系，苦家也只有很少的人知道他的情况。他如今在西昌租住一个两三百块钱的院子，养着老婆和五个孩子，日子过得颇为不易。拿到苏英的照片时，苦曲者看了两眼，说她长得像苏甲哈。但他并没有解释为何这么多年，一次也没有去看过外甥女。

惹作的堂弟苦七金家搬到了天地坝镇的尔觉西中心村，这个地方海拔比罗乌低1000米左右，苦七金的爸爸苦曲博花了几万块买下一栋平房，没有了百草坡牧场，不可能再像从前养羊赚钱，苦曲博转而种植苞谷和青花椒，勉强养活瘫痪的妻子，也养大了两个儿子：如今他们一个在宁波做外卖员，一个在东北念大学。

2023年11月，凌晨五点从成都出发，经过512国道，途经眉山、乐山，从马边彝族自治县的区域开始，在弯弯折折的山道上不停拐弯，行驶接近12个小时以后，下午五点多抵达美姑县的洛俄依甘乡，在那里休息一晚，次日继续南进，沿着一条修得很好却寂寥无人的水泥路盘山而上，经过断壁残崖和万丈深渊，踏过无人前来修整的泥石流堆，三个小时后终于抵达罗乌，这里已经可以望见云南的山脉，山的另一面是昭通，彝族人的祖灵之地。

极目望去，罗乌几乎看不到什么活物，只剩一片断壁残垣，无人居住的房子被遗弃在阳光，就像是世界的尽头。很久之后，从群山之中走出来一位老汉，苦七金叫他二叔，曾经担任过罗乌的组长。因为舍不得他的羊群，二叔过段时间会从县城上来住一阵，用太阳能发的电点一盏小灯，和羊群共同面对风霜雨雪和野兽。

黑色山羊身形粗壮，蹄子有力地站定在斜坡上吃草，任意东西，漫无目的，牧羊人任由它们来去，只是捏着鞭子，裹紧身上的察尔瓦，定定地坐在一处，把自己变成这萧瑟又荒芜的世界的一部分——最后的罗乌人。

惹作家的老房子，那个她和阿达、阿母、兄弟姐妹居住过的地方像是被什么吞食了，只剩下一圈半人高的残破墙体，像是没消化好的骨骼，破落、荒芜。完全让人想象不出来这里曾经有过苞谷酒、歌声、火塘与炊烟。

再也无人耕耘，也无人栽种，罗乌正在慢慢还原成荒野——那是它最初的模样。那时候，苦家的先祖还未曾踏足，没有捕猎的号角声，万物只在蒙昧之中。整个大凉山只分天和地，只有大山巍峨，万物在其中孕育。一旦有人死去，就通过"送祖灵"的仪式，让魂灵回到他们的孜孜普乌，在那块圣地上没有饥饿，没有寒冷，没有颠沛流离，也没有悲伤和痛苦，只会看到阿达的骏马和牧场，阿母的洋芋和荞粑，还有青草和松脂的清香。

从罗乌到瓦曲拖，苦惹作一生居住过两座房子，如今它们都已经废弃，除了亲人的描述和女儿苏英，再没有她曾经生活在这个世界的丝毫痕迹。在毕摩的描述中，距离罗乌20公里之外的瓦曲拖村，惹作的魂灵还在黑暗中孤独地游荡着。"之子于归。远于将之。瞻望弗及，伫立以泣。"

可是苏英还没有长大，还没有能力为母亲做安魂仪式。

树叶簌簌、江水湍湍，高山峡谷可能会变成沧海桑田，活着的生灵终将遭遇雷电暴雨、日晒、冰雪和命运的考验，一代又一代在火焰中寻求着永恒的真理。这无尽大山里的彝人，一切都有传承和牵连、呼唤和回应，然而女性的身影却始终无来由、不可说，她们从前不会、现在不能、将来也不是这大山历史中被记载的一部分。

△去往罗乌的路依旧寂寥而又艰险。

△天苍苍、野茫茫,他也许会是最后一代的罗乌人了。

△作者在世界的尽头罗乌，苦家的历史已经在这里渐渐消融。

（文中所有图片由易小荷提供）

[特约编辑：吴　越]

# 《世界尽头》后记

易小荷

## 1.

在我到达雷波县瓦岗镇之后的第五天,隔壁金阳县芦稿镇发生山洪,4人遇难,48人失联。实际上瓦岗的情况好不到哪去,从瓦岗出去必经的主路上几处塌方,泥沙和石子堆积成山丘,我在那里被困了整整一周,暴雨砸在瓦片上,不分昼夜,像是时间和空间感都丧失了,人变得很微渺。

几天之前,也就是2023年8月17号,我此前在日哈乡认识的彝族姑娘阿喜给我写了一封邮件,她在信里说:"这里居住着很多的女性,不同群体不同年龄阶段,相信在易老师笔下的她们会是更生动更完整的。目前的安排是(8月)22号左右返校,如果易老师在这段时间来到瓦岗我还可以陪您几天哦,可以一起去找寻她们的故事。"

接到邮件的时候,昭觉县城也正在经受暴雨的洗礼,我赶紧换下被淤泥裹挟的裤子和鞋子,一个小时之后,就火速跳上了昭觉赶往雷波的乡村巴士。那是一辆黄色的车,门把手和车窗上方的扣手都坏了,安全带也没有,但这并不妨碍前后三排(加上副驾驶位)挤进六个人,背篓压榨了剩余的空间,我的脚下还被人扔过来一只丝毛鸡,时不时在我的球鞋上刷一个带有尖利触碰的存在感。

从出发开始，我的手机就响个不停，阿喜一直在不断催促我，让我告诉师傅开快一点再快一点，因为从昭觉县到雷波县要经过美姑大桥，每天中午会有一段时间封闭，一旦过了那个时间再抵达雷波的沙坪子，就不一定还会有去瓦岗镇的车（"如果太晚了路上很危险"），她也着急忙慌地在那边帮着联系能够去下一程的师傅。

此时我已经在凉山待了快两个月了，对于"交通不便"四个词有了深刻的了解，这也几乎就是我田野调查最大的拦路虎。从一处到另一处没有公共交通是最常见的事情，我到过的那些村庄最多只有一辆运营的私车，出行时间不定价格昂贵，动不动就需要花上半天一整天。我经常跳上一辆装满彝族人的车辆，他们习惯带着各种货物或是动物上车：一次一个老妈妈扛着一个比磨盘还大的箩筐，里面是数量繁多的蘑菇，爬满了蚂蚁。还有一次一个漂亮得像天仙的姑娘挤上了最后一个位置，把她身后的羊硬塞进了后备厢，随着我们在颠簸的乡间小道上做着山羊跳。

而这时眼看着一个个同行的人下车，师傅总是慢悠悠地停下来，等下一个再上来，哪怕那个人只坐一里地。时针在飞速前进，我一咬牙对她说：你能快一点吗？我包车吧。

主路分野去往瓦岗的那条独路时，我立即就从一个大的趔趄中察觉到了。窗外的画风开始转变，绿得像梦境里才有的金沙江映入眼帘，道路变得十分狭窄，每到转弯，小心谨慎的师傅就需要猛摁喇叭示意，前方的山坡时而绵延而上，时而紧急拐弯，一路都能看见"前方矿区，请慢行通过""落石高发地段，请谨慎驾驶"之类的指示牌。在绕过一个巨大的沼泽一样的泥坑后，连自诩是雷波本地人的师傅都终于忍不住抱怨"天啦这是什么鬼地方"，此刻我不敢接话，窗外一面是悬崖绝壁、万丈深渊，一面是师傅夹杂着普通话的彝语，并没有任何一处可以抓住。

她说得都对，到下车的时候我才发现自己头重脚轻，手掌心捂出莫名的汗水，那跌宕起伏的魂灵也缓缓地落回到肉身，我才反应过来，这大概是我一生当中到过的最危险的路段。来接我的阿喜拎着一只鸡，身旁跟着一条狗，也松了一口气的样子："其实我一直都在担心这条路，这是为什么我从来不敢邀请那些大学同学过来玩的缘故。"为了宽慰她，我摆摆手，那个时候的我哪会知道，接下来的瓦岗之行，这样假装的努力都丝毫不会再现。

## 2.

2023年6月，一位读者读完《盐镇》后给我留言：谢谢你能看到那些底层的女性，但是中国地方之大，应该还会有更多被遮蔽的女性……

那就是我最初决定去大凉山的缘由。我在四川出生和长大，时时会看到那些戴着头巾、背着竹篓的彝族女性，她们在路边售卖草药、蔬菜或水果，表情总是怯怯的，也很少开口说话。在日常闲谈中，常常会听到一些浅薄之人对她们指指点点，说她们不讲卫生，说她们好逸恶劳，这些指责当然是轻浮的，可是我也不知该如何辩驳。在看到那位读者的留言之后，我突然想，也许我应该为她们写一本书，为她们注定不会轻松的生活，也为她们所受到的忽视、冷漠与轻贱。

所有人都劝阻我，让我不要去"那个地方"，即使是在西昌居住的彝族人，居然也有相当多的人一生都没有踏足过凉山真正的腹心地带：所谓的东五县，昭觉、布拖、美姑、金阳和雷波，和那些"高山上的人"喝过酒，交过心。他们无一例外以危言耸听的语气和我说："他们是很难交朋友的一群人。"

这些理由并没有打消我的念头，也不能解答我心中的疑惑：她们过着怎样的生活？她们吃什么，穿什么，有什么娱乐？她们怎样抚育孩子，怎样与丈夫相处？甚至是最简单的那个问题：她们叫什么名字？

果然，待了一个多月，从昭觉到美姑再到布拖，我去过很多乡镇、很多村寨，几乎一无所获。那里的人大都不懂汉语，不通过翻译就无法交流，她们也不知道我是做什么的，有一次我还被当成了人贩子，一位上了年纪的彝族女性悄悄地告诉旁边的孩子：这是个坏人，是来拐卖孩子的。

我向所有人求助，抓住认识的人带我参加各种各样的彝人聚会：婚丧嫁娶，祭神驱鬼，还有毕摩主持的盛大法事……但无论是什么样的聚会，女性永远都是配角，她们羞涩地躲在男人身后，操持一切，却几乎不会发出任何声音。即使偶有所言，也总是面带红晕，轻声讲完必须讲的话，瞬即又走回阴影之中。

我一直在观察她们，试图理解她们的处境和生活，我要求自己尽量地放下傲慢和偏见，不要用那种现代的、城市的视角来肆意评判，"不要只是听说凉山，要听凉山说"，但一路走下来，挡住她们的，不止是高山峡谷，也不止是海拔两千多米的雨雪风霜，横在她们的道路上的还有许多更加巍峨深邃的东西，它们来自彝族歌谣中的古老过往，也来自眉睫之下的一针一线，它们绵延千年，缠绕不去，最后变成一个巨大的死结，我不知道这个结要怎样解开，但这个结必须解开。

在2023年的8月，山间冷风渐起的时节，我在昭觉县日哈乡的简陋驿站中住了四十几天，感觉自己被卡住了，我不知道接下来该走去哪里，也不知道该如何写这本书，只能一筹莫展地等着黑夜慢慢降临。那家驿站是木结构，并没有隔音一说，窗户有若干条缝和小洞，每天睡觉之前，我要把自己的一件衣服挡在黑洞洞的窗户上，即使如此早上也总能被一头觅食的大黑猪吵醒。床单有股霉味，睡至半夜，我在那张嘎吱作响的床上醒来，背上是被跳蚤咬的小疙瘩，手臂上是紫外线的晒伤，它们各有各痒，我胡乱地在身上狂抓了一气，站在窗前，望着仿佛沉到海底般的黑夜，心里想，既然我已经走到这里了，那就再走远一些吧，我要潜到更深之处，到那里找一个故事，一个人的故事，同时也是所有人的故事，故事中要有歌声，也有哭声和笑声，然后，我要把它写成一本书，让尽可能多的人听到这些歌声、哭声和笑声。

## 3.

苏史古在电话中对我说：我们这里的女性，是世上最受压迫的一群人。

苏史古是苏家头人的大儿子，也是我遇到的当地最有见识和学识的人。那是我第一次听到苦惹作的名字。她的一生可以用短短的几句话说尽：1995年出生，15岁的时候从金阳县的罗乌骑着马嫁到瓦岗的瓦曲拖村，嫁给了苏家的一个小伙子，3年后却服毒自杀了。这个故事也可以亲切动人，而且不乏艰辛，我希望能够找到与她有关的一切，讲述这个美丽的彝族少女如何在山中长大，她曾为何欢笑、为何哭泣？她常唱哪一首歌，怎样腌制酸菜？她怎样被邪灵附身，怎样度过新婚之夜？……还有更重要的：她爱过谁？又曾被谁爱过？以及，她为什么要死？

苦惹作嫁过来的瓦岗如同世界尽头。必须走过那条漫长而危险的道路才能抵达，要去探访和她人生相关的人，也需要从一处处危崖绝壁间驶过，有很多次我都吓得冷汗直流，感觉自己就要绝命于此了。

那里有许多匪夷所思的死亡，牧羊人被活活冻死，小伙子被蛇咬死，花季女孩跳崖而死……有一天我乘坐苏史古兄弟苏尔古的车前往瓦曲拖村，途中经过一棵大树，他停下车告诉我：看到那棵树了吗？有一对恋人就在那里上吊自杀了。

除了死亡本身，让我震惊的还有他们谈论死亡的那种方式：平淡、轻松，甚至还带一点幽默，就像在谈论午餐或天气。要过很久我才能理解：在世界尽头，其实并没有人真正地死去，他们只是去了孜孜普乌，那是先灵之所居，一个比此世界美好百倍的梦想故乡。

不过苦惹作，这个被世界遗忘的彝族少女，依然没能去到孜孜普乌，她的灵魂依然在山谷间、密林中徘徊游荡，如果有人在静谧的夜晚听到歌声，那就是她在苦涩地回忆往事。

有一段时间，特别是在那些风声月影、木叶摇动的夜里，我就像被催眠了一般，仿佛真的听到了传说中的幽林歌声，似乎只要再过片刻，苦惹作就会踩着满地月华走来我的面前，对我唱起那首流传久远的《阿依阿芝》，向我诉说那些她从来都不曾讲出的心事。

我一次次地踏上那条失魂落魄的道路，找寻每一个见过、听说过苦惹作的人，不过在世界尽头，记忆很难长期保存，因为烟草、苞谷酒和那些带有特殊香味的植物，也因为死亡在这里不过是寻常小事，几乎无人能够完整地记起苦惹作的一生。我一次次地徒劳往返，一次次地灰心绝望，再加上苦惹作的死亡使苏苦两家断联，我费尽力气，竟然找不到苦惹作的直系亲属采访，只要涉及苦家，线索就全部消失，如果这个故事只呈现苏家一边的讲述，无疑是残缺而不够有说服力的。

那是我第二次想放弃。

有一次躺在干草堆上，外面的天空，能看到一整个银河跨过，已经在这里待了那么长时间了，也陆续采访过其他的一些女性故事，我在安慰自己：或许也可以先呈现一个《盐镇》的复刻版，一个对我来说也更容易操作的版本。

大概就像彝人常常说起的那些灵异事件，山穷水尽之时，奇迹在此时出现了，抱着"去现场总是好的"的念头，在金阳县城拜访一个苏家亲戚的时候，无意中和苦惹作的亲戚搭上了线，我终于如愿以偿去到了苦惹作的老家——位于高山上的罗乌。

一路上山的时候没有遇到过一辆车、一个人。这里孤绝的程度甚至于超过瓦岗，直到2021年公路才得以修通，我仿佛从一个世界尽头来到了另一个世界尽头。

站在罗乌的那一匹山头，我看到苦惹作那已经化为石砾的老家，那天所有的采访、讲述和资料都化为了具象，废墟仿佛还原成房屋，阳光透射过来，那里站着一个欢天喜地准备嫁妆的姑娘，我情不自禁地魔怔了，后来我才意识到自己说了几句话：我希望让世界听到你的声音，了解你的故事，如果你愿意，请让我能继续找到你的家人，把这个故事完成……

说来也奇怪，从罗乌回来之后，此后寻找其他人的采访变得顺风顺水。我翻山越岭地奔波于重重大山之间，把那些只言片语和零星往事收集起来，就像在林间捡拾落叶的孩子。我走过很多地方，捡了很多片叶子，再仔细地加以比对，直到把它们重新还原成一棵树。

## 4.

从第一次出发去凉山至今，已经一年多了，当我将所有的材料放在一起，我意识到：当初选择苦惹作的故事作为样本是个正确的决定。她不仅仅是"另一种被遮蔽的生活"，而且这样的悲剧非止一起，也非止一人。这样的悲剧从古至今，从未更改。在大山的褶皱和阴影之中，在世界的尽头，还有许多像苦惹作一样的女性，她们终身劳作，常常被侮辱、斥骂和殴打，她们几乎不享有权利，也不拥有财产，事实上，她们自己就是财产，是父亲、兄弟和丈夫的财产，是可以售卖、可以转让的财产，就像牲畜或者奴隶。

我渐渐明白了她们的沉默源于何处，那是一道疤痕，来自长期的权利不对等的生活，她们的沉默从来都不曾震耳欲聋，她们只是暗自垂泪，暗自痛彻心扉。在这贫穷遥远的深山中，她们是更加贫穷的一群，也被放逐得更加遥远，她们一生被轻视、被欺凌、任由他人主宰支配，却发不出任何声音，也绝无可能逃离这样的生活。

所以我明白，它不会是一部讨好意义的风光片，也不会是一本猎奇的书，它的每一页都有血有肉，我绝对不会说这些经历让我"获益良多"或者"得到了精神的升华"，我要坦率地承认，那种生活只会让我疲惫和痛苦，但同时我也知道，就在我身边，那些美丽的、歌喉如百灵鸟般动听的彝族女性，祖母、母亲和女儿，从出生到死亡，一直都过着这样的生活，就像山间随处可见的苦涩树叶，我只是浅浅地尝了尝，而她们终生以此为食。

最后离开瓦岗之前，我去找苏尼算命，她梳着两条大辫子，因为走南闯北而面露沧桑，我猜不出她的年龄，只知道她也姓苏，聊到自己的两个儿子死去而眼含热泪的时候，在那瞬间变回为一个普通的彝族母亲，她敲打的鼓声响很大，一边还摇头晃脑，沉吟良久，她说了很多语焉不详的预测和指示，其中有一句我记得非常清楚，她说：你担心的事情很快就会好起来。

我向她道谢，付了点钱给她之后就起身离开，在回成都的长途汽车上，我一直想着这句话，我笑了一会儿，同时也觉得满心苦涩，她算错了。

在开口提问的那一刻，我想的正是苦惹作，到这一年，她也快满30岁了，假如她没有死，她的生活会是什么样子？

[特约编辑：吴　越]

# 为女性立传，为无名者树碑
## ——评易小荷《世界尽头》

子 方

身兼记者和作家双重身份的易小荷，《盐镇》之后推出新作《世界尽头》，依然是非虚构，依然经历了大量的田野调查和社会学调查（所耗费的时间也都是一年多），叙事背景地依然是家乡四川的某个特定区域，叙述对象依然是特定群体中籍籍无名的女性。"她们"过着被遮蔽的生活，用作者《后记》里的一句话来归结，就是"一生被轻视、被凌辱、任由他人主宰支配，却发不出任何声音，也绝无可能逃离这样的生活"[①]。易小荷以往的作品，无论面貌呈现还是精神内核，《盐镇》都是与《世界尽头》最接近的，称之为姐妹篇似无不妥。

作者就自述差点把《世界尽头》写成了《盐镇》的复刻版。《盐镇》叙写了古老盐业小镇上12个普通女性的"放咸"人生，而《世界尽头》最终集中笔墨于苦荞作这一位彝族女性身上。之所以"差点"，是因为在"世界尽头"的大凉山腹地，交通极其不便、苦苏两家断姻后苏家人对苦荞作的讳莫如深、苦荞作的娘家人难以联络等诸多因素导致作者差点放弃苦荞作这位特定书写对象，尤其是"死亡在这里不过是寻常小事"，况且距她的去世已逾十年，在她的夫家瓦岗镇瓦曲拖村，她的故事无非也就是"某年某月，有个女人喝农药死了"。正是在此背景下，作者也陆续采访了大凉山其他的一

---

[①] 下文引用《世界尽头》及《后记》，不再注明出处。

些女性故事,如果不是后来对苦惹作娘家人追踪采访过程中的柳暗花明,《世界尽头》是有可能呈现《盐镇》那样的多女性故事版本。

暂且不考虑虚构非虚构分野的话,《盐镇》《世界尽头》与韩国作家赵南柱的短篇小说集《她的名字是》和智利作家马塞拉·塞拉诺的长篇小说《十个女人》就其精神气质是一脉相通的。《盐镇》是易小荷沉潜家乡自贡的古老小镇采访近百位居民,才"打捞"出这 12 位女性,即呈现给读者的是她择定的年龄从 17 岁到 90 岁的她们,而非艺术加工过的"她们"。赵南柱自述为写作《她的名字是》,"从 9 岁的小孩到 69 岁的奶奶,我总共倾听了六十几名女性的故事,以那些声音为起点,撰写这些小说"[1]。作者既开宗明义交代《她的名字是》里的 27 个女性故事承载的文体是小说,而鉴于其"总共倾听了六十几名女性的故事",这就是鲁迅所说的"往往嘴在浙江,脸在北京,衣服在山西"之意了。就虚构程度而言,《她的名字是》介于《盐镇》《世界尽头》与《十个女人》之间。《十个女人》是纯虚构意义上的长篇小说,只不过以其中一个女性即心理治疗师娜塔莎把另外九个女性串联起来。十个虚构女性故事并非追求情节曲折离奇,而均基于 20 世纪后期至 21 世纪头十年的智利政治和社会现实,反映 20 世纪后半期的一代人在动荡社会环境下的成长和生活,"而在这个对女性的认识'非常阶级主义和种族主义'的土地上,对女性造成的'创伤'更甚"[2]。同样恶劣的自然或社会环境,对男性和女性施以的伤害并不均衡,这也契合易小荷所言,"在这贫穷遥远的深山中,她们是更加贫穷的一群,也被放逐得更加遥远"。就小说结构布局和情节范式而言,《十个女人》和法国作家米歇尔·图尼埃的长篇小说《爱情半夜餐》高度类似,其始祖都是薄伽丘《十日谈》。

无论虚构非虚构,《盐镇》《世界尽头》《她的名字是》《十个女人》的显著共同点是女性饱含深情地书写女性。但"为女性书写"只是表象,三位中外作家也不是女性主义者,更不是女权主义者。而"为女性书写"的潜台词就好像文学作品的主要书写对象不能是女性,其本身就是一种性别歧视观点。易小荷可不信这个邪,写出了《盐镇》里的 12 位女性之后,把目光瞄准了大凉山腹地即"东五县"(昭觉、布拖、美姑、金阳和雷波)的寂寥高山之上和偏僻边远地带的彝族女性群体。如前所述,只不过写作手法上有所变化,集中笔墨写苦惹作一人,那是典型环境中的典型人物。因而写一个女性的故事,其实同时写出了那个环境中的女性群体故事,女性不可能孤绝于

---

[1] 赵南柱:《她的名字是》,中信出版集团,2020 年 1 月版,徐丽红译。引文出自赵南柱自序《作家的话》。
[2] 马塞拉·塞拉诺:《十个女人》,中央编译出版社,2018 年 8 月版,牟馨玉译。引文出自译者《序言》。

男性而存在，因而也就写出了大凉山所有彝家人的故事。在这个意义上，《世界尽头》是为大凉山彝家人而著述，尤其是为苦惹作这样的彝族女性树碑立传。

苦惹作的短暂人生，三言两语就能概括。1995年出生于金阳县谷德乡库依村一个叫罗乌的高山上，2010年（15岁）嫁给雷波县瓦岗镇瓦曲拖村的苏甲哈（从一个"世界尽头"嫁到另一个"世界尽头"），2013年汉族春节前喝百草枯自尽。她的成长经历和婚嫁、生育，她苦涩、阴郁和沉默的人生基调，和一般彝族女性并无二致。她也有过短暂的欢声笑语，集中体现在新婚后、苏甲哈走上吸毒之路前。他对她表现出了彝族男人对妻子少见的呵护照顾，甚至不避讳在公开场合秀恩爱。苦惹作的堂姐、同样是从罗乌嫁到瓦曲拖村的苦几则的一句话很能说明问题，"只要甲哈兜里有钱，都会愿意给惹作买衣服"。因此，"在瓦岗，甲哈和惹作算是仅有被大家公认的恩爱夫妻"。疼爱妻子是一方面，苏甲哈还是能武能文的小德古，是九十多户两百号人的二组组长，在瓦曲拖村，其地位一度仅次于头人苏取哈。还是挣钱小能手，曾通过花钱买信息方式成功倒卖黄牛挣得2000块钱。其人生的"高光"时刻是贩毒时期，"红色的钞票铺满了院子的水泥地面，百元大钞左一张右一张，无边无际"。

对苦惹作而言，那"平生未见的大场面"所象征着的富足幸福生活只是昙花一现。2012年初，她有了身孕，几乎与此同时，苏甲哈从贩到吸，从此他自己、捎带着她滑向无尽的苦难深渊。2013年春节前她喝百草枯自尽、2019年6月他悬梁自尽，只女儿苏英孤独遗世。两人同为自杀，作者态度截然不同，对他为何自杀和葬礼不置一词，对她为何自尽却给予了足够关注，对其葬礼叙述更是饱蘸血泪深情。《世界尽头》即以"百草枯"为引子，"一个女儿"、"一个母亲"，其生命之河终结于"一瓶百草枯"，是什么逼得一位彝族女性在沉默多时之后，终究失去对生活的全部希望而选择生命的自我结束？这既是当事人苦惹作的问题，也是为其著书立传者易小荷的问题，也是我们所有人的问题。

那么，她为啥自杀？苦几则认为可能是她去找苏甲哈回家未果，发生冲突；她疼爱的侄儿依呷认为苏甲哈脱不了干系，但她喝农药很有可能只是一时冲动；而多数瓦曲拖村人不无鄙夷地认为，村里那么多男人吸毒，不见得有哪个女人因此去自杀……作者显然不完全或根本不苟同于这些表象性的说法，她条分缕析地分析探究苦惹作生前最后一段时日活动的蛛丝马迹掩饰下的心路历程。一是找到头人苏取哈寻求帮助。苏取哈举办戒毒大会，毕摩主持戒毒宣誓和举办法事驱邪，但结果是"丈夫再次违背了承诺，就连祖先和神灵的力量也宣告失败"。二是诞下女儿后,"也是她吵架最频繁的时候",因为苏甲哈依然我行我素,她陷入了事实上的深度产后抑郁,精神频临崩溃。三是一家人去金阳县城她哥哥苦曲者家过彝族年,他因路上毒瘾发作而姗姗来迟,她愈发心灰意冷。四即最后一次努力,请毕摩做法事驱逐依附在他身上的邪灵,"并没有任何作用","没有任何神灵在护佑自己"。

以上都是叙事层面上的追根溯源,即苦惹作多番努力,可以说穷尽一切手段,可沉迷于毒瘾中的男人终究没回头,她再坚强的身体都会坍塌,再坚强的内心都会崩溃。哀莫大于心死,沉默占据了她的全部表情,诸如"惹作在屋子里转来转去,像一只沉默的陀螺"之类的描述多次出现。沉默是绝望情绪和破碎内心的外在体现,究其根源是"生活惨淡而痛楚,一眼望不到尽头",由此,"那一天"的到来势不可挡。作者以细腻笔触、伤感情怀并辅之以合理细节想象还原那一天下午到晚上她可能的活动轨迹,"惹作低着头,沿着村里的烂泥路,去找甲哈未果,再垂头走向回家的路","越向前走,越能感受到风的阻力,整个身躯都变得无比沉重","惹作回到那间黯淡无光的土屋……此刻阴冷黑暗得像一个洞穴","她把三个月的苏英从湿漉漉的床上抱起来,亲了又亲,如果孩子哭了,也要喂会儿奶,再把她放回床上"。亲吻女儿后,她走到了土墙根,"那里有一棵硕大的棕树",她喝下了那瓶百草枯,"根据瓶子被丢弃的位置推测,惹作应该在树下待了一会儿","当惹作喝完之后再回到屋子里,侧身躺在那间阴暗的土屋,泪水挂满脸颊的时候,时间一定流逝得很慢……对于她,时间是稍纵即逝的快乐,黑暗麻木的早晨转变为麻木黑暗的夜晚。在这里,每天都是同一天,曾经活着的亲人一去不复返,正在爱着的不再回头"。借景抒情,托物抒情,记事抒情,痛击人心,催人泪下。

她没向丈夫提过离婚,估计她想都没想过,而那本该是囿于婚姻之苦的现代女性应有出路之一。对大凉山彝族女性而言,"离婚是万万不敢想的,甚至排在死亡之后",唯有死亡,成为她摆脱苦难的终南捷径。她是善良的,明白她一旦提离婚,"两个家族肯定就干仗了",哪怕人之将死,她在苦家人面前的说辞依然是自己"一时想不通",没打架,苏家人没虐待、没欺负。无尽善良没换回善报,哪怕喝下百草枯,她依然有救治存活的希望,可苏家人不是把她送去医疗条件更好的县医院,反而是拉回瓦曲拖村找毕摩驱鬼,终至死于再送医途中,生命永远定格在了18岁。

《世界尽头》如此结语,"这无尽大山里的彝人,一切都有传承和牵连、呼唤和回应,然而女性的身影却始终无来由、不可说,她们从前不会、现在不能、将来也不是这大山历史中被记载的一部分"。但我想,至少《世界尽头》已记录因此也让我们记住了苦荍作这位普通彝族女性的一生,她本来已湮没在历史尘埃和大凉山褶皱和阴影之中的短暂一生。哪怕她肉身早已灰飞烟灭,尸骨无存,甚至没块墓碑;哪怕"父母并没给她上过户口……也不曾拥有身份证,以及结婚证……她压根没有曾经活过的记录,这个世界查无此人";哪怕她的幽魂去不了孜孜普乌,依然只能在瓦岗的山间密林徘徊游荡,孤独吟唱她生前就喜爱的《阿依阿芝》。

西班牙作家阿图罗·佩雷斯-雷维特评价《十个女人》时说,"读马塞拉·塞拉诺的书,仿佛看到了全世界的女性"[1],他这话针对的是"十个女人"并非全是土生土长的智利人,而是来自世界各地,其人生故事带有各自地域背景,只不过是以智利首都圣地亚哥为当下故事发生地。而《世界尽头》精准指向"世界尽头"即大凉山腹地以苦荍作为典型代表的彝族女性,同样的,其故事背景绕不开大凉山彝族包括婚丧嫁娶、祭拜神灵和祖先等先祖传承下来的民俗风情和宗教习俗。她生于斯、长于斯、嫁于斯,其人生怎可能绕道而走?前已提及压垮她苟活于世的最后一根稻草很可能是请毕摩做法事驱邪无果,还有之前请毕摩做法事给吸毒之人做集体驱邪无效,更别提给喝了百草枯的苦荍作做法事错失医治良机。除此,毕摩为病人如苦荍作阿母、苏甲哈阿母熊尔各等做法事均告无成。惨痛"案例"接二连三,为何彝人不会对毕摩、苏尼的法力产生怀疑,而始终"愚忠"如一?这种现象令身处现代文明之中的我们难免匪夷所思。考察彝族经济社会发展进程及其宗教文化或许能说明问题。新中国成立初期,大凉山等彝族地区尚处于奴隶制社会,哪怕在1995年的罗乌,"人们的生活和公元前并没有太大分别"。"毕摩教"源远流长,在彝人脑子里根深蒂固,近世以来佛道等教虽在彝区有所传播,但毕摩文化始终占有绝对统治地位。正如法国学者列维-布留尔所言,"他们(原始人)对待经验的反证是完全不加考虑的……还没有过这样的先例,如果什么巫术仪式进行得不顺利,会使那些相信它的人失去信心"[2]。

逝者安息,生者自惜自强。易小荷并非仅盯着贫穷、落后、蒙昧的过往,她的客观目光同时关注着凉山彝族人民逐步改善中的生活生产状况,尤其是新世纪以来,彝区经济社会落后面貌得到显著改观。瓦曲拖村2010年后相继有水(自来水)有电,2015年,受惠政府的扶贫攻坚活动,苏甲哈三代人住上了安置房。2020年,包括凉山州在内的四川省所有贫困县摘帽,"本年,凉山州顺利完成'十三五'易地扶贫搬迁总任务",而苦荍作娘家罗

---

[1] 引文出处同脚注2。
[2] 列维-布留尔:《原始思维》,商务印书馆,丁由译,1981年1月版,第56页。

乌，其全部村民早在 2013 年前后就陆续下山，分散到各处政府安置房定居。

正如德国作家娜塔莎·沃丁以"马里乌波尔"三部曲完整还原了一部母亲的个人史、家族史、二十世纪东欧的动荡史，易小荷以《世界尽头》完整还原了一位普通彝族女性（一位女儿、一位母亲）的个人史、大凉山腹地彝族苦苏两家的家族史、从 20 世纪 90 年代至今凉山彝区的经济社会发展史。当然，她倾情关注的依然是人，只能是人，是特定群体和历史进程中的女性，尤其是她们沉默外表之下的心理，顺受、怯懦、恐惧、踌躇、孤独、不安、伤痛和失败，但亦尚存渺茫希望之光。相较男性，女性是孤独的，是社会中的无名者、哑语者。她们不诉说，男性没耐心倾听更不会替她们诉说。也唯有女性为女性发声和诉说，呼唤其自我意识，唤醒全社会对女性的关注，或许，这便是《世界尽头》这部女性个人史的最大价值和意义所在。感谢易小荷。

［特约编辑：吴　越］

两间

孙颙

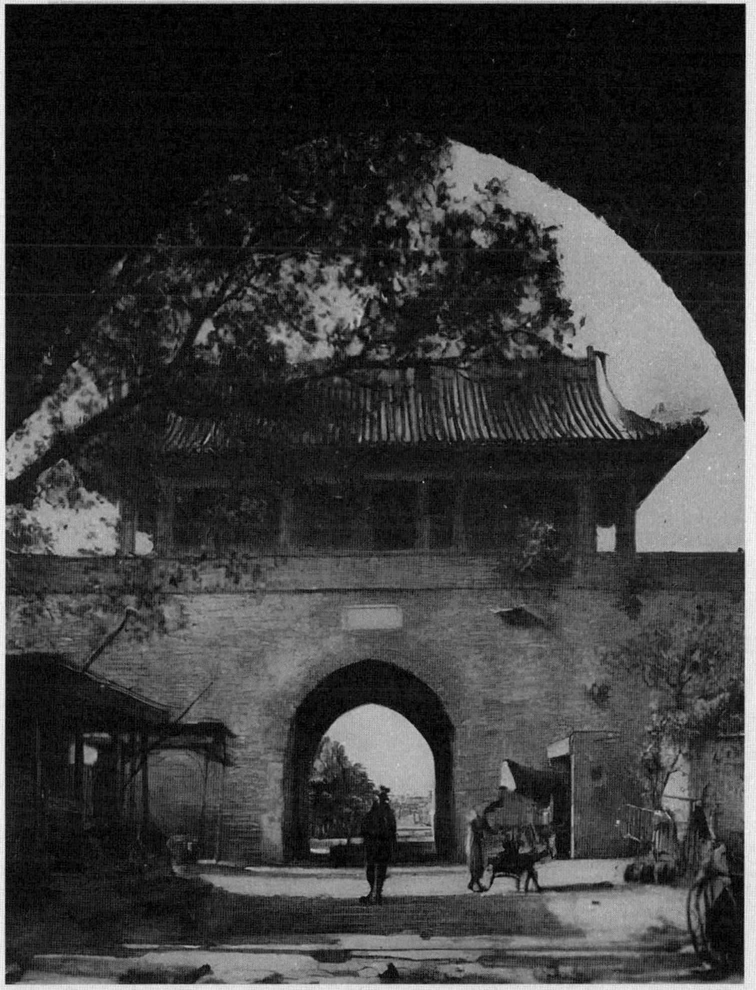

两间余一卒,荷戟独彷徨。

——鲁迅

# 一

最为恐怖的经历,莫过于覆巢之下。

九月底,北方的天气,凉得快,街上过客,就不敢穿单衣了。局势不稳,各种吓人的传说,正在延续了数百年的皇城圈内蔓延。街上的行人,显得稀稀疏疏。傍晚的阴沉,早早地淹没了太阳的余晖。风飕飕地扫过街面,在胡同的转弯处,卷起弥漫翻卷的沙尘,让人没法睁开双目。

徐方白站在胡同的角落,一棵大树的阴影,恰到好处地遮住了他细长的身影。身子那般瘦弱,套在宽松的长衫里,松垮的衣衫被风戏弄着,时而鼓起,时而下垂,那风再猛些的话,感觉他会被轻易地裹挟走。他向来偏瘦,这段时间,吃饭也有一顿没一顿,心情处于极端紧张之中,更加弱不禁风。

他吃力地睁大眼睛,风沙之中,视线变得非常模糊。科考前的那几年,在长沙老家苦学,每日挑灯夜读,虽然仅仅得了个秀才的功名,已经让他付出极大的代价。视力明显减弱,稍稍远处的东西,瞧着影影绰绰,只看得清三四成。

他努力想看清的,是斜对面的一处门洞,那是"浏阳会馆"的大门,湖南同乡会的会所。门匾的下方,站着条汉子,粗粗壮壮,模样却看不分明,到底是熟悉的同乡,还是凶狠的清廷捕快?徐方白分辨不出,就踌躇着,是否要现身走过去。他往前跨了半步,眯缝着双眼,努力望去,依旧看不准。天色变得更加黯淡,夜幕正在加速降落。他想,只有走近了去看。也许,他可以装作路人,大大方方从会馆前面经过,就算那里候着捕快,也不至于出手逮一个行人。

徐方白犹豫不决地抬起了右脚。突然,他感到肩胛一阵剧痛,像是被铁钳狠狠夹住,脖颈一圈儿酸麻,顺颈椎往下延伸,身子顿时动弹不得。被这突然袭击惊傻了,徐方白刚想张口呼救,背后的人已经轻展长臂,把他如小鸡般拎起。他身不由己,双脚离地,活生生地被扯回去,从胡同口被拖到了粗壮的大树背后。

此时,徐方白的身子也顺势转了过来,和袭击者形成了面对面的格局。他以为,遇到了抢劫的强人,不由惊恐地睁大双目。眼睛看远处吃力,近处却一目了然,徐方白狂跳不已的心脏,立刻松快了:"七爷啊——"他下意识地抖抖肩胛,虽然那铁钳般的五指已经松开,强烈的酸疼还持续着。他轻声嘀咕着:"好痛!"

七爷知道下手重了,赶紧拱拱手道:"方才一时性急,吓着徐先生了!"七爷稍停顿,跟着说:"徐先生,会馆那里去不得,官府的差,等着抓人哪!"

徐方白道:"我想探探谭大人的消息。不知他是否脱险,会不会放出来。"

七爷,大名鼎鼎的通臂猿胡七,谭嗣同身边两员虎将之一;另一位,自然是名气更大的单刀王五。谭嗣同称呼他们——七哥和五哥,徐方白年轻些,向来尊称七爷和五爷。危境之中,见到胡七,徐方白又惊又喜。

胡七沉重地摇晃着脑袋:"哪里会放出

来!"他朝四下里瞧瞧,又道:"此地不宜说话,徐先生随我来!"江湖上称他通臂猿,自然是赞他武功高强,身形敏捷。他一抬腿,顿时出去了十几步。徐方白不敢迟缓,急忙加快步伐,一溜小跑地朝胡同另一头奔去。

胡七熟门熟路,带着徐方白,到了一家茶馆。茶馆里十几张小方桌,散乱地坐着几位茶客。茶馆老板,显然是很熟悉的,见他们进门,高呼一声:"七爷哪!"胡七并不客套,努努嘴,对方已经领会,掀起一道门帘:"七爷,里面安静,里面请!"

两人刚刚落座,老板拎着一壶茶水进来,放下几盘干果,笑呵呵地道:"二位慢慢聊!"乖巧地退了出去。那道门帘,虽然挡不住外间的嘈杂,毕竟给了他们避人耳目的空间。胡七压低嗓子道:"方才,见徐先生要朝'浏阳会馆'那里去,吓我一跳啊!"

徐方白道:"我想,谭军机的父亲是朝廷要员,或许能救他出来!"谭嗣同被光绪帝重用,任四品卿衔军机章京,所以常被简称谭军机。

胡七的脸膛本来是深色,此时显得越发黝黑,长叹道:"这是太后直接下旨办的大案,谁救得了?谭先生担心连累他父亲,临进去前,还假拟几封父亲的信,信中骂儿子大逆不道、不忠不孝,希望借此信说明父子异心,不至于牵连他父亲。"

徐方白颓然道:"皇上有消息吗?"这是唯一的指望了。只要皇上吉祥,或许还有转圜的可能。

胡七的牙齿咬得咯嘣响:"皇上不知去向——场面上忙活的,都是太后的亲信!"

茶桌上,搁着胡七随身携带的布袋,粗蓝线条,细细长长,可以斜挂在背上。这只布袋,徐方白见到过,胡七来浏阳会馆见谭先生,有时就斜背着这只布袋。江湖上说,单刀王五,双刀胡七。徐方白曾经猜想,布袋里是否藏着七爷的双刀?仔细看,又不像。那布袋,外形松垮,不像被啥硬物撑着,如果藏着刀剑武器,应该是硬邦邦的,厚实得多。见过七爷多回,徐方白从来没有见识过他的武器——那传说中快如闪电的双刀。细想,声震江湖的大侠,平日里无须携带家伙,"通臂猿"的称号,不是浪得虚名,浑身都是功夫,方才,手指一抓,筋脉酸麻,让徐方白吃了大苦头。

两三年前,徐方白从湖南老家来到京城,落脚处,就在浏阳会馆。后来,谭嗣同奉诏入京,参与变法,也在浏阳会馆安顿。谭嗣同是湖南维新派名士,办报纸,开学馆,鼓吹变法,久为徐方白敬仰,如今能与谭先生朝夕相处,自然一见如故,本为老乡,又都是怀有救国志向的读书人,谈起来相当投机。徐方白自愿为谭嗣同打理文书事务,算是参与了变法维新的大业。谭嗣同喜欢与江湖豪侠来往,徐方白也跟着结识了五爷和七爷。谭嗣同被抓的时候,徐方白刚巧滞留在天津,是谭嗣同派他过去监视顽固派荣禄等人的动向,顺便联络在那里训练新军的袁世凯。等他获知浏阳会馆出事,赶回北京,才知道大势已去。此刻,面对覆巢之下的危境,见到了胡七,算找到个能说说话的朋友。

胡七猛喝一大口茶,黯然道:"坏就坏在袁世凯那个老狐狸。谭先生还指望他支持变法,上当了!街上传说,正是他向太后告密,说维新变法派拉他谋反。"

徐方白道:"我去天津,是谭先生意思,让我在那里观察,说袁世凯会除掉荣禄，唉——"他略一沉吟，又问："七爷，谭先生为啥不躲一躲？留得青山在，不怕没柴烧。中国不能没有谭先生啊！"徐方白心想，有五爷和七爷守候在一旁，谭嗣同脱险应该没有问题。刘备尚未成气候之际，靠的就是关张二位猛士。无涿郡起事之初的艰险，无刘关张桃园结义，何来三国鼎立的大业？谭先生躲过这一劫，日后可另谋大事啊。

胡七圆睁的双眼，缓缓闭紧，又徐徐张开，布满血丝的眼睛，似乎有泪珠在闪动，黝黑的双颊，青筋突突地抽动。这个顶天立地的江湖大侠，那种悲哀到极处的绝望神情，让徐方白震撼，斯情斯景，永远烙进他的心底。胡七慢慢地道："我和五哥随便怎么劝，都劝他不动，他执意不肯离开浏阳会馆，要等着朝廷的兵丁来抓！"胡七轻轻一拍桌子，坚硬的手指随即扣住茶桌，似乎要在上面抠出洞来："我和五哥险些动手，架起谭先生离开险地，谭先生坚决不从。最后，我们只能尊重他的意愿。他说，维新变法，定要有人流血，才能震撼国人；都跑了，支持变法者，还指望甚？他想以一己之命，去唤醒民众。我们无法违拗他的气节！"

"大厦将倾，独木难支！"徐方白明白了谭嗣同的内心，"独木难支，不如一炬，照亮天下！"

胡七不懂这些文绉绉的言辞，他说："我和五哥商量了，谭先生泰然就擒，是他的气节！我们得为国家保住栋梁之材，拼个你死我活，也要救他出来！"

徐方白为胡七的豪侠仗义深深折服，他问："你们打算劫狱还是劫法场？我虽然没有你们的本事，我却不怕死。你们做什么，我在后面跟着！"

胡七摇摇头道："这个就不辛苦徐先生了，你是读书人，干不了的！"他细细打量徐方白瘦弱的身子，坦率道："人尽其才而用。救谭先生的事，交给我们兄弟。徐先生应该去做别的大事！"

"大厦将倾，独木难支。谭先生尚不可为，我又能做啥？"徐方白苦笑道，"不如痛快随谭先生而去！"

胡七正色道："徐先生说错了！要唤醒国人，谭先生献身流血足矣。但是，谭先生的苦心，要有人传扬开去，才能为民众知晓。这等事情，我和五哥做不了，徐先生是最合适的人才。你一直追随谭先生，他胸怀救国救民大志，你知道得详尽，务必书写出来，告知天下众生！"

在徐方白心中，胡七是身怀绝技的江湖大侠，仅此而已，没想到，他微言大义，把各人应尽的责任，说得如此清晰，不由感动得连连点头。胡七也不再多言，他伸手在布袋里一掏，摸出一把银子，说道："徐先生，浏阳会馆你绝进不得，你也不能回湖南。这段时光，京城里，都知道你追随谭先生，人多口杂，朝廷爪牙不会放过你。你去添些随身物品，赶快离开京城吧！"

胡七关照徐方白，先去前门外的一家客栈栖身，客栈老板是他朋友，能够让徐方白暂时落脚。过几日，胡七自会安排车马，送徐方白离开京师。别看粗粗黑黑的一位侠客，考虑事情周到细致，让徐方白佩服不已。这时，他更加懂得，谭嗣同为啥把王五和胡七引为知己。

天崩地裂的磨难之际，涉世未深的读书人，忽然老到许多。悬崖边，泥潭前，肯伸出援手者，是可以信赖的真朋友。至于春风得意、把酒言欢时的奉承话，就当不得真。

## 二

后面数日，京城血雨腥风。维新变法的诸君，除了慌乱逃亡出走者，留在京师顺天府的，纷纷被抓入狱。徐方白躲在前门外的客栈中，根本不敢外出露面。客栈老板豪爽义气，说是七爷朋友，只管住下去，连住店费也不肯收，让徐方白心中惴惴，十分不好意思。

这天，客栈老板带回来可怕的消息，神色慌张地跑到徐方白的屋子里，说是太后大开杀戒，在菜市口杀了一批维新变法人士，其中，名气最大的，便是谭嗣同。老板凄惨地道，穷凶极恶，穷凶极恶！连死也不给个痛快！用的是钝刀啊，谭先生被砍了几十刀，方才断气！

徐方白大惊失色，险些号啕大哭，客栈里多闲杂人等，只得强忍着满腔悲愤，轻声问老板："五爷和七爷没有劫法场，去救谭先生？"

老板听听走廊上的动静，小心关上门，才告诉徐方白："五爷和七爷何等义气之人，怎么会袖手旁观？我听说啦，他们联络了十几位兄弟，打算在半路上拦截。监刑官狡诈啊，好像料到要出事，临时换了路线。五爷七爷知道上当，再跨着屋顶赶过去，远远望见，刑场上密密麻麻，增加了护卫，兵丁里三层外三层，围得铁桶一般，让五爷七爷干着急，没法出手啊！"

徐方白跌坐在圈椅之中，半晌没缓过神，目光迷离，久久望着灰暗的屋顶。屋檐下，从窗户里漏进来的光圈，摇摇晃晃的，让人晕眩，产生幻觉；谭嗣同的脸，血迹斑斑啊，在光圈里时隐时现，不是平时那种坚毅潇洒的神情，唯有严峻和悲愤。徐方白颓然想，谭先生终于去了，他的烈士志愿实现了。大厦将倾，独木难支；独木一炬，是否能够唤醒民众？谁也不知道。七爷希望，徐方白能够站出来，大声疾呼，将谭先生的遗愿昭告天下，恐怕也是错付了，恐怕乃水中望月。自己这样的文弱书生，面对凶险的大局，如何担当得起？

客栈老板见徐方白惊魂不定，脸色煞白，以为他担忧自己处境，安慰他道："你静心在此住下去，等到风头过去吧。五爷七爷，眼下也是大难临头，朝廷爪牙，已布下天罗地网，想抓住他们。五爷七爷一身好功夫，哪里会束手就擒？不过，京城里没法住了，估计已经走远，一时顾不到你！"

风萧萧，一片肃杀。徐方白没有办法，只能继续躲避在客栈里。他向老板要来笔墨，打算做一点记录，把谭嗣同在变法过程中的作为，趁目前记忆新鲜，按自己知道的写下来。刚写了个开头，想想不对，眼面前自个儿吉凶未知，留下白纸黑字，一旦有事，连累了他人，首先害了客栈老板。于是把写出的几张纸撕了个粉碎，只是在心中盘桓往事。

老板拿来一套蓝布褂，让徐方白卸去了长衫，以免一眼看去，就是读书人的样子。维新变法，是众多读书人引起，太后的亲信们，也就到处抓读书人。徐方白长衫也不得穿，文字也不得写，更加终日闷闷不乐，连老板送他的酒，也寡味得喝不下去。老板瞧他越发消瘦，脸色发青，怕他得病，却又不敢请郎中上门，担心走漏风声，引来官府爪牙，只能熬了锅鸡汤，加了根人参，端进他的房间，劝他喝下去补补身子。徐方白想，做生意的，如此侠肝义胆，比起钩心斗角、落井下石的官场，还是民间的好人多啊。

那日，晌午方过，徐方白依旧坐在屋子里愁眉苦脸，却见客栈老板笑眯眯闪进来："恭喜！恭喜徐先生！"

徐方白一脸诧异，不知他为何说出此话。老板挨近他，神神秘秘地道："徐先生好福气，七爷自己有难，依旧惦记着。他派来一驾马车，正等在门外，接你出行！"

徐方白喜出望外。这两天，他既牵挂五爷七爷下落，为这两位英雄的安危担心，也为自己的出路苦苦盘算：总不能一直躲在这小小的客栈里。老板不撵他，还不收房钱饭钱，徐方白读书知礼，自己也待不住啊。万一官府爪牙寻到此处，岂不连累了老板一大家子？此时，听到七爷的车来了，徐方白顿时大喜过望，站起身子，环顾四周，没啥可收拾，自己逃难，什么东西也没带上，布袋中，还有些七爷送的银子，赶紧掏出来，塞到老板手中："叨扰你多日，无语可表，这点小钱，就是我的心意了！"

客栈老板哈哈一笑，退回那些银子："徐先生说笑了！路上风雨交加，银子还是带在身上为好。要不是国家遭难，我也见不到你这样轩昂的人物。七爷交代过，你是重任在肩，今后发达了，记得再来坐坐，照顾小店生意就是！"说罢，塞回银子，由不得徐方白推让，催他下楼上车，还随手拿了件棉袍，让徐方白带上，说是马车上风大，别受寒着凉了。徐方白眼睛一酸，险些掉泪，强忍住了，随老板往门外走去。

一挂高大的马车，端端正正停在门前，前排跳下位结实的汉子，红脸黑帽，手里捏一条粗粗的鞭子，乐呵呵走过来。客栈老板拱拱手："曾二爷，我把徐先生交付你了，你得按七爷吩咐，将他认真照顾好！"

赶车的汉子笑笑，一开腔，就听得出天津口音："你老板的朋友，七爷的朋友，就是我曾二的朋友！"

徐方白急忙也拱手道："曾二爷，辛苦你了！"

"不敢，不敢，爷字免了，曾二，曾二！"说着，就赶紧招呼徐方白上车，与客栈老板别过，车鞭甩开，马蹄一溜清脆的声响，面朝远处的斜阳，疾驰而去。

马车分明是朝郊外奔驰，迎面扑来的风，带着庄稼地的野味，越来越猛。客栈老板想得周到，有棉袍披着，飕飕的风，从身边掠过，就减少了寒意。在客栈里藏了好多日子，室外的空气，让心胸清爽起来，徐方白的精神恢复不少，心情却依然忧郁。恍若隔世啊，这世上，再没有了兄长般的谭嗣同，因维新变法聚集的朋友们，烟消云散——

曾二见他沉默不语，宽慰他道："徐先生，京城的道，我都熟，闭着双眼，也不会走错。我知道如何避开哨卡，您尽管放心！"

徐方白急忙道："坐曾二爷的车，我啥也不担心！"

马蹄声里，赶车的哈哈一笑："七爷吩咐下来，您徐先生是国家栋梁之材，我不敢稍有差池。若是碰到盘查的，我会应对——您是做买卖的，我的老板，我们奔通州去!"

"为什么去通州?"徐方白不解地问。

"七爷的意思啊。我的马车跑不了千里之遥,没法送先生去南方。不过,七爷说了,您走得越远越安全。"曾二解释道,"通州还有漕运的船,船上有七爷的生死之交,都打过招呼,自然无忧,您上了船,就可顺利南下!"

徐方白万念交集,百无一用是书生,危难之际,还是这帮江湖朋友肯挺身而出,侠气冲天,他不由喃喃自语:"谢谢,谢谢你们!我徐方白但有出头之日,当一一报恩。"

"报啥恩啊,江湖之上,但凡见好人落难,都肯出手相帮。"曾二爽朗地笑着,又补充道,"七爷面子大,我们都听他调遣。"

徐方白问:"这几日,曾二爷见过七爷?"

曾二摇摇头:"见不着啊。官府想逮他,没门,他来无影去无踪!七爷托了朋友来找我,说徐先生乃国之栋梁,要我务必照料周全!"

徐方白暗自惭愧,无德无能,辜负了这帮江湖朋友。自己不过是个落魄的书生,谭先生他们才是国之栋梁!唉,他在心中叹气,也许,他唯一可以做的,就是按七爷的嘱托,把谭先生他们救国救民的浩然正气,用文字记录下来,传诸后世。

船声桨影,一路风尘。兜兜转转,一个来月,在七爷各路朋友的帮助下,徐方白终于来到了久仰的上海滩。说久仰,不为过,去京城谋生之前,徐方白的目标,一度是上海。他知道,上海万商云集,自己不做生意,读书人而已,那里也是个好地方,出版不同的书报,上面有来自海外的新鲜知识。他最后选择去了京师,是拗不过读书人千年的宿命。你悬梁刺股地拼命读书,家里人节衣缩食养着,不就是期盼你挣个仕途前程吗?徐方白的父亲走得早,只留下几亩薄田,家中的老母亲不识字,平日里连口肉都不舍得吃,儿子的三餐却是周全的。她平生的心愿,是指望儿子有出息了,荣宗耀祖。那是必须到京城去的。谁知,在京城遇见了湖南老乡谭嗣同,是遇到了"公车上书"和"维新变法",身不由己地卷入这股潮流。仕途的梦消散了,反而成为官府的追捕对象,落荒而逃,连老家也不能归去,不能见母亲一面。命运兜一大圈,还是来到了陌生的上海滩。

徐方白明白七爷的意思,往南跑,清廷的控制力就弱了。上海更加特别些,这里各种势力混杂,还有洋人的租界。听说,先前逃亡的维新变法分子,多数是先到了上海,再设法东渡海外。

徐方白没有出国避难的想法。他毕竟不像康梁等大人物招眼,要在上海隐匿下来,还是容易的。另外,他匆忙离京,除了七爷给的银两,两袖清风,连盘缠也没有。南下,一路上,都是七爷打点,靠了七爷的面子。往后,要靠自己生存了。一个文弱的书生,能够想到的谋生之道,自然是做教书先生。困难之处是他在上海无亲无故,两眼一抹黑,想教书,也找不到门路。

徐方白找了家便宜的旅馆落脚,向旅馆伙计打听社会风情,了解上海滩市面的情况。按伙计指点,他决定去四马路跑一趟。上海四马路,名声在外,京城里也听到过,是女人做独门生意的地方;还不像古时候那般斯文的模样,吟诗弹琴,才子佳人,杜十娘与负心汉,有些儿场面上的故事；那一带，简明扼要，不过是直奔主题的低级生意，凡此种种，徐方白听着就脸红，绝对不敢光顾。但上海四马路，另有一种名气，就是卖各种新式的书报杂志。徐方白囊中羞涩，不敢放开来买，挑了几份廉价的报纸，带回旅馆来细读。他听伙计说，报纸夹缝里，会有各种小广告，富贵人家招家庭教师，也在上面登启事，或许，能让徐方白找到谋生的差事。

这一看，引得徐方白又要号啕大哭。报纸上，最醒目的文字，都与朝廷追杀维新派有关。谭嗣同等六人，在菜市口被砍头的情景，血淋淋的纪实，还有模糊不清的照片。照片上的谭先生，悲壮而死不瞑目的神情，催人泪下。读到小报记者的文字，说是沿路有人向六位志士丢菜皮鸡蛋，更是令徐方白义愤填膺。愚昧者何其之多，哪里晓得，这些就义者，是国家真正的英雄。他们舍生忘死，临了，还受如此屈辱？

同为民间，既有丢菜皮者的愚昧无知，也有胡七和客栈老板的侠义肝胆，犹如营养贫乏的老树上，长出截然不同的两种果子，苦涩与甘甜，差距何其之大！这会儿，徐方白想到七爷的嘱托，是的，这个启蒙民众的责任，他徐方白必须承担，维新变法诸君的真实面貌，应该详细记录，让子孙后代铭记他们的牺牲！

报纸上，最珍贵的记叙，是录下了谭先生的刑前绝笔。煞尾两句："我自横刀向天笑，去留肝胆两昆仑。"徐方白顾不得旅馆人多耳杂，竟然朗声念了出来。他熟悉谭先生胸怀万丈的语言风格，确信这样的文字是先生所作，是从他内心深处奔涌而出的呼喊。

关于谭嗣同的绝命诗，记者写下解释，重点释读最后一句："肝胆"，很好理解，来自成语"肝胆相照"；那么，"去留"和"两昆仑"是什么意思？记者说，他向维新变法的二号人物咨询，得以明白其中深意，"去留"指变法诸君有去有留，留下就义的如谭嗣同，出走海外以谋将来的如康有为，他们是两相呼应的昆仑山。

徐方白想，所谓二号人物，应该是梁启超。徐方白与梁启超不熟，仅是点头之交，心里尊敬他，但是，梁启超对谭先生绝命诗的注解，徐方白是不能同意的。

按梁启超的解释，绝命诗，是把"去留"的康谭双方，说成是"两昆仑"。徐方白知道，谭先生的英雄气概，是表现在参与变法的义无反顾上，他平时为人儒雅平和，不会将自己比喻为"昆仑"，何况，谭先生饱读诗书，为文谨慎，字字推敲，不会写出世间有两座昆仑山那样的意思。那么，此句如何解释，才符合谭先生本意呢？徐方白有自己的看法。谭嗣同喜爱武术，所以先后奉双刀胡七和单刀王五为师，胡王二位，均属于昆仑派，所谓"两昆仑"，正是指这两位昆仑派大师，如此便解释通了。那夜，浏阳会馆，大批兵丁围攻之前，王五和胡七执意劝谭嗣同出走，谭嗣同坚持留下，愿为变法献出一腔热血。谭先生"留"，赶二位师傅"去"，但是依然肝胆相照，都是为国为民。联系前面一句的"我自横刀向天笑"，意味更加清晰，谭嗣同与王胡二位，相识于刀，相交于刀，英雄豪气，贯穿于刀。谭嗣同对这两位昆仑派师傅是寄予厚望的，同时也借绝命诗，对变法者未掌握刀把子而遭惨败，表示了不甘心的痛惜。

徐方白思忖，将来，他用文字记录维新变法大业时，将对谭嗣同的绝命诗，做出自己的注解，以免梁启超的说法误导后

250

人。毕竟，谭嗣同与两位昆仑派师傅的故事，知道的人有限。

眼面前，最紧迫的事情，需要找到活下去的路子。随身携带的那些银子，马上用完，小旅馆的老板，完全的商人算计，与京城客栈老板截然不同。只要徐方白付不出房钱，他会毫不客气地把徐方白丢到街上去。徐方白把几张报纸翻来覆去看，小报的夹缝广告，没有提供合适的信息，倒是一则新闻，给了徐方白希望：记者获悉，主持南洋公学的盛宣怀先生，礼聘维新变法派名士，张元济先生将主持南洋公学译书院。

徐方白又惊又喜。没想到，张元济先生也到了上海。百日变法，张元济在坊间的名声，远不如康梁等人，不过，在变法参与者看来，张元济非同小可。张的才学与仕途，不去说了，单讲光绪皇帝的重视，就很耀眼。光绪召见康有为那天，张元济也一并奉诏入宫，与康有为一样待遇，被圣上单独面询，足见其在光绪皇帝心中的地位。张元济曾经两次上书，呈报维新变法大计，有自己完整的思路，并非跟着摇旗呐喊的角色。张元济和谭嗣同年龄相仿，都是有见识的文人，关系不错。谭嗣同与张元济讨论变法要义，书信让徐方白单独送去，徐方白就有了机会与这位名士相熟。文人之间，气息相投，容易成为朋友。张元济欣赏徐方白的博学和谦恭，颇有相见恨晚的感觉。

离京南下，随漕运的船在运河里颠簸，桨声帆影，没有诗情，平添愁绪。夜晚难以入眠，徐方白感慨命运的无常，参与维新变法的诸君，牺牲的牺牲，逃亡的逃亡，其余不知音信，只剩下孤零零的自己，在单调的船声中随波逐流。当时，他曾想到张元济。徐方白担心，张元济树大招风，清廷不会放过他，唯恐这位朋友惨遭毒手。现在，得知他安然到达上海，自然额手相庆。同时，徐方白也为自己庆幸，张元济既然被盛宣怀礼聘到南洋公学，想来地位甚高，或许可以帮徐方白谋个糊口的差事。

所谓天无绝人之路，前提是自个儿不能悲观丧气。徐方白的一线生机，竟然是从报纸缝里抠出来的。他轻轻吐出胸中的污浊之气。这家小旅馆，便宜的原因，是混杂着各地的商贩，单是贩卖海货者的腥味，就足以让徐方白吃不下饭。他囊中羞涩，干脆就少吃两顿了。

第二天，徐方白换上长衫，问清楚南洋公学译书院的地址，兴冲冲出发，去找张元济先生。那地方，在上海虹口，这座城，算大去处，多张口问问，不难找。到了门口，徐方白却犯傻了，他的湖南口音，与门房杂役的苏北土语，实在有交流障碍。仿佛秀才碰到兵，有理说不清。杂役听不懂，就死活不让他进去。徐方白没有办法，只能在街上彳亍，眼睛盯住了译书院的大门，等待着张元济的现身。虽然目力不济，不过，张元济的身形举止，他鼻梁上架着的特殊的玻璃眼镜，徐方白是熟悉的，隔老远，一眼可以认出。

一直等到正午，太阳高高地悬挂在城市的上空，才看到一架人力车逶迤而来，在译书院门口停下，有位身着西装的先生从人力车上下来，昂首挺胸地走向大门。徐方白唯恐慢了，在街对面就高喊起来："菊生兄，等等我！"喊罢，唯恐张元济进了大门，自己又被杂役挡住，徐方白顾不得斯文，拔腿穿过街心，拦住了那位西装先生的去路。

果然没有认错,正是在京师认识的张元济先生。张元济在京城时,碍着官场规矩,很少穿西装,到上海了,又不是官员身份,大约就自由得多。他脸上的模样,没啥变化,依旧架着一副圆圆的眼镜,他那智慧的目光,从薄薄的镜片后钻出来,温和地望着世间的一切。这一刻,张元济被徐方白突兀的高呼惊到,愣愣地转过头,看定街对面冲过来的长衫男。在京城里,时常有朋友称呼他"菊生兄",到上海后,经常听到的称呼变为"张先生",待到了南洋公学就职,又被尊称为"张院长"。这一声特别的"菊生兄",顿时唤醒了已经淡忘的往事。

劫后重逢,唏嘘感慨,长吁短叹,一时多少话语!在张元济的办公室里坐定,泡壶清茶,老友促膝长谈,直说到日落天暗,月上树梢。

张元济问过徐方白离京前后的情况。徐方白毫不隐瞒,把胡七仗义相救的种种安排,一一道来。徐方白感叹,原先,知道他们豪情侠义,此番获救,亲身体验,那般一诺千金,义薄云天的气度,犹如司马迁笔下的大侠。张元济听罢,连连赞许,同时发挥道:变法维新,仅仅集中了读书人的力量,那是狭窄的,没有将更多底层的爱国志士鼓动起来,失败也是难免。

徐方白知道,张元济稳重,常与好激动的康有为意见相左,对康有为的冒进不以为然。在京时长谈,张元济就说过,以为获得光绪皇帝的支持,变法可以加速成功,过分乐观,要出事。张元济此时的感叹,说明他一直在反思变法失败的原因。本来,徐方白还想问问对方脱险的经过,

张元济似不愿深谈,云淡风轻,几句带过,只说了朝廷对他的最后处置,是"永不叙用",所以他只得到上海谋生。徐方白是知趣的人,见张元济不肯细说,自然不再追问。其实,他从报纸上的记叙,大约猜到了八九。李鸿章历来赏识张元济,说他是国内难得的人才。变法失败后,李鸿章出面为张元济求情,所以朝廷才没有把他归入必杀之列,仅仅是"永不叙用"。这一层关系,从盛宣怀礼聘张元济,也可以看清楚。盛宣怀与李鸿章走得很近,他的礼聘,大约与李鸿章不无关系。清廷的"永不叙用",是不让张元济在朝廷为官,到南洋公学搞搞文化,清廷大概就睁一眼闭一眼了。

徐方白顺势把话题引到了自己身上。当张元济问起,今后如何打算时,徐方白顺势试探:在上海无亲无故,已经到了山穷水尽的地步,能不能烦菊生兄帮忙谋个事?

张元济听了,略一沉吟,缓缓道:"我这个译书院,虽然归属南洋公学,却不是教人念书的,专注于翻译、印刷西洋和日本的书籍,方白兄想在这里谋事——"

张元济的话说了一半,刹车了。徐方白何等聪明之人,听出意思来了,他脸上微微一红:"哦,冒失!冒失!既然是做翻译的,我肯定不行。悔不当初,没有听菊生兄的话,学一点外语。"

张元济创办过"通艺学堂",在京城读书人中名气很大。教授外语和西方科学,是通艺学堂的宗旨。张元济知道徐方白天资过人,曾劝他学习英语。徐方白当时推辞了,说等变法大业成功后,再来学习。现在,后悔自然无用。

徐方白不愿让张元济为难,决定告辞,瞧瞧窗外暗下来的天色,拱拱手道:"菊生

兄，今日相谈甚欢，改日再聚，你手上事多，不打搅了。"

张元济见徐方白要走，便道："其实，我是怕委屈了方白兄。在译书院谋点事做不难，只是没个能与方白兄才华相配的名分。"

徐方白一听，知道事情有转机，忙说："在菊生兄面前，我有何才华可言？只要不耽误菊生兄的大业，让我做啥差事，跑腿打杂，都心甘情愿！"他说的是肺腑之言，落魄之时，求个糊口自保，管他什么名分？

于是，张元济详细解释了译书院的做事流程，翻译海外书籍后，送到工厂里排字，然后还要有人核对排出来的样本。后面那道程序，徐方白是完全能够胜任的。张元济说："方白兄不嫌弃此差事，明日就来试试，如何？"

徐方白大喜过望，有这份差事，在上海的生存问题，迎刃而解。曲径通幽，绝处逢生，他心头一热："菊生兄，大恩不言谢，明日一早，我就过来，合格不合格，敬请兄长考核！"

两位读书人，说说笑笑，朝外面走，张元济执意送老朋友，一直送到译书院门口。已经是傍晚时分，街上一片灰暗。街对面的点心店，点起了煤油灯。煤油灯，是新式的玩意儿，比蜡烛之类安全。那家点心店的老板，挺时尚的。

张元济停住脚步："方白兄，有个事还是先说一下。我在这里待不久的，快则半年，慢则一两年，我势必离开！"

徐方白不解，他知道，盛宣怀名声显赫，财大气粗，既然被他礼聘，待遇不会差，怎么刚来不久，菊生兄已经有离去之意？他默默地看定张元济，等对方解释。当然，如果不解释，徐方白也不便追问。

张元济道："我心中的打算，对方白兄直说无妨。我在此处，待遇丰厚，不过，终究不是长久之计。他们虽然器重，到底还是为朝廷效力的，只要我做事稍有差池，那个'永不叙用'，就可以打到脑勺上来！"

徐方白知道张元济的想法了，李鸿章与盛宣怀对他不错，但朝廷会有人盯着，那道"永不叙用"的紧箍咒，并非摆样子的。徐方白点点头，宽慰道："菊生兄为人处事方正，估计没有麻烦的。"

张元济正色道："我想照自己愿望做点事。我打算编辑学生课本，写到近代史，我无法闭着眼回避维新变法大事，如何去写？所以，我早晚要去一个能够让自己自由做事的机构。"

张元济温和的话语中，透露出来的凛然正气，让徐方白肃然起敬。眼下，他想的是谋生糊口，张元济考虑的依旧是国家兴亡。徐方白感慨地道："菊生兄，你如此思忖，国家之幸！菜市口遇难的诸君，地下有知，当能安眠。"他郑重地拱手道："菊生兄不弃，我将随兄共进退！"

张元济兴奋地答："一言为定！我早已想过，终有一日，要为牺牲的诸君，编辑诗文集，永志纪念。这事，劳动方白兄，是最合适不过！"

两位患难之交，惺惺相惜，如此说罢，在译书院门洞里告别。徐方白踏着街上的夜色，缓缓离去，心情与前几日完全不同了。那种孤独的无所依傍的愁绪，在不疾不徐的脚步声里消散。他看着高高的夜空，繁星点点，默默地对远方的胡七说：七爷，我在上海滩落脚了。有菊生兄助力，你希望我做的事，我能够做好！

## 三

戊戌变法之后的上海，情势远没有北方那么紧张。四马路、五马路那儿，照样夜夜轻歌曼舞、酒香弥漫。租界里，巡逻的骑兵，慢吞吞地，从狭窄的街上驰过，戴着高高的压扁的帽子，那情状神气而古怪；马蹄踏踏地踩着路面，骑手们的表情松弛，东张西望，似乎在向路人展示当兵的悠闲。

清廷在上海的统治代表，上海道台的势力，受到租界中洋人权力的制约，有点缩手缩脚的感觉，不敢过分霸道。从地图上看，租界像蠕动的蚕，缓慢而努力地蚕食着、扩张着，比最初设立时肥了许多。受到通缉的维新变法分子，在蚕蠕动的边沿来回逃逸，躲避围捕的网。道台衙门，对变法维新分子，当然得抓，不抓，那就是助逆；不过，为了向洋人表示文明，只是声响不大地抓，不能学北京的菜市口，当街把读书人用钝刀砍几十下，那几乎相当于凌迟了。雍正年之前，更加惨，还有所谓的腰斩，上半截一时半会死不干净，长时间地嚎叫，是为了恐吓活着的人，让见者恐惧，不敢反抗清廷。租界的洋人说，钝刀砍人，与当年的腰斩一般，太血腥，不文明，在他们看来，一枪打死，或者用炮弹炸死一群人，比刀砍要文明得多。租界出版英文报纸，上面登载过一篇文章，翻译标题，为《文明及野蛮的死刑》，就是拿这个为说由。当然，作者略去了他们自个儿的野蛮，他们一直让非洲、南美洲血流成河。或许，在他们心目中，那里成千上万死亡的，并非人类，都是奔跑的野牛野猪而已。

上海的租界，在鸦片战争及甲午海战之后，边界是逐步扩张，上海道台的辖区日益缩小。有的越界，无条约依据。他们今日跨过来几十米，说是修建道路需要；隔些日子，需要配套铺设下水道，说明乃排水防涝的好事，那个边界跟着又变化了。上海道台手里的兵多，也开始拿一些洋枪之类的新式装备，在当时清朝的士兵中，装备算好的，原因是上海已经能造西式的枪炮。道台府的兵，列队排场起来，老百姓是害怕的。洋人自然不怕，他们的军队，拿的都是更先进的热兵器，喷出火来，老远就把对手撂倒。中国军队，在汉代，甚至在遥远的神话里，就开始使用火药火炮，不知怎么搞的，军队的标准配备，还是冷兵器。洋人不但武器厉害，更重要的是，他们摸准地方官员的心思：不敢强行反抗租界的扩张。闹起事端，奏报上去，吃了几次亏的朝廷，多半判地方官员措置不当。南方北方接连战争的失利，朝廷上大官畏战的多，只怕再生灾祸。上海道台与洋人的治权，犬牙交错，挤在狭小的区域里，小心翼翼，但求相安无事。洋人主张文明，反对野蛮，不管那道理真假，不管想得通想不通，抓维新党人，悄悄动手吧。为求太平，对洋人关注的事，躲得开最好，躲不开，绕路而行。忍为上，祖训。

上海对康梁余党的围猎，市面上比较宽松，徐方白，这个变法失败后的"漏网之鱼"，也就渐渐安顿下来。逃亡之初的惶惶不可终日，慢慢消退，长衫里的瘦骨伶仃，长出了肉，不像原来，被风一吹，晃晃欲倒的模样。上海，开埠做生意，海港连接内河，成为南来北往的杂处之地，宁波腔，苏北腔，广东腔，啥口音都不稀奇。徐方白的湖南话，比福建人四川人的话还好懂些，与商贩街坊交流不成问题。他糊口的差事，是南洋公学译书院的校对，那是挑文字毛病的活计，难不倒历经二十年苦读的书生。熟练之后，张元济又安排他做点编辑事务，都是动脑动笔少开口的事儿。万一遇到听不懂他话语的，比如温州人闽南人，总比白种人容易沟通，用手比画比画，都可以应付。这位湖南口音的读书人，一张与世无争的笑脸，穿了件干净的蓝布长衫，提一只泛白的布袋子，每日在虹口的街上踱步，从译书院的门洞进进出出，在市井人群之中，毫无违和的感觉。谁也不会联想到他的过往，想到隐藏在他细长身影里的历史，想到那短暂而凄惨的搏击。在菜市口被砍了几十刀的谭嗣同，曾经为上海的各色报章唏嘘多时，不过半年，早已月白风清，烟消云散。日子平淡地，缺少生气地，一丝丝流淌。

徐方白没法忘怀曾经的日子，他关注着存活的变法人物。康有为、梁启超他们在日本避难，没有销声匿迹，时而发表坚持维新变法的高谈阔论；康梁唯一的指望，光绪帝还在北京的皇宫里喘息，尽管被老太后压抑得紧，丝毫腾挪不开，露个脸都很难得，终究没有断篇，大清国的年号还是用他的。据说，有人上奏，要改了年号，慈禧没敢采纳，因为使馆里的洋人们同情被废的皇帝，慈禧就不想招来麻烦。

南洋公学，位于上海西南方向；而译书院，则在虹口，一个叫谦吉里的地方。很奇怪，属于学校分支机构的译书院，没有设立在南洋公学本部，隔开老远，放在了城市的北面。徐方白琢磨过南辕北辙的原因。他闲逛时，在沿江处见到好几个上下货物的码头区域，有盛宣怀招商局的，也有英国贸易公司的。黄浦江畔，从宽阔的外滩，溯江而上，一直向北，开辟出好多新的码头，华洋杂处，人来车往，渐渐成为本地十分喧哗的所在。商业的热土，悄然诞生。城市，依水而兴，古今中外，都是如此。徐方白生在湖南，熟悉两湖的风土人情，长江沿岸的老码头，见得多了。上海滩与长江航运的不同，是商船的体量大得多，高高的烟囱里吐出黑色的浓烟，是漂洋过海而来的巨物。离巨轮稍远的江面上，漂着小小的游艇，那是时髦的有钱人家的子弟，或者是附庸风雅的学生，雇船家划着游江，说是仿照巴黎的塞纳河之旅。为商船卸货的苦力们，没那般玩水的心情，他们肩扛沉重的箱子，从泊岸的商船上下来，颤颤地踩住长长的跳板，随着木板弹跳的节奏，小心翼翼挪动脚步，唯恐掉落滩涂的泥沼之中。坠落的话，即便侥幸活命，伤了身子骨，落个终身残疾也是逃不了的。那是搏命挣口饭吃的苦活。苦力们的肩上，木箱外面，多数涂抹着难以辨识的西文字母。徐方白明白，都是从欧洲过来的外国商品，箱子里装的，到底是新式的机械，是枪支弹药，还是奶粉咖啡之类的奢侈物，就没法猜了。徐方白仅仅猜到了译书院方位的谜底。译书院的创设者，声名显赫的盛宣怀，将译书院的位置靠近商船码头，亦是一种象征。他首开先河，办起译书院，目的是把外洋的先进东西，多多地介绍进中国来，放在海运贸易的口岸边，会有诸多人力物力的便利。译书院选址于虹口，也许当初造码头，招商局的承办者相中谦吉里的房子，方便办事，盘了下来，现在移交给译书院。至于南洋公学，是孩子们求学之地，按惯例，还是放在比较安静的西南角为好。洋大人们，在西区选了好地块，造就一批花园洋房；与他们关系密切的有钱的华人，多数也住在西面的街区里。那些住宅，比不了花园洋房的气派，却都是欧式的建筑，与虹口一带的老房子，泾渭分明。

南洋公学译书院那儿，居多的，还是中式的房子，陈旧、破落，靠码头为生的，十之八九是底层的人。最具规模的新式监狱，设立在虹口提篮桥，离港口码头相当近，应该是中外统治者的共识，因为他们认为，底层的人群，犯罪的比例高吧。从虹口到外滩那儿，再到大名鼎鼎的四马路，距离不算很远，也不算近，靠读书人的两条瘦腿，得走半个时辰。做完一天事务，徐方白饥肠辘辘，常常在街头买两只烧饼，边啃边往四马路方向走。不知者，或许觉得这位读书人行迹荒唐。街坊确有人调侃过，问徐方白：四马路好白相来，空着肚皮也要过去吗？四马路，上海滩传闻多，名声在外，灯红酒绿的卖肉场所，头牌二牌，西施贵妃，一如南京的秦淮河，去那里逛的，自有许多人为寻花问柳，一夜癫狂。徐方白不辩解，也不脸红，呵呵笑着，只管自己行走。他无法解释，说白了反而多费口舌，平添麻烦。四马路，除了卖肉求欢的喧闹，另藏别样风景，多处还飘散油墨的香味，见得到各种新鲜的报刊，中文西文均有，这在那时的上海滩，或者说在中国广袤的土地上，恐怕独一份。至于这两种截然不同的趣味，何以共生，挤在了不长不短的四马路上，湖南人徐方白不得而知。想获悉时政新知，要了解康梁在日本的动向，最方便的途径，是到四马路

的报摊和书局里寻寻觅觅。不久，徐方白还觅得更新鲜的奇闻，与大清朝顶牛的，有比康梁更狠的一帮，为首之人，名字听来甚雅，叫孙文，报纸上，却有骂他为孙大炮的，因为他的政治主张激烈，丝毫不留退路，直言必须彻底推翻帝制，连英国那般君主立宪样式的虚名也绝不保留。

徐方白茫然。读着那些会招致夷九族的文字，唯有暗自感叹，心中五味杂陈，说不上是敬佩，还是抵触。徐方白想起，几百年前，还是明朝末年时节，读书人中，冒出来一位李贽，嚣张得很，就是直言要把千年祖制从根上挖了。李贽是被骂了几百年的狂人啊，读书人中，少有喜欢他的。天下之大，草莽之中，三教九流，鸡鸣狗盗，枭雄豪杰，不断冒出来。思来想去，徐方白的内心，还是觉得康梁的主张稳当，希望被幽禁的光绪能够重见天日，出来主政，把维新变法之事继续下去。光绪比太后年轻得多，想来是可以指望的。虎毒不食子，慈禧总不会对光绪赶尽杀绝吧？支撑维新变法者脊梁的，就是这个盼头。

在上海住久了，东南西北摸熟了，城市的套路、与京师皇城迥异的风俗，也就渐渐搞清楚。京城的布局，以皇宫为核心，摊饼似的铺陈开去，官道胡同，各式建筑，绕着弯子，多半找得到与皇城的关系。上海的布局，就乱了，老城厢、新租界，还分公共租界与某一国的租界，各行其是，东南西北，自有中心。临近外滩，就以外滩为地标排序，热闹的四马路、五马路，就得名于与外滩的距离。徐方白一度考虑，干脆在四马路五马路那里租间屋子住下，白日里去译书院忙生计，完工了，回家可以就近读书读报。犹豫再三，还是打消了这个念头。倒不是担心有人说闲话，污他

名声，执意临近寻欢作乐的场所。他的思虑，另有所在。

当初，与双刀胡七匆忙告别之际，胡大侠从内衣上扯出一小块白布，让徐方白随意写两字，作为今后联络的信物。徐方白略微思索，写下"匹夫"一词。胡七拿过看看，笑笑道："好字！先生南下，就此别过。将来若有兄弟来寻你，持此白布，当是生死之交，徐先生可以信任。"

徐方白并不清楚胡七的下落，不知道他的临别之语，是随口一说，还是另藏深意。对救助自己的豪杰，徐方白存感恩之心，所以安顿下来以后，就给北京那客栈老板寄了张便笺，说自己已经在上海落脚谋生，留了地址，署名白先生。万一胡七真有寻找自己的意思，茫茫人海，也就有了可以寻访的踪迹。

## 四

庚子年的早春，毫无异象地降临，悄悄然走到人间。日月、四季的运行，比世道自律得多。不管你雄心万丈，或者愁眉不展，黎明，天空必亮，该热该冷的日子，也都是如约而至。译书院的后墙根，几株细长的柳树，竟然早早冒出了嫩芽。译书院的杂役老头，常把洗菜的水往树根上洒，他自有说法：人看作垃圾的东西，对草木是滋养的。好像有几分道理。没栽几年的柳树，显然比别处院子里的，提前抽绿了。

一天的事务忙完，那日，张元济精神一振，走到徐方白的座位前，兴致勃勃地相约："方白兄，我们去街上小酌一杯，如何？"

徐方白暗自诧异，不知对方何以起兴。他们共事许久，坐下来喝茶聊事常有，更密切的交往则无，清淡如水，君子之交的味儿。对于张元济，徐方白感恩，南下困窘狼狈之时，是他施以援手，让自己安顿下来，重新活出了样子；徐方白尤其敬服他的学识，学问远在自个儿之上。见张元济主动来约，徐方白赶紧起身子，拱手道："一直想与菊生兄微醺畅聊，多多求教。今日春风拂面，正是好日子。"

译书院不远，街角处，有座饭馆。底楼卖面条饺子馒头，都是吃了急匆匆就走的客人，吵闹些；顺狭窄的木梯爬上二楼，则清静许多，沿窗排开几张小方桌，可以点了菜慢慢品尝。徐方白独自过日子，不会正经开伙，随意乱吃，塞饱肚子就行，此类小饭馆时常光顾。张元济说：不讲究，就近找一家吧。徐方白便熟门熟路引他奔那里去了。

傍晚时分，饭馆二楼竟然没其他客人，老板殷勤地招呼着，按他们吩咐，温一壶黄酒，摆几样干净的菜肴，知趣地退下，把整个二楼，留给了两位文静的读书人。

窗户临街，街上，人力板车的大轮子，木质的圆轮，咔咔地碾轧着石子路，大约是市场里卖菜的老乡，赶在夜黑前回家。早先，通往江边的是泥路，与乡下的道差不多，下雨后满是泥泞，踩下去稀烂，车子更难通行；那些笨重的木头轮子，沾满了烂泥，别说是人拖不动，连粗壮的老牛，亦动弹不得。上海原先也是小地方，混迹在松江府诸多村子中间，并不起眼。黄浦江畔，码头兴建后，这里铺成石子路，才清爽许多。黄浦江之外，另有苏州河等四通八达的河道，在河道之侧，次第修建的马路，繁荣了商街，让上海活出了新模样。所谓马路，原先得名于可走马车之道，眼下，进出上海街区的马车，日益见少，那名称则保留下来。

两位算老朋友了，客套少，一杯黄酒暖肚，张元济开口说出本意："方白兄，今日邀你小酌，其实是有事求教。"

徐方白晓得张元济的脾气，如此认真地相约，肯定不是为了杯中之物，他赶紧恭敬地答："菊生兄客气了，有事，只管吩咐。"

张元济环顾屋子，除他俩，二楼并无别人，底下的声音虽然嘈杂，楼板却是厚实的，并不影响他们的交谈。张元济轻声道："南下之前，方白兄在复生兄那里效力，记得去天津住过一段日子，是为了联络袁某人？"

张元济谨慎，话语隐晦，外人不容易听懂，徐方白则清楚他的意思："菊生兄所言略有差池，那袁某人派头大得很，我一介书生，无官无职，哪里联络得上？只是持了谭先生信件，前去拜访，并遵先生之嘱，就近住了些日子，以观察天津方面各式人等的动向。"

他们的这段对话，说的是戊戌失败前的惨痛。变法维新派期望袁世凯站在光绪皇帝一边，因为袁世凯手握配备新式武器的重兵，举足轻重。保守派的头面人物荣禄，那时亦镇守天津，假如袁世凯拥戴光绪帝，保守派必然忌惮，荣禄就不构成威胁。为此，光绪还给袁世凯下过密诏。谭嗣同心细，对袁世凯并不放心，派徐方白去天津小站暂住，就近观察袁世凯的动向。袁世凯城府深，在帝、后两派间彷徨，自个儿也派了多人在北京城里摸底，狡黠地骑墙观望，言语模棱两可，对维新派，看在光绪的面子上，虚与委蛇罢了，徐方白哪里摸得到他的底牌？等袁世凯发觉局势严峻，慈禧与保守派占了上风，并动了杀机，这位新军首领立刻变脸，与保守派诸大臣站到了一起，还密报了维新派拉拢他的活动，称他们有谋叛之举。慈禧最后决定要杀维新派，与袁世凯的告密关系甚大。那一阵，徐方白虽然身处天津，但进不了袁世凯的圈子，知道袁世凯决意投靠保守阵营，已经是过时消息，连报告谭嗣同都来不及。

两位读书人唏嘘几句，闷闷地对饮一杯，张元济又道："旧事多说无益，我只是想问，方白兄近观袁某人多时，对此人有何观感？枭雄？能臣？奸人？抑或城府颇深，难以捉摸？"

到这时候，徐方白顿悟，张元济约他，是想通过他当年的所见所闻，来分析袁世凯的为人处世之道。眼下，小报上常有袁世凯的新闻。他掌控的那支新军，西式军械的武装，所以被慈禧重用，正从天津调任山东，目的是镇压山东闹得厉害的义和团。对此新闻，徐方白心中也盘算甚久，慈禧们葫芦里藏着啥秘密，真难捉摸。原来那个山东巡抚毓贤，满族大官，属于保守官僚阵营，也算慈禧信得过之人。他把山东义和拳收编为义和团，让他们的宗旨由"反清灭洋"改为"扶清灭洋"，这等大事，一个巡抚，哪里敢自作主张，自然是报告过朝廷的。眼下，慈禧却把毓贤召回北京，调袁世凯接任山东巡抚，前去弹压义和团，这反反复复的戏码，看得人云里雾里，不得要领。

徐方白这般寻思着，抬头望见对面张

元济的脸,对方期待地微笑着,双目在圆形的镜片后闪烁出温煦的神采,徐方白无法含混,直言说:"我对袁某人恨之入骨,维新派的惨败,其人罪不可恕,我早就深恶痛绝。撇开这一层,单讲其为人,确实有手段,非泛泛之辈,不可小视。"

张元济坦诚地道:"我早离开官场,过往只是风云,也无意多想。无奈,有人垂询,因为袁某人正与南方的总督们加强联系,他们就想对其多做分析。我与袁某人并无交往,因此想到方白兄,随意说说即可。"

张元济一说,徐方白心中透亮,能够询问张元济的,无非是盛宣怀和李鸿章二人。盛宣怀主办南洋公学,与张元济关系密切;那李鸿章,虽然远在两广任上,眼下有电报这新玩意儿,邮电又掌控在盛宣怀手中,问点事情还是方便的。再说,李鸿章素来欣赏张元济才学,戊戌之灾,如果没有李鸿章周旋,张元济或许就丢了性命。盛宣怀和李鸿章,眼下特意问询张元济,他们对袁世凯其人的兴趣,应该集中在判断这位武将的政治品格以及未来走向。

徐方白沉吟片刻又道:"此人不是庸碌平常之辈。其内心深处有何谋划,我不敢轻言,不过,他并非一介武夫,其杀伐果断,统兵之将的才干,在我看来,不在当年的左公之下。"

徐方白是湖南人,向来敬重湘军大将左宗棠,张元济是知道的,徐方白把袁世凯与左宗棠相提并论,可见其内心的矛盾:恨袁世凯背叛维新变法,却又不敢轻视他。张元济感兴趣地追问:"将领才干之外,其远见谋略如何?"

徐方白努力回忆着往事,在天津小住时见闻的点滴,自己手持谭嗣同信件,到天津呈递给袁世凯,袁世凯肯接见,是给谭嗣同面子,谭嗣同深得光绪帝的信任,是朝廷中公开的秘密,袁世凯不得不当回事。不过,当徐方白陈述大局危重,谭嗣同对袁世凯寄以厚望时,这位新军统领,一直呵呵笑着,最多言不由衷地附和:"好,好,好。"再没有更多的表示,让徐方白觉察他的城府之深,绝对不是莽撞的将领。徐方白道:"看不透啊。三国之初,曹孟德与刘玄德喝酒,论及天下英雄,说仅仅是曹刘二人,吓得刘备一身冷汗。这袁世凯么,或许又是乱世枭雄一个。"

张元济点点头,再问:"比起南方各位大员如何?"

张元济嘴里的南方大员,徐方白自然清楚,是指清廷派在两广两江两湖的总督们,都是富有盛名的汉族官员,李鸿章,张之洞,刘坤一等。徐方白坦然道:"袁某人资历声望不如各位,其魄力么,也许真不在他们之下。再说,袁世凯年富力强,假以时日,难以估量。"

张元济无语。这一番评说,出于痛恨袁世凯的徐方白之口,让张元济听了表情分外凝重。张元济叹道:"山东黎民,逃不脱一劫。"

徐方白不解地反问:"招安义和团,毓贤必然得到朝廷许可,现在又调袁某前去镇压,如此反复,实在摸不透朝廷的想法。"

张元济凄然:"朝廷的朝夕翻脸,你我书生,早见识过。可怜的是,想要扶清灭洋的山东百姓,恐怕血流成河!"

徐方白点头应道:"袁某人的新军,武器装备,不亚于洋人军队。义和团是民间力量,如何抵挡得住?"

张元济苦笑:"所谓刀枪不入的传说,也不过是传说中的旁门左道,上阵打仗,没用的。"

张元济谨慎,话说到这里打住。他与徐方白默契。慈禧确实是极有政治谋略的女人,她用人大胆,常常剑走偏锋。如何处置义和团的崛起,在朝廷内部争论激烈。慈禧把主张招抚的山东巡抚调开,将重兵在握的袁世凯放到山东,是权宜之计,还是深谋远虑,谁猜得透?按徐方白评价,袁某人是新出的枭雄,不知又会搅起多少血雨腥风。

一壶酒喝完,添了两笼包子,算作主食。两人该说的话说罢,窗外已经一片乌黑,显然是没有月色的寒夜。春寒料峭,在上海,常比冬天更为阴冷。徐方白坚持由他做东,张元济也就不客气,拱手谢过,又说:"方白兄见识过人,今日赐教,获益不浅。"徐方白担待不起,急忙说:"菊生兄乃闻名海内的大才,能追随左右,才是我的大幸。"张元济笑笑道:"我主持这译书院,已经有些日子,又奉命参与南洋公学的事务,两头应付,未免感觉疲惫。说不定哪天就辞了,轻松一些。"

徐方白听了大惊,诧异地看定张元济。记得刚到上海,拜见张元济时,他提过这话题。看来,不是随口一说。徐方白想细问缘由,一时又不知如何措辞。张元济爽快,解释道:"这南洋公学,这译书院,虽然有创新气象,但与官府脱不了干系,终究受种种束缚。我未免寻思别的出路。商务印书馆常来接业务的年轻人,你看到过的吧?他们倒是志在办一所全新的印书馆,邀我多次了,我还举棋不定。你我肝胆相照,也就不必相瞒。今日迟了,改日再详尽讨论。很想继续与方白兄合作,一起做点事情。"

两位读书人在饭馆门口分手。临别的这番话,让徐方白颇感意外。张元济雄才大略,跟随他,能做成事业,徐方白相信的。只是眼下国内大局未定,西洋东洋的军队都踏了进来,民族危亡之际,国内经济凋敝,民不聊生,饥荒遍地,不解决国家大局,做点译书印书的事,能起多少作用?徐方白不得而知。

徐方白再次想起了谭嗣同。那真是国之栋梁,国之英雄啊!那么了不起的人物,死于非命,天妒英才,令人深深痛惜。

徐方白回到租住的屋子。那地方,离译书院不远,才隔了两条街。挑选住处时,特意权衡过,为了省点来回的时间。这住宅有些年头了。当年是财主家的,房子中间,带一块庭院,算得上气派。老财主败落后,后辈没钱好好打理,墙面剥落,院子荒凉,一副落魄的样子。好在厢房多,又被庭院隔开,可以分别租给两家房客。按风水讲究,东厢房胜过西厢房。徐方白来的时候,东厢房已经住人,徐方白不忌讳,就要下了西厢房的两间。

徐方白穿过大门,进了庭院,刚要奔向左手的屋子,右边东厢房的门先打开了,一个瘦小的中年人走了出来。他像是专门等着徐方白,听见声响,急不可待地出门招呼:"徐先生,有客人找你啊!"

"客人?"徐方白纳闷。他左右环顾,这里,除了他和东厢房的林先生,并无他者。"哪里有客人啊?"

这房子,U字形的结构:左右两排厢房,由徐方白和广东人林先生租用;北面,是灶屋和一间储藏杂物的小间。当初寻房子时,徐方白一眼相中这个地方,因为邻居隔得开，互不打搅。林先生也是独自过日子，在招商局码头账房做事，看上去安安静静的本分人。在上海滩，他们的职业，居多数普通劳力之上，自然不愿住在拥挤的弄堂房子里。

U字形的中央，隔开两边厢房的，是处小小的庭院，望得到天空。这个结构，让人假想，早年造屋的老财主，也许有两房老婆，两排厢房的格局，恰好安顿。分得开，又不是挤在一堆儿。今儿夜里没有月亮，天上乌黑乌黑，庭院里也显得阴暗。林先生的屋子里，亮着汽油灯，据他说，是舶来货，比常见的煤油灯亮度高些。不过，那光亮，投到庭院里，也就没啥力气了。瘦小的林先生，只剩下一条暗影，脸庞显得灰暗，只有眼珠子看得分明。那眼珠子闪动着，颇有意味地盯着徐方白："徐先生心里没数？我看他们与你蛮熟的模样，说是从家乡过来的。"

广东人多数瘦矮，林先生尤甚。徐方白虽然也偏瘦，个子则不矮，站在林先生身旁，有鹅对鸭的感觉。"老家来人啊……"徐方白拖着长音，居高临下地望望对方，含混地回答，心里兀自一惊。他到上海，并未与家乡亲友联络，连老母亲也只是寄了报平安的短简。他不知道清廷会不会去湖南追寻他的下落，毕竟他跟随谭嗣同有些日子，自然有人知道底细。这里的住址，徐方白只是给京城客栈老板寄了，为安全计，落款故意没写真名。发出短简，是为了让七爷晓得他的落脚之处。能寻到此处，唯一的线索，是那封短简。不过，逃出来蛮长时间，京城那里的变化，一点不清楚。他的住址，是否落到七爷手里，难以判断。

"一男一女，说是兄妹。"林先生继续高声道，显示出格外的热情，或者说是探究隐私的好奇，与他往时的安静有明显落差。大约这地方长期住着两位寡男，寂寞已久，突然有女宾来到，撩拨了他的神经。"我以为，千里来寻，与徐先生关系不一般，就想留他们坐坐，等你回家。谁知，他们客气，执意去街上找点吃的，说是稍后再过来。"他们做邻居有些日子，林先生难得说这么多话，让徐方白听得别扭，只是应付地回答："兄妹俩啊，应该是家乡的晚辈吧。"他心中稍稍安定。既然是两兄妹，不像是官府中来找麻烦的。莫非是七爷的朋友们？

林先生今日异常，竟然没有消停的意思，继续说："徐先生是湖南人吧，两位客人，听上去是山东口音呢。"

提及山东口音，徐方白心中一个激灵，仿佛明白了啥。方才喝酒，与张元济讨论到山东的情势，义和团方兴未艾，有燎原之态。小报上说，上海街头偶然可见山东来的汉子卖艺。徐方白在山东并无亲友，那里的人来寻他，多半是与七爷有关。回想起来，胡七说话，也带点山东口音。七爷的江湖朋友宽广，那时逃亡，一路有人照应，便知七爷路数之宽。这些，对林先生没法解释，徐方白也就继续含糊："族人出门找活路的众多，在山东那里，也散落不少吧。"

这才拦断话题，各自回屋去了。林先生瘦弱的背影，在月色下晃晃悠悠，消失在东厢房的门背后。徐方白看看院门，刚才自己随手插上了门闩，现在想想，又折返过去，拉开了门闩。假如真有七爷的朋友来访，正是徐方白报七爷之恩的机会，要好生接待。

## 五

约莫过了半个时辰,院子大门那儿,有汉子朗声唤道:"徐先生在家吗?"那声音,不是直接发自喉咙,不是嚷叫呼喊,而由强悍的气息推动,浑厚有力,轻松穿透空旷的庭院,传送到厢房的屋子里。

徐方白本来是支起耳朵,凝听室外的动静,等待着客人的到来。等得累了,撑不住,脑子有些迷糊,坐在椅子上,恍惚起来,快要入睡的状态,被这富有穿透力的呼唤惊动,一个激灵,从椅子上蹦起,脑袋一晃,瞬间清醒,赶紧迎出门去。边走边想,对门的林先生说得不错,那声呼唤,果然是山东口音。对面厢房的门,咯吱响了一声,大约是林先生也听到了大门外的招呼。他没有跨出门来,也许只是在门缝里朝外望了望。

高高的院门,平时只是虚掩着,两个租客临近睡觉,才会插上门闩。因为知道会有客人来访,今儿的门,徐方白没有插上门闩,还干脆开了半边木门,任夜风随意进出。徐方白走到庭院里,月色之下,隔老远,就看到了门外的客人。高高大大的汉子,铁塔似的杵在门框那儿,身后,月光勾出了另一个修长的身影。按林先生所说,访客是兄妹俩了。徐方白虽然是文弱书生,在谭嗣同身边时,却与王五和胡七每每见面,对习武之人的样子熟悉;夜黑月明之时,门框外一对健硕的身影,腰板挺拔,气宇轩昂,确有一番逼人的豪气。

徐方白不再犹豫,上前一问,果然是京城胡七爷介绍来的,他顿时开心至极,时隔几年,终于得到了七爷安泰的喜讯,马上热情地邀兄妹俩进屋。

从庭院往里走时,隐约觉得,右厢房的门缝又开得大了些。黑暗之中,看不清楚,凭感觉,是林先生从门缝里朝外打量。这位账房先生,素来安静,话儿不多,与徐方白难得搭讪,平日里撞见,客套话也就是"老三样":傍晚时分,说的是"回来啦?"或者"吃过饭了?"清早照面,则是"上班去啦?"今天的表现,实属意外,对徐方白的访客,好像颇感兴趣。徐方白心里纳罕,皱皱眉头,却也无奈。简单推理,此处原先只有两个大男人,突然来了位年轻女子,像是拨动了林先生的某根神经。按老子的思想,黑白相依,有无相随,天地阴阳;儒家讲非礼勿视,其实,所谓男女之大防,违背天性,隔不开也防不住的。

进屋,请客人们坐下,徐方白端出了准备好的茶具,斟出喷香的绿茶。方才,知道今晚有客,徐方白特意去灶屋烧水泡茶,这会儿,不冷不热,正好喝。油灯的火苗,在玻璃罩中忽闪忽闪,照耀着方桌旁的三张脸。远道而来的汉子,应该是渴了,并不客气,端起茶杯,一口喝净。他自我介绍,是胡七爷的远房侄子,名胡三郎;身旁的姑娘,名胡九妹,是七爷的远房侄女。无须主人进一步询问,为证明身份,汉子从怀里掏出两样东西,递到徐方白手中:"徐先生,七爷关照,看到它们,徐先生自然宽容,不会怪罪我们兄妹的冒失打扰。"

徐方白将东西接在掌心里,眼光一扫,就知道送过来的是啥。一张薄纸片,是他寄往北京的短简,寄给南下逃亡前栖身的

262

客栈，纸上写了自己眼下的住址；另一块小小的布片，是腥风血雨之时，与胡七告别留下的信物，徐方白在布片上手书了"匹夫"二字——匆忙之中，心绪紊乱，那布片又皱巴巴的，两个字毫无章法，歪斜地挤在一块。徐方白微微一笑："七爷的朋友，就是我的朋友，哪有冒失之说。"他知礼法规矩，目不斜视，没打量旁边的女子，一直冲着三郎说话："你们需要我做什么，尽管直言。"

胡三郎爽快地道："山东乡下大乱，家里待不住，我们兄妹就北上去寻七爷。哪知道，京城也是不太平。七爷慈悲，他精通医学，为我妹子搭脉，说她身子弱，得找个安静的地方养养。七爷觉得上海地界活路多些，又有您徐先生在，就打发我们过来。也是靠七爷江湖朋友众多，才顺利南下。"

胡三郎这一番话，顿时让徐方白回忆起当年情景，仓皇出逃，也是靠了江湖好汉们照料，没胡七爷的面子，自己的性命还不知丢在何处。徐方白心中涌上热流，赶紧说："七爷于我，有再造之恩，他托的事，我必然竭尽所能。你们不必客气，就依七爷盼咐，安心在上海住一阵。"

进屋到此刻，徐方白一直没敢多打量女子，读书人，习惯了男女避讳，只是面对汉子言语。话说到这会儿，才悄悄扫了胡九妹一眼。那女子安静地端坐一旁，模样清秀，坐姿笔直，七爷说她身子弱，在徐方白眼里，自有一番巾帼不输须眉的气概。徐方白知道，山东乃齐鲁豪侠之地，历来英雄辈出。水泊梁山，妇孺皆知；奇女子李清照的气节大度，也是千古少有。兄妹两个，是七爷的远亲，更是七爷悉心爱护之人，七爷才会让他们到访。徐方白心中透亮，兄妹俩虽然衣着简朴，举手投足，言语神态，哪里有逃难的窘状？非礼莫问，对方说只是到上海寻个活路，徐方白听过便罢，乃是待朋友之道，不会饶舌套话、细细盘诘。

徐方白说："我这里租别人的房子，不宽敞，上海人多地少，住处是难题，和乡间没得比。如果你们兄妹不嫌弃，先在我这里落脚，将就将就如何？"

胡三郎回道："我们人生地不熟，一时也没有别的办法。不过，担心让徐先生增加许多麻烦。"

"没啥麻烦，只是委屈你们了。今儿晚了，后面的厢房，请你妹妹去歇息，三郎兄就留在这屋子，与我挤挤？"徐方白不知山东那里规矩如何，在他湖南老家，兄妹间亦是避嫌的，成年后一般不会同居一室。

胡三郎懂得徐方白的细心，也就笑笑道："一个夜里的事，我随便坐坐，打个盹就行。"他倒不是瞎说，徐方白知道，练武之人，身体强于常人，旅行在外，随意靠哪里一歪，稍事休憩，就熬得过去。

这时，旁边沉默许久的胡九妹，也开口道："不敢太麻烦徐先生。徐先生住处确实不宽裕，你夜里休息不好，明儿怎么做事？我们兄妹在后屋对付一夜即可，明天再从长计议。"

女子中气足，声音清脆悦耳，言辞相当得体。徐方白赶紧说："有办法的，你们安心住下。我明天就去找房东。后面灶屋旁，还有一间房子，里面堆杂物而已。我请房东腾空了，一并租下就是。"

兄妹俩见他言语真诚实在，会心地对视一笑，由兄长开口致谢道："徐先生仗义，我们暂且在此住下。日后，待我们有办法了，当尽快搬出！"

徐方白道："往后的安排，时间充裕，我们再商量吧。"

后厢房的床上，本来就有被褥，徐方白又从箱子里翻出一床被子，不好意思地道："未知有客，这被子许久未晒，怕是有潮气，带点味儿。"

胡九妹接过被子，朗声道："乡下人，没那么多讲究。旅行在外，有床睡觉，幸运之极。已经很麻烦徐先生，其他的，我们自己来做。"

一阵忙乱后，兄妹俩去了后厢房。很快，那边安静下来，寂然无声。也许旅途劳累，立刻就睡了。徐方白喝了口茶，打开写有"匹夫"字样的白布片，久违地端详着，独自寻思：胡三郎他们说是到上海寻个活路，那便不是住几日的问题。七爷慎重地托过来，是信得过自己，需要想得周详些才是。

这一夜，徐方白睡得不踏实，惊醒两回。有一次，好像是在天津，袁世凯的军营里，突然有军官举枪射击，目标正是他的胸口。惊醒时分，徐方白一身虚汗，感觉心跳厉害，几乎喘不过气来。他静静神，才知道乃噩梦而已。他仰天躺着，听见后厢房有呼噜声，一声高一声低，节奏感蛮强。他笑笑，是胡三郎的声音，小伙子路上累得够呛吧。

徐方白仰脸望着黑暗中的房梁，正中的主梁，和自己的腰差不多粗细，结实得很，房东祖上造屋时，舍得花钱，是殷实人家的样子。财富似流水，来即来，去即去。后辈不折腾，尚可坐享祖上功德。现在那个收租的房东，开了家杂货铺，卖点家用小东西。家道中落，人儿却精明得很，收起房租来，斤斤计较，拖一天也不肯的。

估计开口要租那间放旧家具的屋子，讨价还价免不了。为了报七爷之恩，徐方白志在必得。能少花点钱拿下，自然完美。房东真要抬价，徐方白也无奈。他想好谈判策略，不能表露出急迫的心意，只是说来了远亲，甩也甩不掉，价钱合适，就在这里暂住，太贵了，自然打发他们另寻地方。灶台旁的小屋，空着也空着，多加点租金，房东那点小心思，或许就满足。

想到谈判策略，最棘手的，是解释胡家兄妹的来历。到上海这些日子，徐方白发现，上海市面上的人，比湖南老家的，甚至京城胡同里的，都要精灵古怪些。商业四通八达，见多识广，脑袋瓜里，就复杂起来？淳朴的世道，往往存在于山乡闭塞之处。房东开家小铺，也算眼观六路耳听八方之人，不好糊弄的。当初徐方白租房，还是仗着译书院的名头，虹口这一块，知道译书院是盛宣怀盛老爷名下的，房东才没多盘问徐方白来历。这回，山东来一对兄妹，都知道那地块眼下不太平，万一房东生个心眼，认真追问究竟，说不详细，恐怕是麻烦的事。胡三郎他们，到底有何来头，在徐方白这里打马虎眼，怎么说都可以，其他人信不信、疑不疑，实难预料。徐方白寻思，既然胡三郎声称到上海寻个活路，不妨给他找份糊口的营生，就比较好说话。街上管市民的最小的吏，称为里正的，盯住的，也往往是无业游民。没活计干的，整日里游手好闲，最让大小官吏生疑。听着胡三郎铿锵有力的呼噜声，徐方白突然冒出个好主意，心中一定，人放松许多，也就很快睡着了；而且，在三郎呼噜声的帮助下，睡得更沉。

木格的窗户纸上，泛出黎明的亮色，

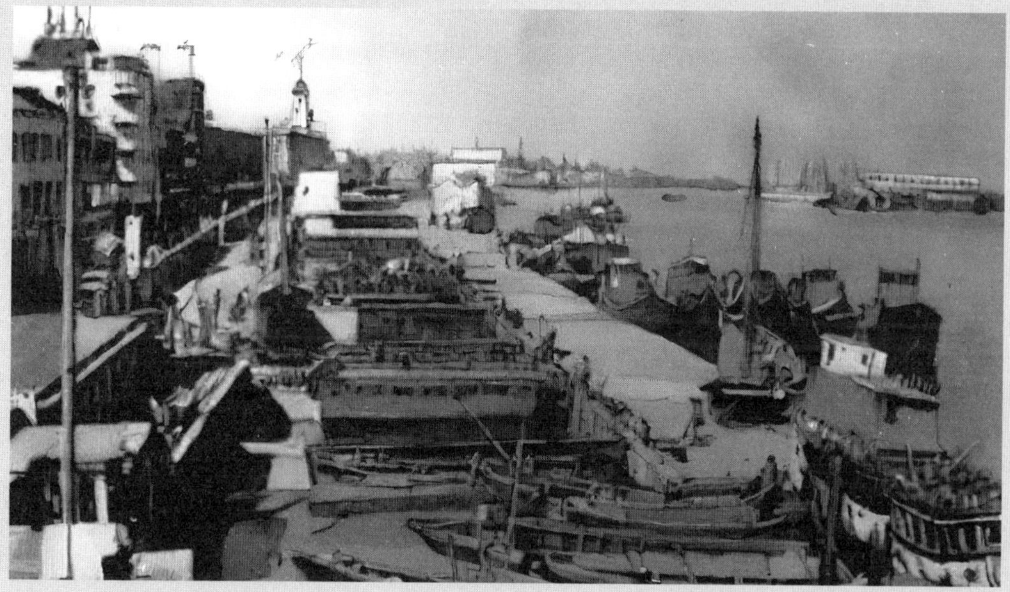

窗纸比较薄，有些儿透明，应该是晴朗的好天气。徐方白从迷糊中清醒过来，比他习惯的起床时间，稍稍晚了一些。他听见后厢房有声响，应该是三郎他们起来了。习武之人，不恋床。前后厢房，只隔了一道布帘。三郎他们的声音很轻，大约是担心吵了主人。

徐方白赶紧起床，把睡乱的被褥拉拉齐整。家里来了女子，不能像往常单身日子，邋邋遢遢的。胡三郎听到这里的响动，知道徐方白已经起身，便掀开门帘走过来，问道："徐先生，我们兄妹想去庭院活动一下身子骨，不知道会不会吵了邻居？"

"不会啊，"徐方白赶紧说，"对门的林先生，在码头的账房做事，来往商船的事多，他总是天不亮就去码头，这会儿早出门了。"徐方白知道，练武之人，都有晨练的习惯，昨天忘记告诉他们，后厢房有一道门，眼下有橱柜挡着。把橱柜挪个位置，从后厢房可以直接走到庭院里。原先，徐方白一人居住，为前后厢房通行方便，只用布幔挡了挡。现在看来，要调整格局，两间厢房需要中间隔断，分门进出合适。有了胡九妹这女子入住，太随意，不符合读书人的礼数。

徐方白从箱子里翻出些生活用品，打算给兄妹备用，然后出了房门，想去灶房打水洗漱。灶屋那里有一只大水缸，足有大半个人那么高。隔两三天，会有挑夫担水过来，把水缸灌满。去年冬天，特别寒冷，缸里的水冻成冰坨，用力敲打，敲出碎冰，才放到铁锅里烧。徐方白想，现在添了用水的人，要关照挑夫隔天便来，多给点铜板而已。这时候，三郎正在庭院中舒展长臂，行云流水地打出一套拳路，拳到意到，刚劲圆润，虎虎有声。徐方白住在浏阳会馆时，见过王五胡七他们与谭嗣同练拳，多少晓得些门道。这会儿，看到武术高手的功夫，刚柔兼济，如豹子奋力腾空，似金猴轻捷落地，徐方白差点失声叫好，只是怕影响对方运气，才忍住没有吱声。

转头一看，胡九妹却站在灶屋跟前，已经从大水缸里舀出凉水，放进小木盆中，无需洗脸巾，用手捧水，在清洗脸庞。看得出，是习惯走南闯北的女子，手脚麻利，动作干脆，到任何地方都很习惯，没有陌生的违和。

清晨的阳光，穿越庭院墙外的树枝，丝丝缕缕地洒在女子的身上。她并未注意到徐方白的走近，昂起脖子，享受着水流滑落脸庞的舒适。晨光洒向她的眼眶，侧面瞧去，双眸晶亮纯净，黑白分明；到底年轻，肤色白净红润，不像常年在田间干活的农家女子。徐方白看得发呆，随即一愣，唯恐九妹发觉，自己就显得唐突了，赶紧收回目光，转过头去，重新望着胡三郎的方向，继续默默欣赏他的拳路。三郎练得起劲，脱去外衣，只穿了短褂，手臂上文着醒目的长龙，随着三郎的一招一式，龙头龙身龙尾，都栩栩如生地游动起来。在三郎刚劲有力的身形中，徐方白看到了七爷的影子。

兄妹俩的第一顿早餐，徐方白用了心。他去门外的铺子，要了肉包子和豆浆，还加了几根刚起锅的油条——金黄色的油条，滋滋地冒着油泡，那个香味，让清晨空落落的胃，咕咕叫个不停。徐方白让伙计把吃食装在饭篮里，提着带回家中，在方桌上摆整齐了，才招呼胡家兄妹进来用餐。

兄妹俩看一眼桌上丰盛的早点，十分不好意思，三郎歉意地说："徐先生太客气了，担待不起。"九妹跟着说："我刚才看灶屋里，炊具齐全，正想问徐先生要点米，煮些稀饭。"

徐方白一脸尴尬地说："我一个人不开伙，平时在街上胡乱吃，家里没存米，连油盐也用完了。"

胡九妹道："一会儿我们去街上买菜买米，油盐酱醋都添置一点，烧饭做菜的事，自然让我来吧。"

三郎赶紧道："这样合适。我们住这里，徐先生又不肯收房钱。从今天开始，饭菜的费用，我们管了。徐先生就不用操心。"

徐方白真诚地说："你们见外了。七爷的族人，也就是我的亲朋。你们刚到上海，生活还没着落，你们身上，也不会带着许多闲钱。眼面前，我先管管，应该的。"话说到这个分儿上，也就不必兜圈子，徐方白一方面招呼两兄妹用餐，一方面把昨夜睡不着时的盘算，一五一十说了出来。

徐方白的意思，胡家兄妹，安心长住无妨。他一个人生活，屋子空着也是浪费。不过，七爷说让兄妹俩到上海寻个活路，也就是要有维持生计的办法，他想给三郎找份活干，不知三郎愿意不。他见胡三郎沉吟不语，又补充道："街上管事的里长，见生人来住，免不了要探寻究竟。若是到上海打工谋生的，那就司空见惯，不会纠缠不休。"

徐方白确实考虑得十分周详，兄妹俩挺感激，连连点头。三郎说："我小时候读了几年私塾，倒是认识一点字。不过上海大地方，我毕竟是没见过世面的乡下人，说话的口音，听着也别扭，只怕去店铺做个伙计，老板都瞧不上的。"

徐方白坦言道："找合适的事做，确不容易。不过，也是巧了，对面厢房的林先生，你们昨天寻过来时已经照面，是在码头上的账房里做事。我想托托他，让三郎去码头上做做？"徐方白略微停顿，歉意地道："码头上全是苦力活，我得问问清楚，有没有搬运货物之外的活儿，比方说管管仓库的，轻松一些的。"

徐方白说到这里，胡三郎已经来了兴致，接口道："不必为难林先生，我有的是气力。原来在乡下，到财主家里做，也是卖命的苦活。能到码头上找个饭碗，我们兄妹就有了活路。"

三郎和妹妹交换了眼神，两个人的脸上，都露出满意的神色。胡九妹道："三郎去码头干活，我就在家里做饭做菜，保证你们回来有热汤热饭。"

三郎兄妹说话爽气，徐方白心中的石头落地。大家不再客套，桌子上摆放的早餐，香气袭人，十分对胃口，一会儿工夫，风卷落叶，被打扫得干干净净。

在码头账房做事的林先生，天蒙蒙亮，就去上班，特别辛苦。据说，他还是招商局管事的亲戚，把他从广东派到上海，就不单单是做点记账算账的活计，还有帮忙盯住码头大小事务的意思。钱袋子要紧，历来如此，管账的，往往是亲信。这世界千万花样，万千门道，总归是围住一个钱转。林先生兴致高时，说过他的特殊关系。那是新年初一，两位单身男子约在一起喝酒，情绪浓时，林先生脱口说出来的。那日，徐方白特意买了点好菜回来，就在徐方白住的厢房里会餐，说是可以喝个痛快，不计时间。其实，也有省些花销的意思。

大过年的，一般饭店不开门。还在做生意的，吃客们得额外花钱，给大师傅和跑堂伙计封个红包。徐方白找过年的时候请酒，有答谢林先生的意思。租房子那会儿，徐方白看中此处，房东陪他在庭院里转悠，见到了老租客林先生。攀谈几句，林先生晓得他是译书院的，便生出几分亲近感。招商局的老板是盛宣怀，南洋公学的老板也是盛宣怀，算一棵大树庇护下的。房东要徐方白找一家铺保。那是规矩，买卖人做事相信铺保。有开店铺的担保，跑得了和尚跑不了庙，心中踏实。林先生当时充了个好汉，对房东摆摆手道："这个保，就是我做了。徐先生也是盛大人手下做事，你就一百个放心！"估计林先生看徐方白是老实的读书人，做邻居太平，所以帮着说了话。

徐方白知道林先生在招商局有后台，说话有分量，才会想到找他帮忙。如果只是去码头做苦力，无须周折，早上，一众乡下汉子，都在码头门口排队，跟着就是。徐方白心细，让胡三郎做一般苦力，终究对不起救命恩人七爷。扛大包，走跳板，非但是苦活，而且有危险。身子一闪失，没法向七爷交代。

这天傍晚，听得对面厢房开门，知道林先生回来，徐方白就带了胡三郎上门拜访。广东人林先生，没有别的嗜好，唯独喜欢喝茶。据说，广东人都嗜茶如命，只要在屋子里，林先生一把紫砂壶不离掌心。那壶，多少时日的把玩，磨得铮亮，泛出深紫的光泽。徐方白晓得林先生癖好，已经买了一包上等的福建大红袍，褐色的纸，包得方方正正，红色的丝绳扎紧了，让胡三郎提着，算是孝敬林先生的心意。

林先生的前厢房，摆设比徐方白的屋子阔气些。两把椅子，竟然是藤条的，冒出黄澄澄的光泽；椅座上铺着布垫，是江南流行的蓝色粗布；椅背呈略微弯曲的弓形，可以顶住腰，看着就舒服，坐上去腰部不会腾空。方桌上面，一盏舶来货的汽油灯，外面一圈围着晶亮的玻璃，是大富人家才见得到的稀罕物。林先生在这间屋子住了多年，他是招商局码头开天辟地那一茬儿的，自然不是等闲之辈。让徐方白不解的是，他为何长期独自居住，没听说他在广东有家眷。过年也不回南方去，像是孑然一身的样子。在北京谭先生身边时，忙于维新变法之事，徐方白没空顾及成家的事；逃亡到上海，孤零零一个人，长夜寒苦，未免浮想联翩，觉得也到了娶妻育子的岁数。林先生与自己年龄相仿，三十出头了，就不谋划打算？

进得屋来，徐方白郑重介绍了山东小伙子，说三郎是自己远房侄子。胡三郎老老实实鞠躬，递上包裹齐整的大红袍，寒暄几句，无非是新来乍到，多多关照之类，就按着事前说定的步骤，先行退出了。

林先生瞧瞧包得方方正正的茶叶，端在手里用鼻子嗅嗅，一股浓厚的暗香，沁人心脾，不由赞叹："好茶，好茶，你们太客气了。"在广东福建那些地方，茶客们喜欢岩茶、乌龙茶，经得起泡，劲儿猛；至于江南的绿茶，名头大的如龙井、碧螺春，过于清淡，喝起来不够味，是一班文人雅士的偏爱。

徐方白道："我这两位侄辈，要在这里住一阵子，免不了声响多些，给林先生添麻烦，一点心意而已。"

林先生怪怪一笑："是你远房侄儿们呀！昨日，见他们上门，那女孩模样周正，我以为,是徐先生好事将近,还思量着,可以等着喝杯喜酒。"

徐方白脸上竟然泛红,不好意思道:"哪里哪里,就是远房侄儿们,乡下遭灾,兵荒马乱的,到上海想寻个活路。"

林先生点点头:"这年月,到处乱糟糟,像上海这般太平的地面,还真是不多。"他端着紫砂壶,微微饮一口,嘴里吐出一番话来:"在上海滩忙活的,别的无关紧要,做生意赚钱,头一等要紧。北方好多大人物,在此地神不知鬼不觉弄幢屋子,光是为自己囤点洋货,也方便啊。再说,洋人需要码头进出,他们漂洋过海,图啥?把运来的货卖个好价钱啊。市面安泰,生意才好做。他们的想法,就与官府不谋而合。做一任道台或者巡抚,太太平平,就是本事,就能够升官。所以啊,这块地面上,各色人等,要的都是相安无事的好日子。"

徐方白早就觉得林先生的不同寻常。一个拨算盘珠的账房,哪里框得住他?此刻,林先生得意地侃侃而谈,对上海滩各方利益的分析,不由得让徐方白刮目相看。徐方白拱拱手道:"林先生高论,受教,受教。"

广东人收住话头,又打量一番包裹得方正结实的茶叶,笑着问:"你侄子,虎背熊腰啊,好身架。到上海做点啥呢?"

徐方白说:"年轻人,没见过世面。到这里,先能混口饭吃,站住脚跟就不错。"他打量一下林先生神色,见对方心情蛮好,顺势说下去:"林先生在招商局码头说话有分量的,我侄子想去码头做做试试,正要拜托林先生帮忙。"

"码头上都是苦力⋯⋯"广东人沉吟着,后面的话缩回去了。

徐方白赔着笑说:"单是去扛大包,就不敢麻烦林先生。三郎读过几年私塾,识些字,如果能够到仓库里帮着收收货、理理账,也就是给了他莫大的出息。"

"读过几年书,记账对货是不难的。"林先生点点头,估计他也需要有点文化的手下。到码头上讨生活的,基本都是大字不识一个的苦力,能像三郎那样读过私塾的甚少。"不过,码头这里的规矩,进出仓库的,一定有保人才行。徐先生为他作保?"

这是摊牌了,万一出了毛病,徐方白是要连坐的。徐方白只得点头应了:"那个自然,是我侄子。三郎老实的,林先生只管放心使唤。"

林先生哈哈一笑:"你我都是一棵大树之下,为盛大人做事的,我如何会不放心!"广东人再一次抬出了盛宣怀。看得出,徐方白在译书院的身份,非常值得信赖。盛宣怀与一般官员不同,官运亨通之外,还擅长搞实业,码头、铁路、邮电,包括铁矿石运输买卖等等,诸多涉猎,在上海的房产就很惊人,是传奇人物了,做啥都赚大钱。按林先生说法,在上海滩混的,都是谋个太平赚钱,盛宣怀乃个中一等一的角色。

有求于人,徐方白只得殷勤,临别,还补充说:"现在开始,我侄女儿每天会做点热汤热饭,林先生不嫌弃,也可来尝尝。家常菜肴,萝卜青菜,亦是风味。一直在街上吃,腻的。"

广东人拱手笑道:"你侄女儿,看上去便是心灵手巧的。徐先生口福艳福不浅,我或许沾点光,提前谢过。"

林先生话里有话,徐方白假装听不懂,呵呵地客套着,告辞出来。

269

被他反复提醒，离开林先生的厢房时，徐方白心中却添了几分忐忑。兄妹俩是七爷介绍过来，徐方白没话说，信得过。但是，毕竟只认识两天，要说他们的底细，徐方白还真是不清楚。同意作保，出于遵守码头的规矩，却是无奈之举。自己担得起这个保吗？他挪开步子，走过月色如洗的小小的庭院，夜间的空气，特别清新，身影拖得很长，随他身子晃动。俗话说，身正不怕影斜，他心中正是这般思量。仓库嘛，无非是怕被偷盗。三郎兄妹，堂堂正正的，绝不是奸邪小人，一如七爷的性子。不会有啥麻烦，徐方白如此想着，心中笃定许多。

## 六

从小报上的消息看，北方的局势，一团乱麻似的，日益混沌。有太后撑腰，那个袁世凯威风凛凛，统帅新军出征，一心展示欧洲军械的厉害。他到了山东，称奉旨弹压民乱，出手凶狠，对义和团赶尽杀绝，丝毫不留余地。只有刀枪棍棒的义和团，哪里是手握洋枪火炮的新军的对手，败得很惨。原来的山东巡抚，恩威并施，用了当年对付水泊梁山的招数，给钱给粮给名号，把义和拳改编为民团式的组织，因此，义和团也把"反清灭洋"的旗帜换成了"扶清灭洋"，表示他们的敌人，只是洋鬼子和追随者，即那些入教的汉奸。朝廷换了个山东巡抚，袁世凯带兵过来，怎么就变了脸，只剩下两个字：一曰"杀"，二曰"赶"。杀起来，毫不留情。不过，那袁世凯并非莽汉，知道山东漫山遍野的义和团杀不光的，他主要的谋略，是通过"杀"的威胁，进行驱赶。只要把境内的拳民赶跑，山东安宁下来，巡抚的功劳，自然显山露水。至于乱民们逃亡何处，他袁世凯就管不着了，也不想管。

山东各路义和团，哪里想得到朝廷的骤变？枪炮轰鸣，弟兄们死得惨，像秋收时的庄稼，大片大片倒下。打不过袁世凯，义和团在山东地界也待不住，就往河北方向去，还有进入大北京的趋势。原来对义和团怀柔的山东巡抚毓贤，据说是回到北京做官去了。义和团进入北京，自有逼宫讨说法的意味。早先承诺的话，收编义和团，一起打洋鬼子，到底算数吗？我们已经宣布"扶清灭洋"，为啥要赶尽杀绝？前后两个山东巡抚，到底哪个正经，可以代表朝廷的意思？

如此的混乱，徐方白看不懂，也猜不透。慈禧手段的厉害，读书人早就领教，当年对谭嗣同们的狠毒，记忆犹新。不过，眼下朝廷大政反复无常，实在摸不透那个太后的心思。慈禧六十五六岁了，早过了那个变化无常的岁数，用生理原因解释，也不通啊。徐方白问过张元济，慈禧要坐稳江山，到底是怕洋人，还是怕义和团？张元济的回答有点含糊："大概都怕的。"徐方白也和广东人林先生聊过。这位账房先生对时事，别有眼光，他补充了几句，是张元济未说到底的意思："义和团赢了，怕义和团；洋鬼子赢了呢，自然怕洋鬼子！"这绕口的话，让徐方白品味了许久。徐方白想，按这分析，慈禧是盼着双方僵持不下，自己坐山观虎斗。不过，也不对啊。洋鬼子势力日盛，新式火炮威力巨大，义和团手中只有冷兵器，慈禧却派袁世凯去镇压义和团，那不是拉偏架吗？女人的心事，本来难猜，何况是在群山之巅的女人！

庙堂高巍，其中的奥妙，退居江湖的人士，远远望去，模糊迷离。徐方白百思不得其解，只得放下，静观而已。

接下去的日子，徐方白自身遇到天大的麻烦事，更加顾不得操心天下大事。所谓"家事国事天下事"，古人将家事排在第一，家事，没有国事和天下事伟岸，却每时每刻堵在眼前：想溜，溜不过；想绕着弯走，还是没门，家长里短，自会绊住脚丫，让你动弹不得。

胡三郎每日去码头干活，胡九妹留在家里操持，回来有热汤热饭，起初，那日子是好过的。徐方白逃到上海，时间不短了，这才有个家的感觉，瘦瘦的身板长了肉，脸上也滋润许多，显得亮堂多了。广东人林先生亦不见外，隔个两三天，傍晚回来，就自动朝灶屋那里走去，一边还啧啧赞道："烧啥好吃的，这么香。"他自然是仗着为胡三郎安排活计的功劳，蹭点吃喝，心安理得。胡九妹懂人情世故，若恰好在灶屋，总是盛碗热汤递过去，还客气道："您将就着喝一点，与你们广东的煲汤，怕是没得比。"不过，也便是到此为止，广东人搭讪着想多说几句，九妹就借故避开走了。徐方白心中叹道，虽说不是大家闺秀，却是相当自尊、持重的女子。

如此相安无事，过了段太平日子。那天，早晨喝稀饭时，徐方白感觉九妹神态有异，脸色阴沉沉的，还故意避开自己的目光，显出心事重重的模样。徐方白悄悄打量，女子的脸色有些憔悴，缺少了平时的光泽。眼角，似还有淡淡的泪痕。徐方白心中纳罕，又不敢问。女子的心中有啥秘密，旁人不方便随意打听。

下午，译书院收工的当口，同事们一个个走了，徐方白不慌不忙，收拾好桌子，喝两口杯里剩余的清茶，去门外水池洗干净茶杯，然后再在椅子上坐一会儿。他的习性如此，不急不慌，宁可慢半拍，保持静若处子的状态。

管杂役的老头儿过来，通报有人来访，在门外坐了半个时辰了，说是专等徐先生下班。徐方白心中诧异，就让老头儿把访客引进来。见了面，徐方白兀自吃惊，竟然是胡三郎，刚从码头下来的模样，脸上头发上都灰扑扑的。在仓库干活儿，比起扛箱子走跳板，是轻松些，但成天吃灰，则免不了。每天多少件箱包进进出出，多少双脚掌踩着满地泥土，密闭的仓库中，整日里尘沙弥漫，三郎的头发和衣衫，都密密地沾着灰土，那头发灰里泛白，乍一看像是年过半百的老汉。

徐方白有些儿诧异，赶紧问："你怎么不回家啊？"徐方白向胡三郎指认过译书院的地址，当时，三郎说那是读书人的高雅之处，自惭形秽，不敢贸然闯入。这会儿他的出现，让徐方白颇感意外。

见带路的杂役退出，房间里只剩下他们两个，胡三郎一步向前，边拱手边打算单腿下跪，神色慌乱道："我们兄妹有难，请先生再行搭救！"

徐方白赶紧扶住他："三郎尽管说话，何必行此大礼？"

胡三郎勉强起身，却依旧神色肃然，垂手而立，像犯下天大的过错，等待徐方白的处置。徐方白给他端杯水，让他稳稳神,三郎双手捧住,却没有喝水的心情,又道:"无论如何,请先生答应我的无礼请求!"

徐方白说:"你们是七爷亲戚,与我就是一家人。随便什么为难的事,但说无妨。"

三郎满脸苦涩,迟疑着艰难地开口,说出事情的来龙去脉。徐方白细细听了,脸上惊骇不已。虽然早有思想准备,知道他们不是一般的逃难穷人。不过,三郎道出的这番话,还是在徐方白意料之外,震惊不已。

如徐方白原先猜想,胡三郎胡九妹背井离乡,从山东到京城寻找胡七爷,又在胡七爷的指点下,来到上海,果然藏了段不同寻常的故事。原先的山东巡抚毓贤,见山东民间的义和拳势力日大,反对洋人和教堂教会的扩展,"民心可用",便出面招抚,编他们为义和团。毓贤属于朝廷保守派集团,怕洋人,又恨洋人的耀武扬威,见义和团与洋人作对,想借用这股力量,灭灭洋人的威风。三郎九妹都是义和团的人,九妹的丈夫,更是家乡义和团的首领,毓贤招安的时候,九妹丈夫属于被接见之列,在地方上名气很大。后来,义和团与洋人扶持的豪绅武装冲突,数次血战,渐成不共戴天之势。豪绅武装,获得大量洋人的武器,慢慢占据了优势,在一次杀得昏天黑地的战事中,九妹的丈夫身先士卒,不幸战死。豪绅仗着洋人撑腰,反而去官府控告义和团,说他们掠夺乡里,滥杀无辜,要官府严惩不贷。本来,毓贤手下的官吏,私底下还袒护义和团,谁料风云突变,袁世凯主政山东,局面完全变了。袁某人历来敌视民间武装,新军进入山东,便对义和团下了重手,杀得血流成河。地方政府的官员,都是油缸里浸过的老鼠,见势头不对,立刻改头换面,一屁股坐到了豪绅武装和洋人那边,列出抓捕的名单,胡三郎和胡九妹也在必捕必杀之列,兄妹不得不离家出逃。待跑到京城,见了胡七爷,才知道朝廷的意思变了,毓贤一派落于下风,现在是主张剿灭义和团的占据中枢,袁世凯气势汹汹,绞杀义和团,是慈禧首肯的。三郎他们听罢,目瞪口呆:原来,朝廷大事,竟可随意更改。胡七爷告诉他们,太后朝令夕改的事情多着呢,当初康梁变法,她也是忽而默许,忽而屠杀。胡七爷说:有老太后撑腰,袁世凯才敢如此凶狠。他开了杀戒,义和团逃往河北,进入北京。这北京,洋人多,义和团红了眼,报仇心切,也不知会闹出什么事端。

胡七爷再三思虑,最后吩咐他们兄妹南下,说是到上海,先找一位本家婶子,备用方案,就是寻访徐方白。两个方案,大致可保有个落脚之地。万一上海待不住,七爷还给了去广东的联络地址。三郎本来无意做缩头乌龟,只顾自己活命,逃往南方。七爷却耐心开导,说九妹身体不适,他做兄长的,得为妹子着想。还有一位义和团的大首领,闻讯极力劝他们接受胡七爷的安排,说本来有意派人到各地联络,扩大义和团的影响,上海是大地方,应该去。三郎兄妹到达上海之后,先是寻找胡七爷的本家婶子,不幸的是,那地址人去楼空,没法联络,无奈,只能投奔徐方白了。

三郎兄妹的背景,徐方白心中早有猜测,他们来自山东,具备习武之人的轩昂气宇,也估计到他们与义和团有牵连,种种故事,尚在徐方白预料的大框架之内,石破天惊的,则是后面的一段话。三郎说,这两日，九妹觉得身体不适，乏力，嗜睡，吃不下饭，提不起精神，只得去街上，找了位老中医搭脉。那中医竟然恭喜，说九妹怀孕了。三郎兄妹惊喜交集。喜的是，九妹丈夫留下遗腹子，可以告慰在天之灵；惊惧的是，马上天热，怀孕之事必然招眼，难以遮掩，山东老家又回去不得，如此天崩地塌的情势，实在不知如何处置。九妹不准三郎在家里说这事，三郎只能等译书院下班了，再来央求徐先生搭救他们。

徐方白不由脸色煞白，瘫坐在椅子上，一时回不过神来。那么青春靓丽的女子，遭此大难，令徐方白始料不及。难怪她精神萎靡，郁郁寡欢。徐方白见三郎六神无主，觉得九妹幸亏有兄长在身边，危难之时，亦是不幸之幸。三郎为妹子的事，如此这般着急上火，徐方白何尝不难受？多日相处，亲情油然而生，徐方白也心疼九妹。何其懂事的女子，照理，做母亲是天大的喜事，她却如遭劫一般。世俗的目光，杀人的刀，还不能说出肚子里孩子的父亲是谁。天渐渐热起来，薄薄的衣衫，会让女子的身材显山露水，一览无余，这个日子如何熬得过去？再说，即便熬到生下孩子，孤儿寡母，又如何立足于世？

三郎平时的英雄气概，此刻被可怜的祈求所笼罩，他眼巴巴地瞧着唯一的救星，在上海这个陌生地方，不指望徐先生，还能求哪个呢？

徐方白聚拢眉头，喃喃低语："我也想不出法子啊。为你找个活儿，安排一下生活杂事，都好说。眼下这情况，我如何帮得了你们兄妹？"

胡三郎低头，避开徐方白的目光，抬出了七爷的招牌："其实，七爷为九妹把脉，已经知道她怀孕，让我带她离开北方战乱之地，多半因此。七爷关照，先找他本家婶子，是想为七妹安排避难之处。谁知，七爷的本家婶子，早就离开了上海。我们兄妹只能指靠徐先生了。"他垂头丧气，声音呆板地说下去："和九妹商量，她一个劲哭，说是无论如何要留下这个孩子。她丈夫是独子，这是他家唯一的苗。我做哥哥的实在想不出办法，只有来求徐先生施以援手。先生答应的话，我再回去告诉九妹。"

徐方白茫然："我如何施以援手？"

三郎鼓起勇气，说出盘桓在心中的话语："无理之请，求先生答应，把九妹收了偏房。"

徐方白听闻此语，大惊失色。"收偏房，是封建礼教恶行，我如何可做？"他狠狠瞪了三郎一眼，"再说，我从无婚娶，本无正房，哪来收偏房之说？"

胡三郎知道自己唐突，恨不得再次跪下恳求："我晓得自己荒唐，徐先生已经是我们大恩人，如何还能这样无理纠缠？九妹知道我向先生提这般要求，也会狠狠骂我。不过，我真是无路可走，无法可想，山穷水尽。九妹的性子刚烈，做哥哥的，真怕有个三长两短啊。"

徐方白点点头，承认三郎说得在理。九妹非唯唯诺诺委曲求全之人，世俗杀人的目光，她哪里受得了？别人先不说了，广东人林先生，平日里看过来的眼神，常带着暧昧，要看出九妹怀孕，还不知说出何等刻薄的话语。想到九妹会被恶毒的眼神包围，徐方白亦是万箭穿心。短短的日子，他和兄妹俩，亲如一家了。见三郎哀求地望着自己，徐方白硬着心肠，用劲摇了摇头："不可能的，我绝对不会做收偏房这般傻事！"

"无论如何，请先生给她一个名分！"三郎无奈，又紧逼一句，"给一个名分，让她能够生下孩子。往后，我们绝不纠缠，回到山东就是！"

徐方白崩溃了，坐在椅子上，一语不发，额头上冒出了豆粒般汗珠。还不是闷热的季节，天气爽朗，凉风习习，徐方白却感到浑身难受，贴身的衣襟，已经透湿。热乎乎的汗流，贴着背脊，一丝丝一条条，往下流，往下淌，汇聚在肚脐和腰部，把内裤都弄得潮湿了。

在译书院没法久坐，按规矩，杂役到点关门。两个男人无奈地起身，一路回去，都是心事重重。徐方白愁容满面，实在做不了决定。拒绝三郎的提议，内心不忍，不知道九妹将如何渡过难关；接受三郎的想法吧，自己怎么办？莫名其妙做了父亲，将来回湖南老家，即使老母亲惯着自己，对祠堂里的列祖列宗没法交代啊。胡三郎一脸苦相，不但是等待着徐先生的未知答复，而且还没想好如何去对九妹言说。请求徐方白收九妹做偏房的念头，仅是三郎走投无路之际，自个儿的异想天开，说不定，九妹听到后，会把兄长骂得狗血喷头。

他们脚步沉重地踏进庭院。灶屋那里没有声响。他们走近了，倒是嗅到饭菜的香气。热饭热菜，焐在铁锅里，木盖罩得严实，香味是从盖子与铁锅的夹缝里钻出来的。九妹躲自己屋里去了。三郎的荒诞念头，没有向九妹提起过，但他要找徐先生报告新情况，九妹是知道的。尽管性格豪爽，终究有女子的羞怯，此时她不想出现在徐先生眼前，可以理解。徐方白和三郎懒得把饭菜拿回屋子，就站在灶头前，狼吞虎咽，把饭菜吃了个精光。

灶屋之外，星月在上，一片安宁的夜色。徐方白瞧瞧三郎，三郎也看看徐先生，两个男人，相对无言。尴尬地站了片刻，末了，徐方白咬咬牙关，狠狠地吐出几句话："收偏房，万万不行……你去问问九妹的想法，只要她愿意，我和她成亲吧……生下来的孩子，不管男孩女孩，都是我徐方白的娃。"

徐方白突然这么告白，三郎起初一愣，旋即心里松快起来，大喜过望，拱手谢道："徐先生，您对我们兄妹的大恩大德，一辈子也还不清的！三郎嘴笨，实在难以用话语来表达！"

徐方白脸色凝重地回答："先不说谢吧，九妹的心思如何，我们还不清楚。我想，这样，你如此说，嗯，这般说吧——"话语疙瘩，舌头不灵便，徐方白边想边努力表达意思，竟有些结巴起来："九妹冰清玉洁，我么，绝对不会冒犯丝毫……我，也就是名义上的，我会做男人场面上该做的。日后，对孩子，父亲该做的，我都做得到。九妹，我不会伤她一点点，请她一千个一万个放心。"

从徐方白疙疙瘩瘩的话语中，胡三郎听明白了他的意思，不由对他更多了敬意。他无言以对，只是深深地鞠躬："我会原原本本告诉九妹，徐先生，真个恩重如山！七爷没看错，你堂堂正正的读书人，对我们兄妹，情义无价！"

徐方白回到自住的前厢房。前后厢房，中间，原先只隔了一块薄薄的布帘。为了九妹住后厢房，徐方白说是必须隔断。他原来打算找个木匠来，做一扇木门。不过，那样弄，得把房东请过来，他同意了才能做。九妹说，何须大费周折，原来堵在后厢房门口的大橱，搬过来，作为前后厢房的隔断，挺合适。那大橱，是实木打造，死沉，徐方白是挪不动的，好在兄妹俩力气大，轻轻松松就搬了地方。布帘还挡在原处，又加了只大橱而已。大橱毕竟不是封闭式的木门，所以两面的声响依旧可以传播。平日里，徐方白和九妹，都不是粗手粗脚的人，没多少动静，互不妨碍。

这会儿，三郎进了妹妹屋子，徐方白倒是支起耳朵，想听听九妹的反应，心情确实有点复杂。这些日子，与两兄妹朝夕相处，九妹的身影，时不时在眼面前晃。过了而立之年的徐方白，说心中纹丝不动，对眼前的丽人没感觉，大约有点自欺欺人。只是碍于种种障碍，不敢深想罢了。对面屋子林先生，每每用暧昧的言语挑逗，弄得徐方白脸红，实际是触及了他内心深处的潜意识：九妹的突然现身，是不是一种姻缘的可能？不过，徐方白强行压制这种念想，读书人讲礼数，不能乘人之危。毕竟兄妹俩是七爷介绍，逃难来的。今日，忽然听到女子早已是嫁过人的，而且即将生育，心中有些儿失落感，空荡荡的，也是人之常情。

兄妹谈话的声音很轻，当然是怕搅了徐先生的清静，所以徐方白实在听不具体，只听得九妹时有嘤嘤的抽泣。徐方白心底长叹一声，苦命的，天妒红颜啊。听不清，徐方白干脆不听了。他从柜子上取下一只酒瓶，高粱酒，是过年时买了醉肉用的，没用完，还剩了小半瓶。徐方白给自己斟了半盅，望望那清澈的液体，脸上不由浮起苦涩的笑，为什么喝呢？是为了隔壁的苦命人，还是为了自己突然要做父亲的艰难的决定？他来不及想明白，就猛然把半盅酒灌进了喉咙。

酒从喉管下去，起初，热辣辣的，再往下，就有些烧胃的感觉。徐方白很少喝白酒，逢年过节，兴致好，也就是喝一点绍兴黄酒，像这样一口吞下高度的酒，非常少。记得，上一次，还是躲在北京的客栈里，想到谭先生他们在菜市口的悲惨，一时心中难受，从老板处要了白酒，把自己灌晕了。这会儿，半盅酒下去，徐方白身上热血充溢，连掌背都微微发红，手足难以安顿，说不出是郁闷还是亢奋，屁股落在椅子上，双眼呆呆地望向屋顶，漫无头绪地想着什么。

有敲门的声音，不用问，是胡三郎。年轻人走了进来，恭敬地站在了徐方白的面前。他应该是猜到了徐方白喝过酒，桌子上有空了的酒盅，屋子里有酒气，不善喝酒的人，脸上红扑扑的，也足以暴露秘密。

徐方白瞧瞧三郎，想说什么，却没先行发问。三郎也不知如何开口，静了片刻，才说道："九妹感谢先生搭救……她说，大恩不言谢，也没法谢。只要保住孩子，一切但凭先生做主。"

"保住孩子……"徐方白默然，沉重地点了点头。他看出三郎一脸疲惫，这个兄长做得不容易。"你累了一天，早些休息吧。"徐方白温和地对三郎说道。

三郎退出后，徐方白又枯坐了片刻。他心里寻思，这事儿定了，却该如何张罗？张罗难堪，不张罗也难堪。喝了酒，亢奋夹着难受，没法多想事，一想脑袋疼。干脆不想了吧，睡一觉，车到山前必有路，船逢桥头自会直。天亮了，再说。

窗纸刚映上微弱的晨光，徐方白醒了。他听见庭院大门的声响，广东人林先生出门上班去了。他每天那么早，如此勤快，招商局应该开了蛮高的工资。林先生出去后，有人很快插上了门闩，那是三郎了。他总是等林先生出门，自己才放心地打拳晨练。早些日子，九妹会从后厢房出来，与兄长一起练习。这两日没有动静，自然是心里烦着。

徐方白躺在床上，懒得起来。脑袋还胀着，是昨夜那半盅酒的原故，还是思量过度？徐方白得想清楚，与九妹成亲的事儿，需要如何操持。好歹想个方案，进退有度，让人不感到突兀。

好在他和胡家兄妹不是本地人，没有亲戚，省了许多繁琐之事。上海是大地方，比湖南老家开化，成家立业的仪式，简单许多。不过，婚宴酒席，照徐方白了解的习俗，还是要摆的，这个逃不开，不请酒，街坊邻居眼里，就不算成亲。酒席多少，看自己能耐了。徐方白想，可请之人不多，摆一桌可以了，场面上，装样子，也要装一下。译书院请两位同事到场，还有就是林先生和房东了。请房东过来，算是给街坊一个招呼，毕竟房东是这里老土地了。徐方白拿不定主意的，是请不请张元济先生。张先生到场，是大面子，他是在京城做过大官的，皇帝召见过的，把他请到席面上，任谁看，都是镇住了。对面的林某，只要说到张元济先生，也是竖起大拇指夸个没完。徐方白觉得为难，是不好意思开口相约，让张元济先生与房东那样的俗人同桌，实在是委屈张元济张翰林了。也罢，见着张元济先生时，随口一提，他稍有勉强，就算了。

徐方白想好这些事，随即从床上挺起身子。他寻思，立刻出厢房门，与庭院中耍拳的三郎商量一番，再请三郎去问过妹子。假如九妹没有异议的话，徐方白决定诸事早办为好，毕竟九妹怀孕的身子，过些日子，就很难瞒住众人眼睛了。徐方白打算，今日去译书院请个假，然后到街上裁缝铺跑一趟，请个好点的裁缝，上门量尺寸，为九妹做套合体的新衣；后厢房还得添床喜气的被褥，新房就设在后厢房了。为做得像，三郎得把堵在前后厢房间的大橱搬开，让裁缝把门帘换成大红的颜色。不过，请三郎转告，九妹一万个放心，形式变变而已。夜里，徐方白依旧在前厢房睡觉，绝对不会越过那道门帘；白天么，除非有人要进新房看看，比如对门的林先生，徐方白得装个新郎的样子，陪着走一遭，否则，那里也是禁区，徐方白会自动禁足。

如此这般，想了个齐全，徐方白突然觉得自己蛮行，复杂的事情，一团乱麻，竟然很快理顺了。他苦笑着，伸手打开前厢房的门，深深呼吸早晨的空气。凉爽的风，钻进鼻腔，有点儿痒，狠狠打了个喷嚏，才舒服许多。三郎的拳路，正在兴头上，虎虎生威，拳脚碰撞，啪啪作响。徐方白径直朝他走去，心中浮起个滑稽的念头：今后，人前如何称呼三郎？是唤大舅子吗？

七

上午，徐方白早早地去了译书院。假如张元济先生到得迟，徐方白打算留下一份便笺，说明自己请假一天。巧了，张元济今儿也早，已经坐在了窗前他那张深棕色的书桌前面，摊开了一张报，正慢慢读着。徐方白本来不识英文，不过，在译书院的这些年，少不了接触英文书籍，他天资高，渐渐地，竟也认得些简单的单词。张元济在读的，叫《字林西报》，是上海租界里蛮有名的一份西文报纸，四马路五马路那里，常有报童吆喝着卖。

徐方白恭敬地请教："菊生兄，报上有什么重要消息？"

张元济皱皱眉头："这里有一篇文章，蛮厉害。"他用食指点了点报纸的左侧，又道："若是让好事之徒捅到了宫里，那位老佛爷必然火冒三丈，不知又要生出什么祸端！"

"哦，啥事儿？"徐方白远远一瞥，黑鸦鸦一堆字母，他只认得零星的单词，自然看不懂，干脆安静地站立在一旁，等着张元济解释。

张元济双手放开报纸，那张满是字母的纸页，就完全平摊开来，他不紧不慢地道："写文章的西人，看口吻像是报社记者，还应当是常去京师，蛮熟悉宫廷内情的。文章说，眼下中国北方大乱，义和团已经进入京城，乱象横生，如果制止不了，各国在华利益必然严重受损。他建议，各国使团，应该报告自己的政府，尽早决策。最好的办法，是合力谋求朝廷内部的理性变革，争取让年轻的皇帝重新主政；负责对外事务的官员，亦需要撤掉迂腐的顽固派，换上懂得保护各国利益的大臣，比如曾经出使多国的李鸿章。"

徐方白啧啧道："此人确实对朝廷内部事务有见识。不过，也就是一位高鼻子的书生议论而已。各国政府合力？那点力气，到了朝廷的殿堂，就像拳头砸进棉花包，根本无用。掌握实权的太后，加上太后身边三层外三层包裹着的王爷阿哥，哪个肯把大权还给光绪帝？"

"麻烦就在这里！"张元济的眼睛，在圆圆的玻璃镜片后面闪动，"她最害怕听到的话，就是还权于帝。"张元济用手指敲敲桌上的报纸，神色严峻起来："她若看到这篇文章，认为是西人故意放出风声试探，各国政府合力谋变，还不大动肝火？"

徐方白笑笑："她完全不懂西文，无妨。"

张元济正色道："她不懂也罢，怕就怕懂西文的小人，把它翻译出来，添油加醋，再写一封密报呈递上去，太后看了震怒，就肯定生出事端！"

徐方白应道："非常可能！小人坏大事，历来如此。再说，此文对李鸿章寄予厚望，同样是顽固派们难以容忍的，他们必然会趁机诬陷。比如，文章说他懂得保护各国利益，自然便是与西人私下里勾连的证据。"

话说到这里，徐方白突然想起，光顾着闲扯，自己的事忘记了，今天并不是来上班的，就拱拱手道："菊生兄，抱歉了，今儿我有要紧的事，特地来向你请假一日。"

徐方白做事认真，自从到译书院，从未请过假，知道他告假必有急事，张元济也就不问究竟，摆摆手道："你何必特地跑一趟请假呢？快忙你的事去啊。"

徐方白没急于离开。他觉得，若想请张元济出席婚宴，眼下是开口的机会，于是缓缓地道："今日告假，实为一件私事。菊生兄，还有个不情之请，望宽恕我的冒昧……"

张元济惊讶："我们之间，不必如此客

套。方白兄，何事？直言相告即可。"

徐方白这才把事情简单说了一遍。其中，不便细说的，即三郎兄妹与义和团的关系，包括九妹已经怀孕等，只能悉数隐去，只说远亲兄妹到沪投奔，现在他决定娶那位妹妹为妻，因为双方亲友都在老家，所以婚事简办，只打算办一桌酒，很想请张元济先生赏光，前去稍坐片刻。

张元济听罢，大喜过望，笑呵呵地道："方白兄孤身居沪，确实清苦，我早就牵挂你成家之事，担心唐突，没有开口相问。眼下，月老主事，姻缘已至，可喜可贺。这杯喜酒，你不请，我也要讨来喝的。"

"实在抱歉啊，知道菊生兄忙得很，只是在沪上没啥朋友，你到场，是天大的面子，冒昧张口，强行打搅了！"徐方白真诚地致歉，连连拱手。

张元济见徐方白告辞，转身要走，赶紧唤住他，走到书架前面，略一思索，从书丛里抽出一份宣纸册页，双手捧住，递到徐方白面前："书生情义纸一张，我随手写写的，权作贺礼。老朋友了，也不拿红纸封起，请方白兄笑纳。"

徐方白细看那册页，见是张元济的墨宝，楷书《岳阳楼记》，知道这礼物的分量，虽然暗暗喜欢，还是要推却的："太重了，太重了，受不起的。"张元济中进士后，进了翰林院，他的楷书，在京城里有名气的，徐方白只能远望，哪里敢开口要一幅字？何况是《岳阳楼记》这样的长篇书法。

张元济送出手的，绝对不会再收回来。两人一番客气之后，徐方白自然是千谢万谢地拿了。走出张元济的屋子，徐方白望着手中的册页，感慨万分。菊生兄真是难得的大好人，可惜，自己还欺骗了他，成家之事，原非得已，把张元济请到酒席上，只为了把假事做得像真事。不该啊，欺瞒了这位老实人。不过，徐方白也不是存心要骗张元济，为的是做件好事，搭救危难中的胡九妹和她肚子里的孩儿。菊生兄帮自己做善事，将来知道的真相，也不至于怪罪。这样想着，心中方才释然。

下午，请了裁缝上门，替九妹量身制衣。九妹觉得有愧，本来只是为自己遮掩的事，让徐先生如此操劳，像真是大婚，实在对不起他，再三推脱。徐方白说，这是做给街坊邻居看的，不能马虎。九妹这才应允了。徐方白在这方面并无经验，还担心裁缝会不会看出破绽。忐忑了好一会儿，见裁缝提着尺子，在九妹身前身后忙碌了一阵，再三夸新娘身材好，没表示出异样神情，才放下那颗悬着的心。仔细寻思，在京城时，七爷搭脉，该是九妹的孕期开始不久吧，裁缝又不是郎中，如何看得出？徐方白是自己心虚了。不过，上海的裁缝，多数来自宁波，都是走江湖见世面的，只要赚钱，看破亦不会说破，也是可能的。

这一天，碰巧的事，全让徐方白赶上了。他送裁缝出门，瞧了一眼林先生屋子的房门，正在心中盘算，晚上得过去一趟，郑重地请林先生参加婚宴，谁知，在庭院的大门口，正好撞见了林先生。广东人脸上有些灰暗，说是清晨出门受寒了，早点回家歇息。徐方白送走裁缝，就跟着林先生进屋，殷勤地问，要不要让九妹煮点姜汤，驱驱寒。

林先生笑着摆手："一点风寒咳嗽罢了，睡个觉就没事。"他倒是拿徐方白打趣："从来没见徐先生请裁缝上门，有啥大

278

喜事吧?"

这一说，倒是让徐方白顺水推舟："林先生猜中了，正要报告，请林先生屈尊赏光，参加我的婚宴。"

广东人眯缝着眼睛，哈哈笑道："我早说过嘛，兄妹上门，分明千里送新娘的样子，你还不肯爽快承认!"

徐方白装作难为情："见笑，见笑。隔两日就要摆酒。我在上海是外来户，没几个亲友，仅是一桌而已。订在前面街上的那座酒楼，恭请林先生光临。天天见面的好友，也就不书写请柬了，诸事从简，见谅，见谅!"

林先生尖刻地一笑，笑声显得怪异："马上摆酒，你如此着急，该不是奉子成婚吧?"

一句话，捅到节骨眼上，徐方白十分难堪，承认否认均不合适，只得尴尬地傻笑。他知道，十月怀胎，到九妹生的时候，别人瞒得过，对门的林先生瞒不过，精明的账房，算账一流，如何算不清日子?

林先生继续调笑："不怪，不怪，那么水灵灵的女子住在旁边，只隔一道布帘子，徐先生熬不住，是男人都懂的，理所当然、水到渠成，早早做就了好事!"

徐方白终究是脸薄，顿时满脸通红，辩驳道："厢房中间的门，是用实木大橱堵死的。"

广东人哪里肯放过他："大橱么，搁着而已，又不是钉死的，挪一下，钻个身子过去，方便得很啊。"这么揶揄，简直把书呆子窘得无话可说。没想到，平时话儿不多的林某，说起这档子事，满口麻利，窘得徐方白赶紧想溜，谁知又被林先生拦住，说是还有重要的事情。广东人顺手关上房门，一本正经，请徐方白坐下，稍等片刻。

徐方白纳闷，见他嘿嘿笑着，神情怪异，不知他又要演哪一出。

厢房靠墙，有一只樟木的矮柜。上海人家，但凡家底殷实的，都喜欢用樟木家具，说是防虫防霉。矮柜上面，放一只木盘，盘子中央，是一套褐色的紫砂茶具。广东人酷爱喝茶，茶具也是讲究的，紫砂壶紫砂杯，配套的。茶具旁边，放一只色泽深暗的罐子，看上去是金属的，沉甸甸，厚实稳当。徐方白知道，讲究的人家，储存茶叶，用的是锡罐，据说可防止茶叶受潮。这只锡罐，年事已高，颜色全然失去了锡的光泽，沉淀着岁月的灰暗。

林先生搬走茶具盘，又捧起沉甸甸的茶叶罐，搁到饭桌上，这才去开矮柜。矮柜，像通常的樟木箱子，只是比一般箱子高了半截，有金属搭扣，上面竟然还挂着铜锁。徐方白默默地望着广东人折腾，啥也没问。这是读书人的教养，沉默，是适合多数场景的礼节。

林先生的双手，在矮柜里面摸索，像变戏法一般，在暗箱里操作，听得到纸张的窸窸窣窣，夹杂着清脆的金属碰撞。最后他魔术般拿出一只红包，折叠得整齐的红纸包，神采焕发地递了过来："徐先生，金榜题名时，已经为昨日之梦；洞房花烛夜，才是今日的辉煌。人生得意，莫过于此，大喜大喜!"

由不得徐方白推辞，那只红包已经塞了过来，嘴里还嚷着："你若是客气，我就不去喝酒了!"

红包之中，包着硬硬圆圆的东西，一摸，就知道是银圆。徐方白见对方如此执着，没法推让，也只好收下。他以为，林先生把他留住，仅仅是为了这个红包，谁料，他站起身，刚想道谢着退出，林先生另外说出一番话来："徐先生，有一件事，我憋了两天，终究还是憋不住，趁此机会，得向你说个明白。"

广东人口气蛮重，倒是把徐方白吓一跳，赶紧说："啥事？我们有何不妥之处，你但说无妨。"他心中寻思，也许是三郎兄妹，生活中有啥行为，让林先生不舒服。比方说，山东人的饮食习惯，在灶屋里煮了大蒜什么的，味道太冲，林先生被熏到了，感觉难受。

广东人的话，说得慢条斯理，看样子，是憋了些时间，才不得不倒出来："徐先生，是这么回事，你介绍给我的胡三郎，哦，现在该改个称呼，是你大舅子了，在仓库里干活，他有些儿毛病啊……"

徐方白一惊，"他干活不道地？"

"活儿做得不错，肯吃苦，肯出力，是把好手！"林先生道，"毛病是在别处，那个尤其麻烦。"

徐方白睁圆了双眼："务请直言相告，免得拖累了林先生。"

林先生点点头："这个嘛，我想装糊涂，也不行的。仓库里有人说，三郎干活勤快，从不偷懒；毛病是不守规矩，空下来，在仓库的货物堆里摸摸弄弄，有时还翻动箱包，像是在寻找什么东西。这个嘛，仓库里旁人难免有说怪话的，猜疑他的手脚是不是干净。犯忌的，这样子绝对犯忌。"

徐方白听罢，略微沉吟，徐徐道："我这位远房侄子，人很实在，绝非手脚不干净的人。不过，他久居乡下，没见过世面，好奇心重，想看看新鲜，运进运出的都是啥好东西，这个嘛，倒是可能。"

林先生一脸方正地说："假如只是好奇，是不懂规矩，就请徐先生告诉他，今后切莫再有此等行为。否则，即使我想维护你的大舅子，码头上管事的耳目多，罩不住的，只能请他离开仓库。徐先生是保人，面子上就不好看了。"

广东人一本正经，却又句句在理。这番对话，让徐方白领教了邻居的另一面。别看他平素笑呵呵，亦不多话，逢着要紧事，一句句如针尖对麦芒，让你没法闪避。看来，对方绝对属于厉害的角色！徐方白没啥可解释了，连连答应：今日晚上，就和三郎说个明白，在仓库里只管干活，绝对不要东张西望，无事生非。

从林先生的厢房出来，徐方白添了心事。他原先怀疑过，三郎兄妹，不是简单地逃难到上海。昨日，三郎说出九妹怀孕的困境，还说七爷在京把脉，已经知道她有身孕，倒是把徐方白的其他怀疑冲淡了。现在，听林先生说到三郎在仓库里的行为，徐方白又疑惑起来。他嘴上为三郎辩解，说他纯属好奇而已。自己的内心，却是明白，这样的辩解，苍白无力。毕竟不是乳臭未干的娃，哪里会有那么多好奇？

三郎，堂堂的山东男子汉，不可能是手脚不干净的小人，那么，他在仓库里的行为，到底出于什么心思呢？徐方白不可能不担忧。何况，近日即将大婚，他和三郎成为至亲，外界才不会管你们夫妻真假，三郎是他徐方白的大舅子，铁板钉钉的事了。真要有麻烦，徐方白如何脱得了干系？

九妹怀孕了，徐方白不想让她烦心。为避开九妹的耳朵，特意选了三郎快回来的时候，在大门外堵住了他。

街上，晚餐之前，黄昏时分，人来人往的多，不便久待，徐方白开门见山地问："林先生说，你在仓库里，喜欢去翻看堆着

280

的货物?"

三郎一愣:"闲的时候,偶尔有的,不过是看个新鲜。"

徐方白正色道:"他们有规矩,不能东张西望,更不能翻动那些登记过的货物。"

三郎"嗯"了一声,勉强回答:"随便在外面瞧两眼,又不会把箱子麻包打开来看。"

徐方白心里透亮,他已经想清楚,三郎对其他货物不至于有兴趣,好奇的目标,可能就是西式军火。义和团与洋人交手,乃至与袁世凯的新军打仗,吃大亏的,就是对手有洋枪洋炮。码头上的货物,都是漂洋过海而来,三郎未免联想,那里面是不是有武器装备。徐方白最担心的,正在这里。如果想在这方面动脑筋,不管是否得手,都是天大的事情了。徐方白不便无根据地指摘三郎,只能善意地旁敲侧击:"三郎,你们刚刚安顿下来,九妹有孕在身,诸事小心为上,不能随意而为。仓库有仓库的规矩,你太太平平做些日子,是最好的。"

三郎点点头:"我知道轻重的,绝对不给徐先生添麻烦。"

徐方白补充说:"我也不是怕事之人。不过呢,凡事需要衡量一下得失利害。我知道,其实,他们招商局的码头,进出的,都是一般做生意的船只,普通的民生商品,应当没啥新奇玩意儿。西人有自己的码头仓库,与招商局不是一路的。"

话说到这里,点拨得很清楚了,让三郎的好奇心到此为止,不要再无用地折腾。三郎本来不笨,自然是听明白了徐方白的提醒,连连点头:"徐先生尽管放心,我老老实实干活,不会招惹麻烦。绝对不做让人说闲话的事。"

这些话说完,徐方白才一一告知今日诸事。酒楼的酒席预定了,客人请了,晚上再去邀邀房东,便齐全;裁缝来过,九妹是不是满意,让三郎再去问问。九妹对徐方白终究是客气的,所以让做兄长的操心一下。徐方白安排得如此周详,三郎听着内心着实不安。他只想着为妹子救急,没料到徐先生筹划得周全,真像是办喜事了。三郎满是歉意,想劝尽量俭省,又知道徐先生不能不如此做的原因。徐先生读书人,有头有脸的人物,娶妻子的大事,再简单,也要像模像样做给人看。三郎除了千恩万谢,还有啥可说的。

## 八

进入初夏,上海的天气,炎热的触角,毫不犹豫地伸了出来。讨厌的是,那种热气的咄咄逼人,不像京城,甚至不像山东。北方的盛夏,也是烤人的,烤得你热辣辣,浑身冒汗;不过,只要躲到浓密的树荫里,感受到泥土与树叶的湿润,身上的潮热,就被渐渐收去,周身顿时舒畅无比。摇一把芭蕉扇,喝几口深井中打起的凉水,就没了烦恼;如果再来上几片沙瓤西瓜,甜蜜的汁水,美滋滋地漫过舌尖,沁人心脾,还有啥所求呢?不夸张地说,那就是活神仙的日子。上海的初夏,熬起来却很不轻松。没有盛夏的酷热,却比八九月份的高温还要烦人。这是四面八方湿漉漉的日子,地上泛起潮气,墙壁冒出霉味,床上的被褥,也黏糊糊的。温水泡青蛙,热不死你,也烦死你，愁死你，简直是无处可躲的日子。随着初夏到来的，是漫长得望不到头的雨季。没有痛痛快快的滂沱大雨。暴雨滂沱的话，或许还能够降降温。那种发丝一样密密的细雨，漫无天际地飘洒，对温度的下降，没丁点儿贡献，却把整座城市润得透湿，前后得浸上个几十天。草狗的舌头伸得老长，呼哧呼哧地喘气；人和猫狗的状态差不离，鼻子嘴巴张开了，还是没法痛快地透气。那年月，上海的屋子，木结构的多，各种虫子，大大小小的爬虫、飞虫，乐滋滋地从梁上和屋檐下探出脑袋，让原本愁眉不展的住户们，身上又多了层鸡皮疙瘩。

九妹的身子重起来，她需要努力保持心情的平静，适应这儿的潮湿与闷热，不让自己去怀念家乡初夏的舒适。少女时代，找没人的河湾，在哥哥的保护之下，她可以跃入清凉的水里，疯狂地戏耍。这里，这座沉闷的城市，虽然有航行大轮船的河道，却不会有她九妹玩水的地方。连洗个脸洗个澡，都要节约着用水。那水是向挑夫买来的，每一担水，都需要付出铜板。肚子高高隆起，早已掩饰不住，衣服穿少了，更是显山露水。不过，九妹早就不发愁了。徐方白的善意，让她在这座陌生的城市，能够静下心来，大大方方准备做母亲。这是女子最为忐忑的岁月，也是期待未来最丰富的日子，紧张夹着欣喜。

外面的世界，着实喧闹。进入六月，小报上的新闻，街市上的流言，铺天盖地，日日翻新，让人眼花缭乱。一会儿说，义和团在京城里杀了洋人，杀得很猛，使馆里的洋鬼子，躲着不敢出门；一会儿又传出，天津、青岛那里的洋鬼子军队，集合着，杀气腾腾，一路向北，打死很多义和团，正打算杀进京城去。朝廷那里传出的消息，市面上没法大声说，仅靠交头接耳，悄悄散布开来，却是自相矛盾的多。正说着重新起用两广总督李鸿章，召他回京主理应对各国的事务；有鼻子有眼的消息，李大人已经北上，从广东坐船到了上海，还有众多官员到码头迎接；隔了不久，马上又传开了，说李鸿章去不成北京，只能在上海滞留，朝廷里面，依旧是主张对各国强硬的官员占上风，有奏本参李鸿章，讲他毫无骨气，对各国低眉顺眼，还搬出了前几年的旧事，李大人在美洲和欧洲诸国，如何如何逆来顺受，一旦回京，立马受到太后的斥责；如此等等。上海的市民，听了一头雾水，始终理不清楚头绪。

肚子隆起来后，九妹就没心思多管别的事，长时间待在屋子里静养，倾听腹中胎儿的声响，偶尔上街采买生活用品。孩子在肚子里伸胳膊踢腿的，像是迫不及待要练拳脚，让九妹不得安生。她要买些布料，做点小衣服小被子了，没有老辈人在身边，啥事都得自己操心。那些京城里传出的消息，九妹平时无从得知。在布店里，在买菜的地方，遇到的是店里的伙计，或者推着独轮车的乡下农民。他们的嘴里，说的都是与每日生计相关的；国家大事，不敢说，也说不清。这类传闻，九妹只能依靠徐先生和兄长了。三郎在码头干活，那里的消息，多一些。李鸿章的官船到上海的事，就是三郎在码头听到，有人绘声绘色说那官船何等气派，三郎晚上回家，吃饭时就照样说了几句。

晚餐，是在徐先生的前厢房吃的，这是徐方白的要求。他说，一家人，得有一家人的样子，不能像早先那样，大家在灶屋那里随便吃。别人不说，林先生的眼睛盯着，何必让他看出异样。每天傍晚，九妹把饭菜端到前厢房的桌子上，碗筷摆整齐了，等两个男人到家，就可以开饭。白天，徐方白出门了，九妹也会进前厢房，收拾打扫一下，像个女主人的样子。夜里，两扇通庭院的房门关紧，布帘子一拉，前后厢房就各不相干。两人都非常严谨，守着规矩，连隔着布帘说话，也是少有的事。

只有在晚饭桌上，才是轻松一刻，三人同桌，有说有笑。徐方白早就说过，上海是开明的地方，一家人，不分男女尊卑，都一样的。这时候，九妹和三郎，就巴巴地等待徐先生多说说。他们到来以后，徐方白不能常去四马路买书买报，不过译书院里是订了报纸的，徐方白知道的事情，比一般人多得多。九妹和三郎愿听，徐方白就满足他们，一五一十地说。关于义和团与洋人打仗的消息，是徐方白在报纸上看到的，知道兄妹俩关切，徐方白也就说得详细。一日，报纸上说到，教徒中混入地痞，背靠教会，欺压普通乡民，双方矛盾一触即发。三郎气得直敲桌子，说他们乡里正是如此，所以义和团才会与教徒打得不可开交。徐方白对义和团，有自己的看法，最匪夷所思的，就是义和团宣称的神功妙法，刀枪不入，那实在是欺骗乡民的愚昧。不过，徐方白无意与三郎争执，就隐忍着不说。徐方白只是再三关照三郎，到码头上干活，这些事不去议论为好。三郎自然应承，说他懂得利害，这里的人际关系，比乡下复杂得多。

这天早上，出门前，徐方白关照过，晚上有应酬，不必等他。到了晚餐的时候，十分难得，桌旁只有兄妹两个了。

看着九妹摆设餐具，身子已经没有了往日的灵动，三郎有点忧愁："要是在老家就好了，总有娘家人帮着。现在，这陌生地方，苦了你。"

九妹微微一笑，不在意地道："我自己行。再说，隔壁大婶子人善，问过几次了，真有难处，我会开口的。"

三郎点点头："天底下，总是好人多。"他长长叹一口气："山东，眼下是回不去了，那个袁世凯，杀疯了，多少弟兄，死在他手里！真想砍了他的脑袋，为弟兄们报仇。"

三郎双目圆睁，怒火快要喷发出来。九妹将一碗米饭递到他的手上，劝道："离开京城前，七爷再三关照，眼下我们只能忍。青山不倒，绿水长流，总有报仇雪恨之日！"九妹轻轻抚摸着明显凸起的身子，有一处略微拱起，应该是胎儿又在踢腿，她傲然说："我为他爹留下这根，正是为了将来有出头之日，娃会像他爹，不管男娃女娃，都是顶天立地。"

三郎点点头："中国人不会一直受欺负，弟兄们抱紧团，总有我们扬眉吐气之时。"他埋头扒进两大口饭，突然又道："我遇见兄弟了。前两日，在码头外面，摆剃头摊子的地方。"

"太好了！"九妹听了，心中大喜。离开京城之前，义和团的一位大头领说过，有几拨弟兄分头南下了，联络各地有志之士，共谋大事。其中，就有挑剃头摊的。那剃头摊好认，挑子的一头，是让客人坐的凳子，另一头是盛水的罐子；剃头用的其他家什，就挂在扁担上面。摆剃头摊，既是一路谋生的活计，也是各处弟兄容易辨认的标志。

三郎说："我去剃个头，和他们攀谈上了。这一来，我们就不是独行侠了。"

"他们说点啥?"九妹急问。

三郎扭头,从虚掩的门缝里瞧去,见对门的厢房尚无动静,知道林先生还没有归家,就放心地说:"北面的局势越来越危险,袁世凯的新军,和洋鬼子的队伍,表面上没关系,实际都是对付义和团的,相互呼应,合起来打我们弟兄,洋枪洋炮,凶狠可恶。弟兄们到上海,在码头附近摆剃头摊,就想探探,那些凶险的枪炮,是不是从船上运过来?我们有多少弟兄,正是死在这些枪炮之下!"

九妹立刻懂了:"想在码头上,直接动手,毁了那些杀人的家伙?"

三郎点点头说:"他们有这种打算。不过,码头戒备森严,不容易动手。知道我在码头仓库里,就要我帮忙探探虚实。我告诉他们,这里的仓库,是招商局的,我看过多次,没有枪炮弹药之类。不过,我答应他们,去另外的码头探探。"

三郎见九妹一脸茫然,不由狡黠地一笑:"其实,我已经想了多日,有办法。我们码头的旁边,不远处,是英国人的码头。那里的轮船,进进出出,比我们码头忙得多。远远望去,卸船时,抬下来特别大的箱子,最大的,两三张方桌那么长,七八个壮汉才能慢慢从船上挪下来。我想,里面装的,或许就是他们运来杀人的大炮。"

九妹听罢,心里未免着急:"那里是洋鬼子的地盘,守卫肯定严实,你如何进得去?如何打探得清楚?"

三郎冷冷一笑:"再严实,风刮得进,雨飘得进,自然难不倒我!你知道的,我从小在水里玩得像浪里白条。江边几家码头,陆地上围墙隔得开,江里的水却连成一气流动。我从水底下过去,守卫的也瞧不见啊。"

九妹担心兄长安全,心里一紧,说道:"上海就我们兄妹俩,眼下,我这身子,帮不了你,千万不敢大意!你若有点意外,让妹子怎么办?"说着,向来气宇轩昂的女子,竟然眼圈一红,赶紧别过脸,不让三郎看到自己的小女子样。

其实,三郎已经看到了,心里暗自诧异。九妹女中豪杰,上阵舞刀弄枪,从不胆怯。那一日,听得自己的丈夫战死的噩耗,也只是魔怔了片刻,便抹去眼泪,不管不顾地要去拼命复仇。若不是三郎他们拼力拦住了,九妹也许就跟随丈夫战死沙场。今日却罕见地露出脆弱一面。也许,女子一旦有了身孕,怀上了孩子,母亲的天性,就由不得自己任性。三郎心中一软,确实,在上海这个陌生的地方,自己是九妹的依靠,做事不能莽撞。

三郎轻声安慰妹子说:"我会很当心的。再说,徐先生是大好人,你在这里,有他照料,安全的。"

九妹压住心底的酸楚,忧郁地说:"徐先生好,我知道,像他这般的好男人,天底下少的。不过,他终究是读书人,手无缚鸡之力,真有难事,我也不敢拖累他。"

兄妹俩说到这里,对面的厢房,咕咕拉拉响起声音,那木板的门,上了年岁,被过量的雨水润到深处,开启时就显得惊天动地。应该是林先生到家了。三郎朝妹妹点头示意,说话的声调要低些了。

九妹撇撇嘴,气鼓鼓地悄声说:"这个广东人,看上去像模像样,其实,不是个老实人!"

三郎一惊:"什么意思?"

"他看我的眼神不老实啊,总是全身上下地扫着!"九妹愤愤地说,"我本来喜欢在灶屋那里打盆水洗脸,有一次回头,发现林先生竟然隔几步,笔直地站着,眯眯笑地瞧着我,吓我一跳。现在,我只得把水端回屋里去洗漱。"

"也许,这个房子,久未有女子住进来,他看着稀奇。"三郎狐疑着,为林先生辩护一句。不过,这般说着,他自己也觉得没说服力。偷看女子洗漱,不是正经男人所为。

九妹气愤地说:"反正,他看我的目光,怪里怪气,有点瘆人。"

三郎叹口气:"眼下,我们也寻不到新的住处,徐先生总是靠得住的。忍忍吧,等你生下孩子,我们再做打算。"

兄妹俩说到这个时候,听得庭院中有踢踏的脚步声,像是木底或者竹底的拖鞋,踩过庭院坚硬的泥地。是广东人从厢房出来,朝灶屋那里走。这种拖鞋,大约也是舶来货,东洋人喜欢的东西。林先生平素的生活,与常人无异,并不起眼。不过,生活衣着,时常有点新鲜的货色。靠山吃山,靠水吃水。林先生管着码头账本,孝敬他的人不少。三郎本来已经起身,想去自己屋子休息,他住在灶房旁的杂物间里,与灶屋邻近,为了避免与林先生撞见寒暄,就继续在饭桌旁磨蹭一会儿,和九妹说话。

三郎想起与林先生有关的传闻,就告诉九妹:"码头上都说,林先生来头很大。"

"不就是一个账房吗?"九妹不以为然。

"人不可貌相。"三郎道,"他虽说是招商局派出的账房,有人讲,那是明里的身份,背后有官府靠山,很可能是两广总督衙门派在上海的眼线,代表两广联络各方的人物。前不久,传上海道台派专人来找过他,问他李大人到上海的事务安排。你说,他脚下的水深不深?"

九妹啧啧舌头:"黑道人物啊。"

三郎摇头:"不算黑道,是官府的暗桩吧。"说到这里,三郎不得不提醒妹子:"这种人,我们不摸深浅,还是防着点。他眼神不正经,你就尽量少打照面。我们毕竟临时在此歇脚,不可以给徐先生招来麻烦。"

九妹点头应承:"我知道轻重。自从发觉他目光异样,就一直避开他。"

三郎又说:"为了不给徐先生添麻烦,剃头时,兄弟们问我在何处落脚,我也没说地址。等我打探到隔壁码头的情况,再去寻他们就是。"

广东人在灶屋那里洗漱过了,踢踏踢踏往回走,随后听到了关门的声响。月光正闪闪地投在厢房的窗户纸上。窗户上的月影,和山东老家的差不多,明晃晃,月半了,是圆月的日子。兄妹两个相视,都不免有了思乡之情。

江湖千里,关山万重,走得再远,月圆之时,从心底浮起的,依然是童年在乡间玩耍的记忆。

临睡,三郎再次关照妹子:"假如我有晚归的日子,徐先生问起,你帮我圆一圆,说最近遇到山东老乡,叙叙旧去了。就如此讲吧。"

## 九

徐方白回家的时候,月亮已经爬得很高了,挂在厢房旁边的树丫上。这季节,难得没雨,今夜星空蔚蓝,月亮也就像银盘似的耀眼。徐方白轻手轻脚，慢悠悠推开房门，只弄出"咕呀"一响，自然是担心吵了九妹的休息。

其实，九妹没有入睡。徐方白不归来，她也不敢睡。前厢房的房门，没有插上销，前后厢房只隔道布帘，哪里睡得踏实。徐方白进屋，见桌上的煤油灯亮着豆粒大的光，知道是九妹特意留着的，心里未免一阵温暖。煤油灯，拧得太亮，费油；留豆粒大的光，节省，又免去进屋时一片漆黑。九妹未来之时，徐方白晚归，都是在黑暗中摸索一阵，才能亮灯。他们有夫妻之名，无夫妻之实，双方都小心翼翼，在共同的屋檐下，保持着必要的距离。不过，彼此的关照，无须言语，实实在在地体会到。

九妹应该很困了，怀孕的女子，总是嗜睡，她撑到徐方白回来，像是松了口气。布帘的那面，九妹轻声说了句："桌子上的水，还热乎的。"徐方白随口谢了一声，那边，也就没了声响，应该是睡过去了。

方桌中央，放一只白色的瓷壶。徐方白有时泡一壶茶，夜里在油灯下读书，喝几口。虽然在准备科考的那些日子里，熬伤了眼睛，近视得很厉害，不过，他还没有学张元济的样，去配眼镜。那玩意儿，出国留学的读书人习惯，架在鼻梁上，很神气的模样；像徐方白土生土长的，尚有些抗拒，脸盘上横空多出两块玻璃片，总觉得别扭。不戴眼镜，在油灯下读书，挨得近，看得清晰，没问题的，只是不敢读太久。张元济对他说过，读书人的眼睛，头等要紧，需要自己多多爱护的，等到连近处也看不清，就来不及了，世界上，没有医生治得了。

白色的瓷壶，用了不少年头了，徐方白搬进来的时候，它就在屋里的桌上等着。

也许是前面房客用过的，釉面部分损坏，脱落处，里面的瓷胎裸露，色泽黯淡，看上去不美观。徐方白不讲究，能喝水就行。九妹来了后，为这壶缝了个棉布外套，深蓝色的，像是给它穿上件小棉袄，那些脱落的部位就遮盖住了。九妹的心意，不止于此，徐方白清楚，女子希望他多喝热水，夜里读书，喝凉水凉茶，初春之际，伤胃啊。虽然是有名无实的夫妻，不过，自从胡家兄妹进门，徐方白深切体会，这里开始像个家。白日里，有人掸尘扫地，晚上有热茶热汤，弥漫开久违的家的温暖。在湖南老家的日子，一切有老母亲照料着，徐方白生活得滋润，三餐冷暖从不操心。去了北京，又辗转到上海，才知道日常居家的不易，也就时时想到在母亲身边的好处。九妹的到来，种种没有见诸言语的照料、细微的关切，给了徐方白新的温馨。缝在瓷壶上的棉套，细密的针脚，徐方白看到后，着实惊喜，想起九妹施展拳脚时的英姿，瞬间懂了，啥叫刚柔兼备，文武木兰花。

今天晚归，徐方白说是有应酬，其实，并不是去哪里吃饭喝酒。前一日，张元济约了他，下午要到领事馆路，去参观一下商务印书馆。商务印书馆的经理夏先生，徐方白是认识的，他常到译书院来接生意，是一个走路带风、充满活力的年轻人。夏先生曾说，他们可以印名片，徐方白要印的话，他只收成本费。徐方白觉得自己很少交际，印名片没啥用，不想赶那份时髦，就谢绝了夏先生的美意。张元济告诉徐方白，夏经理他们创业不容易。戊戌那时候开业，在江西路的弄堂里，只有三间屋子，后来搬到领事馆路，厂房扩大到十二间屋子，也算是初具规模，可以去参观一下。

张元济约徐方白的意思，显而易见。他已经在考虑深度介入商务印书馆的事务，很想携手徐方白共图发展。不管怎么说，去印刷厂看看，倒是让徐方白兴趣盎然的事。在湖南的时候，看到过木版印书的老办法，徐方白为自个儿印一点信笺，站在铺子里，看着伙计用块雕花的木版，一张一张地拓印出来。据说，现在上海的书，印刷是用欧洲进来的新式印刷机，那些印到纸张上的字，不是刻在木板上，是用烧化的铅做成底板，然后印制。徐方白听了，似懂非懂，想不清楚那个过程，张元济约他去实地访看，徐方白自然求之不得。

张元济的用意，徐方白心里透亮。张元济去意已决，他正在做彻底离开译书院的准备。张元济屡次建议，徐方白也随他而去，继续两个人良好的合作关系。张元济说过，译书院虽然是以介绍各国文化为宗旨，盛宣怀对张元济也十分信任，放手让他打理一切。不过，终究脱不了官办的色彩，有形的无形的牵制实在不少。有的书，内容很好，想想朝廷或许忌讳，就没法翻译过来。像欧洲出版的世界历史、地理的书籍，不可能突出中国的地位，翻译进来，大臣们七嘴八舌骂起来，盛宣怀也受不了。张元济渐渐看穿了，在译书院干不出多大的名堂。他对徐方白说，商务印书馆纯属民营，或许打得开局面；那位夏经理踏实肯干，人又厚道，可以信任。今天邀请徐方白去实地考察，是吸引徐方白的注意力。至于张元济本人，不但决定接受夏先生的邀请，答应去那里主持出版业务，甚至打算投资入股，成为商务印书馆的股东。

徐方白确实好奇，由衷好奇，这家印刷厂有魔力啊！到底是啥巨大的吸引力，让张元济如此决断，放弃有名有利的安稳职位，奔赴一处在社会上并无名望的所在。张元济，何等人物！堂堂的进士，又进过翰林院，连皇帝也召见垂询了。他在朝廷为官，学问、清誉，俱属上乘；即使落难，不得已南下，到了上海，也立刻受盛宣怀邀请，主持新建的译书院，还参与南洋公学的管理。据说，除了盛宣怀的赏识，还有李鸿章的授意。现在，张元济作出新的选择，脱离盛宣怀李鸿章他们的庇护，立志投身前途不明的印书业，背后动力何在？徐方白真是没有想清楚。前两年，徐方白刚到上海，张元济接纳他进译书院时，徐方白说过，愿随菊生兄共进退；到了今日，已经安定下来，又添了照顾九妹的责任，徐方白心中未免产生几分犹豫。

领事馆路，也是通往外滩方向的一条新路，修建没多少年头，随着外滩的发达，慢慢成了气候。与徐方白常逛的四马路、五马路，味道大不一样。如果说四马路、五马路满是人间烟火气，那么，领事馆路就显得过分严肃，到处是铁板着脸、没啥生气的建筑。这里卖居民用品的商铺少，属于小手工业聚集的地盘。商务印书馆所在的地方，与上海常见的老旧弄堂，区别不大。狭窄的通道，两旁挤着衰败的房屋，是上海老街区常见的格局，只是少了许多婆婆妈妈的街坊，四处可见穿着破工服的学徒。下午，阳光偏斜，通道上缺少光亮，更给行者一种局促的压迫感。走近商务印书馆的门洞，只见门内门外，堆着一叠叠纸箱，一股特别的香气，读书人熟悉的纸张和油墨混合的味道，扑鼻而来。满脸笑容的夏经理，拱手作揖，热情欢迎着访客。这会儿，徐方白才开始觉得，眼前的地方，与一般的居民住所，截然不同，闻不到油烟气，只有书香味。夏经理的商务印书馆，选址此处，挤在嘈杂的弄堂里，显然手头并不阔绰。创业伊始，筚路蓝缕，勉为其难了。

走入厂房，眼前所见，不过是与手工作坊相差无几的小企业。几台手动的或者脚踩的印刷机，比起徐方白见过的木版拓印，印刷效率是高了，速度快许多，但设备的模样，还是粗糙简陋的。脚踩的圆盘形印刷机，设计得聪明，用脚踩动，机子旋转，印刷就完成了。这些机械，用得久了，磨损厉害，有的部位明显脱落了部件，还将就着运转；机械老化之后，运转起来声响尤其嘈杂，震得耳膜嗡嗡发麻。夏经理应该是习惯了如此的喧闹，他指手画脚，神采飞扬，介绍自己的宝贝机器，还从印刷机中扯出油墨新鲜的纸页，得意地向两位客人展示印刷品的清晰度。这些铅印的页面，比起木版印刷，优势明显，字迹清晰，笔画断然分隔，绝对没有油墨溢出，哪怕是花生大小的字体，也一个个傲然独立，看上去煞是可爱。

仿佛与机器比赛嗓门，向来温文尔雅的张元济，提高了嗓门，喊着问："你的新设备呢？你不是说，收购了日本的印刷所？"张元济分明已经来看过，对这些老设备兴趣不大，他急于看到传说中的新机械。

夏经理满脸微笑："快了快了，谈判付款都结束了，新的印刷机马上到手，比眼面前的设备新颖，效果也好得多！我们鸟枪换炮啦！"这是一位雄心勃勃的创业者，眉宇间充满了自信。

在这座暗幽幽的小车间里，唯有夏经理的双眼，始终亮堂堂的，显得特别有神采。徐方白想起，张元济多次说，这个年轻人有志向，要做出中国最好的印刷厂。

看样子，张元济真正满意的，是印刷所的主管人物。

厂房里太吵。夏经理怕客人待久了吃不消，带着两位读书人兜了一圈，转身出来，请他们到沿街的茶楼歇息。上了茶，叫了香气袭人的锅贴和烧卖，还要了花生茴香豆之类的小吃，夏经理热情招呼着客人，边吃边继续方才的谈话。张元济的兴趣点，非常明确：决定收购的日本印刷所，其设备究竟好在哪里？这笔耗资不少的费用，值不值？徐方白想，张元济不光有学问，经济头脑也厉害呢。张元济直奔主题，要求夏经理具体解释一下，设备更新的必要性。

夏经理被张元济盯住问，并无怯懦，反而双目圆睁，兴奋地回答道："好啊，好得太多了！我们做铅字的印刷，比起老祖宗的木版印刷，明显的优势，是可以印的数量多。像我们印英文教材，市场上欢迎，卖得很快，假如用木版印，印两三百本，字面就模糊起来，再印，需要重新刻板。铅版硬啊，可以一直印下去。麻烦的问题，是做铅字的版，需要把铅烧化了，才能浇出母版来。那道工序，之前，我们自己做不全。这次收购，对方有新式的铸字炉，还有全套的铜模具，就补齐了我们的短板。"

他面前的浅盆，原先是放锅贴的，锅贴的皮破了，汁水溢出，亮闪闪地铺满了盆底。夏经理边兴致勃勃说着，边用筷子在汁水中划过，画出几道痕来，汁水却很快荡平那些纹路，恢复了平整。他大约是把这些汁水，看成了烧化的铅水，继续说："日本印刷所的设备，可以做铅印的整套流程，全部设备过来后，我们厂子配套完整，所有业务自己都能做，无须求别人家帮忙。

随便印什么书，只要交给我们书稿，都能够很快印出来。"

最后的几句话，夏经理说得斩钉截铁。他敢延聘张元济屈尊过来，这是王牌。凡是张元济编成的书稿，他们都能够把它做成像样的书，送到市场上去。张元济听了相当满意："听你介绍，这个收购值得，花了钱，实用。接下去，需要做的书，很多很多。光是教育一个门类，就做不完。科举考试终将停止，四书五经不能再做教材，孩子们要学习新知识，数学几何，自然科学，学校需要各门课程的书，真个是天地广阔！"

夏经理兴奋之情溢于言表："是是是，所以要请先生们过来。我们只会干粗活，编书的事，全部靠你们！"他看看张元济，又看看徐方白，恭恭敬敬地道。

徐方白慢慢吃下一只糯米烧卖，汁水油腻滑溜，让舌头上的味蕾非常舒服。徐方白没有接腔，因为他还没想好，是不是跟随张元济改换门庭。他曾经承诺，一直追随张元济，眼下，他多少产生了犹豫。不过，在他心中，对眼前专注搞印刷的年轻人，又多了几分敬意。三百六十行，只要下功夫，都是天高地阔。夏经理几句话，就把蛮复杂的印刷事务，解释得一清二楚。在徐方白看来：把复杂的道理简单讲清楚，是真本事；弯弯绕，越说越玄乎，多半是自己也不甚了了。对于印刷，徐方白原本外行，听夏经理一说，也就了解个大概。

这时候，夏经理拿出一本薄薄的书，递到徐方白的手中："这是我们印的书，卖得很好，中英文对照，国内还没有人做过，请您指教。"

徐方白恭敬地接了过来，见封面上印了"华英初阶"几个字。张元济笑道："我对夏先生说过，方白兄有意进修英文，他就记住了。这是现成的读本啊，你也帮他们指点指点。"

徐方白连连感激二位的美意："我哪敢指点，好好学习就是。"徐方白早就听说，商务印书馆出了一本学习英语的入门读物，市面上卖得热火，自己正想寻一本来看的，谁知，这就送到了手中。张元济对朋友，真个是热心肠。

他们边说边吃，正在兴头上，伙计跑过来，说是有客户来验货，发现不满意的地方，要老板回去解释。夏经理只得请两位客人在茶楼上先吃着，他去应付应付，赶紧再回来。

年轻人风风火火从楼上走下去，张元济转头问道："你看他如何？"

"这年轻人，踏踏实实，又动脑子，是做大事的样子。"徐方白回答。其实，徐方白三十出头，比夏经理大不了两岁。不过，既然张元济一口一个"年轻人"，徐方白也就跟着这么称呼。

已经是黄昏时分。他们在茶馆的二层楼，坐在方正的木窗户旁边，可以看到外面的街景。几个衣衫褴褛的乡下人，推着咿咿呀呀叫唤的独轮车，路过茶楼，像是干完活回家去。张元济端起茶碗，习惯性地轻轻一吹，吹去浮在水面上的茶末，缓缓地道："他有本事，能够把这个小印书馆做大，我是很相信的。不过，我愿意过来，愿意投资，看重的，主要不是这一条。靠卖书做生意发财，这不是我张元济的心思。"

张元济说得认真，徐方白听得仔细。他凝视着张元济眼镜后面的眼睛："菊生兄志向非同一般，这印书馆有何等前景宏图，愿听兄细细指教。"

张元济放下茶碗，指着摆在桌上的《华英初阶》："他们印教育的书，开启民智，这方向不得了！"张元济的目光，追随着远去的独轮车队，追随着那帮衣衫褴褛的乡下人。张元济稍稍停歇，又跟着说："变法失败，我们都很痛苦。不过，一路南下，我更加痛苦的，是变法失败那样的大事，谭兄他们被害那样的噩耗，国人的多数，竟然一无所知。到处听到的，却是夸太后真有本事，重新亲理朝政。后来，我慢慢想清楚，这国家里的绝大多数人，字也不认识，账本也不会记，如何让他们搞得清国家大事？"

张元济说到这里，徐方白算是摸到了他的思路。他非常尊敬面前的这位师长。张元济的学识、眼光，远在同辈人之上。康有为梁启超是维新派的灵魂，不过，他们离徐方白远些，那身影是模糊的。徐方白从心底认可的导师，早先只有谭嗣同，到上海后，就加了张元济。不过，徐方白虽然感恩他，佩服他，纳罕犹疑之心，还是滋长出来。从与张元济在上海重逢开始，到今天交谈，头一回，两人的思维开始分岔，徐方白怀疑，张元济的想法，是否真是当下救国救民的急需？

徐方白小心地问："菊生兄认为，当下，首要的事，乃教育救国，启迪民智，而变法维新的事，再也没有希望了？"

张元济的脸色显得凝重："我原来并不完全赞同康有为先生的主张，他太急于求成，欲速则不达。现在，他们二位，在日本写写文章，发发言论，无可厚非。只是，皇上不知音信，与外间隔离，变法大势已去，要回锅再来，我看，不成了。"

"李鸿章盛宣怀几位大员，向来器重菊生兄，你的话，他们多少采纳。他们可有回天之力？"徐方白的话，说得隐晦，意思相当清楚。坊间，早有传闻，说南方几位汉族总督巡抚，对清廷的离心，日益明显。也许，依靠他们，光绪有复出的可能。

张元济摇摇头："我想来想去，想了无数个日夜，觉得都没希望，都是靠不住的，不值得跟着走下去。实实在在，做一点对国民有益的书，可以让孩子们发蒙的书，也就对得起自己这辈子了。"

窗外，街的尽头，那队独轮车的影子，悉数被暮色吞没。农人们走得很慢，步履蹒跚。劳作了整天，也许还空着肚子，仅剩的余力，支撑着他们，往回家的路上走。独轮车，是适宜乡间劳作的工具，它只有一只木头制作的轮子，因此而灵活，狭窄的田埂，也能够推过去。有人认为，独轮车类似木牛流马，即诸葛亮发明的运输车，这个嘛，仅仅是传闻，没有考证。少年时，徐方白去乡下老舅家玩耍，试图推起独轮车，结果车子歪斜到沟里，自己则被绳子拖倒在地，疼得呜呜号叫。推独轮车，需要技巧，更需要强大的臂力。难为这些农人，大老远，从乡下推车进城，将车上的瓜果蔬菜卖了，换回一点布料油盐，给他们的妻儿捎去，维持可怜的生计。

徐方白理解，张元济对世事失望至极，才会重新选择后半生的方向。徐方白抚摩着《华英初阶》的书皮，又指指消失在远方的独轮车队，喃喃地说："菊生兄，就算把书送到他们手上，也没有力气读的。"徐方白清楚，那些筋疲力竭的农人，回家塞一碗米饭，就四仰八叉地躺下。家里虽然简陋，总还有一张破床，可以安放他们的身子。

张元济坚定地说："那就让他们的孩子

读！几万万同胞，不能一直愚昧下去。"

徐方白想，张元济的话，自有道理。不识字、不会记账的农夫，对他们讲维新变法，讲太后与皇帝之争，那是没法说明白的。让他们的孩子读书启蒙，成为新的国民，确实是一种希望。不过，徐方白想到乡下的情景，光屁股的男孩们，半人高就得牵牛下田，帮助家人干活，维持温饱，又气馁起来。他不敢大声反驳张元济，只是自言自语："穷孩子们，连饭都没得吃啊，买支笔也没钱啊，哪里会进学堂读书？"

说到这会儿，张元济开始读懂徐方白的内心，也知道了徐方白的犹豫，为什么对加入商务印书馆，一直没有明确的态度。徐方白不相信，印几本教材会改变世道。张元济涵养极好，他没有因为失望而生气。不过，谈话变得无趣，两人相对无言，有些儿尴尬，唯有埋头吃点心。话不投机，在他们之间，以前还没有出现过。幸亏，夏经理匆匆赶回来，噔噔噔上楼，把楼板踩得一阵叫唤。"让两位先生久等，不好意思，不好意思。"他一迭连声抱歉，说是终于让客户满意了，他才脱身。

从这个时候开始，三个人的谈话，就变得不咸不淡，无关紧要，喝茶吃东西，才是核心。张元济，谦谦君子，从来不强求他人服从自己。徐方白呢，愧对有恩于己的菊生兄，亦不愿再说刚才的话题。夏经理比较单纯，并不知道，当他离开之后，有过一番曲折的对话，他见两位先生意兴阑珊，懒得多扯闲话，也就只能尽地主之谊，又添了几道点心，劝他们每样都尝尝口味。

徐方白将灯花挑得亮些，打开了《华英初阶》，细细读起来。他天资聪颖，在译书院的这些日子，已经认得若干英文词语。这本中英文对照的入门读本，据说还是第一次面世，在市上卖得好，编辑动了脑筋的。书中，英文词语配有插图，帮助初学者对照认识，可以较快提高英语的能力。徐方白心中，对张元济充满了感激之情。他对朋友的关照，在细枝末节中，亦可以体会。到上海以来，在徐方白困难的日子里，只有菊生兄无私地施以援手。

隔壁，九妹竟然传出轻微的鼾声，不过一道布帘之隔，听得十分清晰。以前没听到她睡觉打鼾，应该是怀孕的原因。这女子，奇了，乍一瞧，风风火火的侠女之身，生活在同一屋檐下，却体会到她柔情的另一面。平素，她举手投足，都有一般女子没有的豪气，那双脚，天然之足，不像许多女孩，自幼便被强行破坏了生长，扭曲为可怜的三寸金莲。在湖南老家，女孩不缠足，会被人指指点点。对此种陋习，徐方白嗤之以鼻。他记得，明朝末年，一位读书人李贽，就大声疾呼，要撤去对女子的种种枷锁。三百年过去，怎么还是这般恶劣？在徐方白看来，清军入关，文化是倒退了，连男子都要留一根辫子，何等丑陋，哪里有汉唐那般壮阔的气象。

九妹的鼾声此起彼伏，气息舒缓，一点也不烦人。徐方白不由生出怜香惜玉之情。她过来这些日子，睡得一直安稳，从深夜到天明，几乎没有一点声响。今天的鼾声，是怀孕辛苦了。

徐方白感觉，自己身上的担子重了。原先，不过一人闯荡江湖，好歹有口饭吃，其他无所谓。眼下，虽是有名无实的夫妻生活，场面上，他徐方白必须让九妹活得体面，那个即将出生的孩子，也不能是野孩子,徐方白要让他念书的,女娃的话,也得念书。世道变了,不念书,难以成为有用之人。

徐方白清楚,这些责任,他是一定要承担起来的。三郎嘛,哪里像个太平过日子的汉子。没有广东人的提醒,徐方白也看得清楚,三郎到上海,不情不愿,只不过是尽兄妹之情,为九妹寻一条生路。三郎的心,一直在北面,和他的兄弟们在一起。

想到这里,徐方白彻底拿定了主意。他要和张元济摊开来说明白,免得心中存有疙瘩,坏了来之不易的朋友之情。他不想追随张元济到商务印书馆,除了对未来有不同看法,更要紧的,是他现在承担的丈夫角色,还有即将到来的父亲责任,需要译书院的稳定工作。他不像张元济,在上海有根底,折腾折腾,经得起,他的一份薪水,是这个家的唯一支撑。婚宴那天,张元济细心,先到家里看了新娘,还对徐方白赞叹过:这女子清秀脱俗,难得,要徐方白好好待她。徐方白想,九妹怀孕之事,告诉菊生兄,他自然会谅解自己的选择。

今日,与张元济告别后,徐方白心中一直不舒畅,郁闷得很,像潮湿的初夏天气,湿漉漉的沉重。他敬重菊生兄的才学见识,更感恩他对朋友的真情厚意。菊生兄请他一起去商务印书馆,是看得起,徐方白哪里愿意拂这番好意?徐方白很担心因此丢失两人的友情,一种难言的失落感,在心底荡漾。此刻,徐方白想通了,只要坦率说出自己的难处,坦荡如菊生兄,也许就不见怪了。

想到这里,徐方白心里的结解开了。他吹熄油灯,在九妹轻微的鼾声中,逐渐睡去。

十

市面上的传闻,起初往往鸡零狗碎,太多了,堆集起来,未免互相矛盾,渐渐变成难以理解的诡异。

李鸿章坐的船,从广东到上海,大老远的,很辛苦。本来稍事休整,就要继续北上。太后十万火急召他进京,负责朝廷与各国的外交事务。那些高鼻子的洋人实在荒唐,偌大的朝廷,只愿意与李鸿章打交道,让老佛爷着实无奈。不过,这也给了攻击者口舌:洋鬼子喜欢李某某,说明他与他们私通款曲,着实让人怀疑。慈禧本来多疑善变,先是十万火急催他动身,待李鸿章到了上海,却不催他北上,像是恩准他就地休息。那船,走不动了,李大人搁浅在上海滩。也有人怀疑,把李鸿章从两广北调,压根儿不是为了重用,因为两广偏远,清廷控制力薄弱,颇有威望的李某久居该地,慈禧放心不了。

到底是用他,还是疑他,甚或耍他?各种猜测,纷纷出笼。

上班时,同事们交头接耳议论,徐方白谨慎,很少参与。让他震惊的,是另外几位南方大员的动向。据说,湖广总督张之洞、两江总督刘坤一,都派了亲信到上海,拜见李鸿章,共商大计。盛宣怀本来常赴上海,这些密商,也就少不了他的参与。徐方白曾问张元济:大员们胆子不小,如此公开勾连,难道不怕朝廷知道?张元济笑笑:"你看,上海余道台胆子更大啊。他们在上海的活动,余联沅丝毫不避嫌,还尽地主之谊呢。"张元济的意思,余联沅请各方来客吃饭,自然不仅仅是提供美味佳肴,尖端的话题,估计是他宴请中的另一道菜。

张元济的消息,并非来自坊间,他属于南洋公学,沾着盛宣怀圈子的边,有点像编外幕僚的角色。张元济嘴里说出的事情,徐方白不得不相信。张元济话外的意思,徐方白也能够猜到。张元济认为,清廷对内对外,一团乱麻,掌控这些南方大员的能力,已经式微。如果说,当年精明如曾国藩,丝毫不敢违逆朝廷的意志,那么,今日的曾氏学生辈,从李鸿章开始,对朝廷若即若离的狡黠,明显如野草一般,悄然生长。

小报上,关于北方的局势,特别是义和团与洋鬼子之间你死我活的搏斗,报道得很多。徐方白一一读来,不漏掉一个细节。九妹和三郎,眼巴巴等着他的口述。晚餐桌上,徐方白说的话,他们一个字都不会放过。听到义和团在新式洋枪前屡屡受挫,三郎的眼睛里冒火,拳头捏紧了,五指的关节,攥得嘎嘎响,似被囚禁的豹子,随时准备蹿出去搏击。徐方白心里惴惴不安。他不知道这个山东汉子,一旦有机会行动,会做出什么事来。

形势扑朔迷离,徐方白多方求证,还试图与账房先生攀谈,想从他嘴里挖出点啥。既然他既是招商局的人,又和两广总督衙门有关联,他知道的,也不会少。徐方白始终没有放弃昔日梦想,在追随谭嗣同的日子里形成的理念。他盼望着光绪帝有一日重返政治舞台,按康有为的思想,光绪乃是搞君主立宪之明君。康梁远在日本,使不上劲儿,徐方白暗想:几位南方大员,或许是辅佐光绪重登大宝的希望了。张元济认为,他们都靠不住;徐方白也觉得不无道理,只是还存朦胧的期望。毕竟,他们与朝廷顽固派保守派有尖锐矛盾,而且都是执掌一方的实力人物。

传说中,林先生是李鸿章的人,徐方白也越看越像。至少,行为的端倪,是看得出的。自从李鸿章坐的船停泊上海,林先生的社交开始频繁,夜晚迟归的次数,明显增多。徐方白几回试探,林先生左右搪塞,言语滑溜得像泥鳅,说是忙于和广东的朋友喝茶,兴致高了,搓搓麻将。至于广东的来客是何背景,便是云里雾里,神龙见首不见尾了。徐方白老实,碰到这般太极高手,着实无奈。

谁知,就出事了。

那天晚上,徐方白在油灯下看书,还是读《华英初阶》。此书编排费了功夫,中英对照之外,还时有绘图,显示英语词语的意思。徐方白看得津津有味,认得的英文词儿多起来,虽然念不准,但能够知道几个字母凑一起是啥意思,也是莫大提高。

布帘子那边,九妹的厢房里,有轻微的水声。女子对徐方白足够信任,隔着布帘,就敢洗浴,着实不见外。不过,也没法子啊,女子爱干净,除了自己的厢房,也无处可以躲起来。徐方白只管挑灯夜读,尽量不发出声响,免得惊动了九妹。

等到九妹打开厢房的门,去灶屋那里泼了水,再回屋休息,徐方白才合拢书本,也准备去打点水,随便洗洗,然后就寝。

月色皎洁,他轻轻地走过庭院,还没走进灶屋,见三郎从旁边的小屋闪出身子,朝自己招招手。晚餐时,没见到三郎,九妹说他会老乡去了,徐方白知趣,并没有细问。三郎啥时回来,神不知鬼不觉。徐方白知道他的本事,庭院的矮墙,哪里挡得了三郎,他轻轻一跃,就能贴墙越过。只要晚归,三郎怕惊动别人,从来不走大门的。那门一推,就是咕咕的摩擦声,夜深人静,惊天动地。三郎碍着林先生,就不愿从院门进来。高飞高走,对武术高手,如探囊取物般容易。

徐方白见三郎招手,当即会意,知道他有话要说,就随他的手势,进了小屋。

这间屋子,原先堆放着一些旧家具。徐方白和房东说好,一并租给自己,便清理一番,架起一张木床,摆个小桌,加两只方凳,其余杂物,统统堆到灶屋角落。这里,干净多了。

油灯光里,三郎铁青着脸,眼圈发黑,像是强行控制着喷薄欲出的怒火,应当是遇到了祸事。徐方白不明就里,安静地坐下,疑惑地瞧着他,等三郎开口。

三郎愤愤地说:"他不是人啊,太龌龊!"他嘴角一歪,指向门外,不远处,是账房先生居住的厢房。徐方白瞧瞧那个方向,林先生的屋子已经没了灯光,该是躺下睡了。徐方白不解地问:"出什么事了?"

胡三郎气鼓鼓地说出原委。他回来得晚,怕惊动大家,如徐方白所料,是轻身越过了院墙。双脚刚刚落地,他惊讶地发现,九妹的窗前,竟然站着个黑影,脑袋凑近窗格,在窥探着什么。三郎本来只是随意一跃过墙,并无特意展开轻功,所以双脚着地时有些响动,那黑影被惊吓,慌忙从窗前退后。转过身子,月色之下,立马露出真相,是那个账房先生林某。厢房的窗户,是木格的,每个格子,仅巴掌大小,里面糊上白色的窗户纸。屋里,油灯的光亮是微弱的,从外往里瞧,隔着窗纸,最多也就能瞧见个模糊的影子。这种偷窥,实在卑劣,比意淫更下流。意淫,光是自个儿胡思乱想,不伤他人;偷窥,却是明显的冒犯了。

"他下贱啊,夜里偷看女子房内!方才,九妹出来泼水,所以那会儿,妹子正在洗浴。这个账房先生,实在下流!"三郎咬着牙骂道。他算是克制的,声音并不高。他肯定不愿意惊动九妹,毕竟妹子有身孕。他把徐方白召到小屋来说,没有去徐方白的前厢房发火,也是这个顾虑吧。

三郎的声音,低沉粗野:"那会儿,我好不容易控制住自己,否则就是一拳头揍上去,把他打翻了!前些天,九妹说那家伙不怀好意,在灶屋前偷看她洗脸,我还以为九妹过于敏感。今天是亲眼所见,还是夜里偷窥,真不是个东西!想想他年纪一把,怎么做得出来!"

徐方白心里一惊。他知道,今儿晚上,九妹确是在后厢房洗浴。如果林某在窗外偷窥,应该是蓄意所为,估计看到了九妹去灶屋烧洗澡水,所以尾随而来。对于林先生的这番作为,徐方白毫无思想准备。那个广东人,也算台面上的人物,怎么会做这等下贱的事情?不过,既然被三郎逮个正着,亦无话可说。夜色中,溜到女子窗外偷看,不管存了什么心思,都是没法解释的卑劣。

徐方白胸闷地问:"他被你撞见,如何说?"

"怎么说?哼!"三郎鼻子里喷出气来,"装得像没事似的,假惺惺问我一声,就溜进自己屋子去。"

见他们没有正面冲突,徐方白稍稍松口气。三郎粗中有细,当场,难得理性,克制住自个儿的愤怒。也许，他心疼自己的妹子，怕惊了她的胎气。能如此克制，对这位性情暴躁而武艺高强的山东汉子来说，不容易。

徐方白想了想，关起小屋子的门，回头问三郎道："你看，这事如何应对？"

三郎攥紧拳头，手背上青筋暴出；手背上的青筋，加上臂膀上文着的几条青龙，盘旋在他粗糙的皮肤上，似乎随时会腾空而起；捏紧的手指，关节咯咯作响，铁拳出手，怕是不输武松怒打镇关西的狠劲，那股力敌千钧的气势，若让广东人瞧上一眼，必然魂飞魄散。当时，三郎暴怒之中，如果一把抓住他的胳膊，那缺少肌肉保护的瘦骨架，可能就咯嘣断裂。

三郎有劲有火却无处喷发，他体会到虎落平阳的难堪，此处不是山东老家，怒从心起，操起家伙，干个痛快。粗壮的汉子，也并非只是莽撞，晓得许多利害。这是徐先生的住处，他们兄妹，靠七爷的面子，前来投奔。徐先生如此大义，为了妹子和她肚中的孩子，竟然愿意做未出生的娃的父亲，这种再造之恩，三郎做牛做马，也是难以报答。如果没有徐先生点头，三郎不敢出手的。再说，妹子身体日益沉重，他不能图一时痛快，闹出大事。练武之人，快意恩仇，像账房先生那种丑陋，一巴掌将他打得屁滚尿流，分分秒秒的事情。就算林某有靠山，他三郎吃个官司，也无所谓。不过，妹子怎么办？方才，在庭院里，三郎几乎按捺不住，将要动手之际，正是闪过这些念头，他才控制住了火山喷发。三郎着实无奈，闷声道："一切，听徐先生的。"

徐方白左右为难。他知道，三郎嫉恶如仇，哪里忍得住心头之气。徐方白内心的顾虑，自然比三郎要复杂。这事，说大说小，两可之间。林某的作为，确实恶心，不过，三郎毕竟只是看他站在窗前，并无其他可靠证据说明林某图谋不轨。假如林某一味抵赖，也可反咬一口，说三郎意在讹诈，闹开了，什么结果，徐方白还真难估量。广东人在上海扎根已久，盘根错节，背景难以捉摸，胜算不大。再说，闹开了，势必无法在一个庭院里生活。眼下，九妹生产的日子迫近，临时搬家折腾，不是件简单的事儿。

徐方白比三郎考虑得复杂。凭林先生的精明，这么多日子，他不会不怀疑三郎兄妹的来历。眼下，山东义和团的事，闹得天下皆知，官府草木皆兵。三郎每天练武不断，虽然找了林先生出门之后的时间，但总有被广东人看到的机会。三郎他们来自山东，且武艺高强，容易引起联想。狡黠如林某，也许是看穿不说破而已。真要撕破脸皮，闹将开去，他会如何报复，一时难以判断。

徐方白斟酌着词语，缓缓说："三郎，我知道你的心情。我想，为九妹考虑，只能先忍忍。我找找机会，日后寻个好房子，我们另住，如何？"

三郎气鼓鼓地道："那人龌龊，我担心，他会再搞事情，对妹子不利。"

徐方白沉吟着说："我也不放心此事。不过，今日被你撞破，吓了他，终究会收敛。他到底是场面上的人，自个儿心虚，或许不敢再三放肆，面子还是要顾及。"徐方白想了想，又道："你明日回来时，再带些窗户纸，去九妹屋子多糊一层窗户。不必惊吓九妹，只说是防风，以便她未来坐月子。"

三郎点点头："我明白先生的意思，窗

子糊得厚实，外面啥也看不见。"

徐方白补充说："同时，也是让龌龊之人晓得，我们防备着了，给他一个警告，不要想入非非。再有妄为，就收拾他！"

三郎听了徐方白的一番话，情绪平静了一点，攥紧的拳头渐渐松开："听徐先生的。我们在此地，都是靠徐先生照料。来之前，七爷再三关照，不管大事小事，一切按徐先生的意思做！"

徐方白宽慰他："暂且退一步，忍一忍。我会想办法，尽快另寻住处。"

徐方白把三郎稳住，才回到自己屋子里。

方才，是打算弄盆水洗洗，准备睡觉。这会儿，哪里还睡得着？他从壶里倒出半杯茶，徐徐喝了两口，静静地坐在椅子上，想开了心事。隔壁，九妹睡熟了，又有轻微的鼾声。她不知道当下发生的事件，否则，她的脾气，眼里揉不得沙子，必然不依不饶，要找林某人讨说法去。三郎今天有脑子，没惊动妹子，是聪明的。

茶已经冷了，从喉管下去，凉丝丝的。对面的厢房，没有动静，死一般沉寂。林某人闯了祸，还泰然睡熟？也许，他无所谓，觉得奈何不了他。徐方白倒没法睡了，想得很多。

维新变法那阵，虽然处于旋涡里，徐方白的心思不乱。谭先生是他的主心骨，谭先生怎么说，徐方白努力做就是。变法失败，南下一路逃亡，很苦，想法倒也简单，只要平安逃出凶险之地，留下一条命，再图长远之计。待到了上海，走投无路之际，幸运地遇见了张元济，给他一份工作，脱离日暮途穷的绝望，生命有了转机。之后，就是三郎兄妹闯入了他的生活。

徐方白想，这年头，其实，大家都十分迷茫。谭先生走了，张元济能成为自己的主心骨吗？看来不尽然，张翰林自己也在跌跌撞撞地走。张元济不愿再追随李鸿章盛宣怀之辈，想自己闯出新路。前景如何？徐方白为他祝福，也为他捏一把汗。维新变法失败后，南下的，还有位小有名气的蔡元培。在北京的时候，徐方白也见过的，听说蔡元培的想法，是到乡村里搞教育。这个方向，倒是与张元济的编辑新教材，互为补充，有异曲同工的意思。对他们的信念，徐方白将信将疑。慈禧与八旗的腐朽统治不掀倒，教育能够拯救国家？再说，乡村里，那些七八岁还光着屁股，在田地里谋生的穷孩子，每天有碗饭吃，亦是奢望，能坐进课堂读书吗？一个国家，弄到多数百姓吃不上饭，还能维持下去吗？

徐方白往哪里走呢？他一度觉得，自己在张元济身边做事，而张元济为南方的数位汉族大员所信任，未免不是一种希望，一种寄托，以此与朝廷里愚昧的清廷王公们抗衡。张元济的看法，如尖利的刀，刺破了肥皂泡。张元济说他们都靠不住。张元济与他们关系密切些，他的看法，应该是长期深思熟虑的结果。徐方白的心，飘飘荡荡，无所凭借。

林某的下贱事，意料之外，虽说偶然，却让徐方白感受到命运的诡异。这位邻居，招商局的，是盛宣怀手下，传闻还是李鸿章在上海的眼线。这个不蹊跷，盛宣怀本来就是靠在李鸿章的大树上。徐方白曾经觉得，他和林某人，兜兜转转，也算同路。今日发生的事情，与大局势毫无关联，纯粹是林某人上不得台面的荒唐，不过，就徐方白与他的关系，可能是致命的，甚至有可能让他们成为敌对的双方。世间的事儿，竟如此怪诞、不可思议？

李鸿章盛宣怀他们靠不住，靠谁呢？谭先生英年早逝，康有为梁启超远避日本，号召力远不如前几年，张元济对康梁的空论，颇有微词。新近声誉日隆的孙中山，徐方白还相当陌生，搭不着脉。

徐方白想得脑壳疼，依然理不清这团乱麻。他实在是太疲惫了。近来，发生的事情太多、太乱，想不明白，想不下去。最后，他一口吹灭油灯，顾不得脱去衣衫，穿着外衣外裤，囫囵倒在床板上，闷头睡去。

## 十一

隔日，正吃着晚餐，三郎突然问出一句话："徐先生，请教，什么叫'东南互保'？"

徐方白一愣，不由反问："你从何处听说这话？"

三郎淡淡地答道："见了两个同乡，听他们提起，说是南方的一些大官，两江总督、湖广总督，还有上海的道台，正在与洋鬼子谈判，筹划啥子'东南互保'的玩意儿。"

徐方白一边嚼着嘴里的菜，一边心中嘀咕：三郎的同乡们不简单，消息很灵通啊！他自己也是刚刚听到此类传闻，觉得稀奇，随口问过张元济。张元济长长地叹口气："查遍四库全书，亦找不出这等怪事！"他回答得含糊，让徐方白不得要领，想继续追问，张元济却说，事出有因，未知其详，懒得推究。显然，那是把免战牌高高挂起。文人交谈，像高手比剑，点到为止，不会穷根究底。见张元济不愿深谈，徐方白猜测，其中的忌讳，涉及总督们与朝廷的权力对峙。看样子，目前还是私下密谋的事儿，张元济自然不想多嘴。蹊跷之处是这等深宅大院的密谋，三郎的兄弟们由何得知？哦，认真一想，徐方白明白了，得归功于四马路上的小报，那里捅出来片言只语，在街坊传开了。事情虽然机密，但道台衙门里的人杂啊，师爷通译衙役一大帮，哪个好事者在茶楼里扯几句，无孔不入的记者，耳朵尖着，自然搜刮去敷衍成文。

徐方白喝了一口汤，嘴里有食物，顺势含混地回答三郎："我看到小报上有提及'东南互保'的文章，到底仅仅是某些官员的想头，还是有人在紧锣密鼓推进，并不十分清楚。"

"混账！"三郎怒目圆睁，轻轻一敲桌面，险些把汤碗里的汤水震出来。九妹一惊，凤眼睁得滚圆，望着兄长，不知他为何突然动了肝火。三郎稍稍控制情绪，轻声骂道："这批吃饱了饭不干人事的狗官！"

三郎生性粗放，骂人倒是少见。徐方白听这一骂，也很吃惊，他转过头瞧瞧，对面的厢房，尚无灯亮，知道林先生还没归家。近些日子，广东人忙于应酬，回来都要到月上中天。徐方白道："提出'东南互保'，大约是为了辖区的安全，地方官们的权宜之计。三郎为何如此气愤？"

胡三郎愤愤地说："徐先生，我没有做过官，不懂官场那些曲里拐弯的路数。说甚辖区安全？让洋鬼子在自己管辖的地方耀武扬威，还低声下气向他们求和，搞啥子互保，就像强盗抢了你的家，你还要分一半院子给他住，做好邻居。天下哪有这等鸟事！我就要骂他们混账！"

徐方白被这番言词，说得无言对答。按理说，洋鬼子们占了中国的地盘，是朝廷打了败仗，被迫签了屈辱的条约，割地赔银，那些地方官们如何挡得住？不过，百姓直接看见的，是下层政府的作为，骂总督们荒唐，也是自然。

徐方白勉强解释了一句："他们呢，只求个任期内的太太平平，骨头自然是软的。"

"这帮总督巡抚道台，尽是没骨气的中国人。"三郎继续愤愤而言，"北方在打仗，洋鬼子杀了多少老百姓？他们屁也不放一个，私下谈判，什么'东南互保'，活脱脱卖国贼的样子！"

徐方白又惊了，他在小报上，读到过对此事的评判，那是代表清廷保守派官僚的言论，痛斥南方官员们的行为，称他们私自与各国使节谈判，纯属卖国背叛。徐方白没有想到，在这件事情上，三郎与保守官僚们一个音调。从内心而言，徐方白同情湖广总督张之洞和两江总督刘坤一。清廷屡战屡败，战火蔓延，百姓涂炭，地方官无奈，但求地方自保而已。三郎如此愤怒，情绪也可以理解，他的兄弟们，死在洋人枪炮之下的不计其数，生死大仇啊！

"横看成岭侧成峰，远近高低各不同。"人间的是非曲直，纵然争得脸红耳赤，辩诘双方，常常恨得牙痒痒的，依旧争辩不清，原因呢，与各人的站位密切相关。

徐方白这么想着，就不愿继续讨论，淡淡地说："且看后续情形如何。真是暗地里在谈判的话，早晚瞒不住，自会浮出水面。"

九妹乖巧，看出徐先生没有深谈的意思，劝哥哥道："饭菜都要凉了，不说吧，你让徐先生吃顿安稳饭。"

谈话是中断了，徐方白对三郎的担心，又多了一层。三郎在外面的活动，比刚到上海时多了，说是去见见老乡，从今天的话语看，他和老乡们，未必只是叙叙乡愁。

第一次听到"东南互保"这词，还是在译书院里。同事拿着英文报纸过来，说是与徐先生讨论翻译方法，语词如何达意。几位同事，都是在海外镀过金的。前些年，朝廷里的有识之士，呼吁学夷之长，选了一些年轻人，到欧洲、北美去读书，盛宣怀办译书院，就是从学成归来者里挑了几个人。徐方白例外，土生土长的读书人。徐方白的英文知识，近乎空白，ABC 的水平，也够不上。不过，他的古文修养，在译书院首屈一指，同事遇到翻译难题，往往借助他对汉语的理解能力。那一次，同事介绍说，翻译这篇载于英文报纸上的文章，并非为了出版，张元济先生认为，文章重要，翻译出来，存留备考。译书院里都晓得，张元济有直接阅读英文的能力，特意嘱咐翻译，自然不是为他本人需要，估计是要呈送盛宣怀的。同事不敢随意，翻译起来，斟词酌句，遇到为难处，想听听徐方白高见。

同事说明了报上文章的由来。上海租界里，本来有各国使节的住所，洋太太们喜欢住在上海，喜欢黄浦江畔的风土人情，喜欢这里兼顾中国各地口味的美食，这里的港口优良，海外的舶来品也多。眼下，北方兵荒马乱，京城里的使馆，受到威胁，各国外交官出于安全考虑，也就听了太太们的话，活动的重心，有南迁上海的趋势。繁忙的商业贸易，早就让上海成为中外交汇的土地，现在，不经意间，额外地多了外交事务。南方的几位总督,亦把目光聚焦在上海。该报记者获悉,总督们的密使,正在与各国使节接触,商议局势,当此战火弥漫的日子,能不能签订区域性的协议,互相承诺和平,不打仗,彼此保护利益。英文报纸的记者,打探到这个新闻,便写了一篇评述:"地区签约和平,能否成功?"文章的多数内容,不难翻译,费解之处,在于双方密商的草约标题。同事获悉,中国官员们提供的草约文本,标题是"东南互保",英文记者,按他的理解能力,把"东南"解释为"中国东部和南部",也就是说,要签订一份关于中国东部及南部的和平协议。同事的迷惑,是根据英文原意翻译此标题,还是按照中国官员提供的文本,继续使用"东南"的说法。

徐方白不敢贸然表态,希望同事进一步提供背景细节。等到同事说明,推进此事的,有湖广总督张之洞、两江总督刘坤一、督办铁路大臣盛宣怀、上海道台余联沅等要员,背后或许还有李鸿章的支持,徐方白惊讶得无法言语。他简直不敢相信,上面这些人物,如此胆大妄为?不怕掉脑袋?不怕夷九族?目瞪口呆之余,静静神,还是先解决翻译问题吧。听完背景介绍,徐方白心中有谱了。张之洞那帮官员,都是历经九九八十一难,从各级科举考试里脱颖而出的,都像孙猴子一般,在八卦炉里锤炼透了,其古文功底,极为深厚,用词造句特别讲究。湖广总督,辖湖南湖北,是中国内地腹地,按地理常识,自然不属于中国"东部"或"南部"。张之洞参与此事,据说还是主导者,他用"东南"为框架,当指"中国东南方位"的意思,英文记者写成"中国东部和南部",显然是对中国地理的误解。徐方白建议,恢复"东南互保"的原标题。同事经他一分析,心服口服,满意地走回自己的写字桌,继续完成文章的翻译。

这些天,徐方白一直在想此事。张元济含糊不答,更说明事情非同小可,不是空穴来风的虚妄。自从李鸿章到上海,驻留不走,深居简出,神神秘秘的,围绕他的传说,不断发酵。上海街头的高鼻子,也日夜增多,几条繁华的街道,时有他们出没,市民们开始见怪不怪了。坊间说,原驻京城的外交使团,重要人员纷纷南下,使馆区铁门紧闭,成为空壳,多少有躲避义和团锋芒的意思。这样看来,张之洞他们的谈判对手,级别不低。

不过,到底是如何谈判的呢?不要说李鸿章了,张之洞刘坤一那样的身份,也是不便直接出面的。派他们手下来谈?只怕洋人们信不过。徐方白思来想去,直接洽谈的人物,大约是上海道台余联沅了。余联沅,比南方几位总督的官阶低些,但他是上海这块地方的父母官啊,在上海办事,没他出力,还真办不成功。外界传闻,此公干练且方正,可以被那几位总督信任;再说,他的官帽摆着,是上海地域的最高官员,洋人们自然会信他的话。

徐方白很快寻得佐证。他记起来,小报上曾有一则花边新闻,说是上海道台余联沅欢宴各国使节,十几道沪上名点,让使节们大快朵颐。如此看来,吃席不过是表面托词,背后另有文章。余联沅在台前,扮演各位总督的说客,传达他们的意志。徐方白恍然大悟。

饭后,九妹与三郎各自回房歇息。徐方白没有睡意,继续整理着自己的思绪。老实说,那帮总督们到底是什么算盘,作为旁观者，难以洞穿。他们都是老谋深算的狐狸，城府极深，非年轻些的读书人所能解析。想当年，太后对光绪皇帝下重手，杀了一批变法维新派骨干，他们没敢吭一声吧？早先，他们也曾同情变法，剧变来临，却变得低眉顺眼，奴性十足的样子，连李鸿章也顺从地俯首听命，乖乖丢掉中枢的权力，跑到广东栖身。才过去几年啊，他们竟然敢背着朝廷，私下里与洋人谈判媾和，吃了豹子胆啦？天翻地覆的变化，也不过如此而已。

脑中电光石火，身子竟不由一震，想得细了深了，还是悟出点道道。徐方白的脑海，浮起另类的思绪：单单苦想总督们的谋略，有何意思呢？他们的内心，深不可测，各种算盘交织，大约于公于私都有。为私利为苍生夹杂，本来是千年儒学培养出来的脑袋，官场之道，居庙堂之高者，难以逃离此框架。不妨把总督们的动机搁置一旁，只推测他们的行为逻辑。按诸公的历练，宦海中长期积累的经验，应当是看准了时机出手，知道清廷此时无力他顾，中枢顾此失彼，压不住地方实力派了，有点西周末年礼崩乐坏的味道。徐方白忽然明白一个道理，管它原意如何，管它包装得何等花团锦簇，这份"东南互保"条约放在台面上，就称得上致命一击，给慈禧和她周围的顽固派敲了丧钟。好比西周王朝衰落，内忧外患，不得不依靠诸侯各霸的扶持，东迁国都，遂形成朝廷中枢的空虚，而让春秋五霸分治天下。如果张之洞他们搞成功，等于向天下昭告，朝廷的权威，仅仅是唬人的摆设而已。戊戌年，慈禧囚禁光绪，杀害谭嗣同诸君，逼走康有为梁启超，那个时候，徐方白躲在北京客栈里，惶惶不可终日的情状，还清晰地在眼前。那会儿，慈禧他们何等不可一世！几年工夫，已经成了空心萝卜，成为抽去四梁八柱的空架子。这么想着，徐方白暗自兴奋起来。

庭院之中，有行走的声响，步履沉重，朝着灶屋的方向去。徐方白知道，是广东人回来了。林先生最近好忙，几乎夜夜有应酬，一点儿不像本分的账房先生模样。徐方白本来无意出门招呼，不过，听他走路的声音出奇地笨重，砰砰地踩着泥地，徐方白有些儿不放心，再说，林先生不直接回屋，直奔灶屋，也是怪异。

徐方白迟疑片刻，终究忍不住，推门出去，看着前方摇摇晃晃的身影，知道广东人喝醉了，醉得蛮厉害，走路一脚高一脚低的。月色下，矮矮的身影，漂移着，摇晃着。他能够认路，回到这院子，亦算本事不小。

广东人走到灶屋门前，忽然弯下身子，像只虾米似的，团曲成弓形，右手抓紧门旁的柱子，一阵剧烈的咳嗽。徐方白急忙靠近，只觉得呛鼻的酒气，在四周弥漫，随即，听到"哇"的一声，跟着飞出来酸臭无比的气味，广东人连咳带吐，吐得灶屋门口的土地一片狼藉。

徐方白见他吐得身子脱力，弯腰扶着门柱，站不稳，也直不起腰，就上前一步，顾不得脚下是不是踩到污秽，用双手扶住了林先生的双肋，免得他支撑不了，整个身子倒了下去。"林先生，你喝多了啊！"徐方白关切地说。

"不多，不多，半斤而已。"林某强撑着说。这世界上，从来没有醉汉认输之说。

喘息了片刻，林先生终于和缓下来，胃里的东西，方才喷涌而出，此刻应该是吐干净了。他回过头,月色下,脸色煞白,勉力挤出笑来:"出丑了,出丑了,平日里,半斤没事的。"

徐方白扶住他,小心翼翼避开地上的呕吐物,好意道:"累了,容易上头。你先回屋去休息。"

林先生意识尚清醒:"这里一塌糊涂,要弄弄干净。"

徐方白屏住呼吸,这股熏人的气味,连他的肠胃也被引得翻江倒海。他硬着头皮说:"你只管回屋,我会收拾的。"

"不好意思的,不好意思。"林先生咕哝道,走路都是飘的,哪里还能够打扫,只能脸皮厚厚,在徐方白的搀扶之下,走回自己的厢房。

徐方白劝道:"你最近应酬喝酒太多,伤身子的。"

"不多,不多,每天也就是喝一次,喝不到两三次。"他回答着,舌头有些大,吐字不清楚,声调和语句都有些儿滑稽。

徐方白试探问:"李大人到了这里,你就忙得不可开交啊。"

林先生一个激灵,倒是警觉起来,赶紧分辩:"中堂大人啊,他和我隔得远。他高高的,我低低的,隔开好多层。"

徐方白心中暗笑,喝醉的人,再警惕,还是会露馅。隔开好多层?那实际上还是承认了自己的身份特殊。徐方白终究善良,不忍再逗他说话,把他扶进屋子,径直扶到了床前。林先生山一样倒了下去,连鞋子也不脱。徐方白好意,弯腰给他脱去布鞋,将他的双脚挪到了床上。

倒在床上的林先生,意识开始迷糊,将要睡过去之前,迷迷糊糊道:"徐先生,你是好人。读书人,中堂大人器重读书人,你前途无量……"

徐方白苦笑。权势如山峰刮下来的风,大小官吏,就像挂在庙宇檐角下的一串串响铃。山风起舞,风猛风劲,串起的铃,互相比赛嗓音,一只只响个不停;风小风弱,响铃也就散了气,渐渐停息,最后没了动静。李鸿章滞留上海,像林某这等末流角色,竟也忙得不亦乐乎。

徐方白见他打起呼噜,就退出厢房,随手带上了门。他皱皱眉头,不远处,皎洁的月色下,灶屋门口,有一摊湿漉漉的东西,隔好远,依然随风飘来阵阵恶臭。再恶心,徐方白都得去打扫干净。不然,明儿早晨,九妹起身,不被熏得难受?她在孕中,徐方白不由自主地,对她怀着无比的怜惜。

徐方白想了想,在院子里的老树旁,寻到一把铲子。他虽然是书生,老家在乡村,常去老舅家住,也会帮忙干点小活,并非四体不勤五谷不分之人。他忍住恶心,将灶屋门口的污秽铲进箩筐,到院墙旁的树下埋了,又铲了些干净的细土,在灶屋门口铺了一下。干这些活计,徐方白没弄出啥声响,无意惊动九妹和三郎两个。陪伴他的,是徐徐扫过身边的夜风,还有洒落一地的银色月光。

直起身子的当口,徐方白满意地想,吹上一夜,恶臭散尽,明儿早晨,九妹不会恶心了。

## 十二

这天,在译书院做了半天的事,中午,

简单的午餐之后,徐方白走去张元济的房间,见他尚未午休,就干脆找他聊聊,把心中的想法直说了。他不好意思道:思虑再三,辜负了菊生兄的厚爱,不想动了,虽然商务印书馆前程远大,还是想留在译书院,拿一份稳定的收入;成家了,竟然没了年少时的豪气,只求个生活稳定,让九妹安心生儿育女。张元济听说九妹已经怀孕,喜上眉梢,祝贺徐方白要做父亲,十分理解他的选择,还叮咛徐方白别不舍得花钱,到时候,给九妹请个有经验的老妈子,对大人和孩子都好。

张元济真君子。徐方白不愿追随,他非但不气恼,还慷慨表示,将向南洋公学举荐,让徐方白在译书院担的责任更多一些,一来对译书院的发展有益,二来,也可以让徐方白增加收入。

张元济果然做了安排。那日,他告诉徐方白,盛宣怀要到译书院来看看,让徐方白陪着自己,一起接待盛大人。徐方白纳闷,说自己只是个做杂事的人,盛宣怀过来,自然是菊生兄接待,他陪着合适吗?张元济说,盛宣怀喜欢与读书人打交道,徐方白一身才学,无须隐藏,该说就说,他见了,自然欣赏。

事情就这么定下来。

通知的时间,本来是午餐之后,盛宣怀稍事休息就过来。到下午两三点钟,还不见人影。也许盛大人午休延长了吧?反正不急,张元济和各位同事,边做事边等。直等到下午的太阳没了热气,屋子外开始飘荡起暮色,归巢的鸟咕咕叫唤着,从窗外的树枝上飞走,还是不见来访者的动静。盛宣怀过来,他的身份,官轿总要有,那排场声响,大老远就能听到。可惜,街上一直安宁着,没有喧闹嘈杂,连个送信的差人也不见。张元济说,盛宣怀做事认真,说话算数,如果取消此行,自然会通知一声。可是,到了下班时间,还没个准信,张元济为难了。不见得让众人都饿肚子陪着?既然上前接待说话的,仅仅是张徐二人,张元济就只留下徐方白,让其他同事各自回家晚餐去。门房杂役自然不能离开,张元济要他们在门口盯着。

又等了半个时辰,也不知盛宣怀那边怎么回事,依旧没有声息。张元济失去了耐心,肚子咕咕叫唤,看样子没希望,便瞧瞧徐方白道:"官场的事,难以预料,我们也撤吧……"话音未落,一直在译书院门外张望的杂役,突然大喝一声:"来啦,来啦!"那杂役老头,虽然上了年纪,喊起来,中气十足,寂静无声的译书院,被这喊声撼动,似乎房梁也在嗡嗡作响。两位读书人从椅子上跃起,张元济在前,徐方白殿后,两人急忙朝大门口赶去。

一辆人力车停在译书院门外,暮色里,有位瘦长个子的男人从车上跨下来,一身灰色的长衫,倒是蛮有气度。不过,分明不是盛宣怀。盛宣怀出来,官轿是省不了的,就算他不想讲排场,作为清廷重臣,那朝廷的规矩,不能随意破了。

张元济走到门口,已经认出来人,赶紧上前一步,拱手道:"原来是刘师爷!失敬失敬,我们出来晚了!"

来者,是盛宣怀身边的幕僚,绍兴师爷,盛宣怀信得过的人物,与张元济熟悉。对方也赶紧拱手道:"菊生兄久等了吧?不好意思,我们进去再说!"

回到屋子里,坐定,杂役送上茶水,退出,规矩地带上房门,里面顿时安静下来。两只新式的汽油灯,是译书院为夜间赶工所购,这时一并打亮,显得亮堂堂的,驱散了暮色的灰暗。刘师爷又朝张元济拱拱手："抱歉，菊生兄，等得心急了吧？"

张元济道："边做事边等，不着急。"他又试探地问："师爷是先行一步，盛大人的官轿在路上？"

刘师爷先不搭话，扫了一眼徐方白："请问，这位仁兄是……"

张元济醒悟，尚未来得及介绍，便说："这位徐方白先生，译书院的中坚，我做事靠着他的。今日让他来向盛大人报告事务。"张元济的话，特意拔高了徐方白，其中意味，徐方白自然懂，赶紧拱手道："我跟着菊生兄，做点杂事而已。"

刘师爷听罢，客气地道："听方白兄口音，湖南人吧？幸会幸会！"

张元济见刘师爷欲言又止，估计还是觉得徐方白陌生，不放心说话，便继续介绍："方白兄，大才子了，我在北京时就熟识，他在谭军机身边多时，为谭军机高度信任、赏识。所以，方白兄一到上海，我立刻请他来译书院共事。"

张元济提及谭嗣同，自有深意。谭嗣同为维新变法舍身，在读书人中的声望极高。能够获得谭军机信任赏识之人，便是最好的身份证明。刘师爷听张元济如此介绍，自然放心，急忙再次拱手道："原来是谭军机身边的智囊，失敬失敬。"

徐方白谦顺地欠身道："菊生兄过奖，刘师爷错爱，我在谭军机手下，只是奉命跑腿、打杂而已。"

刘师爷舒心道："都是自己人，我就如实报告。今日，盛大人无法过来了，出了天大的事儿，实在是天大的事！"他一脸严峻，语气着实重，说话间，牙帮子外面的肉，都有些颤动，似乎被将要说出的话吓住，把持不住自个儿的情绪。绍兴师爷，以见多识广、干练辣手著称，被惊吓成如此模样，可见他说的"出大事"，是何等惊骇之事。所谓"每临大事有静气"，所谓"山崩于前、地陷于后，而不动声色"，终究是理想状态，谁人能修炼到那个火候？

张元济前面就在猜想，盛宣怀并非随意爽约之人，说好了过来，却不见踪影，应当是被啥难办的事，绊住了脚。张元济淡然一笑，道："师爷喝点茶，慢慢说。"

刘师爷见屋门紧闭，这座房子里没有别的人，放心许多，开始说出盛宣怀不能前来的原因。朝廷的大事情，要发电报对外昭告，都是先到盛宣怀的手上。今儿突然晴天霹雳，说是朝廷——自然是太后当政的朝廷，光绪皇帝早就管不着了——决定向各国宣战，宣召各地总督，派兵进京，拱卫中枢，还称民心可用，支持义和团驱逐洋鬼子的行动。刘师爷嘴唇哆嗦："一日之隔，天翻地覆。昨日传过来的，还是鼓励袁世凯的新军，坚决弹压闹事的义和团，命李中堂全面协调对各国的和谈事宜，怎么一日工夫，完全变了呢？"

张元济素来持重，不惊不诧，亦被这突如其来的消息吓得大惊失色。与各国宣战？何等的大事，如此草草就宣布出来了？也不像慈禧历来的行为方式啊！慈禧手段是厉害的，维新变法之际，她先是容忍，到忍无可忍，才猛然出手，关的关，杀的杀，赶的赶，进退有据，看得出谋略。现在似乎章法大乱，前后的决策，变化得令人不可思议。张元济沉闷地问："盛大人如何说？"

"盛大人自然左右为难。已反复求证过，传过来的文稿，不假，确实是御前会议的决策，不敢不听。不过，盛大人清醒，知道那电令一旦发出，将是天下大乱，不

303

堪设想。"刘师爷不断搓着双手，显示出内心的杂乱，"盛大人当然是没法过来了，惦记着今日之约，让我前来知会一声，我还得赶回去，帮着盛大人应付。"

张元济急忙说："我这里是小事，千万不让盛大人分心。师爷赶紧回去为要。"

刘师爷说罢，茶亦不喝一口，急匆匆起身，正要拱手告辞，想起什么，又站直身子说："盛大人一向敬重菊生兄才识，特地关照，此去可询问菊生兄，当此纷乱局面，如何妥当应对？菊生兄有甚高见，望坦率赐教，我回盛府可以复命。"

张元济沉吟着，没有作答。说到底，此事天大，他不敢贸然发表想法，或者心中另有盘算，他竟然转头看着徐方白道："方白兄，当年，谭军机位于中枢，你是他亲信，见的大事多了，你可有啥好意见，请刘师爷带回去，奉请盛大人参考？"

张元济此问，让徐方白意外。他早已是闲云野鹤，如此要事，哪里想多嘴。不过，他隐隐猜测，张元济之问，内藏善意，大约是要他在刘师爷面前——自然是让师爷转告盛宣怀——显示出过人的见识。徐方白无奈，为对得起张元济的善意，只能硬着头皮，说上几句。

徐方白略一思索，脱口而道："何妨留中不发！"

这"留中不发"一语，徐方白听谭先生说过。当年，光绪帝任命几位年轻人执掌军机处，他们自然要为光绪帝分忧。保守派阁僚们，屡屡奉上又臭又长的奏章，鞭笞维新变法的各种作为，谭嗣同他们不愿光绪帝烦心，常是"留中不发"，也就是压在了军机处，不送上去。

绍兴师爷，何等精明之人，听徐方白一席话，先是点头称是，转念一想，不对了，说道："军机处留中不发，压住的，是下面往上送的，无碍。今日，却是朝廷派下来的，压住不发，盛大人一身干系太大啊。"

徐方白笑笑："我是冒昧瞎说，刘师爷听听而已。留中不发，其实也有区分。可以全部不发，可以摘抄再发；可以发给这里，却不发那里……"徐方白放慢了语速，让刘师爷细品这番话语。

到底是见多识广、智慧过人的绍兴师爷，他听徐方白说到这里，醍醐灌顶，喊了一声："有道理！有道理！"跟着又补了一句："相机处置，相机处置！"

刘师爷迫不及待，十万火急，要回去复命。张元济和徐方白送到门口，见那人力车还等在原处，不知是刘师爷临时雇的，还是盛府的常用车辆。师爷一边上车，一边向两人致谢："不虚此行啊。回去，把在这里听到的锦囊妙计，禀告盛大人！"

夜色浓密起来，那辆人力车，一忽儿就消失得无影无踪。

张元济转过身，看着徐方白说："哈哈，刘师爷夸锦囊妙计！方白兄果然是见识不凡！"他向来沉稳，不动声色，这会儿，竟然发出特别赞许之声，夜色中，镜片之后，目光闪闪，微笑着夸了身边的读书人。

徐方白不好意思："菊生兄命我说话，不得已，随便说说的。"

张元济道："你随便说说，也是为天下百姓。若是这电报随意乱发，各处不明就里，拥兵的蜂拥而起，心怀叵测者趁乱坐大，天下汹汹，还不是百姓遭难？"

徐方白缓缓说道："我也是如此想。假如只发给各路总督，他们老成持重，商量

304

商量，也许还有转圜的余地。"

张元济点点头："高明！那个刘师爷绝顶聪明，你的话，他听懂了，盛大人又信任他，这事儿就好办些。"

夜风吹来，脚下的沙土轻轻扬起。肚里瘪了，咕咕叫唤得厉害。早过了晚餐的时候，张元济道："我们去街上吃碗面！我来请客。"

两人说说笑笑，朝街上的点心店走去。走到转角，面店的香气，浓郁地扑鼻而来，肉香面香，还有炸蒜叶的香，撩动了人的食欲。徐方白却没有急于奔那里去，他停住脚步，对张元济说："我百思不得其解。按刘师爷的说法，御前会议，连着几天，作出的决定，显然是南辕北辙，国家兴亡的大事，怎么像开玩笑似的。"

张元济正色道："我也觉得蹊跷。不让袁世凯的新军进京，把中堂晾在上海，都可以理解。"戊戌之际，李鸿章救过张元济一命，说到他，张元济常常恭敬地称一声"中堂"。张元济使劲摇着头："那帮八旗贵族王公，不愿意别人进中枢，分享他们的权力，都不奇怪。不过，向各国宣战，这等惊天动地的大事，怎么几个时辰就捅了出来？"

徐方白说："谭先生多次说，太后手段厉害，光绪帝不是她对手。不过，谭先生又认为，慈禧绝对不是莽撞任性糊涂之人，做事谋定而动，游刃有余。贸然向各国宣战，连朝廷内部上下的思想准备也谈不上，这个就不像是用心盘算过的。"

张元济的脸色，在街上的黑暗中，显得冷冰冰的，只有鼻梁上架着的镜片，闪出隐约的光亮。"可怕之处，正在这里。毫无准备，如何宣战？就靠一通电文？最后又是惨败，割地赔银子，无边无际的灾难

啊……"张元济凄凉地道，"思来想去，只有一种可能，让她丧失起码的理性。"

徐方白看定他的脸，焦急地问："是什么原因？"

张元济并没有马上回答，淡淡地说："饿了，饿得厉害了，先去吃面再说。"

直到热乎乎的汤面下肚，身子略微舒适些，张元济的脸上，泛起血色，他才问徐方白道："还记得那份英文报纸的文章吗？"

徐方白没有反应过来，呆呆地望着张元济圆圆的脸庞："菊生兄说的是哪一篇？"

张元济说："那位记者建议，各国政府要扶持光绪帝重新掌握权力……"

徐方白醒悟道："她害怕的是这个？"

"对啊，这才是要害！"张元济说，"当初，看到此文，我就隐隐担心，如果有好事之徒借此生事，就会捅出天大的麻烦……"

徐方白忧郁地说："总有人唯恐天下不乱啊，莫非谁把那篇文章呈递上去？"

"我仅是一猜。"张元济说，"我们知道的消息有限，只能静观后续。可恨之处，是国家危亡，老百姓又要吃大苦。"张元济长长地叹气，徐方白跟着伤感，碗里还剩下一小半面条，亦无心再吃了。

## 十三

徐方白到家的时候，胡家兄妹刚吃好。今天早上，出门前，徐方白对九妹说过，可能迟归，晚饭不必等他。桌子上，碗筷

尚未收拾，两兄妹像在说什么，九妹的眼圈竟然是红的。见徐方白回来，九妹别过头，擦了擦双目，低垂眼帘，避开徐方白的视线，轻声问道："锅子里有热饭焖着，是不是要盛出来？"徐方白回答已经吃过了，九妹沉默着把碗筷收拢了，端到灶屋去洗刷。

徐方白问三郎："九妹怎么啦？"

三郎气鼓鼓道："上海道台真不是东西，无缘无故，抓了我们几个山东老乡。"

徐方白诧异："凭什么抓人？"

"他们在街上卖艺，练几套拳脚，四周看客觉得开心的，给一点赏钱罢了。"三郎愤愤地道，"不料，道台府衙役跑来说，山东口音，耍棍弄枪的，就是义和团，就要抓。真是一派歪理，难道义和团是强盗土匪？衙役还说，是租界里的洋人看到，去道台那里告了，衙役奉命前来抓人。"三郎说着，咬牙切齿："我就不懂了，堂堂上海道台，如此听洋鬼子的话，莫非是他们的孙子？"

徐方白心里寻思，这个动作蛮快的。上海道台余联沅，出面在谈"东南互保"的事情，各国使团趁机开条件了，他们唯恐义和团的势力进入上海，渐成燎原之势，预防在先，要求余联沅及早弹压。义和团在京城气盛得很，连使馆区也不太平，洋人们心中害怕的。双方谈判的背景，八成就是衙役们在街头捕人的由来。徐方白没法细说，因为三郎正一肚子敌意，不敢火上浇油。徐方白换个角度问："九妹就是为这事伤心？"

"我告诉她了，被抓的老乡中，有她丈夫的侄子。她现在这模样，也没法抛头露面，到衙门去看看，关心一下，所以难受。"三郎怏怏地说。

"现在这模样？"是怀孕了，还是重新嫁人了？三郎没有解释，徐方白只能猜测，大概都是原因。也许，九妹和自己成亲的事，还不便告诉侄子。确实难以说清楚，九妹为什么急匆匆重新嫁人。唉，乱世之中，做女子更难！不知为何，徐方白突然联想起，千年之前，另一位山东侠女，那个写下"至今思项羽，不肯过江东"的李清照。后人背诵其慷慨激昂的名句，却很少知晓，她在灾乱岁月遭遇的坎坷命运。生逢乱世，已经不幸，再经历丧夫之痛，颠沛流离而不肯低头认命，其深入骨髓的痛楚，可以想象。所谓"红颜薄命"，令人感慨，真是为这些奇女子难受。

徐方白想了想，对三郎说："译书院里，有同事与道台衙门熟悉，我明天托他去打探打探吧。"

三郎见徐方白如此热心肠，心中感动："我们麻烦徐先生的地方很多了，这事不敢劳您操心。我给认识的衙役塞了点小钱，他悄悄告诉说，道台也是做个样子，堵堵洋鬼子的嘴。不会过分难为老乡的，明日送他们出境就是。"

徐方白心想，难怪余联沅口碑不错，坊间夸他能干与方正的不少。由这件事情便可看出他的手段。表面上抓人，封住洋人们的嘴，使"东南互保"的谈判得以推进；抓了人，又悄悄送走，对义和团呢，也算是高高举起，又轻轻放下，并无穷凶极恶的样子。眼前，清廷正式与各国宣战的情势下，"东南互保"之议，虽然为朝廷不容，对江南百姓，或许还是有好处的。这些想法，徐方白依然放在心里，不敢对三郎细说，因为三郎余怒未消，还在生气，骂骂咧咧："洋鬼子可以在上海耀武扬威，山东老乡却要赶出去。这个上海城，还算不算中国人的地盘？那个不要脸的道台，收了洋鬼子多少好处？"

三郎边骂，边打算出门。徐方白诧异地问，这么晚了，去哪里？三郎爽快地回答，再去道台衙门探探，找熟悉的衙役问问，想给九妹丈夫的侄子送点钱过去。落在官府手里，手中有点钱，吃苦少些。九妹身子重，没法跑去衙门，至亲啊，他三郎得管管。

徐方白觉得此话在理，也就没有拦他。

哪里晓得，这天夜里，三郎出门，就闯出了大祸。以后很长的时间里，徐方白想起来就后悔，那天晚上，为什么没有拦住三郎呢？

九妹在灶屋，收拾好碗筷，没有再到前厢房来，径直去自己屋子休息。徐方白猜想，她自强，不愿让人看到哀伤的小女子态。徐方白不便打搅，自己看了会儿书，倦意阵阵袭来，也是忙累了一天，便倒头睡了。

第二日清晨，天蒙蒙亮的时分，徐方白刚刚起床，九妹竟然掀开布帘，匆匆走进前厢房。难得如此不讲礼数。往日，九妹一定要等他去灶屋打水，屋里空着，才会进前厢房，将热腾腾的早饭端上方桌。

九妹一脸惊魂，着急地问道："徐先生，三郎哪里去了？方才想让他吃早饭，他屋子里竟然没人！被子叠得整整齐齐，好像根本没在床上睡过觉。"

徐方白顿时不安起来："他昨夜出去的呀，说是要去找认识的道台府衙役，探望关在那里的老乡。莫非彻夜未归？"

九妹急得跺脚："去道台府了？担心他性子躁，在那里吵闹开，必然吃亏！我昨天劝过他，如今在上海，不是山东老家，遇事不能由着性子来，他怎么就不听呢！"

徐方白说："三郎做事有分寸的，我想，不至于去道台衙门闹事吧？"他极力安慰着九妹。女子的肚子，明显凸起了，身子站立着，看上去尤为清晰。徐方白不由想到，那天，广东人打趣，说徐方白是"奉子成亲"，只好任他胡乱猜想，否则，没多少日子，九妹身孕显山露水，亦是没法解释。徐方白怕九妹急坏身子，只能继续为她宽心："他说是去送些钱，打点打点，还说有衙役早就熟识，应该没啥麻烦。"

九妹依然不放心："为啥会彻夜不归啊。平日，他见个老乡，晚回来是有的，整夜没人影，他能够去哪里？"

徐方白知道，九妹已经听说，衙役在街上抓捕山东人，没什么道理，凭他们耍拳练武，就指认为义和团。九妹分明在担忧，兄长是不是无端遭难。徐方白努力平和地说："我想，三郎到上海，不是一日两日，情况早就熟悉；又是在招商局码头仓库做事，就算遇见夜间巡查的官差，有根有底，经得起盘查，报一声这个住址就行，不会出事。"

"那么他去哪里？想不出地方啊。三郎向来老实，在老家的时候，从不在外面随便过夜。"九妹还是忧心如焚。

徐方白寻思着道："我们在这里胡乱猜，得不出结果。我早点去译书院吧，见着与道台衙门熟悉的同事，求他去那里探询，有没有事端，马上可以问清楚。有了消息，我即刻回来告诉你。你就安心在家等候。假如三郎回来，让他休息，码头那里，请个假也是可以的。"

两个人都是惊魂未定，徐方白随意喝了点稀饭，就匆匆出门去了。

307

自从设了租界，与洋人打交道的事务多起来，上海的道台衙门，就养了会说英文的通译。通译专注于日常口头交流，有洋人到道台府办事，或者道台去租界拜会，通译是全程跟着。不过，遇到撰写与西文相关的专业文书，通译的知识往往不够，为了少出纰漏，文字方面需要审核把关，常常就求到了译书院。译书院的同事，在西洋读过书，专业搞文字翻译，推敲译文，更有把握。因而，译书院的同事，与道台衙门来往多，与师爷和通译他们相当熟悉。

没花多少时间，去道台衙门打探的同事，就回到了译书院。他说，除了昨天在街头抓的人，衙役们并无其他抓捕。那几个在街头耍拳卖艺的，昨日被抓后，道台根本懒得审，临时在号子里押着，关照今日午后送出上海地界，并拟文传给告状的洋人，给租界那里一个说法而已：疑为义和团的人员，已经驱赶出境。道台的做法，有案可循。袁世凯奉命去山东弹压，不也是把许多义和团赶出了山东地界？

这些，当然是让徐方白释怀的消息。不过，接下去，同事顺便说及，昨夜出了另一件怪事，道台衙门在紧急追查、处理，则让徐方白吓出一身冷汗。半夜时分，英商的码头，发现潜入者，意图盗窃，并纵火焚烧仓库。火势方起，即被值夜人员发现，警卫立刻吹笛围捕，并鸣枪示警。那潜入者，据警卫说，像是孤狼。只看到一条身影，围追之时，见其跳入黄浦江，随即失去了踪迹。初步侦探，估计是潜水逃亡至附近的其他码头。

这些传闻，同事作为传奇故事来说，在徐方白听来，则是相当实在，线索几乎全部指向一个人，所谓的孤狼，八九成是三郎了。相处的日子里，笑语闲谈间，徐方白多少知晓兄妹的过往。三郎不但武艺娴熟，水性也好，从小喜欢在河里嬉耍，还以水泊梁山里的浪里白条自称。难怪，昨夜三郎出门后不归，竟然去做出这等要命的事情。

徐方白知道，三郎仇视洋鬼子，那是战场上拼过命的，是生死仇恨。他开始后悔，自己介绍三郎去招商局码头，是不是失策之举。只想给三郎寻个事做，让他安定下来，至少在九妹面临生育的日子，太太平平打发了时间。徐方白始料未及，招商局码头，与英商的码头邻近，白天，可以彼此张望。三郎以为，凡高鼻子，就是仇家，每日里看着，怕是眼中经常冒火；他潜入英商码头，自然有向洋鬼子报仇的计划。

徐方白想，你恨洋鬼子，我非常理解，他们占了中国的土地，杀过你三郎的好兄弟。不过，你夜闯人家码头，还要放火烧仓库，太冒险，被逮到了，就是死罪啊。

为啥闯英商码头，还要放一把火呢？

徐方白想到前些日子的一次交谈。广东人警示，三郎在自家仓库干活时形迹可疑，东翻西找的，因而让徐方白关照三郎，必须安分守己。徐方白为了说服三郎，暗示过他，招商局仓库里，都是与民生相关的贸易品，不会有军用器械之类东西。徐方白的本意，只想劝三郎安心干活，不过，他如此这般随口一说，莫非三郎往心里去了？他潜水到英商码头，想到那儿去找寻杀害自己兄弟的武器？放火的意图，是打算把那些装备毁了？徐方白未免暗暗叫苦。自己无意间说的话语，竟然变成了教唆。三郎的祸，闯大了。在街头展示拳脚的，尚且让租界里如临大敌，现在，矛头指向他们的码头仓库，那是洋人的要害之处，他们绝对不会善罢甘休。道台衙门不得不严查。查到三郎头上，肯定是大罪了。说不定，保他进码头的徐方白，也会被牵连，刚刚为九妹安顿的临时之家，恐怕危矣。

徐方白一时方寸大乱。张元济没来，他只得向同事打了声招呼，说有急事处理，便朝家里赶去。心急慌忙走着，心中产生一种奇异的感觉：自己的身子与大脑，正在撕裂，两种截然不同的力量，冲击着中枢神经。三郎的行为，不顾前后，让人气恼，却也让徐方白同情；国仇家恨，他纵然烧洋人的仓库，亦是没法子的弱者的反抗，无论如何，得帮着三郎躲过这场灾祸。不过，道台衙门那边，可能紧追不舍，徐方白同样可以预料，道台余联沅所处的位置，不能与租界里闹僵，他受南方各位总督大员的委派，正与外交使团谈判"东南互保"的构想。这个谈判，徐方白从心底认可。战火蔓延开来，吃苦的总是黎民百姓。再说，前面已经想明白，搞"东南互保"，诸位汉族大员，暗地里如何盘算个人得失，且不管它，对慈禧的朝廷，肯定是尖利的背刺，让貌似坚固的八旗军统治，瞬时七歪八倒。思前想后，利大于弊啊。

徐方白需要站在哪一边？他自己也想不明白了，只能走一步看一步，先回家去，搞清楚三郎的下落再说。

徐方白跨进自家庭院时，里面的情景，与他十万火急的内心，截然相反。庭院四处，呈现一片夏日的宁谧安详。灿烂的阳光，投射在不大不小的院子中；树上，躲在绿叶光影里的小鸟，叽叽喳喳地欢唱；墙角的野花，白色的紫色的，趁最近的潮湿天，吸足了水分，纷纷盛开，沿墙根一字儿排列。最美好的景色，是女子的背影，九妹站在一根晾衣绳前，轻轻抖松洗净的衣衫，拍了拍，整齐地晾了上去。她的背影，因为怀孕，比刚来时显得胖了些，不过，依然是挺拔的，毫无臃肿的感觉。九妹习武，英气逼人，却很少特意打扮，今天，竟然在发髻上插了一枝红色的花，大约是在庭院墙角采下来的，插在乌黑的头发上，煞是耀眼。

早晨，离家前，九妹心乱如麻，为三郎忧心，这会儿，像是心情大好。徐方白走近，看到晾出来的，是三郎的粗布衣裳，心中已然明白，三郎平安到家了。

听到脚步声，九妹回过头，见徐方白傻傻地瞧着自己，突然醒悟，脸上不由泛起羞涩的红晕，赶紧把发髻上的花扯了下来，讪讪地道："徐先生回来得好早！"

徐方白说："不放心三郎啊，回来看看。"

九妹说："他回来过，说是还要去码头干活，丢下脏衣服，匆匆走了，想让他喝碗粥，都没心思。"

徐方白打量着那套粗布衣衫，没有吱声。经过九妹的洗涤，衣服干干净净，没一丝儿脏迹，看不出异样。

九妹继续说："问他去哪里混了一夜，他支支吾吾，也不肯好好说。衣服脏得全是泥，湿透了，就像在泥塘里打过滚似的。"

徐方白自然没有说出英商码头的事情。三郎不肯道破，是怕让九妹操心，徐方白就更不愿意烦她。

九妹看看徐方白，眼里含着期待，小心翼翼地问道："你的同事去过道台衙门吗？"

徐方白只告诉了她半截消息："打探过

了，说是昨天被捕的几个，并未难为他们，走个过场，今天下午让他们离境就是。"

"没其他消息？"九妹追问。她显然还在纳闷，三郎一夜失踪，去干了甚事。

"嗯。"徐方白终究不习惯说谎，只是含糊应一声。

九妹瞧瞧他，就不再追问。女子乖巧，从不强人所难，见徐方白没有再说话的意思，就端着洗衣的盆子走开了。虽然名为夫妻，他们两个谨慎地保持着距离。三郎不在家的时候，很少单独相处。

徐方白又看了看晾在绳上的衣衫。九妹做事认真细致，衣衫被洗得很彻底，哪里有所谓脏得像在泥塘里滚过的样子。九妹说，三郎的衣服又湿又脏，证实了徐方白的猜测。三郎潜水逃离英商码头，不知藏在哪个旮旯，躲避了追捕，才溜回家换衣裳。三郎换衣裳后，再去码头上班，是聪明之举。今天，道台衙门的人，会到各个码头盘查情况。如果有人躲起不开工，只怕会成为怀疑的对象。这个三郎啊，性子直，眼睛里揉不得沙子，容易冲动，让徐方白头疼；不过，他还挺聪明的，遇事处置得当，也算粗中有细了。

## 十四

三郎无恙，徐方白暗自庆幸，至于三郎夜闯英商码头，放火烧仓库之事，打算暂时瞒过了九妹，期望平安躲过此祸。后来的形势，急转直下，天大的娄子，根本堵不住，说明读书人还是天真了。局面的演变，比他预料的，要严峻得多。

徐方白听九妹说，三郎已经去码头仓库干活，一时不便找他问缘由，也就回到了译书院，做自己的事去。不过，人坐在书桌前，还有些心神不宁，眼皮不时跳两下，提醒是不是会有祸事降临。窗前的树权上，有乌黑的鸟儿叫唤，叫声颇为粗糙。徐方白不识鸟类，不知那鸟是不是传说中报丧的乌鸦。心绪紊乱之刻，手头的文字，像看进去了，记忆却只停留在浅层，前后失序，看到结尾，却全然忘记前面说了啥。

今日，张元济还是没过来。自从接待刘师爷之后，张元济对徐方白愈加放心，他不到译书院的时候，就委托徐方白照料日常事务。从他的言语，徐方白得知，张元济已经提出辞呈，要离开译书院。不过，盛宣怀那里，尚未同意，还在挽留商洽之中。刘师爷曾经跑来一趟，与张元济关起门，说了两个时辰，不知道谈出了什么结果。后来听张元济说，刘师爷又转到上海道台衙门，在那里做起了道台师爷，那日来见张元济，多半是说自个儿的事；他在盛宣怀那里逍遥些，去道台衙门，杂务多些，心中很不情愿，又不得不去。张元济越发认定，在官府四周做事，掌控不了自己的命运，去意更加坚决了。庚子年，人间沧桑，种种变化，日益繁多，那日子，失去了多少年来的平稳，奇峰突起，异象常现。往常走的是一马平川的大草原，四周的景致尽是熟稔，这一年，却像是坐上了过山车，那车忽而直上云端，忽而顺大斜坡滑向谷底，风驰电掣，气象万千，吉凶难测，未免令人目不暇接，目瞪口呆。

下午，与道台衙门往来密切的同事，又去那里跑一趟。不是徐方白让他去的，恰好有道台回复租界的一份文书，请这里帮助审定后，要退回给道台府的通译。同事回来的时候，特地跑过来看徐方白。那同事出过洋，年少时，曾被清政府选派到美国留学，据说，当年李鸿章到美国，他也是随从翻译者之一，是见过世面的人物，平时绅士派头，并无一惊一乍的模样，此时的神情，却有几分诡异，靠近徐方白耳边，低声道："道台衙门那里，又出大事了！"上午徐方白请他去道台衙门，打探抓捕山东人的情况，仅仅是探询，没有明讲为什么关注此事。他知道张元济信任徐方白，就乐得从命。既然道台衙门有新的重要消息，赶紧来知会一声，也是套近乎的意思。

徐方白心中一紧，却不愿显露着急的情绪，努力稳住，淡淡地问："你上午过去，不是说没事了，被抓的山东人，送出境啦？又有什么情况啊？"

同事撇撇嘴："抓几个街头卖艺的，算啥？下午的事，倒是惊天动地。明天的小报上面，等着看热闹吧。"他卖了个关子，吊徐方白胃口。徐方白不急，知道他自会往下说，只是静静地看住他。同事没忍住，接着憋出一句："有人向道台余联沅丢炸弹，谋杀朝廷命官，还不是天大的事！"

徐方白大惊："竟有此事？你是亲眼所见？还仅仅是听了传闻？"

"这般大事，虽然不是亲眼所见，也不敢瞎说的！"同事正经八百道，"确实是丢炸弹了，说是好大一个炸弹，装在篮子里丢过去，把兵丁们全吓得当场趴倒！"

上海道台余联沅官声不错，并非贪赃枉法之徒，在上海任上，也有所建树。徐方白知道坊间的言论，颇为尊重此官，不由问道："竟有这等事情！道台如何呢？有没有伤着？"

同事微微一笑道："万幸万幸，余道台无妨，应该有金刚护身啊。他刚坐上轿子，那只炸弹就径直丢过来，四周的兵丁大喊大叫，四散躲开，他倒好，安坐在轿子里没动静，算得上临危不乱！"同事敬佩地竖起大拇指："道台命大，那炸弹竟然没响，装炸弹的篮子，滚了两圈，停在离官轿几米远处，啥声响也没有。若爆炸了，那官轿自然惨，近在咫尺，必然炸得稀里哗啦。炸弹没爆，余道台未伤毫毛，真是奇事一桩！"

徐方白当即判断，丢向余联沅的，是自制的土炸弹，装在篮子里扔，土得够新鲜。行刺各地大员的事，不算新鲜，是反清斗士们一时的风尚，已陆续听到多种传闻，自制炸弹，也不是头一回听说，临时用火药拼凑组装，以为像做鞭炮那么简单。这种炸弹，制作粗糙，最后没有引爆，伤不到人，也无甚奇怪。

徐方白问："行刺者抓到了吗？衙门里有何说法，谁胆大包天，竟敢行刺余道台？"

同事摇摇头："现场混乱不堪，行刺者逃跑了，那群护卫道台的兵丁，一帮酒囊饭袋。"

同事说罢，回自己的位子去做事，徐方白心中又开了锅，七上八下地翻腾。谁会行刺道台？三郎？不可能吧。这个时间，他应该在码头上干活。昨夜闯祸未了，哪里又会跑出来丢炸弹？再说，三郎也不像有制作炸弹的本事。三郎更倚重自己的武艺，假如杀手是耍刀使枪，从屋檐上飞下，用剑直刺道台，更符合三郎的性格和行为逻辑。

不是三郎出手，也可能是三郎的伙伴。那日，晚餐时，三郎说到"东南互保"的事情，大骂余联沅不是东西，是洋鬼子的灰孙子，没有民族大义的贼人，说话的当口，喷射出对其深仇大恨的眼光，让徐方白印象深刻。徐方白记得三郎说起，有几位老乡到上海，他们讨论的话题，应该与大局有关，否则，三郎亦不会知道"东南互保"这类复杂的事。

会不会是安排好的策应？夜里，三郎在英商码头动手；白天，他的同伴，则去行刺道台？那个倒是可能。余联沅依洋人请求，驱逐山东义和团兄弟，他们报复一下，真是好大的胆子啊！徐方白愈发焦虑。英商码头失火，道台衙门不得不查，是受租界洋人所迫，行动上可以敷衍；现在，有人行刺朝廷命官，就是大案要案，必然严查不放，不可能网开一面。三郎与他的伙伴们，危矣。如此这般想着，徐方白哪里还看得进眼前的书稿。

徐方白回到家的时候，天色尚未暗下来。庭院，被淡淡的暮色笼罩，有鸟儿从树梢飞落，站立在拉起的晾衣绳上，叽叽喳喳叫唤，似乎欢迎徐方白的归来。早上晾在绳子上的衣衫，已经不见了踪影。晒了半天的太阳，未必干透，急于收起，怎么不再让晚风吹吹呢？

徐方白见九妹还在灶头前忙，就徐徐走过去，还故意咳嗽了一声。他细心，怕九妹全神贯注忙于晚餐，背后冷不丁有人，吓一跳，动了胎气。

九妹听到咳嗽声，没回头，招呼一句："徐先生回来得早。"他们成亲后，彼此间如何称呼，是个问题。徐方白称她九妹，延续以前的叫法，挺自然，在林先生或者街坊听来，亦是亲热得体。九妹怎么办？称夫君，文绉绉的，九妹叫不出口；其他民间通用的称呼，比如老公，或者按肚子里孩子的叫法，称他爹，九妹都没法开口。还是徐方白体谅她，说是继续称先生吧，上海人家，男人读书的，这样的叫法，常有。

徐方白问："三郎呢？他回来没有？"

九妹把锅子里的饭，盛到柳条编的饭篮里。这是她持家的方法。饭篮洗得干干净净，上面盖一块厚厚的土布。晚餐，算好两个男人回来的时间，饭出锅后趁热吃；吃罢，把饭篮悬空吊在厢房通风处，既不容易坏，也不怕老鼠偷吃。吊篮的位置，九妹是计算过的，细绳系着，离梁柱甚远，老鼠干瞪眼，从任何方向，都难以跳过去。据说，老鼠的智商甚高，与它们得斗智斗勇。九妹在山东老家已经操持家务，这些事儿，难不住她。

九妹边做事，边抱怨："三郎不知在忙啥事，回来拿些东西就走。我说饭快熟了，他倒好，回答一句，没时间，不吃了，转瞬就没了人影。"

徐方白纳闷地问："他没说出去做什么事？"

九妹道："他言语怪怪的，问他一句，顶多答半句。我问他，急着走，是码头的事？他含糊，不肯说明白，连晾着的衣服都卷起带走。衣物没有干透，会发馊的，劝他让衣服再在风里吹吹，他也不管，真是头犟牛。"

徐方白有几分猜到，三郎这样子，不是出去一会儿，像是打算出远门的样子。徐方白想，他要走远路，应该打声招呼啊，连自己妹子也不愿说？他是担心吓着九妹吗？总不能突然失踪吧。三郎一走了之，让留下来的人，担惊受怕。

徐方白从九妹手中接过饭篮，篮子沉

甸甸的。三郎饭量大，九妹每天会多煮一点。看样子，这篮饭，三郎是吃不着了，徐方白和九妹得吃上两三天。

往日，只要三郎不在餐桌上，徐方白与九妹之间，就会滋生出不自在的感觉，两人的对话很少，必须说的，语气也未免呆板一点。这种微妙的心理，说起来没道理，却明显存在着。早先，他们成亲之前，倒是没有这份尴尬的，九妹大大咧咧，口中的"徐先生"，叫唤得十分自然。现在呢，迫不得已称呼一下，眼光总是避开对方，看着脚下，或者旁边的什么物件。

今天的晚餐，三郎不在，两人却忍不住交谈起来，因为有一份共同的焦虑，在这个屋檐下蔓延。

九妹说："三郎昨夜未归，是不是闯祸了啊？他说话吞吞吐吐，躲躲闪闪，过去没这个样子的。"

徐方白比她知道的情况多些，却不敢点破，含糊着回答："你还见着他人了，我是连影子都没看到。"

九妹无语，徐方白说话实在啊。今日里，九妹见了三郎两回，上午是他回来换衣服，方才，又是来取东西。徐方白都错过了。九妹想了想又说："他那身脏衣服，我边洗边嘀咕，哪里搞来的这么多肮脏？在山东老家，他钻到黑臭的池塘里摸泥鳅，回家的时候，比泥鳅还要黑。那时候，他十几岁啊，现在，他总不至于干这个吧？"

徐方白瞧瞧女子，没接话茬儿。说谎的时候，他容易脸红，因此，他宁可少说。在他的心中，答案是存在的。他不愿惊吓九妹。哪怕九妹一身侠气，毕竟怀孕在身。女人一旦临近做母亲，比起往时，常常脆弱得多，这是天性，为了保护肚子里尚未出生的娃。

九妹看徐方白沉默，不再犹豫，说出了她心底的忧虑："徐先生，我担心的，是他会不会从水下游到外国人的码头去……"

知兄莫如妹，徐方白不得不佩服九妹的聪明，假意惊道："你为什么如此想？"

话说开了头，九妹没法缩回去："前些日子，他提起过，山东来的老乡，关心这个事，想让他探探，外国人的码头上，是不是有杀人的家伙。"

九妹的坦率，证实了徐方白的推测。三郎念念不忘的，在码头仓库寻找的，正是枪炮武器。九妹把事情说开了，徐方白就不忍再瞒着，他缓缓地道："译书院的同事，倒是听到了消息。昨天夜里，英国人公司的码头，是有人潜水进去，被发现后，又潜水逃出。"徐方白不愿九妹过分忧心，隐去了放火烧仓库的情节。潜入码头，与放一把火，两者的区别大了。

九妹摇摇头，愁容堆积在修长的眉毛上，微微叹一口气："他就是牛脾气，犟得很，想做的事，谁也拦不住。小时候，为这脾气，让老爹揍过多次。"她内心不由得紧张，问徐方白："英国人码头这事，会闹大吗？"

徐方白不敢细说，更不敢讲出还有人向道台投炸弹。对九妹多讲，除了让她担惊受怕，动了胎气，并无益处。徐方白淡淡地说："过一阵，也许就没事了吧。这里不是租界，巡捕没法直接来查。不过，三郎自己想出门避避风头，也是可以的。"

九妹恍然大悟，三郎回家取东西，连半干半湿的衣服也带走，原来是打算出门避祸。

对面厢房的门，又咕吱咕吱叫唤起来，是广东人回来的信号。九妹醒悟过来道："难怪三郎上午一定要去码头干活，否则，别人不多心，对面那位也要怀疑。那个账房先生，一看就是精明的角色。"九妹用手指了指东面的厢房。

徐方白想，九妹还不知道，前两日，她洗浴的当口，账房先生在窗外偷窥，被三郎当场逮住。虽然没有撕破脸皮，广东人终究落下了把柄。假如林先生知道三郎的行为，说不定会落井下石。挟嫌报复，乃小人恶习，固然不登大雅之堂，忍不住想做做的，世间还不少。林先生是不是这号人物，徐方白拿捏不准。

九妹的脸色，没有前些日子红润，略带灰白；原先清澈晶亮的双目，亦黯淡许多。徐方白想，她的身子越来越重，家里诸事操劳，还要为三郎担心，实属不容易。徐方白切换了话题："哦，和你商量个事。你说过，隔壁街坊的大婶，对你很关心，也说得来的，我在想，要不要花点钱，每日请她过来帮忙做点事情？"

"那如何行？她自己家里一大堆事。"九妹道，"只有到关键当口，麻烦她过来看看。"

徐方白摇摇头："不行的，没有老人在身边，光靠自己，哪里放心得了？我们另外请人吧？"

九妹被温暖到，脸一红："徐先生的好意，我明白。我不是小姐，自幼家务农活做惯的，没那么娇气，身体也结实，不需要专门请人。"

徐方白盘算的心思，还不能全说出来。三郎对账房先生不放心，徐方白亦受到了影响。假如三郎没看错，那一位，夜里偷窥九妹的窗户，就不是光明正大的君子，心眼龌龊得很。与他住在一处庭院，原本人多些，还比较安全，眼下，三郎像是要离家出走的样子，九妹的安全，全落在自己肩上。平素，武艺超群的九妹，完全能够保护自个儿，现在怀孕了，惊吓也是大碍。徐方白早出晚归，真要闹出啥事，不光对不住将九妹托付给自己的七爷，徐方白心中亦是不忍。找一个帮助料理家务的娘姨，不仅让九妹轻松些，多个女人在家里待着，或可保九妹安泰，女子生育前后乃最虚弱的时期，九妹亦不例外。

徐方白说："这事不急，我们再商量。早晚要请个人过来，要有经验的，帮得上。你知道，我只会读书，家里事，什么都不懂的，到时候，只会急得干瞪眼。"

九妹脸上，又掠过一片羞涩的红晕，想到在这片屋檐下生孩子，与徐先生只隔了一道布帘，多少不自在。她体会出徐先生细微的关怀，分明被深深感动。她垂下头说："三郎像是要出远门的样子，他真想躲躲，就不止十天半个月的事……我这个样子，真是要给徐先生添很多麻烦。"

徐方白赶紧说："不麻烦。张元济先生有经验，他劝我，请个住家的娘姨，花不了多少钱，心中踏实。再说，三郎离开一阵的话，也住得开啊。让娘姨和你一个屋，或者让她住灶屋旁的小间，都可以的。"

九妹只得点点头："都听徐先生的。隔些日子，看看情况，我吃不消了，再说。"她想起啥，抬头看着徐方白，又道："三郎确实变得稀奇古怪，临走还留下一句话，说是他这两日不回来的话，就对外讲，我们兄妹吵架，他负气走掉了。"

徐方白猜到了三郎的用心，他是粗中有细的人物。说是兄妹吵架出走，分明有搪塞敷衍的意思，应付街坊。徐方白道："三郎的话，大约是朝对门说的，免得林先生多问。也对，他进仓库，是我求林先生帮忙；三郎离开，我必须给他一个说法。"

徐方白信奉的处世方法，即君子之道。你敬我一分，我敬你三分。对方的路数不清楚，怎么办？依然用君子之道待之。这样，碰到小人，当然会吃亏。徐方白觉得，吃亏值得啊，维护了自己的君子之格，何苦与小人一般见识？因此，他会去向林某致以歉意。

## 十五

第二天傍晚，从译书院出来，徐方白去街上转了转。在一家卖日用杂货的小店旁边，看到一处狭窄的门面，门上贴着张白色的纸，上面写着"荐头店"三字。徐方白想找的，正是它，就推开虚掩的门，走了进去。那是只有一个开间大小的门店，原先大约是居民的堂屋，被租下来开店。没有任何装饰，墙壁陈旧，店主连刷点石灰都懒得做。两旁，贴墙放几张粗木长凳，上面坐着七八个女人，看那黑黝黝的脸，粗壮的身材，便知是刚刚从乡下出来，到城里谋生的。老板娘坐在柜台后面。柜台就是一张实木的桌子，像茶馆的条桌，桌脚瘦瘦长长，感觉经不住分量。三十多岁的老板娘，开口便是糯得不得了的苏州话，殷勤地站起身子，迎接客人，问是不是要找住家的帮佣。徐方白只想来探探路径，见老板娘如此客气，自然实话相告，说是家里人临近生产，先来店里问问，请个坐月子的娘姨，什么价钱。

女子笑眯眯地说："价钱绝对公道的，这条街上，我这个店开了很多年，名声好的，不拆烂糊，一定会让客人满意。我这里，苏北来的，宁波来的，生过孩子，出来帮佣的多，个个经验丰富，照顾月子，最为合适。就看你要哪里的娘姨？"

听老板娘讲出"拆烂糊"一词，晓得她是道地苏州人。同事中，有人在讨论书稿时，分析过这个听来怪怪的词。所谓"烂糊"，本来是苏州地域常吃的一道菜，肉丝与白菜一起煮得烂烂的，味道鲜美。引入上海话以后，不知为啥，竟引申出做事混乱、不讲规矩的意思。

徐方白知道，老板娘的意思，她介绍帮佣，是规规矩矩的，不会坑害主人家。不过，他脑子一片空白，全然无数："坐月子的娘姨，还分不同地方？苏北与宁波的，有何区别、讲究呢？"

"先生一看是读书人，不晓得是自然的。要看你家女人的口味啦。"老板娘的苏州口音，糯得像是唱评弹的，高音圆润，低音婉转，煞是动听，"坐月子，吃是最要紧，吃好了，奶水足，你的孩子就白白胖胖，圆圆滚滚。所以，她喜欢什么地方的菜，要喝哪种味道的汤，一点不能马虎！不同地方的娘姨，做出来差得远。单讲一个汤水，宁波人清清爽爽，鲜而偏咸，苏北阿姨嘛，多数喜欢浓汤，浓得来像加了牛奶，就看你家女人喜欢啥啦！"

真是善于做生意，出口便是一大套。徐方白听罢，恍然大悟，连请个女佣，也有如此多的门道。

老板娘不愿意错过生意，殷勤地问：要不要带个人回去，见见女主人，做一天试试？不满意的话，不要付钱的。她说着，还抬起纤细的胳膊，莲花指一跷，指向墙壁旁长凳那儿："你看看，哪个面善，哪个中意，随便选。"于是，她的胳膊和手指，就变成了指挥棒,那里坐着的乡下女人,齐刷刷地转过头,看定了徐方白,似乎都在询问,你看得上我吗?她们都是出来谋生的,早一天做工,就多得一份钱,自然心情急迫。徐方白被盯得窘迫,脑瓜上往外冒汗,他还没有与九妹商量定呢,赶紧说着"不慌不慌,下次再来!"随即狼狈地逃出了荐头店。

徐方白往家里走的时候,心中不由得埋怨三郎。你一走了之,就算不在乎我——挂虚名的妹夫,总得牵挂你怀孕的妹子吧?她不能安生做母亲,你心里愧不愧?

暮色将要收起,黑暗渐次降临的时刻,徐方白回到了熟悉的街上,两旁,各家窗口,飘散着米饭的清香,其间,尚夹杂着炒蚕豆的芳香,这是徐方白最喜欢的江南菜。照理说,这个季节,蚕豆早落市了,莫非是哪个地方运过来的错季菜?上海商业兴市,人多了,东西好卖,各地的菜农愿意大老远过来。闻着蚕豆的香味,徐方白有点馋,胃里,顿时发出了空洞的声响。

走过一条小弄堂,已经望得见不远处的家门,徐方白加快了脚下的步伐。忽然,背后有人伸手攥紧了他的肩胛,一阵钻心的疼痛,瞬间,手臂都麻了。那时候,徐方白脑中闪现的,是两年前的遭遇,也是在灰暗的暮色里,也是被如此毫不留情地抓住过,肩胛的剧痛,非常相像——那是在京城,浏阳会馆对面的巷子口上,抓住他的,是双刀胡七。

不用回头,徐方白心里已经明白,突然冒出来的这位,与胡七爷连手指的劲道都相似,手法师出同门,只能是方才还惦记着、埋怨着的三郎了。

徐方白没回头,轻声叫唤道:"三郎,你抓强盗啊?力气太大,我吃不消!"

三郎顿时醒悟,胳膊的劲儿卸去,松开捏住徐方白肩胛的鹰爪般的五指。徐方白经脉一通,麻痹的肩膀和胳膊立刻自在起来。他转过身子,看着站在阴影里的汉子。三郎全身脏兮兮的,脸色比天空还灰暗,这一天,他不知躲哪里了,怕是连饭也没好好吃。徐方白刚才还在怨恨他,闯了祸,莫名失踪,害惨自己与九妹;这会儿,徐方白心肠软了,问道:"到了家门口,为什么不进去?"

三郎回答:"我看见那个广东人进了院子。我想,不能给你们添麻烦,所以等在此处,想见你一面。"

"你不露面,就没麻烦?"

"我关照过九妹,说是吵架了,我负气出走啊。"

徐方白沉吟着:"你觉得,林某会与你过不去?"

"他老狐狸了,阴险得很。"三郎愤愤地说,"那天,我撞见他在九妹窗口偷窥,虽然给他面子,没有撕破脸皮骂,他心中已经记仇。此后,见着了,无论是在院子里,还是在码头上,他一副皮笑肉不笑的鬼样子。有时,瞥他一眼,他的双目,分明藏着恨不得一口吃了我的凶样!"

"看他日常平和客气的,想不到他如此记仇啊。"徐方白纳闷地说。

三郎道:"乡下人都知道,咬人的狗,不叫唤的。"三郎鼻子里狠狠喷出一股气:"他比咬人的狗厉害得多,自有一番深藏不露的阴气!我后悔了,那日,见他躲在九妹窗前偷窥,干脆嚷开了,打他一拳,倒也是痛快!"

徐方白摆摆手："前面的事，再说无益。你到底做了啥，要这么紧张地逃开？"

三郎特地过来，等候徐先生，自然是想在远走之前，把情况说明白。他简单叙述了前因后果。自从上海道台出手，按着租界洋人的要求，抓捕街头卖艺的山东弟兄，加上四处传说，上海道台与各国使团密商，打算签订"东南互保"条约，三郎和兄弟们认定，上海的官府，与袁世凯差不离，已经和洋鬼子穿一条裤子，与老百姓过不去。此时，又传来大运河漕运招工的消息。因为漕运效益日减，清廷有意关闭大运河的漕运，管理漕运的衙门可能裁撤，正在做收尾的活儿，招募最后一批船工。流落江南等处的兄弟们，打算借此北归，与进入京城的大队伍会合。北归之事，三郎本来还想等等，至少等九妹生育之后再离开上海，便与兄弟们约定，到秋冬之际，他再回到北方，共谋大计。临别之际，摆剃头摊的兄弟提出，希望三郎潜入英商码头，偷几件新式武器出来，交给随漕运北归的兄弟们，至少想搞清楚，那些杀人的凶器，厉害在何处。三郎乃义薄云天的性子，哪里会推辞，明知此事危险，依旧一口答应下来。

三郎对自己仓库的码头熟悉，观察过多次，从哪里下水，能够方便潜泳，了然于胸；何处冒头，可以躲开警卫视线，进入英商码头，那个位置，也是早就目测选定的。因此，那天夜里，前面都很顺利，神不知鬼不觉，三郎已经到了对方仓库的核心区域。那是一处大仓库，估计藏匿着最要紧的商品，白天，远远望去，仓库的门前，总是有持枪的兵守卫着。之前，三郎反复设想进入仓库的办法。仓库的高处，有通风用的方格子小窗口，窗子虽小，三郎估算，只要锯掉铁栅栏，缩缩身，可以钻进去。小窗户位置，离地足有两人来高，仓库的墙壁，粉刷得滑溜溜的，貌似难以攀爬，不过，对习惯高来高去的三郎，不会是难以逾越的障碍。他携带了帮助攀高的工具，麻绳与尖钩，可以轻松到达高处的小窗口，用钢锯锯开窗上的封杆，便能进入那处神秘的仓库。一切，都按照三郎设想的计划进行着。他盘在树上，轻松躲过夜间巡逻的守卫，那是几个用布包裹着脑袋的兵丁，据说，如此装束的，都是印度人。印度是英国海外殖民地，英租界的警察常有印度人。这些巡夜者，应该是被英国人雇来守护仓库的。印度人咕噜着无法听懂的言语，从三郎的脚下走过，他们走得很慢，就像在夜间的路上散步，自在散漫，大约夜间守卫只是形式，从来没有出现过大胆的闯入者。

三郎遇到的严峻考验，是在攀到了高处，双手已经抓住方格窗子之后。他用麻绳箍紧窗栏，那麻绳本来系在腰部，箍牢了，身子有了依托，能腾开手来。三郎取出钢锯，准备锯开窗子上的几根铁条，使劲锯了两下，才发觉大事不妙。三郎的准备工作是充分的，随身携带的钢锯，是弟兄们提供的，精心挑选了上好的锯子，按经验，锯开铁条，哪怕是比拇指还粗的铁条，不在话下。三郎鹰爪般的五指，捏紧钢锯，用力锯着，夜的黑暗中，甚至看到了锯子摩擦铁栏杆冒出的火花，窗口的铁栅栏，竟然纹丝不动，坚如磐石，那铁条，只被锯出浅浅的纹路。三郎又使劲锯了几次，锯子开始烫手，依然无济于事。方格子窗户上的栅栏，仿佛坚不可摧，这样难啃的骨头，超出了三郎的经验和想象。洋鬼子的窗栅栏,是用什么制作的?上好的钢锯,一点也奈何它不得。在山东时,与豪绅武装交手,缴获过他们的刀,比义和团的刀枪坚实。当时就听到说法,西洋人的锻造术先进,做出来的刀枪,比义和团手里的锋利硬朗。难道这窗子上的铁条,也是舶来货?三郎着急,手下的劲越来越大,却听得"咯嘣"一声,那钢锯竟然断裂,前半截掉进了仓库里面,只剩下连把手的半段,还在三郎掌控之中。半截钢锯掉落下去,发出撞击地面的尖利声响,在夜的寂静里回荡。还好,那声响被包围在仓库之中。厚实的仓库墙壁,坚定地阻挡了声波,在外围散步的印度守卫,依然笃悠悠走着,根本没有被刺激到。

高处的三郎,处于绝望之中。从小窗户进入仓库的计划,已经没法实现。仓库的墙壁,是笨重的石块砌成,大门,包着厚厚的铁皮,唯一可能突破的薄弱环节,只有方格子的窗户。这里动不了,三郎就无计可施。

印度兵,继续绕着仓库,慢吞吞散步。他们心不在焉,夜间的疲倦,肩膀上又扛枪,压迫他们的脖子,脑袋低垂,让三郎得以安然躲在高处的夜幕中。不过,只要他们偶然抬起头来,认真看看上方,终究会发现闯入的不速之客。三郎没有过多的犹豫时间,他唯有放弃进入仓库的打算,实施另外的方案。他从背上的包袱中,取出燃烧物,引燃后,塞进了铁栅栏的缝隙。燃烧物灌满了油,遇到仓库里的物品,能引起连续的燃烧。假如仓库里有炸药之类,引爆开来,就能把杀人的武器给破坏掉,这是三郎准备的第二套方案,总归不能白白闯入一回。

当守卫者发觉仓库里的烟雾,急忙鸣枪报警的时候,三郎已经撤退到江边。枪声惊天动地,房间里的兵丁蜂拥而出,那些印度人发现了江边的黑影,大声吆喝着,显然是命令闯入者投降。三郎未予理睬,在他们射击之前,跃入黑夜中的黄浦江,潜水逃离了混乱的现场。

三郎遗憾地骂道:"便宜了这帮洋鬼子,听说只烧掉不多的东西。可恨至极,要是有炸药被引爆,把仓库里面炸个稀巴烂,那才痛快!"

徐方白关心地询问:"第二日,衙役们到你们仓库盘查,你遇到麻烦吗?"

三郎说:"我早换好干净衣衫,他们看得出啥?那些衙役,对洋鬼子的事,哪里会真的上心?就是公事公办地看看。坏就坏在那个账房先生!"三郎咬牙切齿地道。

"他出头挑你的刺?"徐方白急问。

"他阴阳怪气,心中毒着。"三郎眼里喷火,"他把衙役们引到一处角落,那里是仓库后面的死角,根本没人注意的地方。他指着地上一堆潮湿的布包,说那里本来是干燥的,布包湿透,应该是昨夜潜水者躲藏过的地方。"

徐方白心里暗暗叫苦。看样子,那位广东人真是与三郎铆上劲儿了。账房先生猜测三郎与此事有关,事前勘测过,专等衙役们前来,将他们的目光引向可疑之处。

三郎冷笑道:"账房先生不懂衙役们的心思,谁愿意自找麻烦?见他如此积极,就把皮球踢回给他,让他帮忙排查是不是有本仓库的嫌疑者,查清楚了,去道台衙门禀告,也算给了他一个冷钉子。"

徐方白松口气:"哦,他们没有下功夫真查?"

"自然不会,中国人,愿意做洋鬼子狗

的，到底少！"三郎又冷笑了一声。

"那么，你为什么还是决定要走呢？"徐方白不解。尽管广东人想把祸水引到三郎身上，他毕竟拿不出证据。

"漏洞在别处啊。今天，按预先商定，我的兄弟们要炸道台那个狗官！"三郎对徐方白不再隐瞒，和盘托出，"如果我能够偷出洋人的炸弹，就好了，肯定把狗官炸到天上去。可惜，我没有得手，他们只好使用自己做的炸弹。事前，为了不被发现炸弹，他们的伪装，是将那个炸弹装在篮子里，见道台坐进轿子要走，一时性急，篮子带炸弹一起丢过去。炸弹没有爆炸，事情就麻烦起来。那只篮子，一看就是剃头摊上放毛巾的家什，衙役们平日里见过剃头摊，查起来自然躲不过。"

徐方白重重地"哦"了一声，终于听明白了来龙去脉，晓得了三郎为何非走不可。假如仅仅是潜入英商码头之事，没有逮住三郎的证据，还是能够含混过去。现在，有人谋刺上海道台，不查个水落石出，衙门里难以罢休。那只装炸弹的篮子，将嫌疑者的范围大大缩小，如果摆剃头摊的兄弟被捕，与他们来往甚多的三郎，想摆脱干系，就非常之难。徐方白沉闷地说："三郎，事已至此，我也没啥帮你的办法。你和兄弟们一起离开上海，三十六计走为上，先躲过眼面前的凶险为好。"

三郎为难地说："只是对不住徐先生，妹子临产，全部担子压在徐先生身上。我去加入漕运帮之前，过来寻你，只想对徐先生保证——我三郎只要活着，一定会回来报恩！"

徐方白坦然说："有啥报恩？你的话见外了。我既然与九妹成亲，虽无夫妻之实，必然尽丈夫本分。你只管放心离开，九妹的事，我全部担待。方才，我去街上荐头店摸了底，会寻个有经验的娘姨过来，照料陪伴九妹。"

三郎感动地道："徐先生考虑周详，我哪里会不放心？只是苦了你。"说着，从身上掏出几锭碎银子，塞了过来："找弟兄们凑的，只有这些，算我的一点心意，请个大脚娘姨，陪陪九妹。"

徐方白起初推辞，说三郎路上需要盘缠。三郎坚决不肯，徐方白转念一想，用这银子打个手镯或者脚环，给即将出生的孩子，算他舅舅的心意。待孩子到了懂事的年龄，可以借此告诉他曾经发生的故事。徐方白想到这里，不再推让，把银子放进了随身携带的布袋之中。

临别，向来豪气冲天的三郎，竟有些悻悻然的无奈，夜黑之中，也看得出他心情颓丧："此别，不知何日再见。九妹全部托付给徐先生了。九妹面前，如何解释我的不辞而别，也全由先生去说。对那位广东人，就讲我与九妹吵架，不欢而散吧。能如此混过，万幸。只盼九妹和孩子平平安安。"

徐方白的眼圈有点发酸。生离死别的场景，已经不是头一回，谭先生从容赴死，也是眼面前的事情。不过，徐方白依旧撑不住，眼睛竟然开始潮湿，泪眼婆婆地看着三郎的离去。已是入夜时分，虽说到了夏季，天黑得晚，今日天色却阴着，所以十几米开外，早已模糊不清。徐方白的眼力不佳，更看不远。三郎那壮实的身子，在街上晃动着，迅速远去，眨眼工夫，全被黑暗所吞没。

## 十六

明显等得着急了，徐方白推门的声音刚落，屋里已经传来九妹的话语："徐先生，总算回来了！"大约是为了掩饰自个儿的焦虑，她又补上一句："饭凉了，我已经拿回灶屋，重新焐在锅子里，现在再去拿过来吧！"

徐方白理解九妹的心情，三郎不知去向，自己回来得又晚，她独自居家，心中不踏实。徐方白说："我自己到灶屋拿饭吧！"九妹没听他的，顾自往厢房外走，徐方白不好意思伸手去拦，只得随她。看着她走进走出，挺着肚子忙碌，一会儿工夫，饭菜就搁到了方桌上面。与平常一样，一荤一素一汤，小排骨、炒青菜加番茄汤，对饥肠辘辘的徐方白，极具诱惑。译书院的工资，在上海算中等偏上，可以维持还不错的生活水准。徐方白暗想，三郎不闹出事来，他们三个一起度日，等待孩子的降生，也算天伦之乐了。唉，不提了，佛说，人生即苦，人间不顺心的时候多啊。

吃饭的时候，两人都没啥话，安静地扒拉着碗中的米粒。九妹几次抬头看看徐方白，想问什么，最后忍住，没有做声。徐方白心里清楚，她牵挂着三郎，希望徐方白带回来一点兄长的讯息。徐方白则盘算着，如何开口，讲得恰到好处。他不愿意提及方才的事，三郎已经到了家门口，却忌讳着没有进来。那样，九妹必然迷惑不解，猜不透三郎为啥如此紧张，就会晓得，三郎闹出的事儿，不像她原先想的那么简单。

等到碗里吃空了，九妹站起身，打算收拾桌面，徐方白才轻声唤住了她。徐方白拿过搁在一旁的粗布袋，从里面掏出几锭碎银子，慢慢搁到了桌面上。银子，在忽闪忽闪的煤油灯下，反射出晶莹的光泽，不规则的切面，激荡起多个方向的光圈。

"这个，给你的。"徐方白淡淡地说。

九妹纳闷地瞧着银子，并未伸手去拿。他们之间，并无很多钱财往来。刚住进来时，说过的，买米买菜的钱，由他们兄妹负责。徐方白不乐意，但是，他不会与九妹纠缠，只是隔两日，与三郎争执着塞点钱过去。

徐方白想好了说法，方才开口："今天回来晚，是三郎去译书院找我了，说了半个时辰的话。"

"啊？那他为啥不回家来？"九妹惊讶，未免生气，皱起了眉头。

"他要上漕运的船，与几位兄弟一起，说时间来不及了。再说，他不愿意与对门的人照面！"这些话，真真假假的意思都有，"三郎告诉我，码头仓库的活计，他已经辞了。"

这样的解释，说服不了九妹，她依然生气："漕运？那船我见得多了，慢吞吞在运河里爬，不是火烧眉毛的急事吧？回家吃个饭再走，有啥不可以？"

徐方白不与她分辩，话多了，反而露馅。他指了指桌子上的碎银子："这是三郎留给你的，说是给孩子打个银镯子，算他做舅舅的心意。"

九妹的脸色稍稍好看些："他还记得自己要做舅舅了？一把年纪的人了，做事不思前想后。我知道他为了弟兄们，两肋插刀，敢做敢当，俺山东好汉的样子。不过，他也要体会点妹子的心情。闹出事来，俺不怕，该说说明白，交代清楚，让家里人心中踏实。顾自拔脚就走，我急不急？"

徐方白为三郎辩护道："对面那位账房先生，在码头上与三郎不对劲，有些日子了，经常挑他刺。说他在仓库里东张西望，图谋不轨，所以三郎辞去码头的活，只是与仓库里说了一声，他不想和林先生打照面，还特意关照，说他是与你吵翻了，才离家出走。三郎煞费苦心，是不愿给我们添麻烦。"

九妹道："我想不明白，他和账房先生有啥纠葛？不喜欢他的脾气？大路朝天，各走一方，有什么放不开的？"

徐方白哪里敢说出门偷窥的肮脏，只得含糊："他天性直来直去，林某肚子里小九九多些，两个人合不来吧。"为了让九妹放心，又说道："他和兄弟们加入漕运，一路北归，互相有照应，也是好事情。"

徐方白的话，在理，九妹的心情平复许多。她瞧瞧桌子上闪闪发亮的碎银子，没有伸手取。"我不太熟悉这里的市面。还是想麻烦徐先生，依三郎的意思，找家靠得住的金银铺，为孩子打只镯子？三郎离开了，给徐先生添的麻烦事越来越多，想想真是惭愧！"九妹心里难受，说着，眼圈一红，赶紧别过头去。

徐方白急忙说："哪里，哪里，我们是一家子啦……"说出这个词，他舌头明显打了个格楞，急忙转圜："七爷救过我的命，他托付的事，我无论如何要做好。你只管安安心心的……"

九妹也换了个话题："不知道对门的先生，对三郎哪来的想法？见着我，还算客客气气。哦，前面，他过来找你了。"

徐方白听到账房先生过来，想起他曾经对九妹的不轨，未免紧张："他过来什么事？"

九妹说："我听得他在门外咳嗽，问徐先生在家吗？因为你们都没在，我不便开门，就回答，你稍后才到。他也没有再说啥，随即走了。"

徐方白稍微放松，刚才悬起的心落了下来。"不去管他了，也不会有啥急事。大约是知道三郎辞工，来问个缘由。我自会与他说明白。"徐方白说着，心里已经拿定主意，早日寻个苏北的娘姨进门。九妹身边添个帮手，对面那位，即便心怀叵念，也会多了忌讳，自己在外面做事，心中安定。今天，他不想和九妹商量此事，改日再说吧。他把桌子上的碎银子收拾进布袋："今年肖鼠，我找家好铺子，为孩子打一只刻上银鼠的镯子，你看如何？"

九妹感恩道："徐先生心细，啥事都想得周到！全拜托你了。"

等九妹回后厢房休息，徐方白在架子上翻了一会儿，找出一本蓝色封皮的线装书，古色古香，有点年份的读本，就着煤油灯，细细读起来。还是胡家兄妹到来之前，徐方白逛四马路书店，淘来的旧书。徐方白是湖南读书人，早就听说衡阳王船山的大名，可惜，一直无缘拜读他的大作。这位王夫之，曾是明末抗清士人的一员，在清朝入主中原以后，拒绝与清廷合作，隐居衡山下的石船山一带，人称王船山。他著书为文，多以复兴汉文化为主旨，二三百年来，被清廷列入禁书，编修四库全书时，也予以剔除。要读到他的著述，实属不易。好在，他的学问，被同为湖南人的曾国藩赏识，曾氏发达后，力主重印王夫之的书籍，使世人得以领略他的思想。徐方白在四马路淘到的旧书，大约就是当年曾氏印书的遗珠。

近来，徐方白遭遇的变故甚多，谭嗣同遇害之后，人生的方向，或明或暗，像夜间航行在汹涌的大河之上，辨不清前后左右。他想起二百年前的王船山，湖南的先贤，决意拿出他的书来细读。那时节，清廷高压统治，覆盖全国，反抗者看不到一点希望，王船山的处境艰难，贫病交加，时有性命之虞，尚能埋头著述，内心的坚强，令徐方白高山仰止。读他用生命和热血写就的文字，对现时读书人的心境，或许大有补益。

煤油灯的光圈不大，亮度不稳定，看书得凑近了灯光，有些儿费力。张元济先生劝告过，这样读书，太费眼睛。徐方白的眼力已经不济，只是求知心切，今夜顾不得了，一页一页，急迫地往下读。细读文章的精华，也在字里行间，努力体会未展现于字面上的意思，穿越相隔久远的时空，与先贤对话，在湖南前辈的书里，辛苦寻找今日困惑的谜底。

推动刊印王船山遗著的曾氏，久居高位，圆滑而明智，从徐方白读到的文字来看，是做了编辑删选的。谭嗣同也是湖南籍，他曾经告诉徐方白，船山先生最为激进的言论，认为汉文化博大精深，四书五经之外，经典无数，世家学子，也仅得皮毛，来自荒漠之地的统治者，如何掌控？这是从根子上否定清廷统治集团的合法性。这样的言论，在徐方白手中的书里，是读不到的。狡黠如曾氏，辑录时会悉数删去。先贤的智慧，隐藏在学术的深处。

徐方白如饥似渴，大约读了一个时辰。灯里的油，渐渐熬干了，只剩下底部浅浅的一层。徐方白的眼睛也熬得干涩模糊，撑不住了。他吹熄了灯，躺到床上去。眼睛疲劳，睁不开，屋子里黑糊糊的，连屋梁都看不清。徐方白闭上双目，脑子依旧兴奋着。谭先生景仰王夫之，却没有汲取他激进的态度，并不想走推翻清廷的路，而是与康梁联手，争取光绪的支持，想搞英国那样的君主立宪。可恨，慈禧砸碎了他们的美梦。谭先生家学渊源，读的书，远比徐方白多，他对王船山的思想，有过全方位的研究。他自然清楚，王船山不仅仅是反对清廷入主的读书人，他学术的基本立场，已经开始否定秦汉以来的皇朝体系。谭先生他们希望走君主立宪的道路，应当是深思熟虑地权衡利弊，期待以最小的牺牲，换取民族的进步。不过，清廷贵族集团的凶险，远远超出了善良的读书人的想象。

如此这般，痛楚的思虑，让疲惫的大脑，不堪重负。徐方白想，难怪，同样博学而智慧的张元济，会得出"都靠不住"的结论。君主立宪走不通了，还留在上层的李鸿章他们，又没有魄力和勇气，去打碎慈禧他们的八旗势力，还是想在原来的框架里修修补补，因此，也没有希望，所以，智者如菊生兄，只能另走他路。

不过，什么路可以走得通？王夫之的书没有明谕。二百年之前，即使如王船山那般大智慧，亦不可能预料久远的棋局。徐方白在思维的混沌之中，在隔壁九妹轻微的鼾声里，逐渐进入了梦境。意识迷糊的刹那，徐方白突然想，九妹的鼾声，没有前一阵明显了。怀孕中的女子，每日的变化很多的。她肚子里，新的生命在孕育，在一天天成熟起来。世间的万千景致，最具魅力的，莫过于此。

## 十七

清晨，天蒙蒙亮，市民们多数还在昏睡之中，街上吆喝开"倒马桶"的声音。那种吆喝，相当粗狂，末尾的拖音，拉得特别长，音调也升上去，把不绝的余音推向了高潮。这般特殊的旋律，具备足够刺激耳膜的能量，让人不由得产生条件反射，必须赶紧有所行动。

徐方白迅速起床，披上衣服，就往外走。按往常的规矩，推粪车的苏北汉子，会走进庭院，把东西厢房的马桶收走。几只马桶整齐地摆在庭院的墙角，将它们提出院子，虽说不费力，终究是脏活，稍给点小钱，苏北汉子愿意效劳，倒干净后再将马桶送回原处。每日，林先生去码头的时间早，庭院大门，总是他预先打开。今儿徐方白也赶个早，倒不是为了抢着去开院门，昨夜睡下时就想过，九妹正是需要营养的时候，早饭不能每天吃泡饭咸菜。正宗的浙江榨菜和咸菜，味道是鲜的，吃不腻，营养终究局限。徐方白打算去街上买点豆浆和肉包，给九妹换换口味。

走到大门口，恰好撞见了从东面厢房出来的林先生。徐方白想起，他昨夜曾过来找自己，赶紧打声招呼："早啊，林先生！不好意思，昨日我回来晚了，听九妹说，你去西厢房寻过我，怕打搅你休息，就没有过来。"

广东人站定，瞧瞧徐方白手中提的竹篾篮子："稀罕！一大早的，徐先生亲自去买菜？"

徐方白尴尬地回答："买几样早点而已。"

账房先生的眼睛里闪出暧昧的神色："哦，懂了，懂了，娘子肚皮大了，做先生的讨好，应该，应该！"

徐方白越发不好意思，两颊都有些儿发红："哪里啊，我自己也想吃的。"

"其实嘛，这种粗活，让你的大舅子跑腿更好，他浑身蛮力嘛！"林某撇撇嘴道，"昨夜我过来，其实只想问问，他为何突然就辞工了。嫌工钱少？怎么不事先打声招呼！"

广东人的话，有点兴师问罪的味道，不光是冲三郎，捎带了徐方白。当初，是你们求我介绍安排到仓库，现在倒好，连句客气话也不说，拍拍屁股就走，像话吗？从这个道理上说，确实失礼，徐方白诚意道歉："真是对不住林先生。三郎不懂做人的道理，我也是在他辞工后，才从九妹处听说！"

"竟有此理！"林先生夸张地叫唤道，"你这个大舅子，自作主张啊，什么事情，急急忙忙，避灾逃难似的，要搞得如此慌张？"

话里藏话，其中含义，徐方白哪里不明白？本来就想对林先生解释一下，这会儿是个机会。徐方白摇摇头道："我也搞不懂啊，他们兄妹的事情。九妹说，三郎与她大吵一场，甩手就出门，还说这里没法住，辞工回老家去！"

广东人将信将疑，眨着小小的眼睛说："兄妹吵架闹翻了？看他们平时蛮好的，有什么事要吵得天翻地覆？"

"这个么，我也不好深问。"徐方白沉吟着，他想过，不管林某信不信，自己要说出番道理,"家里面的吵,总归逃不开钱财二字,大约是九妹问三郎,带出来的钱还剩多少。"

兄弟姐妹争财,乃普天之下皆有的矛盾,若是夫妻,吵架还可推给脾气不和,信与不信,就悉听尊便了。

林先生见徐方白说得不慌不忙,抓不到漏洞,就试探地问:"胡三郎与妹子吵翻,因此辞工?我看他好像一夜未归,莫非不在这里住了?不见得到街上流浪?"这话说得斩钉截铁,让徐方白兀自吃惊。难道账房先生在窗子后面守了一夜,确认三郎没有回家?或者,这个精明人,方才到小屋窗前张望过?

徐方白知道林某对三郎百般猜疑,总以为三郎在码头仓库做事鬼祟,有什么勾当瞒着人,只得继续解释说:"他没有啥本事,离开码头还能干什么?另寻活路,也是靠苦力赚辛苦钱。听说,好像漕运帮招工,他去那里干活了。"徐方白觉得,这样的回答,可以堵住林某的追问,做漕运的工,一去不返,吃住都在上面,太合理了。

账房先生愣了愣,停顿了片刻,慢悠悠道:"做漕运去了啊?年纪轻轻,肯吃苦的。那就是跑远了。也罢,他走了,你们夫妇可以安静许多,太太平平过日子。"他转换了话题:"这会儿,我要赶着去码头做事。有几句重要的话,正想与徐先生好好商量。中午如何?请徐先生务必赏光,一起午餐?你们译书院附近,有一家粤菜馆,花式点心不错的,很想请徐先生去尝尝。"

徐方白觉得事出意外。除了那顿装样子的婚宴,林先生与自己少有在饭店吃请的往来,今日为何突然相约?"林先生太客气了!有事商量?何不等晚上回来再说?"徐方白试探地反问。

"哎呀呀,中午总要吃饭,我们一起吃点广东点心而已。"林先生眨眨眼,一脸暧昧,"晚上回到家,你总归忙着陪漂亮老婆,哪里插得上嘴?哪里有心思闲聊?"说着,摆摆手,也不管徐方白是不是同意:"说定了啊,中午,我过来,到译书院招呼你一起去。那地方,我熟悉的。"话音未落,并不等徐方白表示态度,林某人已经扬长而去。

这天上午,徐方白惦记着中午之约,心神不定,猜不透林先生葫芦里藏着啥药。为了继续讨论三郎的事情?难道他逮住三郎的什么把柄?思前想后,他无非是知道,三郎对仓库里的货感兴趣,或者在仓库外面发现潜水者的痕迹,总不能凭此指证,三郎就是英商码头潜入者?再说,怀疑三郎,还要客气地请吃午饭,这就更加不符合逻辑了。道台衙门的差役,发现丢炸弹的是剃头摊的主,进一步追查与剃头摊来往的人,要查到三郎,也不是一时半会儿的事,林某怎么可能马上得到消息?

临近中午,管大门的杂役,声音洪亮地招呼徐先生,说是有访客。徐方白尚未来得及迎出去,林先生已经如入无人之境,大摇大摆晃进来,也不管屋子里还有其他同事在,朗声道:"徐先生,你们的办公场所不错啊,比我们招商局码头阔气得多!"好像唯恐别人不知道自己身份,故意把招商局的名头亮出来。人是复杂的动物,在庭院里相处,觉得林某说话细声细气,怎么到了公众地盘,就有点张牙舞爪?

徐方白生怕影响到其他同事,也不招呼他入座,赶紧说:"我们小庙小地方,哪里比得上招商局!"说罢,担心他继续嚷叫,迅速领着林先生朝门外去:"这里附近有粤菜馆，我还不知道呢。今天去见识见识。这里是我地盘，你是客，我要做东的。"

林先生争辩道："什么话！我约的局，我找的饭店，这次轮不到你的！"

徐方白不争了，只管低头走路，带着他快快离开译书院，省得他继续咋呼，吵了还在埋头处理书稿的同事。自从李鸿章驻留上海，林某精神了，嗓门也大了，似乎变了个人。

果然，隔两条街，有家粤菜馆，门面装点得非常气派，徐方白对街面上的事，留心不多，原先竟没注意到这个所在。菜馆门口，蹲着两只青色的石狮，威风凛凛，狮子脖子上还系着红绸；两旁粗壮的门柱，刷了红堂堂的漆，煞是喜庆的模样。

林先生熟门熟路，掀开门帘，径直往菜馆深处走。伙计看到他，恭敬地鞠躬："您来了！林大人好！"看得出，他是常客，受尊敬的贵客。林先生并未搭理伙计，指着两旁的装饰，得意地给徐方白介绍："广东人做生意，场面不能输。你看看，与街上的本帮菜馆比比，完全两个档次。"

这家店，徐方白头一回进，放眼瞧去，柱子一式红彤彤的，满屋亮堂，正中的大圆柱，还盘着条金龙，龙头高高昂起，呈喷云吐雾状，神情高傲。看样子，广东人做生意，舍得花本钱。粤菜馆，比起灰头土脸的本帮菜馆，确实是另一番风景。店堂有点深，走了二十几步，才走到底，估计是将沿街的房子与后面的打通了。老板不是小本经营，有实力的。菜馆尾部，用木质大屏风与前面隔开，算是雅座了。林先生顾自坐下，随口招呼徐方白："我们坐这里，安静，好说话。"

刚刚落座，柜台上的老板就跟了过来，也是瘦瘦矮矮的个头。广东人，徐方白见过的，大多如此长相，比其他地方的男子，常常矮一个头。是因为炎热的气候，影响长个子？也有人说，他们吃得精细，又喜欢饮茶，肚子里的油水刮光了，因此见瘦。老板笑眯眯地对着账房先生鞠躬："林大人，您一直照顾小店生意，今天又带朋友光临，欢迎，欢迎！"说着，递上一本油腻腻的菜谱："请林大人点菜。"

林先生抬起胳膊，挡住了菜谱："不必看了，按昨天样子，好的菜和特制的点心，按我们两个人的量，配齐了上！我和这位徐大人，有要事商量，关照伙计，上菜后就退下，我不招呼，别过来唠叨！"那种神气活现的做派，让徐方白大开眼界。在这家饭店里，账房先生简直如皇亲国戚一般，说话神气活现、掷地有声，一句顶一万句，容不得别人还嘴。果然，老板唯唯诺诺，连声答应着，乖乖退下，去厨房里安排。

徐方白笑道："林先生贵客临门，老板是接住财神爷了！"

林某摆摆手："做生意的，图回头客啊，我来得多，他们客气而已！"

徐方白心里更加纳闷：这位广东人，不但请客，还硬是摆谱，与平日里的腔调大不一样。莫非管码头的钱袋子，吃饭请客，可以在账上开销？细细想来，又不对，原先，林某没这般高调，是李鸿章到上海之后，才明显变化。不过，他在自己身上，究竟想图点什么？这么郑重其事地请客，让人觉得他高深莫测。徐方白干脆不费心思去猜，既然来了，就好好享用广式菜肴，等待对方自行揭开谜底。

熬得浓浓的肉骨汤喝了，小菜点心也吃过几道，林先生不停地介绍粤菜的稀罕，劝徐方白放开来品尝，说是中午吃得多，也不怕消化不良。两个人没有要酒,下午各自都有事,用浓浓的乌龙茶代酒,去油解腻,也是蛮舒服。那粤系的招牌菜烧鹅,蛮多脂肪,广东人吃不胖,喜欢饮茶恐怕是一大奥秘。难怪林先生在家里时,也是紫砂茶壶不离手的。

约半个时辰之后,林先生终于转入正题。他眯起眼笑着:"昨日中午,我也是在这里请朋友,请了两位,你知道是谁?"他分明在卖关子,想挑起徐方白的好奇,见徐方白没接腔,神色平淡,就自言自语接下去说:"一个是道台衙门的刘师爷。那师爷,原来是跟盛大人的,就是办译书院的盛大人的师爷,你当然认识此人,最近不知为何,突然转到道台衙门;另一个嘛,就不寻常了。"他压低嗓门,故作神秘:"是李中堂那里的人了,复姓的,欧阳师爷。"

徐方白并没有显示出惊讶的神色,只是默默地看了对方一眼,嘴角挂着微带讽刺的笑意。他从张元济口中,知道曾经见过的刘师爷,已经转到道台衙门。这么短时间,林某就与刘师爷挂钩,可以想见,林某人不是普通的账房先生。几次试探过口风,他既不承认,也不否认,是高明的打谜,无可奉告,今天自己捧出秘密来,估计总有目的。

账房先生见徐方白并无惊诧之情,就自找台阶:"徐先生嘛,见过大世面的,我也是昨天饭局中晓得,徐先生原来是谭大人谭军机身边智囊啊,藏得深、藏得深!"

徐方白听他与刘师爷一起吃饭,估计就是刘师爷说的。张元济说,那位刘师爷,文案了得,脑瓜灵敏,一直受盛宣怀信任。道台府与洋人谈判"东南互保",盛宣怀他们站在幕后,担心道台府官吏经验不够,所以派了老到的刘师爷过去帮忙。既然刘师爷说出徐方白来历,也就不必绕弯子,欣然回答:"什么智囊啊,高抬我了,在谭军机手下跑跑腿呗。"

"了不起!"林先生竖起大拇指,"谭军机,什么样的人物啊,皇上也信任的,顶天立地的英雄!"他端起茶杯,恭恭敬敬地道:"以茶代酒,我们敬谭先生,以身殉国的英雄!"

徐方白自然与他共同举杯,对天遥祭。谭先生就义后,凡记得谭先生者,徐方白都格外客气。

林某顺势又说:"还得感谢徐先生照料,那日我酒醉,吐了一地,脏死了,你不辞辛劳,帮我打扫。这里谢过!"他再次举杯示意,并抿了一口。

"哪里,林先生客气,一个院子住着,我麻烦林兄的地方也不少。"徐方白回答。他想,不会是为了这档子事,林先生请吃午餐吧?也只能听下去再说。

放下茶杯,林某认真地道:"徐先生大才,只在译书院看看文章,雅是雅,屈才了、屈才了。有没有打算,另谋高就?"

徐方白隐约猜出了对方的意思,想给自己另找差事?奇了怪了,林某到底啥用意!徐方白淡淡地答:"徐某没有奢望,只图个养家糊口吧。读书人,肩挑不起,手拎不得,更无有权有势的亲戚朋友,有份安定的事做就好。"

林先生认真地盯住徐方白,似乎要从他的脸上,看进他的内心:"我虽然无权无势,做徐先生的朋友,还可以吧?我以为,当此国家风雨飘摇之际,朝廷摇摇欲坠,像徐先生这般大才,可以一展宏图,济世救国!"

徐方白赶紧阻止他:"国家大事,不是

我们可以唠叨，林先生谨慎，隔墙有耳，当心祸从口出！"毕竟不是知根知底的朋友，徐方白唯恐对方下套，正色告诫。

林某端起茶杯，浅浅喝一口，笑道："徐先生谨慎，真人不露相，我懂我懂！不过嘛，这上海滩地界，不如京城那般严厉，五方杂处之地，随便说说，没事，没事。"说罢放下茶杯，吃一口凉皮卷。"我们广东人，世代处偏远荒野之地，闲散惯了。朝廷，自然是敬的；日子么，还是凭自个儿心情过。"说到这里，他压低嗓子，又是故作神秘的样子，"你知道么，李大人到了两广任上，也比往日放得开了。这次，太后下诏与各国宣战，他竟敢回一句'此乃乱命，粤不奉诏'，这话从他老人家嘴里说出，真个是惊天动地了！"

李鸿章的态度，小报上披露过，说是李鸿章认定，与各国宣战，乃朝廷被义和团挟持的"乱命"，徐方白似信非信，不晓得李鸿章有没有胆量，公然抗旨。此刻，与两广衙门有关的林某，肯大胆说出来，想来确有其事。徐方白敷衍说："朝廷追究起来，不得了的大事，李大人如何敢抗命？"

林先生回答："朝廷追究？只怕是有心无力了。几位总督大人，自然是仔细盘算过。连山东巡抚袁世凯，那个手握新军的实力派，也派亲信到了上海，专为求见李大人，与各位总督共商大计。"

徐方白心头一惊，这个袁世凯，果然狡黠，见风使舵，善变得很啊，难怪前些日子，总督们特地向张元济询问，要多方了解袁世凯其人其事。

"你知道吗，"账房先生的头探过桌面，与徐方白的脑袋接近，徐方白感受到他鼻子里喷出的气息，带着海鲜的腥气，大约是这两天多吃了海货，"几位总督大人，连后手都商量过。假如朝廷与各国交手惨败，天下大乱，苍生难安，总得收拾局面，所以搞那个'东南互保'，至少可保南方太平。到那个混乱时节，也许，别无良策，只能推李大人出山……"

"推李大人出山？此话如何说？"徐方白不解地反问。

"像别个国家那样啊，没朝廷了，上面还得有人镇着。几位总督思量着，普天之下，也只有李大人压得住哪，想推他辛苦一番，做做总统呐……"最后几个字，林先生说得如蚊子叫一般轻声，徐方白却听清了，不由浑身一震。

在光绪支持下，康有为梁启超的百日折腾，仅仅想微变祖宗之法，哪里敢提什么皇室废除、另立总统？不过是在清廷的庙堂上修修补补，已经让慈禧和保守派不容，谭先生他们几个，还被残忍地砍了几十刀。现在，几位总督天大的胆子，连推李鸿章出来做总统，都敢私下里商议，这天下，真要大变？两百年前，湖南先贤王夫之的设想，改变秦汉以来的帝制，真个儿走到了面前？徐方白内心震惊不已。

徐方白瞧瞧面前的广东人，对方圆睁小小的双目，正仔细观察自己的反应，不由突然产生戒心。这位以账房先生职业为掩护，实际手眼通天者的心思，实在不好捉摸。上策，还是小心应对。徐方白一脸严肃，正经地回答："林先生，你这话不能乱说，按大清律，这是要夷九族的！"

原先，林某的上半身前倾，几乎探过了半张桌子，见徐方白如此一本正经，他缩回脑袋，在椅子上重新安顿好屁股，悻悻然道："晓得徐先生追随谭军机，一腔热血，为国为民，姑且扯几句。徐先生不见得会去衙门告发吧?"

被他如此调侃,徐方白倒有几分尴尬。不过,想到广东人对三郎的手段,还引着衙役去看潜水者躲藏的地方,蓄意要衙役细查,徐方白释然,淡淡地应道:"告发之类,小人勾当,徐某看不起。只是提醒林兄,如此大事,不能在饭桌上高谈阔论,作为随意闲扯的话题。"

林某倒也坦然:"我哪里是闲扯啊。晓得徐先生是顶天立地之人,特意披肝沥胆。"随后,广东人不再吞吞吐吐,把今日请徐方白午餐的用意,一五一十,悉数说了出来。

林先生承认,他从广东来到上海,确实负有使命,为两广联络各方,像是搞了个驻上海的联络处。他在招商局码头做事,表面上是在盛宣怀手下效力,实际受湖广总督府的指挥。既要与两江湖广总督派在上海的人员接洽,还得经常联系上海道台府的官员。最近,因为李大人驻留上海,事情就多了。昨日中午,他在这家粤菜馆设午宴,请道台府的刘师爷与李大人的欧阳师爷餐叙,谈及不少重要事务。其间,欧阳师爷叹苦,说每日里只能睡三四小时,公文多得来不及处理。李中堂北上,广东须留下管事的摊子,随身官员明显不足,又逢国家多事之际,仅仅与京城朝廷的来往公文,就让欧阳师爷应接不暇啊。刘师爷好意,劝欧阳师爷就地物色帮手,也是帮李大人网罗人才。欧阳师爷道,上海是陌生的,他在本地没有熟悉的关系,不敢轻易找人干活,李中堂那里通天机密多,万一泄露,担待不起。刘师爷眼珠一转,说出一个人选。欧阳师爷听了大喜,拍手叫好。刘师爷介绍,此人原是谭军机手下智囊,见多识广,才干超群,且对谭军机忠心不二,深得信任。欧阳师爷立刻拜托刘师爷,要请此人过来一见。刘师爷说,此人在盛宣怀的译书院是重要角色,是张元济的左膀右臂,因此,还得先与张翰林游说。坐在一旁的林先生,这下听明白了,刘师爷推荐之人,竟然是和自己住一个庭院的邻居,不由恍然大悟:徐方白并非书呆子,是有来历的人物。兴奋之余,想抢这份好事,当即拍了胸口,说是包在他的身上,他去劝徐方白投效李大人处。

林先生推心置腹道:"我早就猜测,徐先生气宇轩昂,乃非同小可的人物,听刘师爷一推荐,顿时知道不得了。刘师爷自视甚高,在他眼里,我辈不过是跑腿的龙套。他夸徐先生博学多才,见识超群,又在朝廷谭军机手下历练过,真是前途无限的人才。长期蜗居译书院一角,确实委屈了。兄弟不才,与徐先生同租一院,也是缘分了。"

徐方白笑笑:"刘师爷错爱,我哪里有甚能耐!流落上海滩,靠张翰林不弃,给个饭碗,只求安稳温饱,足矣。"

林先生耐心劝道:"历来的读书人,寒窗苦读几十年,悬梁刺股,图个啥?还不是一朝飞黄腾达,出人头地,成为帝王师吗?诸葛孔明算得清高,照样被刘皇叔劝出山来,方才青史垂名。眼下,徐先生正有好机会,李大人如果能登临大宝,你去帮他做事,依你才干,必然获得重用,那就是'六宫粉黛无颜色'了!"

徐方白听到这里,差点"噗哧"笑出声来。亏得林某还记住这句诗,只是用错地方,好像自己是被选去做妃子似的。徐方白忍住笑,正色道:"谭军机遇害,我已经心灰意冷了。一介布衣,安居本地。国家大事,自有朝廷大员们操心。"

"不应该啊，徐先生还是英姿勃发的年龄，何出此言？"林某殷勤劝解，"我还指望着，徐先生一旦被重用，也可以顺带提拔我一些。"林先生笑眯眯地说着，小小的双眼，睁圆了，放出些许光来。看得出，他如此费劲做中介，不仅仅为了讨好徐方白，自己也是有算计的。

徐方白想明白，自个儿与林某终究不是一路人。林某把所有的考量，归结为生意，投钱出力，不能白做；找对了靠山，全身投入，希冀获得丰厚的回报。徐方白想，即使李鸿章真被总督们推出来，坐上总统宝座，就算如他们所愿，一切顺风顺水，也与徐方白知晓的总统制不一样，甚至风马牛不相及，不过是另一种改朝换代。清廷败了，名为总统的朝又开始了，国家还是旧样子，老百姓依然民不聊生。李鸿章张之洞他们，比起清廷愚蠢的保守官僚，脑子清醒些而已，靠他们挽救风雨飘摇的中华，痴人说梦了，犹如用几帖伤风咳嗽的药，去治疗病入膏肓的重病。

徐方白不由想起了张元济的话。张元济不愿意继续追随盛宣怀李鸿章他们，无非源于一个认知："他们都靠不住！"徐方白何苦以一身才华，飞蛾扑火？徐方白想到这里，决意不接受这个机会，但他不愿意与账房先生当面闹僵，耍了个小聪明："林兄美意，我不胜感激。不过，我到上海，落难之际，是张元济张翰林施以援手，使我没有流落街头。滴水之恩，当涌泉相报。如果张翰林不点头，我无法做其他考虑。"

此话说得大义凛然，无懈可击。林先生无言再劝，只得无奈点头："徐先生重情重义，真个是大儒，佩服佩服！那就等报告张翰林后再说？"

徐方白心里主意已定，李鸿章那里的浑水，自己绝对不想蹚。与张元济是可以说贴心话的。只要张元济表示，徐方白必须在译书院，不能动，那么，一切太平。张元济的态度，在李鸿章他们那里，蛮有分量的。

徐方白瞧着广东人悻悻然的模样，竟产生一种微妙的快感。原先，徐方白还在担心，林某说不定拿三郎的事做文章，让徐方白和九妹难以安居。现在，无妨了。今日林某说出那些惊天动地的秘密，那种被清廷视为造反的图谋，自然会对徐方白生出忌讳。他不敢再做对自己不利的事吧？

害人之心不可有，防人之心不可无。这是祖训。徐方白突然悟到了此话的真谛。

徐方白笑笑，举起茶杯，对账房先生道："林先生赐饭，一桌美味佳肴，对我诸多关照，徐某不胜感激，以茶代酒，敬林兄了！"

两只茶杯轻轻一碰，发出清脆的声响。饭桌之上，谈笑风生，满堂春色，实际上，各藏心事，各怀算计，亦是常事。

## 十八

午餐后，徐方白回到译书院，尚未进门，远远望见，张元济正坐着人力车，从街那头过来，就停下脚步，拦住了他，想在大门外说几句话。办公室人多耳杂，说起来不方便。徐方白毫无隐瞒，把方才午餐时的情况，统统说给了张元济听，自然也介绍了邻居林先生的来历，说林某是李鸿章方面在上海的联络人。唯一隐去的，是三郎发现林某偷窥的龌龊勾当，那种偷鸡摸狗的事，说出来没啥好听，不想污了张翰林的耳朵。

张元济经历的风雨多，与李鸿章、盛宣怀这类大人物早有交往，晓得政界的种种复杂。他听到几位总督竟有如此盘算，万一清廷撑不住，推举"李总统"出山，来稳住大局，亦只是淡淡一笑，并无十分惊讶的神情。听罢，他问徐方白："看样子，刘师爷和欧阳师爷，还是识人的，真心想要重用方白兄！"

徐方白苦笑道："我不愿意啊。你说的那句话，我记得牢。你说他们都靠不住，我品味甚久，发现是至理，一语中的！我追随谭先生，是景仰他一心挽大厦于将倾，士为知己者死，戊戌那年，已怀着死而无憾之心。至于朝中其他人等，诸位总督大员，在此乱局之中，各打如意算盘，如何令人信赖？'东南互保'之约，对洋人有低三下四之嫌，我理解实为不得已之策，毕竟可让百姓少受战火之苦，比慈禧的贸然宣战强。不过，大臣们与朝廷，利益纵横交错，根子上不是为黎民谋。他们最后如何走下去，谁搞得清楚？我是不愿意踏上这样的船，一旦涉足，退回来就难了。一入侯门深似海，我普通读书人而已，不求高官厚禄，只求对得起天地良心。"

徐方白平素话语不多，是沉默寡言的习性，此刻说出一大套话来，让张元济颇为惊讶。他的双目，在镜片后闪出温煦的光，赞许地望着徐方白："你决心不要抓住这机会？想清楚了吗？这个，也许可以让你后半生腾飞！"

徐方白坚定地摇头："菊生兄是榜样。你宁可不要稳定丰厚的薪酬，而情愿为自己的抱负，为天下的穷孩子们编教材，去从事前途未卜的出版事务！"

张元济听了这番志同道合的话，开心地道："你决心已定，事情简单，你就去回复那位林先生，我张元济坚决不同意你离开译书院。倘若有旁人问起，我也是如此答复。"

张元济的回答，让徐方白悬着的心踏实起来。也就是说，即使刘师爷欧阳师爷他们来与张元济交涉，张元济自然会帮助徐方白周旋。张翰林的面子大，李鸿章盛宣怀也敬他几分，师爷们自然无奈。

下午，徐方白坐在案头看稿，心情竟然轻松许多，上午茫无头绪的紧张，自行散去了。犹如大雾横江，一阵旋风拔江而起，雾霭被吹得七零八落，清澈的江水，显露在蓝天旭日之下。山重水复疑无路，柳暗花明又一村。人生的沟沟坎坎实在多，愁眉苦脸伤身，沉着应对，自有明朗的时候。徐方白不由想起先贤们的故事。比如说，苏东坡吧，一生颠沛流离，几乎常年在被贬被流放的路上，一直贬到了荒无人烟的不毛之地，他依然没有灰心丧气，没有向命运低头，不断写出铿锵有力的诗词，坚韧地为底层的百姓做事。普通读书人，未必有辛弃疾金戈铁马、纵横驰骋的气概，内心的自强自立，是必需的。

多日以来，把徐方白搅得头脑发昏的世事，<u>丝丝缕缕</u>地抽出头绪，渐渐盘桓清楚。

清廷发昏，冒失与列强宣战，其后局面如何收拾，李鸿章他们虽然有谋略安排，仅是权宜之计而已，并非让中华摆脱灾难的可靠计划，且随他们去吧。三郎和弟兄们，正义凛然，勇气可嘉，不过，国家与民族遭逢大灾难，凭牛犊之勇，冒险一搏，难成正果。张元济蔡元培，当代智者，他们的事业，对未来不无重要，启迪民智，以利长远，均为功德无量。徐方白难以追随，一是觉得远水难救近火，二是想到自己尚可以有其他担当。

离开京师，南逃之前，七爷曾殷殷告诫，拔剑滴血，是王五胡七的宿命，徐方白另有责任在身，应把谭先生他们的英烈故事，昭告于天下。到上海之后，忙于生活琐事，徐方白始终未进入此等角色。现在想来，除了自身的懒，还在于未想清楚此事意义何在。为谭先生的壮烈记传，当然值得，不过，世人那么快将菜市口诸烈士遗忘，世道炎凉，情义淡薄，曾经令徐方白无比失望，灰心丧气，也使他失去了写作的冲动。写一本谭嗣同英烈传，对于当今的世道，究竟有什么好处，徐方白并无信心。直到此刻，直到看腻了人世间种种表演，徐方白才慢慢品味出来。已经过去了的人间故事，即便曾经惊天动地，即便你写得如何热血沸腾，世上麻木的神经，也难以因此而跃动。文字的力量，想要直达阅读者的内心，必须与当下的万象合拍了，方可显示出强盛的魅力。比方说，古人的《诗经》，绝对经典了，让奄奄一息者去读"窈窕淑女，君子好逑"怕也是品不出多少滋味。

看稿时间长了，徐方白眼睛发酸，还是当年科考前彻夜读书，留下的病根。看多了文稿，这种难受就会冒出来。徐方白去找过一位中医，那位老先生建议，不妨用菊花泡水，经常清洗双目。徐方白懒，没有试过。现在想想，这事儿拖不得。自己要做的事情，太依赖眼睛了。这会儿，徐方白心中豁然开朗，觉得找到了自己后半生的方向。张元济的目标，是编辑书稿，特别是出版教育书籍，启迪民智。徐方白也是朝启迪民智的路上走，与张元济的从容不迫相异，他只想奋力呐喊几声，冲破戊戌变法失败后的世道沉闷。

写文章，写出振聋发聩的文字，正是徐方白选择的方向。他相信自己在写作方面的天赋。当年，谭嗣同也常常夸赞徐方白的文笔。此时，他想撰写的，不仅仅是回忆谭先生的过往，记叙他如何英勇献身，徐方白酝酿的文章，是让谭嗣同的精神，如何照亮今日中国的迷茫。假如谭先生还活着，他对当下的万千世态，会发出怎样的声音？

书写英烈传记，留下谭先生他们的身影，固然重要，徐方白义不容辞；眼面前，更加急迫的，是将社会上未曾全然麻痹的神经唤醒，积聚起力量，打破腐败的清廷，挽救摇摇欲坠的中华民族之塔。

徐方白心底暗暗兴奋起来，一股热血，于周身奔腾。在谭嗣同被害之后，他与这样的冲动，分明久违了。林某人说，读书人数十年辛苦，都是为了有一日成为帝王师。那真是把读书人全看扁了。为民族摆脱灾难，为百姓有好日子过，才是多数读书人的共识。找到了前行的路标，可以出发了。逆水行舟，奋楫者先。

这天晚上，待九妹收拾好餐具，回房去休息，徐方白摊开了纸张。毛笔已经干结许久，用清水耐心泡开；磨墨的功夫，自幼习练，不会荒废，一会儿工夫，浓淡适宜的墨汁已经备好待用，长方形的墨池里，绽放着黑色的菊花。

他略一思索，在纸张的右侧，从上到下，用楷书，写出了文章的标题："庚子年，遥祭谭嗣同先生"。写完标题，毫不犹疑，署上了作者的名字，是下午沉思之中，想好的笔名："过河卒"。端端正正三个字儿，写在文章标题的左下侧。既然上阵了，他只能勇往直前，不想给自己留下退路。

他考虑过文章的布局。由"遥祭"始，继而，用"再议""重说""新论"等字眼贯穿，一气写上十来篇，都是从谭嗣同的视角，观察与回答今日的诸多问题。核心观点，论述清廷统治的末日景象，慈禧的独断专行，已经无法维持中华的生命。今日的神州大地，绝大多数中国人，连起码的生存都难以保证。是时候了，结束八旗的腐朽统治，乃是解救中国的唯一途径！

这样的文字，是不是可能见诸报端？徐方白心中其实无底。上海的报纸，《申报》《苏报》，在维新变法期间，以大胆直言著称，时过境迁，今日若要发表文章，公开宣称清廷末日已到，估计还是捏一把汗。不行，就去香港或者海外找报纸发表吧。兴中会在香港办了报纸，至于日本，在那里的中国留学生多，据说办了反对清廷统治的报刊。徐方白考虑，先把文章写扎实，发表的途径，再行盘算了。

此刻，面对写下标题的纸页，仔细运筹全文布局的时候，徐方白再一次想起了湖南的先贤王夫之。抗清失败之后，先生避居于偏远的湖南衡阳，孤独地著述之际，其心情，是苦涩，还是坚忍？是绝望，还是暗藏了热烈的希望？

衡山脚下的石船山，不过是高二三百米的小山墩，因一块船形的巨石而得名。青年时代，徐方白慕名而去游历。这个偏僻的地方，由于王夫之在此隐居和著述，扬名天下，王夫之也被称为王船山。他生命的最后几年，山风孤灯，品尝的是人世间的寂寞和寒冷，唯有心底执着的信仰，陪伴他熬干了身上的精气。他的著作，留下了被苦难锤炼过的智慧，包括对秦汉以降，社会制度弊端的尖锐批判。

徐方白不再迟疑，提起毛笔，端正地写下了第一段文字："今日，遥祭戊戌年牺牲的谭嗣同先生，同时遥祭谭先生敬重的先贤王夫之，并非因为他们都是湖南的读书人，而是由于他们具备相同的理念。为了民族的生存，他们愿意奉献自己的一切。他们是湖南读书人的骄傲，也是中华所有读书人的灵魂！"

## 十九

精气神，酝酿已久，一旦开笔，洋洋洒洒，奔腾而下。当夜，徐方白就写完了第一篇文章。停笔之时，虽然疲惫不堪，神经依然兴奋着，躺下了，还睡不着。徐方白仰天望着屋顶，心里盘算，还是需要多读点王夫之的书。用词造句，时而犹豫，常常有所疑惑，不知写得到位与否，源于读书不够，了解王夫之的思想，太浅了，仿佛在数百里洞庭湖之上轻轻划过，涟漪不起。与这位湖南先贤的隔空对话，刚刚开始。谭嗣同先生的音容笑貌，始终闪烁在徐方白眼前，熟悉他的一言一行，一举一动。世上出现什么问题，谭先生的态度如何，徐方白大体清楚。对于王夫之，徐方白是高山仰止、景行行止的心情，崇敬有余，知之不多。毕竟隔了两三百年，明末与清代晚期，社会文化天差地别，连世道人心，亦不一样。多读些他的书，或许可以弥补心中的不踏实。学到用时方知不足，这话说得精确。记得小时候，跟私塾先生学诗，恰好长沙难得下雪，那位老先生摇头晃脑，随口念出两句打油诗："黑猫一身白，白猫一身肿。"念罢，还得意地说，这不入流的打油诗，写好也是不易，既需要市井气，又不能流俗，没读过万首唐诗宋词，也是作不好的。

这天下午，徐方白特意早些离开译书院，对同事说，要去四马路转转，淘点旧书来看。

好久没来此地，四马路显然热闹了许多。新的饭馆开出来，门口摆着贺喜的花篮。徐方白瞧瞧，又是粤菜馆，隔老远，也嗅得到叉烧包的香气。上海人喜欢广东点心，渐渐成为时尚。林先生说得对，广东人做生意，讲究喜庆排场。门外走道，两排花篮，老价钱了，地上铺厚厚一层鞭炮的碎纸，红堂堂的，犹如大户人家办婚礼的红地毯，应该是开业当口，震天动地鸣放过许久，老板喜欢这彩头，舍不得打扫干净。徐方白最关注的书局，也开出了新的门店。这个生意，朴素多了，新店的门板靠在两旁，贴了些书籍的介绍文字。今儿天气好，午后的斜阳未落，在屋脊上挂着，照得满街暖洋洋的，有的行人穿起了短袖子。还有一家书局，搬出了长条桌，把生意从店堂扩展至街上。长条桌上，搁几份新鲜的报纸和杂志，十来本散发着油墨香味的新书，引人注目，向徐方白诱惑地搔首弄姿。

走进书局，在书架旁看了几个来回，徐方白没有发现王夫之的书，扫兴地离开，回到门口长条桌前，目光一扫，却被一份新出版的小报抓住了眼球。这些日子，小报的出版，犹如雨后春笋，出来得快，结束也似风扫落叶，眨眼工夫，无影无踪。最短命的小报，只出版一期，就寿终正寝。这份新冒头的报纸，天头是四个醒目的字"申江内幕"。报名无所谓，要吸引读者目光，"内幕"之类，乃常用的手段。让徐方白惊恐的，是报名下方的一行标题："行刺道台者，在漕运粮船上被击毙！"那份小报，摊在长方形的木桌正中，被其他书报遮挡了多数版面，报名和那行醒目的标题，却丝毫没有被掩住，清晰地呈现在面前，字体特别大，显得惊心动魄。这份"内幕"的编辑者，大约正是要靠此条消息，来吸引别人掏钱购买。徐方白心里一急，想抽出报纸细读内容，守在长桌旁边的店主，却挡住了他的手，干巴巴地说了一句："此报卖得快，本店只剩一份了，先生要看，就买下吧。"那意思很明白，没有钱的话，别厚着脸皮白看。报纸上的新闻，值钱的不多，你读过了，兴许就不肯掏钱。书店主人的生意经，清清楚楚摆在脸上。徐方白急于阅读报纸，无意责怪店主的无礼，当即掏出几个铜板，递给店主，随后，把那份"内幕"取到了手中。一张薄薄的纸，此时，变得沉甸甸的，压迫着全身的神经，徐方白再瞧一眼标题，急切地往下读起来。那个吓人的标题下面，堆积着令他无比惶恐的文字。

"本报记者消息：从道台府刘师爷处，记者独家获得准确情报。前几天，向上海道台投掷炸弹，意图谋刺余联沅道台的刺客，已经伏法。根据绝密的线报，道台府获悉，试图谋害道台的凶手，为义和团流窜到上海的零星人员。他们对本地逮捕驱逐义和团成员不满，并且试图阻拦上海道台与各国使团的友好洽商，遂制造炸弹，凶狠地投向道台的轿子。道台临危镇定，并无慌乱逃避。天佑道台，土制炸弹没有爆炸。道台府立即展开调查。根据犯案者遗留在现场的物品，分析出他们的身份，乃以剃头摊为掩护的义和团流窜人员。道台府迅速追捕这些罪犯。不料，罪犯自知身份暴露，已经逃离本埠。正当道台府难以破案之时，有一位勇敢的市民，秘密报告，这干人员，已经接受大运河漕运衙门的招募，混入漕运船工，意图顺运河北逃，与北方义和团会合。道台府闻报，立即组织得力干员，前往追捕。昨夜，月黑风高之时，在苏州地界，追上罪犯隐匿其中的漕运粮船。上船查明身份的当口，两名罪犯拒捕。此二人武艺高强，一名使铁棍，一名使大刀。使刀者尤为凶猛，身高力大，接连砍伤多名兵丁。幸亏围捕的兵丁英勇，无一退缩，蜂拥而上，最后将使铁棒的拒捕者擒获。那名使刀者亦被击成重伤，仓皇后退之际，被船栏所绊，掉入运河，随即沉下黑漆漆的河底。之前，该犯身上已经多处受伤，未打捞起尸首，估计喂鱼了。那名被擒获的使铁棒的罪犯，在押解道台府的路上，竟然咬舌自尽，亦是罪不容恕之恶人。至此，道台府宣布，此案告破。"

徐方白站在书店的长桌旁边，反复读着这段破案的新闻。他的目光渐渐呆滞起来，视线有些儿模糊，在那些字句间反复巡回，似要读出新的结果。白纸黑字，没有回旋余地，结论清清楚楚，刺杀上海道台的诸犯，已经伏法。在独家新闻的旁边，是根据参与追捕的兵丁口述，记者描绘出的罪犯影像。一名使铁棒的，是精瘦的汉子；另一名使刀者，高大强壮，裸露的胳膊上，左右臂膀，文着醒目的龙头龙身。前不久，在庭院欣赏三郎习武，两条胳膊抡得风生水起，臂膀上的文龙，也在晨光里翻飞起舞。徐方白排除不了报纸上冰冷的事实，那位使大刀的拒捕者，手臂上文龙的大汉，其特征全都指向一个人，胡三郎！前几天，在自家庭院附近的街上，刚刚向徐方白告别的山东汉子！

徐方白一直站立不动，显然引起了书店主人的不满，这样的滞留，会挡住其他客人的视线。店主抬起下颏，不客气地问："先生，您还想买别的书吗？"

徐方白摇摇头，没有回答询问，也没有责怪他的唐突，转身走开。此刻，他脑子里只盘旋着一个问题：是道台府刘师爷提供的独家消息？那个密报刺客去向的线人，究竟是哪个？是谁，会如此恶意地把三郎他们出卖？那个性格爽朗、嫉恶如仇的山东好汉，曾经在徐方白家的庭院里，使出令人眼花缭乱武术本事的三郎，竟然会消失在运河黑漆漆的波浪之中？

挂在屋脊上的太阳，落下去了。城市的街道，有建筑阻挡阳光，比之乡村田野，暗起来快。天色黑下来，街上刮起了风，四周顿时失去了暖力。徐方白穿得单薄，不由打了个寒战。他想，出了这样的大祸事，三郎没了，如何去对九妹言说？又如何向京城的七爷交代！

傍晚时分，徐方白才回到了虹口。他缓慢地走着，并没有急于赶回家里的意愿。平时，稍微回得晚些，想到九妹焐着热饭等待，就会加快了步子。今日，他最害怕的，正是面对九妹了。他没法说出关于三郎的噩耗。他走过那天遇见三郎的路口，他在一棵树下停了脚步。回想起那天的情景，他目送三郎远去，山东汉子壮实的身影，渐渐被黑暗吞噬。那难道是一种命运的暗示？可怕的暗示！他渴望，那汉子从阴影中闪出身子，用刚劲有力的五指，把自己的肩胛捏住，捏得钻心地疼痛。

无边无际的夜色，像雾霾一般，从四面八方的屋脊上漫过，灌满了所有的街道和弄堂，一切都在夜雾的笼罩压迫之下，连呼吸也变得吃力。家家户户的烟囱，顽强地与雾霾对抗，冒出晚餐的香气。那般平淡的居家之乐，三个人围坐在方桌前的温暖，也许吃着不说话，偶尔是三郎问个事，徐方白简单地回答几句，九妹只是无声地倾听，那样的情景，此时想起来，是难以描述的美好。所有家居的平平淡淡，变得异常珍贵，却遥不可及。生命是强大的，九妹的老公，走了很多时间，他遗留在九妹身上的精华，正在孕育新的充满活力的生命；生命又好像十分脆弱，一切存在，犹如朝露般短暂，三郎，那样强悍倨傲的男子，高飞高走，来去无影的战士，突然就消失于无声的黑暗里，连九妹老公那样的遗存，都没有一丁点留下。

徐方白体验到无比的伤感和痛楚。这种撕咬着全身的痛楚，还混杂着无法述说的罪恶感觉。"内幕"上简短的消息报道，让徐方白猜测，那个隐秘的线人，那条置三郎于死地的密报，祸事最初的源头，莫非是他徐方白？他徐方白是知道三郎去漕运打工的，他竟然没把这个事关生死的秘密守住，泄露了出去。徐方白祈求着冥冥之中的力量，他过去不曾祈求过的伟力，即使在逃离慈禧屠刀下的京城，徐方白命在旦夕的险境之中，他也没有如此祈求过。徐方白希望那条泄密的渠道，并未与自己连通。那是另一种徐方白未知的途径，比方是三郎的朋友们不小心泄露了行踪。那样，虽然同样让徐方白难受，不过，心里兴许稍稍好受些，至少，他不是同谋，不会永远自责，背负着难以卸去的沉重的罪恶。

徐方白推开庭院的大门，木门吱呀低唤着，滑向一旁。前两日，给大门上过油，开门时少了惊心动魄的声响。这是徐方白的细致，他觉得九妹需要安静，别老是被噪声吵得心惊肉跳。

徐方白瞧一眼东厢房，窗子黑乎乎的，账房先生还在外面忙，最近见到他的时间很少。昨日早晨，在庭院里遇到林先生，他问徐方白，去李大人那里做事，有没有拿定主意。徐方白干脆地回答了，张元济先生一百个不同意，自己也没办法。这个软钉子，让林某无计可施，脸色不太自然。大约，他原先是给欧阳师爷拍过胸脯的，现在进退两难了。林先生脸色有些难堪，疙疙瘩瘩地说："那边还等着音信哪。我请道台府的刘师爷，再与张翰林圆说圆说吧。"当时，徐方白没有反驳，他知道，张元济答应了帮助解脱，就不会向刘师爷松口。张元济的身份和资历，摆在那里，他说不，盛宣怀也会尊重的。

徐方白心里骂过一万次了。假如，是林某做的密报，那就是十恶不赦的坏人。那天，徐方白为了闪避账房先生的追问，随口说三郎走了，参加漕运离开上海。原以为这样就省事许多，把三郎辞去码头活计的原因，轻松带过。难道，说者无意，听者有心，林某竟然密报给官府，导致三郎他们遭遇灭顶之灾？林某恶毒到这个程度，超出了徐方白的想象。账房先生平日里为人温和，笑眯眯的时候多，为什么要做伤天害理的事？有一种可能，他偷窥九妹窗子，被三郎撞破，恼羞成怒，蓄意报复？那也太辣手了！蛇蝎心肠啊！三郎并未与他撕破脸皮，放他过去了，他如何这般狠毒？

徐方白郁闷地朝西厢房走去，布鞋踩在庭院坚硬的泥地上，发出沉闷的声响。九妹应该听到了，西厢房的门，轻轻响了一下，应该是拉开了门闩。已经没有不回家的理由，徐方白硬着头皮，继续前行。手里拎着的布袋，放着那张"申江内幕"的小报，布袋比起平时，沉重了许多。徐方白不知道如何开口，说出惊骇的噩耗。他唯有暂时躲避摊牌。无论是为了九妹的身子，还是为了这个临时家庭的存在，徐方白今夜不能说出三郎的遇难。拖一阵吧，至少拖到九妹生育之后。徐方白心里做了决定。

也许，徐方白要找个机会，如果能撞见刘师爷，就旁敲侧击地询问，那个密报的线人，是哪个方向的？真是林某密报，按常理，官兵会到这个庭院来搜查，毕竟胡三郎原先居住于此。此刻，庭院里很安静，三郎住的那间堆杂物的房子，房门安静地关着，不像遭遇过搜查。难道是错怪了账房先生？

徐方白扭头，再次回看了寂静的东厢房。不，不能如此简单推理。即使林某密报，他断然不会说出三郎曾在此地居住，他回避此点，当然不是为了保护徐方白，而是避免自己的干系。一个危险分子，长期居住在此，还是潜入英商码头的疑犯，此人进入码头，又经过林某介绍，事情顿时会变得无比复杂，林某从告密者变成了协从者。账房先生何等狡黠，他哪里肯给自己下这个套？

徐方白来不及继续思索。西厢房的门，又轻轻响了一声，九妹显然是等急了，虽然不好意思迎出门来，却打开了半扇门。她大约是在房间里向外凝望，感到奇怪，为啥徐先生迟迟不进门。徐方白没法再磨蹭，终于硬着头皮走进了西厢房。

## 二十

终于熬过了沉闷的夏季。上海的夏日，没有海上台风来袭的时候，比起徐方白自幼居住的长沙，热得毫不逊色。长沙也热，南岭山脉的阻挡，让热气散不开，沉淀在长沙一带。上海附近没有挡风的山脉，却同样热得可以榨出身上的油。街上，每个人都热得想扒掉所有的衣衫布料，让皮肤裸露在空气里，以便散发热腾腾的气息。男子自由些，打赤膊的汉子不少，底层干粗活的，不懂斯文之说；即使懂，为了生活，体面可以忘记。底层的女子，比汉子们难了，纵然浑身臭汗，上身或多或少要有遮挡的布片。像徐方白这样的读书人，还是怕斯文扫地，公开的场合，断然不会光着膀子。以前，只是自己住，热得受不了，躲进自己的厢房，徐方白也会享受一下光身子的快活。现在显然不行。家里有怀孕的九妹，徐方白处处留心，厢房的窗户和木门，也不是统统打开的。请来了帮佣的苏北大脚娘姨，让九妹少做点家务。娘姨勤快，总是在两间厢房间走来走去，这边扫扫，那边擦擦，徐方白更得注意穿着齐整。娘姨不懂敲门的礼数，腿一抬就进屋，有点儿烦人，提醒过，还是忘记。不过，想到九妹可以少干活，轻松许多，徐方白也就释然。

徐方白抵御酷热的办法，只剩下芭蕉扇了。一把脸盆大小的芭蕉扇，整日不离手。九妹细心，在芭蕉扇的外围，用淡蓝色的细布，密密地缝了个圈。九妹喜欢蓝色，徐方白早就发现了。徐方白将前后厢房间的布帘，也换成了天蓝色，屋子多了神清气爽的感觉。毛拉拉的芭蕉扇，被淡蓝色的细布圈起，顿时干净利索多了，徐方白坐在桌前看书，扇起风来，也不会漏气。家中的女主人，勤劳或者懒惰，藏在如此这般的细节里。

到了夏秋之交，市民们都盼着凉爽点。傍晚，乘凉的街坊，在大门口啃西瓜，也不敢打赤膊了。并非讲起了文明，而是记得老话：秋风寒湿重。那寒气借助街上穿堂风的力道，钻进骨头缝里，凉丝丝，容易生病，据说，除了感冒伤风的常见病，还得小心染上风湿症的危险。

庚子年的夏秋之交，依旧热得够呛。希望海上来一场痛快的台风，好让市民们舒服些。上海这地方，遇到台风来袭，气势惊人，在湖南很少看到那样的风。狂风过处，街上的大树，竟然被吹得七歪八扭；没有倒下的树，全靠根部扎得深，无数条粗细不一的根牵扯着，才勉强维持了平衡，歪斜地站立着。那狂暴的风力，能够驱散城市上空的蒸笼罩，还大家一片清凉。偏偏那年的台风，羞答答不过来。好不容易起了点小风，树叶晃动了没几下，又呆滞地停下，兴许那台风擦着上海的边缘，滑到了别处，去清凉其他地方的人。

北面传来的消息，增加了夏日的煎熬。列强的军队，以天津港口为依托，向京城进犯。河北等处的清军，这个大营，那个大营，听上去威风八面，没打几下，支撑不住洋枪洋炮的威力，纷纷溃败；八旗子弟，荣华富贵享受了二三百年，哪里还有当年入关时的霸气。歌舞升平久了，上层奢华，女子们千娇百媚，男子们则被卸去了身上的铠甲。清廷黔驴技穷，想利用义和团的神功，来阻挡列强，抵抗那些洋枪大炮，更是不可思议的昏聩。华北平原上，成长中的庄稼，被列强军队的马蹄践踏；庄稼地里里外外，流淌着中国百姓的鲜血，倒下的身躯，有手里攥紧刀棍的义和团，更多的，是无辜的平民。

徐方白在无比的愤怒之中，继续奋笔疾书。读书人表达心境的唯一途径，正是在纸上宣泄。靠着芭蕉扇的帮忙，在夏季的炎热之中，完成了计划中的文章，十篇文稿，漂亮的毛笔字行楷，叠得整整齐齐，放在方桌的一角。吃饭之前，九妹把那些毛边纸理齐，小心翼翼地捧到柜子上。她认识简单的文字，是三郎教她的。家里只有三郎一人读了几年私塾。三郎疼妹子，自己教过她，九妹也就勉强认二三百个字。徐方白写下的那些意思深奥的文章，用谭嗣同、王夫之他们的眼光，来看待今日中国，九妹哪里读得懂。徐方白晓得九妹好奇，简单对她说过大意。九妹知道，那是骂当下官府黑暗的文章，希望社会变好，让老百姓少受苦难，于是对徐先生多了尊敬，也格外珍惜那些写着毛笔字的纸页。

徐方白想，在此民族危难之际，自己能够做的，就是直抒胸怀。"王师北定中原日，家祭无忘告乃翁。"读书人至死不渝的传统，写在陆游的名篇里。十篇写毕，徐方白寻思，得认真权衡，为自己的文章找个出处了。

庚子年之春，同事们闲谈过，上海诸多的报纸，哪一家最值得看。七嘴八舌，议论纷纷。张元济到底见识超群，当时，他讲了一番话，让徐方白佩服得五体投地。张元济说，上海出版的报纸，雨后春笋般，不算少，可惜，多数不是认真做新闻的，只是商业的眼光和目的，连采访新闻的记者，都不舍得多养两位，一般靠道听途说，写蛊惑人心的文字卖钱，所以不会有忠实的读者，寿命自然长不了。例外的有几家。西文的，要看《字林西报》，世界各地的新闻多，是让读者把眼界打开的，至于它的时政观点，大体是站在租界洋人的立场上，你同意不同意，无妨，权作了解西方人思维的窗口。中文的报纸，《申报》一定要读，它信息量大，各类文章兼备。《申报》的问题，是戊戌变法失败之后，报纸的主持人害怕了，退缩得厉害，言论观点，与朝廷掌权的保守派站到了一起，再无当初鼓吹维新变法的胆量。由此来看，原先影响不大的《苏报》，则需要重视。《苏报》维护了支持社会变革的立场，在谭嗣同等变法诸君子遇害之后，也敢发表悼念文字，这两年，与朝廷保守派观点不一致的文章，在这份报纸上陆续可以见到，难能可贵。张元济最后说，他认识最近接掌《苏报》的陈范君，陈先生原先也是科举出身，中过举人，甚有才华，在官场上做过不大不小的官，思想比较开明，辞官来做报纸，雄心勃勃，自有一番抱负。这份报纸，值得读，值得重视。

徐方白特意找了几份《苏报》来看。《苏报》的"言说"栏目，很对胃口，其风格、宗旨，贴合眼下自己所写的文章。徐方白记起来了，在京城搞维新变法的时候，听说过上海的《苏报》，这是在租界里办的报纸，其主张中国变革的言论，比较大胆直率。那时候，在京师读不到《苏报》，现在才得以一睹芳颜。确实不容易了，戊戌之后，舆论一边倒，小小的《苏报》，没有完全变脸，如张元济所说，有点骨气的。徐方白想，新近接办《苏报》的陈范，据张元济说，是湖南衡山人，与王船山隐居地蛮近，同乡啊，不妨去《苏报》拜访一回，见见新任的陈馆主，探探路，看他是否可以接纳自己大胆的文字。

在需要寻找倚靠时，同乡、同学，都是会自动蹦出来的字眼。"同声相求"，一个"同"字，包含了许多想象。

找到《苏报》馆所在地，并不难，徐方白经常逛的四马路，靠西那段的街面，聚集着众多的热闹场所，茶楼戏院书局乃至妓所，都比较密集。转身，往外滩方向走走，街面渐渐没那么红火，喧哗减少，市民生活的气息则渐渐浓郁。那一段与四周其他街道，被市民们称为棋盘街。那儿的道路，纵横交错，密集地将街区切割为方块形状，犹如象棋的棋盘，棋盘街由此得名。《苏报》馆，就在棋盘街的一处居民区。普通的民宅，深黑色的墙面，门楣上，写着醒目的"苏报"二字。大门敞开，进去，就是宽敞的大房间，原先应该是居住者的客堂，现在放几张写字桌，俨然像报社编辑部的样子。报馆进出的人多，陌生的访客也不稀奇，徐方白贸然出现，只有门旁写字桌后的年轻人看见，他抬起脑袋，客客气气问道："这位先生找谁？"

徐方白笑笑："请问，贵馆陈馆主可在？"

"先生是陈馆主朋友？"年轻人又问。

徐方白又笑笑道："麻烦通报一声，湖南同乡徐方白求见。"湖南人同乡意识很强。当年，在北京浏阳会馆，只要是湖南籍的同乡到访，不会被拒之门外。

果然，片刻之后，年轻人转回来，说声"陈馆主有请"便引着徐方白朝里屋走去。

里屋有一扇窗，朝着天井方向，房间还算亮堂，长方形桌子后面，端正地坐一位中年书生，比徐方白约莫大了十岁，浓眉大眼，天庭饱满。他已然站起身子，一口纯正的湖南话："欢迎徐先生到访，请坐请坐。"

屋子不大，写字桌前方，有一张陈旧的藤椅，其他并无安坐之处。徐方白拱手道："冒昧打扰，久闻陈馆主大名，特来一晤。见谅见谅。"说着就在藤椅上坐下来。

陈范听他也是正宗的湖南口音，顿感亲切地问："徐先生是湖南哪里人？"

徐方白道："湖南长沙。"

陈范赞道："大地方！我是衡山，偏僻些。"

徐方白答："衡山，五岳名山，湖南的胜地！我们隔得不远，二百来里而已。"

陈范开心地道："在上海的老乡不多，今日见到徐先生，儒雅之士啊，幸会！"他的笑容是真诚的，并无社交场上敷衍的味道，随即又直率地说："请问，徐先生到访鄙馆，有何指教？"

徐方白见他直来直去，开门见山，倒也省了许多客套，便从随身布袋里，取出自己写的文章。他将《庚子年，遥祭谭嗣同先生》一文，恭敬地捧到了陈范面前："短文一篇，特请陈馆主过目。"他只带了一篇文章，毕竟初次拜访，未知对方心境，不能太冒失了。

陈范在报馆主事，习惯了文人交往的路数，以文会友而已。示意徐方白稍等，自己当即读起文章来。他阅读的速度快，一目十行的样子。读了一遍，放下，略一沉思，又重新拿起翻阅过的纸张，再读一回。第二遍读完，方才抬头，试探地问："徐先生与谭军机是……"

徐方白不隐瞒，坦然道："曾在谭军机手下行走办事。"

陈范轻轻敲击桌面："所以啊，写得情深意切，大义凛然。好文章，徐先生大才！"

徐方白见对方赞赏自己的文章，不由高兴地道："读过贵报'言说'专栏，心气相近，所以特来请陈馆主指教。"

"徐先生不见得只写了此一篇？"陈范思索着，眉间有深深的纹路，老到地问。

"已经写好十篇，此为第一篇。"徐方白老实回答，"如果能入陈馆主法眼，其他诸篇，再行奉上。"

"我读大作的时候，从行文的气势，已经感觉到后面必有续篇。"陈范沉吟着说。他把那叠毛边纸放到桌子上，轻轻抚平纸张，吐了一口气，缓缓地说："徐先生看得起鄙报，是陈某的荣幸。不过，陈某虽然喜欢徐先生大作，却也有不得已的难处。"

徐方白淡淡一笑，来之前，早有思想准备，文章的发表，不会一帆风顺。"陈馆主不必为难，直说即可。"

"假如仅仅一篇，无论如何，我都可以把它发表出来。现在，徐先生费心思写了十篇之多，合起来必有雷霆万钧之力。只发一篇，可惜了，十篇全发嘛，就要从长计议，小报怕是无力承担。"陈范黯然说。

徐方白理解，所谓无力承担，自然不是篇幅的问题，因为即使接受发表，亦不会将十篇文字安排在同一天的报纸上。他问道："连续多篇，陈馆主担忧，会给贵报招来麻烦？"他略一停顿，补充说："我知道文章矛头对住朝廷保守官僚,语气也写得有点激烈,他们看了着恼可以想见。不过,贵报既然在租界出版,上海衙门直接管不着吧?"

陈范摇摇头:"徐先生有所不知。租界中管事的,是工部局,这个不假,不过,朝廷的耳目无处不在。徐先生在谭军机手下多年,见识宽广,可以想见,如果把这帮官僚得罪狠了,他们有各种手段,来收拾我们这份小小的报纸。所以,你只写一篇,我一定安排发表了,有人不痛快,随他去骂吧;连续发十篇,那就是大事了,发到二三篇,就会找上门来。那时候,发也难,停也难,所以说,小报怕是承受不起。"

徐方白听他说得推心置腹,不由频频点头:"陈馆主的难处,我懂了,绝对不想让贵报因我的文章而遭罪。"

陈范又道:"我不是胆小之人,既然敢接办报纸,是想做一番事出来。不过,我刚刚接手,报纸诸事,包括主笔人手,未安排妥当,因此不敢大意。假如徐先生的文章能够缓一两年发表,那就全部交给陈某来做,不但可以连续发表,还能结集成书!"

徐方白想了想,国家危亡至此,等一两年,等不起的。重病者,奄奄一息之人,劝他耐心等待新药,等它一年两载,听来未免滑稽。徐方白不禁微微摇头,喃喃道:"不为难陈馆主了!"写十篇文字,意在唤醒沉睡的国民,拖延一两年发表,就过了时日。他拱手谢道:"陈馆主快人快语,思谋周详,《苏报》的未来,必然光明。我这几篇小文章,不敢烦馆主操心了,我另想法子。"说着,徐方白收拾起桌子上的那叠毛边纸,整齐地放进随身的布袋,打算告辞了。

陈范见徐方白要走,说了句"徐先生稍等片刻",随即,抽出一张便条纸,匆匆写了几行字,站起身来。"徐先生,我送送你。"他不顾徐方白的执意推辞,坚持把徐方白送出了《苏报》馆。他站到湖南同乡身边时,个子显得稍稍高些,中年的体态出来了,发福,比起三十出头的徐方白,腰围明显大了一圈。

陈范非常客气,一直送到街口,才停住了脚步。"徐先生,我今天怕是让你失望了。"他语气真诚,充满了歉意。还不到正午,初秋上午的太阳,已经有点炙人,热辣辣地晒在他头发稀疏的前额,沁出晶亮的汗珠,他神色带点儿憔悴,接手一家报馆,千头万绪,难的。

徐方白有些同情这位老乡,赶紧说:"陈馆主的难处,我深深理解。无妨,我再与别的报纸商量。"

"恕我直言,"陈范说,"徐先生的文章,犀利直率,恐怕别处也会为难。"

徐方白点点头:"我懂,眼下的世道,做啥都难,姑且试试而已。"

陈范掏出方才写的便条纸,递到徐方白面前:"我们是同乡,我就冒失建议。徐先生知道,康有为他们在海外活动甚多,还有不少爱国学生,在海外办了批判朝廷的报纸,这是我一位挚友的地址,何妨寄给他们看看?徐先生一腔热血写就的文字,他们一定喜欢的。"

徐方白这时猜到对方执意送别的用心。上面这番建议,陈范等出门方说,是不希望被报社里其他人听到。徐方白为陈范的诚挚感动,也佩服他的细心,恭恭敬敬接过了那张便条,一迭连声地答:"谢谢,谢谢!"他们初次相见,陈范的真情厚谊,令徐方白着实意外。文章发表与否，还在其次，交了个值得信赖的朋友，也是收获。除同乡之谊，或许就是心气相通，惺惺相惜了。

陈范叹口气："为中华新生，你我兄弟同心。可惜，我能力有限！"

徐方白赞道："陈馆主雄心勃勃，《苏报》一定前程无限！"

陈范又说："徐先生文笔，有横扫千军之势，恐怕会有人找先生麻烦。你用了笔名'过河卒'，极好。假如信得过陈某，今后的书信往来，联络处署鄙报陈某转交，我一定效劳。这样，可以让徐先生免受小人打扰。"

没想到，陈范如此仗义，且想得这样周到，徐方白感动得无话可说，只能连连致谢。

两位湖南读书人，彼此珍惜，再三拱手，互道保重，在人来人往的棋盘街，依依不舍地告别。

# 二十一

徐方白急于发表文章，表达自己对当下社会的认知，因为局势的严峻，让每一个有良知的中国人，都在备受煎熬。

从夏天到秋天，李鸿章一直驻留上海，去不了京城，也退不回两广。为了减少叨扰，多数时间，他称病不出。年纪毕竟大了，李鸿章七十八岁了，生病很正常。

他的地位有些尴尬。清廷任命他为全权代表，与各国议和。不过，慈禧已经下诏向各国宣战，议和代表，是否还能代表清政府的意志，在上海的各国使节，明显是怀疑的。清廷派出的议和代表，尚未到达谈判现场，后面的主子，已经宣布开打，那种架势，对出面谈判的使节而言，确实难堪。

李鸿章去不了京城，在上海的外交活动，也只能停留在礼节性的层面。比如，到租界里去拜访一下各国代表。德国新任公使，在夏天到达了上海。租界里传说，李鸿章去拜访德国公使的时候，德国人一度商议，将他扣留为人质。后来，觉得没必要因此引起外交事端，遂作罢。德国人心中清楚，李鸿章名头上贵为一品大员，在清廷王爷们眼里，也就是可以使唤的听差，把他扣起来，乃至砍了他的脑袋，慈禧他们并不会真的感觉痛楚，顶多不痛不痒抗议几句。抓这样的听差作为人质，没啥价值，且近似开玩笑。这时节，《字林西报》又发表新闻，说德国皇帝征得列国同意，任命元帅瓦德西担任各国联军的总司令，瓦德西乘坐军舰，将在上海登陆，并统率联军打到京城。局势变得更加严酷。这一回，李鸿章学乖了，他听从手下建议，联军总司令到达上海的时候，连拜访瓦德西的表面文章也节省了。军人脾气大，说翻脸就翻脸，真要对李鸿章来硬的，七八十岁的老头儿，吃不了那苦，更丢不起那面子。多年来，李鸿章在欧洲美洲穿梭外交，顶戴花翎拖辫子的形象，常被当地报章嘲笑，不过，在外交场合，还是被礼遇的，如果被瓦德西搞得下不了台，就毁了一世英名。

作为无权无势的读书人，徐方白看着局势的恶化，除了摇头叹气，还能做点啥事？他明白，连李鸿章、盛宣怀他们，也只是在暗地里摇头叹气，屏息观察，无所作为。传说，上海道台余联沅还在努力，要与各国使节落实"东南互保"的各项条约，最好是正式签约。文本往来，条文细节，反复协调好了，各方已经没有疑义。蹊跷处，列强的使节，说是依据各国政府指示，他们不会在书面文件上签字，只达成口头上的约定。看样子，各国政府的盘算，不与南方的总督们开战，实为避免腹背受敌的权宜之计，而一心打进京城，教训宣战的慈禧政权，才是要害。说到底，各国政府，并没有把南方的总督们当回事，只不过用谈判使他们保持中立，以便列强联军顺利北进，减少后顾之忧。不肯签字，暴露了内心的诡秘，口头的承诺，会有多少约束力？明天翻脸不认账，又到哪个地方去说理？南方的各位总督，实在是心中无底，有苦难言，冒着被朝廷治罪的风险，努力与列强谈判，却被晾在不上不下的半空。与虎谋皮，虎皮难以到手，搭上性命的概率倒是极大。

在此情形下，徐方白急于发表自己的文章，用他所熟知的谭嗣同的思维，分析当前的混乱局势。作为读书人，国难当头，别无选择，唯有以此报效自己的民族。两百多年前，王夫之隐居石船山，用生命最后的微光，著述立言，想来也是这般信念。

他决定接受陈范的建议。把十篇文章，仔细包裹了，寄给陈范的海外朋友，如果能在留学生们办的杂志上发表，内地报纸转载，读者还是能够看到大概意思。比如，徐方白知晓康有为梁启超他们的新言论，知晓孙中山和兴中会的新思想，也是这样的迂回路径。百转千回，曲径通幽，这类古老的语汇，在徐方白心中，有了新解。

徐方白个人得失无所谓，戊戌的时候，差点丢了命，那些日子，他内心的念头，也是想随谭嗣同而去，是胡七爷阻止了他。眼下，徐方白的牵挂多了，九妹临产，三郎消失，徐方白唯有希望家里太太平平，保护母子的平安。

## 二十二

这天晚上，回到家里的时候，空中已经有蒙蒙细雨，密密麻麻地在天地间飘洒。秋天了，雨水带来凉意，夜里睡觉会舒服一些。文章寄出了，心里一轻松，可以泰然睡个舒服觉。

走进庭院，见东厢房黑着，依然没有光亮。近来，林某经常不回来，据说，李鸿章官邸事多，他住那里，随时听候调遣。徐方白觉得，那也许是林某逃避的借口。徐方白一直没有见到道台府的刘师爷，没法打听密报线人的事，心中却放不下疑问。夏末的一夜，徐方白曾经去过林某的东厢房，把那份报纸拿给账房先生看，直截了当追问关于三郎的去向，林某有没有密报道台府。因为三郎去漕运的事，徐方白只告诉林某一人，别人不会知道。

账房先生老于世故，哪里会跟着徐方白的话题走。他振振有词，将徐方白狠狠教训一通。他说，徐方白不能凭猜想乱说，随意诬陷别人，不是读书人的道理。他林某虽然痛恨无法无天的义和团，不过，告密泄愤，历来不是君子所为，他林某岂会如此下作？他嘲讽道，胡三郎是不是义和团，我林某不知道，你徐先生清楚吗？他甚至用威胁的口吻告诫徐方白，假如胡三郎确实是被官兵击杀的罪犯，那就死不足惜，徐方白还想追查何人告密，那就有协从的嫌疑了。

俗语谓，先下手为强；俗语又说，恶人先告状。没这般能耐，想恶亦难。徐方白向来不善争吵，被林某一顿教训，好像自己成为理亏之人，气得面红耳赤，悻悻然离开东厢房。那之后，两人见面很少搭话。再后来，林某多数时日住在李鸿章的官邸。徐方白想，或许是账房先生心虚，避而不见。可恨的是，徐方白迂腐，逮不住老狐狸的尾巴，奈何他不得。

徐方白进屋的时候，见九妹正在摆放菜碗和餐具。他顾自走到床的一侧，避开九妹的目光，脱下被雨润湿的外衣，换上干净的衣衫，才坐到了方桌前面。

"怎么都是你自己做？"徐方白问。没看到苏北娘姨的身影，徐方白觉得奇怪。

九妹没有转身，也没应声，她正往酒杯里斟酒，很小心地倾倒着，似乎怕酒溢出来。徐方白有些纳闷，今天为啥喝酒呢？方桌上有两只酒杯，难道是啥重要的节庆日，连怀孕的九妹，也要喝一点？徐方白认真想了想，很平常的秋天的日子，中秋节还远着。再说，就算中秋，九妹也不该饮酒啊？秋风秋雨愁煞人，她想拿酒让徐方白解愁祛湿？

九妹依旧没答话，这是稀罕的。她向来礼数周到，只要徐方白到家，问候一声，是少不了的。她斟好两杯酒，才缓缓坐了下来。她身子日益沉重，做事情费劲。

徐方白又问了一句："苏北娘姨呢？"

九妹冷淡地答："她家里有人来，请假去看看。"她的神色带点阴郁，没有往常那么轻松。平时，徐方白回家，九妹不会过于亲热，但总是关心备至，逢着雨天，就会问一句："淋湿了吗？"今天却啥也没说，徐方白去换淋湿的衣服，她像是没有看到。徐方白猜想，苏北娘姨不在，九妹做事累了，便笑眯眯地端起酒杯，用鼻子嗅嗅："嗯，香的。"

九妹沉下脸道："放下酒杯，先吃了饭，再说。"

几乎从来没有如此生硬的对话。徐方白一愣，想起在荞头店，老板娘说过，怀孕的女子，常会发无名火。前几个月，在九妹身上，徐方白没有感受到这种滋味，今日破天荒，头一遭了。徐方白没有说话，宽容地一笑，放下酒杯，端起盛着白米饭的碗。桌子上，除了惯常的一荤一素一汤，多了一盘麻辣牛肉，不像是家里做的，记得街上的铺子，有这道熟菜，徐方白路过时，闻香咽过口水。九妹今儿上过街？她怀孕，不吃麻辣，那就是特意为徐方白加的菜？湖南人，口味重些。徐方白感激地瞧了对面一眼。九妹还是绷着脸，像在生闷气。徐方白摸不着她的心事，只能埋头开吃。今儿事多，确实饿了，麻辣牛肉特别开胃佐饭，几大口下去，一碗饭迅速见底。九妹坐在对面，吃得很慢，显然胃口不佳，吃了小半碗，就放了下来。

九妹还是没说话。两人脸朝脸，僵持着，模样儿尴尬。徐方白转过头去，看到了自己的床。床上，早上还铺着黄澄澄的草席，中间颜色深一点，是夏日的汗迹，现在撤了，换上了薄薄的棉褥。刚转入秋季，九妹就给徐方白换床褥，显然是担心寒气袭人。读书人身子单薄。以前，在湖南老家，母亲照料徐方白，也是如此细心。徐方白心里一热，正想说几句感激的话语，心中突然"咯噔"一声，觉察到自己的疏忽，不由暗暗叫苦。他心中忐忑起来，事情不妙啊。

徐方白控制不住内心焦急，不管不顾地站起身，走到柜子前，掀开了柜子的上盖。这里，原先是放床褥的。薄褥子拿走了，厚褥子还在。徐方白呆呆地看着，他寻找的东西已经消失。

九妹在身后冷冷地道："不要找了，东西在这里！"

徐方白回过头来，见九妹拿出一份报纸，丢在了方桌上面。报纸折叠成长方形，正好占据了桌子空着的边缘。

徐方白担心的事情发生了。他不希望九妹知道三郎的噩耗，把那份"申江内幕"藏了起来，小心地藏在两床床褥的夹缝中。那只放床褥的柜子，历来是徐方白自己打理。始料未及，现在家里有了女主，九妹关心徐方白的身体，主动更换床褥，发现了柜子里的秘密。徐方白重新坐回方桌旁。他还有一点侥幸心理。他知道，九妹识字不多，不可能读懂报纸上的消息，顶多是断断续续猜测内容。徐方白看看桌子上的报纸，那个折叠的形状，还是徐方白放进去的原样。九妹不可能未打开过，她仔细读过吗？她读不明白吧？徐方白心里百转千回，如何大事化小，如何应付九妹的盘问。此刻，他清楚了，回家以来，九妹情绪的反常，原来是因为这份报纸。

九妹的话，打碎了徐方白的侥幸。她冷冷地说："下午，我去街上，找了替人写信的先生，我请他给我读这份报纸。我不明白，这么可怕的事情，你为什么一直瞒住我？"

徐方白醒悟过来。识字不多，难不住聪明的九妹。她从那份"内幕"的文字和插图，猜测与三郎相关。到街上走一圈，街上摆摊的先生，替人写信读信，读报同样可以，花些小钱即可。现在，没有轻松圆谎的余地，九妹全部知晓了报纸的信息。徐方白支支吾吾："我想，还没有证实，你怀孕之中……"

"你……"九妹双目突然喷出怒火，吓得徐方白缩回了话语。九妹愤愤地说："你收留我们，对我们好，我知恩。我想不通的是，你到底还有多少事情瞒住我？三郎去漕运的事，你知我知，没有告诉旁人，怎么会密报到官府？"

徐方白哑口无言。他曾经如此责问林某，此刻，轮到九妹责问他。推理相似：天知地知你知我知，谁可能泄露？徐方白不由张口结舌。他解释不清。他可以说出对面厢房的嫌疑，为自己解脱。但是，他不敢如此直说。九妹的脾气他清楚。女子侠肝义胆，嫉恶如仇，若是听到林某可能出卖三郎，究其原因，林某还曾经做过偷窥九妹的无耻勾当，被三郎发现，因而结仇，她一怒之下，拔剑出刀，在此庭院中血溅三尺，完全是可能的场景。

徐方白魂不守舍的模样，加深了九妹的嫌疑："你说呀，三郎尊敬信任你这大哥，你有何理由，去加害于他！"

"我不会，我没有道理这样……"徐方白本来不善说谎，此时，又没法端出对林某的怀疑，真个六神无主，不知如何说得明白。

他这种慌不择言的样子，对九妹而言，犹如火上浇油。九妹突然从袖子里甩出飞箭，"啪"地拍在桌子上："你今日必须说清楚！徐先生，我胡九妹眼睛里不揉沙子！我向来敬重你的为人，现在让我太失望！伤天害理之事，若是你所为，休怪我翻脸无情！"

两支闪着寒光的飞箭，被拍到了徐方白的眼前。九妹将飞箭藏于袖管，应该是今日的提前准备。徐方白身子一个寒战。他知道九妹使飞箭的厉害。三郎说过，这是父亲传给九妹的防身绝招。谁敢让九妹动了怒气，十步之内，那飞箭可以刺穿对方的喉咙。徐方白并不相信九妹真会动手。不过，在徐方白面前温顺惯的女子，一旦火冒三丈，那气势，确实让人胆战心惊。

徐方白被两支飞箭吓得脸色刷白，他目光呆滞，跌坐在凳子上，一时竟什么话也说不出来。

"你倒是说出个理由啊！"九妹的声音嘶哑。孕期，血液的运行，本来没平时顺畅，大气伤身，此时，显然有点虚脱，呼吸急促，接不上气的样子。徐方白看着心里难受，却又不知如何劝说。他使劲摇头："害三郎，没有道理，我绝对不会！"九妹几乎要哭出声来："我也不愿相信！背后害人，你徐先生哪里会做？你要给我一个说法，密报官府的，知道三郎踪迹的，还有谁！"

九妹逼得紧，徐方白更加有口难言。账房先生可以胡扯，说三郎的朋友们泄密，也是可能的，徐方白不肯信口雌黄，指东道西，只有垂头丧气，一言不发，任九妹责骂。

两人僵持了半个多时辰。九妹见徐方白始终无法自辩清白，断定他心中有鬼，心情崩溃到了极点。她本来希望徐方白强有力地反驳，打消自己的怀疑。徐方白却连稍稍站得住的理由也没说出，九妹的怀疑被证实了，她不得不相信，徐方白的嫌疑，洗不干净。

九妹脸色阴沉，冰冷地说："你还没回来的时候，我反复想过，想不出你害三郎的道理。除非……"她停顿了一会儿，才艰难地说下去："除非，你认为，让三郎消失了，我和我的孩子，会安心地一直在此住下去……"

九妹直白的话，一针见血，惊呆了徐方白。他暗问自己，我的内心，有过这样卑劣的念头吗？他不得不感叹女子的冰雪聪明，洞察力非凡，具备难以置信的直感。徐方白承认，在看到"内幕"的一刹那，在为三郎伤痛的同时，内心深处，确实掠过这样的念头：三郎去了，九妹和未出世的孩子，别无去处，只能依赖自己了。三郎的噩耗，可让徐方白完全得到九妹，那念头显得龌龊，立刻被徐方白的理智压了下去。人啊人，一念佛心，一念魔道！不过，徐方白又想，那不过是听到三郎遇害后的念头啊，九妹的推测，把时间推前，认为可能是推动徐方白告密的力量，这就陷徐方白于可怕的深渊。

徐方白紧张地辩解："我希望你们永远在这里安居，但是，我绝对不会因此去害三郎……"

九妹绝望至极，她不想再没完没了地争辩。她突然安静下来，把方桌上两杯酒放到了一起。两杯绍兴老酒，酒色深黄，被九妹移动时一晃，颜色深得有点浑浊。

九妹把两支飞箭放到了酒杯的旁边，冷峻地道："你回来之前，我想了千遍万遍。你对我们有恩，我知恩；你若害了三郎，就是不共戴天之仇。我九妹，做事直截了当，从不黏黏糊糊，有恩当谢，大仇必报！飞箭乃我父亲所传，传箭之时，立誓明志，此箭若出，谁死谁活，便是天意！"

徐方白望着寒光四射的飞箭，身上一个激灵，耐心劝道："你有身孕，不能动了胎气。给我一些时日，我会查明，给你说法！"

晶亮的泪珠，从九妹眼眶里溢出，她强忍着，没让眼泪滚落，继续冷冷地道："你何须用此挟持我！我九妹在大事面前，绝对不会儿女情长。三郎一死，加害他者，就是我九妹必杀之敌。还要给你时日？难道我可以与仇家在一个屋檐下相安无事？"

徐方白无言。侠女之刚烈，原先只是在书中看过，今日得以亲眼看见。他无奈地道："如此说，一个屋檐下安顿不了？你可以继续在此安心居住，我另外找地方栖身吧。"

九妹冷笑："飞箭既出，你还想无事一般，安然走出这屋子？"

徐方白一阵哆嗦。平时温柔体贴入微的女子，这会儿变得这般绝情，出乎他的意料。由此，他更加明白，不能说出对账房先生的猜疑。按九妹性格，知道了对厢房可能是仇家，报仇不会隔夜，哪怕林某躲在李鸿章驻地，她也会立刻前去寻仇，拼个你死我活。九妹孤身一人，且有身孕，不能任她前去冒险。

见徐方白无言以对，九妹继续说："你有恩于我们，我没法直接动手。让苍天决定生死！这两盅酒，一杯下了毒，你选一盅，留下一盅，就是我的！"

徐方白大惊失色："我死不足惜！在京城逃亡之前，我已经决意随谭军机而去，是七爷救我一命。你怎么能作如此想？你身上还有未出世的孩子啊！"

滚滚泪珠，终于没法控制，从九妹两颊滑落下来。她并未拭泪，面无表情地说道："生死各有天命。苍天在上，自会明鉴。你无需多说，选一杯酒吧。以这种方式决断你我，报恩报仇，都在这两杯酒里面了！"

徐方白脸色惨然，徐徐道："非如此不可？"

九妹咬紧牙关，毫无松动的意思："在此之前，我已经立过毒誓。你若无法自证清白，证明并非你加害三郎，就由这酒来裁决，你我命运，任凭苍天做主，两盅酒不能剩下半滴！"

见她如此断然，徐方白已无路可走。他咬了咬自己的舌头，咬出一阵尖锐的疼痛，他痛苦地答道："好吧，一切依你！"徐方白说着，伸出右手，探到方桌下面，摸索片刻，从桌肚里抽出一只小小的布袋，轻轻一抖，里面传出金属碰击的脆响。徐方白将布袋放到桌子上面，说道："这是我存下的一些银两，估摸着，够你和孩子过个年把。只剩这点了，以后，要靠你自己设法。"徐方白说罢，放下布袋，缓缓起身，双手伸向桌面，一手捏住一只酒盅，"这两盅酒，全部归我了，是祸是福，都由我承担。你信我，说话算话，我不在此地喝酒，我走得远远的，到空荡荡的街上去喝。我倒在没人认识的地方，那就不会影响到你了！"

凄凉地说完，徐方白最后望了九妹一眼。第一回，如此狠狠地大胆地看着她，似乎要把她满满地装进内心，目光中全是不舍。末了，他咬紧牙关，十指捏牢两只酒盅，慢慢转过身子，颓然朝门外走去。

突然间，九妹安放在桌子上面的双手，不知如何一抖，"嗖"的一声，两道银光，从桌面上腾空而起，笔直地向徐方白飞去，随之而来的，是清脆的撞击声，徐方白手中捏着的两只酒盅，应声碎裂开来。原来是九妹射出两支飞箭，不偏不倚，分别击中了那两只酒盅，力量恰好，紫砂做的酒盅，全然破碎，却没有丝毫伤到徐方白。三郎说过，九妹的飞箭，是祖传绝技，连三郎也忌惮几分。酒盅里面的老酒，不管是加了毒药的还是本色的绍兴名酒，通通一滴不剩，亦是应了九妹的毒誓。

刚烈的女子，此时伏在桌子上，无法掩抑深刻的痛苦，伤心地哭起来，哭得稀里哗啦："七爷说过，徐先生正人君子，我不相信，你会堕落到向官府告密。你倒是说说清楚啊，为何一问三不知？三郎走了，没法报仇，你让我如何告诉父母在天之灵？"

徐方白心疼地瞧着九妹，她深层的痛楚，在哭声中宣泄，徐方白理解九妹今日的绝情。她何尝愿意用毒酒来判断生死，她没有其他方法，能够走出绝望的境地。兄长被害，她如何在梦里去向父母言说？

九妹不停地抽泣，徐方白从来没见她如此失态，真想伸出手去，轻轻抚摸她的乌发，安慰她，平复她入骨的伤痛。徐方白的手，停在半空，又慢慢缩了回去，不敢造次，只是嗫嚅着："现在，我还搞不清楚告密者。我对天发誓，一定查明真相，到底是谁向官府密报，害了三郎。"

听着徐方白坚定的话语，九妹的哭泣有些平缓，但是，她不愿意抬起头来，依旧伏在桌面上，唯恐徐方白看到她满脸泪水的狼狈。"徐先生，你是正人君子，你要说到做到，尽快查清楚，我才能安心在此地住下去。"九妹喉咙嘶哑，斩钉截铁地叮咛着。

徐方白心想，你若知道嫌疑者就住在对面，你还安心得了吗？他自然不敢将此话说出口，只是含糊地一迭连声应承着。

此刻，他唯一的念头，是希望女子尽快平静下来，不要因为无边的伤痛，危及肚里孩子的安泰。

绝情和深情，熬成了一锅稀粥，哪里还能分得清清爽爽！

## 二十三

对南方大员们的制裁，姗姗地来了。没有制裁李鸿章。八国联军攻入京城，慈禧带着一班随员，狼狈逃亡西部，十万火急地催促李鸿章，要他履行全权代表的职责，赶紧与各国议和。用人之际，制裁李鸿章是不可能的。张之洞等，与李鸿章坐一条船上，况且是地方实力派，也动不得。清廷处于风雨飘摇之中，装傻为上策。为多少挽回面子，柿子找软的捏，上海道台余联沅，是比较合适的对象，象征性打击一下，为慈禧出口气，总不能让下面全然看笑话。朝廷宣战，南方却与洋人勾连，这种事情，在以前是要夷九族的。不敢张牙舞爪地报复，哼几声，打个喷嚏，显示一点余威。

小小的上海道台，竟然敢做起外交总管的事务，堂而皇之，出面与各国使节谈判，余联沅太狂妄了吧！不过，也不能直接用这理由打板子啊。余联沅明明是按各位总督意志行事，打狗须看主人面，公开清算"东南互保"之事，让余联沅后面的大佬们下不了台。因此，无须说任何理由，简单即复杂，干脆把余联沅的上海道台撤了，滚去偏远之地吧。背后的意思，种种曲折，你们各位当差的，大家肚子里去盘算就可。

余联沅丢了美差，却让徐方白得了便宜。他一直想找机会与刘师爷亲近，想打听清楚告密者的底细。那刘师爷本来是为盛宣怀当差。余联沅受命与各国使节谈判，事务繁多，盛宣怀就派出经验丰富的师爷，让他给余道台出谋划策，所以刘某摇身一变，成为上海道台府的师爷。徐方白去了道台府两回，想约刘师爷吃饭，刘师爷总说没空。不知真忙，还是因为徐方白没应允赴欧阳师爷处任职，薄了刘师爷面子，刘某心里不乐意。现在，余道台将要离开上海，转往福建，据说刘师爷会跟着去，徐方白以送行的名义宴请，刘师爷不会再推辞了吧？

常去道台府的同事说过，这刘师爷，有些儿不正经，到上海道台府后，仗着自己的背景硬，骄横跋扈，不守规矩，曾经溜去四马路过夜，被余道台知道，狠狠训斥。碍着他是盛宣怀派过来的人，才没有重罚。恐怕此等劣迹已然传开，这回余道台调任，盛宣怀那里也就没催他回去。刘某人心中怨愤，觉得丢了面子，当师爷这么多年，苦劳功劳，不算少，就为了去四马路风流一遭，就落得如此狠狠的下场，想想也冤啊。在落魄的心境下，徐方白上前套近乎，他就不会端架子了。

为了查明三郎被害真相，徐方白顾不得历来的忌讳，决定投刘师爷所好。下午，他去四马路跑了一趟。四马路西段，是最为繁华的地块。夜里，不必说了，灯红酒绿，与著名的秦淮河有得一比，只是少了船声桨影。即使在白日里，闻名而来的游客，也络绎不绝。租界的工部局，裁决四马路的皮肉生意合法，自然是为漂洋过海的淘金者着想。在这块土地上发横财，钱包鼓了，又不愿做清教徒，得为他们配备声色犬马的及时享乐。有了工部局核准的外衣，这种生意就疯长起来。长三堂子那样名声在外的地方，徐方白不敢靠近，万一被认识的人撞见，自己的名节就坏了。他兜兜转转，最后，在一条弄堂深处，找到家独立的小茶楼。作为茶楼的门面，干净得可疑，那般寂静，毫无喝茶者的喧哗，一看就并非正经喝茶的去处，更没有端着紫砂壶的茶客进出。徐方白心中明白，这是打着茶楼的旗号，做其他生意勾当的。为啥工部局核准了，还要悄悄做呢？看样子，是为了适应特别的客人。比方说，像刘师爷这般有头有脸的，公然在卖肉场所进出，到底不好看，貌似茶楼的样子，遮掩一番，很是必要。徐方白听说过，做这行的，有的还会装点成说书的场所，是吸引读书人来玩，里面弄两个附庸风雅的女子，会弹琴吟诗，与唐宋诗人描绘过的、供文人在湖上逍遥行乐的船家，差不多的，做一样的生意——高山流水有知音，门一关，还是赤裸裸的卖身场所。徐方白站在那茶楼门口，犹豫一阵，心一横，大着胆子跑进去。

底楼，两张茶桌，一道柜台。茶桌与柜台，铺着色彩鲜艳的桌布，那味道，自然不像清闲品茶的所在。柜台后，一位风姿招展的女子，缓缓起身迎客，嫣然一笑，万种风情，却是什么话也没问。那神态，是多年修炼到家的，明显是等进来的客家先开口。潜台词：我这里要啥有啥，先生想要什么？

徐方白知道对方即是所谓的"老鸨"，管理妓院的老板娘。于是，也装出老练的模样，从随身布袋里掏出一枚银元，拍在柜台之上，朗声道："我预定一桌花酒，要楼上安静的房间，入夜，约了一位官大人来聚，场所务必安静，没人打搅。"

女子微微一笑，那笑容，残忍地暴露了她的年龄，额头眼角的鱼尾纹，突破了花粉的遮掩，密密地显露出来，应是经历过多少年风尘滚滚的角色。"我晓得的，官爷都喜欢安静，喜欢干净。此处既然名为茶楼，绝对没有闲杂人等进出，你们只管放心享乐。我嘛，自然会挑两位懂风情的年轻女子，说说笑笑，给老爷们助兴。"她瞧瞧柜台上的银元，嘻嘻道，"这个，一枚银元啊，八成只是老爷的定金吧？"

徐方白听出女子的意思，嫌钱给得少，就硬着头皮道："这是定金，晚上再行结算。不过，无须两位女子，只要一位即可。"

女子诡秘一笑，甜蜜蜜地道："我这里的姑娘都是上乘的，只是年纪小，稚嫩得很，脸蛋儿一掐一包水的。你们两位老爷，如狼似虎的岁数，一个小姑娘，如何应付得过来？"

徐方白哪里听到过如此放荡的言语，又不好把气恼露在脸上，神情颇为尴尬："我不要女人陪的，来一位姑娘可以了，让官老爷高兴就是。"

那老鸨见徐方白窘迫，知道他并不是常来常往的客人，以为他脸皮薄，想寻欢，又不敢直说，脸上笑得开了花似的，越发想寻开心，怪声怪气地道："小女子懂了，先生口味清淡的，不会找个让你腻味的。再说，再说，假使先生不喜欢毛手毛脚的小姑娘，我自有主张，我特别懂读书人的文雅，保证让先生喜欢，乐不思蜀。"说着，竟然放肆地伸出一根兰花指，兀自捅到了徐方白的肩膀上，眼角挑起，嫣然一笑，充满了挑逗的意思。

徐方白真的恼了，沉下脸道："我说明白了的，只要一位姑娘！"说着，还用手在肩膀上掸了一下，意思是讨厌老鸨的挑逗。

老鸨毕竟是久经江湖，见徐方白脸有愠色，知道这位客人不吃撩，也就不敢再放肆，毕竟做成生意是第一位的，赶紧赔着笑道："是的啰，但凭你吩咐，小女子不敢自作主张的。我保证，全部按爷的吩咐，一定好好伺候二位老爷！"

徐方白被她的言语作弄得浑身难受，又无法完全翻脸，夜里还要借这块地方演戏，只能忍了。懒得再看老鸨怪异的笑脸，转身离去，逃也似的，溜出了那幢可疑的茶楼。

有了这番精心安排，到了道台府，徐方白悄悄向刘师爷透底，晚上去四马路吃花酒。师爷果然动心，双眼顿时放出炯炯的光来："怎么好意思呢，让徐先生如此破费？"

徐方白道："听说刘师爷要去福建高就，我送行而已。"

刘师爷叹口气："哪里是高就？哎，福建哪有上海好，倒霉呗……"话到嘴边，缩了回去，老狐狸了。"这个嘛，"刘师爷压低嗓子，"余道台禁止属下去四马路的。"

徐方白安慰他："我们译书院与道台府常来常往。我请刘师爷晚餐一叙，再正常不过。"他也压低了嗓子："去四马路，你知我知，而已，而已。"

刘师爷这才放心，咯咯地笑了。

徐方白做了充分的准备，一定要撬开刘师爷的嘴，哪怕他是铁嘴铜牙。他想不出合适的礼物，就把张元济送自己的楷书册页带上。晚上，两人进得茶楼的包间，茶水果盘酒盅早摆在那里。刚坐下，徐方白就拿出张元济的册页，恭敬地奉上。果然，不出所料，刘师爷眼光一扫，顿时大喜："徐先生太客气，如此厚赠，刘某无功受礼，惭愧惭愧！"他嘴上客气，实际并不推让，双手捧住那本册页，啧啧赞道："张翰林曾给我的折扇题过诗，早就珍藏起来。你这本册页嘛，张翰林花工夫书写的，就更稀罕了！"

徐方白给他戴了高帽子："刘师爷一语千钧啊。你向李大人的欧阳师爷推荐徐某，虽然菊生兄不同意，我一直感恩在心的。"

刘师爷叹道："可惜了，徐先生大才子，若到李大人身边，前程不可限量。"

徐方白哈哈一笑："刘师爷错爱。我有啥本事？比起刘师爷的满腹经纶，差远了。"

两人正客套，下午预定花酒时的老鸨，那个柜台上的女子，探头进来，嗲嗲地问："两位老爷，菜和姑娘安排妥了。"

那刘师爷听得"姑娘"一词，眼睛亮起来，手脚都有点按捺不住，身子在座椅上摇摇晃晃。徐方白心中有底，对老鸨说："菜先上来，姑娘嘛，等我与官爷说完要紧话，我自会招呼。"

银子是徐方白掏的，老鸨自然听他的话。下午与徐方白有过言辞较量，老鸨知道这位先生难缠，不是见惯了的那种轻骨头，稍稍一撩，便晕头转向，只得照徐方白吩咐，乖乖退出了房间。刘师爷有些儿纳闷："徐先生，今夜，我们图个喝酒快活，还有啥要紧的话说？"

徐方白有意吊他胃口，端起酒盅劝道："刘师爷莫急，好酒慢慢品。来，先喝两杯。夜还长着呢，今儿一定让师爷尽兴！"

客随主便，刘师爷没法可想，只能强按住浑身的痒痒，先与徐方白喝酒，嘴上七拉八扯，胡乱应付。

徐方白正是想要这种效果。利用刘师爷的迫不及待，套出他嘴里的话。钓鱼收线，不快不慢，才恰到好处。

刘师爷心里急切，喝了两盅酒，醉翁之意不在酒，觉得清汤寡味，便说："徐先生，你有什么要紧的话想说？"

徐方白慢悠悠道："余道台要离开上海，他谈的大事情，进行得怎么样了？"

"你问与租界洋人谈的事情？"

徐方白点头应道："那个是大事。上海太平不太平，靠它了。"

"事情倒是谈定当，不过，余道台吃亏了，"刘师爷用手指屋顶，"那里不乐意，拿道台出气，所以要去福建……"

徐方白继续问："李大人无碍？"

刘师爷再指指天花板，那屋顶糊着粉色的墙纸，墙纸上还有西洋女子的影像，显然是舶来品，这是一般茶楼酒店见不到的装饰，体现出这屋子婀娜多姿的诱惑。"朝廷要靠着李大人啊，有火也不能冲着他啊。眼下，能够与洋人周旋的，偌大个朝廷，也就指望他了。"

徐方白同情地叹口气："道台官运不顺，害得刘师爷也要跑到福建去！"他假意一脸神秘，又问："我那邻居林先生说过，李大人被几位总督推出来，或可代行大宝。此事如何呢？"

刘师爷大惊失色："这话，他敢对你说？"

徐方白笑笑："我们多年朋友，知根知底，啥话都讲。"

刘师爷瞧瞧紧闭的房门："别的话无妨，此事千万别再提起，要这个的！"他脸色惨然，用手掌在脖子上做个砍头的姿势。

徐方白趁势说："我以为林先生立了大功的，可以飞黄腾达。"

"他就跑跑腿，什么大功啊？"刘师爷不以为然。

"那个刺杀余道台的案子，不是他密报的线索，才在漕运船上抓住凶手？"

刘师爷瞪大眼睛，惊愕地问："他也对你说了？"

徐方白笑道："这事是他立功，没甚风险啊，自然敢说。"

刘师爷满脸气鼓鼓："他一再关照，绝对不能捅出去，他自己倒是随意乱说！"

刘师爷此语一出，徐方白不再怀疑，告密之徒，终于水落石出！徐方白心中一松，牙齿不由得暗自咬紧。这个拨算盘珠的鬼！脸上笑嘻嘻，心里凶狠着！

刘师爷见徐方白不再问其他，催促道："你的要紧话，就是问这些破事？"

"我嘛，也是随便问问。那林先生经常不回来，我以为他立功高升，去做大官了。"徐方白故作酸溜溜地道。

"他能做啥大官？他肚子里没多少墨水。"刘师爷哂笑道，"李大人看中的人才，是徐先生一般，饱读四书五经者！"

"我嘛，就一书呆子，在译书院做事正好。这辈子，没啥特别的指望了。"徐方白正经地说。

刘师爷像是为了安慰徐方白，透露了一点小秘密："其实，林先生再蹦跶，天资欠缺，没甚指望。李大人要代表朝廷议和，不能一直在上海待着，得去京城啊。林先生自然想跟着去。欧阳师爷告诉我，圈出的随行名单里，没有林某。这一来，尴尬了，李大人进京，居高临下，上海不需要特别放个人联络，你说，林先生干啥呢？大概只有回广东吃干饭了。他亏不亏！"

徐方白听到这里，倒是暗自高兴。林某南归最好，他如此心狠手辣，继续住一处，徐方白夜里会做噩梦，如何安静入睡！

徐方白今日目的已经达到，站起身子道："刘师爷枯坐着，太乏味，我去招呼一下，让这里的姑娘来陪酒，今天刘师爷在这里一定尽兴。那位老鸨说过，她的姑娘都嫩得出水，找个出众的，好生陪刘师爷玩玩！我就先行告辞，后面的花事，我一概不知，全然不晓。"他故意说得诡秘，让刘师爷放心享乐。

刘师爷假意留他道："徐先生何苦走啊。你我兄弟一场，今日一起醉入花丛，岂不是绝妙的事情？"

徐方白道："我家里的快要临产，得回去照顾照顾。刘师爷放心，这里需要打点处，我自然全部到位！"

徐方白下得楼来，见老鸨端坐在柜台后，显然还在盼着有新的客人，便吩咐她，可以让姑娘上楼伺候官爷。随即掏出银两，把账目全部结清，说自己还有别的事，先走一步。

老鸨见银子到手，又笑得脸上开了花，不过，她对徐方白提前离去，似乎不舍。"你老爷不留下来开心开心？"说着，竟露出竭力讨好的神色，"先生清秀儒雅，真个是难得一见的读书人，小女子今日有幸结识，还想为先生多尽心服务。"说着，见徐方白执意要走，竟然还轻薄地伸出手来，在嘴唇上一按，随即做了个飞吻状："小女子也懂西方人礼节，拜拜，这个，先生总不会讨厌吧？下次一定记得过来，我保证让先生开心不已！"

徐方白哪里经过这般阵势，被老鸨搞得哭笑不得，自己的脸竟然红起来，什么话也不想说了，赶紧开溜。

跑出这座所谓的茶楼，徐方白觉得额头满是汗珠，急忙用手甩了一把。随即，不由黯然伤神。为了探明小人的无耻，自个儿也不得不做了一回小人。这种生意，人间常有吗？

## 二十四

从那天用飞箭逼问之后，九妹的神情缓和下来。可以想见，与徐方白相处多时，对徐方白的为人，九妹有基本的估量。她没法相信，徐先生会向官府告密，出卖三郎。只是按她直来直去的性子，没有一番"图穷匕首见"的较量，去除不了自己的疑惑，如何能让她心中踏实？怎么与害了兄长的嫌疑者，生活在同一个屋檐下？

江湖之上，决定不了的难题，只好诉诸刀剑的决斗，并且相信，输赢自有天数。不过，事后，九妹未免有些后悔，徐方白只是文弱书生而已，自己用飞箭和毒酒相逼，好像过分了，欺负他了。因而，此后的数日，见了徐方白，未免有点悻悻然，不愿直视对方的眼睛。在生活方面，九妹一如既往地细心照顾，是徐方白日益感受着的。在去那间所谓的茶楼之后，徐方白依然没有说出与刘师爷的交谈，确定出卖三郎者，是对门的林某。徐方白再三盘算过，九妹纵然是眼里不存沙子的侠女，不过，眼下她身子重，想为三郎报仇，也难以行动。等生育之后，身体恢复了，再说不迟。即使林某回南方去了，如何复仇，不妨到时候再从长计议。宁可暂时不洗清身上的嫌疑，也要让九妹安然渡过生育难关，是徐方白最要紧的考量。

为了消除双方的尴尬，饭桌之上，徐方白尽力找点其他的话题来说。比方说，给九妹讲讲新的地理知识，那大地竟然不是驮在大乌龟的背上，而是悬在空中的圆球。九妹哪里相信这等奇谈怪论，她疑惑地反问，若是我们都站在圆球之上，不早就摔下去了？不过，徐方白读书多，九妹自惭形秽，也不敢多加争辩，硬着头皮听听而已。

那一日，正吃着晚饭，九妹趁大脚娘姨走开的当口，开口问徐方白：一个人认识多少字，可以看报写信？徐方白想了想回答说：认得八百多字，马马虎虎过得去了。九妹认真考虑了一会儿，说她原来认识二百来字，还需要认六百多字。九妹直截了当提出，要徐方白每天教她五个字，数月之后，她不就可以读报写信？她抬头看着徐方白，眼睛里满是期待。

徐方白不由刮目相看，英姿飒爽的九妹，竟然还存了好学之心，当即答应下来。九妹略带羞涩地谢了，还解释一句，以后孩子要念书的，她读不来书报，会让孩子看轻了。

如此，时间过得飞快。初冬，寒风开始刺骨的日子，九妹生下一个男娃，胖墩墩的，足有八斤多。屋子里生起红艳艳的炭炉，暖洋洋的。苏北娘姨，把娃抱进了西厢房。棉被裹得紧紧，只露出肉肉的小脸。徐方白想抱，又怕抱不来，摔着孩子，只得让娘姨抱紧，用手指轻轻触碰娃的额头，想逗孩子笑。没料，那娃放声大哭，哭声震动了屋梁，好有劲道的男娃！徐方

352

白在男娃的脸蛋上,看到了七爷的影子,也看到了三郎的轮廓。真是百看不厌。

徐方白思量,得赶紧给娃起个名字。那天中午,听娘姨去灶屋忙活,九妹已经哄孩子入睡,徐方白拿着刚打造好的银镯子,走进了后厢房。九妹身子骨硬朗,身体恢复得快,靠在床头,手里还拿一个棉布兜,细细地缝着。棉布是红色的,正中,被九妹用蓝色的线,缝了一只可爱的老鼠。徐方白瞧瞧手中的银镯子,觉得银匠打造出来的小鼠,还不及九妹手缝的形象可爱。这女子,真个是心灵手巧。

徐方白把银手镯递过去,看看九妹身旁的胖娃,睡得好香,圆圆鼓鼓的小脸蛋,红润丰满,煞是迷人,恨不得在那脸蛋上狠狠亲一口。徐方白不敢放肆,他在九妹面前,一直是矜持的。

九妹打量一会儿银镯子,满意地点头,随手把镯子放在娃的耳朵旁:"谢了,这镯子很精致的,徐先生费心。"

徐方白本想说,是他大舅的心意,话到嘴边,缩了回去。只要提起三郎,九妹一直是伤感的。徐方白转口道:"娃生下多日了,你看,给他起个大名吧。"

九妹垂下眼帘,沉默着,没有搭话。徐方白不知她如何想法,试探地问:"要不要让我想出几个好名字,叫得响,意思也吉祥的,写出来,你慢慢选?"生育前的日子,九妹学了二三百字,加上早先认识的,也认得四五百字了。

九妹依旧垂着眼帘,没有开腔。徐方白等了一会儿,猜不出她到底啥心思,就不想再僵持:"你累了吧,产后,多休息为好。娃的大名,以后再商量。"说着,转过身子,想回前厢房去。

"徐先生,我思量,先有个小名即可。"

这时候,九妹方才开口,唤住了他。

徐方白点点头:"小名,肯定要的,我们叫起来亲切。不过,大名也省不了,日后读书总要用。"

九妹淡然一笑,笑得很勉强:"将来的事,不着急,日后再说。"

徐方白不敢勉强:"也好,先起个小名。你想想,叫啥合适,主要是你叫起来喜欢。"

"乡下人,孩子的小名,都是土的。"九妹瞧瞧熟睡中的娃,疼爱至极的神色,"名儿越土,娃越是好养。今年生肖鼠,叫鼠娃行吗?"

徐方白略一沉吟,指着娃脸蛋旁的银镯道:"叫银娃如何?"

九妹点点头,笑道:"很好,听着蛮舒服。就先叫银娃吧。"

徐方白没有解释,为何不采用"鼠娃"的小名。今年庚子年,国家接二连三的灾祸,至今不见个头。徐方白多少有些儿忌讳,觉得这个鼠年,怪怪的,盼着早点过去。

徐方白退出后厢房,回到前面,坐定了,喝几口茶。昨日,《苏报》的陈馆主捎信到译书院,说是今日午后,请他过去一趟。所以,徐方白请了假,没到译书院上班,打算一会儿朝棋盘街方向去。徐方白想,关于娃的大名,为什么九妹犹豫着没态度呢?喝着茶,静心一想,恍然大悟了。女子心思缜密,起个正名,就是连姓带名的大事。九妹难呢,这娃随哪个姓?随她丈夫,叫出去,徐方白脸上挂不住;让孩子姓徐呢,九妹又觉得对不住丈夫,所以只能把事情推给将来。很多难解之事,唯有托付给枯燥的时间,还有无愁无虑的风了。

到了《苏报》馆，倒是有好消息等着。陈范把徐方白引进里屋，关上门，笑眯眯地拿出一张信纸，交给了他。徐方白一看，信纸天头，印着"中国同乡会信笺"的字样，是陈范留学日本的朋友的回函。徐方白一口气读到底。此信，对徐方白的十篇文章，大为赞赏，说将由他们的报纸连续发表，并且提议，如果徐先生同意，他们会把此十篇文章，汇印成册，部分运回国内发行，以便更多中国人能够读到。

陈馆主坐在桌子对面，笑呵呵瞧着徐方白："如何？我的建议不错吧？先在海外报纸发表出来，再成书出版，读者就多了，自然不会浪费徐先生多少日子的辛苦！"

徐方白谢道："陈馆主见识高，徐某由衷佩服！"

陈范又问："关于委托出书的条件，徐先生有没有具体的要求，不妨向他们明说。"

徐方白明白，陈范说的问题，就是关于润笔的多少。他笑笑："徐某写这些文字，一是为了不忘记谭先生诸先驱，二是想为民族的苦难喊几声，其他一概无所谓。只要让中国人能够看到，怎么做，全由他们做主，送些书给我就好，其他方面，我没有任何条件。"

徐方白说得如此大度，陈范甚为折服，不由轻轻鼓掌，赞道："徐先生真不愧是谭军机欣赏的仁者！"他随即告诉徐方白，最近物色到一位非常优秀的年轻人，大名章太炎，已经谈妥，即将出任《苏报》的主笔。陈范声称，章太炎会为《苏报》积极撰稿，《苏报》面貌将焕然一新，他想约徐方白与章主笔见面，共商大计。

能与心气相投者见面，徐方白自然一口答应。离开《苏报》馆的时候，陈范再次送到门外。陈范叹道："读书人，容易顾影自怜，觉得自个儿怀才不遇，没有撞见三顾茅庐的刘玄德。肯如徐兄一般，踏实做点事情出来者，还是不多！"

徐方白被他说得不好意思："陈馆主过奖，实在惭愧，惭愧！你勇于承担《苏报》这份重任，才是实实在在做了大事！"

两人紧紧握手相别，眼睛里都闪着光，知音难得的兴奋，充溢着他俩的心胸。

李鸿章是庚子年深秋离开上海，往京城去，正式履行与各国联军议和的使命。他的官船离开黄浦江之后，上海的各种报纸，追踪他的行迹，充斥着关于和谈的传闻，大部分是对中国不利的消息。战场上的态势，决定了谈判桌上的地位。各国联军，要价越来越高。李鸿章老谋深算，在谈判桌上勉力维护本国尊严；无奈各国军队推进顺利，越发骄横跋扈，李鸿章手中砝码不多，无力回天。据说，谈判之中，这位老头儿也是吃尽了苦头，想要讨价还价，却总是吃瘪，因为清朝军队一触即溃，被洋人冷嘲热讽，气得李鸿章无话可说。

李鸿章离开后，没多少日子，账房先生回来，收拾自己的家当，两挂马车等在大门外，另有随从为他搬箱子行李，亦是气派一场。在官场上不得志，到街坊邻居面前，还是得虚张声势。见到徐方白，林某大言不惭，说他离乡日久，想广东了，北方的水土不服，因此与欧阳师爷他们说好，不随大队去京城，回广东赋闲了。徐方白没有揭穿他的谎言，反倒是祝贺他荣归故里。这样蛇蝎心肠的邻居，趁早走吧，离得越远越好。

林某南下了，九妹没法找他拼命，徐

方白的顾虑少些，可以把三郎被其暗害的真相，坦率地说出来。不过，那时候，九妹刚刚生下娃，身体还虚弱，徐方白不愿意她受刺激，就继续隐忍着。又过了两月，庚子年终于熬过，新一年春节之中，九妹再一次询问三郎遇害的事情，真相是否查清，徐方白才将秘密和盘托出。讲述了那日如何设局，让道台府刘师爷中计，前前后后的过程，全部告诉了九妹。九妹呆坐许久，两行清泪，从双目中徐徐滚落。看得出，她在强行压抑内心的痛楚。假如不是银娃正在一旁熟睡，也许她会放声痛哭出来。

徐方白坐在九妹对面，陪着她难受，没法劝慰，一起度过了漫长的半个多时辰。九妹终于嘤嘤抽泣起来，她在这个信任的男子面前，不再坚持展示刚强的一面，放任自己的软弱，被泪水冲洗。徐方白拿条手巾，忍住自个儿内心的伤痛，默默地递到九妹手里。九妹接过手巾，轻轻擦拭脸颊，抽泣着说道："徐先生，你真糊涂啊，一直自己担着。那天，我用毒酒逼你说出真相，你还是不说，若不是我突然不忍，用飞箭打落酒盅，万一你喝下毒酒，你让九妹如何活在这世上？"

九妹的内心告白，真情无限，让徐方白听了越发难受。他忍住了眼泪，说道："你在孕中，我不能让你去拼命……再说，我知道自个儿也有大错，我无意中透露了三郎去向，我亦是罪不可恕。"

九妹显然不愿意徐方白如此自责，她咬咬牙关道："这新春佳节，我们不说了。恶人自有恶报，三郎不会白白死去。复仇之事，自有胡家妹子担着。徐先生放宽心，你忙你的，还有许多大事情要做。"

徐方白的文章，已经在留学生办的报纸上发表，即将合集出书，这些，九妹都知晓，从心底为之高兴。徐方白夜间开始写新的文章，九妹也会给他泡好热茶，亲手端到前厢房。徐方白点点头道："过去的错，没法追回，我能够再写点文章，做点事，心中也好受一些。"

年前，《苏报》陈馆主，设了辞岁酒，请徐方白和章太炎聚餐。首次相见，谈得投机。章太炎对徐方白的文章，大为赞赏。徐方白觉得，这位年轻人颇有见识，指点天下大势，率性直白。他想，陈范找这么一位年轻的主笔，对头了。于是，欣然接受章太炎的建议，开始为《苏报》的专栏撰写文章。按那日与章太炎的商量，这组文章，是从解析文化入手。核心主题是，汉唐以来的壮阔文化，如何日见衰败？这个题目，既可以涉及清廷腐败的要害，批判其统治带给民族的灾难，又比较隐晦，不至于让官府立刻暴跳如雷。同时，把批判的锋芒，延伸到秦汉以来的制度，意思会更加深入。

春节还剩个尾巴的时候，初五早上，迎财神的鞭炮响过没多久，一地的鞭炮碎纸，张元济踩着红色的纸屑，竟然出现在徐方白的庭院门口。徐方白大惊，一边迎着他进屋，一边抱歉不断："菊生兄，你来看我，如何敢当！想着你春节事多，也没敢上门拜年，惭愧，惭愧！"

张元济乐呵呵坐定，说道："看看你的银娃啊，大喜之事！"节前，张元济问过，孩子叫啥名字。徐方白说，只起了个小名，谁想，张元济就记住了。

徐方白赶紧招呼九妹，把银娃抱出来，让张翰林瞧瞧。张元济接过银娃，抱起来端详片刻，赞道："天庭饱满，耳垂丰润，鼻梁坚实，大福之相！"不等徐方白和九妹致谢，张元济掏出早就备好的红包，塞到了孩子的蜡烛包里。徐方白猝不及防，想要推让，张元济伸出手阻止了他："方白兄，给孩子的一点喜气，你就不要客气了。"徐方白无话可说，只能再三地感谢着。

九妹和孩子退回后厢房，苏北娘姨端上热茶，两位老朋友品着苏州芝麻糖，轻松地闲聊。张元济说，他入股商务印书馆的事，早就确定了。但是，南洋公学那里，不肯松口，他也不好意思硬生生断了关系，只能答应下来，在译书院再做个一年，有合适人选，尽快交班。张元济来看徐方白，也是向他交个底，期望徐方白更多地担起责任。

想着还能与张元济共事，徐方白心中笃定许多。至于一年以后的事，就不去多想。天下乱纷纷的，谁人能想那么多呢？

## 二十五

新春开始，气候稍有转暖。九妹开始了孕后的锻炼。林某离开后，房东尚未找到新的房客，庭院里，只有他们住着，做啥事都方便。每日清晨，九妹给银娃喂奶之后，就把孩子交娘姨哄着，自己在院子里，展开了身手。徐方白看着她的一招一式，轻松腾跃，知道她的身子已经全然恢复，暗自喝彩。不过，回想起去年，在同一个地方，欣赏三郎刚劲有力的身影，斯人已去，却又未免黯然神伤。

那日早上，徐方白洗漱之后，站在厢房门口，悄悄打量九妹的飒爽英姿。女子全身运功，手臂长腿接连横空飞舞，并未察觉一旁的目光。徐方白看得发呆，只听"嗖"的一声，两支飞箭不知从哪里腾空而起，迅疾地划破了空气，直奔一棵大树而去。那棵树，长在东厢房的窗前，冬日里，早就光秃了枝条，瘦骨伶仃地直立在那儿，两支飞箭，一前一后，不偏不倚，正好左右卡住上部的树杈，犹如卡住了人的喉结。徐方白顿时明白，九妹并未丝毫淡忘杀兄之仇，可怜的秃树，此刻竟然成为林某的替身，承受了两支飞箭的袭击。假如林某看到此情景，定然吓得魂飞魄散。

银娃快满半岁的时候，九妹说要给他断奶。苏北娘姨心疼娃娃，说此时断奶，早了些，至少吃到周岁吧。九妹的态度很坚决。她说，在老家，半岁断奶，常有的事，用米汤养大，孩子一样结实。还说，老人们讲，三郎和九妹，都是半岁左右就断奶，因为他们的母亲，要出门干活。这些家务事，徐方白不懂，九妹决定了，他也就没有异议。于是，买了些上好的大米回家，关照娘姨熬浓浓的米汤，保证银娃的营养。

徐方白心中是存了疙瘩的。他觉得，九妹有心事，很重的心事。有一回，她哄着银娃睡觉，哄了好一会儿，银娃依然大睁着双眼，骨碌碌盯住母亲的脸，就是不肯合眼睡。九妹急了，伸手敲孩子屁股，嘴里嚷嚷："不听话！今后，若见不着妈了，看你怎么过日子！"银娃被她敲了屁股，顿时"哇"地哭出声来。九妹眼圈一红，赶紧抱紧了孩子，使劲亲着娃的脸蛋，亲了许久。

徐方白猜想，九妹放不下为三郎复仇

的念头。不过，林某去了遥远的广东，想要复仇，也寻不到路子啊？

那天下午，正忙着在译书院做事，徐方白意外地收到一封信件。信发自湖北武昌，却没有写信者的落款。正在纳闷，待眼光扫向信的内容，徐方白险些惊叫起来。他怕惊动了同事，压抑住兴奋之情，一股脑儿读完了全信。

信的内容，只是短短几行："徐先生：我落河之后，被另一艘船上的弟兄搭救。在乡下养伤多月，眼下已经无碍。害我弟兄之恶人，也已经打探明白，日后必报此仇。弟兄们商量，目前无处安身，听说武昌军营正在招募新兵，就一起来到此地投靠，为今后谋一种出路。请告诉我妹，安心在你处生养孩子，后会有期。徐先生大恩，日后再报。"

确实是三郎笔迹。一笔一画，方正有序，徐方白曾经看到他写字，笔力雄健，尤其是那一捺，真如弯刀一般强悍。那时便感叹过，练武之人，书法自成一格，想来是被私塾先生严格训练过。徐方白庆幸，苍天护佑，三郎竟然还活在人间！三郎没有留下回信地址，当然是担心上海情况有变，信函落入他人之手。没有回函处，虽说一时联络不上，至少，此信可以让九妹安下心来，不再胡思乱想。徐方白暗自赞叹三郎他们的本事，逃难之中，还有办法打听告密者是何人。转念一想，三郎曾说，在道台府衙役中有朋友，也就不觉得奇怪了。像三郎这样的汉子，投奔武汉新军，怕是最好的选择，未来可期。

读完信函，徐方白心中的快乐，难以言说。他等不到下班，对同事说，家中有急事，立刻拔脚直奔家里而去。

此后，相当长的岁月里，徐方白一直会深深地自责，后悔于自己的疏忽。他预感，九妹早晚要为三郎复仇。但是，他相信九妹斩舍不了母子之情，眼下，银娃尚在襁褓之中，她如何肯断然离去？他也深深悔恨，低估了女子的智商和勇气，以为去广东的数千里之遥，山高路远，会抑制九妹的冲动。

回想起来，九妹一直不声不响地做着准备。每日催促徐方白教她认字，表面上说，为了将来帮助银娃学习，实际上，暗藏了登上征途的念想。识字多了，九妹坐车坐船，千里行程，心中更有底气。徐方白也终于明白了何谓齐鲁豪气。山东历来多好汉侠士，像九妹这样的女子，平日里看上去温顺多情，一旦决定要做的大事，不管千难万险，势必舍身一搏。她硬着心肠为银娃断奶，也是预计中的一步。

徐方白回到庭院，那里竟然也有一封信等候着他。娘姨说，女主人午饭前就出门了，关照娘姨哄银娃睡觉，同时给先生留下一封信。

信的内容，极其简单：

徐先生：
　我去报仇！（赫然画了两支飞箭）银娃托付于你。报仇成功，我方能安居于此！广东，有七爷的师弟，开着武馆。勿念！大仇不报，难以告慰父母！
　　　　　　　　　　九妹

徐方白呆呆地捧着信纸，一时动弹不得。看看窗外正在下落的太阳，郁闷地吐出一口长气。九妹应当早就去码头上打听过船期，此刻，或许已经是在前往广东的船上。海浪滔滔，一碧万顷。

徐方白突然想起，前些日子，教九妹认字，她特地问过两个词，"武馆"和"告慰"怎么写。看样子，那时候，她心中已经有了信的底稿。徐方白确实疏忽了。

记得他们初到上海，三郎曾经说过，七爷打发他们兄妹南下，做了周密的安排，两个联络地址在上海，第三个备用地址，是广东的师弟。现在看来，九妹是奔那里去了。她能不能在七爷师弟的帮助之下，顺利完成复仇计划？徐方白唯有在胸中为她祈祷。九妹留下的告别短信，潜伏着对徐方白的安慰：假如成功实现为三郎复仇的计划，她会安心继续在此地生活，也就是回到徐方白和银娃的身边。徐方白手里捏着九妹的短信，桌子上，搁着三郎从武昌寄来的信件。他无奈地叹气，三郎的信，早一天到达，事情就可能改观，至少，九妹要寻到兄长后，再计划复仇吧？命运弄人，差之毫厘，失之千里。

徐方白突然想起，昨夜，他正在写文章，油灯忽闪着，暗了下来，应该是灯油快干了。徐方白起身，打算去拿灯油，却见九妹从后厢房走了过来，嫣然一笑，细心地给煤油灯续油，续完油，又是嫣然一笑，笑得极美，轻声道："先生安静写字吧。"才缓缓离去。当时，徐方白只感动于九妹的细致，此刻，回味起来，那嫣然一笑，是九妹的告别之情。细细品味，九妹对他的称呼，一直是"徐先生"，唯独这一回，说的是"先生"。

徐方白走到厢房门口，双眼望着门外的天空，视线通往遥远的天际，眼眶里渐渐湿润。

徐方白对苏北娘姨说，银娃他妈，急事回家乡探亲，从今日起，照料银娃的一切事情，都由娘姨承担。工钱嘛，自然是加上去。说到钱，徐方白庆幸自己的坚决。九妹身边藏了几枚银元，多次说要拿出来贴补家用，被徐方白一口拒绝。此时九妹远走南方，身边的几枚银元，多少能够救急。

这天夜深，后厢房的银娃，时而啼哭。母亲突然离开，孩子哪里习惯？徐方白心疼，过去看了两回，见娘姨耐心地哄着，才稍稍放心。

徐方白在前厢房坐定，徐徐运气磨墨，同时想着与章太炎商定的文章。唯有沉浸于文章之中，他的心，方能安静下来。

徐方白渴望，这几天，九妹能够进入他的梦境，回到他和银娃的身边。

人生，不能无梦。

[特约编辑：谢　锦]

# 荷戟独彷徨
## 评长篇小说《两间》

李壮

编辑老师来约稿，说孙颙老师有一部新长篇，讲戊戌变法失败到辛亥革命之前这段黑暗岁月，一个知识分子找不到前路的哈姆雷特式的苦闷，问我是否感兴趣读读，写一篇评论。说的便是这部《两间》。这看起来确实是一个比较有展开空间的题材——事实证明，至少从选题立意上来讲，编辑老师的这个形容确也与《两间》这部作品对应得上。当然，我并不是说哈姆雷特式的苦闷就一定能转化成好作品。哈姆雷特常有而莎士比亚不常有，写作的人本来总都是敏感的，而世间的事本来又总是拧巴的，哪个作家还不曾发现过几个哈姆雷特了？甚至哪个作家自己还不是半个哈姆雷特了？我相信任何时代任何人的那些不可胜数的所谓"找不到前路的苦闷"，大多总归是真诚、甚至也可认为是深刻的，但能不能实现有效的、有价值的思想落地和审美转化，则又是另一件事——对这"另一件事"，从我这些年来的阅读判断来说，其实是从来不敢抱太大信心。《两间》看起来又似乎有些不同，因为小说里这位"哈姆雷特"的内心和命运，同时是关乎着大历史的。哈姆雷特的内心很私密，而中国近现代以来的大历史则很公共。那些人、那些事、那些波澜起伏和转折意外，我们早早都在中学的历史课本上学到了。因此在《两间》中，最私密的纠结和最公共的痛苦之间、永远看不到答案的（非线性时间的）疑问和后人已经看到了答案的（传统线性时间的）疑问之间，存在着许多相互对话、相互映衬的可能——事实上这部小说也的确在一定程度上实现并展示了这种对话可能。这确实是有趣的、也是该由文学来兑现可能性的地方。

所以不妨先交代一下大致的故事：书生徐方白原是谭嗣同身边的智囊，戊戌变法失败后，徐方白心情坠至谷底、人身陷于险境，幸得谭嗣同身边的侠客七爷搭救，才得以逃出京城、至上海寄身谋生。在上海，新的文明气息和历史前景，既像黄浦江的江潮一样有力地涌动，又像黄浦江的江雾一样令人一时间还看不分明。在彷徨与游移之中，一对显然是江湖儿女身份的山东兄妹，忽然携带着七爷的信物，前来投奔徐方白。如何安顿这对兄妹？这对兄妹的身上究竟背负着何种秘密？徐方白这位一腔才华却彷徨阴郁的、颇有些现代知识分子意味的文人，又将如何与这两位仿佛从古典传奇中走出来的侠客相处，他们之间将会生出怎样的情感与故事？徐方白与侠客兄妹，在这鱼龙混杂的上海滩、在这时序错乱的大清王朝末年，又将如何寻找自己该走的道路？……这些，就是小说主体部分要讲述的故事。

简言之，在《两间》这部小说中，时局混乱，而重见光明的契机还并未到来；人正落魄，但落魄之人又还未放弃自己对时代担负的职责，并且也还正被实实在在地需、被实实在在地感激、被实实在在地辜负。就小说主人公（也是主视点人物）徐方白的角度来说，这是一个被从历史餐桌上当作垃圾被扫落到地板的人，在历史的垃圾时间里，努力（但也似乎无望）地试图证明自己其实并非垃圾的故事。它低沉，但还未绝望；它幽暗，但还怀想着光明。

是的，这是一个必须要用"但"字才能概括的故事，我们的主人公，也是一个靠"但"字才能活下去、走下去的人。说到底，这个"但"，就是错位，就是彷徨，就是"两间"。"寂寞新文苑，平安旧战场，两间余一卒，荷戟独彷徨。"这是鲁迅先生的诗。诗的题目，叫《题〈彷徨〉》。

## 文人与侠

既然名字就是叫作"两间"，那么这部小说值得分析的元素和角度，也大可以用"对子"的方式铺展开。我想，第一组"对子"，当然就该放在最基本的人物形象层面，那就是"文人与侠"。

先来说"侠"。在《两间》的人物结构框架里，来自山东的三郎和九妹这对兄妹，实际上是提供了主线的矛盾冲突、情节线索，或者说，是为这个故事注入了相对具有说服力的叙事动力。要知道，小说的主人公和主视角，乃是文人徐方白。而徐方白是一个几乎丧失了动力、也丧失了现代理性意义上的清晰行动方向的人：他并不是没有过方向，只不过这个方向从小说一开篇就被宣判了"死刑"——戊戌变法失败了，他一心追求的目标不可能实现了，他一心敬仰的谭嗣同先生也惨死在朝廷保守势力的屠刀下。覆巢之下，一颗完卵瑟瑟发抖，要紧的是赶紧逃命，至于方向，恐怕一时间已经想不起也顾不上了。因此徐方白是一个低着头四处游荡的形象，或者干脆说，他几乎一度已经像一条水桶里快要窒息的鲫鱼。那么三郎和九妹，却恰恰是像两条鲇鱼，被意外地凭空扔进了徐方白的生活之桶里——是的，我所说的就是那种"鲇鱼效应"，这对侠客兄妹搅乱了徐方白低落的死水般的生活，重新激发了徐方白的行动力（以及这些行动的系统性、"可理喻"性），也推动这个看起来还没开讲就要停滞的故事重新往前行走。

这就是说，侠客兄妹带来的是"动"的色彩。这种"动"首先直观地体现在二人的身体样貌和身体状态上。徐方白初见这对兄妹时的情形如下："徐方白走到庭院里，月色之下，隔老远，就看到了门外的客人。高高大大的汉子，铁塔似的杵在门框那儿，身后，月光勾出了另一个修长的身影。"徐方白一眼便认出了习武之人的身姿。毫无疑问，这身体是健康和美的。而在具体的身体运作状态中，浓浓的动感和能量感更是毫无遮掩："三郎练得起劲，脱去外衣，只穿了短褂，手臂上文着醒目的长龙，随着三郎的一招一式，龙头龙身龙尾，都栩栩如生地游动起来。"在后文中，我们还将会看到，九妹这位女子，也是同样身怀绝技，堪称"静若处子动若脱兔"——即便是在怀有身孕的情况下。这还只是形象中的动感。而在更高的情节维度上看，兄妹二人从山东南下上海，无疑有更大也更加明确的行动层面上的"动"：一方面，固然是避难，袁世凯正在山东镇压义和团，兄妹二人乃是义和团的成员，来上海本是逃生；另一方面，看似被动的避难也是十分主动的找寻，二人要找寻同样流落逃难至此的义和团同路弟兄们，而且还要伺机寻找洋人的枪炮据点，继续与洋人对抗掐架。正是这些行动层面的动能——它们的隐藏与暴露、压抑与释放等等——不断推动着小说故事的起承转合，也一并牵动着徐方白原本趋于静止、能量耗尽的人生，再次变得波澜变动起来。

于是再来说"文人"徐方白。相比于侠客兄妹硬朗而清晰的行动力和动态感，徐方白的形象——乃至于整个人生状态——就明显显得沉思默想且虚弱茫然了许多。这倒的确是显得颇有些"哈姆雷特风情"了。这并非是我主观性的脑补，作者从小说一开始徐方白登场亮相的时候，就明确地（当然也就意味着故意地、有意识地）把这种形象与状态风格敲定下来了：

徐方白站在胡同的角落，一棵大树的阴影，恰到好处地遮住了他细长的身影。身子那般瘦弱，套在宽松的长衫里，松垮的衣衫被风戏弄着，时而鼓起，时而下垂，那风再猛些的话，感觉他会被轻易地裹挟走。他向来偏瘦，这段时间，吃饭也有一顿没一顿，心情处于极端紧张之中，更加弱不禁风。

他吃力地睁大眼睛，风沙之中，视线变得非常模糊……他努力想看清的，是斜对面的一处门洞，那是"浏阳会馆"的大门，湖南同乡会的会所。门匾的下方，站着条汉子，粗粗壮壮，模样却看不分明，到底是熟悉的同乡，还是凶狠的清廷捕快？徐方白分辨不出，就踌躇着，是否要现身走过去。他往前跨了半步，眯缝着双眼，努力望去，依旧看不准。

瘦弱疲软自是不消说的。格外有趣的还有视力问题：他看不清。在一种追捕和逃命的语境里，这可实在是要人命的短板。更深一层来讲，视力问题以及视力问题背后总体性的身体能量危机问题，其实也正是一种所谓"疾病的隐喻"：肉体看不清世界、找不到路，思想和灵魂也是一样。不要忘记作者是如何一早便交代了徐方白视力问题的由来："科考前的那几年，在长沙老家苦学，每日挑灯夜读，虽然仅仅得了个秀才的功名，已经让他付出极大的代价。视力明显减弱，稍稍远处的东西，瞧着影影绰绰，只看得清三四成。"你看，徐方白是科考出身，从底色上说，他其实是旧时代思想的遗老。但遗老一说其实又不准确：一方面是徐方白就年纪而言实在不够老，另一方面是徐方白就成就而言也实在不够高——在旧思想的评价体系内，他不是状元，甚至都不是进士，仅仅是个秀才而已。一套即将作古的思想话语曾参与了对他的塑造，伤害了他，却什么实际性的利益（哪怕仅仅是光荣）都不曾给他。这是一种巨大的尴尬：他曾经去走一条看似正常和经典的路，但没有走通，他和那条路之间相互都没有接纳。当然，也幸亏没有接纳，徐方白因此走上了变法的道路。小说没有提及太多他思想转变的过程及动机，也甚少正面描写他在维新变法的事业中究竟扮演了怎样的角色、发挥了多大的作用（从相关人等对他的态度，对当年任务的一些隐约提及，以及许多回忆细节里徐方白对谭嗣同的熟悉度而言，这种作用应该并不小，却也不能算很核心），但可以确定的一点是，徐方白对那条道路是确信的，这个视力不好的人在那时真的相信自己看清了人生，也看清了世界。正因如此，在小说的主体故事里，变法失败后的徐方白又看不清了。他不知道还有什么是可信的，还有什么路是应该走的。许多选项摆在他面前：从事翻译校对引进先进思想、参与教育启蒙事业、靠近现代报业传媒撰文写书，甚至干脆就是去做官……这里面，有的路他拒绝了，有的路他试着去走了几步（一种很典型的"且先走着吧"的心态），但我们知道，没有哪一条路是他真正认准了的。在小说结束之后、徐方白的生命结束之前，一定还有许多许多的"走走看"和"不走了"的摇摆轮回在等待着他。

与侠客兄妹二人的风风火火相比，徐方白的人生状态就是"看不清""走不动"，他的人生轨迹就是从犹疑到明确再到更大更凌乱的犹疑，最终陷于各种路径的纷扰喧嚣之中，迟迟找不到自己的路。这是一种巨大的分别，然而两种截然不同的生命形象状态，在碰撞中又产生了张力：一种形式上的共振（文人与侠生活在同一个屋檐下，并结成了临时性的命运共同体），让徐方白被迫——但也热情满满地——在现实生活的小逻辑（而非社会历史的大逻辑）层面行动了起来。徐方白开始盘算和安排：为三郎联系工作、向兄妹二人介绍时事世事、伺候九妹生产，甚至要把那些纯粹表演性（欺骗性）的婚礼等仪式操办妥帖……文人的哈姆雷特式不断耽溺的行动指针，终于在侠客的在场影响下，被重新拨动着走了起来。

一个要停，一个要动，"两间"对峙的张力，促动了小说的情节发展。如今故事的确是向前推动了，行动和因果都被重启了，然而，这一切并不意味着一种本质性的合流。最终，文人还是文人，侠也依然是侠，话语和心态的隔离始终存在：对于世界和历史的判断，徐方白与三郎及九妹之间，存在着本质性的差异。侠客们是不读书的，他们遵从的是直接但也过于简单的快意恩仇逻辑：他们信任自己的伙伴，为此做事可以不计后果；他们仇恨洋人，便一股脑儿地把有关洋人的一切斥为邪恶、化为对立——"师夷长技以制夷"的道理对他们是讲不通的，现代外交逻辑乃至现代文明的概念，也是他们没有能力理解和接受的。看似充满古典光辉的侠客风范背后，乃是现代性意义上的头脑蒙昧，《两间》其实依然隐藏着启蒙叙事的叹息或变音。这是一种伦理价值与审美价值、历史判断与人性判断之间的巨大悖论：侠客爽朗的行动激情背后，是无知和鲁莽（用一个更重的词，甚至可以是"愚昧"）；反倒是又虚弱又颓唐的文人徐方白，拥有更独立、也更贴近现代理性价值的精神人格。

在此意义上，风风火火与茫然颓废，其实是历史风云导致的应激状态下，生命激情的两种不同呈现向度——它们一体两面，同时对抗摩擦。我前面说过，三郎和九妹这对兄妹，提供了《两间》这部小说主线上的矛盾冲突、情节线索、叙事动力。而我在此又要补上后半句：尽管如此，终究还是那个看起来让人着急、不怎么讨人喜欢的徐方白，才能给小说提供更深层、更具历史纵深的思想省思和情绪底色。侠客的行动牵引着《两间》骨架血肉，文人的踌躇则注入了《两间》的气息和魂。

## 使命与爱

　　不同人物之间精神形象和生命状态的碰撞、交响、相互映衬，织就了小说的气息底色、话题层级。但一部小说实实在在的结构样态，仍需有内容性的线索作为支撑。《两间》中，以最有力的方式发挥着这种故事结构支撑性作用的，至少有两个关键词：一个是"使命"，一个是"爱"。

　　——或许可以用更加通俗、"网感"一点的表述来转译一下，"使命"对应的是事业线，而"爱"对应的是感情线。毫无疑问，这两条线都是从徐方白的角度来展开的。对于徐方白来说，这里又出现了另一种"两间余一卒"式的处境：使命是模糊的，他不知道自己能做什么；爱则是明确的，但他同样不知道自己能做什么。

　　先说使命问题。乍一看，徐方白在历史使命、自我价值实现这件事情上，似乎并不怎么模糊。至少从他的出场亮相来看，作为戊戌变法的参与者、一个被追捕而随时可能丢掉性命的人，徐方白的身上似乎笼罩着一层革新者，甚至革命者式的光环。但饶有意味的是，徐方白在戊戌变法中的行为和志向，在《两间》这部小说中始终没有获得实写，它们仅仅是人物小传中的一段"前史"。"可惜流年，忧愁风雨，树犹如此"，时事翻云覆雨，曾经的少年心气已是遗迹，所信之物已破灭，所随之人已作古，徐方白在小说里放眼未来，看到的竟只是一片雾一样的空白。这是历史低潮期所导致的人生低潮期，信什么、做什么，即便曾经是明朗的，但此刻又不得不重新模糊起来。如今我们知道，在近现代中国的痛苦转型过程中，一切的使命总无非会落脚到"启蒙"与"革命"上来。但这乃是后知之明。徐方白看不到这些——即便是辛亥革命，在小说中也只是以最终三郎来信说明已寄身武昌来暗示，而在那些真实的大潮涌动以先，徐方白的革新或革命的使命愿望，也只能暂时悬置起来。这种"悬置的岁月"，在大多数历史题材小说中，或许只不过是被一笔带过，或者作为伏笔出现，人在其中像一只蛹一样蛰伏，只等着春风一到，就化茧成蝶。《两间》偏偏不这么写。蛹是故事的全部：那沉默，那静止，那力与希望的尘封，尽管总是容易被忽略，却终究是真实和重要的人生。而蛹是看不见世界也看不见自身的，它的形态本身甚至就是一种极度具体的"模糊"。因此看起来徐方白所做的事情并不少，在不同的故事版块里，他先后是在逃生、求生、谋生、护生（保护三郎、九妹和银娃）、发声（撰写文章，为曾经的使命信念再次鼓与呼），但这些看似目标明确的情节，彼此却都是如单元格一样并列成立的——每一个小目标都是"走一步算一步"，徐方白不清楚、也不在乎自己在总体的逻辑链条上究竟该做些什么、能做些什么。线性的人生逻辑依然不见其形，这与清朝末年那种线性历史进步的搁置状态形成了同构。尤其值得注意的是，徐方白在小说后段，其实还像真正的革命者一样进行了卧底式的解密侦查实践：为了探知三郎被害的真相，徐方白精心安排筹划，最终设局套出了林先生的背景秘密。在我们惯常所见的文学及至影视叙事中，这种秘密的探知，往往会服务于一个更加宏大、明确且具有总体性的目标，例如一场战役的成功、一次刺杀的推进、一次集体行动的展开。但在《两间》里，这种解密只为了给出一个孤立的、过于私人化的答复：徐方白要向九妹证明，三郎并不是自己出卖的，他徐方白没有对不起这一对兄妹；仇家另有其人。

这是何其微小、何其孤立的目标，甚至这个目标都谈不上所谓的"被实现"——事实证明，三郎其实并没有身亡，而徐方白将秘密告知九妹的时候，仇人林先生早已经离开上海，这场复仇有没有结果，已经逃出了小说故事能覆盖的边界，甚至已经未必是徐方白余生里所能得知的了。它湮没在更加彻底的模糊甚至无意义里面。然而，真的是无意义的吗？从宏大叙事的角度来看，这些事情的意义，在徐方白这样随性而游兵散勇式的实践状态下，的确是模糊的、存疑的。可是，对于徐方白个人来说，这种真相的揭示，的确具有实实在在的意义，而这种意义几乎也是他唯一能把握、唯一还值得在乎的事情了：他不能辜负七爷的托付，不能辜负三郎和九妹的信任。他可以自认无能、自认失去了动力和目标，但他不可以不自证清白，不可以让自己的情感和人格蒙尘。

这是在使命变得模糊之后，仅存的、纯粹个体化的救赎可能性：徐方白的情感至少还是真诚和明确的。对于七爷，他的情感是感激——如果没有七爷的一再搭救，徐方白大概率已经与谭嗣同等人一起殒命在血腥的京城里了。对于三郎，徐方白充满了敬佩与欣赏，在三郎一再以身犯险乃至音讯全无的时刻，徐方白脑中总是一再地想起这位身带古风的山东汉子的侠气与豪爽，那其实也正是徐方白身上所缺少、因而在迷茫时恰恰能构成吸引的东西。最有意味的其实是徐方白对九妹的情感。在小说里，徐方白与九妹这一对仅仅在名义上成立的"夫妻"，其实打开了一方特别值得玩味的阐释空间：如此不同，但又各有光环的两个人，如果真的长期相处乃至亲密生活在一起，他们之间的主题词会是"互补"还是"互掐"？如果说徐方白的确对九妹产生了从广义过渡到了狭义的"爱"，那么这种渴望究竟是问心无愧的（发自真心）还是不道德的（乘人之危）？身边人善意或猥琐的揶揄、九妹一次次的细微感动和尴尬脸红，无疑都暗示着这种情感变化的切实存在。而在三郎遇害这一冲突性的情节上，徐方白那稍显恐怖的潜意识，甚至直接经由九妹之口被说出，也以徐方白内心痛苦省思的方式被暗示了成立的可能性：或许，徐方白在心底是希望三郎消失的，那样九妹就只能长久地留在徐方白的身边，假夫妻也就成了真夫妻。

当然，徐方白并没有"黑化"。但爱的溢出，以及这种溢出背后现实关系上的"不可能"（九妹正怀着亡夫留下的骨血，并且看起来并没有爱上徐方白），依然会让他无从措手，完全不知道该怎么办。当冲突和怀疑到来的时候，他甚至只能选择"死亡"这一最后的、彻底瓦解性的"明确"：九妹怀疑是徐方白出卖了三郎，却无法把徐方白对她的恩与仇区分对待，只能端出两碗酒，在其中一碗下毒，谁死谁活由天裁定；徐方白则干脆把两碗酒全部端走，准备一人饮下，五五开的纠结由此将变成百分百的死亡。终究还是九妹出手打掉了徐方白手里的酒碗——死亡不能证明什么，也不会解决什么，在这一点上，看似无知的九妹倒是比徐方白拎得更清楚。但一种感情的困境就此已经彰显无疑：这是一种无望的、不可接近的、因而充满了自我厌弃的明确情感。徐方白无法面对它，更无法处理它。

小说最终也放弃了对这种爱的处理：九妹最终还是走了，徐方白甚至从来不曾表白过自己的心意。这是高明的处理方式。如果假夫妻到底变成了真爱人，那种充满了——甚至支撑了——整部小说的茫然感和无力感就会被取消，那种困兽般的境遇也将被解脱。并且最要命的是，我们其实都知道，这种儿女情长、一时团圆式的解脱，并不是真正的解脱。倒不如就让茫然的人继续茫然下去：谁此时没有房屋，就不必建筑；谁这时孤独，就永远孤独。这是历史与人生的"秋日"。

## 主战场与擦边人

某种程度上，这种情感的强烈度和明确感，构成了徐方白人生总体不确定性背后的局部确定性，也构成了历史图景巨大的不可把握感背后，个体日常生活领域里局部性的"可把握"。这对于人物来说是最后一根救命稻草，对小说叙事来说也是一种困境之下的依凭。当然，徐方白爱了——这种爱首先是广义随后才是狭义的——却无法建立一种双向性的爱的关系。这是一种"荷载独彷徨"式的处境。而从更大的维度上看，徐方白与大时代、大历史之间，同样存在着这种被阻绝、被遗落、近乎无法嵌入的处境关系。这是一种更为根本化的"荷载独彷徨"：历史的主战场就在那里，但徐方白只能远观，只能侧窥，他没有能力和机会（或许在根本上已经是没有勇气和信念）参与其中——他是大历史的擦边人。

同样以"擦边"方式介入大历史的，还有《两间》这部小说的叙述本身。我们看到，一些著名的、为我们熟悉或为文史爱好者所感兴趣的史实，一再地直接出现在小说的故事里：大的如戊戌变法、义和团运动、东南互保、八国联军侵华，小的如商务印书馆的成立等等，都是小说情节以及其中人物命运的有机参与构成部分。同样出现在小说中的，还有诸如李鸿章、盛宣怀、张元济这类真实的也大名鼎鼎的历史人物，甚至大刀王五、通臂猿胡七这样的民间传说化人物。但小说对这些事件和人物的书写，也多是采用了间接性的、"侧窥"式的方式。

应当指出，并不是只有正面强攻的方式才是有效的。《两间》所采取的这种"侧窥"方式，似乎带来了许多更加隐秘、也更加有弹性的阅读趣味：历史以某种"彩蛋"般看似随机的方式现身，这是小说里人物命运的真实处境，也带来了读者阅读的真实乐趣。虚构的人物擦上了真实历史的"边"——《两间》的故事文本当然是有限的，但这种临界式的接触，又牵引出近乎无限的历史文本。对历史感兴趣的读者，对这部小说的阅读体验或许会与纯粹的文学故事读者有所不同。若仅就文学故事本身而言，某些隐藏着的解答或者宽慰，也足可以借助历史的线索获得暗示——例如小说的最后，三郎遥遥地传来信件，他没有死，而是躲避到了更远的地方，那个地方叫武昌，那里有一支新军正在招募人手。辛亥革命的枪声从并不遥远的未来传来了——尽管它在小说的最后一页之外，但那枪声依然是清晰的，它预言着小说中所有人物或显或隐的可能性。在审美的意义上，《两间》里的那种彷徨感，足以独立，足以获得绝对性的美学合法性和意义自足性；但这毕竟是一部历史题材的小说，我们还是期待能通过这些擦边、这些对大历史浩荡洪流的明提或暗示，最终让这个故事接通于更宽阔的历史文本世界。

在此也不妨提几点商榷性的感受。一方面是，大历史与小生活之间的榫合对接，在《两间》中似乎还可以做得更加圆融顺畅一些。我个人的一种阅读感受是，与三郎九妹相处时的徐方白，与介入（或者擦边）宏大话语时的徐方白，似乎显得有点割裂。仅仅靠徐方白在家里写启蒙性文章，而九妹在一边沏茶点灯之类的细节，似乎还是不足够实现这种榫合的。我们不能让徐方白进了屋子就全然被私人记忆和情感恩怨占领，出了门换上正装，忽然就心无旁骛地跟大话语、大历史打起了交道。更真实也更痛苦的心境乃至语境转化，看起来仍然很必需。痛苦的人往往分裂，但这种分裂应当是共时性，而非历时性、交替性的。这其实是对小说书写人物命运和精神处境时的深度,提出了更高的要求。另一方面是,对大历史的"彩蛋式"展示固然充满趣味,却也势必影响到诸多历史事件之间的逻辑关联性。对应到小说具体故事,就是历史容易变成万花筒、走马灯,它们掠过了而不是塑造了人物的人生,有点像景观化的并置展览。在《两间》的叙事时间范围内里,花样迭出的历史事件和历史人物一直在轮番冲击人物的生活,但并没有哪一个人物、哪一桩事件,能够真正形成对人物命运的带动或整合。因此尽管在形态上,《两间》向我们呈现了历史演进的长河性动态轨迹,但故事的内核本身仍然更像是一组静态的切片:在小说的开头,徐方白等待着历史动力的归来;到小说的结尾,徐方白等待着三郎或九妹的归来,顺带也继续等待着历史动力的归来。人物经历了很多,但好像并没有成长,或者说,所谓的成长是似是而非、大可存疑的。说到底,是情绪或内心状态的总体性,而不是行动的总体性,在支撑着这部小说。对于一部长篇小说来讲,这样的做法未必不能出彩,但终究仍是存在风险。当然,《两间》所提供的某些亮点、某些趣味,或许可以对冲这种风险。同时我们也可以想象,如果真的选择了那种清晰明确、一往无前、"波澜壮阔历史画卷"式的写法,《两间》大概也很容易流于那种空洞的浩大、正确的平庸,它也许也就难以提供更多可资谈论的话题,甚至都难以引出这些还可探讨的商榷。总之,哈姆雷特是不好写的,历史彷徨期里那些彷徨中的、孤独的现代知识分子个体,更是不好写的。但他们的困境又充满了美学的张力和阐释想象的空间,因此我们注定会一遍一遍地去书写这些其实并不好书写的故事。这也是另外的一种"两间"式的摇摆吧。好在,我们仍在努力地展开自己的创造实践和想象激情。这正是文学在今天仍然值得被致意的理由之一吧。

[特约编辑:俞东越]

血与蜜之地

刘子超

当鸟群飞过阴霾的天际
人们鸦雀无声
——米尔科·曼彻夫斯基《暴雨将至》

我之所以要对大邦和小国同样地加以论述，是因为我相信，人类的幸福从来不会长久驻留于一个地方。

——希罗多德《历史》

# 序 幕
## 的里雅斯特：我即将远行

这里的冬日并不凛冽，但一整天都很冷。天空阴沉，飘着丝状冬雨，湿漉漉的街道披上了一层光滑的水膜。树木早就脱去了叶子，光秃秃地立在那里。猛烈的布拉风，从喀斯特高原扑向港口。几只海鸥像被撕破的纸片，发出凄厉的叫声。港口外，亚得里亚海如一面凝重的镜子。波浪前后追逐，披着铅灰色斗篷。

我坐在的里雅斯特一家酒吧的桌边，试图写点笔记，却只是写下了日期。我不时抬起头，抿一口廉价的白葡萄酒，目光望向窗外：连绵的阴雨扰乱了我的心绪，也为眼前这座意大利城市平添了几分边陲之感。

这家酒吧位于巴尔干人的聚居区。店面开在一楼，是一栋不起眼的土黄色建筑。上面的出租公寓里住着巴尔干来的工人——这从住户的名牌上可见一斑。酒吧附近，有一所斯洛文尼亚语中学，还有一座建于十九世纪的斯洛文尼亚天主教堂。从喀斯特高原下来的斯洛文尼亚农民，正在教堂外面的空地上售卖香肠和硬质奶酪。

酒吧看上去已有年头，灯光昏暗，墙壁斑驳。靠墙处，摆着三台布满划痕的老虎机。一个穿着卡其色背心的男人，正沉迷于老虎机游戏。一个留八字胡的老人坐在角落里，安静地阅读报纸，桌上放着一瓶克罗地亚啤酒。

长条形的吧台后面，有个亚洲青年在忙碌着。他的寸头略显蓬乱，似乎已有月余未剪，开始变得率性不羁。墙上挂着一柄绘有"双龙献瑞"的折扇，为这家小酒吧增添了几分不太协调的东方元素，同时也透露出这位青年的文化背景。

于是，在点第二杯酒时，我就顺势用中文和他攀谈起来。

他是1997年出生的温州人，十一岁那年随父母和姐姐一起移居意大利。一家人最初在威尼斯的老乡家借宿，后来才搬到这座被斯洛文尼亚环抱的小城。他们尝试过各种小买卖，直到十二年前开了这家酒吧。客人大多是住在附近的巴尔干工人。因为意大利需要体力劳动者，而工资又远比巴尔干高。

小伙子告诉我，那位沉迷于老虎机的是一位塞尔维亚来的建筑工，而那位留八字胡的老人是克罗地亚来的管道工。

"他是这里的常客，总是赊账。"

"赊账？"如今，这个词听起来简直有一种古典气息。

"他是按日结算的工人，干一单能赚几十欧元，挣了钱就花光，再去找下一份工作。意大利本地人的酒吧不赊账，只有我们中国人的店才会这样。所以，他就成了这里的常客。"温州小伙子望了那人一眼，无奈地摇了摇头，"这些巴尔干人，跟我们中国人的想法不一样。"

"或许他没把这里当家吧。"我说，"你

了解他的情况吗？"

"不太了解。我只是卖酒的，最多提醒他别在这里喝醉。"温州小伙子说，"看样子他应该不是有钱人，不然也不会把这把年纪还出来打工。听说他们国家的工资水平很低。"

这时，一位裹着貂皮大衣的女士优雅地走进酒吧。她走到吧台前，点了一杯掺了气泡水的葡萄酒，从皮夹中抽出一张五欧元的钞票，示意不用找零。当她转身离去后，温州小伙子低声对我说："她是斯洛文尼亚人，以前是妓女。"

"这份工作让你知道了不少人的秘密。"

温州小伙子笑了："我之所以知道这些，是因为我从不主动打探。这么多年了，他们还是把我当外国人。"

"那你觉得自己的家在哪里？"我问。

"当然是中国。"他说，"不过上次回国已经是十年前的事了。"

温州小伙子告诉我，靠着这家酒吧，父母把他们姐弟俩养育成人。姐姐一年前回国成婚，而父母还留在这里，但一直念叨着落叶归根。他们在的里雅斯特生活了这么多年，意大利语依然讲得不太流利，出门办事往往需要依赖于儿子帮忙。

"我在这边的大学里学习土木工程。当时有传言说，中国企业会接手这里的港口。我想着或许能找到一份工作。后来，因为地缘政治原因，港口的事一直没有进展，我这才决定来酒吧帮忙。"温州小伙子拿起抹布，擦了擦吧台，"这里的工作机会没有国内那么多。"

"考虑过回国吗？"

"经常想。可回去又能干什么？现在国内的竞争太激烈了。"

那位克罗地亚管道工步履蹒跚地走向我们，腿脚显然有些问题。他戴着厚底眼镜，脸上的皱纹像风琴的琴箱，双手骨节突出，如鹰爪般枯瘦。他又点了一瓶啤酒，依旧是记在账上。

"我们都担心他哪天回去了。"温州小伙子说。

"回克罗地亚了？"

"不是，死了。你能看出他身体状况不太好吧？他曾经跟我提过，他的腿是在1990年代的南斯拉夫战争中受伤的。"

我轻轻点点头，目光追随着那位克罗地亚管道工。他的身影像一辆风尘仆仆的旧汽车，身后是蜿蜒在巴尔干山间的道路——我即将踏上的道路。

△的里雅斯特的夜归人（刘子超　摄）

一

巴尔干是一个充满故事的地方：关于民族和国家的故事；关于暴力和战争的故事；关于两次世界大战的故事；关于"冷战"和南斯拉夫的故事；然后是危机、崩溃、分裂并最终走向重生的故事。

在我成长的岁月里，这些故事对我产生了强大的吸引力。我时常面对世界地图，紧盯着巴尔干半岛，想象那些惊心动魄的历史事件上演的地点。对我来说，巴尔干似乎不只是一个地理概念，而更像一个形容词，充满伤痛、挣扎、求索和希冀的复杂含义。

现代意义上的巴尔干，其实是近两百年才形成的概念。从 15 世纪到 19 世纪，巴尔干半岛最普遍的地理称呼是"欧洲的土耳其"或"鲁米利亚"，即奥斯曼土耳其征服自原来拜占庭帝国的"罗马"土地。

那时，民族的概念还未曾成形，人们的身份认同几乎完全依附于宗教信仰，而非民族身份。这种缺乏民族认同感的前现代状态一直延续到了 20 世纪之初。当携带着民族主义火炬的活动家们踏入现今希腊第二大城市塞萨洛尼基时，他们惊诧地发现，在这里，混居的希腊人和保加利亚人只晓得自己是基督徒，对于"希腊人"或"保加利亚人"的民族标签茫然无知。

"民族"是一种看待世界的视角和思考世界的方式，让我们得以理解周围的环境和历史，但人们并非天然地从属于"民族"。换句话说，民族主义并非人类心理的固有成分，也不根植于我们的生物学本质。如果说人类对于拥有血缘关系的小社群容易产生归属感，要让人类对数以百万计的陌生人产生同胞之情，则需要社会建设的巨大努力。从历史角度看，这种共同体意识是作为一种思潮，在特定的历史时刻显现的。

在的里雅斯特郊区，有一条历史悠久的"拿破仑大道"，见证了军事征途和思想交融的历史。这条五公里长的步道，从的里雅斯特的奥比齐纳镇一直延伸到著名的气泡酒之乡普罗塞克村。它沿着喀斯特山脊延展，远离海风的侵袭。的里雅斯特的居民喜欢在这里散步骑车，享受休闲时光。

在启程前往巴尔干之前，我特意踏上了这条步道。因为正是拿破仑的军队，像播撒种子一样，将民族主义的理念传遍了整个欧洲大陆。在某种意义上，"拿破仑大道"是一条民族主义思潮的传播路线。

1793 年，面对反法同盟的进攻，新生的法兰西共和国呼唤人民团结一心，捍卫家园。民族主义第一次释放出凝聚人心的巨大力量，而它的理论源流可以追溯至伏尔泰、卢梭等人的启蒙学说。

拿破仑对德意志和意大利地区的入侵，则直接刺激了当地民族主义的产生。在伊利里亚地区，如今日的斯洛文尼亚和克罗地亚，也开始出现一种斯拉夫民族的认同，最终蔓延为泛斯拉夫民族主义运动。

整个 19 世纪直至 20 世纪，民族主义成为欧洲社会政治思想的巨浪，势不可当地推动着"民族构建"。它如一场燎原大火，以极其暴烈的方式，重新勾画了欧洲的版图：意大利和德国相继统一；奥匈帝国基于民族原则解体；巴尔干半岛上的诸国相继崛起——它们都基于民族原则，摆脱了奥斯曼土耳其人的统治，成立了主权国家。

在很多欧洲自由主义者眼中，巴尔干

的现实很难符合他们心中民族自决的理想。如果说在德意志和意大利这样的新国家里，民族主义打破了中世纪小国的各自为政，使其能够结合成符合经济理性的大单位，那么在巴尔干，结果却恰恰相反。

随着土耳其在欧洲的领土逐渐减小，"巴尔干"的称谓开始获得更广泛的使用，其负面含义也随之凸显。"巴尔干化"一词应运而生，用以形容一个昔日帝国在民族独立运动的风暴中分崩离析的过程。

巴尔干的暴力时代由此开始。整个20世纪，在这片土地上爆发过五次大规模的战争。每一次战争都伴随着屠杀、种族清洗、难民潮和人口交换。

英国历史学家汤因比写道："在这些人民中引入西方（关于民族主义）的思考方式，结果是造成屠杀……那样的屠杀其实只是相互依存的邻邦，被致命的西方观念煽动而进行的极端民族斗争。"

———

到了1990年代，巴尔干继续呈现它的故事，而此时的我已经成为这些故事的见证者。

记忆中，每当《新闻联播》临近尾声，那些远在巴尔干半岛的声音就会短暂地传入耳畔：南斯拉夫的解体与内战，流离失所的难民，残酷的种族清洗和大屠杀，还有北约"外科手术"式的轰炸。播音员的音调平静而稳定，仿佛所述之事与我们并不相干，而是发生在遥远的星球。

然而，当地时间1999年5月7日，北约的五颗巡航导弹从不同方向击中了中国驻南联盟大使馆，导致三名记者牺牲，数十人受伤。我清楚地记得，成千上万的北京市民第二天走上街头，高举横幅和旗帜，抗议北约的野蛮行径。那一幕，让当年的我想到了八十年前的"五四运动"。历史似乎在某个瞬间重演，而同样的情感穿越时空，再次燃起。从那一刻起，巴尔干在我心中不再是遥远的异域，而变成了一片我决定日后踏足的土地。

时光荏苒，二十余年转瞬即逝。2022年冬天，巴尔干再度浮上心头。一次偶然的机会，我在奥地利格拉茨的美术馆，看到了波斯尼亚女艺术家塞拉·卡梅里奇的作品《波斯尼亚女孩》。在这张黑白照片上，女艺术家身着白色背心，目光直视前方。照片上叠加着对波斯尼亚女性恶劣的诋毁言论，内容源自一名荷兰士兵的涂鸦。

1995年7月，这名荷兰士兵所属的联合国维和部队未能阻止塞族军队进入联合国划定的安全区，最终导致大约八千名波什尼亚克族穆斯林遭到屠戮。斯雷布雷尼察大屠杀成为第二次世界大战后欧洲最严重的一起种族屠杀事件。

接着，在维也纳的军事博物馆，萨拉热窝刺杀事件的展览再次让我深受触动。

展示柜里陈列着奥匈帝国王储弗朗茨·斐迪南大公遇刺时所穿的天蓝色制服。领子右侧是一个直径仅几毫米的破洞——正是这个破洞，不经意间引爆了民族主义的火药桶，推动了第一次世界大战的爆发，导致了帝国的坍塌与千万生命的消逝。

斐迪南大公的遗体先是从巴尔干腹地运抵的里雅斯特港，再由铁路运回维也纳。我突然想到，或许可以循着这一线索，从的里雅斯特出发，开始我的巴尔干之行。

走在"拿破仑大道"上，我一边听着卡塔拉尼的咏叹调《我即将远行》，一边幻想着即将开始的旅程。亚得里亚海在阳光下闪闪发光。透过松林和山毛榉，可以看到镶着金边的云朵在海上聚拢。一辆货轮划破海面跳荡的金币，缓缓驶向港口。

喀斯特岩壁上，两个女孩在练习攀岩。一只猎鹰在高空盘旋，目光越过灰色山岩，俯瞰意大利与斯洛文尼亚的边境。在那里，在巴尔干，不同的种族、文化曾经彼此交融、交锋，甚至相互残害。

民族原本只是一种想象的共同体，但这种抽象的想象却驱使无数人为之杀戮或赴死。我甚至觉得，当西方给予这些国家定义其民族的方式时，也在某种意义上提供了它们毁灭自身的武器。

——

往事像年深日久的油漆，缓缓剥落。

2013 年，我初次抵达的里雅斯特时，对穆贾村并未太过留意。那是意大利与斯洛文尼亚边境附近的一个宁静渔村，位于的里雅斯特以南五公里处，一条边境线从穆贾的喀斯特高原上横穿而过。

午后，我走出旅馆，乘公共汽车前往穆贾。我要从那里启程，一路穿越斯洛文尼亚、克罗地亚、黑山、波黑、塞尔维亚、科索沃、北马其顿和希腊，最终抵达巴尔干半岛的最南端——希腊雅典。

的里雅斯特的街头，空气中弥漫着海水的咸味和烤咖啡豆的香气。我走过塞尔维亚东正教堂、威尔第歌剧院和意大利统一广场。一个穿着风衣、戴着礼帽的男人走进路边的咖啡馆。桌子上铺着挺括的桌布，摆着精巧的台灯。每当有客人落座，打着领结的侍者就将台灯捻亮。

咖啡馆是典型的维也纳分离派风格，也是的里雅斯特"昨日世界"的残留物。

占领的里雅斯特后，意大利开始将这座城市意大利化："新剧院"更名为"威尔第剧院"，"大广场"更名为"意大利统一广场"，斯拉夫人遭到驱逐，斯洛文尼亚语学校被迫关闭，巴尔干文化中心被暴徒焚毁。第二次世界大战后，意大利成为战败国，南斯拉夫重新占领的里雅斯特。同化过程又一次开始，只不过这一次方向截然相反。

在短短半个世纪内，的里雅斯特三易其手，身份认同摇摆不定。直到 1954 年，边界争议才彻底解决：的里雅斯特正式归属意大利，而周边主要由斯洛文尼亚人居住的地区则划归南斯拉夫。穆贾的喀斯特高原成为"铁幕"落下的地方——资本主义与社会主义两种制度的分界线。

我坐上汽车，沿着风景如画的海岸线飞驰，很快就到了穆贾。它是一个洋溢着宁静气息的小渔村，除了码头附近的几家海鲜餐馆，店铺大都关门歇业。老城广场上矗立着一座威尼斯哥特式教堂，弯曲的小巷沿着山坡蜿蜒而上。山顶有一座隐秘的城堡，如今是一位雕塑家的幽居之所。

我又换上一辆乡村巴士，驶向喀斯特高原的边境地带。随着海拔逐渐升高，碧海银光映衬着湛蓝的天空，清凉的空气中飘来松树的清香。一座石砌的小教堂俯瞰着幽静的海湾，耳畔隐隐传来遥远港口的卸货声。

下了车，我朝着斯洛文尼亚的方向走。路边是一片片葡萄园，沿着平缓起伏的丘陵，一直蔓延到斯洛文尼亚一侧。阳光荡漾，葡萄架投下斑驳的阴影。我步行前往边境——从地图上看，边境线恰好从一座葡萄庄园的中间穿过。

一条碎石小路通向一道半开的铁门。

我犹豫了片刻，还是决定进去看看。院子里有一座农宅，门廊下摆着一张伤痕累累的木桌，上面放着藤条篮和农具。宅子的前方有一条土路，沿着残存的石墙，通向山坡上的葡萄藤和橄榄树。

"您好，有人在家吗？"我喊了几声。

没人回答。院子里静悄悄的。这让我觉得最好不要未经许可就四处走动。

一只姜黄色小猫沿着石墙走过来，停下脚步，看了看我，又若无其事地走开。就在这时，门开了，一个男人从屋内走了出来。

布鲁诺·莱纳尔登先生年近花甲，白发如霜，就连眉毛也已经花白，但是脸颊却因日晒而显得健康红润，两道深深的笑纹勾勒出纤薄的嘴唇。他伸出一只大手，跟我握了握。常年的户外劳作，让这只手变得宽厚有力。

我说明来意，说自己想了解一些葡萄庄园的历史。莱纳尔登先生会意地点了点头，就仿佛他早已料到。

他告诉我，喀斯特高原的干燥冷风、亚得里亚海的湿润海风，以及伊斯特拉半岛的温和阳光，共同缔造了这里的小气候。从他祖父那辈起，家族就开始在这片土地上耕种了。

"1929年，一场罕见的大霜冻几乎摧毁了我们所有的橄榄树。"莱纳尔登先生说，"但我的祖父没有气馁，他悉心照顾那些幸存的树苗，终于让它们重新抽芽发枝。如今，那些橄榄树已经屹立了九十余年。"

"这里也产葡萄酒吗？"我好奇地问。

"是的，我们这里既产橄榄油，也酿葡萄酒。"莱纳尔登先生说，"想品尝一下葡萄酒吗？"

"我很荣幸。"

莱纳尔登先生打开宅门，里面原来是一间储藏酒桶的酒窖。他从架上拿起两瓶红葡萄酒和两瓶白葡萄酒，又回到门廊上。

我们依次品尝四瓶葡萄酒：晃动杯子，闻一闻，轻抿一小口。

"你觉得怎么样？"莱纳尔登先生问。

"这是阳光、雨露、土壤与岁月共同酝酿的味道。"我说。

"别忘了，还有人。"莱纳尔登先生笑道，"葡萄酒是一年辛勤劳作的结果。如果说是大自然造就了橄榄油，那就是人和大自然一起造就了葡萄酒。"

这时，那只姜黄色的小猫再次优雅地踱步而来，尾巴像雪茄烟雾一样翘起来，装作不经意地撩我的小腿——猫可真是一种迷人的动物。

我提起边境线，正是它将我吸引到穆贾和莱纳尔登先生的葡萄园。我问莱纳尔登先生，边境线是否影响过他的庄园？

莱纳尔登先生仔细听着我的问题，然后拉起我的胳膊，走到农宅另一侧的石墙前。墙边放着一只陈旧的橡木桶，墙面上有一道黄色的直线。牌匾上写着，根据1954年的边境协议，意大利落在黄线的一侧，南斯拉夫落在黄线的另一侧——也就是说，莱纳尔登先生家的房子和葡萄园刚好被一分为二。

"我们需要护照，才能从房子的一侧，走到另一侧。"莱纳尔登先生开玩笑说。时过境迁，谈起往事时，他想用这种方式来消解当年的困境。

实际上，莱纳尔登先生的父亲失去了一半的葡萄园，曾经的橄榄油压榨厂也被划到了南斯拉夫境内，他父亲只能将橄榄运到远在维琴察的工厂。到了1990年代，南斯拉夫解体，斯洛文尼亚独立，但要得等到2004年斯洛文尼亚加入欧盟，莱纳尔登先生才把原先属于他家的土地租回来。

莱纳尔登先生眯起眼睛，抬手指向南边斯洛文尼亚的土地。放眼望去，这片高低起伏的丘陵上遍植橄榄树和葡萄藤，到了夏天想必是一片郁郁葱葱的景象。边境线从中间穿过，分隔两国，但植被到处越界生长。

离开莱纳尔登先生的庄园，我沿着一条砂石小路，跨过边境，进入斯洛文尼亚。这里不再有海关、岗哨和荷枪实弹的士兵，眼前的景色亦如意大利一侧。

白云拂过太阳，光影时明时暗。如今，这里的边境线不再具有实际意义，但冲突的痕迹依然烙印在人们的记忆中。

## 斯洛文尼亚：夜晚的角落

进入斯洛文尼亚，我途经的喀斯特地区是一片石灰岩高原，从的里雅斯特湾一直延伸至维帕瓦山谷。在这里，河流、池塘和湖泊会突然消失不见，通过天坑和落水洞，进入喀斯特多孔岩石的深处，形成令人惊叹的地下洞穴系统。

前往首都卢布尔雅那的路上，我要经过一个当地人称作"波斯托伊纳溶洞"的地方。皮夫卡河从这里进入地下，形成长达二十公里的"地下王国"——洞穴、通道和廊台交织成迷人的地下网络。

在漆黑的溶洞内，栖息着一种名为"洞螈"的罕见生物，曾被误认为是龙的幼崽。这种盲眼动物非常奇特，可以经年不食，而寿命长达数十年，甚至百年之久。

我在小镇波斯托纳的汽车站下了车，通往溶洞的路旁种满栗子树。树叶早已落尽，光秃秃的枝丫在头顶绘出纵横交错的迷宫图。喀斯特山岩的表面布满孔洞，像被打出的蜂窝，雨水就从这些孔洞中不断渗入地下。

小镇广场依然沿用南斯拉夫时代的名字——铁托广场。第二次世界大战期间，铁托领导的共产党游击队曾利用喀斯特地形进行抵抗运动。在这片中空的土地上，曾经遍布炮台、战壕和散兵坑。共产主义与法西斯主义，民族主义与宗教矛盾交织一处，导致大规模的杀戮和处决时有发生。

其中最著名的一种处决方式被称为"坑杀"，也就是将人扔进喀斯特地形的深坑或裂缝中。"坑杀"的受害者主要是当地的意大利人，或与纳粹合作的斯洛文尼亚人和克罗地亚人。

历史学家们普遍认为"坑杀"是一种报复性杀戮。分歧在于，斯洛文尼亚的历史学家通常把它看作是对法西斯占领和屠杀行为的报复，而意大利的历史学家则将其视为对意大利民族的种族灭绝。

这片看似平静的土地，其实埋藏着过去的暴行。那些坑洞，不仅是掩埋历史的坟墓，同时也暴露了未愈的伤口。每当极右翼情绪在意大利或斯洛文尼亚升温时，"坑杀"的记忆就会被重新翻出，制造新的伤痛。

穿过一片农田和村庄，我抵达了波斯托伊纳溶洞的入口。夏季里，溶洞口隐于繁茂的绿藤之下，到了冬天，藤蔓已经凋零。喀斯特山岩显露无遗，看上去平常无奇。然而，一踏入溶洞，气氛瞬间变得不同，仿佛刚才穿过了一道通向地心的神秘门扉。

一股寒意,伴随着地下河水的咆哮包围了我。我进入了大山的心脏,心生敬畏的同时,也感到了宗教般的庄严。我站在一个月台上,准备乘坐一辆小火车。如同下矿井一样,这辆小火车将带我深入地底,探索地下王国。

这是一段美妙的旅程:火车行驶在皮夫卡河曾经的河床上,不断穿过水流在石灰岩中耐心雕刻的通道和洞穴,就像穿行在一座庞大的地下宫殿中。耳边是地下世界的风声,空气中有淡淡的矿物味。

大自然拥有非比寻常的耐心,在漫长的岁月里,蚀刻出颜色不同、形状各异的石柱、石笋和钟乳石。有的宏大如古希腊的大理石廊柱,有的精巧如意大利老奶奶的手擀面条,有的像哥特教堂的尖顶,有的如洛可可风情的吊灯。

各种元素,各种形状,以意想不到的方式组合在一起,仿佛进入了一个奇异的梦境。我的意识清晰,而眼前的景象却宛如幻境。我想,如果弗洛伊德来到这里,对于梦的解读或许会有更多启发。

火车驶过一片开阔的空间。这是一座巨大的"舞厅",面积七百五十平方米,高十二米,内部装饰着十几盏枝形吊灯,照亮石壁上浪花般的纹理。这个洞穴舞厅不仅美轮美奂,更妙的是,真的被当作舞厅使用。

自十九世纪中期以来,人们就在此聚集,点燃数百支蜡烛和弧光灯,庆祝天主教的圣灵降临节。

节日的高潮是一场盛大的舞会,乐队演奏,伴着美酒佳肴,那场景比维也纳的华尔兹舞会更令我神往。

旅程的终点是溶洞深处的一座地下大山。在那里,我遇到了地下世界的向导阿伦卡。她身着防水外套,扎着马尾辫,靠在栏杆上。她的身后是一条通往山顶的曲折小径。时间在这里留下了深深的痕迹,年龄超过五十万年的石柱从地面升起,而较为年轻的石笋则从穹顶垂落。

在来到这里之前,我已经对波斯托伊纳溶洞的历史有所了解。故事要从1818年说起。那年,一个叫卢卡·塞斯的当地勇士站在喀斯特岩石的一个裂缝前,毅然决然地踏入了未知的黑暗。他回来后满怀激动地声称,自己发现了"全新的世界……堪比天堂!"

卢卡的发现点燃了绵延一个世纪的洞穴研究,也开启了洞穴旅行的先河。人们不仅在已探索的区域修建了道路和轨道,还加装了照明,甚至有像阿伦卡这样的专业向导提供服务。到了二十世纪初,对波斯托伊纳溶洞的探索已经基本完成。

如今,游客们能轻松地游览这些地下奇观,仿佛这一切都是理所当然。然而,阿伦卡提醒我试着去想象最初那批探险者的心境。当时,他们除了手持的火炬和蜡烛,别无光源。带着对未知的崇敬与恐惧,他们踏入了这个一片漆黑的世界。

"只有无畏的勇者才敢进入这个永恒黑暗的世界。"阿伦卡说,一边领着我向上攀登,"黑暗象征着危险和邪恶,而这些意象深深地植根于我们的潜意识中。"

我紧随阿伦卡的步伐,爬得越高,风景也愈加奇幻。阿伦卡指着下方的岩壁说:"看见当年探险者留下的金属烛台了吗?想象一下,在昏暗摇曳的烛火下,这些石笋像什么？"

还没等我开口，阿伦卡就继续说道："像不像各各他山上林立的十字架？"

听了这话，我不禁心头一震，脑海中浮现出耶路撒冷老城外的各各他山。那些跟随耶稣爬上骷髅地的信徒，不就如同此刻攀登地下大山的我吗？唯一不同的是，那些人追随的是信仰的光芒，而我崇拜的则是自然创造的神迹。

我跟随阿伦卡跨过一座铁桥。这座桥由第一次世界大战期间的俄国战俘建造。阿伦卡介绍说，和这片土地一样，波斯托伊纳溶洞也在一个世纪内数易其手：第一次世界大战前属于奥匈帝国，第一次世界大战后割让给意大利，第二次世界大战后成为南斯拉夫的一部分，最终归为独立后的斯洛文尼亚所有。

每一段历史时期都有照片佐证：奥匈帝国时代，波斯托伊纳溶洞建立了世界唯一的地下邮局；意大利统治期间，歌剧巨匠威尔第的《茶花女》和《阿依达》曾在这些洞穴的天然舞台上演绎；第二次世界大战后，铁托将军以新主人的身份登上小火车巡视；斯洛文尼亚独立以后，卢布尔雅那广播交响乐团在这里奏响了格什温的乐曲。

我再次深切地感受到"家园"这个词背后的纷争与复杂性。眼前的一切究竟属于谁？哪个民族、哪个国家有权声索？他们所凭借的理由是什么？抑或一切最终由暴力决定？暴力以及暂时隐匿的暴力，是否会像潜入地下的皮夫卡河一样，带着积蓄已久的力量，重新浮出地表？

从山上下来，我们经过一座大型透明水族箱，里面有两只洞螈。阿伦卡解释说，这些洞螈平常栖息在漆黑的水域，是为了让游客们观赏才被打捞出来。

水族箱内部模拟了洞螈在地下水中的生活环境。靠近观察，可以看到两只小洞螈静静地趴在泥沙上。它们体长约二十厘米，皮肤呈灰白色，四肢短小，几乎像是未充分发育的残肢，退化的眼睛已隐于皮肤之下，只能依赖听觉和嗅觉生活。

与世隔绝的环境减少了洞螈面临天敌的危险，但也意味着食物稀缺，因此洞螈进化出了难以置信的生存模式：它们可以数年才进食一次，其余时间几乎都处于长时间的休眠状态。

"洞螈在波斯托伊纳溶洞里已经生活了数百万年。真要说，它们才是这里的主人。不过1991年斯洛文尼亚独立后，我们还是选择了洞螈作为国家的象征，将它们的形象刻在了硬币上。"

阿伦卡微微一笑，带着戏谑的语调补充说："新生的国家总是需要古老的事物。"

——

房东盖尔的公寓位于卢布尔雅那市中心，临近火车站。那是一片建于1970年代的南斯拉夫公寓楼，灰色的混凝土墙壁显得坚固而厚重。楼群的外观让我联想到中世纪堡垒或者客家围屋——换句话说，不容易找到入口。因此，盖尔叮嘱我，一到公寓楼的地址就给他打电话。

我站在街边，注视着来往的行人，结果盖尔从一个意想不到的方向出现，朝我大步走过来。他年近三十，穿着藏青色卡其布长裤、单宁色衬衫和驼色飞行员夹克，头发和胡子都悉心修剪过，身上还喷了淡淡的古龙水——是那种会在镜子前花些时间打理自己的男士。

盖尔带我绕到公寓楼的一侧，那里有一个小门，是通往他住所的正道。我们乘坐的电梯是手动推拉门，每次启动都伴随着一阵颤抖，仿佛在寒风中打了个哆嗦。站在电梯里，听着绞盘铿锵作响之声，你会产生一种错觉，仿佛穿梭在时光隧道中。

公寓位于顶层，虽然算不上宽敞，但每一处细节都显得考究，透露出远胜直男的品位。窗前摆着一张大书桌，书架上插着各种艺术书籍，窗台上养着一棵马醉木，阳台上还安放着一架天文望远镜。

盖尔告诉我，公寓是他以前的住所，现在他和伴侣住在别处。他从事金融行业，刚从法兰克福出差回来。

他问我是不是第一次来欧洲，我回答说以前来过。他问我这次有什么打算。我告诉他，我计划游历几个巴尔干国家，斯洛文尼亚是第一站。

他在那一瞬间有点意外，想说点什么，但欲言又止。最后，他忽然收敛了先前的热情，用一种近乎不悦的语气淡淡地说："好吧，祝你好运。"

我这才意识到，他不喜欢我把斯洛文尼亚归为巴尔干国家。

盖尔让我有问题联系他，说完就走了。我听到电梯猛地一抖，然后是齿轮扭动的声音。房间里还飘荡着盖尔的古龙水味，我顺手打开窗户，走到阳台上——卢布尔雅那开始呈现它的面貌。

傍晚时分，晚霞染红了城市的树梢。远处的朱利安阿尔卑斯山也是一片粉色。归巢的乌鸦掠过天际线，仿佛鱼群游弋在燃烧的大海上。

对面的公寓楼里，一位女士正对着镜子化妆。我好奇地凑到天文望远镜前，想一睹那位女士的芳容。

不行！天文望远镜只能用来仰望星空。

十年前，我就来过卢布尔雅那。回忆这座城市时，我总会想起那个灯火昏黄的小火车站，想起在火车站外等待凌晨开往米兰的大巴。我惊讶地发现，同车的乘客竟然都是去西欧打工的巴尔干人。他们裹在毛毯里，蜷缩在座位上，仿佛无名无姓。车厢内响着此起彼伏的鼾声，如同夏夜的池塘。

我渴望尽快和卢布尔雅那建立联系，但唯一认识的人只有盖尔。听到我把斯洛文尼亚归为巴尔干国家后，他对我的热情大减。不过，通过一个偶然的渠道，我得知了即将在斯洛文尼亚作家协会举办的一场诗歌沙龙。我突发奇想：要是能去参加沙龙，或许就能认识一些本地的知识分子了。

对于斯洛文尼亚作家协会，我早有耳闻。在斯洛文尼亚的独立之路（或者说南斯拉夫的解体之路）上，斯洛文尼亚作家协会一直扮演着重要角色。当年，这里汇集了具有不同意识形态和政治观点的作家，经常对南斯拉夫的状况提出批评。

南斯拉夫的各加盟共和国在联邦体制内虽然名义上是统一的，但实际上拥有广泛的自治权，且由于历史上受到不同文化的影响，文化身份多样。不同于中国千年的统一历史，南斯拉夫直到第一次世界大战后才首次形成统一国家，而这也并非历史的必然。

在南斯拉夫联邦中，斯洛文尼亚因其高度发达的经济和较高的生活水平而独树一帜。尽管在总面积和人口上仅占到联邦的一小部分，斯洛文尼亚却对联邦的国内生产总值做出了巨大的贡献。斯洛文尼亚人对用自己的血汗钱来补助波黑、马其顿和科索沃等较贫穷地区一直持有保留态度。此外，斯洛文尼亚信仰天主教并使用拉丁字母，更愿意将自己视为中欧文化圈的一员。这也解释了当我把斯洛文尼亚归为巴尔干国家时，常去法兰克福出差的盖尔何以表现得如此不悦。

抱着试一试的心态，我给诗歌沙龙的组织者发了一封邮件，自称是一位来自中国的诗人，此刻恰巧在卢布尔雅那，希望能有幸参加他们的聚会。

对于自己能否得到回复，我并不抱太大希望——我只是个过路的旅人，没有诗歌界的名号，而且活动就在第二天晚上。意外的是，对方竟然很快回复，除了表示欢迎，还问我能否提供一些诗作的英译稿。于是，我只好匆忙从自己的陈年诗稿中选了一首，动手翻译成英文。第二天晚上，我就拿着它，步行前往斯洛文尼亚作家协会。

———

这是一栋安静的白色别墅，奥匈帝国时代的建筑，坐落在现代艺术博物馆与斯洛文尼亚歌剧和芭蕾舞剧院之间。我沿着木制楼梯拾级而上，来到二楼的会客厅。

墙壁的下半段镶着厚重的红褐色木板，壁橱上摆放着三座半身雕像。我只辨认出其中一座——十九世纪斯洛文尼亚的民族诗人普列舍仁。

会客厅中央摆设着一张长桌，其上陈列着十余本斯洛文尼亚语诗集。我注意到一个颇有个性的女孩正在露台抽烟。我走过去问她，诗歌沙龙是不是在这里举办。没错，她指了指隔壁房间，说那里面已经有人入座。

我找了一个角落的空位坐下。房间前面是一整面落地书架，一张小桌子和一把椅子面对观众席。时间一分一秒地流逝，房间很快坐满了人，甚至还有人站在走廊上。

我完全没有料到，在斯洛文尼亚这么小的国家，竟然还有不少人用母语写诗，还有一个围绕着诗歌的活跃社群。环视四周，我是唯一的外国人，这让我心里泛起一丝不安，不知道是应该主动向工作人员投案自首，还是闷头坐在这里，等着人家发现。

一位面目慈祥的胖子步上讲台，做了简短的开场白，对在座的每位诗人做了介绍。随后，诗歌朗诵开始了，诗人们轮流上台，或站或坐，朗诵他们的作品。观众全神贯注，屏气凝神，像听交响乐那样，只在诗篇交替的短暂间隙窃窃私语或小声咳嗽。

我坐在那里，一句斯洛文尼亚语都听不懂。我原先以为，这会是一场轻松愉快的社交聚会。大家围坐在一起，喝喝酒，聊聊诗，而我正可借此与他们相识。谁知，活动如此正式，气氛如此庄严。我走进的不是闲聊的诗歌沙龙，而是庄重的诗歌圣殿。

我不禁转头望向之前在露台抽烟的那个女孩。她依然不拘一格，正聚精会神地滑动手机屏幕。之前我没注意到，她还染着几绺墨绿色的头发。她身边坐着一个瘦高的年轻男子，穿着黑风衣，戴着毛线帽，眼睛大而明亮，听朗诵近乎入神。

这时，一个留着长发和大胡子的诗人走到台上，目光锐利地扫视全场。他静静地站立了半分钟，仿佛在寻找遗失的灵感，抑或在回想自己的诗稿忘在了何处。会场的氛围随之凝固，连咳嗽声也显得格外谨慎。最后，诗人终于坐下，从怀里掏出一叠皱巴巴的稿纸，戴上眼镜，开始朗读。我这才领悟到，他刚才的沉默应该也是他诗歌的一部分，是无声的序章。

长发诗人的朗诵结束后，我准备悄悄退场，但那位和蔼的主持人注意到了我，做了一个让我等待的手势。他走上台，用斯洛文尼亚语介绍了些什么，然后朝我的方向一指。四周的目光瞬间都转向了我，随之响起一阵掌声，但听上去很遥远，好像山谷里劈柴的声音。接着，如同梦游一般，我发现自己走到了台上——事已至此，一切只能硬着头皮进行。

我用英语说道："诗人的称号是神圣的，所以我宁愿称自己为诗歌的信徒。很抱歉，我不懂斯洛文尼亚语，但我有幸阅读过普列舍仁和托马斯·萨拉蒙的作品译本。他们的诗句让我窥见了斯洛文尼亚的民族精神，而这也正是我来到卢布尔雅那的原因——我渴望近距离地感受这份精神。"

我望向台下，观众静若止水。我不确定他们是否明白我在说什么，但也只好继续说下去："我将朗读我的一首诗，它的灵感来源于东方禅宗。可以说，这是我在禅宗的影响下创作的作品。"

### 空山

他们寄居在遗忘的世界上
他们只是彼此的投影
他们的灵魂做出试探的姿势
承诺，不过是为了证明他们还活着

他们吃着晚餐
谈论着一年以后的春天
帝京的天空，巨大
她笑着，脸上有清洁的光

他们睡去，又醒来
陌生感突然像扇面一样
打开。引诱的苹果树
蜕变成一颗含羞的果核

谁又能审视无法看见的事物？

他们走出餐厅
走进城市的喧嚣
轻盈的步履，有着苍白的抑制
天空，这雾蒙蒙的光
像他们无法接近的凝视：
包容一切，却又一物空无

朗读完毕后，我回到座位，感到后背已经汗如雨下。我在心底暗自立誓：在接下来的巴尔干之旅中，再也不要为了搜集素材，让自己陷入如此尴尬的境地。

——

诗歌沙龙结束后，那位面目和善的胖子找到了我。他是卢布尔雅那一家出版社的负责人，会客厅上摆放的都是他们出版的诗集。他向我展示了那位长发诗人的诗集，还有翻译成斯洛文尼亚语的其他巴尔干诗人的作品。

"这是一位萨拉热窝诗人的作品。"他递给我一本小册子，"我们把它翻译成了斯洛文尼亚语。"

我有些意外："我原以为波斯尼亚语和斯洛文尼亚语很接近，不需要翻译。"

社长先生微笑着解释说，波斯尼亚语与塞尔维亚-克罗地亚语实际上是同一种语言，但因为民族主义的原因，克罗地亚人和波斯尼亚人并不这么认为。

"正如某人曾说，语言只不过是有军队支持的方言。"他笑着说，"不过，斯洛文尼亚虽然国土面积不大，语言却和他们有些不同呢！"

这时，我的脑海里突然冒出斯洛文尼亚诗人托马斯·萨拉蒙的一首诗：

> 亲爱的读者，千万别在
> 威尼斯到维也纳的火车上打盹
> 斯洛文尼亚小得
> 让你极有可能
> 错过

我向社长先生感叹，斯洛文尼亚这么小的国家，竟有这么浓厚的诗歌氛围。

"这里是诗的国度。"社长先生的胖手一挥，仿佛自己就是这个诗歌国度的胖国王。他问我是否还有其他作品，因为下周还有一场诗歌沙龙。

我急忙解释说，我在卢布尔雅那停留不了那么久。他好奇地问我接下来的行程。为了避免节外生枝，我就说我打算去布莱德湖旅行——那是斯洛文尼亚最著名的景点，被誉为"阿尔卑斯山的眼泪"。

社长先生抬起头，似乎为我感到惋惜："哎，那里现在都是游客！"

在我与社长先生交谈时，那位听朗诵入神的小伙子就在附近。这时，他见缝插针地走过来自我介绍。

"我叫布拉茨，也写诗。"

"那你今晚怎么没上台呢？"

他笑了笑："台上的都是名家，我只能算是个诗歌爱好者。"

布拉茨随后介绍了他的女朋友——那位挺有个性的女孩。她对诗歌的热情没那么浓烈，来这里更多是为了陪男朋友。

布拉茨问我是不是第一次来卢布尔雅那，我说很久之前来过。这时，我忽然有了一个想法，为何不邀请布拉茨同游呢？通过他的视角，我或许能更深入地理解这个国度。

布拉茨爽快地答应了，说他第二天下午有空。

"卢布尔雅那不大，我们可以随处逛逛，去喝杯咖啡。"他提议道。

——

我和布拉茨约在普列舍仁的雕像下见面。十年前，第一次来卢布尔雅那时，这座雕像就给我留下了深刻的印象。

普列舍仁是斯洛文尼亚的国民诗人，生于 1800 年，死于 1849 年，见证了浪漫主义文学的鼎盛时期。作为第一个真正意义上用斯洛文尼亚语创作的诗人，他将大量诗篇献给了他的缪斯——尤利娅小姐，诗作中交织着单相思带来的喜悦、苦楚与煎熬。

如今，普列舍仁的诗歌几乎被世人遗忘，但在斯洛文尼亚的历史上仍然具有重要地位。卢布尔雅那市中心的广场便以他的名字命名，他的青铜雕像也矗立在广场中央。鸽子振翅起飞又翩然落下，是人们相约见面的地标性场所。

我比约定时间早到了，站在那里仔细地观察普列舍仁的雕像。诗人手中捧着诗集，目光望向街角处尤利娅的房子，而尤利娅的半身雕像刚好从窗口探出。

在这里，雕塑家想表达的意思显而易见——两人虽然只是一街之隔，但爱情却是可望而不可即。

布拉茨向我走来，依旧穿着那件黑色风衣，脚蹬一双棕色绒面皮靴。寒暄过后，他向我讲起普列舍仁的故事，提到1991年斯洛文尼亚独立后，普列舍仁的诗句被采用为斯洛文尼亚的国歌。宣布独立后不久，斯洛文尼亚就与塞尔维亚主导的南斯拉夫人民军爆发了战争。虽然这场战争仅仅持续了七天，但却拉开了整个南斯拉夫内战的序幕。

我问布拉茨，为什么斯洛文尼亚会把普列舍仁的雕像放在广场中央？在我的印象中，大多数国家更愿意选择古代国王或者民族英雄作为国家的象征。

布拉茨解释说："简单得很。因为斯洛文尼亚的历史上既没有声名显赫的国王，也没有名垂千古的英雄。1991年以前，斯洛文尼亚在历史上从未独立过，甚至从未幻想过成为一个独立国家。"

这个国家的历史极为平淡，所以更看重文化和语言的力量。按照布拉茨的说法，普列舍仁对斯洛文尼亚语的贡献，就如同莎士比亚对英语，歌德对德语的贡献。

"可是，我们却只能通过英语或德语来阅读普列舍仁的作品。"我说，然后担心引起布拉茨的不悦，又加了一句，"当然，这是一种遗憾。"

布拉茨倒不以为意。他一边走一边将话题转回斯洛文尼亚"极为平淡"的历史上。

公元6至8世纪间，南部斯拉夫民族逐渐迁徙至巴尔干半岛。其中，斯洛文尼亚一支在巴尔干半岛的最西端，也就是最靠近欧洲的地方定居下来。随后，斯洛文尼亚人皈依天主教，而这也成了他们与同为南部斯拉夫民族，但信奉东正教的塞尔维亚人之间的根本区别。

斯洛文尼亚始终是一个小民族。在漫长的中世纪，卢布尔雅那不过是一片沼泽之地。直到14世纪，他们才依靠哈布斯堡王朝站稳脚跟。之后的六个世纪里，斯洛文尼亚始终处在奥地利的统治之下。

我和布拉茨沿着卢布尔雅尼察河漫步，两岸是餐馆、酒吧和二手唱片店。布拉茨告诉我，这条河不久会汇入萨瓦河，继而流向萨格勒布和贝尔格莱德。这里曾是南斯拉夫的腹地，但同样的河流，并不能将三个相近的族群真正联合起来。

1914年，奥匈帝国王储斐迪南大公在萨拉热窝遇刺，凶手是塞尔维亚民族主义者加夫里洛·普林西普。奥匈帝国随即向塞尔维亚宣战，第一次世界大战由此爆发。

"那时，斯洛文尼亚人充满爱国热情，但这份热情是对奥地利君主的忠诚，而非塞尔维亚。"布拉茨解释说，"与塞尔维亚相比，斯洛文尼亚人更倾向于奥地利。"

"可是，布拉茨，为什么斯洛文尼亚在战后又与塞尔维亚、克罗地亚合并，共同组建了南斯拉夫王国呢？"

布拉茨答道："问题的答案其实很简单，这是像我们这样的小国不得不面对的现实。想想看，如果我们仍然跟随奥地利，我们也将成为战败国的一部分。此外，意大利也对斯洛文尼亚和克罗地亚提出了领土要求。为了避免被其他国家占领，与塞尔维亚结盟，建立一个更大的南斯拉夫王国，是最好的选择。"

——

南斯拉夫王国以塞尔维亚国王为首脑，

△萨拉热窝，斐迪南大公遇刺的拉丁桥（刘子超 摄）

△驻守拉丁桥的猫（刘子超 摄）

实行独裁统治。1934年，国王亚历山大一世在法国访问期间，遭到克罗地亚民族主义分子的刺杀。人们意识到，暴力的阴影正逐渐笼罩这片土地。英国作家丽贝卡·韦斯特在1941年发表的巴尔干旅行记《黑羊与灰鹰》的序言中，为她的南斯拉夫朋友们写下了哀悼之词："献给我的南斯拉夫朋友们，现在他们或已离世，或饱受奴役之苦。"

第二次世界大战的悲剧性冲突，导致南斯拉夫王国崩溃，国王彼得二世流亡海外，战前八分之一的人口在战火中丧生。最终，在铁托的共产党游击队的带领下，秩序得以重建。南斯拉夫放弃了君主制，转而以联邦共和国的形式重生。

我们经过卢布尔雅那大学，广场上高大的梧桐树洒下明暗斑驳的树影。布拉茨指着面对广场的小阳台告诉我，那就是铁托当年宣布"第二南斯拉夫"成立的地方。

很多学者认为，铁托的南斯拉夫是19世纪以来对民族主义概念最为成功的实践。虽然最终因1990年代的悲剧性内战而解体，但在其存续的大部分时间里，这个国家充满活力、备受尊敬，并曾闪耀着思想的光芒。

这同样也是我在斯洛文尼亚当代历史博物馆里的感受。在与布拉茨会面前，我细致地观看了博物馆的每一件展品。出乎意料的是，博物馆并没有表现出常有的那种批判性叙述和受害者心态。相反，我感受到了一种对过去岁月近乎惋惜的情绪。

我问布拉茨，作为年轻一代，他怎么看待那段历史？他是否认为南斯拉夫的解体是不可避免的？

布拉茨思考了一下，表示这个问题很复杂。他对南斯拉夫的了解主要来自长辈们的讲述。

"我还记得小时候，爷爷常说，八十年代以前的生活是美好的。他在马里博尔的一家汽车厂工作，那是南斯拉夫最大的卡车生产厂。"

我想起了南斯拉夫老电影里那些卡车的镜头——它们很像中国的解放牌卡车。在我的记忆中，它们总是在尘土飞扬的巴尔干山路上行驶。戴着鸭舌帽、叼着烟卷的司机探出脑袋，对着追逐卡车的孩子们招手。

"爷爷说，工厂就像一个小型社会，餐馆、医疗中心、娱乐设施应有尽有，而且大多免费。对我们这一代来说，那些描述听起来像是童话故事。我甚至曾怀疑，爷爷在向我吹牛。"

我对布拉茨说，在中国也有类似的工厂，很多人在这样的工厂里度过了他们的一生。

布拉茨点点头说："我爷爷就是这样。当马里博尔的汽车厂倒闭时，我还小。记得爷爷伤心极了，连续一周都在借酒浇愁。后来，那家工厂被一家中国公司买下，转而生产机场摆渡车了。"

布拉茨停顿片刻，看了看我，接着说道："你刚才问我对那段历史的看法，这就是我的看法——当一切走到尽头，总会有转机出现。至于解体是否不可避免，这我不知道。但在一个多民族的国家里，当经济和社会出现双重危机时，一个小小的火星就足以点燃整片森林。"

我们跨过圣詹姆斯桥，经过圣雅各伯堂区教堂。午后的阳光仍旧温暖，不少人选择在小巷的咖啡馆外就座。我和布拉茨也找了个位子坐下。

布拉茨告诉我，他生于1999年，从他记事开始，斯洛文尼亚已经成为欧盟的一员。他是在资本主义和欧洲一体化的影响下成长的一代。

"某种程度上，我们又回到了奥匈帝国时期。"他说。

"怎么讲？"

"我们将很多权力让渡给了欧盟。我们这一代年轻人也更愿意去德国或奥地利找工作。这个国家开始变得空心化。"

"你对此感到担忧吗？"我问。

"这当然是个问题，但它超出了我的能力范围。面对这种情况，斯洛文尼亚人往往选择自嘲。"

"怎么自嘲？"

布拉茨笑了："比如，我们国家的海军只有两艘船，后来其中一艘报废了。当时的新闻标题是'斯洛文尼亚海军力量减半'。"

"对了，你为什么喜欢诗歌呢？"我问。

"它是我理解世界的一种方式。"

"你有想过全职成为一名诗人吗？"

布拉茨摇了摇头："我还是会找一份正式的工作。也许会去维也纳，我女朋友想去那儿。"

"如你所说，又回到了奥匈帝国。"

布拉茨笑了："在斯洛文尼亚，机会还是太少了。"

一

在梅泰尔科瓦街区，一面墙上赫然涂着黑色的纳粹符号卐，然后又有人用白色喷漆在上面打了个大大的叉。

布拉茨建议我去梅泰尔科瓦看看。那里曾是南斯拉夫时代的军营，1991年斯洛文尼亚独立后，被卢布尔雅那的青年学生占领，变成了一座自由公社。政府一度想对那里进行商业开发，但遭到学生和占领者的抗议。如今，梅泰尔科瓦成了卢布尔雅那多元文化和亚文化的聚集地：有人被廉价的房租吸引，有人则喜欢那里自由的氛围、经常举办的前卫展览和地下演出。

一天傍晚，我步行前往梅泰尔科瓦。一出老城，卢布尔雅那便开始展现一座小城的空旷，越接近梅泰尔科瓦，这种感觉就越强烈。

梅泰尔科瓦临近铁道线，走进院子，耳边传来墙外的火车声。院子给人一种年深日久的艺术园区的感觉：建筑物的墙皮剥落，绘满五颜六色的涂鸦和口号（"城市为了人民而非利润"），空地上散落着不同风格的装置艺术。

在一个建筑物前，我看到一株巨大的毒蘑菇，足有四五米高，上面斑斓的绿色图案犹如龙鳞。在一堵墙壁前的脚手架上，悬挂着几个四肢修长、满脸褶皱的光头小人，它们就像异形胚胎正挣扎着从母体中抽离。

夜色缓缓降临，院子里点着昏黄的灯。学生、朋克、嬉皮士、外籍移民三三两两地站在外面，喝着酒，抽着烟，音乐声从破败的建筑物里传出来。在偏僻的角落，到处扔着酒瓶和烟头。花坛中可以看到尚未融化的积雪，白色冰晶上沾满黑色污点。

一个穿着连帽衫的黑人男子向我靠近，问我要不要"抽烟"。他的帽子拉了起来，将脸藏在阴影里。我问他哪儿有，他示意我跟他走。

我们走过两家酒吧，绕过一座花坛，来到一栋建筑物的角落处。空气中飘着大麻的香气，还有音乐的节拍。墙边有两只红色油漆桶，音箱就放在其中一个油漆桶上。我发现，头顶的电线上悬挂着几只不成对的帆布鞋，有可能是装置艺术，也可能是醉汉的一时兴起。

几个黑人男子站在这里，一边放着音乐，一边吞云吐雾。其中一个身着白色短款羽绒服，像是几个人中的头目。他看上去二十多岁，身材不高，蓄着一脸浓密的胡须。我走近时，他伸出一只拳头。我也本能地伸出拳头，和他的拳头相碰。

借着昏暗的灯光，我仔细观察他的面容：明亮的大眼睛，清晰的嘴部线条。我注意到，他的胡子修剪得很有门道——整齐的铲形胡子，像是细密的毛刷。这样的胡型有它特殊的意义，是他身份的标识——这是穆斯林才会留的胡子。接着，在一种近乎礼节性的氛围里，其他几个黑人男子也过来和我碰拳头。

我解释说，我并不是真的来买大麻的，我只是觉得这里的音乐很酷，很放松。

头目闻言，微微一笑，似乎对生意成不成并不在意。

"你喜欢这种音乐吗？"他问。

"对，我喜欢非洲节拍乐。"我说，"这是费拉·库蒂的音乐吗？"

"没错。"头目看了我一眼。

我们站在那里，随着非洲节拍乐晃动身体。夜色愈发浓重，音乐和大麻的气息让人不知身在何处。

头目告诉我，他们是从冈比亚偷渡过来的。那是一个说英语、信奉伊斯兰教的西非国家。他是最早来到这里的，已经将近二十年了。这意味着，他刚来时还只是个孩子。

他以难民的身份长大，这塑造了他沉着冷静的性格。他试过各种谋生方式，贩卖大麻只是其中一项。他们每两三个月就会从荷兰运进一批货，有时甚至亲自驾车跨越边境。开放的边境意味着几乎无须受到检查，即便有检查，他们的肤色也为他们提供了天然的保护色。

"白人警察一般不会检查我们。"

我问头目，梅泰尔科瓦是一个怎样的地方。

头目说："很多年轻人来梅泰尔科瓦找乐子——音乐、大麻、酒精——这是此地的活力所在。另外，这里也是个市场，进行各种各样的交易。"

说话时，头目不时拿起油漆桶上的能量饮料喝上一口。他是虔诚的穆斯林，滴酒不沾。他后来坦言，自己每天都会在房间里铺上一块小毯子，朝着麦加的方向礼拜。

"信仰给了我平和，我不再随便与人争斗。"他轻轻笑了一下，"小时候我经常打架——你得足够强硬才能站稳脚跟。"

头目说话的时候手势不多，脸上几乎没有表情。他的语调平缓，声音低沉，但透过他的眼神，我还是能够感受到，他在社会上磨炼出的锐利和机敏。

一个身材魁梧的亚洲男人向我们走来，手里拿着一罐啤酒，衬衣从外套下面露出。旁边的一个黑人男子吹了声欢快的口哨，像是在打招呼。头目向我介绍道："这人叫哈比卜，来自阿富汗。"

在阿富汗，哈扎拉人通常具有蒙古人的特征。有一种观点认为，他们可能是成吉思汗西征时期留下来的蒙古士兵的后裔。作为阿富汗的少数民族，他们长期遭受普什图人的歧视，很多人因此成了难民，流散在世界各地。

"你是哈扎拉人？"我问哈比卜。

"你怎么知道的？"

哈比卜扎着马尾，蓄着小胡子，眼角的鱼尾纹让他颇显沧桑。和头目一样，他也是偷渡来的。2001年阿富汗战争爆发，他和家人逃到了伊朗，在伊斯法罕找到了暂时的庇护，后来又移居到德黑兰郊外。

伊朗的生活还算稳定，但依旧贫穷。"阿拉伯之春"的动荡让大批难民开始涌向欧洲。2011年，当时年仅十五岁的哈比卜决定启程。他听说欧洲十分富有，那里的最低工资标准也远高于伊朗。

他随朋友来到土耳其，通过蛇头偷渡到希腊，再从那里换车。他本想去德国，可在卢布尔雅那就阴差阳错地下了车。

他孑然一身，远离亲人，尚未成年，因此申请到了难民身份。斯洛文尼亚政府为他提供了免费的住宿和每月160欧元的生活补助，这样的待遇会一直持续到他成年。

他当时只有十六岁，只会说几句英语。记忆中，钱总是不够花。如果买衣服就不够吃饭，如果吃饭就不够买衣服。因此他选择辍学，开始打工谋生。他做过各种零工，学会了斯洛文尼亚语，但依旧只能拿到最低薪金。

哈比卜告诉我，他最近的一份工作是在一家中餐馆负责炒饭和炒面。由于他的面孔与中国人相似，许多顾客都误以为他是中国人。我猜，这或许也是雇主选择他的原因——他长得像中国人，但比中国人便宜。

哈比卜一边喝啤酒，一边与我闲聊。从他的语气中，我感受不到太多情绪。他好像抽离了出去，在一段距离之外审视自己的生活。这让我好奇，他是否有信仰，或者从宗教中找到了支撑。

"我不信任何宗教。我只信我自己。"他说，"我只对自己的生命怀有信念。"

他一口气喝光手中的啤酒，随手将空罐放在墙头，用眼睛瞄了瞄，然后飞起一脚。啤酒罐没有从墙头掉落，但已被他踩得扁平。

"还有功夫。我一直在学习功夫。"

"你从功夫中得到了什么？"

"动力。"他说，"还有内心的稳定。"

哈比卜交过一个女朋友。不久前，他们俩还开着二手车游历了瑞士。那竟然是他来到欧洲后第一次离开斯洛文尼亚。瑞士的壮丽风光给他留下了深刻的印象，可是旅行也耗尽了他的全部积蓄，同时也让他意识到自己有多穷。归来不久，女朋友提出了分手，哈比卜正打算搬离他现在的公寓，寻找新的住处。

我们聊天的时候，陆续有人走进旁边一家俱乐部的大门。我们从墙上的海报得知，这里会有一场免费的波斯传统民谣演出。

在伊朗生活了将近十年的哈比卜，算得上半个波斯人。我问他想不想进去听听，他似乎也正有此意。

我们走进俱乐部，站在人群后面。歌手是一位伊朗留学生，用英文开场，讲起了自己对伊朗政权的不满以及对"反头巾运动"的支持。

那是西方媒体正在热议的话题——因为不遵守伊朗的头巾规定，一个年轻女孩遭到逮捕，随后在拘留所中死去。无数德黑兰的年轻人因此走上街头，抗议政府。

哈比卜眉头紧锁，一副愤愤不平的模样。作为在伊朗长大的难民，他想必对伊朗女性的困境有着深刻的感受。我买了两瓶啤酒，带着安慰的意思，递给哈比卜一瓶。他一脸不悦地接过来，拉着我走出俱乐部。

"那家伙说的都是屁话。"他说，"唱歌就好好唱歌，扯那些没用的干什么？"

"你真这么认为？"我吃惊地反问。

"他是来唱波斯民谣的，我们也是来听波斯民谣的。这跟政治有什么关系？他说那些话的目的是什么？他想表达什么？"哈比卜发出一连串的质问，"他无非就是想迎合那帮西方人的优越感。"

"但是，他说的那些话，似乎没错吧？"

"我没说他有错——这是两码事。我不喜欢的是，他偏要扯上什么自由民主。他以为这里就有自由民主？他以为一到西方留学就变成了西方人？简直可笑！他才来了多久？"

"肯定没有你来得久。"

哈比卜二十八岁，已经在斯洛文尼亚居住了十二年。自从离开伊朗，他就再也没有见过家人。他偶尔还会关注阿富汗的新闻，试图在那些新闻画面里寻找自己童年的影子，尽管他明白，这辈子可能再也没机会踏上阿富汗的土地。

和女朋友分手之后，他一直有离开斯洛文尼亚的念头。他渴望远走高飞，或许去加拿大碰碰运气。然而，他的身份、背景、教育程度，他的敏感、自尊以及对西方政治正确的不屑，几乎注定了他只能生活在底层。他逃离了战争，却逃离不了异乡人的身份。我甚至觉得，他被囚禁在了这里，囚禁在了西方人永远无法真正理解的困境中。

我们又回到冈比亚人那里，音乐已经换成了雷鬼风格。黄色的灯光打在建筑物上，投下幢幢阴影，那些人就站在明暗交界的地方，随着鲍勃·马雷的嗓音摇摆。

两个穿着臃肿羽绒服的男孩神色异常地走了过来。哈比卜说，他们是摩洛哥人。他们和头目打了声招呼，便开始一件件地脱掉羽绒服里面的衣服——那些衣服全都带着吊牌，显然是他们刚从商店里偷出来的。

头目打量着那些衣服，故意摆出一副意兴阑珊的样子。他逐一给出价格，既像施恩的王子，又像精明的商人。我想起头目之前说过的话，梅泰尔科瓦不仅是年轻人的聚集地，更是进行各种交易的市场。显然，眼前的这一幕，也是交易的一部分，是这个夜晚剧情的一部分。

摩洛哥男孩离去时，身材明显苗条了许多。我这才意识到，他们原来这么瘦。他们走得很快，缩着脑袋，仿佛被冬夜的寒气紧紧裹住，仿佛刚刚挨了一记闷棍。

## 萨格勒布：心碎博物馆

离开卢布尔雅那，我坐上"萨瓦河"号火车，前往萨格勒布。

窗外是铅灰色的天空，淡黄色的阳光，杂乱的铁轨和电线杆飞速划过。一开始是红瓦白房的郊区景象，然后建筑与自然的比例开始逆转。火车驶入萨瓦河谷后，在广阔的丘陵与河水之间，村庄和教堂只是昙花一现。

我坐在包厢里，一边望着风景，一边翻阅《巴尔干两千年：穿越历史的幽灵》。上世纪九十年代初，本书作者罗伯特·D. 卡普兰只身前往巴尔干旅行。他敏锐地意识到，民族主义的幽灵依旧阴魂不散，巴尔干的战火即将再度点燃。

卡普兰也像我一样，搭乘火车前往萨格勒布。餐车里只有一个镀锌的立式柜台，供应啤酒、李子白兰地和不带过滤嘴的劣质香烟。那些指甲肮脏、大声喧哗的男人，挤在柜台前喝酒抽烟，或是安静地翻看色情杂志。

当他走出萨格勒布火车站，二十世纪的最后十年向他迎面扑来，撞击耳膜的是那种"充满怨恨的鬼魂般的声音"。他想到丽贝卡·韦斯特的《黑羊与灰鹰》，坦承正是那本书引领他踏上了巴尔干的旅程。

一本书引出另一本书，一种经验催生另一种经验——这正是旅行和阅读的美妙之处。和卡普兰一样，丽贝卡·韦斯特也是乘着火车前往萨格勒布。那是 1937 年的春天，希特勒已经掌权，车厢里挤满了携带现金出境的德国人。餐车供应地道的南斯拉夫风味，站台的灯光照亮如箭的疾雨。德国人郁悒不乐，但仍沉浸在唯有德国人最为优等的幻觉中。

将近一个世纪倏忽而逝，我坐在同一条线路的火车上，试图透过书页想象丽贝卡·韦斯特和罗伯特·D. 卡普兰的旅程。

如今，列车空空荡荡，既没有韦斯特笔下悲观的德国人，也无卡普兰所见的烟酒喧哗。韦斯特时代的大餐没有了，卡普兰时代的李子白兰地不见了,就连餐车本身都已不复存在。

当年,火车会一路驶向贝尔格莱德,而今却止步于克罗地亚与塞尔维亚的边境。这一切似乎都在表明,时间并不只会带来进步,同样也可能带来衰退。就连通性和服务而言,巴尔干的火车只剩下昔日辉煌的余影。

火车不时在河畔小站停车,起伏的山峦上镶嵌着白色城堡。山下是古老的村镇,是静静流淌的河水,仿佛一幅文艺复兴时代的风景画。

这时,一个女孩突然拉开包厢门,大大咧咧地闯了进来。她没有大件行李,只有一个双肩包。她在我对面坐下,一边摘掉墨镜,一边喃喃自语,举手投足之间带着一丝戏剧性,就像这包厢是她登场的舞台。她穿着帽衫,里面是领口脱线的卫衣,蜂蜜色皮肤,黑眼睛,栗色头发,发根微微卷曲,松松垮垮的样子像个男孩。

"天气真好。"我说。

她看了看我,表现得好像早已料到我会跟她搭讪。

没过多久,我便了解到,她名叫安娜,是克罗地亚人,二十六岁。平时从事翻译工作,也提供私人语言课程,偶尔还兼任户外向导。她说,她还拥有法语和土耳其语的双学位。

她说起话来滔滔不绝,完全没有初次见面的陌生感。我觉得自己仿佛坐在一辆设定了自动巡航的车里,完全不用踩油门,只需轻握方向盘,就能随着她的话语一路狂奔。

"土耳其语?"我好奇地问。

"是的,我想学一门特别的语言,但又要跟克罗地亚有关。"她说。

安娜进一步解释道,克罗地亚分为三大文化区域,各自承载着独特的历史印记:萨格勒布地区继承了奥匈帝国的基因,达尔马提亚沿岸洋溢着威尼斯的韵味,而临近塞尔维亚与波黑的广袤的潘诺尼亚平原,则受到奥斯曼土耳其帝国的影响。

她向我描述了来自不同地区的克罗地亚人的性格差异:她母亲来自萨格勒布的近郊乡村,性格严谨认真,凡事井井有条。小时候,她要是胆敢赖床,母亲就会毫不手软地将她从床上拎起来;父亲则是个标准的达尔马提亚人,不仅乐天知命,而且滔滔不绝——我想安娜的性格多半遗传自父亲——但他也慵懒散漫,不思进取,更不会操持家务。

我本想插一句,男人不做家务似乎是普遍现象,与种族和文化无关。不过,转念一想,这么说好像把自己也归入了这个行列,于是只好保持沉默,微笑不语。

"我知道,你们中国都是独生子女。"安娜说。

"以前是这样。我们现在可以生两到三个孩子,不过许多人选择不生。你有兄弟姐妹吗?"

"我有个哥哥,比我大十岁。"谈到哥哥时,安娜的语气突然变得没那么欢快,如同面对一杯走气的啤酒,喝之无味,弃之可惜。

"他是个废柴,整天待在家里,只对修理破烂儿感兴趣。"她淡淡地说。

这倒是勾起了我的兴趣,想着如何得体地追问几个问题。不过,我还在思考措辞,火车已经抵达克罗地亚边境,海关人员登车开始检查证件。

克罗地亚即将加入申根区和欧元区,成为继斯洛文尼亚之后第二个融入新欧洲体系的巴尔干国家。克罗地亚人对此是怎样的情绪？对未来又持何种期待？我打算问问安娜，但觉得此刻或许不是最好的时机。

进入克罗地亚后，窗外的景致变得更为开阔，田间种着绿色的冬小麦，未融的积雪像片片闪光的鱼鳞。不久，视野中开始出现一些低矮的房子，墙上覆盖着花花绿绿的涂鸦。天空灰蒙蒙的，树上遍布乌鸦的巢穴，宛如造型诡异的雕塑。安娜望向窗外，表情变得沉静，或许还有点忧郁。

"如果你有时间，我们能在萨格勒布再见一面吗？"我鼓起勇气说道，"我想跟你探讨一些问题。"

"什么问题？"

"现在保密。"

安娜笑了。她告诉我，她的家离市中心很远，我得至少提前两小时通知她，她才能出来见我。

——

相比卢布尔雅那简朴的小车站，萨格勒布火车站一带气势宏伟。站前广场熙熙攘攘，长长的有轨电车如同中国城里的舞龙，尖啸着停下，又铃声清脆地驶离。

成群结队的鸽子，时而呼啦一声腾空而起，掠过广场上空，时而扑闪着翅膀纷纷降落。它们仿佛一群莽撞的顽童，在广场上掀起阵阵风浪，吹乱少女们的秀发，那些行色匆匆的路人，只能在鸽群中择道而行。

广场中央矗立着克罗地亚中世纪的首位国王托米斯拉夫的雕像。在他的统治下，克罗地亚不仅击败了周围的敌国，保持了独立，还成功地扩张领土，获得了达尔马提亚和潘诺尼亚地区的统治权，从而统一了大体相当于今日克罗地亚的疆域。

托米斯拉夫骑于腾空的战马之上，左手高举十字架，右手握剑，披风如旗帜般在背后猎猎飞扬。那坚实的肌肉和刚毅的线条，似乎隐喻着克罗地亚历史上的辉煌时刻——尽管这样的辉煌并未持久。很快，克罗地亚人便沦为了匈牙利与奥地利统治下的臣民。

这座雕像并非一直屹立于此。1937年，丽贝卡·韦斯特到访萨格勒布时，南斯拉夫王国尚在，那时的广场上并无此雕像。到了1990年代，南斯拉夫解体，罗伯特·D. 卡普兰踏出车站时，则看到这座雕像屹立在广场中央。

雕像的立与藏之间，背后其实大有深意，也巧妙地反映了现实政治的需求：当南斯拉夫尚为一体时，弘扬克罗地亚独立和荣光的雕像往往会被视为不合时宜，于是被雪藏在历史的角落里；而当克罗地亚寻求独立时，它又被重新请出，掸掉尘土，再次昂首成为民族的骄傲与象征。

广场四周环绕着沉稳、厚重的哈布斯堡建筑：规划整齐的花园、挺拔的梧桐树、典雅的步行道与喷泉——这一切无不让人联想到维也纳的市景。著名的海滨大酒店就坐落在火车站对面，即便在今天看来，依旧显得雍容华贵，堪称世界上最豪华的酒店之一。

1925年建成的海滨大酒店，最初是为了迎接"东方快车"的尊贵乘客。当时，无论是萨格勒布还是贝尔格莱德，都是这列豪华火车的途经之地。不幸的是，"东方快车"很快改变线路，绕开了动荡不安的巴尔干。

萨格勒布并非国际都会，也不是旅游

胜地，没有了"东方快车"的客源，海滨大酒店的奢华在这座城市中多少显得有些格格不入，也超出了城市本身的商务需求。即便如此，它依然屹立不倒，宛若纪念碑一般，与四周的哈布斯堡建筑共同传达出克罗地亚人内心的渴望：当你走出火车站，第一眼看到这座城市时，克罗地亚人希望你觉得自己依然置身"西方"。

——

阿丽达是萨格勒布人，生于 1972 年，有一双斯拉夫人的澄澈的蓝眼睛，显得明亮而愉快。她是平面设计师，也是一家骑行俱乐部的创始人。一天上午，她骑车陪我在萨格勒布的老城逛了一圈。

阿丽达告诉我，克罗地亚的这种强烈的"西方"倾向，乃是长达数个世纪的奥地利统治留在克罗地亚人心灵深处的烙印——尽管在奥地利统治下，克罗地亚人从未获得应有的待遇和报偿。

从十六世纪开始，克罗地亚便成为哈布斯堡王朝与奥斯曼帝国之间的军事缓冲地带。几乎所有十六岁至六十岁的克罗地亚男性都必须加入常备军，驻守哈布斯堡王朝，即后来的奥匈帝国的边疆。也就是说，大部分克罗地亚人都是当年军屯的后裔。

随后的历史一次次地证明，克罗地亚人是伟大的士兵。时至今日，你依旧能从克罗地亚足球队身上看到这些士兵的品质。萨格勒布的街头到处都在售卖克罗地亚足球队的球衣。每当看到 10 号队服，我的脑海中就会浮现出卢卡·莫德里奇战士一般的身影。

从种族和语言的角度来看，克罗地亚人和塞尔维亚人实际上是一个民族。不过，这种"西方"倾向让克罗地亚人相信，自己在文化层面上优于"东方"的塞尔维亚。

阿丽达说，在南斯拉夫内部，克罗地亚和塞尔维亚代表了两种势均力敌的气质和倾向——克罗地亚人信奉天主教，塞尔维亚人信奉东正教；克罗地亚人使用拉丁字母，塞尔维亚人使用西里尔字母。双方若能弥合分歧，南斯拉夫就有望实现真正的统一，并建立起一个强盛的国家。反之，一旦分歧无法调和，南斯拉夫就会走向分裂和战争。

这就像一些原本同根同源的民族，却总是因为琐碎的区别而互相不屑一顾，甚至为了小事不断争执。后来，我和阿丽达在骑行途中路过尼古拉·特斯拉的雕像。阿丽达说，这是克罗地亚与塞尔维亚争执不休的最新证据。

尼古拉·特斯拉是著名的电气工程师和发明家。他在电磁场领域的多项发明为现代无线电技术奠定了基石。特斯拉汽车的名字，据说就是为了向这位伟大的天才致敬。

1856 年，尼古拉·特斯拉出生于奥匈帝国治下的克罗地亚，但其本人是塞尔维亚族。1884 年，特斯拉移民美国，加入美国国籍。他的事业和影响后世的发明几乎都在美国完成。

克罗地亚和塞尔维亚的分歧在于，尼古拉·特斯拉究竟属于哪个国家（在这场争论中，美国被悄悄撇在一旁）。克罗地亚主张，特斯拉生在克罗地亚，长在克罗地亚，家在克罗地亚，他当然属于克罗地亚。塞尔维亚则辩称，虽然特斯拉出生在克罗地亚，但他的文化身份属于塞尔维亚。他的父亲是一位东正教神职人员，他从小听着母亲吟诵塞尔维亚史诗长大，他的骨灰最终也安放了贝尔格莱德——如果这些事实还不能证明特斯拉是塞尔维亚人，那还有什么可以？

但是，克罗地亚对此并不理会。阿丽达告诉我，随着克罗地亚加入欧元区，他们计划在新铸造的欧元硬币上刻上特斯拉的肖像，而这个决定自然激起了塞尔维亚方面的强烈抗议——实际上，他们早已将特斯拉的肖像印在了 100 第纳尔的纸币上。

我问阿丽达："特斯拉出生时，克罗地亚是奥匈帝国的一部分，后来他又成了美国公民。那么，奥地利和美国是否也有权声称特斯拉属于他们？"

"他们当然有这个权利，但他们并没有这么做，可能是因为属于他们的名人已经够多了。"阿丽达说，"而对于克罗地亚人和塞尔维亚人来说，我们会在任何事情上争个你死我活。如果塞尔维亚说特斯拉是他们的，克罗地亚人立刻就会反驳。反之亦然。"

"特斯拉自己怎么认为呢？他觉得自己是克罗地亚人还是塞尔维亚人？"

"特斯拉有一句名言：宇宙是一台伟大的机器。所以，你可以想见，他脑子里想的都是更宏大的事物。"

因此，这场争论注定没有结果，就像克罗地亚与塞尔维亚之间的无数争论一样。

后来，我在黑山首都波德戈里察又发现了一座特斯拉的雕像，这让我倍感惊讶。我向当地居民询问特斯拉与黑山的关系，得到的回答是：尽管特斯拉出生在克罗地亚，是塞尔维亚人，但他的祖先来自黑山。

一位历史人物的归属已经引发了南斯拉夫内部的纷争。可以想见，当这些族群聚合成一个国家时会是怎样的景象。

早在南斯拉夫王国时期，丽贝卡·韦斯特就已经觉察到南斯拉夫人民已被自身的分裂——主要是克罗地亚人与塞尔维亚人的对峙——弄得筋疲力尽。随后半个世纪的历史会再次证明，这场对峙能导致何等惨烈的悲剧。

丽贝卡·韦斯特在 1983 年辞世，没有亲眼见到南斯拉夫悲剧的终曲，但阿丽达的青春岁月却是在南斯拉夫度过的。她亲历了 1990 年代的战争，见证了一个时代的终结。

"我们无法回到过去。"阿丽达说，"但在这座城市的很多角落，南斯拉夫的影子依然栩栩如生。"

——

如果仅漫步于萨格勒布的老城，就无法领略这座城市的全貌。如同一个细心打扮的演员，萨格勒布的老城努力展示其"西方"的一面，而将南斯拉夫的特质掩藏起来。

因此，阿丽达建议我去新萨格勒布走走。她说，那里会呈现截然不同的面貌，展现萨格勒布更为复杂的另一面。

新萨格勒布，坐落在萨瓦河对岸，是在南斯拉夫时代兴建的，至今仍然是萨格勒布的主要居住区。

第二天中午，我来到阿丽达藏匿于老城的办公室。随后，我们骑着自行车从那里出发，前往新萨格勒布。

起初，依旧是奥匈帝国时代的景象——广场、电车、吐司黄色的政府建筑。街头遍布咖啡馆，即便是冬日，人们依然围坐在户外的暖炉旁。商店里装饰着圣诞树，橱窗上贴满节日促销的广告。

经过一片小小的停车场时，阿丽达告诉我，这里曾经矗立着一座犹太教堂。第二次世界大战期间，南斯拉夫国王流亡海外，克罗地亚的极端民族主义政党"乌斯塔沙"决定效忠希特勒，建立一个种族纯净的克罗地亚国家。他们摧毁了犹太教堂，大批屠杀克罗地亚境内的塞尔维亚人、犹太人、吉普赛人和同性恋者。

围绕到底有多少塞尔维亚人被"乌斯塔沙"屠杀，克罗地亚与塞尔维亚再次发生争执。特别是自1990年代以来，这个问题更是成为政客们挑拨民族情绪的武器。

塞尔维亚方面认为有大约五十万塞尔维亚人惨遭屠杀；而克罗地亚则坚称这个数字只有十万——双方互相指责对方篡改历史，掩盖事实真相。

阿丽达告诉我，在这里，数字变得十分重要，因为它可以反映一个人的政治立场。

"如果你说五十万，你就是塞尔维亚民族主义者；如果你说十万，你就是克罗地亚民族主义者。"

"实际数字应该是多少？"我问。

"我认为双方都在刻意夸大或缩小。"阿丽达说，"实际数字应该介于两者之间。"

"三十万？"

"差不多。"

我们经过火车站，从桥下穿过铁轨。接着，就在那么一瞬间，我们离开了哈布斯堡式的优雅，进入了老城与新萨格勒布之间的过渡地带。风格凌乱的建筑物随意摆在那里，不少房子的窗户破碎，蒙着塑料布，看上去已遭遗弃。这种转变是如此突兀，如此猝不及防，仿佛刚才的一切只是摄影棚里的布景，而根据剧本的需要，我们即将扮演新的角色。

阿丽达向我解释，这些建筑物的废弃很大程度上归咎于产权问题。在社会主义的南斯拉夫，房产通常由多个家庭共用，私有产权的概念并不明晰。当南斯拉夫解体后，房子的产权变成由几家人共有，不论是翻新还是拆除，都需要所有产权人一致同意。然而，时光荏苒，一些人搬离，一些人辞世，还有人已经远赴他乡。最终，这些房子不得不任由岁月侵蚀，成为风吹雨打的废墟。

我看到，有些房子里已经长出植物，有些成了丢满废弃物的垃圾场。墙上的破洞如同张开的嘴巴，诉说着主人离去后的忧伤，但早已无人倾听。

——

我们骑过萨瓦河上的大桥，大片草坪沿着河岸向远方铺展。桥上，小汽车排成长队，电车上也满载乘客。和阿丽达一样，很多萨格勒布人在老城工作，而住在新城，每天需要横跨大桥通勤。当年修建大桥时，没人预料到汽车数量的爆炸性增长，大桥只有两条车道，高峰时间经常堵得水泄不通。

我们进入新萨格勒布的地界，眼前的一切都是南斯拉夫时代的产物——铅灰色的高层公寓楼、横平竖直的大马路、覆盖着落叶的公园。商业活动大都隐藏在社区内部，街上看不到大型商场、餐厅或咖啡馆，只有拎着购物袋、穿着朴素的行人。

新萨格勒布最显眼的标志之一，便是举办"萨格勒布博览会"的展览场馆。当我们骑车经过那里时，阿丽达说："你想得到吗？这里曾经是东西方阵营对抗的最前沿。"

在"冷战"年代，南斯拉夫作为社会主义国家，却独树一帜地坚持不加入任何军事集团的外交政策。富有魅力的铁托善于外交，使得南斯拉夫在东西方阵营间左右逢源，成为两大势力争夺的焦点。"萨格勒布博览会"便是这一时期少数几个西方国家与苏联共同参与的活动，也就顺理成章地成为两大阵营展示实力的舞台。

在博览会上，美国馆以最新的家用电器和在南斯拉夫闻所未闻的社区超市概念赢得了人心；而苏联馆则以庞大的机械设备、卡车和联合收割机展现实力。双方还将太空竞赛的重要成果拿到这里展示。

对克罗地亚人来说，西方的魅力显然更胜一筹。据说，铁托在视察美国超市后评论道："这正是南斯拉夫需要的。"与此同时，《莫斯科真理报》则批评了铁托访问社会主义国家展馆的时间太短——平均只有三至七分钟。相较之下，他在美国馆却足足待了半个小时。

1980年代，阿丽达和几个女同学一起去博览会游玩。除了美国和苏联的展厅，还有中国、古巴等国的展厅，每个展厅都由各国最优秀的建筑师设计。那时的南斯拉夫犹如东西阵营之间的一片绿洲。阿丽达说，南斯拉夫护照可以免签一百多个国家，既可以去西方国家，也可以去社会主义国家。阿丽达去过威尼斯、维也纳、柏林和布拉格。在布拉格的某些区域，她会感到仿佛有人在监视她。

"那些受苏联影响的地区，容易让人产生这种感觉。"阿丽达说，"尽管只是一种感觉。"

"在南斯拉夫是否会有这种感觉？"我问。

"完全没有。"阿丽达说，"南斯拉夫没有苏联驻军。"

十六岁的暑假，阿丽达去柏林游玩，住在西柏林的表姐家。有一天，她拿着南斯拉夫护照，穿过柏林墙的哨卡，去东柏林玩了一整天。晚上，她回到西柏林，告诉表姐，她去东柏林逛了逛，表姐大惊失色。

"她虽然住在柏林，却无法去到柏林墙的另一侧，而我拿着南斯拉夫护照却能自由穿行。"说到这里，阿丽达笑了，墨镜下方是大幅上扬的嘴角。

"这可能是我少时记忆里最开心、最骄傲的一幕。我还记得表姐瞪大的眼睛，那种难以置信的表情。"

———

我们骑车穿行在巨大的住宅区里——1970年代的建筑。撒着落叶的空地上，停满便宜耐用的小汽车。阳光像稀释的蛋黄酱，均匀地涂抹在楼宇之间的草坪上。有老人独自拎着购物袋回家，有男人坐在车里抽烟，有年轻女孩在草坪上遛狗——十多只狗，欢快地奔跑着，大大小小的影子也随之跳荡。

眼前的一切显得平凡而宁静。如果在另一座城市，我恐怕会觉得有些单调。但在这里，我却有一种放空之感，仿佛平凡正是构成宁静的一个方面。

我们把车停在路边，在长椅上坐下来。城市的喧嚣像低沉的背景音，也像远处隆隆的火车声。我问阿丽达，怎么对比今天的克罗地亚与南斯拉夫时代的生活。

"对于我的工作来说，并没有什么是现在能做，而当年做不了的。"阿丽达说，"我现在是平面设计师，当年也可以做这份工作。我几年前创办了骑行俱乐部，当年也完全没问题。"

"宗教方面呢？"我问，"听说克罗地亚人都是虔诚的天主教徒。"

"这可能是对南斯拉夫最大的误解之一。南斯拉夫和苏联不同，只要你不参与政治，日常的宗教活动几乎不受影响。我记得在我小的时候，祖母每天都会去教堂礼拜，没有人阻止她或者干涉她。"她停顿片刻，继续说道，"相反，倒是有些事情不如当年了。"

最近，阿丽达的父亲患病，必须住院治疗，然而克罗地亚的公立医疗体系早已今不如昔。阿丽达只好选择昂贵的私立医院——那可真要花上一大笔钱。

阿丽达摘掉墨镜，拿在手里。她低头看着墨镜，像在把玩一件古董。

"某种程度上，我算是铁托的粉丝。他当然是独裁者，但在南斯拉夫这样一个多民族国家，我们确实需要一个拥有崇高威望、能让各民族服膺的领袖人物——没有这样的人物，南斯拉夫的内部矛盾就难以调和。在有些国家，独裁者去世可能会带来民主转型，但在南斯拉夫，铁托过世后，国家迅速陷入经济衰退，随后是政治危机。十年后，战争爆发了——兄弟之间的自相残杀。我有个奥地利朋友告诉我，她当时简直惊呆了，因为欧洲人没想到在二十世纪末的欧洲土地上，还会发生种族屠杀。"

"你觉得这种暴力是怎么造成的？"

"现在回想起来，我们都被政治家利用了。克罗地亚是我们的总统图季曼，塞尔维亚是他们的总统米洛舍维奇——两个极端民族主义政客。当然，大克罗地亚主义和大塞尔维亚主义一直存在。铁托尽量在两派之间保持平衡，采取调解和压制的政策。当他去世以后，下面的人就想挑动民族情绪，从而获得权力。"

阿丽达抬头看了看我。湛蓝的眼睛——南部斯拉夫人的眼睛——蓝得让人惊叹。

"至今，我一想到克罗地亚与塞尔维亚之间的四年战争，皮肤上还会冒出鸡皮疙瘩。历史上，南部斯拉夫民族联合过两次，两次都以失败告终。在我看来，不会有第三次了。我们已经走上了各自的道路：克罗地亚加入了欧盟、欧元区和申根区。塞尔维亚在试图入盟的道路上——但因为科索沃问题——恐怕遥遥无期。尽管我不认为南斯拉夫能够一直持续，但我还是会怀念那个团结至上、民族主义不受欢迎的年代。如果我知道独立的代价会是四年战争，会有那么多人家破人亡，我宁可选择不独立。"

最近几年，阿丽达曾两次造访贝尔格莱德。她一度心怀恐惧，担心遇到暴力。因为克罗地亚的媒体上充斥着类似的报道——克罗地亚人的汽车被砸，克罗地亚人在街上被打。虽然战争的硝烟早已散去，但两国都不乏极端的民族主义者。

"第一次去贝尔格莱德时，我和我丈夫选择入住一家民宿。最初，我们极为谨慎，只敢和房东聊聊天气。随着交谈的深入，我们意识到房东并非民族主义者。最终，我们甚至成了朋友。他给了我们一间最豪华的公寓，还邀请我们参加他组织的派对。"阿丽达回忆着往事，嘴角露出笑意，"在巴尔干，最有趣的派对一定是克罗地亚人或者塞尔维亚人举办的。贝尔格莱德的夜生活更是无与伦比。你会去贝尔格莱德吗？"

"当然。"

"去的话一定要体验那里的夜生活。"

"我保证。"

"实际上，我们和塞尔维亚人说的是同一种语言，只有口音和词汇的差别，但那些微妙之处是一致的——我们能够理解彼此的幽默感。克罗地亚人和塞尔维亚人，原本是最能理解彼此幽默感的民族。"

阿丽达的眼圈红了。她戴上墨镜，抬头望着眼前的住宅楼。这些南斯拉夫时代的建筑并不给人局促之感，它们只是如此平凡，让人想到毫无波澜的生活。冬日的阳光给墙壁镀上了一层金色，树影在有裂缝的墙面上微微颤动。

如果没有战争和屠杀，没有被挑动的民族情绪，没有那些令人恐惧的历史，事情原本会变得不同——我想，这就是阿丽达想要告诉我的。

就像乌克兰人和俄罗斯人，克罗地亚人和塞尔维亚人原本也可以成为最好的朋友。然而，一切都变得无法挽回。从此以后，他们不得不紧绷神经，在外人的叹息声中，走上各自的道路。

———

很早之前，我就听说萨格勒布有一家"心碎博物馆"，收集与恋人分手有关的物品。平安夜的前一天，我特意去这家博物馆看了看。

法国哲学家罗兰·巴特在《恋人絮语》中提到，每一段情感历程都会到达终章，而"心碎博物馆"便是它们最后的剧场：寄自世界各地的分手物件，汇集到这家小小的博物馆，每一个物件背后都有一段情感往事。

博物馆的创始人是两位克罗地亚艺术家。二十多年前，他们也是一对情侣。分手时，他们环顾公寓，看到了那只可以上发条的小兔子。这是两人之间的小玩具：先回家的那个人要给小兔子上好发条，让这个毛茸茸的小家伙守在门口，欢迎后回家的人。

分手后，这个小兔子要由谁保管呢？他们萌生了一个构想：为这些曾经共有的爱情遗物找一个地方，将这些记忆封存起来。这样，便诞生了一个贮藏失恋记忆的博物馆。

"我们的分手竟然催生出一个我们创造出来的最有意义的东西。"多年后，创始人之一奥琳卡·维斯蒂卡如是说——我从她的话中感到了一种克罗地亚式的幽默。

起初，他们担心博物馆只会收到一些露水情缘的琐碎小物。出乎意料的是，那些寄来的物件及其背后的故事，很快变得富有深度。

我细细察看每一件展品，发现1990年代的战争是一个频繁出现的主题。这些被放置在玻璃展窗中的物件，虽然只是情感的碎片，却反映出这个地区复杂的社会现实。在巴尔干的视角下，即使是最个人的分手故事，也带着与众不同的历史重量。

展品中有一个克罗地亚士兵寄来的假肢。在1990年代与塞尔维亚的战争中，这个士兵失去了一条腿，但由于国际禁运，他无法获得假肢。在萨格勒布的一家医院里，他遇到了一位年轻、美丽、雄心勃勃的社会工作者。她来自国防部，帮他弄到了假肢的材料。在这个过程中，他对她萌生了爱意。

可是，正如这位士兵在文字说明中所写的那样："假肢的寿命比我们的爱情更长，因为它所使用的材料，比爱情更坚固。"

还有一封未曾寄出的情书，作者是一位萨拉热窝少年。1992年5月的一天，他和家人坐在一辆满载难民的卡车上，逃离战火纷飞的萨拉热窝。出城时，他们被扣作人质，关押了三天。车上有一个留着金色长发的女孩，名叫埃尔玛。少年坠入了爱河，偷偷给埃尔玛写下了这封情书。

由于逃难匆忙，埃尔玛没来得及带上自己的磁带，于是男孩把自己的磁带借给她听，但他未能鼓足勇气将情书一并交给她。三天后，他们被释放了，随后分道扬镳。她自然也没把"涅槃"乐队的磁带还给他。

很多年后，已经长大成人的少年写道："自那以后，我就再也没有见过她。如今，我希望那些音乐能让她记得，即使在枪林弹雨中，世界上依旧有不失美好的东西。"

一个马其顿女人寄来一缕自己的红发。

"这是一段短暂的恋情，但在精神上令我备受折磨。我曾因痛苦而发狂，将自己的头发全部剃光。很长一段时间，我都是光头——这样再也没人来爱我，这让我感到解脱。"

一个已被扯去很多腿的百足虫玩偶，见证了萨格勒布和萨拉热窝之间的一段异地恋。

"我们憧憬共同生活的那天，于是我买了这只巨型百足虫。每次见面，我们就扯下一条腿，决心等到最后一条腿被扯下时，就永远在一起。但就像许多伟大的爱情一样，我们的关系最终破裂了——这只百足虫终于没有彻底变成残疾。"

一个卢布尔雅那女人寄来了她家花园墙上的一个小矮人雕像。

"那天，他开着新车来了，态度傲慢而绝情。在他离开时，小矮人飞向新车的挡风玻璃，然后反弹到了沥青马路上——这条短暂的抛物线，确认了我们二十年婚姻的终结。"

离开"心碎博物馆"时，我的心情略感沉重——但正如这些展品所表达的，这或许就是生活本身的重量。我想找一个地方歇脚，最终走进了一座天主教堂。昏暗的烛光轻拂着教堂内的壁画和圣像。

△萨格勒布的集市与大教堂（刘子超　摄）

我坐在那里，突然觉得圣母玛利亚的神情是如此悲伤，仿佛对儿子波澜壮阔的一生并无欣喜之情。那神情仿佛在说："如果我知道随后发生的事情，我一定会阻止这一切发生。"

一个女人在我身边坐下，肤色黝黑，身材羸弱，一双黑色的大眼睛望着我。没有任何铺垫，她突然对我讲起她的生活：她有两个孩子，丈夫是个酒鬼，她已经三个月没交房租，房东威胁将她赶走。最后，她问我能否给她一些房租钱。

我问需要多少，她告诉我一个数目，约合人民币六千元。

"你从哪里来？"我问。

"塞尔维亚。"

"吉普赛人？"

"你为什么这么问？"她诧异地看着我，"你对吉普赛人有兴趣吗？"

"是的，我也喜欢吉普赛音乐。"

"我父亲是塞尔维亚人，母亲是吉普赛人。"她说，"我看到你坐在这里，望着圣母像，我想你一定信仰上帝。所以，我相信你会帮助我。"

我差点告诉她，我只是进来歇脚的，但我只是说："塞尔维亚人是东正教徒，这里是天主教堂，我们的信仰不同。"

"但我们都相信'神只有一位'，不是吗？"——这是《圣经》中的一句话。

我笑了，掏出十欧元递给她。

她没拿，看着那张钞票，轻声地问："可以再要十欧元吗？我还有两个孩子，他们也要吃饭。"

我又给了她十欧元。她接过钱，轻轻地叹了口气。

当我离开教堂时，一个吉普赛男子坐在外头，向我伸手要钱。那一刻，我猛然意识到，他很可能就是那个女人的丈夫。

——

"巴尔干有很多吉普赛人。其中，最穷的是黑山和阿尔巴尼亚的吉普赛人，比塞尔维亚的吉普赛人更穷。"安娜说，"所以你给她钱了？"

"给了一些。"

"你知道她在骗你，对吧？"

"或多或少。"

安娜叹了口气："你让我想起了我哥哥。"

"你说过，你哥哥是个废柴。"

"我不是说你也是废柴。我是说，你的话让我想到了他的'共产主义理论'。他老是说什么'不一定要很有钱，但要平均'之类的话。"

我们坐在老城的一家克罗地亚餐厅里，桌上铺着红白相间的格子桌布，餐盘上堆着高高的白色餐巾。我让安娜点菜，她点了蔬菜沙拉、匈牙利炖牛肉、填馅儿烤火鸡配烙饼，还有一壶李子白兰地。

安娜说，这种烙饼是克罗地亚内陆地区的特色食物，只有在萨格勒布才能吃到。到了我准备前往的达尔马提亚，我将发现那里的食物更接近地中海风味。至于李子白兰地，是一种高度的水果蒸馏酒——巴尔干地区的灵魂饮料。

我又问起安娜的哥哥。她告诉我，他们并非同父所生。她哥哥的父亲是塞尔维亚族。1993年，在与安娜的母亲离婚后，他离开了克罗地亚。安娜从未见过他。

"他曾经是一家机床工厂的工人，但在战争爆发后失去了工作。"

"因为他是塞尔维亚族？"

"是的，工厂主要是克罗地亚族，塞尔维亚族是少数。他丢了工作，开始酗酒，喝多了就打我母亲，还骂克罗地亚人都是忘恩负义的浑蛋。他的意思是，塞尔维亚人在二战中作出了巨大牺牲才有了南斯拉夫联邦，但克罗地亚人却不懂得感恩。"

离婚那年，安娜的哥哥七岁。他目睹父亲变成酒鬼，对母亲大打出手，而外面的世界更是一片混乱。

安娜说，这或许是他逐渐消沉的原因。他不爱学习，也没考上大学。有很长一段时间，他待在家里，无所事事。

直到安娜上了高中，有一天，哥哥突然对母亲说，他准备去奥地利打工。那时，克罗地亚刚刚加入欧盟，很多年轻人开始去欧洲打工挣钱。

"我们以为他是有了喜欢的女孩，所以生活态度发生了转变。不过，就算真有那么个女孩，我们也没见到过。"

安娜的哥哥在维也纳待了三年，做装修工人。他不会给家里寄钱，也很少打电话。直到第二年圣诞节，他才第一次回家。胡子刮得干干净净，看上去心情不错。他破天荒地请一家人去餐厅吃饭，并留下了小费。大家都觉得，外出工作让他的视野开阔了，未来会朝着更好的方向发展。

然而，仅过了一年，他彻底回家了，又像从前一样，缩回自己的世界。唯一做的事情，是维修街上捡来的废旧物品。

"我们后来才知道，他在维也纳和一个做护工的斯洛文尼亚女人同居，生了个孩子——是个男孩——但他们没有结婚。孩子被母亲带走了，在斯洛文尼亚生活。"

我问起那个孩子。他们还有联系吗？

安娜说，她和母亲都去看过那个孩子。实际上，几天前，安娜和我在火车上相遇时，她刚从那里回来。

"孩子今年六岁，很有礼貌——是那种对陌生人的礼貌。他跟我讲英语，说他听不太懂克罗地亚话。"

"你哥哥没去？"

"我哥哥不愿去——事实上，他从来没去过。这也是我看不起他的原因之一。他总在逃避。虽然我明白，他的童年不算幸福——战乱的阴影，父亲的离去，这些经历无疑塑造了他的性格。但是，这些并不能成为他逃避责任的借口。许多人都有同样的遭遇，并不是他一个人。"

我点点头，但没说话。这时，侍者举着托盘，为我们端来了李子白兰地。我举起小酒杯，喝了一口，李子的甘甜与酒精的辛辣顿时充满口腔。

安娜说，哥哥也不喜欢奥地利。在他看来，那里的一切都围绕着金钱。他之所以回来，也是因为在萨格勒布生活并不需要太多钱。

"他会修东西，鼓捣各种废旧物品，把坏掉的东西修好是他最大的乐趣。但他似乎从未意识到，一个人必须先修好自己，才能去修理别的东西。"

"也许修好自己要比修好东西更难。"我说。

"所以我觉得，他其实更适合生活在社会主义国家。"

"为什么？"

"因为在社会主义国家，你才需要修理破旧东西的能力。"安娜说，"而在资本主义国家，你需要不断赚钱，然后去买新的。"

——

安娜点的菜棒极了：匈牙利炖牛肉软

烂多汁，萨格勒布烙饼浸泡在烤火鸡的油脂和香料中，浓郁而美味。我告诉安娜，这道菜让我想起了中国的一道美食——鱼头泡饼。

"你是说鱼头？"安娜露出不可思议的表情。

"没错，"我用手比画着，"那种很大的鱼头。"

我们转变话题，聊起安娜自己的生活。与哥哥不同，她的成绩一直名列前茅。虽然出身工人家庭，但从小就学习钢琴和空手道。在大学里，她学习了法语和土耳其语，并对慢跑和徒步旅行产生了兴趣。她热衷于结交朋友，尤其是那些可以让她运用各种语言的国际朋友——这或许解释了她为何会主动走进我的火车包厢。

我问安娜，当我走出火车站第一眼看到萨格勒布时，觉得它像一座欧洲城市——这是否也是她的感受？

她想了想，然后轻声回答："这里依旧是巴尔干。"

安娜向我提起2020年萨格勒布发生的那场地震。它导致很多建筑物受损，其中就包括著名的萨格勒布大教堂。可是，几年过去了，大教堂依旧没有完成修缮。参加大教堂的弥撒，原本是萨格勒布人几百年来的圣诞传统，但如今只好被迫中断。她说，如果我留心观察，还会发现这座城市的很多建筑上都有裂纹，但无人去管。

"为什么？"

"腐败是一个原因。腐败是巴尔干的润滑剂。你想办事，没有贿赂是不行的。政府已经为修缮支出了一大笔钱，只是没人知道花在哪儿了。另一个原因是效率低下。国家与地方的党派对立，互相攻讦，在很多事情上无法达成一致。在克罗地亚，内部是一盘散沙，能把人民团结起来的只有对外的民族情绪。"

"这算不算是民主的代价？"

"我不这么认为。"安娜说，"萨格勒布的市长——在他突发心脏病死掉之前——已经掌权二十多年。他把持了一切资源，搞垮了所有对手。尽管他因为腐败进过监狱，但还是能继续当选。因为他掌握了系统，没人能撼动他。"

"除了死亡。"

安娜会心一笑。我注意到她的酒杯已空，于是拿起酒壶，为她斟满。

我说，在中国相差十岁的人，思维方式往往会有较大不同。克罗地亚是否也存在这种差异？

"当然，"安娜说，"上一辈克罗地亚人，即便接受过高等教育，也能坦然接受前往欧洲发达国家从事体力工作的命运。但我们这一代就不同了。比如我自己，我就不愿意放弃我的专业背景，去德国做护工，哪怕那样可以赚更多钱。"

不过，安娜也清楚自己不得不做出的妥协。她告诉我，她不会购买任何名牌商品，她还和家人挤在一起生活，她也没想过买车和买房。

"那些看起来不错的房子，几乎都是从欧洲回来的人建的。"安娜说，"在克罗地亚，仅凭一份普通的工作，你根本买不起那样的房子。"

"克罗地亚加入欧元区后，情况会改善吗？"

"对达尔马提亚人也许会，因为统一货币能吸引更多的外国游客来度假。但对我们内陆地区的人来说，欧元恐怕只意味着物价上涨。"

也许，这也是克罗地亚必须承担的代价。当我走出火车站时，就已经看到了克罗地亚人的心之所向——他们向往繁荣的欧洲，渴望成为其中的一员。在这个意义上，克罗地亚还算幸运，因为除了希腊和斯洛文尼亚，周边国家尚在为了获得这样的资格而苦苦挣扎。

时光慢慢流逝，餐厅里的客人渐渐稀少。安娜瞥了一眼她的红米手机，说她必须得走了。她住的地方距离萨格勒布有一个小时的车程，最后一趟火车是在晚上十点十五分。

我们离开餐厅，步入冬夜，朝着火车站的方向走。站前广场上，一些年轻的亚洲面孔三五成群，有男有女，看上去像在街头闲逛。他们的五官与中国人相似，只是皮肤更加黝黑。他们是什么人？

安娜告诉我，这些是在克罗地亚打工的尼泊尔人，数量有近六万人之多。他们是劳务派遣工，从事各类体力劳动。据她所知，在尼泊尔当地，派遣工是一份令人羡慕的工作。

一瞬间，我突然感到全球化的荒诞一面：当克罗地亚人去更富有的欧洲国家寻找体力工作时，国内的空缺就由来自更贫困地区的尼泊尔人填补。这些人跨越半个地球来到这里，擦地板，盖房子——他们比克罗地亚人走得更远，待遇更差。

此刻，几个尼泊尔人正以海滨大酒店为背景拍照，脸上是愉快的表情，鼻息在空气中氤氲。夜色中，海滨大酒店灯火辉煌，像一艘停泊在港口的巨轮，冷眼旁观一切，静静等待启航。

## 贝尔格莱德 I：蓝色火车

自从踏上巴尔干的旅途以来，塞尔维亚就成为一个挥之不去的名字。在20世纪90年代发生的四场南斯拉夫战争中，塞尔维亚被西方舆论普遍视为"施暴者"。海牙国际法庭公布的战争嫌犯人数也从一个侧面佐证了这一点——八名克罗地亚族，一名波什尼亚克族，而塞族却有四十七人之多。

在这四十七名塞族人中，既包括塞尔维亚前总统米洛舍维奇（2006年死于狱中），也有波黑塞族共和国前总统卡拉季奇和塞族武装部队将军姆拉迪奇（两人被判处终身监禁）。他们是萨拉热窝围城和斯雷布雷尼察大屠杀的始作俑者，但在不少塞尔维亚人眼中，至今仍被视为民族英雄。

所以，该如何理解这段历史？当我们试图用文字描述一段复杂的历史时，往往只能将其简化——攻击者与被攻击者、受害者与施暴者的身份被迅速划定，并固化成不容置疑的事实。然而，巴尔干的历史却让我愈加清晰地认识到，真正的黑白分明往往只存在于好莱坞电影中。

历史是由不同，甚至经常相互冲突的叙事构成的网络。要真正理解过去，意味着审视这些多样性和复杂性，而非仅仅将其看作黑白分明的简单故事。历史的真相隐藏在不同彩色线条的交错之中，而我们的集体记忆则是由一系列灰色地带共同塑造的。因此，在前往塞尔维亚之前——特别是在经历了波黑之后——我感到自己必须放下对这个国家的成见，尽量以一个旁观者的立场，观察和感受这个国家的现实。

去塞尔维亚的那天早晨，我叫了一辆出租车，把我送到位于塞族共和国一侧的汽车站。天刚破晓，我就出发了，因为我听说去贝尔格莱德的巴士几乎要开一整天。

天色阴暗，下着冷雨，波什尼亚克族司机一路狂奔，最后小心翼翼地将我放在一个路口前，然后指了指对面的汽车站。他不想开到汽车站里，因为从地图上看，这个路口就是波黑联邦与塞族共和国的分界线。

我在波黑联邦一侧的早餐店买了菠菜奶酪馅烤饼和酸奶，冒雨穿过路口，走进位于塞族共和国境内的汽车站。开往贝尔格莱德的汽车出乎意料地破旧，座椅上沾满陈年的污渍。我此后在塞尔维亚境内搭乘的巴士也都是这般破旧，如同这个国家经历多年国际制裁后的缩影。

巴士冒雨驶出汽车站，不再经过波黑联邦的领土，而是沿着分界线，一路向东。经过帕莱时，又有几个塞族人上来，窗外的小镇在雨中显得无比凄凉。代顿和平协议签订后，许多原本居住在萨拉热窝的塞族人从市中心搬到了这里。如今，这里被称为"东萨拉热窝"。对这些塞族人而言，真正的萨拉热窝已经不复存在。

阿德南对我说过，在战后的很长一段时间里，塞族司机不敢出现在萨拉热窝，而波什尼亚克族司机不敢出现在帕莱。任何想去对面的人，都必须在分界线换乘车辆。我发现，这个问题最终被巴尔干式的智慧解决了：塞族共和国的车牌开始使用字母T、K、J、O、A——这几个字母在西里尔字母和拉丁字母中恰好是一样的——这样就没人知道车辆究竟是属于塞族还是波什尼亚克族了。

我听着拉赫玛尼诺夫的交响诗《死之岛》，看着雨点打在车窗上，划出条条泪痕。《死之岛》受到瑞士象征主义画家阿诺尔德·勃克林同名画作的启发，描绘了一片神秘的岛屿，周围环绕着平静的水面。岛上有岩石和古老的柱子，象征着永恒的寂静和死亡。在音乐中，这幅图像转化为了一种悲哀而美丽的旋律，与雨中的巴尔干大地有一种惊人的契合。

巴士始终行驶在山路上，直到跨过德里纳河，进入塞尔维亚境内才变为平坦的黑土地。公元395年，罗马帝国分裂，当时的东西罗马就以德里纳河为界。西侧也就是相当于今天的波黑地区归属西罗马，东侧也就是相当于今天的塞尔维亚归属东罗马。这一划分的影响，在某种程度上一直持续到了现代。

———

萨瓦河与多瑙河交汇处的贝尔格莱德是一座拥有两百万人口的城市，但在冬日里显得十分萧瑟。我下榻在市中心的莫斯科酒店，透过房间高大的窗户，可以俯瞰光秃秃的行道树和墙皮剥落的街道。

酒店建于1908年，在第二次世界大战期间成为盖世太保的办公场所，随后的大半个世纪里又见证了南斯拉夫的辉煌与衰落。如今，它更像是一个历经沧桑后心平气和的老者，冷眼旁观着门外来往的行人：穿着黑色皮夹克的男人，穿着老式貂皮大衣的女人，推着婴儿车的新手父亲，还有穿着运动服遛狗的年轻女孩。

每个人都彬彬有礼，很有教养，穿着

朴素，但十分整洁，也并不寒酸。在贝尔格莱德的街头，我基本没看到有人放声大笑，或是发生争吵。每个人沉默寂静，给人一种略显阴郁的感觉。但在平静的表面下，似乎又有一股被压抑的情绪，里面既有对现状的无奈和调侃，也有隐隐燃烧，但未曾熄灭的自尊和骄傲。

从上世纪90年代初开始，塞尔维亚遭遇了漫长的国际制裁，包括武器禁运、经济制裁以及旅行和外交上的种种限制。这些制裁是为了回应塞尔维亚在南斯拉夫地区冲突中的行为，特别是在波黑的民族清洗行动。制裁给塞尔维亚造成了灾难性的打击，不仅引发了前所未有的恶性通货膨胀，更使大量受过高等教育的年轻人被迫离开。

1999年，科索沃发生冲突。西方国家再次指责塞尔维亚对科索沃的阿尔巴尼亚族实行镇压。接着，在未获安理会授权的情况下，以美国为首的北约对塞尔维亚发动了长达七十八天的空袭。最终，塞尔维亚被迫屈服。

战争留下的创伤至今犹在。昔日的国防部大楼就位于市中心，如今仍是一片废墟。从钢筋的扭曲程度、墙体的坍塌方式中，我第一次领悟到精确制导的巡航导弹是如何从天而降，穿透一座建筑的。

废墟被刻意保留下来，大概是为了让塞尔维亚人铭记那段屈辱的动荡岁月。随后，米洛舍维奇政权倒台，塞尔维亚不得不开始处理前十年战争的后果。许多人因战争罪受审，甚至连米洛舍维奇本人也被送到海牙国际法庭。国际制裁对塞尔维亚的经济造成了长期影响，国有企业的私有化转型、腐败指控和高失业率——这一切都让塞尔维亚步履蹒跚。

面对分崩离析的南斯拉夫，塞尔维亚开始艰难地建立新的身份认同，然而打击接踵而至：2006年，黑山通过公投宣布独立，与塞尔维亚分道扬镳；2008年，科索沃单方面宣布独立，获得了西方国家的普遍承认。时至今日，塞尔维亚依旧坚持科索沃是自己的领土，但也无力改变现状。它希望加入欧盟，但如果无法解决与科索沃的纷争，这一进程将遥遥无期。

走在贝尔格莱德街头，我时常想起奥地利作家彼得·汉德克的那句话："在旅途中，我没有把塞尔维亚看成是一个偏执狂国家——更多的是一个孤儿的巨大房间。"

也许有人会说，贝尔格莱德的魅力就在于那些南斯拉夫时代的建筑和冷战时期的氛围。最初的两日，我花时间在贝尔格莱德的各处游荡，发现城市的很大一部分地区，尤其是新贝尔格莱德和萨瓦河沿岸，几乎像是一个粗野主义建筑风格的时间胶囊——摇摇欲坠的混凝土大楼、人去屋空的商店、褪色剥落的墙体随处可见——让人不禁怀疑自己走在一个浩劫过后的城市里。

贝尔格莱德或许需要一些城市更新，从而忘掉南斯拉夫解体的创痛。我后来意识到，它的确正处在变革的前夜。新闻上说，那些破败不堪的街区，不久之后将会被拆除，变成一片片尘土飞扬的工地。也许，再过五年，贝尔格莱德会焕然一新。但在巴尔干，它究竟会变成何种模样，实在让人难以预料。

萨瓦河南岸的萨瓦马拉区曾是贝尔格莱德最具波希米亚风格的区域，如今这里被称为"贝尔格莱德滨水区"。这是一个由阿联酋资助的改造项目，占地近200万平方米，计划耗资35亿欧元。它将建造一系列的住宅、办公和零售建筑群，同时设有公园、长廊、酒店、餐厅、咖啡馆和购物中心。项目的标志性建筑是贝尔格莱德塔——这座168米高的摩天大楼将包含瑞吉酒店和公寓。

按照塞尔维亚的标准，这些数字极为惊人：5700个住宅单元，2200个酒店客房，可容纳12700名办公人员，所有这些都将以非巴尔干的方式完成。

"贝尔格莱德滨水区"的景象勾起了我的回忆，甚至有一种似曾相识之感——它就像中国房地产高潮时期，那些刚刚建设完成的新城。基础设施已经建好，但实体商业尚未入驻，既没有餐厅和咖啡馆，也没有商店和超市，就连路边的行道树也是刚刚种下的，还未长成大树。人气不足的前卫公寓楼前，静静地停放着几辆豪车，街道上很容易发现施工留下的痕迹。

和中国的新城一样，"贝尔格莱德滨水区"也造成了一些牺牲：那座拥有百年历史的火车站已经停止运营；那座分离派风格的布里斯托尔酒店也随之闭门谢客；曾经繁华一时的河上夜总会和与之相伴的夜生活已成往事。这些变化不仅标志着一个时代的终结，也预示着文化记忆的转型。我发现"贝尔格莱德滨水区"所引发的批评和争议也与中国当年的新城惊人相似——环境破坏、缺乏透明度以及拆迁补偿之争。

———

我在变革前夜来到贝尔格莱德，但南斯拉夫时代的印迹依旧很容易看见。我参观了铁托陵园和南斯拉夫历史博物馆，欣赏了铁托从世界各国领导人那里收到的礼物。我去了共和广场旁边的国家博物馆，在南斯拉夫雕塑大师伊万·梅斯特罗维奇的作品前良久驻足。不过，我在贝尔格莱德最想探访的，还是铁托元帅的豪华专列"蓝色火车"。

我一直对火车情有独钟，无论是东方快车，还是领导人专列，都想一探究竟。铁托的"蓝色火车"建造于1947年，以其独特的深蓝色外观与奢华的内饰闻名。

它的行驶里程超过六十万公里，是铁托接待国际政要和王室的重要场所。英国女王伊丽莎白二世曾踏上这趟列车，而尼赫鲁、戴高乐等众多历史人物亦曾是它的尊贵客人。

随着南斯拉夫的解体，"蓝色火车"逐渐淡出了人们的视野。它最后一次执行任务是在1980年铁托的国葬之时——载着铁托的遗体从卢布尔雅那经萨格勒布前往贝尔格莱德安葬——之后便不再担任国家元首的专列。

我在网上几乎找不到参观"蓝色火车"的信息——它并不是什么知名的景点。我唯一确定的线索是，它静静地停在贝尔格莱德郊外的某个停车场里。

无奈之下，我只好给塞尔维亚铁路公司的官方邮箱发了一封邮件，询问如何参观"蓝色火车"。我本以为这样的邮件必定石沉大海，没想到当天下午就收到了回复。

一位未具名的工作人员回复我，参观"蓝色火车"的时间为上午8：00至下午1：00，票价为300第纳尔，不到人民币20块钱。这位工作人员还告诉我，参观"蓝色火车"必须先在贝尔格莱德中央火车站或新贝尔格莱德火车站购票，之后才能前往郊外的停车场。

按照地图显示，贝尔格莱德中央火车

站就位于市中心,可以步行前往。可当我走到那里时,却根本不见火车站的踪影。

在贝尔格莱德,城市更新像是一场季节性流感,正在四下蔓延。眼前是一片围挡起来的工地,地面上的建筑物已经拆除,但还没有建起任何新的东西。这里更像是一片被圈起来的荒地,让人联想到英国的"圈地运动"时代。在这片荒凉土地上,怎么会藏着一个活生生的火车站?

天色阴沉,寒风裹着雨丝,接着变为冰晶一样的雪花。我在路边拦住几个急匆匆的路人,他们告诉我,这里的确是贝尔格莱德中央火车站,但他们也不清楚火车站现在何处。

火车站不可能凭空消失吧?抱着这样不屈的信念,我像地质考古学家一样四处勘探,最后终于找到了"法老的陵墓"。完全出乎我的意料,火车站不在地表,而是需要通过一个看似荒废、没有标志的地洞,钻到地下。

中央火车站或许有很多缺点,但至少有一项美德——极简。在施工期间,火车站已被简化成一个孤单的售票窗口和两个站台。

售票窗口里坐着一位红发大妈,完全听不懂我在说什么。最后,她叫来一个留着小胡子的年轻男子。他耐心地听我说完,又看了一遍我手机上的邮件,似乎从没听说过"蓝色火车"这回事。他从制服里掏出一只古早的诺基亚手机,拨了个号码,一番交涉后,这才确认了我的预订。

那位红发大妈从保险柜里拿出一叠票据,垫上复写纸,龙飞凤舞地填上票面,然后哈了口气,"哐"地盖上红色印章。一时间,我觉得自己刚才钻进的可能是时光隧道的入口——这里的售票员、复写纸、诺基亚手机和红色印章,全都存在于另一个时空维度里。

我交了钱,接过票,仔细看了看——谁能想到,回到过去也需要一道手续呢!

——

我钻出地面,上了一辆公交车,向贝尔格莱德南郊驶去。下车后,我冒雪沿着铁道线往前走,两侧是冬日凄凉的山丘。停车场是一个有顶棚的车库,看上去近乎荒废。负责看守这里的只有工作人员伊万和他的两条狗。

伊万从一间平房里走出来,拿着钥匙,脸上的肌肉和肩膀呈松弛状,看上去身体不佳。

"你是第一个来这里的中国人。"他说。

我们走向车库,两条狗也殷勤地跑在前面,摇晃着尾巴。走进车库门时,伊万用手一指:"铁托的火车。"

"蓝色火车"就停在车库的阴影里,像一把雪藏的宝剑,依旧耀眼闪亮。伊万登上扶梯,打开车厢门,侧身让我进去。

火车内部堪比一座移动的宫殿,内饰由质地上乘的木材制成,铺着精美的地毯。车内配备了会客室、卧室、书房、餐厅和酒吧,可以满足旅途中的各项需求。

餐厅里,整洁的桌布上摆放着瓷质餐具和茶杯,墙上挂着铁托与各国政要的合影。书房里,大型木质镶嵌画描绘出壮阔的航海场景,地毯和椅子复古而优雅。桌上的台灯洒下柔和的光线,照亮堆叠的书籍,还有铁托最爱的雪茄。

我漫步在不同的车厢里。从家具到装饰的每一个细节,无不透露出一个国家曾经的辉煌。铁托的荣光无疑象征着南斯拉夫曾经的繁荣。它巧妙地游走在东西方阵营中间，成为各方示好的对象——这与今天的塞尔维亚形成了鲜明的对照。

在铁托的书桌前，伊万示意我坐下，把相机交给他。我坐在铁托曾经沉思国事的椅子上，顿时觉得自己也变得思虑重重。伊万不太熟悉相机的操作，有些笨拙地摆弄着镜头。

"这里经常有人参观吗？"我问。

伊万摇了摇头："大部分是本地人，外国游客凤毛麟角。"

我问他是如何看待铁托的。这是一个不好回答的问题，但作为看守铁托遗产的工作人员，伊万会不会有话可说？

伊万操着不太熟练的英语说："铁托对克罗地亚人和斯洛文尼亚人好，但对我们塞族人不好。"

在与塞族人的接触中，我常听到类似的说法：铁托的父亲是克罗地亚人，母亲是斯洛文尼亚人，因此铁托总是压制塞族人，时刻防范大塞尔维亚主义。这只是老生常谈，但伊万还是意识到可能会引起我的误解——他很清楚外国人往往带着偏见看待塞尔维亚，将巴尔干的民族争端全部归咎于他们。

"这只是我的个人看法，"伊万补充道，"并不是每个塞族人都这么认为。"

接着，他问我："中国人怎么看待铁托？"

这个问题同样十分复杂。在铁托时代，中国与南斯拉夫的关系经历过多次起伏。起初，由于共享社会主义意识形态，两国关系友好。当南斯拉夫在冷战中保持中立，追求自己独立的社会主义形式——铁托主义后，中国的领导人开始对铁托提出批评，认为他偏离了马克思列宁主义的正轨，走向了修正主义。直到1976年毛泽东去世后，中国的外交政策才逐渐转变。1977年，铁托访问中国，两国关系得以缓和。正是在那次访问前后，《瓦尔特保卫萨拉热窝》等一批南斯拉夫电影在中国公映，迅速赢得中国观众的喜爱，并成为一代人的集体记忆。

要解释清楚这些十分困难，因此我就以尽量简单的方式回答了。"中国人认为铁托是一位伟大的领袖，带领南斯拉夫走向独立——在这一点上，他与毛泽东相似。铁托去世后，南斯拉夫解体，巴尔干地区爆发冲突，许多中国人对此也感到非常遗憾。"

伊万点了点头。"如果铁托还在，也许南斯拉夫就不会分裂。"

"那样的话，你觉得今天的塞尔维亚会是什么样子？"

"或许会像中国那样。"伊万说，"经济更发达，国际地位更高。"

"但是民族问题迟早会爆发，不是吗？"我说。

"如果我们有机会以不同的方式去解决，或许能够避免战争。"伊万认真地说。

"你认为这是有可能的？"

"如果是铁托，而不是米洛舍维奇或图季曼，可能性是有的。"伊万微笑着说，然后把相机还给了我，"现在谈这些，已经太晚了。"

———

如果铁托死而复生，他会如何看待当下的塞尔维亚？

南斯拉夫解体后，曾获柏林电影节金熊奖的塞尔维亚导演热利米尔·日利尼克围绕这一设想，创作了一部带有黑色幽默色彩的电影——《铁托第二次到塞尔维亚》。影片中，一位演员扮演铁托，穿上铁托元帅的军装，戴上标志性的太阳镜，走上贝尔格莱德街头。

这部电影既是一部剧情片，也带有纪录片的真实感，没有经过任何排练。它真实地记录了一个支离破碎国家的状况：人们对历史充满疑问，对现状感到迷惘，对未来彷徨无措。

影片中，复活后的铁托坐在他的梅赛德斯后座上，向他的老司机提问："那么，说说我们美丽的国家发生了什么吧？"司机叹了口气回答："四分五裂了，总统先生。他们解散了联邦，摘除了所有的红星，战争随即爆发了。"

当铁托出现在商业街，立即吸引了众多围观的市民。铁托不解地说："看起来这里无所事事的人很多。你们没有人需要去工作吗？难道都放假了吗？"

起初，人们对这位历史人物的出现开起了玩笑，但很快，他们的真实情感就倾泻而出。

一位塞尔维亚妇女走过来，指着铁托说："你去世那天我哭了，我后悔流下了眼泪。但现在，如果你真的回来了，我想我会再次投你的票。"一个男人也表达了他的敬意："你是克罗地亚人，我是塞尔维亚人，但我尊敬你！"

"叛徒！"有人怒吼。

"但我留下了很多可靠的人，不是吗？"铁托低声嘟囔道。

影片中，铁托自己也对这个陌生的世界感到迷惑，因为他熟知的南斯拉夫已经物是人非：统一货币不复存在，以他命名的街道和城镇都有了新名字，他的纪念碑不翼而飞。

途经一家书摊时，铁托好奇地问："我们为什么要使用德国马克？"

一个男子挤到前面说："我们曾经习惯了有一个铁托，但现在我们有很多铁托。你也许偷了一点，但至少还保持着风度。现在的这些人什么都偷！"

有人对铁托说，当他回去的时候，应该把现任领导人一起带走，确保他们不再回来。

一个年轻人试图向铁托解释波黑的局势："这一切都是为了控制几座山头。"对此，铁托追问："这些山最初属于谁？塞族人还是穆斯林？"

接下来，警察出现了，整个摄制组因扰乱治安而被逮捕。幸运的是，派出所的警官很有幽默感。他立正敬礼说："总统先生，很荣幸再次见到您。这一切都是误会，我们会立即处理。"几分钟后，铁托元帅又回到了贝尔格莱德街头。

导演热利米尔·日利尼克用这部电影挑战了观众对历史的态度：人们往往会盲目地跟随权力，无论是铁托，还是米洛舍维奇或图季曼。一旦这些人失去权力后，人们又开始诋毁他们。日利尼克警示道，如果历史不能被理性地审视，就会引发身份认同的分裂和社会冲突。

在影片的结尾，铁托遇到一个独自坐在烈士陵园里的老人。铁托昔日战友们的半身像已被移除。

"这是谁干的？"铁托问。

"那些厌恶秩序、不尊重历史、毫无责任感的人。"老人低着头回答。他是一位躲避波黑战争的难民。

"战争会在什么时候结束？"铁托问。

"永远不会结束，我的朋友。"老人悲哀地回答。

△波德戈里察手持玫瑰花的铁托塑像（刘子超 摄）

几个月后，我已经离开巴尔干，回到中国。这时，我才拾起一本以前买过却未曾细读的书——《血缘与归属：探寻新民族主义之旅》，作者是加拿大学者叶礼庭。

本科毕业后，叶礼庭来到牛津大学进修，其间深受社会政治理论家以赛亚·伯林的影响。某种程度上，《血缘与归属》这本书也承接了伯林对民族主义的思考。

这本写于1990年代，正是冷战结束后世界政治格局急剧变化的时期。叶礼庭在书中记录了他对多个热点地区的访问，试图探索民族主义在现代政治中的角色，以及这些运动如何影响国家的命运和人民的生活。

当时，南斯拉夫的解体和随之而来的冲突正是国际焦点。叶礼庭深入克罗地亚和塞尔维亚，亲身观察了民族主义如何在这些社会中发挥作用，以及这些情绪如何被政治精英操纵。

令我印象深刻的章节，来自叶礼庭对米诺万·吉拉斯的访问。吉拉斯既是铁托的革命战友，也是南斯拉夫首位持不同政见者。他与铁托在1953年决裂，为此入狱九年。他在监狱里学会了英语，并通过一本词典将弥尔顿的《失乐园》翻译成了塞尔维亚—克罗地亚语。

当叶礼庭在贝尔格莱德的公寓见到吉拉斯时，他已经年过八旬，驼背而虚弱。叶礼庭本以为吉拉斯会攻击铁托当年的民族政策，没想到吉拉斯猛烈地摇头。他认为，铁托处理民族主义的策略本身无可非议。铁托赋予各共和国恰到好处的自治权，既满足了民族主义的渴望，又未对南斯拉夫的统一构成威胁。

然而，铁托的根本失误在于他未能成功引入民主化。他未能建立起允许民主运作的机构和国家认同感。就在共产党内部出现分歧的那一刻，南斯拉夫的解体亦随之拉开序幕。

铁托所施行的对民族主义的压制，是建立在个人崇拜与集权统治之上的，因此在他逝世后无法持久——这已是当前许多历史学家的共识。

在叶礼庭的追问下，吉拉斯阐述了巴尔干地区民族主义的复杂面相，认为其实质是一种欧洲进口的意识形态。这种思想将多个民族长期以来的和谐共存撕裂为对立的种族集团。

吉拉斯进一步解释，民族主义并非自然而然的民间情感，而是一种被植入的"异质病毒"，由城市中的知识分子煽动起那些未受教育大众的产物。

他强调,随着共产主义信仰的瓦解,民族主义为塞尔维亚人提供了一种寻找身份认同和内聚力的新途径,而当幸存的塞尔维亚政治精英开始利用民族主义来争夺权力时,原本的种族差异就被扭曲为深仇大恨。

吉拉斯批评西方对塞族人的"妖魔化",认为这是西方对塞族人不必要的诋毁,在1991年的克罗地亚战争和1992年的波斯尼亚战争中,西方的立场无形中助长了民族主义,推高了克族人和波斯尼亚穆斯林的受害者地位。

他指出,在塞族围攻萨拉热窝、占领克罗地亚四分之一领土以及穆斯林遭受集中营惨剧的历史背景下,国际对塞尔维亚的制裁是难以避免的。然而,这种制裁反而让克族和穆斯林深信,他们对塞族的报复是正义的,甚至不必担心遭受国际社会的惩罚。这样的信念,只会进一步推动塞尔维亚民众走向米洛舍维奇及其民族主义政策,加剧该地区的暴力和仇恨的循环。

他进一步说明,"塞尔维亚问题"并非米洛舍维奇的个人发明,而是南斯拉夫崩溃的必然产物。当多民族结构解体,每个族群都可能突然发现自己变成了风雨飘摇的少数派,塞族人因此产生了合理的恐惧。

吉拉斯最终得出结论——战争是塞族的扩张愿望、克罗地亚的独立抱负,以及在克罗地亚境内塞族人种族狂热"共同交织而成的旋涡"。

——

我没有忘记,在萨格勒布时,阿丽达建议我体验一下贝尔格莱德的夜生活。她说贝尔格莱德的夜生活是整个巴尔干地区最棒的。来到贝尔格莱德后,我就开始寻觅这样的场所,还有能带我进去的人。

我认识了约瓦娜,一个1998年出生,有犹太血统的贝尔格莱德女孩。她正在大学读市场营销方向的研究生,同时还做着两份兼职。其中一份兼职是给一家以色列公司做客户接待,因此她熟悉这些场所。

约瓦娜告诉我,贝尔格莱德最有名的一家夜店叫"The BANK"。我发现,仅仅是提到这个名字,她就两眼放光。

我问约瓦娜:"我们几点去合适?"

"午夜前都太早,那里的高潮在凌晨四点左右。"约瓦娜说,"所以我们十二点半到那里就行。"

于是,作为一个作息规律的作家,我只好在晚上八点上床就寝,定好了半夜十二点的闹钟。

我们约在夜店门口碰头。那天正好是中国的除夕夜。夜店位于萨瓦河畔一栋南斯拉夫时代的厂房里,门口守着几个人高马大的保安。寒夜中,他们依旧穿着紧身T恤,露出硬邦邦的肌肉。约瓦娜化了浓妆,进门后脱掉大衣,里面是一套闪光的黑色连衣裙。

果然,我们还是来早了,夜店里只有寥寥数桌。音响播放着电子舞曲。刚开始时,那种震撼的低音让我有些不适。约瓦娜倒是没什么问题。实际上,她有一种如鱼得水的感觉,整个人开始焕发光芒。

"你在中国常去夜店吗?"约瓦娜大声问我。

"很少。"我也大声回答。

夜店经理拿着酒单过来,与约瓦娜行贴面礼。显然,约瓦娜经常带客户来这里消费,算是常客。约瓦娜说,如果我们不想站在吧台,那就至少需要点一瓶烈酒和一瓶香槟，夜店会赠送我们一个果盘和半打软饮。我说没问题。于是，我们点了一瓶1.5升的灰鹅伏特加和一瓶汝纳特香槟。

我们在一个位置很好的沙发坐下，我这才有机会环顾四周。蓝紫色的氛围灯营造出一种时尚而冷冽的气氛。天花板上的镜球投射出斑斓的光芒，照着深蓝色的沙发和灰色的墙面。旁边，一群打扮入时的年轻女孩正聚在一起。她们穿着透视装，涂着卡戴珊式的浓妆，此刻正手持香槟杯自拍。约瓦娜说，这些女孩都是夜店邀请来的气氛组。

服务员端上香槟，"砰"的一声打开。另一名服务员也"砰"的一声向空中发射纸屑炮。五颜六色的纸屑，如漫天大雪，从天而降，周围人的目光全都望向我们。

我喝着香槟，让自己尽量享受当下。人越来越多，气氛也渐趋火热。约瓦娜突然一声惊呼，我问她怎么了。她凑过来告诉我，她认出了另外一桌的那个男人——他在塞尔维亚非常有名，是电子商务方面的教父级人物。

顺着约瓦娜的眼神，我望向教父。只见他身着一件剪裁考究的白衬衫，领口微微敞开，露出随意却不失品位的胸毛，下搭一条干练的牛仔裤，脚踩一双白色运动鞋。在时而昏暗，时而炫目的灯光下，他手拿一罐红牛，摇晃着身体。他根本没点酒，但照样坐在沙发座上。

"他叫什么？"

"彼得洛维奇。"约瓦娜兴奋地说，"天呐，我要去跟他合影！"

"能不能顺便请他过来？我也想认识一下他。"

"我该怎么介绍你呢？"

"就说我是中国来的记者。"

过了一会儿，彼得洛维奇先生拿着红牛走了过来，随他一起的还有一位五官立体、晒了不少美黑灯的女伴。

"很荣幸见到你，彼得洛维奇先生。"我说，"朋友告诉我，你在塞尔维亚家喻户晓。"

"哈哈，我的中国朋友！"彼得洛维奇先生说，"中国在电子商务方面最有名的人是谁？"

我想了想说："阿里巴巴的杰克·马。"

"那我就是塞尔维亚的杰克·马！"彼得洛维奇先生哈哈大笑，一点都不谦虚。

我刚才已经有些犯困，此时却被好奇心重新点燃。我们又聊了一会儿，然后我对彼得洛维奇先生说："这里太吵，我们明天约个时间再谈？"

彼得洛维奇先生欣然应允，掏出手机，与我交换了联系方式。

我请他坐下来喝酒。

"非常感谢，我现在很少喝酒。"

"今晚例外。"

"谢谢，那我就喝吧。"

我招呼服务员拿来酒杯，为彼得洛维奇先生和他的女伴倒上伏特加。约瓦娜已经和彼得洛维奇先生开心地聊起来，而那位皮肤黝黑的女伴坐到了我旁边。

我问她叫什么名字。

"米妮。"

"波斯尼亚人？"

"你怎么知道？"

"我刚从萨拉热窝过来。"

"喜欢那里吗？"

"当然。你是做什么的？"

"时尚博主。"

"怪不得这么光彩照人。"

她微微一笑。

412

"你在贝尔格莱德做什么？"我问。

"我要和彼得洛维奇先生成立一家公司，培训这里的企业使用 TikTok。"

我们在轰鸣的音乐声中又聊了一会儿。原来，米妮十六岁那年就成了 Ins 网红，创建了自己的公司，并在十七岁时将其出售。当 TikTok 出现时，她立刻意识到，这才是她想要专注的领域。她每天花几个小时在 TikTok 上，研究爆款视频背后的秘密，并把总结出的经验汇编成一个几乎每个企业都能使用的手册。

"巴尔干的大多数企业根本不了解 TikTok。我不怪它们，互联网上没人专门教过如何使用 TikTok——"米妮说，"直到现在。"

我给米妮倒了一杯伏特加，祝她一切顺利。她拿起子弹杯，以夜店为背景，拍摄视频，最后将镜头转向自己，噘起嘴唇，熟练地摆出各种造型。

时间已过凌晨四点，夜店里已经挤满了人。舞池中央，人们随着音乐节拍舞动，每个人似乎都沉浸其中。几个穿着黑色皮衣的女孩手持冲锋枪和装满美元道具的麻袋走过来，裸露的皮肤在灯光下闪闪发光。在尖叫声中，她们步上舞台高处，以夸张的姿势将美元撒向人群。与此同时，"砰"的一声，仿佛有人开了一瓶香槟，五彩斑斓的纸屑倾泻而下，如同瞬间绽放的烟花。

人们在纸屑和钞票雨中欢呼跳跃，气氛接近燃点。已有醉意的彼得洛维奇先生也被这股纸迷金醉的气氛感染，站起身来，闭着眼睛，挥舞着双手。

音乐、灯光、尖叫声交织在一起，却让我感到莫名地清醒。我给自己倒了三杯伏特加，一一干掉，这才感到酒精流入血管，冲向大脑。我叫来服务员，用信用卡付了账，与众人告别后，从壮汉保安那里取出大衣穿上。

夜店门外停着一排揽活的黑车，街上一片潮湿的白雾。一个吉普赛乐队突然出现，将我围在中间，大声欢呼。他们拉起手风琴，敲起手鼓，又唱又跳，无论我怎么走，就是出不了他们的包围圈。我从大衣口袋里掏出几张钞票，扔给其中一个吉普赛人，这才得以脱身。

我坐进一辆黑车。窗外升起团团白雾，像千万只枕头，在街头翻滚。

### 贝尔格莱德 II：肖像与观察

大年初一的早上醒来，我的脑袋就像有个胖大哥坐在上面。我拧开小瓶矿泉水，倒入烧水壶，泡了一杯咖啡。从大衣口袋里，还摸出一盒不知怎么出现的云斯顿香烟。

我坐在书桌前，一边喝咖啡，一边用笔记本电脑播放威尔海姆·肯普夫弹奏的《哥德堡变奏曲》，然后抽了一支烟。我相信，莫斯科酒店历经两次世界大战的洗礼和南斯拉夫时代的动荡，烟雾报警器已经饱经沧桑，熟视无睹。尼古丁堪称一种高效毒品，两支烟已经足够支撑我走进浴室了。

淋浴出来，《哥德堡变奏曲》已经接近尾声，我又换了安德拉斯·席夫弹奏的《平均律》。在这个眩晕的早晨，我需要巴赫精湛的对位法，让自己尽快恢复平衡。

我的手机已经自动关机。等我插上充

电线，才开始收到信用卡消费的提示。最近一笔消费显示的时间是凌晨 5 点 26 分——这是一个巨大的数字。我打开汇率软件，才搞清楚自己到底花了多少钱。

虽然所费不赀，但能遇到塞尔维亚的杰克·马倒也不虚此行。想到这里，我挣扎着给彼得洛维奇先生发了一个短消息，问他昨夜玩得是否开心，有没有宿醉。

彼得洛维奇先生很快就回复了："我没事，棒极了！"

于是，我们敲定下午三点，在他家附近的咖啡馆见面。

我原本应该做些功课，多了解一些彼得洛维奇先生的生平大事，可实在感到有心无力。身体有一种挥之不去的倦怠感，太阳穴中仿佛有一万只透明的水母在不停抽动。

午后，我下到大堂吧，要了一份金枪鱼三明治和一杯伏伊伏丁那产区的自然酒。吃喝完毕后，我又回到房间，躺在床上，听约翰·胡梅尔的《降 E 大调小号协奏曲》。两点半钟，我叫了一辆网约车，前往位于萨瓦河对岸的那家咖啡馆。

彼得洛维奇先生已经坐在咖啡馆里，像一个湾区科技公司的老板，一身休闲打扮：牛仔裤、黑色高领衫、灰色运动鞋。

昨夜灯光昏暗，我没有仔细打量他的五官，现在才注意到，他那微微卷曲的短黑发下，长着一个威严的宽额头。脸上蓄着整齐的络腮胡，凸显出嘴唇的纤薄与小巧。他的眉毛浓密，眼睛细长，而这些正是拜占庭时期宫廷画作中着重刻画的面部特色。

我有些不知所措，不确定该如何开始对话。我原本以为这只是一场普通的闲聊，但从彼得洛维奇先生的话中可知，他以为这是一场正式的采访，他想直奔主题，谈论他目前的工作。

问题在于，我对他的个人背景知之甚少，对塞尔维亚的电商行业更是一窍不通。因此，彼得洛维奇先生的这番开场白实在是对牛弹琴。

他似乎终于察觉到了我的问题。他应该感到失望，但没有表现得太过明显。他认为我要撰写的只是一篇简要的人物报道。他再次强调，他在塞尔维亚的地位相当于杰克·马——我觉得他希望我在报道中引述这句话。随后，他改变策略，开始向我介绍一些基本情况。

——

1977 年，彼得洛维奇先生出生于贝尔格莱德的一个普通家庭。父亲是一名中学教师，母亲是一名美发师。他毕业于贝尔格莱德电气工程学院，主修核物理和生物医学工程。

毕业那年，正值科索沃战争的动荡时期。塞尔维亚遭受到北约的空袭和制裁，经济一片凋敝。面对严峻的就业形势，彼得洛维奇先生没有找到合适的工作。他蜗居在父母家里，开始自学网页设计与开发，就如同当年的杰克·马。

母亲希望他找一份稳定的工作，但他却选择了一条不同寻常的道路。他认识到互联网这种颠覆性的技术将改变一切，于是建立了自己的博客网站，成为塞尔维亚互联网领域的先行者之一。受到美国互联网社群专业人士分享知识的启发，他开始在博客上分享他学到的互联网知识，用塞尔维亚语进行重新包装，以通俗易懂的文字，辅以大量实例，使这些知识更加贴近普通读者。

某天，彼得洛维奇先生打开网站后台，看到惊人的访问量。他第一次意识到，自己撰写的内容对当时的受众来说具有革命性的震撼力。他的影响力后来也得到了认可。在当时举办的互联网活动中，他被读者票选为塞尔维亚最有影响力的科技博主。

彼得洛维奇先生在数字营销领域的职业生涯已经跨越了二十年。他起初经营自己的代理机构，随后又开展了一系列业务或成为合作伙伴。所有这些业务都建立在数字营销的基础之上。

"到目前为止，我负责营销管理的公司已经赚取了五亿欧元。"彼得洛维奇先生加重语气，希望我在报道中引述这个数字。

越来越多的粉丝开始私信彼得洛维奇先生，请教他如何在数字时代乘风破浪。

彼得洛维奇先生告诉我，他曾经亲自指导一名餐厅服务员。经过他的指点，这名服务员如今已经成功转型成为一名企业家。

这件事也给彼得洛维奇先生带来新的商业灵感。他与合作伙伴共同创立了一个教授数字营销的在线平台。上面不仅囊括了他所有的数字营销课程——120小时的视频干货，购买一次可看六个月——还可以加入他一对一指导学员的社群。彼得洛维奇先生表示，这个平台已经成为巴尔干地区最成功的数字营销学校，吸引了超过一万名学员。

"是我把病毒式营销的想法引入了塞尔维亚！"彼得洛维奇先生说，"我还创造了一些最成功的病毒式营销案例！"

说到这里，彼得洛维奇先生哈哈大笑，笑声浑厚，富有魔性。每一个"哈"字都短促有力，听起来就像是奇幻电影中白袍巫师的笑声。我不由得感叹，彼得洛维奇先生真是一个数字时代的传奇人物！

———

我问彼得洛维奇先生，从早年的网络博主，到如今的电商教父，他是如何始终屹立潮头，保持进取，不被时代淘汰的？

彼得洛维奇先生喜欢这个问题。他的嘴角微微上扬。

"我想先问你一个问题。"他说，"梵高被誉为史上最伟大的画家之一，但在他的有生之年，却从没成功卖出过一幅作品。你有没有思考过，这是为什么？是什么力量让一个默默无闻的画家，蜕变为有史以来最伟大的艺术家之一？"

我摇摇头，等待下文。

"稍有艺术史常识的人都知道这背后的答案。"彼得洛维奇先生看了看我，"让梵高名垂青史的，是一个叫乔安娜的女性——他的弟媳。"

彼得洛维奇先生讲述道："梵高的一生坎坷，他弟弟是他唯一的依靠。他给弟弟写了六百多封信，一直到他三十七岁选择自杀。不久，他弟弟也因为无法承受丧兄之痛而撒手人寰。

"乔安娜孤身一人守在那个堆满了梵高的画作和书信的房间里。她采取了一项至关重要的行动，这可以被誉为绘画史上的一次绝妙营销。她整理出版了梵高所有的书信。这本书非常成功，让人们对梵高的人生有了更为深刻的了解。从那时起，梵高的画作价值才开始急剧上升，受到越来越多人的推崇和爱戴。"

彼得洛维奇先生停下来，喝了一口咖啡。

"究竟是什么改变了这一切？因为人们发现了一个动人的故事，并与那些艺术作品建立了情感上的联系。这个故事成了作品的灵魂，使得梵高的每一幅画作不再只是一幅简单的画作。"

彼得洛维奇先生清了清嗓子。

"这个例子告诉我们，一个引人入胜的故事，正是区分大品牌和普通品牌的关键。如果故事够好，产品也不错，那一切都会水到渠成。记者们会争相免费给你写报道，因为他们也在寻找好故事，而好故事会自然而然地传开。但如果没有故事，或者故事平淡无奇，那就得掏腰包请人家来写。这样也能有点效果，不过效果多半也就那么回事了。"

彼得洛维奇先生端起咖啡杯，优雅地喝了一口，脸上露出一丝自得的笑容。他说的确有几分道理——我此刻坐在咖啡馆里，忍受着宿醉的煎熬，不正是因为想得到一个关于彼得洛维奇先生的好故事吗？不过，他的这番话与我刚才的问题有什么关系？

彼得洛维奇先生似乎看出了我的心思："我再举个例子，最后再回答你刚才的问题。"

他抬手叫来服务员，给我们的杯子里续上水。等服务员离去后，他才继续打开话匣子。

"如果你关注过眉妆行业，可能听说过'阿纳斯塔西娅·比弗利山庄'这个牌子。这个品牌的背后有一个了不起的故事。在塞尔维亚，这个故事可能没人知道，但在美国，可以说是家喻户晓。"

"品牌的创始人叫阿纳斯塔西娅·索阿雷，罗马尼亚人，出生在黑海边的康斯坦察。1980年代，她二十岁出头的时候，在家乡开了一家美容院。她当时就意识到，在罗马尼亚这种压抑创意的国家，她不可能有什么大的作为。她决定要去一个更自由的地方。

"她带着年幼的女儿，历经千辛万苦来到美国，在洛杉矶找了一份美容师的工作。她很快发现，这边的女性似乎不太关心自己的眉毛，认为眉毛无关紧要。

"阿纳斯塔西娅常去图书馆阅读艺术史方面的书籍。她注意到，像达·芬奇这样的文艺复兴大师，在画人物肖像的时候，对眉毛特别在意。她开始跟客户们聊起这些事情。慢慢地，在好莱坞的圈子里，人们开始传言，说有个叫阿纳斯塔西娅的罗马尼亚女人，能给你弄出一个超美的眉形。"

"阿纳斯塔西娅把一个古老的理念重新带回了化妆品界。"彼得洛维奇先生说，"那些细细的眉毛真的不好看，还让人显老。你知道黑白电影里的玛琳·黛德丽吧？在银幕上，她看着像四五十岁，实际上她那会儿才二十出头，都是因为那时候流行那种细眉。"

"阿纳斯塔西娅终于开起了她自己的美容沙龙。她迎来的头几批客户居然是辛迪·克劳馥和娜奥米·坎贝尔这样的超级明星。接着，阿纳斯塔西娅又推出了以自己名字命名的化妆品。突然之间，眉形和眉毛打理成了美妆界的热议话题。"

"阿纳斯塔西娅的故事鼓舞人心，就算你觉得化妆品这行非常浅薄，但一个好故事总是值得你停下来，脱帽致敬。"彼得洛维奇先生说，"就像梵高的画让人联想到他的生平，当你拿着一个印有'阿纳斯塔西娅·比弗利山庄'的盒子时，你会想到达·芬奇的技法，想到阿纳斯塔西娅的故事——那个从东欧社会主义国家逃到自由世界，最终改变了人们审美观念的女性！"

彼得洛维奇先生的眼中闪闪发光，仿佛把对面的我当成了学徒。

"所以，结论是什么？结论就是，顶级品牌都有一个好故事，而这正是它们的价值所在。"彼得洛维奇先生用手指敲了敲桌面，意味深长地说，"那你呢，我的朋友？你有没有一个能打动人心的故事？如果还没有，那你就得动动脑筋啦！如果有，那你就应该用当下最流行的方式去讲述这个故事！"

我点了点头，惶恐于自己没有什么好故事，只好将双手放在桌面，注视着彼得洛维奇先生。

"你问我为什么互联网上有这么多的年轻人，而我却依旧是教父。答案就在这里——"彼得洛维奇先生微微一笑，"我明白了品牌的本质就是赋予产品一个好故事。曾经我们通过报纸和电视来传播这些故事，现在我们有了 Instagram 和 TikTok——虽然传播的平台一直在变，但传播的本质，那可一点儿都没变！"

——

彼得洛维奇先生拿起手机，轻巧地划了几下。

"现在，我正专注研究 TikTok 短视频。我认为，这是数字营销和电子商务的未来。更准确地说，未来属于个人品牌，而短视频对构建个人品牌来说至关重要。这就是我正在做的事情——我创办了一家 TikTok 商学院，目前学生已经超过一千人了。有好多人在我这儿学了技巧之后，在 TikTok 上把自己的生意做大了。"

我问彼得洛维奇先生是什么样的生意。他翻转手机屏幕，开始给我展示一些案例。

"你知道这附近有一个中国市场吗？在那里，花一欧元你就能买到各种好玩的小东西。大多数人以为那儿只卖衣服，其实还有很多有趣的小玩意儿呢！看这个，一个柠檬切片器的小视频，就是我指导学员制作的。一个本来只值一欧元的小切片器，通过这种有创意的视频，能卖到五欧元！还有这个贴纸打印机，通过短视频的呈现方式，能卖到六欧元！"

彼得洛维奇先生又向我展示了几个趣味小视频——老实说，我没想到电商教父在做这种东西。

彼得洛维奇先生解释说，塞尔维亚的经济状况不好，大家都得找些副业来补贴家用，因此用短视频推销产品有着巨大的市场。

"甚至就连克罗地亚也邀请我做过演讲，照片印在巨大的海报上。"彼得洛维奇先生看了看我，继而着重指出，"在充斥着民族主义情绪的巴尔干，一个塞尔维亚人能登上克罗地亚的海报，那可是一件相当罕见的事情。"

此外，彼得洛维奇先生还准备开一门课，教授年轻人如何成为"电子游牧者"。

"很多年轻人都厌倦了塞尔维亚微薄的薪资。他们发现，在网上给外国客户干活儿更有吸引力。"彼得洛维奇先生说，"想想看，拿着外国工资在这里生活，那简直就是神仙日子！外国公司付的钱可能是这里同行业的五倍。而且钱打得飞快，从来没有拖欠这回事。你不用朝九晚五地工作，没有老板压榨你，你有更多时间陪家人，或者随时去任何地方旅行！"

彼得洛维奇先生表示，他目前手头的

几个项目,正在同时推进。

"这样会不会有点太辛苦?"我问。

"舒适是人生的陷阱啊!"彼得洛维奇先生发出振聋发聩的声音,"我虽然已经财富自由,但如果停止探索新事物,生活还有什么意义?"

我重重地点点头——不能再耽误彼得洛维奇先生的时间了。我也早已头昏脑涨。我找了个借口,说采访的材料应该够了,然后迅速结账,和彼得洛维奇先生握手道别。

夜幕已经降临,车灯闪闪烁烁。马路对面,南斯拉夫时代的楼群如同一座座巨型蜂巢。

我站在路口等车,回头看到彼得洛维奇先生也走出了咖啡馆。他的双手插在大衣口袋里,悠闲地吹着口哨,像一个快乐的大男孩,转过街角,消失在贝尔格莱德的夜色中。

——

始于2021年的乌克兰危机及随后的国际制裁,催生了一场人口大迁徙。超过一百万的俄罗斯人离开了自己的国家,其中大多数是受过良好教育的年轻人。

在巴尔干的旅途中,我经常遇到这些俄罗斯人。他们中有反对普京政权的人,有逃避兵役的人,也有因西方制裁导致事业受挫或失业的人。

在贝尔格莱德,俄罗斯人的身影随处可见。我从当地英文报纸上获悉,在这个接近两百万人口的城市中,估计有三十万俄罗斯人。俄国餐馆和酒吧如雨后春笋般接连开业,来自圣彼得堡和莫斯科的先锋艺术团体在这里登台演出,还有俄罗斯艺术家在时尚画廊展出自己的作品。俄罗斯人的大量涌入,甚至带动了贝尔格莱德的房地产市场。报纸上说,房租价格已经因为需求强劲而翻了一倍。

这让我想到第一次世界大战刚刚结束时的情景,上百万反对布尔什维克的俄国人离散至世界各地。其中,也有很多人逃到塞尔维亚,在贝尔格莱德安家落户。

与今天相似,他们多数是受过教育的精英阶层,为当时的南斯拉夫带来了建筑、科学和文学方面的知识。沉寂已久的贝尔格莱德,因而迎来了一段文化的繁荣期。贝尔格莱德人引以为傲的传统夜生活,至少也有一部分是来自当年俄国移民的馈赠。

我想了解当前在贝尔格莱德定居的俄罗斯年轻人的状况,于是通过网络辗转联系上了阿尔特姆。为了拿到塞尔维亚的长期居留,阿尔特姆申请了贝尔格莱德一所大学的电影专业。

我们约在共和广场的米哈伊洛·奥布雷诺维奇三世雕像下见面。阿尔特姆戴着鸭舌帽,看起来非常年轻,大约二十岁出头。他来自莫斯科一个商人家庭,因此有足够的经济实力在国外长期生活。

阿尔特姆带我去了一家人头攒动的爱尔兰酒吧。酒吧的老板是俄罗斯人。我这才想起自己乘火车在西伯利亚大铁路上旅行时,沿途的每个城市都看到过这家酒吧。

"没错,是同一个老板。"阿尔特姆说,"你看,这里全是俄罗斯人。大多数是学生,或者是IT行业的人。下周,我还有十五个朋友过来。"

我们坐下来,点了啤酒。我问他为什么选择塞尔维亚,而不是其他国家。

阿尔特姆说,他的决定是在匆忙中做出的。起初,他排除了中亚国家,比如哈萨克斯坦，因为那里的发展水平不高。他也排除了土耳其，因为那里的生活成本太高，而且他不喜欢伊斯兰文化。塞尔维亚便成了不二之选。实际上，在到达之前，他对塞尔维亚知之甚少。他甚至上网查过塞尔维亚是否仍处于战乱之中，是否是一个禁酒国家。

"我听说还有很多俄罗斯年轻人逃往格鲁吉亚。他们在第比利斯成立了反战组织，为乌克兰募捐。"我提起我在《经济学人》上看到的一篇文章。

"那群人太恶心了，和格鲁吉亚人一样恶心。"阿尔特姆突然说，"你知道吗？格鲁吉亚人要求他们签署谴责战争的声明，然后才允许他们开设当地的银行账户。"

"这么说，你和他们不是一路人？"

"我为什么要和他们是一路人？"

和许多在塞尔维亚的俄罗斯人一样，在拿到长期居留之前，阿尔特姆需要在三十天内离境一次，为护照加盖新的入境章。这对他来说并不复杂，因为这里的俄罗斯人已经通过"电报"（telegram）建立了群组，他们会相约包车，共同前往边境。阿尔特姆说，上一次去波黑时，他只走了十分钟就返回了塞尔维亚。边防警卫幽默地对他说："欢迎回来，同志。"

"塞尔维亚人不错，除了有点土。"阿尔特姆说，"他们崇拜俄罗斯，街上有很多支持普京的涂鸦。"

他拿出手机，给我看了一段雇佣兵组织"瓦格纳"发布的塞尔维亚语征兵广告。

"我们很快就会有塞族兄弟加入了。"阿尔特姆说，"我们会彻底消灭乌克兰纳粹，再用原子弹炸平波兰、立陶宛——整个欧洲都是我们的。"

显然，酒精让这家伙变得膨胀，也更加口无遮拦。

"既然如此，你为什么跑到这里？"我问，"你应该去参军才对。像个真正的男人一样上前线，消灭你口中的纳粹分子。"

阿尔特姆抬头看了看我。

我接着说道："听着，我并没有在谈论对错。我相信俄罗斯有充分的理由发动战争。我想表达的是，一个男人应该为他的理念付出行动，而不是一边嚷着炸平欧洲，一边躲到安全的地方。"

"兄弟，你不是认真的吧？我才不在乎这场见鬼的战争。我才不会为了任何人去送命。"

"是啊，我看出来了。你非常聪明。只有那些布里亚特的傻小子才会上前线，聪明的莫斯科人是不会去的。"

阿尔特姆的脸上露出一丝不悦。棕色的眼睛盯着杯中的啤酒。一度，我以为他要愤而离去，或是对我破口大骂。然而，他最终只是讪讪一笑。

"来，我们干杯！"他说，"科索沃属于塞尔维亚，克里米亚属于俄罗斯！"

又有四个俄罗斯年轻人走过来。他们都是阿尔特姆的朋友，全都刚到塞尔维亚不久，正为长期居留签证想办法——要么申请一所当地学校，要么找到一份当地工作。

与我见到的乌克兰难民不同，战火没有殃及这些俄罗斯人的家乡，但他们同样选择远走高飞，在异乡漂泊。他们的生活处在一种悬浮状态——没有一个人知道自己未来一年能否回到俄罗斯，或是身在何处。

——

在塞尔维亚，据统计超过六成的民众

将乌克兰危机归咎于北约和西方国家。他们认为，正如北约在1999年科索沃战争中对塞尔维亚的打击一样，西方试图以同样的手段使俄罗斯屈服。

这种观点在贝尔格莱德随处可以听见，无论是出租车司机的闲谈，还是酒吧老板的议论，都透露着对西方国家的不满。俄罗斯将为塞尔维亚的屈辱复仇，这是其中隐含的情绪。

在一定程度上，我可以理解这种情感。我也可以感受到贝尔格莱德街头的那些标语"科索沃属于塞尔维亚"所表达的情绪。但是作为一个旅行者，这些标语只是徒然地让我意识到科索沃的现实。

我与彼得洛维奇先生也谈到过科索沃问题。他认为，塞尔维亚应当果断地摆脱科索沃这一历史负担，甚至可以考虑最终承认科索沃独立，以此消除加入欧盟的最大障碍。

不过，彼得洛维奇先生的看法恐怕只代表了少数商业精英。当我离开他所住的高档社区，回到普通市民的生活圈时，立刻就能感受到一种迥异的氛围，也意识到他的看法缺乏更广泛的民意基础。

我常去流连的街区叫丘布拉，以狭窄的街巷和众多小酒馆闻名。与时尚的斯卡达利亚商业区不同，丘布拉一直是工薪阶层的聚集地。市政长久以来的忽视增加了这里的陈旧感，不过这也正是此地的魅力所在。漫步于这个街区，我时常感到自己进入了一个更加真实的贝尔格莱德：墙上画满涂鸦，路上会有狗屎，墙角堆着昨夜的空酒瓶。

一天傍晚，我走进一家此前光顾过的小酒馆，要了一杯本地红葡萄酒。站在吧台后面的女孩叫安卡，扎着马尾，戴着眼镜，是一个打零工的大学生。还有两个客人坐在吧台边，一个是穿着红色帽衫的年轻人，另一个是鼻子通红的中年大叔。这里不常有外国人出现，所以我们很快聊了起来。

穿红色帽衫的年轻人正是彼得洛维奇先生所说的"电子游牧者"。他是个程序员，为斯柯达汽车这样的跨国公司做远程测试。红鼻子大叔则代表着上一代人，以前是乐团的小提琴手，现在打着两份零工。

我们闲聊了一会儿，然后就聊到了"科索沃属于塞尔维亚"的标语。我问他们，为什么科索沃对塞尔维亚这么重要。

像这个年纪的很多中年男人一样，红鼻子大叔乐意谈谈这个问题。在安卡和程序员的翻译帮助下，他开始为我普及塞尔维亚版本的科索沃历史。他说，每个塞尔维亚人从小就被灌输这段历史，全都耳熟能详。

科索沃地区的故事可以追溯至中世纪时期，当时它是塞尔维亚王国的核心地带。1389年6月28日，科索沃平原发生了一场塞尔维亚王国与奥斯曼帝国之间的战争。塞尔维亚的领袖是拉扎尔王子，而奥斯曼军队则由苏丹穆拉德一世率领。

奥斯曼军队的人数远多于塞尔维亚军队，但塞尔维亚人并没有因此退缩。双方在科索沃平原激烈交战，战斗异常惨烈。塞尔维亚军队虽然英勇抵抗，但因为人数劣势和战术上的不利，最终未能抵挡住奥斯曼军队的攻势。拉扎尔王子壮烈牺牲，科索沃落入奥斯曼帝国之手，而塞尔维亚王国的辉煌也从此落幕。

谈到科索沃战役时，红鼻子大叔难掩心中的激愤与悲痛。在塞尔维亚的历史和文化中，科索沃被视为民族身份的发源地和摇篮。科索沃战役发生的6月28日，又被称为"圣维特日"。每年的这一天，塞尔维亚人都会举行各种纪念活动。这个日子的意义非常重大，在塞尔维亚民族叙事中占有重要位置。1914年，正是在6月28日，普林西普刺杀了奥匈帝国的继承人弗朗茨·斐迪南大公。红鼻子大叔提醒我，普林西普选择这个日期绝非偶然。

2000年，米洛舍维奇倒台后，反对派领袖佐兰·金吉奇出任塞尔维亚总理。他与美国进行幕后交易，在2001年6月28日这一充满象征意义的日子，不顾宪法法院的反对，逮捕了米洛舍维奇，并把这位前总统移交至海牙国际法庭。此举激起了米洛舍维奇支持者的极大愤怒。两年后，佐兰·金吉奇在塞尔维亚政府大楼前遭遇刺杀身亡。

我们一边喝酒，一边谈论这个话题，直到酒馆老板带着女儿进来。那位身着红色帽衫的程序员说他得告辞了。原来，他还有另外一项任务——给老板的女儿辅导数学——作为他每天享受免费畅饮的交换条件。

红鼻子大叔干掉杯中啤酒，也起身准备去上夜班。当他得知我是一名作家后，突然动情地说："我知道无论是作家还是音乐家，谋生都很艰难。但不管遇到什么困难，你一定要坚持自己的梦想。"

我注意到他的眼角闪着泪光，于是点点头，告诉他，我一定全力以赴。

——

安卡戴着大耳环，每根手指上都有一枚戒指，散发出一种不羁的波西米亚气质。她收走红鼻子大叔的酒杯，用抹布擦拭吧台，问我这些天在贝尔格莱德过得怎么样。

我告诉她一切都挺顺利，顺便提到与电商教父彼得洛维奇先生的会面。

"你怎么会认识他?"安卡显得非常惊讶。

我心中暗忖，看来彼得洛维奇先生果然名声在外！我简单地讲了在The BANK夜店的经历，问她有没有去过那里。意外的是，安卡对那种地方嗤之以鼻。

"那地方的价格毫无人性。"她说，"你应该去卡法纳，那才是地道的贝尔格莱德人会去的地方。"

卡法纳是一种独具巴尔干风情的小酒馆，提供酒精饮品和咖啡，常配以小吃或传统菜肴。有的卡法纳还会有现场音乐表演。这些最初作为男性社交场所的小酒馆，历史可以追溯至奥斯曼帝国时期，经历过南斯拉夫时代的洗礼，最终演变成了如今广受欢迎的形态。

"我们的口袋里没钱，但有大把的时间。所以我们会泡在卡法纳里，谈论一切。"安卡说。实际上，我们所在的这家小酒馆，也算得上是一家卡法纳，尽管它并不提供正餐。

我又喝了一杯酒。安卡也到了下班时间。老板走了过来，准备接替安卡手中的工作。我抓住机会，问安卡是否愿意一起去一家提供传统菜肴的卡法纳。

"当然，有什么好怕的?"安卡爽快地答应了，将鬓角的头发别在耳后，镜片后的眼睛带着笑意，"我带你去我最爱的那家卡法纳吧。"

我们要去的地方，位于卡莱梅格丹城堡附近，一片颇具波西米亚风情的街区。街巷两边都是灯火摇曳的卡法纳小酒馆。它们大都占据着老房子的一楼，而那些老房子显然都是上世纪初建造的。

"这里是许多塞尔维亚作家和艺术家的钟爱之地。"安卡介绍说,"你听说过伊沃·安德里奇吗?"

"当然,他是诺贝尔文学奖得主。"我回答。

"他住的地方离这里不远。第二次世界大战时,贝尔格莱德遭受德国纳粹的轰炸。他每天躲在公寓里闭门不出,写出了《德里纳河上的桥》。"

我们走进一家安卡熟悉的卡法纳。昏黄的灯火照亮粗重的木头桌子和红白格桌布。这是一家充满怀旧气息,甚至可以说带有意识形态色彩的卡法纳。墙上挂着斯捷潘·菲利波维奇和铁托等人的画像,还有锤子、镰刀、五角星等南斯拉夫时代的标志。

菜单上都是最传统的巴尔干菜肴,我让安卡挑选了几道。

"需要来点什么饮料吗?"服务员询问。

"有葡萄酒单吗?"我问道。

"嘿,在这里喝葡萄酒未免不太对劲儿吧?"安卡说,"要喝他们自己酿的李子白兰地!"

服务生面带微笑地看着我们。

"来两壶李子白兰地!"安卡自行决定。

突然之间,我觉得自己喜欢上了这里——小酒馆很怀旧很温暖,而安卡很豪爽。

"小时候,爷爷会在家里自酿李子白兰地。他偶尔会偷偷给我尝一点。"安卡说,"可能就是那时候,我开始爱上这种烈酒的。"

我这才问起她的家乡,问她是不是贝尔格莱德人。安卡告诉我,她来自塞尔维亚西南部的一个名为谢尼察的小镇,那里只有一万多居民,由于地处山区,冬季冷得像西伯利亚一样。

在塞尔维亚语里,"安卡"蕴含着"优雅"与"害羞"的双重含义。可是安卡说,她的性格与这两个词可谓南辕北辙。她从小就爱说话,总是像小大人一样滔滔不绝。她最喜欢模仿别人,拿别人的说话方式开玩笑。因此,她自小就坚信自己未来只有两种职业选择:要么当律师,要么当演员。

安卡或许确实有些律师的基因——至少她叔叔是当地的一名律师。高中毕业后,安卡来到贝尔格莱德,最初在大学里也是攻读法律专业。她熬过了前两年,终于在大三那年对法律丧失了兴趣。她给父亲打了个电话,告诉他自己需要休学一年,来考虑自己真正的志向。

"父亲以为我疯了,他无法理解我的想法。"安卡说,"事实上,我并不怪他。那时连我自己都不确定自己究竟想要什么。但有一点我很清楚,那就是我对法律没有一丝热爱。"

父亲一怒之下切断了安卡的生活费,甚至有很长一段时间不再理她。安卡休了学,但继续住在学校宿舍里,因为那是最节约成本的办法。

平时,她辗转各处,打着三四份零工。一天,她一个人在一家小酒馆里喝酒,发现有个男人一直在注视她。当他走过来时,安卡直言不讳地说:"滚开,我对男人没兴趣,我只想赚钱和工作。"

没想到,那个男人是小酒馆的老板。他看中了安卡,认为她很适合担任吧台服务员。

"就是你刚才去的那家小酒馆。"安卡对我说,"我现在还在那里打工,一周三天,从下午两点到晚上八点。"

尽管安卡四处奔波打工，所挣的钱却始终入不敷出。有一天，她发现自己口袋里仅剩下两千第纳尔，不到人民币一百五十块钱。

"我的态度是，好吧，去他妈的。"

于是，安卡拿着这笔钱去了一家玩老虎机的地方。或许是因为新手的运气，她竟然赢了不少钱，足够支撑两个月的生活。

"恭喜你！"我为她倒了一杯李子白兰地。

那年的圣诞节，安卡没有接到父亲的电话，也没有回家。她一个人待在宿舍里，有时间静下心来，思考自己的未来。

圣诞节过后，父亲终于打来电话，问她是不是还活着。安卡告诉他，自己活得好好的。她做了决定，想学表演和制片，未来去剧院工作。

在过去的一年里，安卡换了专业，同时在一家剧院做义工。她参与了从舞台布景、给演员化妆到扮演一些小角色的各项工作。

安卡划开手机，给我看她客串过的一些角色。在一张定妆照里，她染了绿色的朋克爆炸头，戴着鼻环，摘掉了眼镜，目光中充满挑衅。

"我觉得这个角色很适合你。"我说。

"我也这么觉得。"安卡回答。

安卡一直渴望毕业后能够留在剧院。但就在上一周，剧院的经理告诉她，由于资金紧张，他们无法提供固定职位。

"我的态度是，好吧，去他妈的。"

现在，距离安卡毕业还有半年时间。她想之后离开塞尔维亚，到国外流浪一段时间，体验不同的生活。

"打算去哪里？"我问。

"随便哪里都行。"安卡回答，"只要能离开塞尔维亚。我厌倦了这里的一切。唯一让我犹豫的是，我会想念爷爷。一想到爷爷终有一天会离开人世，想到我们爱的人终将逝去，我就感到难过。"

我想对她说，离别是人生的常态，人类还没有发现比死亡更高的幸福，但没有说出口。因为我注意到，安卡的眼眶里正在涌出泪珠。那些泪珠一旦涌出来，便不可遏止，沿着她的脸庞，滑落在桌布上，发出"啪嗒啪嗒"的声响。

我重新为安卡斟满了酒杯，接着从书包里摸索出一张还算干净的纸巾，递到她的手中。

"我不在乎表露真实感受。"安卡说，"你可能会觉得很奇怪，不过没关系，我不介意。"

我向她保证，她这样的真实和坦诚很好。

卡法纳开始了现场演出。几位音乐家来到桌边，弹起巴尔干的传统乐器坦布拉琴。气氛突然变得活跃起来，仿佛进入另一个世界，让人感到一种莫名的安详。

晚餐结束后，我们离开卡法纳，漫步在街上。安卡穿着一件磨破的旧呢子大衣，衣肩上的缝线已经有些松脱。她登上一辆公交车。我看着它像一条奇怪的鲸鱼，穿过潮湿的夜雾。

回莫斯科酒店的路上，我想着安卡的话，想着在人生旅途的前方必定等待着她的那片辽阔的新世界。虽然一切还充满悬念和未知，但已经向她发出了无声的邀请。

想着这些，我的心情也变得愉悦起来。

——

离开贝尔格莱德的早晨，我特意走进

△ 中国驻南联盟大使馆旧址，如今是一座中国文化中心（刘子超　摄）

一家花店，买了一束白色的康乃馨，来到中国驻南斯拉夫联盟大使馆旧址。如今，这里是中国文化中心大厦——一座具有现代风格的白色大楼。

纪念碑前的地面铺着石板，周围栽有整齐的小树。黑色的碑面上刻着文字："缅怀英烈，珍爱和平"，"谨以此纪念在北约轰炸中华人民共和国驻南斯拉夫联盟共和国大使馆中牺牲的邵云环、许杏虎和朱颖烈士"。

当地时间1999年5月7日，北约对位于贝尔格莱德的中国驻南联盟大使馆进行了轰炸，造成三名中国记者死亡，数十人受伤。北约后来声称这是一起"悲剧性的错误"，因为他们使用了过时的地图，导致误将中国大使馆当作军事目标。

当时，北约正在通过外科手术式的军事打击，迫使塞尔维亚在科索沃战争中屈服。我此前看到的国防部大楼，也是在那时候被北约导弹击中，沦为了一片废墟。

北约的行动并未得到联合国安理会的批准，因而引起了国际社会的广泛争议。中国大使馆被炸后，中国政府和全球华人社区强烈谴责了这一行动，并在中国各大城市举行了抗议和悼念活动。北约和美国政府随后对事件表示歉意，并对遇难者家属进行了赔偿。

这次轰炸事件严重影响了中国与北约以及美国的关系，并导致国际政治局势紧张。长期以来，关于轰炸是否真的是意外的疑问一直存在，一些评论家和分析师对北约提供的解释表示怀疑。

某种程度上，正是这段记忆促成了我的这趟巴尔干旅行。1999年轰炸事件发生时，我还是一名初中生，参与了学校组织的抗议游行。我记得自己随着人群高喊口号，一种被点燃的情绪，飘浮在空中，空气几乎凝滞，有股铁锈的腥味。

那是我第一次见证民族主义与爱国情感的关联——那种深刻的体验，动摇着我的心旌，成为我对战争与世界局势的最初记忆。我记得自己当时曾经暗下决心，有朝一日，一定要踏上贝尔格莱德的土地，去事发现场看看。

现在，我站在这里，冬日的寒风吹打在脸上，脑海中浮现出那个遥远夏日的场景。岁月流转，1999年的夏日已如我生命中的很多事物一样，成为历史的一部分，但它的回音却在我的心中久久荡漾。

我将花束放在纪念碑旁，肃立片刻，与往事告别。之后，我叫了一辆出租车，前往长途汽车站，继续我的旅程。

## 科索沃 I：雪落荒原

"票！"在贝尔格莱德长途汽车站，一个像是工作人员的家伙拦住我。

"这里。"我把车票递给他。

"不，我要的是站台票。"

"站台也需要票吗？"

他用一种平和但不带感情的眼神扫了我一眼，随即无力地挥了挥手，指向售票窗口。于是，我又去那里花钱买了一张所谓的"站台票"。

这是我头一次遇到进站乘车还需购买站台票的情况。看来车站在财务上有些拮据，需要依靠额外的费用来维持运转。不过，一个汽车站究竟是如何维持日常运作的？

车站的长椅上，坐着一个满脸胡茬的老人。他从塑料袋里拿出面包，慢慢地掰成小块，撒在自己的脚边。一群饥饿的鸽子咕咕地围过来，争夺那些面包屑。那位老人边喂鸽子，边露出了满足的微笑。

过了一会儿，老人站起身，将塑料袋扔进垃圾桶，上了我坐的这辆大巴，竟然坐到了司机的座位上。他发动汽车，慢悠悠地转动方向盘，而我们就这样离开了贝尔格莱德，奔向南部边陲新帕扎尔。

大巴驶出市区，沿着萨瓦河东岸行驶。我意识到，我们进入了凄凉的城市边缘地带，主要由低矮的建筑组成，屋顶都是灰色的铁皮瓦楞。眼前的环境透露出的不是敌意，而是一种让人心生寒意的冷漠与遗弃。之后，我们离开萨瓦河的冲积平原，再度进入山区，感觉恍若又回到了波黑的群山之间。

午后，我们到达新帕扎尔——塞尔维亚南部边境城市。从"帕扎尔"的名字（意为"巴扎"）即可看出，这是一座波什尼亚克族的城镇。土耳其旅行家埃夫利亚·切莱比在《旅行纪》中写到，17世纪时，新帕扎尔是奥斯曼帝国的重镇，是前往杜布罗夫尼克、萨拉热窝、布达佩斯、塞萨洛尼基、伊斯坦布尔等地的交通枢纽。

如今，昔日的繁华已然消逝，新帕扎尔变成了一个落魄的巴尔干边城。在过去的五百年中，这里的经济与科索沃及北马其顿紧密相连。然而，随着南斯拉夫的解体以及科索沃战争，这些地区突然被强行划定的边界切断。即使按照巴尔干的标准，官方失业率也达到了极其严重的程度。

我要去买第二天前往科索沃的车票，可是车站里没有售票处，问了两个人也听不懂我在说什么。我拖着行李，走出车站。街上十分混乱，一路上都有人好奇地盯着我——我突然有一种二十年前走在滇藏交界处小县城的感觉。

路边停着几辆破旧的出租车。我向穿着旧皮衣的司机询问一番，最后总算在对面的巷子里，找到一家代卖车票的旅行社。

屋里烧着炉子，飘着淡淡的香水味。办公桌后面，坐着一个惊人貌美的波什尼亚克族少妇。她戴着头巾，化着浓淡适宜的妆容。我一时间感到惊讶：在这么窘迫的地方，怎么会有这样体态匀称、衣着端庄的女性？

我付了钱，买了一张前往科索沃北部城市米特罗维察的车票。她小心翼翼地撕下一张纸，用手写下目的地和日期时间。

街上的积雪刚刚融化，一片黑色的泥泞。放学的学生大军，如开闸的洪水，涌向学校附近的小商店。

我经过一排肉店、茶馆、餐厅和杂货铺，跨过一条急速奔流的小河，找到当晚投宿的旅馆。等我烧水泡茶，稍事休息后再度回到街上，暮色已经悄然降临。我看到上万只乌鸦在头顶盘旋，最后如纷纷洒落的灰烬，停歇在小城各处的树梢与屋顶之上。

我随便找了一家餐馆，简单地解决了晚餐，饭后又走进附近的一家小酒馆。瘦弱的女老板坐在昏暗的灯光下，独自抽着烟，电视里正在播放着一部老电影。桌布很干净，但布满破洞。冰柜里只有本地产的瓶装啤酒。我点了一瓶，发现价格仅比超市高出六角——酒馆微薄的利润可见一斑。

新帕扎尔似乎没有什么夜生活。喝完两瓶啤酒，街上已是一片漆黑，天狼星在冷风中闪烁。回到旅馆，我躺在床上，翻阅荷兰作家黑特·马柯的《在欧洲：跨越二十世纪之旅》。这是一本我刚到欧洲时，在巴黎的莎士比亚书店购得的书。

看到十点，关灯睡觉。睡得很沉，醒来已经天光大亮。

——

开往科索沃的巴士十分破旧，车上也只有寥寥数人。天空布满沉重的云层，预示着即将来临的大雪。巴士驶出新帕扎尔，穿行在起伏的山峦间，远山淡蓝色的轮廓在天际线处若隐若现。

路上几乎看不到车辆，却不时遇到路障。越过干枯的矮树丛，是一片崎岖不平的荒野。偶尔可以看到一座简陋的木屋，屋顶由红色瓦片覆盖。门外的水槽与煤气罐，是这座房子可能有人居住的唯一迹象。

到达科索沃边境，持枪的士兵上车进行检查。我是唯一使用护照的外国人，但并没有人在我的护照上盖章。在边检亭上，我注意到一张已经褪色的海报，上面用英文写着"严禁索贿"。我心头不由升起一股即将进入未知之境的兴奋。

科索沃的面积与天津市大致相当，人口接近两百万，其中阿尔巴尼亚穆斯林占90%以上。但在科索沃北部，与塞尔维亚接壤的地区，几乎是清一色的塞族东正教人口。他们拒绝承认科索沃独立，依旧保持对塞尔维亚的忠诚。这种族裔情绪，在我即将抵达的米特罗维察达到了爆发的临界点。

在那里，伊巴尔河穿城而过，将米特罗维察一分为二，北岸是塞族区，南岸是阿尔巴尼亚族区。两族隔河对峙，冲突时有发生。

在连接两岸的桥上，至今驻守着荷枪实弹的联合国维和部队。前往斯雷布雷尼察的路上，我和阿德南在咖啡馆中看到科索沃的新闻，正是因为米特罗维察的紧张局势又一次升级。

快到米特罗维察时，天开始下雪。雪

花飘落在荒原之上，白茫茫一片。我坐在车里，望着外面的漫天飞雪。半透明的雪泥已经在路边堆积，有些地方甚至结了冰。橄榄色的河水，湍急地流过岸边光秃秃的树林。

巴士在米特罗维察的北岸停下。街上到处悬挂着塞尔维亚国旗，墙上画满了民族主义的涂鸦，空气中有一种军事前线的紧张气息。

我订的旅馆在伊巴尔河另一侧的阿尔巴尼亚族区，北岸的出租车不能开过去。因此，我只能拖着行李，冒雪穿过整个塞族区。

除了国旗和涂鸦，这一侧的商店依旧使用塞尔维亚货币。街上的汽车仍有很多挂着塞尔维亚车牌。

长期以来，塞尔维亚政府不允许科索沃车牌的车辆入境，因为这在某种程度上等同于承认了后者的主权。可是，就在不久前，科索沃政府也下令禁止挂着塞尔维亚车牌的车辆进入，同时要求科索沃当地的塞族居民将塞尔维亚车牌更换为科索沃车牌，否则将无法继续在科索沃行驶。

这一法令在米特罗维察引发了激烈的抗议，甚至导致街头封锁和暴力冲突。在国际社会的压力下，科索沃政府暂时降低了执法力度，但塞尔维亚总统还是命令军队前往边境。

我发现，在米特罗维察，即便是那些更换了车牌的塞族居民，也会用白色胶带遮住科索沃的标志，以此表达抗议。我来时乘坐的那辆巴士也不例外。

———

刺骨的寒风犹如利刃扑面扑来。雪越下越大，银白色的雪花在天地间编织成一张迷蒙的幕布。一时间，我竟难以分辨，这漫天飞雪究竟是从天而降，还是从地面钻出来的。

我经过一座环岛，中央耸立着一座巨型雕像。那是塞尔维亚历史上赫赫有名的拉扎尔王子。1389年6月28日，他领导塞族人抵抗奥斯曼土耳其人的进攻，最终在科索沃平原功亏一篑。

△米特罗维察，大雪中的拉扎尔王子，手指科索沃平原方向（刘子超 摄）

雕像身姿挺拔，穿着中世纪战袍，头戴显赫的王冠。拉扎尔的左手放在佩剑之上，右手指向南方——那是科索沃平原，亦即"黑鸟之地"的方向——在塞尔维亚民族主义的叙事中，那片土地被视为塞尔维亚的精神摇篮。

雕像的细节精致，表面呈现古铜色调，与基座的石头质感形成对比。整个雕像传达出一种不容置疑的权威与坚定，仿佛在无声地宣示："我所指之处，便是我们的家园，绝不可以放弃。"

顺着雕像手指的方向，我看到一条大道直通那座横跨伊巴尔河的大桥。道路两旁，建筑物的每扇窗户上都飘着塞尔维亚国旗，宛如一幕舞台剧的高潮。荷枪实弹的维和部队士兵，正在大雪中缓步巡逻，那座桥也由他们驻守，只允许行人通过。正是在那里，塞族和阿尔巴尼亚族多次爆发冲突，导致人员伤亡，有时甚至会触发整个科索沃的致命骚乱。

由于近期局势紧张，我发现桥上居然聚集了三拨记者，在大雪中进行现场报道。其中一名记者显然来自科索沃电视台，因为她的话筒上——带着一丝戏谑感——印着科索沃电视台的缩写"KTV"。

我走上大桥，伫立片刻，望着雪花缓缓落在桥面与栏杆上，也悄然融入河水之中。

伊巴尔河浑然无事地流淌，两岸的景色有着近乎一致的荒凉。河流原本无意划界，但人类的冲突与纠葛，却在平静的大自然中划下难以愈合的伤口。

——

在阿尔巴尼亚族经营的小旅馆，我办理了入住，拿到钥匙后直接上了楼。房间内没有暖气。我打开空调，脱下靴子，和衣躺在床上，用帽子轻轻盖住眼睛。我睡了不到一个小时，醒来后恍恍惚惚的，不知道自己身在何处。我走进浴室，用冷水洗了把脸，看了看镜子里的自己。我重新穿戴整齐，再次走上街头。

和黑山一样，科索沃没有自己的货币，而是使用欧元。我检查了几台自动取款机，但都没看到银联的标志。

我突然想到，科索沃在2008年单方面宣布独立，获得了美国和一些欧盟国家的承认，但包括塞尔维亚、俄罗斯和中国在内的另一些国家，至今仍认为它是塞尔维亚的一部分。既然中国尚未承认科索沃，这里的取款机自然也不会有银联系统。

我的钱包里还剩两百美元现金，只好去银行兑换成欧元。可是，银行职员告诉我，要想在这里换汇，必须先开设账户，而开户的前提条件是拥有当地的居住证。

"那我该怎么办？"

"你可以去黑市换钱。"

"黑市？"

"对，就在大清真寺附近。你到了那里，肯定能找到换钱的人。"

被银行的工作人员打发到黑市换钱，这种情况我还是第一次遇到。

我走出银行大门，往大清真寺的方向走。随着祷告时间的临近，人群正在奥斯曼风格的伊萨贝格清真寺门口聚集。这是科索沃地区最大的一座清真寺，在科索沃战争中被毁，后来在土耳其的资助下重建。

清真寺外面就是黑市，三五成群地站着一些形迹可疑的人。纷飞的大雪没有让黑市的商业活动停歇——它的齿轮仍在缓慢运转。只是那些人的面孔因为雪花而蒙上了条条暗影，就像是一些出没在黑白电影中的角色。

我站在一个卖走私香烟的摊贩旁边，环视四周，寻找可以换钱的地方。一个身形瘦削的皮衣男子凑了过来，身上有一股混合了烟草和陈年皮草的味道。

"你要什么？"他问。那口气就像他拥有整个世界。

428

"你有什么?"

"什么都有。"

"能换点钱吗?"

"多少?"

我从口袋里取出两张百元大钞。他扫了一眼,从皮衣里掏出一叠厚厚的欧元,舔了舔手指,数出一些小面额纸币。

我们在大雪中交换手中的钞票。我再次确认了数额。

"你喜欢科索沃吗?"他突然问我。

我愣了一下,但还是马上说:"喜欢,阿尔巴尼亚人非常友好。"

他微笑着点点头,伸出手,然后我们像刚做成一笔大生意似的,用力地握了握。

我又在黑市里逛了会儿,然后沿着马路向前走。相比北岸的塞族区,阿族一侧的市容更加混乱:坑洼不平的道路上蒙着污泥,汽车吐出一串黑烟,歪歪扭扭的小商店挤在路边,墙上贴满褪色的旧海报。

我细看那些海报,发现它们和糨糊粘在一起,已经变成干硬的纸板。估计要清理掉那层东西,得把整片墙皮一起刮下来。旁边的电线杆快倒了,电线耷拉下来,而一个面带微笑的小贩就坐在那根致命的电线下面,叫卖着堆积如山的菠菜。

这里没有暖气,冬天就靠烧柴取暖。街边停着装满木柴的小推车,空气中飘着柴火的味道。这地方与其说是一座城市,不如说更像一个集镇。难以想象如今的欧洲大陆上还有这样的地方存在。

我在街上遇到一群刚放学的小学生,像叽叽喳喳的小鸡,把我团团围住。他们很少见到外国人,既出于好奇,也出于顽皮,开始你一言我一语地向我提问。

"你叫什么名字?"

"你从哪里来?"

"你多大了?"

每次有人提问后,其他人都会起哄大笑。

这时,一个孩子突然问我:"阿尔巴尼亚族和塞族,谁更强大?"

这一次没人起哄,孩子们的目光全都集中到我身上,等待回答。

面对这样敏感的问题,应当谨慎,最好强调一下爱与和平的重要性。

我可以这样回答:"孩子们,世界上没有绝对强大的民族,阿尔巴尼亚族和塞族都有自己的历史和文化。因此,重要的是学会和谐共处,相互理解,相互尊重。"

不过,在这样嘈杂的街头,说教似乎不合时宜,况且他们也期待更直截了当的答案。于是,为了尽快脱身,我就说:"阿尔巴尼亚族。"

霎时间,孩子们欢呼起来,接着开始齐声高喊:"阿尔巴尼亚族!阿尔巴尼亚族!科索沃!科索沃!"我从人群中匆忙挤过,没想到自己会在无意中点燃民族情绪的小火苗。

我惊讶地发现,在丽贝卡·韦斯特笔下,米特罗维察原本是一片繁荣与和谐之地。她在《黑羊与灰鹰》中写道,这里的塞尔维亚族与阿尔巴尼亚族相处愉快,巴尔干乃至欧洲其他地方的人都会慕名来到米特罗维察,希望在这里找到工作。

米特罗维察有巴尔干地区最大的矿山,盛产铅、锌、银等矿产。丽贝卡·韦斯特说,米特罗维察就像十九世纪时的美国,是一片充满希望的乐土:"人们的眼中洋溢着满足,欣喜自己来到了富庶之地。不管天气如何,这里总有充足的食物、温暖且价格低廉的衣物、舒适的鞋袜、能提供庇护的房屋，甚至有在波兰或葡萄牙等地难以想象的奢侈品，如收音机、冰箱和汽车。"

到了铁托时代，米特罗维察的矿山依旧是南斯拉夫的支柱企业，雇佣了高达二十万工人。而今天，这个数字降到了区区几百人。

和这座城市一样，矿山在科索沃战争后也遭受了分裂的命运：北部只雇佣科索沃的塞族工人，由贝尔格莱德管理；南部只雇佣科索沃的阿尔巴尼亚族工人，由科索沃当局运营。长期的所有权争议，导致矿山多数设施陷入废弃或半停滞状态，只能勉强维持运作。我在报纸上看到，工人们正因恶劣的工作条件和拖欠工资而举行罢工。

米特罗维察的境遇更像是整个科索沃悲剧的缩影。如果说在丽贝卡·韦斯特的时代，这里比波兰和葡萄牙还好，那么悲剧又是如何一步步走到今天的呢？

这正是我在接下来的旅程中想要探寻的。

———

在科索沃，每个人都藏着一个关于战争的故事。

翌日早晨，在前往普里什蒂纳的破旧小巴上，我认识了利里顿。他坐在我旁边的座位上，主动和我打了个招呼，疲惫的瘦脸上带着阿尔巴尼亚人独有的社交性微笑。

小巴的座椅布满污渍，马路两侧是刚开始融化的脏雪。透过茶色的车窗，可以看到灰扑扑的街道飞逝而过。

我和利里顿聊了起来。我没话找话，问他的名字有什么含义。没想到利里顿说，在阿尔巴尼亚语里"利里顿"是"自由"的意思——只有1991年或1992年出生的科索沃男孩才会叫这个名字。

利里顿进一步解释，1990年代初，塞尔维亚剥夺了科索沃的自治权，科索沃的阿尔巴尼亚族愤然抗议。当时，很多父母都会给孩子起名叫"利里顿"。

"我们班上就有好几个人叫利里顿。"

"你是不是科索沃最著名的利里顿？"

"不是我。"利里顿笑起来，"这里有一个足球运动员也叫利里顿。他在马来西亚踢球，后来成了马来西亚公民。"

我心中暗想，这似乎有点像叫"建国"或"建军"的孩子，最后离开中国，移民国外了。

利里顿来自一个大家庭，有两个姐姐，两个弟弟和一个妹妹。出乎我的意料，他高中就辍学了，当时连一句英语都不会说。他在社会上游荡了几年，组建过一个乐队，最终还是接受现实，在普里什蒂纳的一家房产公司找了份工作。

利里顿的客户主要是那些驻扎在科索沃的北约外交人员。在和这群人打交道的过程中，他以惊人的速度掌握了英语。他对普里什蒂纳的房源了如指掌，总能为那些挑剔的外国客户找到还算满意的住所。

"我还帮他们找大麻和女人。"利里顿不无炫耀地说，"因为科索沃的条件太差，大部分住在这里的外国人都不会携带家眷。"

我无从判断此话的真假，但从利里顿的言外之意中可以看出，他好像也愿意为我效劳，做点类似的事情，顺便赚点小钱。

不过，在科索沃这样的地方，我实在没有此等闲情。我表示了尴尬，而利里顿也心领神会，眨了眨眼睛："我明白你的意思。"

利里顿的举手投足，让我想到穆斯林传统社会中的学徒。他们虽然缺少正规教育，却能凭借天资和聪慧，迅速掌握所需技能。利里顿告诉我，房产公司的黑山老板对他颇为器重。在这个寒冷的季节，老板飞去泰国度假，而利里顿就暂时成了公司的负责人。

"老板想带我一起去普吉岛，他承担机票和酒店费用，但不另付我工资。"利里顿说。

"那你为什么没去呢？"

"唉，"利里顿叹了口气，"我虽然很想去泰国，但还是更想赚钱。况且我也知道老板让我陪他去的目的——他想让我免费帮他打理一切，陪他喝酒，帮他找女人。"

我问老板给他开多少工资。

"每月750欧。"利里顿说，"这在科索沃算是很高的工资。"

或许是金钱带来的安全感，让利里顿想到应该找个女孩结婚。他订过一次婚，后来分手了。他退掉了之前的公寓，与人合租。

我问起他在科索沃战争期间的经历。利里顿说，战争爆发那年，他八岁。父亲带着一家人逃到科索沃西部的山区。动身前，他亲眼看到表妹被塞尔维亚士兵射死在街上。

"每一个科索沃的阿尔巴尼亚人都至少有一名亲属死于战争。"

战争结束后，利里顿回到米特罗维察。他父亲在街上开了一家卖磁带的音像店。生活并不宽裕，几乎入不敷出。不过，正是在那时，利里顿爱上了音乐。那些滞销的磁带，成了他成长的养分。他最喜欢涅槃乐队和枪花乐队。受到这些乐手的影响，他辍了学，留起长发，还和几个同样无所事事的朋友成立了一支说唱乐队。他写过歌，录过小样，甚至还刻过几张专辑，但音乐事业最终无疾而终。

"太难了，"他说，"这里是科索沃。"仿佛这就足以解释一切。

"可是，我的朋友，别忘了杜阿·利帕也是科索沃的阿尔巴尼亚族。"我说。

"是啊，哥们儿，"利里顿大笑起来，"她的确是阿尔巴尼亚族，但她是在伦敦长大的！"

小巴最终将我们丢到普里什蒂纳的市区，外面只是另一个稍大一些的集镇。

"能离开的人都走了。"利里顿说，"留下来的都是没办法的人。"

临别前，我们交换了联系方式。我告诉利里顿，我很想听听他的歌。

"好的，哥们儿，我会发给你的。"说完，他眨了眨眼，"你在普里什蒂纳要是想要大麻和女人，给我打电话——利里顿能搞定一切。"

"你是说，自由能搞定一切？"

"没错，哈哈，自由万岁！"

我们握了握手，在路边告别。我看着他熟练地拦下一辆当地人的小巴，消失在乱糟糟的街头。

——

我没想到利里顿真的会把他的歌发给我。

那天晚上，我倒了杯酒，将手机连接到蓝牙音箱上，听利里顿发来的三首歌。我最喜欢的一首叫《我不在乎》。

**我不在乎**

我们静坐,默默地编织生活的故事,

在我心中,生命是一首诗,涌动着泪水与喜悦的旋律。

多少次,在无声的独白中,我悄然落泪。

我跪倒在悲伤之地,泪流成河。

你说过无数遍,不愿岁月留痕。

太阳不曾为自己落泪,只是夜夜怀念黎明的吻。

你知道它的价值,你理解它的含义。

当你离开又归来,就算关上的门,也会为你再度打开。

我不在乎,我不在乎,

即使身处黑暗的深渊,即使他们抛弃了你,

对我来说,你永远是无价之宝。

我不在乎,我不在乎,

人生如烘炉,我们相互试炼。

就算每走一步,都仿佛回到起点。

我不在乎,我不在乎,

我将追随雪花,破冰而行。

即使命运让我坠入深渊,即使世界转身离去。

我不在乎,我不在乎,

无论前路多么曲折,就像通往深渊的洞穴,

我们将手牵着手,穿过寂静的深夜。

即便以上只是我借助翻译软件稍加润色后的译文,歌词的内容依旧令我动容。

后来,一位科索沃的朋友告诉我,歌词在阿尔巴尼亚语中的表述方式非常独特。歌曲将爱与承诺、苦难与希望巧妙地交织在一起,而雪花与深渊、黎明与黑夜等意象接踵而至,强烈地撞击着听者的心弦。

我没想到,在科索沃这样逼仄的环境里,利里顿在他的生活中注入了如此的坚韧与柔情。

**科索沃 II:黑鸟之地**

在普里什蒂纳,我住在市中心一栋破旧公寓楼的顶层。站在阳台上,可以俯瞰市景。

从这个高度看去,普里什蒂纳仿佛是野蛮生长出来的,空气中飘着煤炭燃烧的味道,天际线浮现出科索沃群山的轮廓。

城市的布局显得随意而即兴,好像人们逮到一块空地,就匆忙地盖起一栋建筑——有的幸运地盖完了,有的就烂尾在那里。即便是那些看似正常的建筑,似乎也没把和谐与风格等因素考虑在内,只是在呆板地模仿国际风格。

整座城市就像一夜大雨后森林里长出的蘑菇,东一摊,西一片,难以引发人们对美感、宏伟和希望的想象——比起很多国家，科索沃恐怕更需要这种提振精神的东西——反而助长了这里的凌乱、无序以及难以掩盖的匮乏感。

一天，我在出租车上看到一座状如烟囱的宣礼塔（抑或是状如宣礼塔的烟囱？），而它旁边的屋顶上赫然耸立着一座纽约自由女神像。经过这不伦不类的一幕，我来到了"克林顿大道"。这是市区通往机场的一条主干道，名字是为了纪念美国前总统比尔·克林顿。我这才意识到，刚才看到的那座自由女神像或许也不是随意出现的。

"克林顿大道"两侧分布着政府机构、商业设施和文化中心，是普里什蒂纳城市生活的动脉。在这条大道的一个十字路口处，还有一座克林顿面带微笑、挥手致意的雕像。旁边一栋建筑物的侧面挂着巨大的条幅，上面印有克林顿的照片，下方是美国国旗。

我与站在条幅下的一个年轻人攀谈起来。他告诉我，科索沃战争期间，克林顿领导的北约对塞尔维亚实施了为期数月的空袭，迫使塞尔维亚屈服，为科索沃最终宣布独立铺平了道路，克林顿因此在科索沃享有崇高的威望。

"我们经常开玩笑说，克林顿才是科索沃的'国父'。"年轻人笑着说。这句话虽是调侃，但在一定程度上也是事实。

我们交谈时，一辆大型黑色雪佛兰鸣着警笛呼啸而过，粗鲁的气势近乎霸道。

"北约人员的座驾。"小伙子告诉我，"目前科索沃还有四千多名北约驻军。"

我离开"克林顿大道"，想要寻访普里什蒂纳的古老街区，最后发现这座城市几乎没有什么古迹留存。

城郊的大清真寺附近，有一座熙熙攘攘的巴扎，贩卖廉价的日用品。宣礼塔传出祈祷的呼声，如男性咏叹调一般，回荡在尘土飞扬的巷子里。在这片街区，我找到了科索沃民族志博物馆。院中只有两栋奥斯曼时代的老房子，姑且被当作古迹保留下来。

这是两栋乡村风格的平房，外墙涂白，屋顶覆盖着棕色瓦片，木制支撑结构暴露在外。简陋的展品包括家具、厨具和纺车，令我想起在一些偏远山区见到的生活场景，而这些居然就是博物馆的全部展品。

另一栋房子敞着门，一个身穿枣红色毛背心的男人正埋首于书间。他看到我后站起身，伸了个懒腰，走了出来，一副气定神闲的模样。他是民族志博物馆的馆长，能讲英语。

从刚才的展品中，我完全看不出科索沃的阿尔巴尼亚人有何特别之处。于是，我请教馆长，阿尔巴尼亚人究竟与其他巴尔干民族有何区别。

馆长表示，巴尔干各民族的生活方式大体相似，但将阿尔巴尼亚人团结起来的是他们独特的语言。阿尔巴尼亚语与斯拉夫语、罗曼语等语族完全不同，它是单独一支，保留了许多古印欧语言的特色，是巴尔干半岛上最古老的语言之一。

"语言一直是巴尔干地区民族身份和文化认同的关键因素。"馆长说，"仅从这一点来看，我们就与塞族人截然不同。"

馆长还谈到，阿尔巴尼亚人是巴尔干半岛的原住民，自远古时代便居住在科索沃，而塞尔维亚人是在公元六世纪末才迁徙到这里的。

在奥斯曼帝国统治下，阿尔巴尼亚人为了避税和提高社会地位而改信伊斯兰教，成了穆斯林，而塞尔维亚人因不愿放弃信仰而被迫离开，留下的土地被分给了阿尔巴尼亚人。

"十八世纪时，科索沃已经成为阿尔巴尼亚人占多数的区域。"馆长侃侃说道，"直到今天，情况依然如此。"

我没有继续追问这片土地的归属问题。这类问题过于复杂，就像询问巴勒斯坦是应该属于以色列人还是阿拉伯人一样，答案往往充满争议，同时也折射出国家主权、民族自决权以及国际法原则之间的复杂冲突。不过，从馆长的话中可以明显感受到，阿尔巴尼亚族对科索沃同样有着难以割舍的情感，将其视为他们的历史土地。

然而，科索沃问题的解决不仅依赖于历史事实，而且经常受制于外部势力的干预。由于外部势力的利益各异，力量此消彼长，科索沃的和平总是暂时而脆弱的。如果不能从根本上解决族群之间的紧张关系，随着时间的推移，这片土地的未来仍将充满不确定性。

———

那天晚上，我在放着杜阿·利帕《冰冷的心》的酒吧里小酌了两杯，然后打"蓝色出租车"返回公寓——这种出租车需要发短信预约。

车子打着双闪，在酒吧门口等候。车内出奇地整洁，还散发着淡淡的清香。一时间，我有些恍惚，不知道自己身在何处。我努力回想，上次坐在如此干净的车内，似乎还是在卢布尔雅那。

司机是一个叫利斯的年轻人，英语十分流利。他告诉我，在阿尔巴尼亚语中，"利斯"意为"橡树"。他于1999年在英国出生，父母是科索沃战争的难民。战后，他们全家又回到了科索沃。

"为什么不留在英国呢？"

他微笑着回答："没有哪个地方比家更好。"

这句话虽是事实，但也并非全部事实。在塞尔维亚屈服后，欧洲国家开始驱逐科索沃难民，理由是他们认为科索沃已经是一个"自由"和"安全"的地方。

然而，现实情况远非如此。科索沃的经济仍然步履蹒跚，无法正常运行，而有组织犯罪如野火般迅速蔓延。德国联邦情报局在2005年发布的一份详尽报告中，剖析了科索沃的几个主要犯罪集团如何在地区内进行权力争夺，甚至渗透和操纵科索沃的三大主要政党。

围绕科索沃政治人物的争议也从未停止。不少往届总统和总理都曾面临从战争罪到贩毒、甚至非法器官交易等多重指控。尽管他们坚决否认这些指控，或者在海牙国际法庭上被宣判无罪，但一些政治人物仍然被塞尔维亚列入国际逮捕令名单。

利斯穿着笔挺的西装，打着领带，发型修剪得恰到好处。他的外表英俊潇洒，身材魁梧，看起来更像是T台上的模特。我不禁好奇，他为何会选择开出租车作为自己的职业。

"这是一份好工作。"利斯微笑着说。

他向我解释，科索沃的青年失业率超过50%，工作机会非常稀缺，而开网约车算是一份相对体面的职业。公司规定的工作时间是每天九小时，但他为了赚取更多的收入，常常会主动加班至十二小时——现在就是他的加班时间。

"我希望攒钱开个店。"他向我透露。

"什么样的店？"

"一个小超市就好。"

"那每趟车能赚多少钱呢？"

"车费的30%归我。"他说。

我在心里默默计算：普里什蒂纳是一座小城市，从酒吧到公寓，我只付了两欧的车费。也就是说，利斯能从中赚到相当于人民币四块多钱。

外面细雨蒙蒙，但状态更接近于雾。空气里飘着煤炭燃烧的细微颗粒，而雾气就附着在这些颗粒之上。导航显示的路线要兜个大圈子，不过为了节省时间，利斯选择在空荡荡的街上掉个头。

一辆警车猝不及防地从旁边的巷口里拐出来，打开警灯，鸣响警笛。利斯把车停在路边，放下车窗。两个警察走过来，说了些什么，接过利斯的驾照，用小手电筒照亮。接着，没做任何争辩，利斯从钱包里掏出四十欧元给了警察。

"刚才那里不允许掉头。"警察离开后，利斯对我说，"唉，我是个笨蛋。其实我知道警察经常躲在附近。"

他没再说下去。但我清楚，他恐怕是因为和我说话才一时疏忽的。四十欧是一大笔钱，相当于他两天的收入。即便在中国，这也是一笔巨额罚款。

我说，罚款数额未免太高，似乎远超科索沃的收入水平。

"政府没钱，"利斯告诉我，"这是警察的收入来源。"

"我很抱歉发生了这样的事情。"

下车时，我留下利斯的电话，告诉他明天上午我想去一个地方，可以不用打表。那地方叫格拉查尼察修道院，距离普里什蒂纳十儿公里，算是一趟长途。除此之外，我不知道还能怎么安慰利斯。

——

科索沃（Kosovo）又被称为"黑鸟之地"。这个名字源自塞尔维亚语"kos"，意为"黑鸟"。据说，科索沃平原上常有大量黑鸟出没，因而得名。

1389年6月28日，在那场决定命运的战役中，土耳其人一举击败了塞尔维亚人，死者的遗体被留在旷野上，成为黑鸟盘旋啄食的对象。

第二天上午十一点，利斯准时来接我。他仍旧西装笔挺，发型整齐，从他平静的表情中，已经看不出昨晚的沮丧。

我们离开普里什蒂纳，进入一片平原地带。我透过车窗望向远方，希望能见到黑鸟的身影，然而视野中只有零散的村落。

格拉查尼察镇是一个孤岛般的塞族小镇，但对塞族人而言，却是科索沃的精神家园。镇中心竖立着一座骑马挥刀的勇士雕像，基座铭文上镌刻着米洛什·奥比利奇的名字。

1389年6月14日，这位假意投降的塞尔维亚贵族以毒刃暗杀了土耳其苏丹穆拉德一世。未曾预料到的是，两天后即位的巴耶济德一世更为强悍，有"雷霆"之称。为了对塞尔维亚人进行报复，巴耶济德展开了血腥屠杀，大批塞尔维亚战俘遭到处决。在活捉并处死了拉扎尔王子后，他迎娶了拉扎尔的女儿为妻，以示其权势。

巴耶济德的一生戎马征战，击溃过基督教十字军，围困过君士坦丁堡，最终却在安卡拉之战中被中亚的帖木儿俘获。不过，帖木儿在战胜巴耶济德后并未继续对奥斯曼帝国展开攻击，而是选择返回撒马尔罕，策划对中国明朝的远征。不久，他死在了远征的路上——今天哈萨克斯坦境内一个名为讹答剌的地方。

安卡拉之战的失利让奥斯曼帝国元气大伤，陷入了长达十年的王位继承战，也让濒临崩溃的拜占庭帝国得以继续维持了近半个世纪——世界历史总是在最微小的细节中交织出复杂的命运。

利斯将我放在格拉查尼察修道院门口。我给了他车费，让他不必等我。

我走进修道院，沿着步道走向教堂。教堂由浅棕色和米色石块砌成，高耸的大穹顶周围还有四个较小的穹顶，显示出拜占庭特有的风格。

教堂周围是一片修剪整齐的草坪，点缀着树木和小径。这片绿地有一种奇妙的作用，仿佛是一片将神圣世界与世俗世界分隔开来的缓冲地带。教堂周围没有其他建筑，凸显出教堂本身的显赫地位和精神意义。

格拉查尼察修道院是中世纪塞尔维亚王国的辉煌见证。在史书中，这个塞尔维亚王国被称为"尼曼雅王朝"，由斯特凡·尼曼雅在12世纪末创建，是塞尔维亚历史上第一个独立国家。到了14世纪初，斯特凡·乌罗什二世，即米卢廷国王，已将塞尔维亚王国扩张成为一个强大的东正教帝国，甚至比同时代的拜占庭帝国还要富有。

为了避免米卢廷率军入侵君士坦丁堡，拜占庭皇帝安德罗尼卡二世只能采取和亲政策，将年仅五岁的女儿西莫妮达嫁给米卢廷。

据拜占庭史学家尼基弗鲁斯·格雷戈拉斯记载，年近五旬的米卢廷甚至没有等西莫妮达长大，便与她完成了同房仪式，导致西莫妮达子宫受损，终生不育。

米卢廷死于1321年，格拉查尼察修道院的壁画刚刚完成。十年后，米卢廷的孙子斯特凡·杜尚登上王位。那时，塞尔维亚王国的版图辽阔，北至克罗地亚边界，西抵亚得里亚海，南至爱琴海，东至君士坦丁堡的门户。

到了1354年，杜尚再次觊觎拜占庭帝国。这一次，君士坦丁堡的统治者决定采取"以夷制夷"的方略，允许来自小亚细亚半岛的土耳其人进入欧洲，并在加里波利建立了军事据点。

历史再次开了个大玩笑：杜尚于1355年意外逝世，未能发起对拜占庭帝国的征战，而土耳其人却在欧洲落地生根。在随后的一百年里，他们不仅彻底征服了巴尔干半岛，还于1453年攻陷君士坦丁堡，结束了拜占庭帝国长达千年的统治，并将君士坦丁堡更名为今天的伊斯坦布尔。

格拉查尼察修道院的壁画，以其丰富的宗教题材和尼曼雅王朝的历史描绘而闻名。其中，绘有米卢廷国王和西莫妮达王后肖像的壁画，更是被视为塞尔维亚艺术的瑰宝之一。

踏入教堂大门，我在礼拜堂与中殿交接的走廊上方找到了它们。米卢廷国王在南侧壁画中威仪凛然，而北侧壁画则是西莫妮达王后的形象。基督在拱门之顶的半身像内向这对夫妇伸出祝福之手，通过天使为他们戴上王冠。

壁画中的米卢廷是一个风烛残年的老人，而西莫妮达尚且年轻。她身着金边华服，头戴王冠，手握权杖。据史料记载，西莫妮达以美貌著称，在塞尔维亚文化中是纯洁与美丽的象征，但在壁画中我却看不出什么端倪。根据某种民间信仰，用来绘制圣徒眼睛的泥灰和染料可以治好失明。因此，她的眼睛已经被抠掉，只剩下苍白的面孔。

西莫妮达的人生充满了波折。根据尼基弗鲁斯·格雷戈拉斯的说法，西莫妮达的母亲伊琳娜一心想为她的一个儿子夺取拜占庭皇位。当这一努力失败后，她将希望寄托在了西莫妮达的后代身上。然而，当西莫妮达十二岁，按照当时的标准成年时，人们得出了她无法生育的结论。

伊琳娜去世后，西莫妮达返回君士坦丁堡参加母亲的葬礼，并决定不再回到塞尔维亚。显然，她并没有把塞尔维亚当成自己的家。然而，面对米卢廷国王威胁发动战争的强硬态度，她只好被迫重返塞尔维亚，回到她一直试图逃离的生活。

西莫妮达打算进入修道院，成为一名修女，以逃避与米卢廷的共同生活。由于不想让父亲承担责任，她一直等到上路后才实施自己的计划。

一天早上，当西莫妮达穿着修女服出现时，她的同父异母兄弟大为震惊。他强迫她换上世俗服装，不顾她的反抗和眼泪，将她交给了塞尔维亚使团。

只有等米卢廷去世后，西莫妮达才最终回到君士坦丁堡，并成为一名修女。

她此后的故事已不为人所知。

——

如今，格拉查尼察修道院里生活着大约二十位修女，从事圣像绘画、刺绣、农耕和其他宗教活动。这里不仅是科索沃塞族社区的精神中心，也成为他们的民族和政治中心。

1989年6月28日，"圣维特日"这一天，塞尔维亚领导人米洛舍维奇来到格拉查尼察修道院，向集会的人群宣告："没有什么人，不论是现在还是在将来，有攻击你们的权力！"伴随着人群的呼喊声，民族主义的怒火开始熊熊燃烧，很快波及整个南斯拉夫，一段动荡的岁月由此开始。

回溯历史，很少有危机比科索沃危机更容易预测。米洛舍维奇于1989年取消了科索沃的自治权，但早在此前，巴尔干地区就流传着一句话，"一切始于科索沃，一切终于科索沃"，预示着巴尔干的诸多问题都将从科索沃开始，并且只有解决了科索沃问题，巴尔干地区才有可能实现真正的和平。

科索沃在塞尔维亚民族神话中扮演着重要的角色，但由于阿尔巴尼亚族人口比重大，加之地区经济贫困，自1913年并入塞尔维亚，科索沃便成为一个棘手之地。在20世纪的两次世界大战中，阿尔巴尼亚人都曾与塞尔维亚人发生冲突，直到第二次世界大战后，通过镇压当地的抵抗力量，科索沃才重新被纳入铁托领导的南斯拉夫。

铁托采取了自由化政策，并在1974年的宪法中把科索沃省放在塞尔维亚共和国内，同时允许科索沃的阿尔巴尼亚人自治，试图借此平衡塞族和阿族的利益。

不过，对塞尔维亚人来说，在本民族具有历史意义的核心地带，凭什么允许阿尔巴尼亚人享有自治权？

这几乎马上让人想到乌克兰的情况。同样，从俄罗斯人的角度看，既然基辅罗斯是东斯拉夫民族的发源地，怎么能允许它渐行渐远，甚至彻底投入西方的怀抱？

《代顿和平协定》签署之后，科索沃的阿尔巴尼亚人开始羡慕地眺望北方的克罗地亚和波黑。阿尔巴尼亚人看到，在国际社会的帮助下，塞族人在克罗地亚被彻底击败，在波黑也遭到部分失败。国际社会还承诺为重建波黑提供五十亿美元的援助，但作为米洛舍维奇的第一批受害者，阿尔巴尼亚人却什么都没有得到。这让那些更激进的阿尔巴尼亚人认为，如果他们一直保持被动，外界就会忽视他们的存在。

1996年，科索沃民族运动中的激进派创建了"科索沃解放军"，成为积极抵抗的中心力量。此后，他们开始发起一系列类似于爱尔兰共和军的枪击和炸弹袭击。

根据某些可能被夸大的报道，科索沃解放军迅速壮大，到了1998年2月，科索沃战争爆发前夕，他们已拥有多达两万名武装人员，控制了科索沃超过40%的土地。

面对这种局势，塞尔维亚军队发起了大规模的反攻，动用了超过四万名士兵，并部署了坦克、直升机、迫击炮等重型武器。

在这场冲突中，和在波黑的情况相似，塞尔维亚军队对科索沃的阿尔巴尼亚族平民犯下了一系列的屠杀罪行。

北约随之介入，一方面希望阿尔巴尼亚族接受自治而非独立，另一方面试图说服米洛舍维奇同意北约部队进驻科索沃。塞尔维亚当局接受了大部分自治方案，但坚决反对北约在科索沃领土上驻军。

1999年3月24日，克林顿政府宣布终止外交努力，以美国为首的北约组织对南联盟发起空袭。作为回应，塞尔维亚大举进军科索沃，以更残酷的种族净化政策驱逐阿族人，造成了二战以来欧洲最大的难民潮。

从空袭伊始，北约就宣布其作战目标是米洛舍维奇政权，而非塞尔维亚民众。然而，对塞尔维亚基础设施的空中打击不仅导致了大量平民伤亡，更令塞尔维亚的经济陷入崩溃。在许多塞尔维亚人看来，这种行为无异于是对塞尔维亚民族的集体惩罚。

北约的行动并未脱离历史上大国对巴尔干的干预模式——要么直接部署暴力，要么煽动暴力，之后撤离并否认对后果负有责任。在西方的观点中，巴尔干国家常被视为问题的根源，迫使外部势力不情愿地介入。当大国试图否认他们的干预对巴尔干的困境负有责任时，他们总是援引对巴尔干的刻板印象，将其描绘成一个充满非理性和暴力的嗜血地带。

事实上，北约同样未能阻止科索沃解放军对塞族人的报复行动。在阿尔巴尼亚人重返科索沃后的数周之内，几乎所有的科索沃塞族人口遭到驱逐，被迫离开了家园。

———

回到普里什蒂纳，我乘坐大巴前往科索沃南部小城普里兹伦。这座历史名城风景秀美，拥有迷人的老城，比混乱的普里什蒂纳更让人亲切。

科索沃战争结束后，寻求报复的阿尔巴尼亚人摧毁了城内的东正教堂，塞族人口举家逃离。这里曾经是族群混居之地，如今的居民是清一色的阿尔巴尼亚族。

午后，我沿着熙熙攘攘的河滨漫步。河水清澈，河床上散落着大大小小的卵石。湍急的河水绕过这些石头，从一座古老的拱桥下淙淙流过。桥上有个卖炒栗子的男人。我站在他的炭火前烤了烤火，然后买了一袋栗子，捧在手里，感受着栗子的温度。岸边有一座奥斯曼风格的清真寺，传出召唤礼拜的宣礼声。几个维和部队的士兵走进旁边的茶馆，有男有女，讲着意大利语。

小城背靠沙尔山脉，从这里一直延伸至北马其顿境内，是科索沃最不为人知的角落。夏天时，这片山脉适合徒步，冬季却大雪封山。灰蒙蒙的天光下，可以看到近城一侧的山坡上紧密依偎在一起的建筑。它们大都采用巴尔干传统的红瓦屋顶，顺着山势铺展，如同一幅挂在山间的壁毯。

建于14世纪的圣尼古拉教堂在科索沃战争中幸免于难，但在2004年的另一场反塞尔维亚抗议活动中遭到破坏。就在这座大门紧闭的东正教堂隔壁，我看到了一家酒吧。它的名字吸引了我：Te Kinezi，致中国人。

这是一家时髦的精酿酒吧，一小杯啤酒要价五欧元，比科索沃的平均消费水平高出一截。我在吧台坐下，点了一杯IPA啤酒。负责打酒的小伙子将啤酒放在杯垫上，眼睛上下打量我。

"你是日本人还是中国人？"他问。

"中国人。"

"我们这家酒吧就叫'致中国人'。"

"为什么叫这个名字？"

"听老板说，十年前有三个中国人在这里经营一家丝绸店。后来，他们离开了。"

"去哪里了？"

"我不知道。"酒吧的小伙子说，"但你是第一个来店里的中国客人！"

"打折吗？"我笑着问，随即又怕他把这句中式调侃当真，"只是开个玩笑。"

我边喝啤酒边思考，为什么会有三个中国人来到这个与中国尚未建交的地区，开一家丝绸店，但怎么也想不出个所以然——现实总是比我想象的更加出人意料。

我在世界各地的偏远角落都见过中国人的身影。大多数时候，我并不了解他们背井离乡的原因。我愿意相信，一定是有某种神秘的力量在冥冥之中指引着他们，正如那种力量也指引着我，穿行在巴尔干寂寥的大地上。

酒吧的小伙子犹豫了片刻，问我能不能合张影。

"当然。"我端起酒杯，侧过身子，以扭曲的姿势倚在吧台上，展示微笑。他举起手机，框住两个大头，连拍数张。

对"致中国人"来说，这或许是个大事件。因为酒吧的小伙子很快就将照片发到了社交媒体上，标题就是："致中国人酒吧首次迎来中国人！"

——

天黑得很早，转眼间已是华灯初上。当我离开酒吧时，外面寒风呼啸，吹得人彻骨生寒。刚才还在街上的人们，此刻已经消失不见，只有河水依旧潺潺流过，冲击着碎石砂砾。光秃秃的枝头上有几只麻雀缩着身子，爪子紧紧地抓住树枝，想要在寒风中稳住身体。

我沿着河岸往回走，跨过一座石桥，拐进一片纵横交错的小巷。酒精让我微感醉意，我这才意识到，我连午饭都没吃。

我走进一家超市，买了意面、油浸吞拿鱼罐头、番茄、大蒜和小洋葱，然后又走到卖酒的货架上，挑了一瓶科索沃产的李子白兰地。

从超市出来，纷纷扬扬的雪花从天而降，像片片洁白的鹅毛。我经过一座已成废墟的东正教堂，感到这个冬天是如此漫长。我很想尽快前往南方，远离寒冷和苦难，找一个温暖而舒适的地方。

回到租住的小公寓，我打开落地灯，开足暖气，用手机连上音箱，播放舒伯特的《阿佩乔尼奏鸣曲》。然后，我来到厨房，在平底锅中倒入吞拿鱼罐头中的橄榄

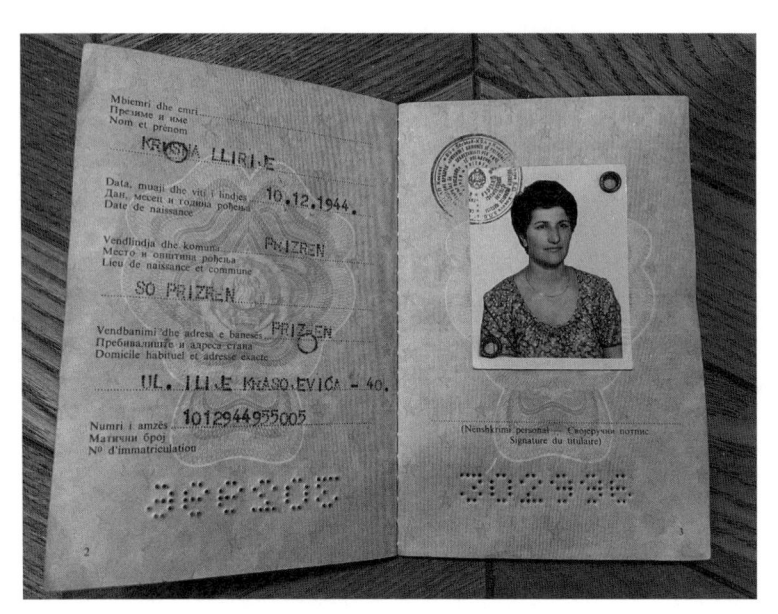

△南斯拉夫时代的护照（刘子超　摄）

油，待油热后加入切碎的大蒜和小洋葱，炒出香气后再放进番茄丁，炒至出汁，然后将吞拿鱼肉倒进锅里，用勺子捣碎。我从橱柜中找出盐和黑胡椒，调味后将煮熟的意面倒入平底锅中，直到汤汁浓稠后盛出。我听着音乐，吃着意面，不时望向窗外，注视雪花如慢镜头一般覆盖屋顶。

饭后，我在房间里踱步，翻检书架上的藏书。公寓的主人是一位高山向导，书架上除了与户外有关的书籍，还有几本过期护照。我抽出一本翻开，发现是他母亲在南斯拉夫时代的护照。照片是黑白的，印有钢印，属于一段已逝的岁月，一个消亡的国家。

我又在护照旁边发现一本英文书：《科索沃的历史：在科索沃、阿尔巴尼亚、塞尔维亚、黑山和北马其顿的历史教科书中》。这本书对比了这些国家的中小学教科书里对科索沃历史的表述，通过比较研究，寻找它们的异同。

在米特罗维察时，我希望探寻科索沃悲剧是如何一步步走到今天的。此刻，我突然意识到，历史教科书中的表述正是理解民族主义情绪形成与演变的关键。因为教科书不仅是传递知识的媒介，更是塑造年轻一代民族认同感和历史观念的重要工具。

我坐到沙发上，一边喝着李子白兰地，一边翻阅这本书。我发现，作为一个多民族地区，科索沃的历史往往被不同族群以不同的方式阐释。

在塞尔维亚的教科书中，科索沃被描述为塞尔维亚历史不可分割的一部分。特别是1389年的科索沃战役，更被描绘为塞尔维亚人民抵抗奥斯曼帝国侵略的斗争。这种描述强化了塞尔维亚民族主义，将科索沃视为民族身份和宗教信仰的象征。

相反，在科索沃的教科书中，这一地

区的历史被塑造为阿尔巴尼亚民族抗争压迫和争取自由的历程。这种叙述同样为民族主义提供了历史基础，激发了科索沃阿尔巴尼亚人对独立和自决的追求。

在讲述科索沃战争时，双方的教科书全都只介绍"另一方"的罪行，提供标签化的叙述，而非事实论据。在塞尔维亚和黑山的教科书中，只字未提塞尔维亚军队杀害阿尔巴尼亚人，而在科索沃和阿尔巴尼亚的教科书中，同样只字未提科索沃解放军杀害塞族人。塞尔维亚和科索沃的教科书还分别夸大了"另一方"的罪行，为误解留下了空间。

我一边阅读，一边用手机拍照记录，一边用玻璃杯喝着李子白兰地。在我看来，这些教科书的内容全都带有明显的民族主义倾向。它们通过对历史事件的选择性强调、情感化叙述，塑造民族情绪。

毫无疑问，这样的教科书会在下一代心中埋下民族认同的种子，但与此同时，这种认同也不免会以排外和对立的形式表现出来，影响下一代人对"他者"的看法和态度。

我的思考逐渐深入，这当然是李子白兰地的功劳。这种巴尔干烈性饮料如智者一般深刻，又如隐士一般低调。历史教科书的不同表述，反映了更广泛的政治和社会分歧，更展示了教育如何被用作民族主义议程的工具——这一切令人不寒而栗，因为它几乎取消了任何民族和解的可能。

书看完了，时间到了晚上十点半。我站起身，将书放回书架，走到窗前——大雪依然在下，世界一片白色。昏黄的街灯下看不到一个人，只有漫天飞舞的雪花。

就是在那一刻，我意识到科索沃的悲剧多半还会重演，一切只是时间的问题。

我又给自己倒了一大杯李子白兰地，像口渴一样地喝下去，感到世界变成了一个不断坍塌的玩笑。我将视线从窗外移开，坐回沙发上，重新播放《阿佩乔尼奏鸣曲》，闭上眼睛，想着接下来的旅程。

是的，到了跟科索沃说再见的时候。我将奔赴温暖的南方。

离开科索沃前，我去邮局给朋友寄了张明信片。我贴了一欧元邮票，将明信片投入信筒，想看看它能否被寄回中国。明信片上是一个科索沃女孩站在荒山上的石屋前。我绞尽脑汁，在背面写了句："我抵达了更高的山间，这里有如画的风景。"

## 尾声
## 雅典：我愚蠢的心

从斯科普里前往希腊第二大城市塞萨洛尼基，南下的公路如丝带一般，穿行在瓦尔达尔河谷之中。汽车轻快地驶过一片片葡萄园，阳光透过葡萄藤的缝隙，投下斑驳的光影。随着汽车的行进，这些光斑在车窗外跳跃着，犹如欢快的音符。

我行走在马其顿的大地上。这是一个古老的地名，一个古老的地方，其历史可以追溯到七十万年前。时至今日，马其顿文明的巅峰依然定格在亚历山大大帝时代。尽管马其顿人在当时被雅典人视为蛮族，亚历山大的父亲腓力二世却成功地征服了希腊，并吸收希腊的文化习俗。随着亚历山大的东征西讨，希腊文化被广泛传播至大半个亚欧大陆，并深刻影响到后来的罗马帝国。

公元4世纪，罗马帝国分裂为东西两部分。窗外的土地成了讲希腊语的拜占庭帝国的一部分。到了公元6世纪和7世纪，斯拉夫移民开始大批涌入，彻底改变了这里的人口和语言结构。有人认为，现代希腊与古希腊在种族和文化上都已经没有了本质性的关联。

从1430年开始，直至第一次世界大战爆发前夕，奥斯曼土耳其帝国控制着整个马其顿地区。奥斯曼人以宗教而非种族来区分臣民，这一政策在19世纪民族主义兴起的背景下不断引发"民族自决"的独立浪潮。

到了20世纪初，奥斯曼帝国已经奄奄一息。其统治下的马其顿地区成了新兴的巴尔干民族国家——希腊、塞尔维亚和保加利亚争夺的焦点。

1912年和1913年，巴尔干半岛爆发了两次战争，这些战争的实质就是对马其顿土地的争夺。希腊成为最大的赢家，获得了马其顿一半的领土，其中就包括位于巴尔干传统贸易路线上的重要城市——塞萨洛尼基。换句话说，在经历了五百年奥斯曼帝国的统治后，这座城市属于希腊的时间刚刚超过一个世纪。

汽车抵达塞萨洛尼基，窗外出现的是一座希腊风格的城市。我下榻的公寓位于托勒密大道上，街道两侧同样充满希腊风情。

大海在前，山坡在后，阳光像一把展开的巨扇。站在露台上，爱琴海的风吹拂在身上，让人心旷神怡。

我想到了希腊导演安哲罗普洛斯的电影《永恒与一日》。这部1998年的电影讲述了一位濒临死亡的作家回顾自己的一生，并与一个来自阿尔巴尼亚的小难民建立友谊的故事。电影中，塞萨洛尼基作为一个连接过去与现在的桥梁，象征着记忆、遗忘和时间的流逝。作家漫游在这座城市里，游走在回忆与现实之间，探索着身份与生命的意义。

△爱琴海边的塞萨洛尼基（刘子超 摄）

这部电影我看过四遍。和《雾中风景》一样，是我最钟爱的电影之一。我一直渴望像电影中的作家一样，在塞萨洛尼基的街头漫步。电影中的塞萨洛尼基是在冬日，海面上弥漫着潮湿的雾气。现在，春天已经来到希腊，世界沉浸在一片绿意盎然的气息中。灿烂的阳光，甚至让人误以为夏日已至。

我漫无目的地在街上闲逛，从遍布咖啡馆的海滨大道走向山上的老城。城墙之外，隐藏着一条条陡峭的小巷，有的戛然而止，有的通向梧桐成荫、喷泉清凉的广场。在这些小巷中漫步，仿佛进入了一个悠远的古老世界，时光在这里变得缓慢而宁静。

塞萨洛尼基这座城市，不禁让我想到这趟旅途的起点——的里雅斯特。它们同样是昔日帝国的遗孤——两个在第一次世界大战中倒下的帝国——而新的统治者为求同化，采取了强硬手段，净化城市的民族构成。

奥斯曼帝国解体之后，塞萨洛尼基的居民被重新归类：穆斯林成为土耳其人，东正教徒成为希腊人。1923年至1924年间，希腊与土耳其进行了史无前例的人口大交换：所有生活在土耳其的希腊人被要求离开土耳其，而所有生活在希腊的土耳其人则必须离开希腊。这场人口交换涉及约两百万人，无论是否情愿，他们都被连根拔起，离开祖先生活了数个世纪的土地，重新扎根于陌生的环境。

许多生活在土耳其的希腊人被重新安置在塞萨洛尼基，而塞萨洛尼基的土耳其人则被迫迁往小亚细亚。我想起自己在土耳其伊兹密尔等地的旅行经历——那些山间荒废的村庄，许多就是在塞萨洛尼基安家的希腊人的故乡。他们被迫离开世代居住的土地，迁移到了我眼前的这座城市，成为民族主义的难民。

也许，从长远来看，这是最明智的办法，然而这样的疗法似乎与疾病本身一样令人痛苦。

与五百年的历史相比，奥斯曼帝国在塞萨洛尼基留下的痕迹寥寥无几。曾经的清真寺和犹太教堂已经不复存在，街道经过全面改造，穆斯林的墓地也消失无踪，取而代之的是希腊博物馆、希腊纪念碑和拜占庭的遗迹。这些被精心保留下来的文物，旨在展示一种始终存在且从未间断的"永恒的希腊感"。奥斯曼帝国长达数百年的统治则成为一段漫长的历史插曲，一个停滞不前的噩梦，被轻易地抹去。

具有讽刺意味的是，"现代土耳其之父"凯末尔的诞生地就在塞萨洛尼基。那栋19世纪的老房子，如今是土耳其驻塞萨洛尼基领事馆，同时也是这座城市为数不多的奥斯曼遗存。

我在巴尔干其他地区观察到的情况同样适用于此：民族主义的历史叙事总是偏好一种并不存在的连续性，而对那些不合时宜的片段选择性地沉默。他们倾向于编织梦幻般的故事，描述"被选中的民族"与命运赋予他们的土地之间的浪漫邂逅。

然而，在塞萨洛尼基这样的城市，大多数居民与这片土地的联系甚至不能回溯到三四代之前。他们或许深知，无论在学校里学到了什么，他们自己的家庭都有一个截然不同的故事——一个充满动荡、流离失所、遗弃和重建的故事。

———

那天晚上，我在一家小餐馆吃到了美

味的海鲜炖米型面、炸西葫芦和乡村沙拉，喝到了与冰块混合的茴香酒。虽然羁旅疲惫，但灵魂却被食物和酒精挑逗起来，感到分外愉悦。

当我走出餐厅时，街上人潮汹涌，有人举着横幅，还有人高喊口号。骚动的人群甚至造成了严重的交通堵塞——我开始觉得有些不对劲，可能发生了什么情况。

我起初跟着人流走，逐渐注意到他们似乎都来自一个特定的方向，于是我又掉转方向，逆流而上，最终来到一所大学的门口。这里聚集了更多的人，甚至已经搭建起临时的舞台。

看来，这里就是抗议活动的中心。至于抗议的原因，我心中有一个推测——或许是因为政府取消了某项教育资助，激起了学生的不满情绪。毕竟，这里是希腊嘛，自2008年金融危机以来，财政紧缩政策一直是政府的主导基调。

在希腊，抗议不仅仅是抗议，也可以同时是一场狂欢。学校门前的人群越聚越多，迷幻乐队、说唱歌手和摇摆舞团相继登台献艺。气氛相当热烈——每当有路过的车辆鸣笛声援，学生中间就爆发出阵阵欢呼声。

我注意到，希腊的年轻人大都抽着便宜的手卷烟，却很少有人喝酒。这让我觉得情况应该比较可控，因此就融入到了抗议的人群中。

一个犹如摇滚明星般的女孩跃上舞台，激情澎湃地发表演说，不时激起台下学生们的高声呼应。我转向身旁的一个女孩，问她究竟发生了什么。

"你是'伊拉斯谟'的学生吗？"她问。

"伊拉斯谟"是欧盟的一个学生交换项目，以荷兰哲学家伊拉斯谟的名字命名。我在更年轻的时候的确想过申请这个项目。

"不是。"我回答，"我只是一名游客。"

"哦，我们是亚里士多德大学艺术学院的学生。"女孩说。

"你们在抗议什么？"

"一项刚刚通过的政府法令。"女孩说，"这条法令要把公立大学颁发的表演及艺术类学位证书的地位降至等同于高中毕业证书。"

最初，我没明白她的意思，于是又让她解释了一遍。后来我才搞懂，这是政府对高等教育私有化的又一次尝试。根据希腊宪法，高等教育原本是免费的公共福利，由国家全额资助。然而，自从债务危机爆发以来，历届政府的当务之急一直是削减公共支出。

对于那些在公立大学学习戏剧、舞蹈、音乐和电影专业的学生而言，这一政策变动将直接影响到他们的职业前景。拿不到相应的学历，他们就没办法申请那些需要学士或硕士学历的工作，其中也包括成为政府公务员。

女孩叫瓦莱丽，二十岁的样子，长着微微卷曲的黑头发和黑眼睛。和她聊天时，我突然意识到，虽然所有希腊人都受到了经济危机的影响，但瓦莱丽这一代年轻人完全是在危机的阴影下长大的。

2009年，长期的高额公共支出、普遍的逃税行为，以及全球经济衰退的冲击，合力将希腊推向了经济崩溃的边缘。为了挽救这一局面，欧元区成员国向希腊提供了三轮一揽子援助计划，但条件是希腊政府必须采纳严格的紧缩政策和改革措施。

希腊开始大幅削减支出，采取降薪、增税、裁减公务员和出售国有资产等措施。这些举措不可避免地影响了普通希腊人的生活，甚至将一些原本不问政治的公民推向了抗议的街头。

对于普通希腊民众来说，这是一个残酷的时代：最低工资下调22%，养老金削减40%至50%，公共部门裁员逾万。到了2015年，希腊仍需新的救助贷款才能避免违约，但这意味着接受更为严格的紧缩政策。

那年，激进左翼政党在选举中获胜，并与右翼政党组建联盟——这两个原本不可能合作的政党，因为共同反对严苛的救助条件而走到一起。

希腊政府最初拒绝国际债权人的救助条件，导致希腊成为首个对欧盟和国际货币基金组织债务违约的国家。政府试图通过谈判获得新的救助，以避免更严重的违约，但谈判未果。接着，希腊就救助条件举行了全民公投。结果显示，大多数希腊公民反对接受这些条件。

在此背景下，希腊银行关闭，现金提取受限，全球市场因潜在的"希腊退出欧元区"而震荡。在最后的关头，希腊政府获得了860亿欧元的救助贷款，但附加的紧缩措施甚至比公投前更为苛刻。

在银行系统岌岌可危的情况下，希腊人无奈地接受了这些条件。然而，对于许多希腊人来说，在紧缩政策和退出欧元区之间做出选择，无异于在狂风巨浪中的小船上寻找立足之地，无论选择站在哪里，都异常艰难。

我问瓦莱丽，这一次的抗议能否起到作用。

她摇摇头："我们几乎每天都在抗议，但什么都改变不了。"

我提到，我在进行穿越巴尔干半岛的旅行，这是我第一次看到抗议。

"我们也是巴尔干国家。"她平静地说。

这个说法让我有些意外，因为我一直本能地将希腊视为巴尔干之外一部分。我回想起在卢布尔雅那时，房东盖尔因为我将斯洛文尼亚归为巴尔干国家而不满，可眼前这位希腊姑娘对此倒是泰然自若。

我问瓦莱丽，未来有什么打算。

她说打算离开这里。

"许多建筑师、医生和工程师已经走了，"她说，"接下来，可能轮到从事艺术的人了。"

"可是，有那么多外国人来希腊度假，每个人都喜欢这里。"

"是啊，这个地方确实适合度假。但对于生活在这里的人来说，不可能像游客那样，每天住豪华酒店，享受各种美食。我们必须面对衣食住行的日常生活。"

瓦莱丽告诉我，塞萨洛尼基的平均税后工资大约是八百欧元，而市区一居室公寓的租金却已高达五百欧元。游客、移民和难民的涌入，还在进一步推高物价。她目前与父母同住，甚至不敢设想独自生活的开销。

我安慰她说，世界上许多国家都是这种情况。

"我并不是在抱怨，"她说，"我只是希望改变。"

——

我原本打算乘火车前往雅典。然而，就在出发的前一天，雅典到塞萨洛尼基的铁路线上发生火车相撞事故，造成五十七人死亡，七十二人受伤，罹难者中包括九名亚里士多德大学的学生。

整个希腊陷入巨大的悲痛与愤怒。希

腊总理宣布，随后三天为全国哀悼日，所有公共建筑降半旗，一切公共活动暂停。火车停运了，我只好改乘长途汽车，经过奥林匹斯山，穿越连绵的丘陵与平原——沿途到处是郁郁葱葱的橄榄树——最终抵达雅典。

这是巴尔干半岛最南端的城市，也是这趟旅程的终点。在经历了数月巴尔干小城和乡间的漫游之后，雅典立刻给了我一种久违的大都会气息：这里弥漫着大都会的世故之感，也有它所特有的感官震撼、奇遇和体验。

白天阳光灿烂，很多人在普拉卡老街区悠闲地漫步。街边的小桌旁总是坐满了顾客，每个人面前都摆着一杯咖啡和一杯清水。在帕特农神庙旁，可以看到一些晒得通红的美国游客，穿着轻便的夏装，踩着高帮徒步靴，仿佛刚从诺曼底抢滩登陆上来。卫城博物馆附近，旅行团络绎不绝，戴着墨镜的导游手持小旗，对着胸前的小麦克风讲着五花八门的语言。炎热的午后，小芙蓉咖啡馆成了一个清凉的避风港。到了下午茶时间，年轻的女孩们坐在那里，悠闲地品尝库思米茶和柠檬挞。她们低声细语，亲密交谈，偶尔会拿出手机，捕捉美好的瞬间。

我逛了两家二手唱片店，以十二欧的价格淘到一张爵士信使乐团的唱片。夜幕降临后，我走进一家风格简朴的餐馆。侍者热情地聊起他在巴黎的生活经历，随后就俄乌战争、难民危机和美国大选发表意见。

邻桌坐着几位黑人。我突然发现，其中一个人酷似爵士信使乐团晚期的萨克斯手博比·沃森。在我淘到的那张二手唱片中，博比·沃森只是个锋芒初露的青年，眼前的这个人却已近古稀之年，就像戏剧下半场重新登台的演员，头发和胡须上都撒上了银粉。我实在有点不敢确信，于是拿出手机搜索博比·沃森的演出资讯。果不其然！那天晚上，他真的在雅典有场演出。

雅典，不愧是雅典！

——

第二天早上，我去酒店餐厅吃自助早餐。餐厅面积不小，但仅有几桌客人。

环顾四周，我心中突然涌起一股喜悦。置身于雅典这样的城市，独自在清净的酒店享用早餐，这种感觉颇为宜人，有一种甜美的自由感。我仿佛感到自己的心灵轻盈地振动翅膀，自在地飞翔。

不远处，有一位长发的中国女孩也在独自用餐。她的盘子上只有几片沙拉叶和一些水果，但她没去吃，而是对着笔记本电脑，打着语音。

吃完早餐，我从那个女孩身边经过，听到她对着手机说："是的，现在只能全款。希腊移民的窗口期已经接近尾声了。"

我回到房间，补充了一下笔记，又看了会儿书。一个小时后，我再次下楼，发现她还在那里。

我深吸一口气，走了过去。在异乡遇到同胞，你们总可以聊点什么。

起初，她显得有些诧异，但很快放松下来。她告诉我，她平时住在青岛，经营一家移民咨询公司，希腊的"黄金签证"项目是公司的主营业务之一。

"黄金签证"是一种投资移民项目，允许非欧盟公民通过在希腊购买房产来获得居留权。2012年，欧洲债务危机最严重的时候，包括希腊在内的六个欧元区国家启动了这个项目，主要目的是为了吸引资金以缓解债务压力。一时间，来自中国、俄罗斯和中东地区的投资者争相通过购置房产来获得欧盟身份。

我们就这个话题聊了一会儿。

她问我是不是来雅典看房的。

我说不是。

"那你是来做什么的？"

我告诉她，我来搜集一些写作上的素材。

"你是作家？"

"算吧。"

"你写过什么？"

我羞涩地报出两个书名。

很遗憾，她并没有听过。

"要是你暂时不用工作，我请你喝杯咖啡吧。"我说。

"好啊。"

她收起笔记本电脑，说要先回一下房间。等她再次出现时，已经换了一件衣服，还化上了淡妆。

我们一同走出酒店，向着雅典大学的方向走，最后走进小芙蓉咖啡馆。

"想喝什么？"我问。

"热的拿铁，不加糖。"她说。

咖啡端上来后，我问起她的经历。她叫张晓南，生于1991年，以前学习舞蹈，后来当过空姐。离开航空公司后，她在一家移民咨询公司担任销售。到了2019年，她创办了自己的移民咨询公司。

疫情的冲击反而让她的咨询量激增，但欧洲的移民政策却在逐步收紧。这些年来，由于大量外国资本涌入房地产市场，希腊的房价飙升，引发了广泛的社会抗议。

就像塞萨洛尼基的瓦莱丽说的，许多抗议者认为，"黄金签证"项目加剧了房地产市场泡沫和住房短缺状况，使得普通希腊家庭难以购买或租赁住房。许多公寓和房屋的价格会突然从极低价位飙升至几十万欧元——恰好达到"黄金签证"的门槛，令大多数希腊人望尘莫及。与此同时，新移民的涌入也助长了极右翼组织"金色黎明"的支持率，引发了反移民的浪潮。

张晓南提到，包括希腊在内的多个"黄金签证"项目正在逐步取消或已经停止。雅典地区和圣托里尼岛等热门岛屿的外国投资门槛将从50万欧元提高到80万欧元，并且很可能在未来完全关闭。

对于移民咨询行业来说，这是政策变天前的最后窗口期，因此一等国内疫情管控放宽，张晓南便立即飞抵这里。不过她也坦言，不久之后，她将不得不考虑转型。

"我很好奇，像你这样做移民咨询的人，自己会不会移民？"我问。

"我确实在考虑这个问题。"张晓南回答，"目前我有两个选择，但还在犹豫。"

张晓南解释说，第一个选择是抓住最后的机会，在雅典购置房产，获得居留权。这种方式的好处是无须依靠他人，劣势则是需要自己投入一大笔资金，而这笔钱原本可以用于她未来其他的商业想法。

第二个选择是与一位已在瑞典定居的华人结婚，并随之移居瑞典。这位瑞典华人比她年长几岁，两人通过网络相识，但至今尚未见面。

我问她未来有什么商业想法。

她说想在国外开一家小花店或是像这样的咖啡馆——这是她梦想的生活。

"在青岛开一家不行吗？"

"国内太卷了，"她解释说，"每个人都只想着赚钱。"

"但选择权终究在你手中吧?"

"在那样的环境里,你很难不被别人影响。"

"但是,你看,希腊的年轻人也在抗议。他们也有他们的苦恼。"

她没说话,拿起咖啡杯,悠悠地抿了一口。

"如果是你,你会怎么选择?"

"希腊或者瑞典?"

"对。"

"非要离开祖国?"

她轻声笑了。

"如果真的要选,我可能会倾向于希腊。这里更像巴尔干,有一种粗糙、有机、包含大量细菌的力量。瑞典太寒冷了,除非你们的婚姻像烈火一样炽热。不过,说句心里话,如果有那么一大笔钱,我会用它来环游世界。"

"看来你是个浪漫的人啊,"她打趣道,"你是什么星座?"

"天蝎座。"我回答,"算不上浪漫。我只是在想,很多时候,我们其实并不确定自己究竟归属哪里。我们每个人诞生在一个地方,有时拼命地想要逃离那里,有时又固执地渴望回去。我们对故乡和异乡总是带着滤镜。在这方面,我很羡慕自然界的一些动物。比如,许多鱼类的幼鱼在河流中孵化后,就会义无反顾地前往大海,而众多鸟类虽然四处迁徙,天性却是回到它们的出生之地。它们的生命中没有任何犹豫和迟疑,而人类不同。或许,只有当我游历过很多地方,见识过不同的人生,才能真正了解自己,从而知道自己归属何处。只有明白了这一点,我才能做出选择。"

"作家都这么能说会道吗?"

"其实是第一次有人这么说。"

——

那天晚上,我经过宪法广场——这里是希腊的政治中心。广场上人潮涌动,犹如一片波涛汹涌的红色海洋,很多人手中挥舞着镰刀和锤子的红旗。

我让司机在路边停车,穿过马路,汇入广场的人群之中。人们如同在街头庆典中一般,三五成群地聚集在一起。除了手中的旗帜和标语,还有不少人准备燃放天灯。

"你好,同志。"我和身边的一位希腊姑娘打招呼。她手中拿着一本小册子,栗色的长发束成马尾,前额上系着发带。

"你是共产党员?"

"不是,"我说,"但是,我来自社会主义国家。"

姑娘名叫阿佛洛狄忒,与希腊神话中的爱神同名。她后来告诉我,她为了生计打着两份工:白天,她在医院担任护士;到了晚上——出乎我的意料——在赌场里担任荷官。

注意到有个外国人出现,阿佛洛狄忒的几位朋友也围了上来。当他们得知我是中国来的同志后,把我围得更紧了。

他们都是希腊的共产党员,此刻正聚集在这里,抗议不久前发生的火车相撞事故。在他们眼中,这可不是一起简单的交通事故,而是希腊资本主义制度出现系统性崩溃的征兆。

我提到我在塞萨洛尼基看到学生也在抗议。

阿佛洛狄忒点点头,表示学生们的勇气可嘉,但为了推动真正的社会变革,他们应当同更广泛的工人阶级联合起来。

这样的观点我当然并不陌生,但从一位外国友人口中义正词严地说出,倒还是第一次碰到。

"明天我们将与雅典数个行业的工会联手,发起全天候的罢工和游行。我们希望汇聚更大的力量,确保我们的诉求得到实现。"

我点点头,问阿佛洛狄忒手里拿的是什么书。她向我亮出封面。

"恩格斯的《社会主义从空想到科学的发展》。"她说,"我们每周都会组织大家学习马列主义的经典著作。最近,我们还在研究斯大林时期的苏联历史。"

"那段时间不是有很多人被送进古拉格吗?"我小心翼翼地问道。

"什么样的人?"阿佛洛狄忒严肃地看了我一眼,随即自己回答,"人民的敌人。"

说话间,一盏盏天灯从人群中缓缓升起,就像无数只闪光的水母,在深海中轻盈地游弋。天灯越飞越高,渐渐汇聚成一条流动的星河,随着高空的气流,向着雅典卫城的方向飘去。

这时,阿佛洛狄忒说她要去赌场上班了,我也借机与众人告别。我离开宪法广场,思绪万千地走向普拉卡区,打算在那里度过余下的夜晚。

这是一个温暖的春夜,空气中弥漫着花香。雅典卫城高踞在城市之上,俯瞰着山下的一切。街边的小餐馆灯火摇曳,杯盘间洋溢着欢声笑语。就在几百米外的宪法广场,数千人刚刚参与了一场重大活动,可是那件事似乎与这里毫不相关。

我经过一家小酒吧,进去喝了杯酒。店里放着比尔·埃文斯弹奏的老歌《我愚蠢的心》。我一边听音乐,一边慢慢喝着内格罗尼。这杯告别之酒让我想到往事,想到一路上经过的地方和遇到的人。

1999年,当我跟随抗议的人群走在北京街头时,我并不完全明白内心深处那股愤怒与悲伤的根源。此刻,那些曾经隐藏或难以察觉的事物已经变得更加清晰。

在这片血与蜜的大地上,民族主义所赋予人们的归属感与认同感,不可能只带来心灵的慰藉和国家的凝聚力,它也可能会以动荡、愤怒和反叛的形式显现。在这个全球化的世界,回归民族主义真的能解决我们所面临的危机和挑战吗?

我无法确定。

我喝尽杯中酒,感到未来是如此虚妄而动人。在这个世界上,鲜有事物比虚妄的希望更动人。

[特约编辑:吴 越]

## 后记：何处为家

刘子超

《血与蜜之地》是我的第四部作品，某种意义上可以算作《午夜降临前抵达》的续篇。当然，用不着和前作一同阅读。

《午夜降临前抵达》讲的是我在欧洲腹地的见闻：从柏林出发，漫游欧洲大陆，到达意大利的边境城市、巴尔干半岛的门户——的里雅斯特。《血与蜜之地》则是十年后从的里雅斯特启程，穿越巴尔干半岛，最终抵达半岛最南端的城市——雅典。

回首这十年，我能察觉到自己写作的变化。在走过一些弯路后，我渐渐得出了那个朴素的观点：旅行写作的核心，不仅是从外部旁观，更需要深入接触和理解那里的人。书写人类的命运如何在漫长的时间、记忆和地理的褶皱中发挥作用，正是旅行写作所要追寻的目标。

观念虽然重要，实践则需要面对更多意料之外的挑战。2020年，疫情骤然而至，打乱了我的计划。在度过了最初的忙乱后，我去了拉萨，找了份工作，同时等待重新上路的机会——我以为不会等待太久。

三年过去了。

2022年11月，我才找到机会再次启程。我先飞到巴黎，却发现行李落在了北京——机场的工作人员似乎已经对国际托运变得陌生。同样变得陌生的还有眼前的世界。如果说严肃的旅行是一门艺术，在最初的一个月里，我发现自己僵硬而笨拙。

在巴黎停留几日后，我开始向北漫游，穿过法国北部，进入尼德兰地区。我在比利时、荷兰闲逛了一阵，走访了几家修道院啤酒厂和一战的战场，之后我搭火车前往德国、波兰和捷克等地。

我重访了《午夜降临前抵达》中写到的一些旧游处——德累斯顿、布拉格、维也纳、的里雅斯特。我发现我依旧喜欢那些地方，不仅是因为那份久违的自由，也因为附着在那些地方的回忆。

我的脑海中存着几本书的想法，但还不知道要从哪本开始。在奥地利格拉茨的美术馆，我偶然看到了波黑女艺术家塞拉·卡梅里奇的作品《波斯尼亚女孩》。随后，在维也纳的陆军历史博物馆，斐迪南大公所穿的天蓝色制服再次让我深受触动。冥冥之中，它们将我的目光引向了民族主义表现激烈的巴尔干——那原本也是我一直想去和想写的地方。

十年前，在写《午夜降临前抵达》时，自由主义和全球化似乎已成为不可逆转的潮流，民族主义常被视为一种陈旧过时之物。然而，过去十年的现实表明，一股强劲的民族主义浪潮正在重新席卷世界。全球化的副作用、移民潮与难民潮、科技革命带来的不确定性，让越来越多的普通人感到孤立无援，因而重新投入民族主义的怀抱，寻求慰藉和意义。在这样的背景下进入巴尔干半岛，重新寻找那些"血与蜜"的印迹，或许会让这段旅程和这部作品都多一分现实意义。

在《血与蜜之地》中，我还希望探讨一个更为感性的问题。如果说民族主义是关于家园与身份认同的理论，那么个体与这种共同身份之间的关系是怎样的？

换句话说，随着人口流动成为常态，"家园"早已不仅是一个物理空间，也是一个文化和情感上的归属地。身份认同也早已不再单纯地与出生地或祖籍相关，甚至不再局限于地理边界。即便是在一个民族国家内部，由于地区差异、社会阶层和经济条件的不同，"何处为家"的答案也会因人而异。某种程度上，文化、信仰和价值观都构筑了安顿自我的"家园"的形态。

在《血与蜜之地》中，我希望建立一种双重叙事：一方面是以旅行为线索，将巴尔干地区的历史与现实串联在一起，形成一种具有个人风格的巴尔干叙事；另一方面则是通过旅途中遇到的人和故事，通过各种不同的声音，去思考那个更具普遍性的问题——在充满不确定性的当下，何处为家？

抽象的观念需要通过故事的包裹才能转化为文学，而旅程始于何处对故事的影响重大。既是幸运，也是偶然，我在十年之后再次来到的里雅斯特——第一本书的终点，成为这本书的起点。

我甚至在想，如果我先进入的是波黑、塞尔维亚或科索沃地区，那么

《血与蜜之地》可能呈现出截然不同的面貌。从的里雅斯特出发，一步步地深入巴尔干腹地，慢慢地搭建起舞台，让我有机会为处理那些核心问题做好铺垫。

在科索沃地区，我给朋友寄过一张明信片，不确定能否寄到。大半年后，这张明信片神奇地出现在了朋友家的餐桌上。我不知道它一路走过了哪些地方，又有过哪些奇遇，但我很开心，它有了一个归宿。

谢谢十年来支持我的读者，希望我们一直保持对世界的敏感和好奇，希望想找到归宿的人都能如愿以偿。

［特约编辑：吴　越］

图书在版编目（CIP）数据

收获长篇小说. 2024. 秋卷 /《收获》文学杂志社编. -- 上海：上海文艺出版社, 2024. -- ISBN 978-7-5321-9110-9

Ⅰ. I247.5

中国国家版本馆CIP数据核字第2024KG1142号

主　　编：程永新
副 主 编：钟红明　谢　锦

发 行 人：毕　胜
责任编辑：张诗扬　吴　旦　景柯庆
封面设计：黄　海
特约法律顾问：王　嵘　光　韬

书　　名：收获长篇小说. 2024. 秋卷
编　　者：《收获》文学杂志社
出　　版：上海世纪出版集团　上海文艺出版社
地　　址：上海市闵行区号景路159弄A座2楼 201101
发　　行：上海文艺出版社发行中心
　　　　　上海市闵行区号景路159弄A座2楼206室 201101 www.ewen.co
印　　刷：上海中华印刷有限公司
开　　本：710×1000 1/16
印　　张：28.5
插　　页：2
字　　数：591,000
印　　次：2024年10月第1版 2024年10月第1次印刷
I S B N：978-7-5321-9110-9/I.7162
定　　价：55.00元
告 读 者：如发现本书有质量问题请与印刷厂质量科联系　T:0512-68180628